IRIS MUELLER

Lichtertod

W0353182

GOLDMANN
Lesen erleben

Buch

Salerno im November. Die malerische Stadt südlich von Neapel bereitet sich darauf vor, wie jedes Jahr in der Vorweihnachtszeit mit Turin um den Titel der »Lichterhauptstadt« zu konkurrieren. Es ist die festlichste Zeit des Jahres, in der das warme Licht des Sommers von Tausenden weihnachtlichen Leuchtdekorationen abgelöst wird, die jede Straße und jeden Platz der mittelalterlichen Altstadt schmücken. Doch die frischgebackene Hauptkommissarin Patrizia Vespa hat keinen Blick für diesen Glanz. Eben erst aus dem nördlichen Meran an die Amalfiküste versetzt, droht schon ihr erster Fall, der mysteriöse Tod eines hochrangigen Polizisten, ungeklärt zu den Akten zu wandern. Als dann auch noch ein kunstvoll an einem Palazzo drapierter menschlicher Kopf für Aufsehen sorgt, ist der vorweihnachtliche Zauber endgültig dahin. Schon bald mehren sich die Anzeichen auf eine Verbindung zwischen den beiden Fällen, und darauf, dass der Täter sein blutiges Werk noch nicht vollendet hat …

Autorin

Iris Claere Mueller, geboren 1971 in Mannheim, zog nach ihrem Studium der Germanistik, Philosophie und Politikwissenschaft an der Universität Heidelberg in die USA. Dort promovierte sie an der renommierten Yale University im Fachbereich Medieval Studies. Seit 2005 lebt sie mit ihrem Lebensgefährten und den beiden Schäferhündinnen Leah und Nüsschen im süditalienischen Salerno. Im nahegelegenen Neapel arbeitet sie an der Internationalen Schule und lehrt mittelalterliche Geschichte an der University of Maryland Europe. Die Mediävistik und die Liebe zu ihrer italienischen Wahlheimat sind es auch, die dem Schreiben von Iris Mueller eine ganz besondere Note verleihen.

Iris Mueller

Lichtertod

Ein Fall
für Patrizia Vespa

GOLDMANN

Der Verlag weist ausdrücklich darauf hin, dass im Text enthaltene externe Links vom Verlag nur bis zum Zeitpunkt der Buchveröffentlichung eingesehen werden konnten. Auf spätere Veränderungen hat der Verlag keinerlei Einfluss. Eine Haftung des Verlags ist daher ausgeschlossen.

Dieses Buch ist auch als E-Book erhältlich.

MIX
Papier aus verantwortungsvollen Quellen
FSC® C014496

Verlagsgruppe Random House FSC® N001967

1. Auflage
Deutsche Erstveröffentlichung Dezember 2016
Copyright © der deutschsprachigen Ausgabe 2016
by Wilhelm Goldmann Verlag, München,
in der Verlagsgruppe Random House GmbH,
Neumarkter Str. 28, 81673 München
Umschlaggestaltung: UNO Werbeagentur, München
Umschlagmotiv: beautiful photos from all over the world/getty images
plainpicture/Rudi Sebastian
Redaktion: Karin Ballauff
An · Herstellung: Str.
Satz: omnisatz GmbH, Berlin
Druck und Bindung: GGP Media GmbH, Pößneck
Printed in Germany
ISBN: 978-3-442-48510-9
www.goldmann-verlag.de

Besuchen Sie den Goldmann Verlag im Netz

Für meine Mutter,
der ich so viel verdanke.

In memoriam
Lydia Di Leva
1928–2016

1

Dienstag, 1. November 1994

Es war ein herrlicher Tag. Wolkenlos. Einer jener Tage, wie man sie nur hin und wieder nach tagelangem Dauerregen erlebte. Die klare Luft ließ die dunkel gezackte Bergkette der Amalfiküste nach Westen und die leichten Hügel des Cilento nach Osten zum Greifen nahe erscheinen. Das Meer war von einem hellen Türkisblau, das an manchen Stellen von dunkleren Streifen durchzogen wurde. Jetzt am Nachmittag lag die Stadt im goldgelben Licht der Spätherbstsonne, und ihre noch immer warmen Strahlen ließen das schöne Altrosa der neoklassizistischen Fassade des Opernhauses wie von innen heraus leuchten.

Es war derselbe Glanz, der auch auf den Gesichtern der Menschen zu liegen schien, die zu Hunderten über den Lungomare, Salernos Seepromenade, flanierten und von dort aus auf den Largo Luciani und den Theaterbau zuströmten.

Ja, es war ein besonderer Tag. Das historische Opernhaus der Stadt, das Teatro Giuseppe Verdi, würde heute in einer feierlichen Eröffnungszeremonie neu eingeweiht werden. Lange Jahre war das Theater geschlossen gewesen. Das verheerende Erdbeben im Jahr 1980 hatte es verstummen lassen. Erst jetzt, vierzehn Jahre später, waren die Restaurierungsarbeiten abgeschlossen. Heute sollte seine Stimme zum ersten Mal wieder erklingen, und es würde eine fröhliche sein: die Stimme des Rigoletto.

Eine gute Wahl, dachte er. Eine ausgezeichnete Wahl. Mit Giuseppe Verdis *Rigoletto* war das Theater einst, im Jahre 1872, feierlich eingeweiht worden. Und mit dem *Rigoletto* würde es heute wiederauferstehen.

Dazu kam, dass die Premiere bewusst mit einem anderen städtischen Großereignis auf denselben Tag gelegt worden war. Denn heute, am 1. November, würden Salernos Straßen zum ersten Mal im Licht der aufwendigen Leuchtdekorationen erstrahlen, die in wochenlanger Arbeit in der gesamten Innenstadt montiert worden waren. Von nun an würde die Stadt neben Turin jedes Jahr zur weihnachtlichen Lichterhauptstadt Italiens und damit zu einem nationalen und internationalen Publikumsmagneten werden.

Eine Stadt feiert sich selbst, dachte er. Eine ganze Stadt ist auf den Beinen. Viele sind auf dem Weg ins Theater, andere werden einfach nur das bunte Treiben in den wirren Gassen der Altstadt genießen, überstrahlt von den filigranen, durch Künstlerhand individuell gefertigten Lichtern.

Wenn wir aus dem Theater kommen, werden auch wir sie sehen, dachte er. Wir werden uns unter die Menge mischen und in dem Lichterglanz spazieren gehen. Dieses Jahr, nächstes Jahr, in all den Jahren, die noch kommen werden. Es wird immer so weitergehen, und es wird immer so schön sein wie heute.

Natürlich, der Preis für die Zusammenlegung all dieser Festlichkeiten war hoch gewesen. Vor allem die Renovierungsarbeiten am Theater hatten sich immer wieder verzögert, und mehr als einmal hatte es so ausgesehen, als müsste die Einweihung verschoben werden. Letzte Arbeiten waren im Akkord erledigt worden, und die Presse erging sich in Schuldzuweisungen für das langsame Vorankommen und die Kostenexplosion. Doch an diesem Nachmittag schien das alles vergessen. Heute würden sich die schön geschnitzten Holzlogen endlich wieder füllen.

Bis zur Aufführung war es noch fast eine Stunde hin, doch die meisten waren früher gekommen, um den neuen Bau in Augenschein zu nehmen und in den umliegenden Lokalen noch einen Snack oder einen Drink zu sich zu nehmen.

Auch sie hatten etwas getrunken, hatten sich vor dem Opernhaus fotografieren lassen. Dann hatten sie ihre Plätze eingenommen. Die Tickets waren nicht gerade Schnäppchen gewesen. Er lächelte, als er daran dachte, wie sie geschluckt hatten, als sie den Preis erfuhren. Aber dafür saßen sie im Parkett in der Mitte des Saales. Und jetzt, da ihre Hände sich berührten, umgeben von dem erwartungsfrohen Rauschen unzähliger sich stimmender Instrumente, wusste er, dass sie sich richtig entschieden hatten. Es hatte sich gelohnt. Jetzt schon.

Mit einem Mal begann das Licht aus den unzähligen Lämpchen zu rinnen wie eine gelbe Flüssigkeit, die langsam, aber stetig aus einem Glas entweicht und nichts als dunkle Leere zurücklässt. Das lachende Wogen Tausender Stimmen verstummte, und die plötzliche Stille ließ ihn den Atem anhalten. Er spürte den Händedruck und hörte das Flüstern.

»Deine Hand ist mein Zuhause.«

Dann setzte die Musik mit mächtigen Klängen ein. *Rigoletto*. Die Ouvertüre. Der ganze musikalische Rausch einer Oper in diesen ersten Eröffnungstakten.

Er hatte es nicht kommen sehen, hatte nichts geahnt, nichts gehört. Was war es gewesen? Er wusste es nicht. Es war aus dem Nichts gekommen. Woher? Ein Aufprall an seiner linken Seite. Ein ohrenbetäubender Schlag, der den Raum vibrieren ließ. Schreie. Schrill, hysterisch.

Plötzlich war das Licht wieder an. Instinktiv war er hochgefahren, wollte sich umsehen, selber schreien, etwas sagen. Aber er tat es nicht. Er fühlte etwas Heißes an seinem Gesicht herunterlaufen. Waren es Tränen? Aber warum sollte er weinen? Er wusste ja nicht einmal, was passiert war. Und er wollte es auch nicht wissen. Es war nichts. Nur ein kleines Intermezzo. Bald würde die Aufführung weitergehen. Bald würden sie sich wieder setzen, all die schreienden, kreischenden Menschen, die die Ouvertüre unterbrochen und die Musik zum Schweigen gebracht hatten. Diese Männer und Frauen mit ihren verzerrten Gesichtern, die um ihn herum in Bewegung waren, an ihm rissen, ihn wegzuzerren versuchten, Unverständliches schrien. Alle waren außer sich, nur in ihm war Stille. Warum sollte er auch schreien? Wenn er nur ein wenig Zeit verstreichen ließe, weiter ein- und ausatmete – ruhig, ganz ruhig –, dann würde alles wieder gut werden. Die Musik würde aufs Neue einsetzen.

Tosender Beifall. Ja, es würde tosenden Beifall geben.

Er schloss die Augen.

Wie viel Zeit war vergangen? Eine Minute? Eine Stunde? Er öffnete die Augen, als eine Hand sich um seinen Oberarm schloss.

»Komm, ich helfe dir. Du kannst hier nicht bleiben. Und du kannst hier auch nichts mehr tun.«

Er spürte, wie seine Beine sich bewegten. Warum ließ er es geschehen? Einen Schritt vor den anderen. Ganz langsam. Die Stimme redete noch immer. Sie schrie nicht wie die anderen. Sie klang ruhig, beruhigend. Trotzdem konnte er sie nicht verstehen, als hätte er die Worte vergessen. Worte wie ein ruhiger Fluss inmitten des Chaos, aber ohne jede Bedeutung. Einen Schritt vor den anderen. Die Stimme redete weiter.

Doch mit einem Mal riss er sich los und sah sich um. Nein,

er konnte nicht einfach so weggehen. Er musste hinsehen, nur ein Mal. Doch da war niemand mehr. Ein Sessel – aber kein Mensch. Nur ein Arm, ein Bein. Blut. Wo waren der Kopf und der Körper? Und was war das, was da lag? Abrupt wandte er sich ab. Er wollte nicht wissen, was es war. Es tat nichts zur Sache.

Plötzlich spürte er die Hand wieder auf seinem Arm. Er drehte sich um und sah in ein Gesicht. Ein Mund. Lippen, die Worte formten. Und plötzlich verstand er: »… tot.«

Das war es, was die Stimme sagte. Er konzentrierte sich auf den Mund, als wäre es die Bewegung, die ihn begreifen ließ.

»… tot, komm, hier kannst du nichts mehr tun.«

Er schloss die Augen, und die Stimme verschwand, als ob es sie nie gegeben hätte. Und dann hörte er sie wieder, die Musik.

Rigoletto. Die Ouvertüre.

2

Montag, 31. Oktober 2011

Patrizia Vespa warf ihr volles Gewicht auf die Bremse und fluchte. Ihr knallroter Fiat Cinquecento mit den dunkel getönten Scheiben, den sie nach ihrer Großmutter Klara benannt hatte, kreischte empört auf, bevor er mit einem Ruck zum Stehen kam. Wo war sie nur mit ihren Gedanken? Ganz offensichtlich nicht beim Verkehr auf Salernos Seepromenade und dem unablässigen Wogen von Pkw, Bussen und Motorini, die pausenlos und ohne jede Vorwarnung die Spur wechselten in der Hoffnung, sich dadurch einen minimalen Vorsprung verschaffen zu können. Vom Blinken schien hier noch nie einer etwas gehört zu haben, geschweige denn vom Gebrauch der Seitenspiegel. Ein Unfall fehlte ihr jetzt gerade noch.

Patrizias Stimmung war ohnehin schon auf dem Tiefpunkt. Und das nicht nur wegen des Wetters. Dass es schon seit Tagen regnete, war natürlich wenig hilfreich. Heute Morgen hatte sie an mehreren Stellen Handtücher auslegen müssen, um das über Nacht unter den Türen eingedrungene Wasser aufzuwischen.

Verdammt! Warum hatte sie auch ein so altes Haus gemietet, obendrein in Ogliara, dem auf den Hügeln über Salerno gelegenen Vorort, wo sich Fuchs und Hase gute Nacht sagten? Gut, es hatte Charme, keine Frage. Wenn das Wetter schön war und sie tatsächlich einmal zu Hause, liebte sie ihr Haus. Aber in letzter Zeit war das Wetter nicht schön, und zu Hause war sie auch viel zu selten. Und das, obwohl sie in der Questura eigentlich gar nicht viel zu tun hatten. Oder besser gesagt nicht mehr. Sie steckten nämlich fest, auch wenn sie noch nicht bereit war, das zu akzeptieren.

Im Januar hatte Patrizia in Salerno als erste Hauptkommissarin ihren Dienst angetreten. Davor hatte sie in ihrer Heimatstadt Meran gearbeitet. Doch nach dem Tod ihrer Mutter vor zwei Jahren hatte sie sich nach einem Neuanfang gesehnt. Sie hatte sich auf die frei gewordene Stelle in Salerno beworben und den Job bekommen.

Die ersten Monate waren nahezu ereignislos verlaufen, bis man im August die Leiche eines pensionierten Kollegen fand. Dem Mann war die Lunge entnommen worden. Danach hatte man ihn im Meer versenkt, und zwar in unmittelbarer Nähe der Ticketstände an der Molo Manfredi, wo die Touristen tagsüber ihre Fahrscheine nach Positano und Capri lösten.

Ein auffallend zentraler Ort, um eine Leiche loszuwerden, dachte Patrizia. Umso mehr ärgerte es sie, dass die Polizei trotzdem mit leeren Händen dastand. Sie schlug hart mit der flachen Hand aufs Lenkrad. Einen schönen Einstand als Hauptkommissarin hatte sie da hingelegt. Ein toter Exkollege und ein praktisch unlösbarer Fall. Ihre Teamkollegen schienen sich weniger daraus zu machen. Sie hatten ihn innerlich bereits zu den Akten gelegt. Warum fiel es ihr nur so schwer, dasselbe zu tun?

Endlich war die belebte Piazza Amendola in Sicht, und kurz danach kam Patrizia bei der Questura an. Das dreistöckige beige Gebäude mit den hohen, schlanken Arkaden stammte aus der Zeit Mussolinis. Für die einen war es faschistische Architektur, für die anderen ein historischer Bau, der Funktionalität mit klaren, eleganten Linien verband.

Im Augenblick jedoch hatte Patrizia nur Augen für ihren persönlichen Parkplatz vor der Questura, auf dem ein fremder Wagen stand. Nicht schon wieder! Sie verdrehte genervt die Augen. Ein Kollege war das sicher nicht. Eher einer der zahllosen Schlaumeier, die meinten, die Parkgebühren auf den umliegenden, mit blauer Farbe gekennzeichneten Parkplätzen umgehen zu können, indem sie sich einen freien Platz auf dem Polizeiparkplatz unter den Nagel rissen, und das fast jeden Tag. Verbote beachten zählte offensichtlich auch nicht zu den Lokaltugenden. Na warte … Sie zwängte sich neben einen in Eingangsnähe geparkten Polizeiwagen und schlängelte sich aus dem für ihre Größe eigentlich viel zu kleinen Auto. Dabei zerrte sie sich die Kapuze ihrer hellblauen Regenjacke über den Kopf. Der Regen prasselte vom Himmel, als habe er es auf sie persönlich abgesehen. Zum Abschließen blieb keine Zeit. Patrizia versetzte der Autotür von hinten einen Tritt mit dem Fuß, dann rannte sie los.

Auf dem Weg in ihr Büro meldete sie einem Streifenpolizisten den falsch geparkten Wagen. Der Besitzer würde sich wundern, wenn er später vor einem leeren Platz stünde. Aber irgendwo musste man ja mal anfangen, für Ordnung zu sorgen. Vor allem, wenn man sonst so gar nichts auf die Reihe brachte.

Patrizias Büro lag am Ende des Ganges in der zweiten Etage gleich neben dem von Cristina D'Avossa, ihrer quirligen und konstant gut gelaunten Kollegin, die es mit Patrizias Launenhaftigkeit allerdings nicht immer leicht hatte. Sie warf einen Blick auf die Uhr und klopfte an.

»Komm rein, Patrizia!«

»Woher weißt du, dass ich es bin?«

»Weil sonst kein Mensch in diesem Gebäude je anklopft«, antwortete Cristina lachend. »Aber bleib ruhig bei deiner soliden norditalienischen Erziehung. Wer weiß, vielleicht wird's dir ja hier unten im Süden irgendwann mal zu bunt, und dann wäre es doch schade, wenn du als Barbarin ins zivilisierte Meran zurückkehren und noch mal bei null anfangen müsstest.«

Patrizia schnitt eine Grimasse und ließ sich in den Besuchersessel fallen. Wie immer war es Cristina gelungen, ihren persönlichen Stresspegel innerhalb weniger Sekunden erheblich zu senken.

»Nur noch fünf Minuten bis zur Teamsitzung«, meinte sie. »Hast du nicht was zu essen? Irgendwie bin ich heute Morgen nicht dazu gekommen.«

»Zum Kämmen offenbar auch nicht!« Cristina kramte kichernd in ihrer hoffnungslos überfüllten Schreibtischschublade. Schließlich zog sie eine Schachtel abgepackter Hörnchen und einen Taschenspiegel hervor.

»Bist du bereit?«

Patrizia verzog das Gesicht. »So schlimm?«

»Schlimmer!«

Patrizia griff nach dem Spiegel und seufzte. Ihre kurzen dunkelbraunen Haare waren feucht und zerzaust, und ihr schmales Gesicht mit der hellen Haut der Norditaliener war noch blasser als sonst, wodurch die fast schwarzen Augen, ihre markanten Züge und die leider etwas zu kräftige Nase noch stärker hervortraten. Cristina nahm ihr den Spiegel ab, reichte ihr einen Kamm und zwinkerte ihr zu.

»Hier, nimm. Damit eventuelle neue Fakten sich nicht zu Tode erschrecken und an der Tür zum Sitzungszimmer wieder Reißaus nehmen.«

»Als wenn es wirklich wahrscheinlich wäre, dass von irgendwoher eine neue Informationsquelle auftaucht, von der wir noch nichts wissen.« Patrizia seufzte.

»Vielleicht hat ja einer aus dem Team einen Geistesblitz.«

»Hast du einen?«

Cristina schüttelte nur den Kopf und vermied es, Patrizia dabei anzusehen. Sie wusste, wie schwer es ihrer Kollegin fiel, die Niederlage zu akzeptieren. Aber sie wusste auch, was alle dachten, auch wenn es bislang noch niemand ausgesprochen hatte: Sollte es nicht plötzlich neue Erkenntnisse geben, würden die Ermittlungen wohl noch heute eingestellt.

*

Kurz danach saßen sie am Sitzungstisch im dritten Stock der Questura. Das gesamte Team war anwesend, darunter Gabriella Molinari aus der Rechtsmedizin und Bob Kingfisher, Kriminaltechniker und Amerikaner, der vor Jahrzehnten nach einem wissenschaftlichen Austausch in Italien hängengeblieben war.

Im Raum herrschte Endzeitstimmung. Auch die Miene Pietro Di Levas, ihres Polizeichefs, verhieß nichts Gutes.

Patrizia hatte ihren Kollegen Davide gebeten, noch einmal die Fakten zusammenzufassen, doch der schien über diese undankbare Aufgabe eher unglücklich zu sein. Umständlich raschelte er mit den Papieren, als könne auf diese Weise eine neue Idee oder übersehene Tatsache aus dem Aktenstapel heraus auf den Tisch fallen.

»Also«, meinte er schließlich und räusperte sich. »Also … Wie wir wissen, wurde der pensionierte Polizist Gigi Spinosa mit Sicherheit von der Molo Manfredi aus ins Meer geworfen.« Er machte eine Pause und blätterte erneut in dem Papierstapel, obwohl er den Inhalt sämtlicher Unterlagen längst auswendig kannte. Doch dann schob er die Akten entschlossen zur Seite.

»Okay, ich mach's kurz. Für Spinosas Versenkung gab es keine Zeugen. Wir haben keinen genauen Todeszeitpunkt und damit auch kein genaues Datum für den Mord. Spinosas

Schwester hat ihren Bruder am 7. November 2010 vermisst gemeldet. Allerdings sprachen sie immer nur einmal die Woche miteinander. Deshalb bleibt unklar, an welchem Tag der Mann tatsächlich verschwunden ist. Der Barbesitzer in seiner Straße, bei dem er häufig einen Espresso getrunken hat, meinte, ihn eine ganze Woche nicht gesehen zu haben. Beschwören konnte er es allerdings nicht. Und das wär's dann auch schon von meiner Seite.«

Er sah in die Runde und zuckte mit den Schultern.

Einen Augenblick lang herrschte Stille.

Dann meldete Bob Kingfisher sich zu Wort. »Sorry, aber von meiner Seite her gibt es leider auch nichts Neues zu berichten. Verwertbare Spuren an der Molo Manfredi hat es Monate nach der Tat natürlich nicht mehr gegeben. An der Leiche selbst konnten wir nach so langer Zeit im Wasser ebenfalls keine Spuren mehr sicherstellen. Und von Gabriella dürft ihr euch, soweit ich weiß, auch nicht viel mehr versprechen.« Er nickte der Rechtsmedizinerin auffordernd zu.

»Ja, so ist es leider«, nahm diese den Faden auf. »Wie ihr ja wisst, war die Leiche in teilskelettiertem Zustand. Das übrig gebliebene Gewebe war stark verwest und von Meerestieren zerfressen. Beide Hände und ein Fuß fehlen, und auch vom Gesicht und den restlichen Körperteilen ist nach dem langen Scheuern auf dem Meeresgrund nicht mehr viel übrig geblieben. Tja, also, die eigentliche Todesursache zu ermitteln ist unter diesen Umständen einfach unmöglich.«

»Und die Lunge? Dem Toten wurde doch die Lunge entnommen. Habt ihr dazu noch irgendetwas herausgefunden?«, wollte Patrizia wissen.

Gabriella schüttelte den Kopf. »Entnahme der Lunge höchstwahrscheinlich nach Eintritt des Todes. Die Öffnung in der Brust ist zwar grob, aber nicht ohne Geschick wieder geschlossen worden. So viel konnte man gerade noch erkennen. Nun ja, und anschließend hat der Täter sein Opfer dann eben versenkt.«

»Ein regelrechter Dreifachmord an ein und demselben Opfer«, meinte Cristina kopfschüttelnd. »Erst bringt er den Mann um, dann entnimmt er ihm die Lunge, und dann versenkt er ihn zu guter Letzt auch noch im Meer. Wirklich bizarr!«

Davide grinste. »Es heißt doch eigentlich, dass das Adjektiv tot grammatikalisch nicht zu steigern sei. Aber vielleicht sollte man das angesichts dieses Falls ändern, was meint ihr? Der Mann war eindeutig tot, toter, am totesten …« Die meisten in der Runde grinsten jetzt auch.

Davide Favetta war der Spaßvogel unter ihnen, und Sprachwitz war sein Steckenpferd. Er hatte schon einige Zeit vor Patrizia in Salerno angefangen. Davide war 42 Jahre alt, Single, und lebte noch bei seiner Mutter in Cava dei Tirreni, einem hübschen Städtchen nicht weit von Salerno. Die leckeren Lunchpakete, die seine Mutter ihm jeden Tag mit viel Liebe zum Detail schnürte, waren in der Abteilung legendär.

»Kein Mörder macht sich diese Mühe, wenn all das, was über den simplen Tötungsakt hinausgeht, nicht irgendeine Bedeutung für ihn hat, symbolisch oder anderweitig.«

Patrizia war eine der wenigen, die Davides Witz kaltgelassen hatte. Sie wusste, wie trotzig ihre Stimme klang, aber auch, wie vage ihr Einwand war. Wie oft hatte sie in den letzten Monaten auf diesem Punkt beharrt, versucht, an dieser Stelle anzusetzen – alles ohne Erfolg.

»Klar, Patrizia, natürlich hast du recht«, warf Cristina ein. »Aber leider zaubert das noch keinen Verdächtigen herbei, geschweige denn ein Motiv.« Sie zuckte mit den Schultern. »Spinosas persönliches Umfeld haben wir schließlich durchleuchtet. Er war unverheiratet. Keine besonderen Hobbys, keine Feinde. Kurz und gut, es fehlt uns jegliches Motiv, zumindest für einen solchen Mord, eine solch dramatische Inszenierung.«

»Aber das ist es doch gerade …«

In diesem Augenblick dröhnte Pietro Di Levas Bariton vom anderen Ende des Sitzungstisches herüber.

»Soweit ich mich erinnere, wollten unsere beiden Neuzugänge noch die Fälle durchgehen, an denen Spinosa in den zehn Jahren vor seiner Pensionierung gearbeitet hat.«

Er wandte sich fragend an die jungen Kriminalassistentinnen Lydia und Antonia, die erst vor wenigen Monaten direkt aus der Polizeischule nach Salerno gekommen waren.

Die beiden wechselten einen raschen Blick.

»Ja und, meine Damen? Ist dabei etwas herausgekommen?«

»Wir sind noch nicht ganz durch«, sagte Lydia fast schuldbewusst. »Zehn Jahre sind eine lange Zeit. Uns fehlen aber nur noch die letzten paar Monate.«

»Schaffen Sie den Rest heute noch?«, fragte Di Leva.

Patrizia bemühte sich um einen Blickkontakt mit den Assistentinnen und schüttelte dabei möglichst unauffällig den Kopf. Sie mussten Zeit gewinnen, und wenn es nur zwei oder drei zusätzliche Tage waren. Doch Antonia hatte Di Levas Frage schon bejaht.

»Benissimo!«

Pietro Di Leva klopfte erfreut mit der Hand auf den Tisch. »Dann nehmen Sie sich alle noch den heutigen Tag und schreiben Sie Ihre Berichte. Heute Abend 18 Uhr treffen wir uns hier wieder. Wenn sich bis dahin nichts Neues ergeben hat, werden wir ab morgen alle wieder anderen Beschäftigungen nachgehen. Es ist ja nicht so, dass in der Zwischenzeit gar nichts anderes passiert wäre. Natürlich, wenn es irgendwann doch noch einmal neue Erkenntnisse geben sollte …«

Er machte eine einladende Geste, als wolle er den so gut wie zu den Akten gelegten Fall erneut hereinbitten.

Patrizia lehnte sich resigniert zurück. Jetzt konnte sie nur noch auf ein Wunder hoffen, ansonsten …

Andererseits war es vielleicht gar nicht so schlecht, wenn sie mal wieder ein paar ruhige Abende zu Hause verbringen und am Wochenende ausgedehnte Spaziergänge in den Bergen machen konnte.

Stühle ratschten über den bereits mit zahllosen schwarzen Schleifspuren übersäten Linoleumboden.

Die Sitzung war beendet.

*

Ugo Meriani hatte seinen Spritz ausgetrunken und bezahlt. Meistens trank er Bier, aber heute war ihm nach diesem Modegetränk gewesen, das in letzter Zeit fast alle zu bestellen schienen. Draußen wurde es langsam dunkel. Dass es ohnehin ein verhangener Tag gewesen war, machte die Sache nicht besser. Er verließ das Gran Café Canasta und schlug den Weg nach Hause ein.

Vor einigen Jahren hatten er und seine Frau eine große Wohnung im alten Zentrum gekauft, das früher der verruchteste Teil der insgesamt eher verfallenen Stadt gewesen war. Hafennähe, marode Bausubstanz, übelste Spelunken, Ratten und Prostitution. Salernos heute so pittoreske Altstadt hatte als hoffnungsloser Fall gegolten – damals, in Ugo Merianis Jugend.

Doch es hatte sich viel verändert in den letzten Jahrzehnten. Die heruntergekommenen Häuser der Altstadt waren von Grund auf saniert worden. Historische Zeitzeugen wie Aquäduktbögen, Galerien oder antike Säulen, die häufig als Eckpfeiler in den mittelalterlichen Häusern steckten, hatte man wieder sichtbar gemacht. In den Wohnungen und Geschäften waren die mittelalterlichen Elemente – raues Mauerwerk oder schwere, alte Holzdecken – freigelegt und geschmackvoll in das moderne Ambiente integriert worden.

Heute war die Altstadt von Salerno ein architektonisches Juwel und mit seinen vielen kleinen Gassen und Plätzen, den Bars, Restaurants und Geschäften einer der beliebtesten Treffpunkte der Stadt. Natürlich waren die Wohnungspreise nach den Restaurierungsarbeiten für fast alle früheren Bewohner unerschwinglich geworden, und eine neue Klientel hatte das Zentrum für sich erobert.

Er, Ugo Meriani, war einer von ihnen. Und das war nur rechtens, denn als einer der führenden Ingenieure der Region hatte er über all die Jahre hinweg maßgeblich an den Innenstadtprojekten mitgewirkt. Diese Wohnung war sein Siegespreis, seine Trophäe.

Ugo Meriani senkte den Kopf, als ihm ein fieser, nasser Wind direkt ins Gesicht blies. Er beschloss, die breite Via Roma, durch die die Böen wie durch einen Windkanal getrieben wurden, zu verlassen und bei nächster Gelegenheit in eine der kleinen Seitengassen auszuweichen.

Minuten später stand er vor seinem Haus in der Via Portacatena und hielt inne. Obwohl er nun schon lange hier lebte, konnte er sich doch nie sattsehen an dem kräftigen Apricot der Fassade, von dem sich die weißen Fensterumrahmungen mit ihren barocken Spielereien in der Nacht fast gespenstisch abhoben. Heute Abend leuchteten sie nur im Schein der Straßenlaternen.

Doch morgen war der 1. November, der Tag, an dem in der Stadt »die Lichter angingen«, wie die Salernitaner das nannten. Morgen würden sich die Häuserfassaden mit der bunten Farbenpracht der weihnachtlichen Leuchtdekorationen zu einem Gesamtkunstwerk vereinen.

Ugo Meriani sah sich um. In seiner Straße waren gelbe und

orange Blumengewinde installiert worden, die sich in regelmäßigen Abständen wie zierliche Brücken über die Gasse spannten. Sogar einen fliegenden Teppich gab es in diesem Jahr. Noch waren seine Farben fahl, doch man konnte schon erahnen, dass er sich innerhalb weniger Stunden in ein Farbkunstwerk aus Tausendundeiner Nacht verwandeln würde.

Morgen also, dachte er. Ugo Meriani freute sich auf die kommenden Wochen. Es war jedes Jahr etwas Besonderes, vor dem Schlafengehen noch einmal ins dunkle Wohnzimmer zu treten und das farbenfrohe Lichterspiel auf dem schwarz glänzenden Parkett zu bewundern.

Gut gelaunt trat er ins Haus ein und drückte auf den Fahrstuhlknopf. Oben angekommen, schloss er die Tür zu seiner Dachgeschosswohnung auf und stutzte. Die Wohnung war still und finster. Wo war seine Frau? Doch dann fiel ihm ein, dass seine Tochter mit ihrem Mann verreist war. Und wie immer war seine Frau nur allzu gerne als Babysitter für ihre Enkelkinder eingesprungen. Er würde sie also erst übermorgen wiedersehen.

Er sah auf die Uhr. Es war erst kurz nach sechs. Was tun mit dem angefangenen Abend? Hunger hatte er auch.

Leicht gereizt öffnete Ugo Meriani den Kühlschrank, und seine Stimmung besserte sich schlagartig. Seine Frau hatte vorgesorgt und das Abendessen bereits auf einem Teller angerichtet: im Ofen gebackener Stockfisch mit Petersilienkartoffeln. Er wärmte ihn sich in der Mikrowelle, stellte ihn auf ein Tablett und ging Richtung Wohnzimmer. Wenn seine Frau zu Hause war, war Fernsehen beim Essen tabu, und er musste sich eingestehen, dass er den beiden freien Abenden als Strohwitwer mit Vergnügen entgegensah. Später würde es sogar einen Film geben, den er vor einem Jahr im Kino verpasst hatte. Seine Laune wurde immer besser.

Im Flur jedoch stutzte er erneut. Auf der Ablage stand ein Strauß aus hohem, weiß-violett blühendem Akanthus, den er beim Betreten der Wohnung übersehen haben musste. Seltsam. Ob seine Frau in seiner Abwesenheit Besuch gehabt hatte?

Ugo Meriani beugte sich vor, um die zierlichen Blüten näher zu betrachten, und verzog angewidert das Gesicht. Fast alle Stängel waren schwarz vor Läusen. Einfach ekelhaft. Was einem heutzutage alles von den Floristen verkauft wurde! Verärgert stellte er das Tablett ab und trug die Vase in die Küche. Wenigstens über Nacht waren die Blumen auf dem kleinen Küchenbalkon besser aufgehoben. Morgen würde er weitersehen.

*

Es war schon sieben, als Patrizia nach der Sitzung aus ihrem Büro in den Flur trat, um die Questura zu verlassen.

Natürlich war es gekommen, wie es kommen musste. Da auch die letzten Recherchen der beiden Kriminalassistentinnen nichts Neues geliefert hatten, war die Soko zum Fall Spinosa aufgelöst worden.

Patrizia lief den langen verwaisten Flur hinunter. Es war still im Gebäude, alle anderen schienen bereits gegangen zu sein. Doch als sie an Di Levas Bürotür vorbeikam, öffnete sich diese, und die große kräftige Gestalt ihres Chefs erschien im gelben Rechteck des Türrahmens. Er winkte Patrizia herein, ließ sich in seinem Schreibtischsessel nieder und bedeutete ihr, sich ebenfalls zu setzen.

Einen Augenblick lang herrschte Schweigen, aber das waren sie hier in der Questura gewohnt. Der Chef war dafür bekannt, dass er oft lange Zeit gar nichts sagte, nur um dann umso energischer loszupoltern. Jetzt wirkten seine sonst so humorvoll blitzenden dunklen Augen allerdings eher nachdenklich, und er strich sich bedächtig mit der Hand über die Enden seines braunen Schnurrbarts.

»Mia cara Commissaria!«

Er räusperte sich, und Patrizia hatte den Eindruck, dass er nach den richtigen Worten suchte.

»Bene, bene«, sagte er schließlich. »Ich wollte nur sicherstellen, dass es Ihnen hier bei uns in Salerno auch gut geht.« Er sah sie prüfend an.

Patrizia versuchte ein Lächeln. Stand ihr die Enttäuschung so deutlich ins Gesicht geschrieben? Sie war erstaunt. Sie hatte mit so ziemlich allem gerechnet, nur nicht mit einer Frage nach ihrem Wohlbefinden. Sie zuckte mit den Schultern.

»So gut es in solch einer Situation eben gehen kann«, war alles, was sie als Antwort herausbrachte.

Di Leva lehnte sich in seinem Stuhl zurück und nickte. Er hatte offenbar nichts anderes erwartet.

»Sie sind ehrgeizig«, sagte er. »Das ist gut. Aber was wäre der schönste Erfolg ohne eine gelegentliche Niederlage? Glauben Sie bloß nicht, ich hätte früher zu meiner Zeit als Ermittler keine Schlappen einstecken müssen! Pazienza, Geduld. Das ist alles, wozu ich Ihnen raten kann. Ich weiß, dass das für ungeduldige Norditaliener«, er zwinkerte schelmisch mit den Augen, »eine Herausforderung ist. Trotzdem. Nehmen Sie es einfach nicht zu persönlich.«

Dabei zeigte er auf die hellblaue Flagge des S. S. C. Napoli, die hinter ihm an der Wand neben dem gerahmten Bild von Präsident Giorgio Napolitano hing.

Patrizia wollte sich noch erkundigen, was ihr Fall mit Fußball zu tun hatte, aber da war das Gespräch auch schon beendet.

Di Leva erhob sich zu voller Größe, und Patrizia fragte sich einmal mehr, warum Di Levas Frau einem solchen Hünen von Mann ausgerechnet den Spitznamen Mimmo gegeben hatte.

Sie nickten einander kurz zu, dann fiel die Tür hinter Patrizia ins Schloss.

Kurze Zeit später streifte Patrizia ziellos durch die Gassen der Altstadt. Cristinas Einladung zum Abendessen hatte sie ausgeschlagen. Heute Abend wollte sie allein sein und sich wie ein Häufchen Elend fühlen. Daran hatten auch Di Levas gut gemeinte Worte nichts geändert. Was hatte er gesagt? Sie sollte es nicht »zu persönlich nehmen«?

Sie blieb unvermittelt stehen. Nahm sie es denn persönlich? Sah man ihr den Ehrgeiz so sehr an? Und was wollte sie eigentlich? Schnell eine neue Leiche? Musste erst wieder jemand sterben, damit sie sich beweisen und ihr angeknackstes Ego aufpolieren konnte?

Sie dachte wieder an Cristina. Ihre Kokommissarin nahm die Sache gelassener, das war offensichtlich. Sie hatte zwei kleine Töchter und abends folglich Besseres zu tun, als zu den Akten gelegte Fälle »persönlich zu nehmen«. Natürlich hatte Cristina Patrizias Ausrede, sich mal wieder ums Haus kümmern zu müssen, durchschaut. Überhaupt schien Cristina sie manchmal besser zu kennen, als ihr lieb war. In ihrem Blick hatte ein stiller Vorwurf gelegen, aber auch Sorge.

Und wenn Patrizia ehrlich war, musste sie zugeben, dass die Entscheidung, den Abend allein zu verbringen, eigentlich falsch gewesen war. Na wunderbar, dann habe ich ja jetzt noch einen Grund mehr, mich schlecht zu fühlen, dachte sie mit einem Anflug von Selbstironie, während eine feuchte Windböe sie frösteln ließ.

*

Er musste wohl eine ganze Weile auf dem Sofa geschlafen haben, doch irgendetwas hatte Ugo Meriani geweckt. Im Fernsehen liefen die Spätnachrichten. Er schenkte ihnen keine Beachtung, sondern sah auf die Uhr: kurz vor Mitternacht.

Er setzte sich aufrecht hin.

Was war das für ein Geräusch gewesen, das ihn geweckt hatte? Etwas im Fernsehen? Oder das Telefon? Er schaltete den Fernseher aus und horchte in die Stille. Nichts. Erneut überkam ihn die Müdigkeit, und er beschloss, ins Bett zu gehen. Zu dumm, dass er den Film nun schon zum zweiten Mal verpasst hatte. Etwas schwerfällig erhob er sich vom Sofa. Der leere Teller stand noch auf dem Kaffeetischchen. Er sollte ihn in die Küche bringen, damit er nicht aus Versehen bis übermorgen im Wohnzimmer blieb und seiner Frau Grund gab, sich über seine Pascha-Allüren aufzuregen.

Seufzend nahm er das Tablett und setzte sich in Bewegung.

Das Erste, was ihm beim Betreten der Küche auffiel, war die Vase mit dem Akanthusstrauß neben der Spüle. Aber … das konnte doch nicht sein! Hatte er sich etwa nur eingebildet, die verlauste Schönheit auf den Balkon gestellt zu haben?

Unwirsch ging Meriani einen Schritt auf die Spüle zu, als er es wieder hörte. Das Geräusch. Dasselbe, das ihn geweckt hatte. Es war nicht laut und auch nicht schnell, aber rhythmisch. So als würde man eine halbvolle Flasche schütteln.

Swusch.

Swusch.

Swusch.

Jetzt war es hinter ihm. Ganz nah. Er wusste, dass er sich längst hätte umdrehen müssen. Stattdessen stand er reglos da, wie gebannt, den Blick starr auf den Blumenstrauß gerichtet. Ein eigentümlicher Schauer überkam ihn, wie ein Frösteln. Seine Kopfhaut prickelte. Für den Bruchteil einer Sekunde kam ihm der absurde Gedanke, dass er seinen Körper lange nicht mehr so intensiv gespürt hatte.

Dann drehte er sich langsam um.

*

Es war schon nach elf, und Patrizia wusste, dass sie am nächsten Morgen alles andere als fit sein würde, wenn sie nicht endlich nach Hause ging. Trotzdem blieb sie noch sitzen.

Zuvor war sie noch eine ganze Weile ziellos durch die Innenstadt gelaufen und hatte sich gewundert, wie viele Menschen an einem gewöhnlichen Wochentag abends unterwegs waren. Sie hatte in die fröhlichen Gesichter der Passanten geblickt, die fast alle in kleinen Gruppen unterwegs waren, und mit einem Mal hatte sie sich sehr einsam gefühlt.

Was machten die anderen aus ihrem Team wohl jetzt gerade? Was dachten sie über sie? Wurde sie persönlich für das Versagen verantwortlich gemacht? Nein. Natürlich wusste sie, dass das Unsinn war. Niemand machte sie für irgendetwas verantwortlich, nicht einmal Pietro Di Leva, ihr Vorgesetzter.

Um sich abzulenken, hatte sie sich auf die Auslagen der Geschäfte konzentriert und die bereits montierten, aber noch dunklen Lichterdekorationen betrachtet. Als die Läden schlossen und es auf der Straße ruhiger wurde, war sie in ein Lokal im Vicolo Giudaica geflüchtet, das ihr wegen seines ungewöhnlichen Namens schon öfter aufgefallen war: *Dedicato a Mio Padre,* meinem Vater gewidmet. Der Wirt hatte seinem Vater ganz offenbar einiges zu verdanken. Patrizia fand, dass der Name des Lokals zu einem Abend wie diesem auf zynische Weise passte, denn zu ihrem eigenen Vater hatte sie schon seit vielen Jahren keinen Kontakt mehr.

Der Innenraum des Restaurants war klein und rustikal, mit nur wenigen quadratischen Tischchen und weißen Tischdecken.

Auf einem breiten, den gesamten Raum überspannenden Brett standen dicht an dicht mehrere hundert Weinflaschen.

Das geräuschvolle Treiben in dem Lokal hatte Patrizias Stimmung anfänglich etwas gehoben. Sie hatte gegrillten Thunfisch und eine Flasche weißen Hauswein bestellt. Der Fisch stellte sich als hervorragend heraus, und der Wein tat ihr gut, auch wenn sie mit Unbehagen daran dachte, dass sie anschließend noch mit dem Auto nach Hause fahren musste.

Nach dem zweiten Glas allerdings war sie wieder schwermütig geworden. Wenn sie ehrlich war, vermisste sie Meran und die Südtiroler Berge. Dort kannte man sie als Mensch, nicht nur als Kollegin oder Chefin oder Kundin in irgendeinem Geschäft. Und all das hatte sie zurückgelassen.

Patrizia setzte ihr Glas ab. Was für ein sentimentales Gejammer! Sie musste einfach nur ins Bett. Letztlich war es doch nur ihrem allgemeinen Frust und der Müdigkeit zuzuschreiben, dass all diese düsteren Gedanken mit einem Mal von ihr Besitz ergriffen. Die Flasche war noch mehr als halb voll, aber das war wahrscheinlich auch besser so. Sie winkte dem kleinen, glatzköpfigen und recht beleibten Besitzer des Lokals und zahlte. Doch als sie eben aufstehen wollte, kam ihr spontan noch ein Gedanke.

»Oh, scusi, Signore, nur eine Frage. Fällt Ihnen zum Stichwort Pech und S. S. C. Napoli etwas ein?«

Sie wusste nicht, was sie eigentlich erwartet hatte, aber sicher nicht das strahlende Gesicht des Restaurantbesitzers.

»Naturalmente! Haben Sie das Spiel nicht gesehen? Vorgestern Abend gegen Juventus? Wir haben verloren. Santa Madonna! Zum ersten Mal nach fünf Siegen in Serie. Eine rote Karte. Völlig ungerechtfertigt natürlich, per l'amor di Dio! Und danach … Ach, Sie wissen ja, wie das geht. Ein Spieler weniger, und das war's dann. Pech eben.«

Patrizia nickte. Ja, Pech eben, nicht zu persönlich nehmen. Zu ihrer Überraschung fühlte sie sich auf einmal wieder besser. Sie bedankte sich, verließ das Lokal und hastete durch den Regen zu ihrer roten Klara auf dem Parkplatz vor der Questura.

Eine halbe Stunde später betrat sie ihre dunkle Wohnung im abgelegenen Stadtteil Ogliara, zog sich die feuchten Kleider aus und ging ins Bett.

*

Sein Bewusstsein war ganz plötzlich zurückgekehrt, und seitdem war keine Minute vergangen, in der er diesen Augenblick nicht verflucht und sich nicht gewünscht hatte, wieder einzutauchen in das erlösende schwarze Nichts. Er wusste nicht, wie lange er bewusstlos gewesen war, und selbst an die Stunden davor konnte er sich nur vage erinnern. Hatte er nicht einen ruhigen Abend zu Hause verbracht? Wann war das gewesen? Und wie war er hierhergekommen? Wo war er überhaupt?

Die Schmerzen erschwerten nicht nur die Erinnerung, sie verschleierten auch seine Wahrnehmung. Er war in einem fensterlosen kahlen Raum zu sich gekommen, der wie ein Keller oder Rohbau wirkte. Gleißendes Licht, kalter Betonboden, Betonwände, ein roter Stuhl. Ja, es war tatsächlich ein roter Stuhl! Er wusste selbst nicht, warum ihm das absurd vorkam. Und doch schien sich das ganze irrwitzige Ausmaß seiner Lage in dem roten Lack des Stuhls zu spiegeln.

Er selbst lag auf dem Boden. In seinem Mund befand sich ein zusammengeballter Stofffetzen, der so groß war, dass sein Kiefer sich von der ungewohnten Anstrengung in einer Art permanentem Krampfzustand befand. Er war nackt und von den Füßen bis zum Hals mit einem dicken, rauen Seil umwickelt. Oder vielleicht mit mehreren. Es war nicht einfach nur eine Fessel, es war ein Folterinstrument. Das Seil war so fest um seinen Körper gezurrt, dass das Blut nicht mehr richtig zirkulierte. Jeder Versuch, sich zu bewegen und dadurch dem Körper Raum zu verschaffen, war sinnlos und erhöhte nur den Druck und die Schmerzen, die wie ein greifbares Etwas waren, Farben und Formen hatten. Eine messbare Quantität. Seine Schenkel fühlten sich heiß und nass an. Es stank nach Blut und Urin. Anfangs hatte es ihn noch beunruhigt, dass er seine Arme nicht mehr spürte. Doch mittlerweile empfand er nur noch Erleichterung. Dafür nahm der unerträgliche Druck in seinem Schädel ständig zu. Er blinzelte, versuchte den Schweiß abzuwehren, der ihm in den Augen brannte. In seinem weit aufgerissenen Mund spürte er die Zunge unter dem Stofffetzen wie einen trockenen Klumpen, leblos, wie etwas, das schon nicht mehr zu ihm gehörte. Dazu kam, dass ein Zipfel des Lappens in den Kehlbereich hinabhing. Jede noch so kleine Bewegung mit dem Kopf ließ den Fetzen über das Innere seiner Kehle streichen. Dann kam der Brechreiz. Immer wieder kämpfte er gegen die Übelkeit an. Sich nicht erbrechen. Sich nur nicht erbrechen.

Der Schmerz kam in Wellen, und er stöhnte auf. Wo war die Person, die ihn hierher gebracht hatte? War es ein Mann oder eine Frau gewesen? Warum konnte er sich nicht einmal mehr daran erinnern? Er wusste nur noch, dass er auf dem roten Stuhl gesessen hatte und sich diesen ganzen Unsinn hatte anhören müssen. Dieses Gefasel von seiner Schuld. Welche Schuld? Es gab keine Schuld! Was damals geschehen war, war … Nein, es war gar nichts. Er hatte die richtige Entscheidung getroffen. Nichts von alldem war seine Schuld gewesen. Und letztlich hatte er das Recht ja auch auf seiner Seite gehabt. Es war einfach absurd. Nichts als Hirngespinste. Vor allem, dass er sterben sollte, um irgendeine Krankheit zu heilen, irgendein Gleichgewicht wiederherzustellen. Das Gebrabbel einer kranken Psyche. Wie war das noch? Er konzentrierte sich, um sich an die Worte zu erinnern, die wieder und wieder gefallen waren. Genau. Sein Tod sollte richtig und notwendig sein.

Er versuchte nicht einmal sich vorzustellen, was damit gemeint war, und wollte verächtlich schnauben, doch der Stoffball ließ nur ein dumpfes Krächzen zu. Dann raubte ihm der Schmerz erneut die Sinne.

Als er wieder klarer wurde, kam Wut in ihm auf. Wie konnte es sein, dass er noch hier war? Vermisste seine Frau ihn denn gar nicht? War sie so sehr mit den Enkelkindern beschäftigt, dass es ihr egal war, wenn er nicht ans Telefon ging? Hatte sie sich überhaupt die Zeit genommen, ihn anzurufen? Oder kam die Polizei wieder mal nicht in die Gänge? Musste man denen erst die Adresse vorbeibringen, damit sie hier auftauchten und ihn rausholten? Verdammt, so schwer konnte das doch nicht sein! War er nicht aus seiner eigenen Wohnung entführt worden? Wie konnte es sein, dass sie noch immer nicht hier waren?

Erst jetzt, mit einem Schlag, traf ihn der Gedanke, den er bisher nicht einmal angedacht hatte: Was, wenn sie nicht mehr rechtzeitig kamen? Er konnte doch unmöglich sterben. Auf diese Weise. Jetzt und hier.

Die Panik kam mit unerwarteter Heftigkeit und mit ihr eine neue Welle des Schmerzes. Er fühlte Tränen über sein Gesicht laufen. Sie vermischten sich mit dem Schweiß, liefen in seinen weit geöffneten Mund. Er erinnerte sich nicht, wann er das letzte Mal geweint hatte. Er musste noch ein Kind gewesen sein. Aber jetzt weinte er. O Dio, es musste doch noch eine Rettung geben!

Vorher auf dem roten Stuhl war er zu benommen gewesen, um selber zu sprechen. Aber jetzt wusste er, was er sagen wollte. Er musste einfach eine zweite Chance bekommen. Er wollte sich erklären, wollte alles sagen. Vor allem, warum ihn keine Schuld traf. Die anderen vielleicht. Aber nicht ihn. Er war unschuldig.

UNSCHULDIG!

Er schrie das Wort in seinem Kopf – zweimal, dreimal. Dann rief er sich zur Besinnung. Ruhig bleiben. Er musste ruhig bleiben. Nein, sein Tod war nicht richtig und auch nicht notwendig. Er würde die Krankheit nicht heilen. Das Gleichgewicht konnte nicht wiederhergestellt werden. Nicht dieses, und nicht so.

In dem Moment wurde ihm klar, dass das alles keine Rolle spielte. Er würde sterben. Einfach so. Es musste keinen Sinn ergeben.

*

Ich habe keine Eile. Trotzdem drängt die Zeit.

Die Nacht ist kurz, zu kurz vielleicht. Aber ich weiß, dass er mich verstanden hat. Er weiß jetzt, warum es sein muss. Noch ein paar Stunden, dann wird alles endgültig sein. Zeit, die verfliegt, für mich, aber nicht für ihn. Noch ein paar lange Stunden, die er braucht, um den Weg zu Ende zu gehen. Wie kam mir die Idee mit dem Seil, damals vor zwei Jahren? Ich weiß es nicht mehr. Aber es ist ein wunderbares Instrument. So einfach und doch so effektiv. Es ist ein wichtiger Schritt, für den man sich Zeit lassen muss. Das Gehirn arbeitet anders unter körperlichen Schmerzen. Das Bewusstsein erhöht sich, die Empfindungen werden stärker. Alles ist plötzlich so klar. Auch die Einsicht in die eigene Tat, in die Notwendigkeit der Sühne.

Meriani. Ich sehe dich vor mir. Du auf dem roten Stuhl, meine Lippen dicht an deinem Ohr. Ich habe dir alles erklärt, lange und ernsthaft, wie man mit einem Kind spricht, das nicht verstehen will. Anfangs hast du noch durch mich hindurchgesehen, als gäbe es mich gar nicht. Aber ich weiß, dass du mich gehört hast. Ich habe es in deinen Augen gesehen.

Natürlich hast du nicht sofort verstanden. Oder sollte ich sagen: Du wolltest mich nicht verstehen? Meine Worte sind an dir vorbeigeglitten, ohne dich anzusehen, ohne sich an dir zu brechen. Doch am Ende warst du machtlos gegen die Einsicht.

Natürlich. Du hast noch versucht, es vor mir zu verbergen. Aber ich konnte es in deinen Augen lesen, als du anfingst, der Stimme zuzuhören. Wirklich zuzuhören. Als die schemenhaften Gestalten, die Worte waren, anhielten, und du ihre Gesichter erkanntest. Und dann hast du aufgegeben, bist eingetaucht in das Wissen. Das Wissen, dass du sterben wirst.

Und auch warum.

Ich frage mich, warum mir das so wichtig ist. Ihr Verständnis. Ihre Einsicht in die Notwendigkeit der Sühne. Ist es nicht mehr, als sie ihm damals zugestanden haben? Damals gab es keine Notwendigkeit. Nichts gab es. Keine Zeit zu verstehen. Nichts, was man hätte verstehen können. Nur ein sinnloses Auslöschen. Aber ich bin nicht wie sie. Es ist mir wichtig, dass sie wissen, was sie getan haben. Auch wenn es schon so lange her ist. So lange, dass manchmal alles unscharf wird. Dann muss ich mich konzentrieren auf das, was ich noch weiß: die Schuld. Ihre Schuld, die nie gesühnt wurde. Und dass es an der Zeit ist, sie zu tilgen. Deshalb müssen sie leiden. Leiden und sterben. Es ist der einzige Weg. Vielleicht werden wir dadurch frei. Wir alle, die Opfer und die Täter. Auch ich. Die Krankheit, an der wir leiden, wird geheilt, der Makel ausgelöscht. Das Gleichgewicht wird wiederhergestellt.

Der Regen, der unaufhörlich gegen das Fenster schlägt. Er spricht zu mir, begleitet mich durch diese Nacht wie ein Freund. Meine Kleider sind nass. Ich kann es sehen, aber ich spüre es nicht. Wie sagt man doch gleich? Der Himmel weint. Ist das nicht treffend? Aber es sind Freudentränen. Und diesmal sollen alle daran teilhaben. Alle sollen wissen, dass der Augenblick gekommen ist, in dem Schuld zu Unschuld wird. Vielleicht habe ich zu lange gewartet. Sie hatten viel Zeit. Viel Lebenszeit. Viel zu viel. Aber es ist nicht wichtig. Jetzt nicht mehr. Es ist so weit.

3

Dienstag, 1. November 2011

Als Patrizia am frühen Morgen in der Questura ankam, war sie hundemüde. Entgegen ihrer Gewohnheit holte sie sich einen Kaffee aus dem Automaten. Er schmeckte scheußlich, aber sie brauchte jetzt einfach einen Schuss Koffein pur. Sie fragte sich, warum sie überhaupt so früh gekommen war, jetzt, wo doch nichts Wichtiges mehr anstand.

Auf ihrem Schreibtisch lag schon seit zwei Wochen ein Fall von Körperverletzung. Ein Streit zwischen Hausbewohnern war während einer Eigentümerversammlung aus dem Ruder gelaufen, und aus dem Handgemenge war eine Schlägerei geworden. Patrizia gähnte. Sie beschloss, den Vormittag mit dem Schreiben von Abschlussberichten zu dem eben ad acta gelegten Fall zuzubringen. Am Nachmittag konnte sie dann die Streithähne befragen.

Sie fuhr ihren Computer hoch, als mit einem Ruck die Tür aufgerissen wurde.

Patrizia zuckte zusammen.

»Mensch, Cristina! Kannst du nicht …« Doch sie beendete den Satz nicht.

»Scusa, Bella, ich hatte es einfach so eilig, dich zu sehen.«

Patrizias Kokommissarin warf ihr eine Kusshand zu und ließ sich in den Besuchersessel fallen. Doch dann wurde sie ernst und sah ihre Kollegin prüfend an.

»Genau so habe ich mir das vorgestellt. Ein übernächtigtes Häufchen Elend, aber pflichtbewusst wie immer. Was sind das eigentlich für andere Sachen, denen wir uns jetzt angeblich widmen sollen? Ich bin gar nicht mehr auf dem Laufenden.«

»Der Streit unter Hauseigentümern, du weißt schon.«

»O mio Dio, der hat mir gerade noch gefehlt! Worum ging's da noch gleich?«

»Um die Kosten für einen neuen Fahrstuhl im Gebäude. Soweit ich mich erinnere, wurde der Auftrag an den Cousin eines Wohnungseigentümers vergeben, ohne Kostenvoranschläge von anderen Firmen einzuholen. Das Übliche.«

»Oje, das kann ja heiter werden. Ich fürchte, wir werden uns noch nach unserem Mordfall zurücksehnen.«

»Na, jetzt übertreib mal nicht.«

»Übertreiben? Du wirst schon sehen! In puncto Hausgemeinschaften bin ich nämlich Spezialistin. Du da oben in deinem abgelegenen Domizil hast ja keine Ahnung, was sich hier unten in den Mehrfamilienhäusern für menschliche Abgründe auftun. Alle Aussagen werden rein parteiisch sein, je nachdem, wer mit wem im Haus befreundet oder verfeindet ist. Hat der Hund von X schon mal an mein Auto gepinkelt? Hat Y mich neulich nicht gegrüßt? Dazu kommen laute Besucher, falsch geparkte Autos und Hundehäufchen auf dem Gemeinschaftsrasen … Du brauchst gar nicht so zu lachen. Das sind alles Vergehen, die das Verhältnis zwischen Hausbewohnern völlig zerrütten können.«

»Hm-hm, kann ja sein. Aber irgendwie werden wir den Hauptverantwortlichen schon finden, und dann wird er wohl mit einer gesalzenen Geldstrafe und einem Eintrag ins Strafregister rechnen müssen.«

Cristina grinste breit. »Ja, zusätzlich zu den anteiligen Kosten für den neuen Fahrstuhl. Was meinst du, sollen wir uns das sofort antun oder …«

»Ich wollte eigentlich erst mal die Abschlussberichte schreiben und dachte, dass du vielleicht schon mal anfangen könntest, weil du dich doch auf dem Gebiet so gut auskennst.« Patrizia lächelte zuckersüß.

»Na toll.« Cristina verdrehte die Augen. »Andererseits sind mir Berichte sogar noch mehr zuwider. Also dann, bis später mal.« Sie erhob sich schwerfällig aus dem Besuchersessel, winkte noch einmal kurz und verließ das Büro.

Es war fast Mittag, als Patrizia den letzten Bericht ausdruckte und in die Mappe legte. Sie hatte Hunger.

Auf dem Weg nach unten schaute sie kurz in Cristinas Büro vorbei, doch die war offenbar noch ausgeflogen. Schade. Ein paar Anekdoten aus dem Leben gestresster Wohnungseigentümer hätten die Mittagspause sicher enorm belebt.

Sie verließ das Gebäude und überquerte die Straße. In den Morgenstunden hatte es zu regnen aufgehört. Allerdings war der Himmel noch immer dunkelgrau, und ein nasskalter Wind fegte übers Meer. In der Bar Umberto suchte sie sich einen freien Platz an der Theke und aß ein Tramezzino.

Schon um halb eins saß sie wieder an ihrem Schreibtisch.

Das Telefon läutete. Luca aus der Anmeldung. Er fragte sie, ob er ihr eine Dame vorbeischicken könne, die unbedingt ihren Ehemann vermisst melden wollte. Die eigentlich dafür zuständigen Kollegen waren noch in der Mittagspause, aber die Frau hatte angeblich nur wenig Zeit, da sie ihre Enkel von der Schule abholen musste.

Patrizia seufzte. Sollte das ab jetzt ihr Los sein? Tollwütige Mieter und abtrünnige Ehemänner?

Kurz darauf saß die Dame auf ihrem Besucherstuhl. Um die 60, schwarz gefärbtes, perfekt gelegtes Haar, gepflegte Erscheinung, adrett gekleidet, aber offensichtlich nervös und aufgebracht. Sie wartete nicht darauf, angesprochen zu werden, sondern legte sofort los, was Patrizia auf eine wohlhabende gebürtige Salernitanerin schließen ließ.

»Buongiorno, Commissaria, mein Name ist Meriani, Barbara Meriani. Mein Mann ist Ugo Meriani, Sie wissen schon, der Ingenieur.«

Patrizia wusste nicht und hob erstaunt die Augenbrauen, ging jedoch nicht weiter darauf ein, sondern fragte stattdessen:

»Man sagte mir, Sie vermissen ihn? Seit wann denn?«

»Oh, das weiß ich gar nicht. Wahrscheinlich aber seit gestern Abend.«

Patrizia unterdrückte einen Seufzer. Ein Ehemann, der erst seit ein paar Stunden vermisst wurde. Wahrscheinlich hatte er eine Geliebte oder war einfach nur mal allein aus dem Haus gegangen, ohne seine Frau um Erlaubnis zu fragen. Aber was hatte sie im Augenblick schon Besseres zu tun? Sie zwang sich, freundlich zu klingen.

»Wann haben Sie Ihren Mann denn zuletzt gesehen?«

»Gestern Morgen. Wissen Sie, meine Tochter ist mit meinem Schwiegersohn für zwei Tage geschäftlich in Mailand, und ich passe in der Zeit auf meine beiden Enkel auf. Gestern Morgen bin ich nach Pontecagnano gefahren, wo meine Tochter lebt. Um zwei Uhr habe ich die beiden von der Schule abgeholt und bin dann über Nacht dort geblieben. Eigentlich hatte ich gar nicht vor, heute Morgen in unsere Wohnung nach Salerno zurückzufahren, aber ich hatte meine Fernsehbrille vergessen, und ohne die, na ja, Sie wissen schon … Ich muss auch gleich wieder zurück. Die Schule ist ja bald aus.«

Patrizia nickte zerstreut.

»Warum glauben Sie, dass Ihr Mann verschwunden ist? Wann haben Sie ihn denn zum letzten Mal gesprochen?«

»Ich habe gestern Abend spät, so gegen elf, bei ihm angerufen. Ugo geht nie vor Mitternacht ins Bett. Ich wollte wissen, ob er sich das Essen aufgewärmt hat.« Sie hielt kurz inne, bevor sie fortfuhr. »Er ging aber nicht ans Telefon. Wahrscheinlich war er wie immer vor dem Fernseher eingeschlafen. Also habe ich mir auch weiter keine Sorgen gemacht. Aber als ich dann heute Morgen nach Hause kam, um die Brille zu holen, ist es mir sofort aufgefallen.«

Sie machte eine Pause und sah Patrizia mit einem vielsagenden Blick an.

»Ja?«

»Ja. Das Bett, das gemachte Bett. Mein Mann kann gar kein Bett machen, jedenfalls nicht richtig. Nicht so, wie es sich gehört. Das Bett war aber gemacht. Und zwar so, wie ich es immer mache. Das heißt, dass er über Nacht gar nicht zu Hause war!«

»Könnte er nicht auf dem Sofa geschlafen haben? Oder bei einem Freund oder Bekannten? Schließlich war er allein.«

»Aber er hat doch zu Hause gegessen. Und er hasst es, nach dem Abendessen noch mal rauszugehen. Wohin auch? Er trifft sich abends eigentlich nie mit jemandem. Und auf dem Sofa schlafen? Nein, das tut er nicht. Dazu ist es viel zu unbequem.«

»Haben Sie denn schon bei seinen Kollegen und Bekannten nachgefragt, ob er sich nicht vielleicht doch bei einem von ihnen aufhält?«

»Im Büro ist er nicht, da habe ich schon angerufen. Aber bei seinen Bekannten? Nein, mio Dio, das ist mir peinlich. Was sollen die von uns denken? Aber er ist bestimmt nicht bei einem Bekannten, da bin ich mir ganz sicher. Außerdem waren da ja noch die Fußabdrücke in der Wohnung.«

»Fußabdrücke?«

»Ja. Irgendwer muss mit klatschnassen Schuhen durch die ganze Wohnung gegangen sein. In allen Zimmern waren diese Schmutzspuren. Dabei haben wir eine Fußmatte vor der Eingangstür. Eine Rücksichtslosigkeit sondergleichen. Aber Ugo war das nicht, der ist da sehr penibel. Er zieht sich immer sofort die Schuhe aus. Mein Mann ist ja Ingenieur, wissen Sie, einer der bekanntesten Ingenieure der Stadt, ach, was sag ich, einer der besten Ingenieure der Region. Er ist außerordentlich präzise. Das gehört zu seinem Beruf. Deshalb ist er auch so auf Sauberkeit bedacht. Er würde niemals einen solchen Schmutz hinterlassen.«

»Sie meinen, er hatte Besuch? Könnte er dann nicht mit diesem Besuch noch einmal weggegangen sein?«

Frau Meriani sah Patrizia beinahe gekränkt an.

»Ugo hat nicht bei jemandem übernachtet, der unsere Wohnung so verdreckt, wenn ich es Ihnen doch sage. Und seine Zahnbürste ist ja auch noch da.«

Patrizia verkniff sich ein Lächeln. Das mit der Zahnbürste hatte Signora Meriani also nachgeprüft. Einen leisen Zweifel hatte sie demnach doch gehegt.

»Haben Sie die Schmutzspuren denn schon weggewischt?«

Die Frage war Patrizia routinemäßig herausgerutscht.

Signora Meriani wirkte betreten, wie auf frischer Tat ertappt.

»Ich wollte ja, aber ich hatte doch keine Zeit. Um zwei kommen die Kinder aus der Schule, und vorher musste ich doch noch hierher.« In ihrer Stimme lag eine Mischung aus Vorwurf und Rechtfertigung.

»Gut, also ich möchte Sie bitten, an Ihrer Wohnung auch weiterhin nichts zu verändern. Lassen Sie alles, wie es ist. Auch die Fußspuren. Sie sind ja jetzt sowieso erst mal wieder in der Wohnung Ihrer Tochter. Und ich möchte Sie bitten, alle Bekannten Ihres Mannes anzurufen. Wirklich alle. Bedenken Sie, dass wir keine Ermittlungen aufnehmen können, bevor wir nicht ausgeschlossen haben, dass sich Ihr Mann einfach nur bei einem Freund oder Kollegen aufhält. In den meisten Fällen gibt es eine ganz plausible Erklärung dafür, warum jemand ausnahmsweise mal nicht zu Hause übernachtet hat oder nicht ans Telefon geht. Ich bin sicher, dass Ihr Mann innerhalb der nächsten Stunden wieder auftaucht. Rufen Sie ihn weiterhin auf dem Handy an. Falls er morgen früh immer noch nicht wieder da ist und auch seine Bekannten und Kollegen nichts von ihm gehört haben, werden wir uns einschalten.«

Signora Meriani schien über das Ergebnis ihres Besuchs eher unglücklich zu sein. Sie erhob sich beinahe trotzig und ging zur Tür. Doch bevor sie sie öffnete, drehte sie sich noch einmal um und zog ein Foto aus ihrer Handtasche.

»Dieses Bild habe ich Ihnen mitgebracht. Das ist mein Ugo. Sie werden schon sehen, dass er verschwunden ist.«

Patrizia nahm das Bild und bedankte sich. Sie musste zugeben, dass Signora Meriani ziemlich hartnäckig war.

Den Nachmittag verbrachten Patrizia und Cristina wie geplant damit, gemeinsam weitere Beteiligte an dem Streit unter Wohnungseigentümern zu befragen. Es war langweilig und ermüdend, aber wenigstens konnten sie heute mal früher Feierabend machen.

Kurz bevor Patrizia die Questura verließ, erhielt sie einen Anruf von Signora Meriani, die ihr versicherte, alle Bekannten und Kollegen ihres Mannes angerufen zu haben. Ohne Erfolg, wie sie mit Genugtuung verkündete. Im Büro war er den ganzen Tag nicht gewesen, und auch auf dem Handy hatte sie ihn nicht erreicht. Seit dem Nachmittag war es dann ausgeschaltet gewesen. Vielleicht war auch der Akku leer. Ugo selbst hatte sich nicht bei ihr gemeldet.

Obwohl Patrizia die Statistiken kannte, die dafür sprachen, dass die Sache Meriani letztlich gut ausgehen würde, wurde sie eine gewisse innere Unruhe nicht los. Nicht einmal, als sie auf dem Weg nach Hause an ihrer Lieblingspizzeria anhielt und sich eine Pizza Diavola mit scharfer Salami und Zwiebeln kaufte. Hätte sie sich der Sache gleich widmen sollen? Aber dafür hatte es am Mittag keinen Anlass gegeben. Sie kannte die Prozedur. Ach was, es würde schon nichts sein. Sie musste jetzt wirklich mal abschalten, anstatt immer und überall nur Gespenster zu sehen.

Zu Hause setzte sie sich vor den Fernseher und aß ihre Pizza.

Wenn Ugo Meriani bis morgen nicht wieder auftauchte, würden sie nach ihm suchen lassen.

Es war noch nicht einmal zehn, als sie ins Bett ging.

*

Patrizia hatte bereits tief und fest geschlafen, als ihr Handy sie weckte. Cristina! Um diese Uhrzeit? Sie stöhnte.

Wie in fast allen Familien hier in Süditalien gingen auch Cristinas kleine Mädchen sehr spät ins Bett, so dass ihre Kollegin sie oft erst nachts anrief, wenn es noch etwas zu besprechen gab. Aber was konnte es an einem ereignislosen Tag wie diesem um Mitternacht noch zu besprechen geben?

Sie nahm das Gespräch an.

»Scusa, aber mein Tag als Ermittlerin ohne Ermittlung war so aufreibend, dass ich einfach mal früher ins Bett musste.«

Eine kurze Stille am anderen Ende, dann hörte Patrizia Cristinas ironische, wenn auch müde Stimme.

»Scusa meinerseits, aber wenn du Angst vor Langeweile hast, kann ich dich beruhigen. Es gibt Arbeit.«

Wieder eine Pause.

»Wir haben einen Toten, oder besser gesagt, einen Kopf.«

Der ironische Unterton in Cristinas Stimme war verschwunden.

Wenige Minuten später saß Patrizia im Auto. Der Regen war im Laufe des Abends wieder stärker geworden. Dieser Tatsache sowie der späten Stunde war es wohl zuzuschreiben, dass selbst auf den Straßen im Innenstadtbereich kaum Verkehr herrschte. Und das, obwohl Salerno heute Abend zum ersten Mal wieder in seinem alljährlichen Weihnachtsglanz erstrahlt war, was an einem trockenen Abend sicher unzählige Menschen in die Stadt und damit in die Bars und Lokale gelockt hätte.

Patrizia parkte die rote Klara direkt vor dem klassizistischen Säulenportal des Teatro Verdi, Salernos Opernhaus. Vom Theaterplatz aus waren es nur noch ein paar Schritte bis zum Largo Campo, zu dem Cristina sie bestellt hatte.

Eigentlich hieß das hübsche kleine Plätzchen Largo Sedile del Campo. Doch selbst auf dem Straßenschild war der Name zu der trügerischen Kurzform Largo Campo – großer breiter Platz – zusammengeschnurrt, was unter Besuchern regelmäßig für Verwirrung sorgte, da es in der ganzen Stadt keinen engeren Platz gab als diesen.

Patrizia warf einen Blick auf die Uhr, als sie die Piazza erreichte. Es war kurz vor eins.

Das Gelände vor dem vierstöckigen spätbarocken Palazzo Genovese war abgesperrt. Die Kriminaltechniker hatten bereits ein paar starke Scheinwerfer aufgebaut, die das Gebäude in ein gleißend weißes, fast irreal anmutendes Licht tauchten. Trotz der relativ späten Stunde drängten sich zwei Dutzend Schaulustige vor dem gelben Plastikband. Die meisten von ihnen telefonierten oder filmten die Hauswand mit ihren Smartphones.

Patrizia folgte dem Beispiel der Menge. Mit zusammengekniffenen Augen ließ sie ihren Blick an der Hauswand hinaufgleiten. Die weihnachtliche Lichterdekoration des Palazzos bestand aus der Projektion großer, langsam an der Wand herunterrieselnder Schneeflocken, die allerdings durch das gleißende Licht der Scheinwerfer nur an den im Schatten liegenden Rändern zu sehen waren.

Durch die Helligkeit konnte Patrizia zunächst nicht viel erkennen, doch plötzlich erschrak sie. Kein Zweifel, da war er. Er baumelte im Zentrum des weißen Scheinwerferlichts. Ein großer, fahler Klumpen, der mit dem weißen Hintergrund zu verschmelzen schien. Erst bei näherem Hinsehen gab sich das Etwas als das zu erkennen, was es war: ein beinahe unecht wirkender bleicher Kopf mit unnatürlich aufgerissenen Augen und schwarzer, offener Mundhöhle, die wirkte, als hätte der Mann im Augenblick seines Todes aus Leibeskräften geschrien. Auf seiner Stirn erkannte Patrizia einen dunklen Fleck. Doch ob es sich dabei um ein Einschussloch handelte, war aus dieser Entfernung nicht zu erkennen. Neben dem Kopf klafften zwei hohe scheibenlose Fensteröffnungen.

Der Palazzo Genovese war einer der wenigen im Zentrum, an dem die Restaurierungsarbeiten noch nicht abgeschlossen waren. Doch auch in unfertigem Zustand konnte man das Gebäude nur als aristokratisch bezeichnen, auch wenn das zarte Gelb seiner Fassade und die weißen Barockrahmen der Fenster im hellen Licht kaum zu erkennen waren.

Plötzlich hörte Patrizia Bob Kingfishers grantige Stimme.

»Wie wär's, wenn die Wespe mal hier hochfliegen würde?«

Sie kniff erneut die Augen zusammen und sah den Kriminaltechniker, der hinter einem der hohläugigen Fenster stand und ihr gestikulierte, nach oben zu kommen. Patrizia betrat den Palazzo und ging hinauf.

»Endlich!«

Cristina eilte auf Patrizia zu und schnitt eine Grimasse.

»Weißt du eigentlich, wie oft ich dich angerufen habe, bevor du aus deinem Schönheitsschlaf erwacht bist?«

»Ich schlafe mit Ohrenstöpseln.«

»Du machst Scherze! In deinem verschlafenen Nest da oben?«

»Ist eine lange Geschichte. Erzähle ich dir ein andermal.«

Sie warf einen Blick aus dem Fenster.

Das wachsweiße Gesicht war jetzt zum Greifen nah und leuchtete gespenstisch wie eine phosphoreszierende Maske. Ein paar dunkelgraue Haarsträhnen klebten am Hinterkopf, während andere sich im Nachtwind still und geisterhaft hin und her bewegten. Sie waren das einzig Lebendige an diesem Kopf.

»Ein Gegenstand«, flüsterte Patrizia. »Er wirkt wie ein Gegenstand. Nicht wie der Kopf eines Menschen, der vor Kurzem vielleicht noch gelacht oder gesprochen hat.«

Cristina schien sie gehört zu haben. »Sprichst du mit dir selbst? Hm, wenigstens kennen wir dieses Mal die Todesursache.«

Patrizia bemühte sich, gegen das blendende Licht die Augen offen zu halten. Die Schusswunde auf der Stirn war tatsächlich gut zu erkennen. Ein kreisrundes Loch, fast unscheinbar. Kein Blut, keine Schweinerei.

Doch mit einem Mal zuckte sie zusammen. Konnte das denn sein? Natürlich! Sie kannte diesen Mann! Sie hatte sein Gesicht schon einmal gesehen, auch wenn es jetzt durch den Todeskampf verzerrt war. Und zwar heute erst, auf einem Foto. Verdammt! Ruckartig drehte sie sich zu den anderen um.

Cristina war im Begriff etwas zu sagen, schwieg jedoch, als sie den Gesichtsausdruck ihrer Kollegin sah.

»Ich weiß, wer dieser Mann ist«, sagte Patrizia mit belegter Stimme. »Seine Frau war heute in der Questura und wollte ihn vermisst melden. Aber er war erst seit ein paar Stunden weg, vielleicht über Nacht, oder auch nicht. Ich habe sie auf morgen vertröstet.« Sie atmete tief durch, doch es klang eher wie ein Seufzen. »Der Mann heißt Ugo Meriani und ist Ingenieur.«

Auf den Gesichtern der anderen spiegelte sich Erstaunen.

Patrizia wandte sich an Davide. »Haben wir sonst schon etwas?«

Davide zuckte mit den Schultern. »Nicht viel. Eigentlich gar nichts. Unsere Leute machen unten die Runde. Die Dame, die den Kopf entdeckt und die Polizei verständigt hat, kam nach eigener Aussage kurz vor Mitternacht hier vorbei. Um die Zeit führt sie jeden Abend noch mal ihren Hund ums Quadrat. Ihr Anruf wurde um genau vier nach zwölf verzeichnet.«

»Ja, stimmt«, nahm Cristina den Faden auf. »Die Dame hat den Kopf aber nur als Erste entdeckt, denn da hing er schon dort so wie jetzt. Irgendwelche Aktivitäten hat sie nicht beobachtet. Allerdings ist sie auch nicht vor dem Gebäude stehen geblieben. Sie ist so erschrocken, dass sie auf der Stelle in die Pizzeria Sant'Andrea unten am Platz gerannt ist, um die Leute dort zusammenzutrommeln. Sie sind alle hinaus auf den Platz gelaufen, und von dort aus hat sie dann per Handy die Polizei gerufen. Die Angestellten und Gäste der Pizzeria werden auch gerade befragt, aber bislang hat niemand jemanden aus dem Haus raus- oder vorher reingehen sehen.«

»Was ist mit dem Kebab-Laden gegenüber?«, wollte Patrizia wissen. »Und ist da nicht auch noch das Ecklokal, das diese braunen Tüten mit frittiertem Fisch verkauft?«

Cristina nickte. »Ja schon. Und auf der anderen Seite des Platzes gibt es außerdem eine neue Lounge Bar, Café al Cool oder so. Die wollten vorhin schon zumachen, werden aber gerade befragt, genau wie die anderen. Natürlich wissen wir nicht mal, seit wann der Kopf hier schon hängt, aber allzu lange dürfte es nicht gewesen sein.« Sie schüttelte den Kopf. »Ich kann kaum glauben, dass der Täter das Risiko eingegangen ist, von Leuten, die die fallenden Lichterflocken bewundern wollten, dabei beobachtet zu werden, wie er einen abgetrennten Kopf aus dem Fenster die Fassade herunterhängen lässt. Aber so ist es offenbar!«

»Tja«, meinte Davide, »bei dem Wetter war nicht allzu viel los heute Abend, und schon gar nicht mehr kurz vor Mitternacht. Außerdem könnte die Projektion der Schneeflocken unbeabsichtigt als Tarnung gedient haben. Wo unentwegt Schneeflocken an der Wand herunterfallen, sieht man es vielleicht gar nicht, wenn da langsam ein Kopf runtergelassen wird, es sei denn, man guckt im selben Moment zufällig exakt dorthin. Trotzdem, Nerven hatte der Kerl, alle Achtung! Davon abgesehen, wie konnte sich der Täter überhaupt Zugang verschaffen? Als wir hier ankamen, war das Eingangstor abgeschlossen und schien unversehrt.«

Bob zuckte mit den Schultern. »Kann ich noch nicht sagen. Nur dass es tatsächlich keine offensichtlichen Einbruchsspuren gibt, weder am Haupttor noch am Hintereingang. Wäre auch unklug, mit einem Kopf in der Hand hier aufzutauchen und dann vor aller Augen an einem so öffentlichen Ort ein schweres Holztor zu knacken. Beide Eingänge haben Schlösser, die man nicht mal eben so auf die Schnelle aufbekommt. Da muss man schon mit Spezialgeräten ran, wie wir das vorhin getan haben, und das fällt auf.« Er hob den Arm und trommelte mit den Fingern auf seinen kahlen Schädel, wie immer, wenn er nachdachte. »Ob es Fingerabdrücke an den Eingängen gibt, wird gerade untersucht, und ich bin sicher, dass wir welche finden, aber das heißt nicht zwingend, dass sie auch vom Täter stammen.«

Plötzlich hatte Patrizia eine Eingebung. Das war es, was ihr sofort seltsam vorgekommen war!

»Ich sehe überhaupt kein Blut«, sagte sie. »Ein abgetrennter Kopf müsste doch Blut verlieren. Warum also gibt es hier nirgendwo Blutflecken? Nicht mal an der Hauswand. Ist das nicht merkwürdig?«

»Ja, das sollte man meinen«, stimmte Gabriella Molinari, die Rechtsmedizinerin, ihr zu. »Ich nehme an, der Täter hat den Kopf erst mal einige Stunden ausbluten lassen, bevor er ihn hier aufgehängt hat. Das Opfer wurde also wahrscheinlich nicht erst heute Abend getötet. Näheres kann ich dir allerdings noch nicht sagen.«

Einen Moment lang herrschte allgemeines Schweigen.

»Also, so weit zu den bisherigen Fakten«, meinte Patrizia schließlich, »aber was ist mit eurem ersten Eindruck? Irgendein Bauchgefühl? Na los! Nichts ist so unwesentlich, dass ich es nicht hören möchte.«

Sie sah in die Runde, doch niemand antwortete.

»Okay, dann fange ich selber an. Es scheint, dass wir es hier mit einem Täter zu tun haben, der nicht einfach nur jemanden beiseiteschaffen wollte. Im Gegenteil. Was wir hier sehen, ist eine öffentliche Inszenierung mit allen Risiken, die so etwas mit sich bringt. Hier will einer für sein Werk Anerkennung oder Bewunderung oder was weiß ich.«

»Oder er will uns etwas mitteilen, und der abgetrennte Kopf oder besser der aufgehängte abgetrennte Kopf soll uns etwas ganz Bestimmtes sagen«, fuhr Cristina fort. »Immerhin präsentiert er uns die Tat auf dem Silbertablett, obwohl ihm das den Vorsprung verkürzt. Schließlich muss er wissen, dass wir innerhalb weniger Stunden die Ermittlungen aufnehmen. Er nimmt sich also kaum Zeit, seine Spuren zu verwischen oder zu verschwinden, falls er das überhaupt vorhat. Ich glaube, Patrizia hat recht. So ein Risiko nimmt man nur in Kauf, wenn es einem Zweck dient, der wichtiger ist als die Gefahr, gefasst zu werden.«

»Vielleicht spielt er mit uns?«, warf Davide ein. »Oder er fordert uns heraus?«

»Außerdem war die Aktion minutiös geplant«, meinte jetzt auch Bob. »Es ist eine Sache, jemanden über den Haufen zu schießen und abzuhauen. Eine andere, dem Opfer den Kopf abzutrennen, ihn ausbluten zu lassen und ihn dann auch noch an einem öffentlichen Platz zur Schau zu stellen. Und das Ganze bislang ohne einen Zeugen oder offensichtliche Einbruchsspuren. Der Mann hat Grips, Fantasie und Nerven.«

Er schüttelte den Kopf und sah die anderen mit einer Mischung aus Fassungslosigkeit und Anerkennung an.

Patrizia nickte. »Auf jeden Fall müssen wir so schnell wie möglich herausfinden, ob irgendwer hier etwas gesehen hat. Es muss ja nicht unbedingt einer der immer noch Anwesenden sein. Vielleicht ein Passant, der in den letzten Stunden hier vorbeigekommen ist. Wir müssen über die Medien einen Aufruf rausgeben und die Bevölkerung um Mithilfe bitten.« Sie sah auf ihre Armbanduhr. Es war halb zwei. »Gabriella und Bob, so leid es mir tut, aber seht zu, dass ihr hier nichts unversucht lasst.«

Bob nickte resigniert und warf einen Blick auf die Menschenmenge vor dem Absperrband. »Es scheint nur eines zu geben, das die Menschen noch mehr interessiert als die Weihnachtsbeleuchtung, und das sind Lichter, die einen Toten anstrahlen.«

Patrizia klopfte ihm auf die Schulter. »Okay, wir anderen können heute Nacht wohl nicht mehr viel tun. Davide, sieh zu, dass du gleich den Aufruf an die Presse rausgibst. Unsere Leute sollen außerdem rausfinden, ob eines der Lokale hier Videoüberwachung hat. Eher unwahrscheinlich, aber was soll's. Und ich«, sie seufzte, »werde wohl jetzt noch zu Merianis Ehefrau fahren müssen. Es ist eigentlich viel zu spät dafür. Aber ich will, dass die Suche nach möglichen Zeugen sofort losgeht, und Signora Meriani darf auf keinen Fall aus den Medien vom Tod ihres Mannes erfahren.«

»Ich komme mit.«

Cristina legte ihre Hand auf Patrizias Schulter.

»Danke.«

Im Gehen wandte sie sich noch einmal zu den anderen um.

»Und denkt daran, eure Wecker zu stellen. Morgen um sieben treffen wir uns im großen Sitzungsraum.«

4

Mittwoch, 2. November 2011

Raoul Ranieri schaltete den Fernseher ein.

Eine Angewohnheit, die er von seiner Mutter übernommen hatte. Seit er sich zurückerinnern konnte, hatte der Fernseher morgens fröhlich vor sich hin geplappert, wenn er aufstand und sich für die Schule vorbereitete. Es hatte Zeiten gegeben, in denen ihm das hektische Gerede der Moderatoren zu so früher Stunde auf die Nerven gegangen war. Wie konnte man um diese Uhrzeit nur schon so munter sein und so viel lachen, und dann auch noch so laut? Aber seit seine Mutter nicht mehr da war und der Vater, der noch nie ein Mann vieler Worte gewesen war, das Sprechen mehr oder weniger ganz eingestellt hatte, empfand er die Stimmen aus dem Fernseher als tröstlich. Andere Menschen, andere Leben, Ziele, Sorgen, sogar das Wetter … Alles, nur nicht das, was sich seit so vielen Jahren bei ihm zu Hause abspielte, eben seit seine Mutter nicht mehr lebte.

Jetzt brachten sie eine Sondermeldung. Die Polizei bat um Mithilfe aus der Bevölkerung. Sie suchte nach möglichen Zeugen, die am Vorabend etwas Verdächtiges am Palazzo Genovese beobachtet hatten. Man hatte dort in schwindelerregender Höhe den Kopf des Ingenieurs Ugo Meriani gefunden, der mit Seilen an einer Dachluke des Gebäudes befestigt gewesen war.

Raoul stellte die Kaffeekanne auf dem Herd ab, langsam und bedächtig. Er sah auf seine Hände, horchte in sich hinein. Aber da war nichts. Kein Zittern, kein schnellerer Herzschlag. Gar nichts. Er dachte daran, wie stark seine Reaktion gewesen war, als sie vor Monaten den ehemaligen Polizisten Gigi Spinosa aus dem Meer gefischt hatten. Damals war er fast ekstatisch gewesen. Heute dagegen blieb er ganz gelassen. Vielleicht weil er sich jetzt sicher sein konnte, dass die Dinge ihren Lauf nahmen. Nummer zwei also …

Er setzte sich auf den Küchenstuhl und verfolgte aufmerksam den Bericht. Dann folgten Werbespots. Er goss den fertigen Kaffee in eine kleine Kanne.

Die Wut, die sonst in ihm schwelte, machte eine kurze Pause. Er fühlte sich angenehm leicht. Doch er gab sich keinen Illusionen hin. Es würde nicht andauern. Spätestens wenn er seinen Vater wecken musste, würden die Anspannung und die Selbstzweifel ihn wieder fest im Griff haben.

Aber in diesem Moment genoss er es, sich nur auf das Umfüllen des Kaffees zu konzentrieren, so wie seine Mutter es ihm vor vielen Jahren beigebracht hatte. Wie viele Male hatte sie ihm erklärt, dass der Kaffee durch das Umfüllen gut durchgemischt wurde, so dass er anschließend beim Einfüllen in die Tassen gleichmäßig stark war. Füllte man ihn von der Maschine aus direkt in die Tassen, war die erste mit dem zuletzt aufgestiegenen Kaffee schwächer als die darauffolgenden. Italienisches Allgemeinwissen, Grundkurs. Ob es wirklich stimmte, wusste Raoul nicht, und er bezweifelte, dass es viele Menschen gab, die es ausprobiert hatten. Man hörte das schon als Kind von den Eltern. Eine der Kernwahrheiten häuslichen Lebens, an denen zu rütteln völlig unnötig war.

Er nahm zwei Tassen aus der Anrichte und dachte an seinen Vater. Nicht einmal das tat er mehr: Kaffee kochen. In den Jahren nach dem Tod der Mutter hatte sein Schweigen immer mehr Raum eingenommen, vor allem zu Hause. Seiner Arbeit als Steuerberater war er allerdings weiterhin nachgegangen. Seit er jedoch in Rente war, sprach er so gut wie gar nicht mehr. Er verließ kaum das Haus, vegetierte zwischen Bett und Sofa hin und her, kochte nicht, kaufte nichts ein, ging nicht spazieren, traf niemanden. In letzter Zeit hatte Raoul sogar bemerkt, dass sein Vater schlecht roch, obwohl er, Raoul, sich doch peinlich genau um den Haushalt und damit auch um die Wäsche kümmerte. Es konnte also nur daran liegen, dass der Vater sich nicht mehr gründlich wusch.

Raoul seufzte. Bald würde er das wohl auch noch übernehmen müssen.

An einem anderen Tag hätte diese Vorstellung sicher die übliche Bitterkeit in ihm ausgelöst. Doch nicht heute.

Raoul war sich jetzt sicher, dass etwas ins Rollen gekommen war. Etwas, das vieles, wenn nicht sogar alles verändern würde. Oder war das nur eine leere Hoffnung? Nein, er wollte jetzt einfach mal positiv denken. Was, wenn er später einen Spaziergang auf dem Lungomare machte? Er könnte sich in ein Café setzen und den Leuten beim Flanieren zusehen. Vielleicht konnte er ja sogar seinen Vater dazu überreden mitzukommen? Aber er wusste, dass das eine Illusion war. Sein Vater dachte anders über diese Dinge. In dem Punkt würden sie sich wahrscheinlich nie einigen.

Raoul spürte, wie das wunderbare Gefühl der Leichtigkeit aus ihm wich wie Luft aus einem kaputten Fahrradschlauch. Für seinen Vater kam das alles zu spät. Und für ihn? Er schloss die Augen.

Dann nahm er das Kaffeekännchen und schleuderte es mit solcher Wucht an die Wand, dass der heiße Kaffee in hohem Bogen durch den Raum spritzte.

*

Wie fast jeden Morgen saßen Patrizia und Cristina vor der ersten Sitzung des Tages noch kurz in Patrizias Büro zusammen. Im Fernsehen lief der Bericht über die gestrigen Ereignisse. Es war eine erste offizielle Meldung der Polizei, verbunden mit dem Aufruf um Mithilfe aus der Bevölkerung.

»War ja zu erwarten«, meinte Cristina, während sie an ihrem Plastikbecher mit Espresso nippte. »Die Journalisten stürzen sich schon auf die Sensation. Ein Kopf, der zwischen großen, an der Hauswand herunterrieselnden Schneeflocken aus Licht baumelt, ist natürlich ein gefundenes Fressen.«

»Klar. Daran werden sich die Medien in den nächsten Tagen festbeißen«, stimmte Patrizia ihr zu. »Ich kann nur hoffen, dass die Merianis sich das ersparen und die Geräte ausgeschaltet lassen.«

»Na ja, Signora Meriani hat die Nachricht letzte Nacht ja mehr oder weniger mit Fassung aufgenommen. Und zum Glück hat sich ihre Nachbarin sofort bereit erklärt, bei ihr zu bleiben. Wann kommt denn die Tochter aus Mailand zurück?«

»Die ist schon auf dem Weg.«

Patrizia seufzte vernehmlich.

»Was ist los?«, fragte Cristina.

»Ach nichts, ich dachte nur gerade an unseren Chef. Du weißt ja, die Presse ist das Einzige, was ihn aus der Ruhe bringen kann, und es wird sicher nicht lange dauern, bis die erste Pressekonferenz ansteht.«

Patrizia spürte, wie sich eine Faust in ihrem Magen zusammenballte. Die Faust der Anspannung und des Leistungsdrucks, der allgemeinen Erwartungen an sie und ihr Team.

»Bei dem toten Exkollegen hätte der Druck eigentlich massiv sein müssen«, meinte Cristina, »immerhin war er ja ein ehemaliger Polizist. Trotzdem sind wir erstaunlich glimpflich davongekommen, als wenn sich alle im Stillen darüber einig gewesen wären, dass es ohnehin ein Ding der Unmöglichkeit war, einen schon Monate zurückliegenden Mord tatsächlich noch aufzuklären.«

»Nur leider liegen die Dinge diesmal anders. Und man muss kein Psychologe sein, um den in Szene gesetzten Kopf als das zu sehen, was er ist: eine öffentliche Herausforderung an die Polizei.«

Cristina nickte nachdenklich.

»Keine Frage, die Presse wird genau mitverfolgen, mit welchen Mitteln und mit welchem Erfolg wir auf diesen Fehdehandschuh reagieren.« Sie sah auf die Uhr. »Hey, wir müssen los, sonst fängt die Sitzung ohne uns an.«

Sie standen auf und eilten in den dritten Stock.

*

Gabriella Molinari war die Letzte, die die Tür des Sitzungszimmers mit den kahlen beigen Wänden hinter sich schloss. Sie sah übernächtigt aus, ebenso wie Bob. Die beiden warfen einander einen vielsagenden Blick zu.

Patrizia sah in die Runde. Sie waren zu sechst. Sie, Cristina, Davide, Bob Kingfisher und Gabriella Molinari. Dazu ihr Chef, Pietro Di Leva.

Davide, der die nächtliche Befragung der Lokalbesitzer und Restaurantgäste geleitet hatte, sprach als Erster.

»Also, viel Konkretes haben wir leider nicht.« Er kratzte sich mit dem Kugelschreiber am Kinn. »Eigentlich gar nichts, um genau zu sein. Der Inhaber der Lounge Bar heißt Antonio Riva. Er betreibt das Lokal seit etwa drei Monaten. Draußen saß des schlechten Wetters wegen den ganzen Abend kein Mensch, und auch drinnen war wohl nicht allzu viel los. Als der Kopf entdeckt wurde, waren die Gäste schon alle weg. Wir haben nur ein paar Namen von Stammkunden, die im

Laufe des Abends vorbeigeschaut haben, und das war's dann auch schon für diese Bar.«

Er blätterte ein paar Seiten seines Notizblocks um.

»Jetzt zum Kebab-Laden gegenüber, Kebab da Pippo, König des Kebabs. Der Betreiber heißt Farid Aziz El Sayed, und er hat so ziemlich dasselbe gesagt wie Antonio Riva. Auch da haben wir nur ein paar Namen von Kunden, die er kannte. Der Fischimbiss an der Ecke hatte gestern Abend wegen eines Trauerfalls geschlossen. Der Vater des Besitzers wurde am Nachmittag beerdigt.«

Er blätterte erneut in seinen Notizen.

»Ich hatte eigentlich gehofft, dass bei der Pizzeria etwas mehr herauskommen würde, weil man dort mit Blick auf den Platz isst, aber weder den Angestellten noch den späten Gästen ist irgendwas aufgefallen. Was die Zeit davor angeht, haben wir die übliche kurze Liste mit Namen. Ach ja, und wegen der Überwachungskameras. Keines der Lokale hat eine, und auch auf dem Platz sind keine installiert. Na ja, wir sind hier eben nicht in London …«

»Danke, Davide. Gib uns bitte Bescheid, wenn bei der Befragung der Anwohner oder Gäste auf deinen Listen etwas rauskommt. Bob, wie sieht's bei dir aus?«

»Tja, jede Menge Fingerabdrücke am Eingangstor, sowohl dem Hauptportal als auch der Hintertür. Ich habe die Abdrücke heute Morgen schon durch den Computer gejagt, aber kein einziger von ihnen stammt von einem alten Bekannten.«

»War auch kaum zu erwarten«, meinte Cristina. »Ganz im Ernst, irgendetwas sagt mir, dass der Täter keiner der üblichen Verdächtigen ist, die wir schon wegen Mordes, Körperverletzung oder Diebstahls in der Kartei haben. Und selbst wenn, ob beschriebenes oder unbeschriebenes Blatt, wer so ein ausgeklügeltes Unterfangen auf sich nimmt, wird sicher daran denken, Fingerabdrücke zu vermeiden. Darauf käme ja sogar meine Schwiegermutter, wenn sie morgen jemanden umbringen wollte.«

»Da stimme ich Cristina zu«, sagte Patrizia. »Gibt es Faserspuren an den Türen, die von Kleidung oder Handschuhen stammen könnten?«

Bob schien belustigt. »Natürlich, wo denkst du hin? Bevor die Arbeiten an dem Gebäude auf Eis gelegt wurden, sind da über Monate Dutzende von Arbeitern ein und aus gegangen. Ein spurentechnischer Albtraum. Wie wir da etwas finden sollen, das sich eindeutig dem Täter zuordnen lässt, weiß ich wirklich nicht. Viel Hoffnung kann ich euch ehrlich gesagt nicht machen. Aber die Untersuchung läuft noch, das Gebäude ist ja leider sehr groß.« Er zuckte mit den Schultern und fuhr dann fort: »Ein Projektil wurde jedenfalls bislang nicht gefunden, auch kein Blut. Nichts, was darauf hinweist, dass der Mann im Palazzo Genovese ermordet wurde. Hätte mich aber auch gewundert, denn dann hätte der Täter dort auch den Kopf abtrennen müssen, und für eine solch langwierige Prozedur war der Ort einfach zu öffentlich.«

»Wie sieht's bei dir aus, Gabriella?«, fragte Cristina.

Gabriella öffnete einen roten Pappordner.

»Das Interessanteste, mit dem ich bisher aufwarten kann, ist, dass die Schnittstelle am Hals gewissenhaft kauterisiert wurde. Der Täter hat den Kopf wahrscheinlich zunächst einmal ausbluten lassen, dann aber zusätzlich noch kauterisiert, um keine lästigen und auffälligen Blutspuren zu hinterlassen. Daher auch die fehlenden Blutflecken am Fundort.«

»Verätzt?«, fragte Davide verwundert. »Mit was denn?«

»Na ja«, antwortete Gabriella, »für mich sieht es so aus, als wäre es mit einem ganz gewöhnlichen Elektrokauter geschehen.«

Cristina verzog das Gesicht. »Übersetz das mal für Unbedarfte. Ist so ein ganz gewöhnlicher Elektrokauter etwas, was ich für alle Fälle im Haus haben sollte?«

Gabriella lachte. »Das nicht gerade. Es handelt sich hier um eine sehr feine Drahtschlinge, die sich elektrisch hoch erhitzen lässt. Der Elektrokauter ist heutzutage bei Operationen gang und gäbe und wird routinemäßig zur Verätzung von Gefäßen, also zur Blutstillung verwendet.«

»Und die Todesursache? War das der Kopfschuss?«, wollte Pietro Di Leva wissen.

»Anzunehmen. Wir haben ja den restlichen Körper nicht. Obwohl ich mir ziemlich sicher bin, dass der Mann vorher gequält wurde. Aber die Untersuchungen dazu sind noch nicht abgeschlossen. Und jetzt noch mal zur Schusswunde. So wie ich den Einschusswinkel beurteile, hielt das Opfer seinen Kopf noch aufrecht, als der Schuss abgegeben wurde. Es handelt sich übrigens um einen aufgesetzten Schuss.«

Sie sah zu Bob Kingfisher hinüber.

»Das Projektil haben wir noch nicht«, sagte der. »Ich werde Hilfe von den Ballistikern brauchen, um ungefähr einzugrenzen, um was für eine Waffe es sich gehandelt haben könnte.«

»Gut!« Patrizia spürte, dass es im Augenblick nicht mehr zu sagen gab. »Ihr beide wisst, wie ihr weiter vorzugehen habt. Ich denke aber, dass wir anderen Verstärkung brauchen.«

Sie wandte sich an Pietro Di Leva. »Wir werden wohl eine neue Soko benötigen.«

Ihr Chef seufzte, nickte jedoch.

Patrizia sah Cristina an.

»Ich hatte an Lydia und Antonia gedacht. Die beiden haben sich schon beim letzten Mal bewährt, was meinst du?«

Cristina nickte. »Ja klar, die waren auf Draht. Weitere Vorschläge?« Sie sah in die Runde.

»Wie wär's mit Leo und Marco?«, meinte Davide. »Beide hochmotiviert und sehr präzise.«

»Gut, Davide, sagst du den anderen bitte Bescheid? Wir treffen uns um drei Uhr wieder hier. Bis dahin bringt uns hoffentlich ein erstes Gespräch mit Merianis Ehefrau und Tochter weiter.«

Davide nickte.

Das kleine Grüppchen begann sich aufzulösen. Doch auf dem Weg nach draußen hielt Patrizia Bob Kingfisher noch einmal zurück.

»Bob, hast du genügend Leute für die Wohnung der Merianis und den Palazzo? Wenn nicht, fordern wir noch welche an. Ich möchte, dass du dir selber sofort die Wohnung vornimmst. Cristina und ich kommen nach, sobald wir mit den Merianis gesprochen haben.«

Bob nickte nur und strich sich mit der Hand über Hals und Kinn, eine der unzähligen italienischen Gesten, die er sich angeeignet hatte und die besagte, dass ihm alles recht oder auch völlig egal war.

Dann gingen sie in verschiedene Richtungen auseinander.

*

Eine Viertelstunde später passierten Patrizia und Cristina die letzten Häuser Salernos auf dem Weg nach Pontecagnano, einem kleinen, aber belebten Ort nur wenige Kilometer südlich von Salerno. Cristina hatte sich für die Littoranea entschieden, die Küstenstraße, die kilometerlang schnurgerade am Meer entlang verlief. An ihrem Ende lag hoch oben auf einer Klippe Agropoli mit seinen weißen Sandstränden und gut bestückten Fischgeschäften.

Vor allem in den Sommermonaten war diese Strecke für alle, die es eilig hatten, ein absolutes Tabu. Dann stauten sich hier die Sonnenanbeter auf dem Weg zu einem der zahllosen Strandbäder, die die Littoranea säumten wie Perlen auf einer Schnur. Die aus Holz gebauten und auf hohen Pfählen direkt auf dem Strand errichteten Lidos vermieteten Liegen und Sonnenschirme, und wer zu faul gewesen war, sich von zu Hause ein Picknick mitzunehmen, konnte auf den Holzterrassen an Plastiktischen einfache Gerichte bestellen oder auch nur ein kühles Bier genießen.

Von Oktober bis Mai waren die Strandbäder und die meisten Bars und Restaurants entlang der Straße jedoch geschlossen. Die Gegend wirkte verwaist, fast ein wenig heruntergekommen, und es herrschte kaum Verkehr. Dafür konnte man von der Straße aus den Blick übers Meer genießen.

Die hohe dunkelgrüne Bergkette der Amalfiküste lag in ihrem Rücken, und vor ihnen breiteten sich die welligen Hügel des Cilento aus. Die sich weit ins Meer vorstreckende Halbinsel Punta Licosa dagegen war an diesem düsteren Tag kaum zu erkennen. Cristina wollte sich gerade über das schlechte Wetter beklagen, als ein Sonnenstrahl durch einen Spalt in der Wolkendecke drang. Sekundenlang blitzte das mattgrüne Meer auf, und die verlassenen Holzbauten der Lidos leuchteten in einem fast unwirklichen Licht.

»Ah!«, entfuhr es Cristina.

Doch da war das Schauspiel auch schon wieder vorbei.

Kurz darauf parkten sie im Zentrum Pontecagnanos auf dem verkehrsreichen Corso Umberto I., wo Paola, die Tochter des Opfers, mit ihrer Familie in einem zweistöckigen Haus über einer Bar und einem Blumengeschäft wohnte.

Jemand musste Patrizia und Cristina vom Fenster aus beobachtet haben, denn sie hatten die Haustür kaum erreicht, als sie schon das Summen vernahmen. Von oben hörten sie eine Männerstimme: »Eine Treppe rauf!«

An der Wohnungstür empfing sie Fabbio Benvenuti, Paolas Ehemann. Er sah übernächtigt aus und wirkte überfordert. Mit einer stummen Geste wies er ins Innere der Wohnung auf eine Tür, hinter der leises Weinen zu hören war.

»Meine Schwiegermutter ist im Wohnzimmer.« Das war alles, was er zur Begrüßung hervorbrachte.

Cristina und Patrizia nahmen auf einem schwarzen Ledersofa Platz, während Paola Meriani versuchte, ihre Mutter zu beruhigen. Ihr Mann hatte sich unter dem Vorwand, den beiden Kommissarinnen einen Espresso zu machen, in die Küche zurückgezogen.

Endlich schien sich Signora Meriani wieder gefangen zu haben.

»Wir möchten Ihnen unser Beileid aussprechen«, wandte sich Cristina an Merianis Tochter.

Patrizia warf Cristina einen dankbaren Blick zu. Sie war im Begriff gewesen, ohne Umschweife zu den Fakten überzugehen.

»Ja, unser herzlichstes Beileid. Und natürlich wären wir Ihnen sehr dankbar, wenn Sie uns einige Fragen beantworten könnten.«

Sie wandte sich an Ugo Merianis Frau.

»Signora Meriani, wann haben Sie Ihren Mann zum letzten Mal gesehen oder gesprochen? Wissen Sie, was er in den letzten zwei Tagen vorhatte? Hatte er Verabredungen?«

Signora Meriani und ihre Tochter sahen sich einen Augenblick an.

Dann antwortete Barbara Meriani: »Wie ich Ihnen gestern schon sagte, habe ich meinen Mann vorgestern Morgen zum letzten Mal gesehen. So gegen halb acht muss das gewesen sein. Er ist wie immer um diese Zeit ins Büro gegangen. Ich selbst habe gegen elf das Haus verlassen, um einzukaufen und danach meine Enkel hier in Pontecagnano von der Schule abzuholen. Von einer Verabredung …« Sie wechselte erneut einen Blick mit ihrer Tochter. »Von einer Verabredung meines Mannes weiß ich nichts. Normalerweise kam Ugo nach der Arbeit entweder gleich nach Hause oder er machte noch einen kurzen Abstecher in sein Stammcafé.«

»Welches Café ist das?«

»Das Gran Café Canasta. Nach der Arbeit hat er da oft noch ein Bier getrunken. Als Aperitif vor dem Abendessen zu Hause.«

»Wusste Ihr Mann, dass Sie in den folgenden beiden Nächten in Pontecagnano sein würden?«, fragte Cristina.

»Natürlich, wo denken Sie hin? Ich hatte ihm ja das Essen für den ersten Abend schon fertig auf einem Teller zubereitet. Er musste es nur noch in die Mikrowelle schieben. Am zweiten Abend wäre er sicher essen gegangen.« Ihre Augen füllten sich erneut mit Tränen.

»Wir wissen, wie schwer das alles für Sie ist, aber wir müssen Ihnen trotzdem noch einige Fragen stellen. Erinnere ich mich richtig, dass Sie vorgestern den ganzen Tag über keinen Kontakt hatten und Ihren Mann auch am Abend nicht erreichen konnten? Wäre es da nicht möglich, dass sich seine Pläne noch einmal geändert haben?«

»Wie? Nein! Das heißt, doch … Aber er muss am Abend zu Hause gewesen sein, denn er hat sich ja das Essen aufgewärmt und das Geschirr neben der Spüle abgestellt. Als ich am nächsten Tag wegen der Lesebrille in der Wohnung war, habe ich mich noch darüber geärgert, dass er den Teller wieder mal nicht in die Spülmaschine gestellt hat. Aber dann habe ich die Blumen gesehen. Ein großer Blumenstrauß auf der Anrichte in der Küche. Die hatte er bestimmt für mich gekauft. Eigentlich macht er das sonst nie. O mio Dio, ich weiß gar nicht, wann er mir das letzte Mal Blumen geschenkt hat. Es sind auch nicht meine Lieblingsblumen, sondern Akanthus. Weiß der Himmel, wie er darauf gekommen ist. Und die Stängel waren ganz verlaust. Das hat er wohl nicht gesehen. Für so was haben Männer ja keinen Blick. Aber die gute Absicht zählt. Denken Sie nur, ein Blumenstrauß nach so vielen Jahren, und kurz darauf stirbt mein Ugo.«

»Ist Ihnen sonst noch etwas Ungewöhnliches aufgefallen?«

»Nein, eigentlich ... nur das gemachte Bett und die schmutzigen Fußspuren. Aber das habe ich Ihnen ja gestern schon erzählt. Ugo hat nie sein Bett gemacht. Er konnte das gar nicht. Als ich das ordentliche Bett gesehen habe, wusste ich, dass etwas passiert sein muss.«

Signora Meriani wollte erneut zu weinen beginnen, doch Cristina hielt schon die nächste Frage für sie bereit.

»Hatte Ihr Mann Feinde? War er in letzter Zeit irgendwie verändert? Oder hat er mit Ihnen über etwas gesprochen, das ihn belastete? Versuchen Sie sich bitte zu erinnern. Auch die kleinste Kleinigkeit kann wichtig sein.«

Wieder sahen Mutter und Tochter Meriani einander an, und diesmal hatte Patrizia das Gefühl, dass mehr in ihren Blicken lag als nur seelischer Beistand. Woran dachten sie? Auch Signora Merianis Stimme erschien ihr eine Idee zu forsch, als sie antwortete.

»Nein, Feinde hatte er nicht. Warum hätte er welche haben sollen? Und auch an seinem Verhalten war nichts Ungewöhnliches. Er war so wie immer. Alles war so wie immer. Wissen Sie, sein Leben waren das Büro und das Bier danach im Café Canasta. Das alles ist für mich unerklärlich.«

Patrizia zögerte.

»So leid es uns tut, Signora Meriani, wir müssen Sie leider bitten, uns in Ihre Wohnung zu begleiten und sich alles noch einmal genau anzusehen. Vielleicht fällt Ihnen ja doch noch etwas auf. Sie sagten ja selbst, dass Sie gestern nur kurz da waren.« Sie machte eine Pause. »Im Augenblick wissen wir noch nicht, ob der Mörder Ihres Mannes in Ihrer Wohnung war«, Signora Meriani riss erschrocken die Augen auf, »oder ob er ihm an einem anderen Ort begegnet ist. Es würde uns helfen zu wissen, ob es über die Fußspuren hinaus irgendetwas Auffälliges in der Wohnung gibt. Ob etwas fehlt, Kleidung vielleicht, eine Jacke, Schuhe, irgendetwas. Oder ob bestimmte Gegenstände vorher noch nicht da waren.«

Patrizia wandte sich an Paola Meriani. »Vielleicht könnten Sie ja auch mitkommen?«

Merianis Tochter nickte stumm.

Patrizia und Cristina erhoben sich gleichzeitig.

*

Bob Kingfisher stand im Wohnzimmer der Dachgeschosswohnung in der Via Portacatena und ließ den Raum auf sich wirken. Er wusste aus Erfahrung, dass der erste Eindruck in der Wohnung eines Opfers entscheidend war, bevor man sich im Gewirr Hunderter unsichtbarer Details wie Fingerabdrücken oder DNA-Spuren verlor.

Das Zimmer wirkte, als ob sein Bewohner es eben erst verlassen hätte, um kurz ins Bad oder in die Küche zu gehen. Auf dem niedrigen Kaffeetisch vor dem Sofa lag eine aufgeschlagene Fernsehzeitung. Daneben standen zwei leere Bierflaschen und ein Bierglas, das noch fast voll war. Der Fernseher war aus, das Zimmer aufgeräumt, keine Spuren eines Kampfes oder Hinweise darauf, dass hier nach etwas gesucht worden wäre. Auch an der Haustür hatte es keine Einbruchsspuren gegeben. Ein paar Kollegen waren gerade damit beschäftigt, an der Tür und im Schlafzimmer Fingerabdrücke zu sichern.

Bob Kingfisher verließ das Wohnzimmer Richtung Küche. Der Flur war, wie auch der Rest der Wohnung, mit dunklen Holzdielen ausgelegt, die original zu sein schienen. Von den Schmutzrückständen der Fußspuren hatten sie bereits Proben genommen. Ob sie vom Täter waren? Schmutzspuren allein bewiesen natürlich noch keine Täterpräsenz. Doch die Vorstellung, dass der Mörder mit seinen regennassen Schuhen durch Merianis Wohnung gegangen war, fand Bob faszinierend. Aber wozu? Auf der Suche nach seinem Opfer? Um sich in dessen Wohnung umzusehen? Und wann? Vor Merianis Rückkehr nach Hause oder erst später, vielleicht sogar mit Meriani zusammen?

In dem Moment wurde Bob Kingfisher von Patrizias und Cristinas Stimmen aus seinen Gedanken gerissen. Die beiden Kommissarinnen standen mit zwei Damen vor der Wohnungstür. Eine der beiden Frauen war schon etwas älter, die andere schätzte Bob auf Mitte dreißig. Er nahm an, dass es sich um Mutter und Tochter Meriani handelte. Die Mutter zögerte einzutreten. Ihre Tochter musste sie an die Hand nehmen und wie ein Kind über die Schwelle führen. Wie schnell sich doch die Rollen im Leben immer wieder umkehren, dachte Bob, rückte seine Brille zurecht und ging auf die Frauen zu.

*

Die Begehung der Altstadtwohnung mit den beiden Damen hatte nichts Neues ergeben. Anschließend waren Mutter und Tochter wieder nach Pontecagnano zurückgefahren, wo Signora Meriani zunächst einmal bleiben sollte. Auf dem Weg in die Questura hatten Cristina und Patrizia an einem der Imbisslokale angehalten und ein Sandwich gegessen. Sie hatten beide das Bedürfnis gehabt, über die letzten Stunden zu sprechen. Oberflächlich gesehen hatte Merianis Ehefrau nichts ausgesagt, was ihnen weiterhelfen konnte. Trotzdem wurde Patrizia das Gefühl nicht los, dass sie etwas Wichtiges in diesem Gespräch übersehen hatten oder aber nicht richtig interpretierten. Da war dieser Blickwechsel gewesen auf ihre Frage hin, ob Ugo Meriani Feinde hatte. Doch das war es nicht allein. Patrizia ahnte, dass da noch etwas anderes war, was sie hätte aufhorchen lassen müssen. Und solche Ahnungen betrogen sie nur höchst selten. Trotzdem gelang es ihr nicht, den Finger daraufzulegen, und auch Cristina wusste keinen Rat.

Schließlich waren sie in die Questura zurückgefahren.

Kurz darauf saß Patrizia Pietro Di Leva in seinem Büro gegenüber und berichtete von ihren neuesten Erkenntnissen. Es waren nicht allzu viele, und wie zu erwarten war der gutmütige Gesichtsausdruck ihres Chefs einer gestressten und beinahe strengen Miene gewichen. Di Leva war nicht der Typ, dem es leichtfiel, böse auszusehen. Im Gegenteil. Er war dafür bekannt, dass er die Höhen und Tiefen des Lebens mit der größtmöglichen Gelassenheit nahm. Jetzt allerdings war er sichtlich verstimmt. Der abgetrennte Kopf hatte ihm die Laune verdorben.

»Es ist schon in aller Munde«, brummte er. »Das Fernsehen berichtet über nichts anderes, und morgen werden dann auch noch die Zeitungen in die Spekulationen mit einstimmen. Aber wenn es nur das wäre …«

Er verdrehte die Augen, faltete die Hände und hielt sie in die Höhe. Es sah aus, als wolle er ein Stoßgebet zum Himmel schicken.

»Heute Morgen in aller Frühe hat der Bürgermeister mich angerufen. Santa Madonna! Er ist außer sich, dass jemand Salernos weltberühmten und sündteuren Weihnachtslichterglanz als Kulisse für einen Mord missbraucht hat. Er macht sich Sorgen, dass die Touristen ausbleiben und …«

»Da ist er aber ein schlechter Menschenkenner!«

Der Satz war Patrizia ganz spontan herausgerutscht, aber er bewirkte, dass Di Leva seinen Faden verlor, seine Rede unterbrach und sie verständnislos ansah.

»Also wenn ich an die Menschenmenge gestern Nacht auf dem Largo Campo denke, gehe ich eher davon aus, dass der Fund des Kopfes dieses Jahr mehr Menschen anlocken wird, als es die Lichter allein in den letzten zehn Jahren getan haben. Wie ich höre, campieren die Schaulustigen sogar jetzt noch vor dem Palazzo Genovese.«

Di Leva brummte missbilligend und sagte dann: »Um ein Uhr gibt es die erste Pressekonferenz. Nicht dass wir viel zu berichten hätten, aber was sollen wir machen? Ich werde mit den Presseheinis sprechen, aber ich will, dass Sie dabei sind. Bereiten Sie sich gut vor. Und in spätestens einer halben Stunde möchte ich einen kurzen schriftlichen Bericht über das, was wir bisher haben, sprich, was ich denen sagen soll, inklusive Anmerkungen, was aus ermittlungstechnischen Gründen nicht erwähnt werden darf. Falls wir es uns überhaupt leisten können, wählerisch zu sein.«

Er brummte noch einmal genervt, und Patrizia musste ein Lächeln unterdrücken.

Di Leva hatte den Ruf, früher ein fantastischer Ermittler gewesen zu sein. In Venedig, wie sie sich zu erinnern meinte. Aber die zehn Jahre im Chefsessel der Questura von Salerno sowie das Ausbleiben weiterer Beförderungen hatten ihn träge gemacht. Die Tatsache, dass er sich überwiegend auf ihre Entscheidungen verließ, machte ihr das Leben zwar oft leichter, konnte aber bisweilen auch zur Bürde werden.

Sie nickte. »Gut, wird erledigt. Wir treffen uns in einer halben Stunde wieder hier.«

Di Leva brummte erneut. »Ich würde gerne behaupten, dass ich etwas Besseres vorhabe.«

*

Giuseppe Montesano drehte das Radio leiser, als er Besucher am Eingangstor zum Garten der Minerva hörte. Jetzt ganz ruhig bleiben. Nichts von dem, was er gerade gehört hatte, musste irgendwelche Auswirkungen haben.

Die Schritte der drei Amerikaner kamen näher, und automatisch setzte er das Lächeln auf, mit dem er alle Besucher des Gärtchens begrüßte.

Der Giardino della Minerva war nicht irgendein botanischer Garten, sondern ein kleines, aber feines historisches Juwel. Schon im 14. Jahrhundert hatte ein Arzt namens Matteo Silvatico an dieser Stelle einen Garten mit Kräutern und Pflanzen angelegt, die zur Heilung Kranker verwendet wurden. In den Jahren danach war der Garten zum Treffpunkt von Ärzten der berühmten Scuola Medica Salernitana geworden, die sich hier über neue Heilmethoden und die Kraft der Kräuter austauschten.

Der kleine Garten war terrassenartig angelegt und bezog sein Wasser aus einer natürlichen Quelle. Das komplizierte System aus Kanälen, Wasserrinnen, Becken, Zisternen und Brunnen erinnerte an die arabischen Gärten der Antike, und sein besonderes Mikroklima erlaubte es, auch Pflanzen anzubauen, die sonst nur in tropischeren Regionen beheimatet waren. Insgesamt gediehen auf den vier steil angelegten Terrassen Gewächse unterschiedlichster Art. Auf der untersten Ebene konnten Besucher sogar die konzentrischen Kreise des antiken Klassifikationssystems für Heilpflanzen bewundern. Hier wuchsen die Kräuter in ringförmig angeordneten Beeten. Ihre Position innerhalb der Kreise war abhängig von ihrem Nutzen und ihrem Anwendungsgebiet. In diesen unteren Bereich des Gartens gehörten Flachs, Narzissen, Kolokasien, aber auch Venushaar, Glaskräuter, Passionsblumen und unzählige andere. Viele von ihnen blühten noch immer – ermutigt durch den bis vor Kurzem noch ungewöhnlich warmen Herbst. Auf den oberen Terrassen des Gartens dagegen gediehen Oliven und Limonenbäume, Hundsrosen, Rucola und Oregano. Im Sommer waren die starken Düfte, die diese aromatischen Pflanzen verbreiteten, geradezu betörend.

Hatte man alle Ebenen erklommen, konnte man auf einer Aussichtsterrasse Platz nehmen. Diese bot einen großartigen Blick über die verwinkelten Gassen der Altstadt und über die vielen kleinen Dachterrassen, auf denen Orangen- und Zitronenbäumchen in Tonkübeln der Sonne entgegenwuchsen. Rechts sah man den Containerhafen, dahinter die grüne, hoch aufragende Bergkette der Amalfiküste und das kleine weiße Dorf Raito, das an dem Steilhang hochzuklettern schien.

Giuseppe Montesano liebte diese Aussicht und saß auf der Terrasse, wann immer seine Arbeit im Garten es ihm erlaubte. Wie oft hatte er in den letzten Jahren mit seinem Schicksal gehadert, mit dem Unfall, der ihn arbeitsunfähig gemacht hatte. Doch ebenso oft kam es vor, dass er auf die ineinander verschachtelten Häuser herabsah, auf ihre Balkone, ihre Wäscheleinen und das dahinter glitzernde Meer, und von Dankbarkeit erfüllt wurde. Dankbarkeit dafür, dass er nicht mehr Tag für Tag als Mechaniker in irgendeiner düsteren, nach Öl stinkenden Werkstatt arbeiten musste. Die Folgen der Rückgratverletzung erlaubten es ihm nicht, sich über Motoren zu beugen oder unter Autos zu legen. Nicht einmal stehen konnte er über längere Zeit. Die Anstellung im Giardino della Minerva nach vielen Jahren der Arbeitslosigkeit war ein echter Glücksfall.

Nicht dass die Pension von der Versicherung nicht ausgereicht hätte. Aber er saß nicht gern zu Hause herum. Da grübelte man nur, wie er es an seinem Sohn sehen konnte. Er selbst war kein Grübler, nein, er nicht. Zu seinen Aufgaben im Giardino della Minerva gehörte das Öffnen und Schließen des Gartens. Außerdem verkaufte er die Tickets und brachte die Einnahmen auf die Bank. Im Inneren gab es noch einen Bartender, der den Besuchern Kräutertees, Bier, Wein und Panini auf die Terrasse brachte. Und zu guter Letzt natürlich einen Gärtner – ein junger Familienvater, den sie erst kürzlich eingestellt hatten, nachdem er über ein Jahr lang arbeitslos gewesen war. Eigentlich war der Mann Barista von Beruf, und zunächst hatte Giuseppe Montesano der Entscheidung seines Vorgesetzten eher skeptisch gegenübergestanden. Aber er musste zugeben, dass der junge Mann sich gut machte. Die Gartenarbeit schien ihm Freude zu bereiten, er gab sich Mühe und lernte schnell dazu. Und hatte er, Giuseppe Montesano, nicht letztlich sogar etwas mit diesem Mann gemeinsam, der ohne eigene Schuld aus seinem gewohnten Umfeld heraus- und in ein völlig neues hineingeraten war? Nun versuchte er also, das Beste daraus zu machen, genau wie er selbst seinerzeit das Beste aus seiner Lage gemacht hatte. Nein, er bereute es nicht, heute hier zu stehen – hier, an diesem Punkt seines Lebens und in diesem Garten. Ganz im Gegenteil. Er hatte das unbestimmte Gefühl, dass es das Schicksal gar nicht so schlecht mit ihm gemeint hatte. Er wünschte nur, dasselbe auch über seinen Sohn sagen zu können. Nach dem Unfall hatten sich ihre Rollen vertauscht. Aus dem alleinerziehenden Vater war für ein paar Jahre ein Krüppel geworden, aus seinem Sohn ein Pfleger. Das Geld von der Versicherung hätte allemal für eine professionelle Hilfe gereicht, aber Michele hatte davon nichts hören wollen, und er hatte eingewilligt, unter der Bedingung, dass Michele, sobald er selber wieder einigermaßen zurechtkam, sein Studium der Pharmazie wieder aufnehmen würde. Aber das hatte sein Sohn nicht getan. Ein schwieriger, verschlossener Junge war Michele früher schon gewesen, aber nach dem Unfall war er immer eigensinniger geworden, hatte Freundschaften vernachlässigt und jahrelang alles abgebrochen, womit er auf Drängen seines Vaters kurzfristig angefangen hatte. Schließlich war er bei einem Ingenieur als Schreibkraft und Mädchen für alles untergekommen, einem guten Bekannten jenes Mannes, dessen Kopf sie letzte Nacht auf dem Largo Campo gefunden hatten.

»Ugo Meriani.«

Giuseppe Montesano erschrak. Er hatte nicht vorgehabt, den Namen laut auszusprechen. Er war ihm einfach so herausgerutscht. Er sah sich um, doch niemand stand in der Nähe.

Ugo Meriani also. Tot. Grausam ermordet. Er wusste nicht, was er denken oder fühlen sollte. Er hatte Meriani nicht gemocht. Es hatte sogar Zeiten gegeben, in denen er ihn gehasst hatte. Aber letztlich war er nicht der Typ, der auf negativen Gefühlen hockte wie die Henne auf ihrem Ei. Auch darin unterschieden sie sich, er und Michele. Und immerhin war es Meriani gewesen, der auf sein Drängen hin bei seinem Kollegen ein gutes Wort für Michele eingelegt hatte. Ihm hatte sein Sohn diese Stelle zu verdanken.

Natürlich. Es war ein trauriger Erfolg gewesen. Ausgerechnet zu diesem Mann zu gehen, und das auch noch als Bittsteller, war ihm unendlich schwergefallen. Außerdem hatte Meriani es ihm auch nicht gerade leicht gemacht. Es war erniedrigend gewesen. Doch er hatte es für Michele getan. Nicht weil er daran zweifelte, dass Michele irgendwann wieder Arbeit finden würde, für ein paar Wochen oder Monate. Nein, er hatte es getan, weil er wusste, dass sein Sohn es diesmal nicht wagen würde, die Stelle wieder aufzugeben. Nicht, nachdem sein Vater sie ihm durch seine freiwillige Demütigung erkauft hatte.

Doch es hatte sich gelohnt. Und aller Ironie des Schicksals zum Trotz hatte Michele ausgerechnet bei diesem mit Meriani befreundeten Ingenieur zu einer Art Normalität zurückgefunden. An seinen freien Tagen dagegen verbrachte er viel Zeit hier mit ihm im Garten. Erst recht, seit sie den neuen Gärtner angestellt hatten. Die beiden schienen sich hervorragend zu verstehen, und Michele hatte offensichtlich Freude daran, ihm bei der Pflege der Pflanzen zu helfen und ihm von der Geschichte und Bedeutung des Gartens zu erzählen. Es war also wieder bergauf gegangen.

Und jetzt das. Der grausame Tod dieses Mannes. Würde er seinen Sohn erneut aufwühlen? Was, wenn …

Die Stimmen der Amerikaner wurden wieder lauter. Einer von ihnen wollte die Informationsbroschüre über den Garten kaufen. Darüber hinaus war es an der Zeit, für die Mittagspause abzuschließen. Wo Michele nur blieb? Hatte er nicht heute hier im Garten zu Mittag essen wollen?

Giuseppe Montesano beschlich ein mulmiges Gefühl.

*

Patrizia saß nach der Pressekonferenz wieder in ihrem Büro. Obwohl es draußen zum ersten Mal in diesem Herbst kühl war und die Temperatur in der Questura sich ebenfalls in Grenzen hielt, war sie verschwitzt. Kein Wunder. Sie hasste Pressekonferenzen, auch wenn die Journalisten heute, so kurz nach dem Mord, noch einigermaßen zahm gewesen waren. Geier, ja, aber im Augenblick labten sie sich noch an dem Spektakel des Kopffundes. In ein paar Tagen allerdings, wenn ihnen das langweilig wurde, mussten sie und ihre Kollegen sich in Acht nehmen, wenn sie nicht selber zur Beute werden wollten.

Patrizia nahm ihr Notizbuch in die Hand. In einer guten Dreiviertelstunde würden sie sich wieder treffen, diesmal das vollständige Team. Sie beschloss, noch einmal alle Fakten chronologisch durchzugehen.

Was sie hatten, war nicht viel. Ein ermordeter Ingenieur, eine verschwundene Leiche und ein abgetrennter Kopf mit weit aufgerissenen Augen, der vermutlich am ersten November abends am Largo Campo aufgehängt worden war.

Sie trommelte mit ihrem Bleistift auf den Tisch. Wie lange konnte ein Kopf dort hängen, ohne dass ihn jemand bemerkte? Wahrscheinlich nicht allzu lange. Am Abend des ersten November, waren Salernos Weihnachtslichter zum ersten Mal eingeschaltet worden. Das hatte zumindest in den früheren Abendstunden viele Menschen trotz des schlechten Wetters auf die Straße gelockt. Abgesehen davon, dass der Largo Campo ohnehin zu den beliebtesten Treffpunkten der Altstadt gehörte. Merianis Frau hatte ihren Mann jedoch schon am Morgen desselben Tages vermisst gemeldet. Soweit sie es rekonstruieren konnten, hatte Ugo Meriani am Abend davor noch zu Hause gegessen. Allerdings sprach einiges dagegen, dass er auch dort übernachtet hatte. Er war also möglicherweise noch am selben Abend verschwunden. Aber wohin? Wo hatte er sich, freiwillig oder erzwungenermaßen, in den Stunden vor seinem Tod aufgehalten? Wo und wann war er getötet worden? Und wie war es dem Täter gelungen, in den Palazzo Genovese einzudringen und dort Merianis Kopf scheinbar unbemerkt aufzuhängen?

So viele Fragen, und bislang nicht einmal der Schatten einer Antwort. Nur eines war gewiss: Es handelte sich nicht um einen Mord im Affekt. Das spurlose Verschwinden Merianis aus seiner Wohnung, das Fehlen von offensichtlichen Kampf- und Blutspuren, der abgetrennte Kopf, die kauterisierte Wunde und zuletzt die für den Täter höchst riskante Präsentation des Kopfes am Largo Campo bewiesen, dass der Mörder seine Tat sehr präzise geplant hatte. Zweifellos war er an mehreren Punkten ein hohes Risiko eingegangen. Dennoch war sein planvolles Vorhaben von Erfolg gekrönt worden.

Sie tappten nach wie vor völlig im Dunkeln. Patrizia seufzte.

Was hatte es nur mit dieser öffentlichen Inszenierung auf sich? Ein Mörder, der seine Trophäe – und was war der Kopf anderes als eine Trophäe? – auf derartige Weise zur Schau stellte, wollte damit doch etwas bewirken. Aber was? War es Triumph? Abschreckung? Die Erniedrigung des Opfers? Und an wen richtete sich seine Botschaft? Wer war in der Lage, sie zu verstehen? Um diese Fragen beantworten zu können, mussten sie das Motiv kennen. Hatte es etwas mit Merianis Arbeit als Ingenieur zu tun? Mit seinen Projekten? Ausschreibungen? Konkurrenz? Korruption? Hatte sich der Ingenieur mit den falschen Leuten eingelassen?

Patrizia war sich darüber im Klaren, dass sie noch ganz am Anfang standen. Wie hieß es immer so schön in den Kursen an der Polizeischule?

Warum + Wie = Wer

Wie einfach sich das anhörte! Sie jedenfalls wussten noch fast nichts über das Wie und schon gar nichts über das Warum.

»Die Politik der kleinen Schritte«, ermahnte sie sich. Sie klappte das Notizbuch auf, nahm den Bleistift zur Hand und schrieb: »Dringend die Frage des Zugangs zum Palazzo Genovese klären!«

So, das war also einer von ihnen. Ein kleiner Schritt. Und apropos Schritte. Sie sah auf die Uhr: Viertel vor drei. Sie beschloss, sich noch schnell eine Tasse Tee zu kochen und dann ins Sitzungszimmer hinüberzugehen.

*

Questore Pietro Di Leva wirkte einsam und ein wenig verloren, als Patrizia mit der Teetasse in der einen und dem Notizbuch in der anderen Hand umständlich und wenig elegant die Tür zum Sitzungszimmer öffnete. Sie war erstaunt. Es hatte fast den Anschein, als hätte sich ihr Chef gleich nach der Pressekonferenz hierherbegeben. War er so nervös? Oder konnte er es nur nicht abwarten? Eigentlich hatte sie noch auf ein paar ruhige Minuten gehofft, aber Di Leva schien ohnehin nicht zum Reden aufgelegt zu sein. Mit über dem Bauch gefalteten Händen hatte er ihr nur kurz zugenickt und dann wieder auf einen Punkt an der leeren Wand gegenüber gestarrt. Ebenso erging es den anderen, die nach und nach im Sitzungszimmer eintrudelten. Ein kurzes Kopfnicken, dann wieder der abwesende Blick. Der Anruf des Bürgermeisters am Morgen, gefolgt von einer schweißtreibenden Pressekonferenz, hatte ihn ganz offensichtlich geschafft.

Schließlich waren alle versammelt. Patrizia sah von einem zum anderen. Da waren Cristina und Davide, Bob Kingfisher und Gabriella Molinari, die jungen Kriminalassistentinnen Lydia und Antonia sowie Marco und Leo, zwei Uniformierte, die Davide zur Verstärkung ihres Teams angefordert hatte. Alle Blicke ruhten auf ihr. Es war der Moment, den Patrizia am wenigsten mochte.

Sie begann, indem sie noch einmal das Opfer vorstellte und

berichtete, was sie und Cristina von Signora Meriani und ihrer Tochter erfahren hatten. Dann übergab sie das Wort an Bob, den Kriminaltechniker.

»Also«, begann der, »auch bei genauerem Hinsehen keine Kampfspuren und, soweit wir mit den Zimmern schon durch sind, kein Blut in Merianis Wohnung. Aber wir sind noch nicht ganz fertig. Außerdem fehlt uns noch die Dachterrasse. Trotzdem wird es immer unwahrscheinlicher, dass die Wohnung der Tatort ist.«

Patrizia nickte. Sie hatte nichts anderes erwartet.

»Hypothesen irgendwer? Ja, Cristina?«

»Dafür, dass der Mann nicht in seiner Wohnung getötet wurde, spricht doch allein schon, dass wir seinen Körper dort nicht gefunden haben. Nach Aussage der Ehefrau wog Meriani gut und gern 95 Kilo. Wie hätte der Täter die Leiche eines so schweren Mannes unbemerkt aus dem Mehrfamilienhaus schaffen sollen? Nimmt er den Aufzug und riskiert, dass er unten einem staunenden Nachbarn gegenübersteht? Oder schleift er ihn die Treppen hinunter und läuft Gefahr, dass durch den Lärm sämtliche Nachbarn aus ihren Wohnungen kommen, um nachzusehen, was los ist?«

»Genau«, meinte Patrizia. »Außerdem konnte Signora Meriani uns bestätigen, dass sowohl der Mantel als auch die Straßenschuhe ihres Mannes fehlen. Und sein Hut, den er aber sonst fast nie benutzt hat.«

»Also ist er seinem Mörder draußen begegnet?«

»Nicht unbedingt, Davide«, mischte sich Gabriella ein. »Wir konnten den Todeszeitpunkt auf die Nacht vom 31. Oktober zum 1. November eingrenzen. Genaueres kann ich euch leider nicht sagen. Außerdem …«

Sie machte eine kurze Pause.

»Außerdem konnte ich im Blut Diazepam nachweisen, also

Valium. Wie ihr wahrscheinlich wisst, wird das häufig gegen Schlafstörungen und Angstzustände verschrieben. Valium kann als Tablette oder in flüssiger Form verabreicht werden. Bei einmaliger Einnahme ist es im Körper etwa drei Tage lang nachweisbar. Falls Ugo Meriani kein Valium verschrieben bekam, ist es gut möglich, dass der Täter es ihm aufgezwungen hat, um ihn teilnahmslos und gefügig zu machen.«

Gabriella Molinari legte ihren Ordner auf dem Tisch ab und sah in die Runde.

»K.O.-Tropfen also?« Antonia senkte verlegen den Blick, als alle Gesichter sich ihr zuwandten.

»Ja genau. Es wäre denkbar, dass der Täter sein Opfer in der Wohnung dazu gebracht hat, Valium in Tropfenform zu sich zu nehmen. Vielleicht mit einem Getränk. Die Tropfen haben bei ausreichender Dosierung eine schwer sedative und hypnotische Wirkung.«

»Natürlich muss er Meriani die Tropfen nicht unbedingt zu Hause verabreicht haben«, warf Patrizia ein. »Aber wie wir inzwischen wissen, hat Meriani am 31. Oktober zu Hause noch zu Abend gegessen, und ein volles Glas Bier stand ebenfalls noch auf dem Wohnzimmertisch. Dazu das schlechte Wetter in jener Nacht und die Tatsache, dass seine Frau nichts von einer Verabredung wusste. Es ist also wahrscheinlich, dass der Täter Meriani in seiner Wohnung aufgesucht und ihm dort das Valium verabreicht hat. Das würde auch die Fußspuren und den fehlenden Hut erklären.«

»Exakt«, meinte Davide. »Der Täter geht mit seinem Opfer aus dem Haus. Das fällt weiter nicht auf, wenn sie nicht gerade einen guten Bekannten treffen, der sie in ein Gespräch verwickeln will. Und mit Hut ist das Opfer auch von oben nicht leicht zu erkennen. Nur für den Fall, dass ein Nachbar zu später Stunde noch mal aus dem Fenster schaut.«

»Ein Risiko ist es dennoch. Ich meine, sie hätten doch jemandem begegnen können, der das Opfer wirklich gut kannte.«

Der Einwand kam von Lydia.

»Stimmt, Lydia, aber wenn du kein Risiko eingehen willst, bringst du am besten erst gar keinen um, das ist kontraproduktiv.«

Davide grinste, und Lydia schnitt ihm eine Grimasse.

Jetzt meldete sich Bob zu Wort.

»Natürlich stellt sich in diesem Fall die Frage, ob das Opfer seinen Mörder kannte und womöglich freiwillig in die Wohnung gelassen hat. Einen zusätzlichen Schlüssel zur Wohnung hatte ja laut Ehefrau nur die Tochter. Also …« Er hielt inne, hob den Arm und trommelte mit den Fingern der rechten Hand auf die Glatze. »Einerseits sprechen die fehlenden Einbruchsspuren an der Haus- und Wohnungstür dafür, dass Meriani den Täter kannte. Zumal offensichtlich kein Kampf stattgefunden hat. Andererseits gibt es auch keine Hinweise auf ein gemütliches Beisammensein, bei dem der Täter ihm das Zeug ins Glas hätte schütten können. Auf dem Wohnzimmertisch stand jedenfalls nur ein Glas. Zwei Kollegen kümmern sich gerade um den Inhalt und vergleichen die Spuren am Glas mit denen an Merianis Rasierapparat. Bald kann ich hoffentlich mehr dazu sagen.«

»Untersucht bitte auch alle anderen Gläser im Haus«, warf Cristina ein. »Vielleicht hat der Täter sein Glas ja in die Spülmaschine gestellt oder es abgewaschen, damit man nicht gleich darauf kommt, dass er ein gern gesehener Gast war.«

»Geht klar, Cristina.« Bob nickte. »Aber ich wollte noch etwas zu den Türen sagen, und das geht wieder in die entgegengesetzte Richtung. Das Schloss der Wohnungstür ist nämlich im Gegensatz zu dem der Haustür ein schlichtes Modell, das man mit jedem herkömmlichen Dietrich oder sogar einer Kreditkarte öffnen kann. Bei der Haustür sieht das anders aus. Dafür ist uns aufgefallen, dass sie manchmal nicht richtig ins Schloss fällt. Und das könnte der Täter natürlich ausgenutzt haben.«

»Selbst wenn sie geschlossen war«, meinte Davide, »es reicht doch, bei irgendwem im Haus zu klingeln, sogar beim Opfer selbst. Irgendeiner drückt doch meistens auf den Öffner.«

»Vielleicht ist er einfach einem Hausbewohner, der eintrat oder eingelassen wurde, ins Haus gefolgt«, schlug Patrizia vor. »Wir müssen auf jeden Fall wissen, ob bei irgendeinem der Hausbewohner von unbekannt geklingelt wurde oder ob einer bemerkt hat, dass hinter ihm jemand mit ins Haus ging, der dort nicht wohnt. Außerdem müssen wir sämtliche Anwohner in der Straße befragen, ob sie Meriani allein oder in Begleitung aus dem Haus haben gehen sehen. Antonia, Lydia, Leo und Marco, ihr übernehmt das. Lasst euch auch von allen Lokalen in der näheren Umgebung sagen, wann sie schließen, und ob eines von ihnen eine Überwachungskamera hat. Davide, wie sieht es mit dem Aufruf an die Bevölkerung aus? Irgendwelche interessanten Hinweise?«

»Eine Menge Anrufe, aber niemand, der jemanden an der Tür des Palazzos gesehen hat.«

»Okay, Davide«, schloss Patrizia. »Ich möchte, dass du dich um Merianis Bankunterlagen und seinen PC kümmerst. Und besorg uns bitte eine Konteneinsicht und eine Auflistung seiner Kreditkartenbewegungen. Ich schicke jemanden in Merianis Büro, der uns seinen Computer herholt. Wir müssen wissen, an was er gearbeitet hat, ob es irgendetwas Auffälliges gibt. Verdammt noch mal, wir brauchen ein Motiv!«

Davide nickte, und Patrizia wandte sich an Cristina.

»Könntest du ins Gran Café Canasta fahren? Wir müssen wissen, ob Meriani nach der Arbeit noch dort war und wenn ja, mit wem. Hat er mit jemandem gesprochen? Hat er das Café in Begleitung verlassen? Alles eben. Außerdem müssen wir in Erfahrung bringen, ob Meriani Valium einnahm, und wenn nicht, welche Apotheken in Salerno das Zeug verkaufen, wie man da rankommt und ob sie in letzter Zeit dafür Kunden hatten. Zu guter Letzt brauchen wir einen Nachweis aller Telefongespräche, sowohl für Merianis Handy als auch für die Festnetze. Auf jeden Fall für die ganze letzte Woche. Der 31. Oktober ist natürlich am wichtigsten. Morgen müssen wir außerdem klären, wer Zutritt zu dem Palazzo auf dem Largo Campo hat und ob dort wieder Restaurierungsarbeiten im Gange sind.«

Patrizia überlegte, ob sie noch etwas vergessen hatte, doch es fiel ihr nichts mehr ein. Sie legte ihr schwarzes Notizbuch aus der Hand, in dem sie sich während der Sitzung unentwegt Notizen gemacht hatte. Die anderen zogen sie oft damit auf, dass sie immer alles »mitkritzeln« musste, wie Davide sich einmal spöttisch geäußert hatte. Aber es gab ihr Sicherheit. Sie lehnte sich im Stuhl zurück und überlegte, wie sie die Sitzung beenden sollte. Sie wollte ihre Worte vorsichtig wählen. Es war wichtig für das ganze Team, jetzt einen guten Einstieg in die Ermittlungsarbeit zu finden.

Schließlich setzte sie an.

»Okay, ich weiß, dass wir bisher nicht allzu viel haben. Dennoch gibt es mehrere Ansätze, auf denen wir aufbauen können. Das Valium zum Beispiel, der fehlende Mantel, die schmutzigen Fußspuren. Über eines sollten wir uns alle im Klaren sein. Gerade jetzt am Anfang, wo es noch keine konkreten Spuren und nur wenige Informationen gibt, ist alles interessant. Was ich damit sagen will: Seid offen für alles, für jedes noch so unbedeutende Detail. Ihr kennt doch sicher alle die Geschichte von den Tieren und dem Gewicht der Schneeflocke, oder?«

Alle sahen sie fragend an. Di Leva am anderen Ende des Tisches räusperte sich, aber er sagte nichts.

Patrizia fuhr fort: »Es ist eine Kindergeschichte. Ein Hase verteidigt eine Schneeflocke, über die ein Bär und ein Wolf sagen, sie habe weder Gewicht noch Kraft, sei also ohne jede Bedeutung. Aber weil die drei gerade nichts Besseres zu tun haben, machen sie sich daran, die auf einen Ast fallenden Schneeflocken zu zählen. Na ja, und bei Schneeflocke 2867 knackt es plötzlich, und der dicke Ast bricht ab.«

Sie sah in die Runde.

»Damit will ich sagen, dass jede noch so unbedeutend scheinende Kleinigkeit wichtig sein kann. Vielleicht nicht für sich allein, aber im Zusammenspiel mit anderen kann sie die Schneeflocke sein, die den Ast brechen lässt. Nennt es, wie ihr wollt. Schneeflockenmethode oder Politik der kleinen Schritte.«

Erneut sah Patrizia ihre Kollegen an. Beinahe überrascht stellte sie fest, dass die Worte ihre Wirkung nicht verfehlt hatten. Sie blickte in lauter gespannte Gesichter. Einige wirkten nachdenklich, andere nickten ihr zu. Alle schienen hoch konzentriert. Sie spürte, dass das Team Witterung aufgenommen hatte. Niemand schien sich über ihr Beispiel aus der Kinderwelt lustig zu machen. Unwillkürlich musste sie lächeln. Sie wusste selber nicht, warum sie sich plötzlich an diese Geschichte erinnert hatte und woher sie sie eigentlich kannte. Aber sie hatte den Eindruck, dass sie ihr genau im richtigen Augenblick wieder eingefallen war.

»Hm, Schneeflockenmethode«, brummte Pietro Di Leva. »Nicht gerade der übliche Fachjargon, aber Sie haben recht. Ich hoffe nur, dass keine 2867 Schritte notwendig werden.«

»Der Hase, der Wolf und der Bär hatten alle Zeit der Welt«, meinte Cristina. »Die wird uns sicher nicht vergönnt sein.«

»Nein, und deshalb gehen wir jetzt sofort an die Arbeit. Die Aufgaben sind verteilt. Cristina, du fängst mit dem Gran Café Canasta an. Ich werde mich noch einmal in Merianis Wohnung umsehen. Ich möchte meinen Eindruck von heute Morgen vertiefen.«

Cristina nickte.

»Also dann. An die Arbeit, und euch allen viel Glück.«

Stühle ratschten über den Boden. Alle hatten es plötzlich sehr eilig. Jeder wollte sich möglichst schnell mit seinem Teil des Falls vertraut machen.

*

Patrizia war zu Fuß gegangen, da sich das Domizil der Merianis in der Nähe der Questura befand. Zwei von Bob Kingfishers Leuten waren noch auf der Dachterrasse beschäftigt, mit der Wohnung waren sie fertig.

Patrizia ging ins Schlafzimmer und sah aus dem Fenster, durch das das letzte fahle Licht des Tages fiel. Es hatte zwar inzwischen aufgehört zu regnen, doch der Himmel war noch immer dunkelgrau und wirkte bedrohlich. Trotzdem zögerte Patrizia, in der Wohnung Licht zu machen. Sie dachte an ihr Gespräch mit Signora Meriani. Hatte sie ihr die richtigen Fragen gestellt oder gab es etwas, das sie übersehen hatte?

Sie ging hinüber in die Küche. Die Spülmaschine war leer. Die Kriminaltechniker hatten alles mitgenommen. An der Wand hing ein selbstgemachter Fotokalender. Patrizia blätterte die Seiten um. Er zeigte überwiegend Merianis Enkel. Wahrscheinlich hatte Paola Meriani ihn ihren Eltern geschenkt.

Dann ging sie ins Wohnzimmer hinüber und blieb vor der

Bücherwand stehen. Eine bunte Auswahl an Romanen, leichtere Literatur, aber auch viele Klassiker. Einige Bücher wirkten unbenutzt, andere schienen mehrfach gelesen worden zu sein wie zum Beispiel Leopardi oder Dante.

Sie zog sich ihre Gummihandschuhe über und schaltete den Fernseher an. Rai 3 war offenbar das letzte Programm, das Ugo Meriani vor seinem Tod gesehen hatte. Ihr Blick fiel auf die Fernsehzeitung, die auf dem Kaffeetisch lag. Die Seite vom 31. Oktober war aufgeschlagen. Wahrscheinlich hatte Ugo Meriani sie am Abend seines Verschwindens studiert, um zu entscheiden, was er sich im Fernsehen anschauen wollte. Sie griff nach der Zeitung und suchte die Spalte des Kanals Rai 3: *James Bond – Ein Quantum Trost* mit Daniel Craig. Ob Meriani den Film wohl zu Ende gesehen hatte oder schon vorher gestört worden war? Hatte er einen Anruf bekommen? Oder Besuch?

Patrizia legte die Fernsehzeitung auf den Tisch zurück und ging in Merianis Arbeitszimmer. Im Raum herrschte peinliche Ordnung. Sogar auf dem Schreibtisch lagen nur die notwendigsten Dinge. Jedes einzelne Objekt schien seinen angestammten Platz in geometrisch exaktem Verhältnis zu allen anderen Objekten zu haben. Rechte Winkel überall. Was hatte Signora Meriani gesagt? Ihr Mann sei außerordentlich penibel und präzise gewesen. Keine Frage, da hatte sie nicht übertrieben. Das Bücherregal war voll bis oben hin. Nicht nur italienische Bücher, auch einige englische. Auch hier peinliche Ordnung. Kein Buchrücken stand vor. Alle Bücher waren nach Themen geordnet, und innerhalb der Themen alphabetisch nach Autoren. Ugo Meriani hatte offenbar eine Liebe zum Detail gehabt. Nicht einmal ungewöhnlich für einen Ingenieur. Sich sein Bett zu machen hatte er zwar nie gelernt – Gott bewahre, dazu gab es ja schließlich seine Ehefrau! Aber ansonsten war er mehr als nur penibel gewesen. So hatte in der Arbeit wie auch in der Beziehung alles seine Ordnung gehabt.

Nein, dachte Patrizia, irgendetwas war eben nicht in Ordnung gewesen! Irgendwo gab es einen Schwachpunkt. Chaos, persönliche Verfehlungen. Irgendetwas, das dieser scheinbar unverrückbaren Ordnung und Regelmäßigkeit zuwiderlief. Ein dunkler Fleck. Sonst wäre er wohl kaum auf diese Art und Weise getötet worden.

Wusste Signora Meriani mehr? Patrizia seufzte. Sie musste etwas wissen. Sie durften jetzt einfach nicht lockerlassen.

Patrizia betrachtete die eingetrockneten Spuren nasser Straßenschuhe auf dem Fußboden. Jetzt, nachdem sie sein Arbeitszimmer genauer betrachtet hatte, war sie sich sicher, dass der Ingenieur tatsächlich niemals mit regennassen Schuhen durch die Wohnung gelaufen wäre. Vielleicht durch die Küche, aber niemals durch sein Arbeitszimmer! Sie besah sich den Boden genauer. Die Abdrücke waren längst trocken, aber immer noch erkennbar. Vor dem Schreibtisch, dem Fenster, dem Regal. Wenn Meriani selbst den Gast mit den nassen Schuhen in der ganzen Wohnung herumgeführt hatte, musste es ein sehr guter Freund gewesen sein, bei dem man das Ärgernis in Kauf nahm. Doch irgendetwas sagte Patrizia, dass es so nicht abgelaufen war. Ugo Meriani hatte niemanden hier herumgeführt. Es war der Täter gewesen, der sich Merianis Wohnung genau angesehen hatte, bevor er … Ja, das war die Frage, bevor er *was* getan hatte?

Patrizia ging zurück in den Flur. Draußen war es jetzt völlig dunkel. Auf dem Weg zur Wohnungstür warf sie einen letzten Blick in die Küche. Die Lichterdekoration der Straße malte bunte Ornamente auf die Küchenschränke. Die Arbeitsflächen waren leer. Nur der Blumenstrauß zeichnete sich als schwarze Silhouette vor dem hellen Rechteck des Küchenfensters ab.

Plötzlich erstarrte Patrizia. Das war es! Das kleine Detail aus ihren Gesprächen mit Signora Meriani. Ein Puzzlestück, das nicht gepasst hatte.

Sie lief in die Küche.

5

Donnerstag, 3. November 2011

Francesco Palmieri sah aus dem Fenster seines großen und, wie fast alle seine Gäste ihm versicherten, überaus eleganten Büros und entdeckte die beiden Kommissarinnen, die die Piazza Amendola überquerten und auf das Rathaus zukamen. Natürlich kannte er sie. Schließlich sah man sich regelmäßig bei bestimmten öffentlichen Anlässen. Und selbst wenn das nicht der Fall gewesen wäre, als Bürgermeister hatte er ein ausgezeichnetes Gedächtnis für Gesichter und Namen. Viel mehr brauchte man auch nicht, außer natürlich einer Vision und der dazugehörigen Durchsetzungskraft. Seit etwa zweieinhalb Jahren war er jetzt Bürgermeister dieser Stadt, und selbst anfängliche Kritiker gaben inzwischen zu, dass Salerno in dieser Zeit enorme Fortschritte gemacht hatte. Ordnung, Sauberkeit, Kultur. Der Name Palmieri stand für Fortschritt und Innovation.

Er beobachtete, wie die Polizistinnen auf den Eingang des Rathauses zugingen. Ja, sie waren beide auf seinem Neujahrsempfang gewesen. Wie immer ein schönes Fest, sehr feierlich, sehr repräsentativ. Die eine war die neue Hauptkommissarin, Patrizia Vespa aus … Nun ja, das war ihm wohl doch entfallen. Irgendeine Kleinstadt im Norden. Die andere war Salernitanerin und schon länger dabei. Cristina D'Avossa. Zweifellos die Interessantere der beiden. Sehr weiblich. Lange braune Haare, die sie fast immer, wenn er sie sah, offen trug. Groß, aber mit schönen Rundungen. Keine verbissene Karrierefrau wie die andere, die genauso groß, aber ihm zu schlaksig war.

Nicht, dass diese Vespa keinen Stil hatte. Lässig, aber nicht unelegant. Das Gesicht schmal und auch ganz hübsch. Aber er stand nicht auf kurze Haare. Zu unweiblich. Außerdem hatte sie während des Neujahrsempfangs den ganzen Abend nur verkrampft gelächelt und nie gelacht. Und sie war beim obligatorischen Tanz so steif geblieben, dass er schon befürchtet hatte, als Tänzer eine schlechte Figur zu machen.

Vespa, die Wespe. Der Name passte gut, dieser Kommissarin sah man den Stachel schließlich schon von Weitem an.

Er seufzte, als seine Gedanken ins Hier und Jetzt zurückkehrten. Natürlich waren sie wegen Meriani hier. Eine unschöne Sache. Sehr beunruhigend. Er hatte vorsichtshalber persönlich beim Polizeichef angerufen und ihm die Dringlichkeit der Angelegenheit in aller Deutlichkeit zu verstehen gegeben. Schließlich ging es um seine Lichter, die Weihnachtsstimmung, die Besucherzahlen, und, und, und … Darüber hinaus hatte er den Mann ja selbst gekannt. Sehr gut sogar. Aber das hatte er Di Leva nicht in Erinnerung gerufen. Warum auch? Für die Ermittlungen spielte das nicht die geringste Rolle.

Er wandte sich vom Fenster ab und sah auf die Uhr. Eigentlich Zeit zum Mittagessen. Er dachte an das Tredici, ein neu eröffnetes Lokal auf dem Corso Garibaldi. Etwas teuer vielleicht, aber das Essen war hervorragend, das Ambiente eine perfekte Mischung aus rustikal und modern. Und als Bürgermeister konnte man ja schließlich nicht in der erstbesten Kaschemme essen gehen.

Palmieri nahm seinen Kaschmirmantel vom Ständer. Dass die Kommissarinnen zu ihm wollten, war unwahrscheinlich. Dazu hätten sie sich anmelden müssen. Aber er würde hinterher in Erfahrung bringen, mit wem sie gesprochen hatten, und worüber.

*

»Bingo!«

Antonia schlug Lydia mit der flachen Hand auf den Arm. Aber die schrieb bereits auf, was die kleine alte Dame mit dem gepflegten weißen Haar und dem viel zu großen blau geblümten Kleid ihnen gesagt hatte.

Die beiden Kriminalassistentinnen saßen auf einem mit Samt bezogenen, rot-gold gestreiften Jugendstilsofa in einem altmodisch, aber teuer eingerichteten Wohnzimmer. Der Bezug des antiken Möbelstücks sah aus wie neu. Lydia vermutete, dass die alte Dame nicht allzu oft Besuch empfing, zumindest keinen, der es sich auf ihrem Sofa bequem machte. Doch dazu lud das altehrbare Möbel auch nicht wirklich ein.

»Ja, ja«, wiederholte Elena Neri, sichtbar erfreut über die Wichtigkeit, die diese beiden jungen Polizistinnen ihren Worten ganz offenbar beimaßen. »Ja, ganz sicher. So etwa um halb eins. Sehen Sie, ich schlafe nämlich schlecht. Das Alter. Wenn Sie mal in mein Alter kommen ... Und dann vertrete ich mir ein bisschen die Beine in der Wohnung und gehe durch die Zimmer, bis ich wieder müde werde. Sehen Sie, in der Nacht hat es schrecklich geblitzt und gedonnert. Irgendwann habe ich aus dem Fenster gesehen, und da waren diese beiden ... Ja, und einer von ihnen ganz sicher mit Hut. Der größere. Der andere war kleiner und trug einen Regenmantel mit Kapuze. Ich erinnere mich daran, weil ich noch dachte, wie man bei so einem Regen nur ohne Schirm herumlaufen kann.«

Lydia hatte mitgeschrieben.

»Waren es zwei Männer? Kannten Sie sie, oder können Sie sie näher beschreiben?«

»Meine lieben Fräulein, da fragen Sie mich aber zu viel. Der Regen war ja wie eine weiße Wand. Ich dachte noch, wie kann man nur ohne Schirm bei diesem Wetter ... Also der eine hatte einen Hut auf, so einen dunklen, wie Sie ihn beschrieben haben, aber bei solch einem Regen werden ja alle Kleidungsstücke dunkel.« Sie lachte. »Ja, also, der mit dem Hut war bestimmt ein Mann. Und der andere? Ach je, was Sie alles wissen wollen! Auf den ersten Blick würde ich sagen, ja. Aber eigentlich weiß ich gar nicht, warum. Sehen Sie, der Regenmantel war sehr weit und hatte eine Kapuze. Die Art, wie sie die Motorini-Fahrer bei schlechtem Wetter tragen. Und ich konnte ja von hier oben die Gesichter nicht sehen. Aber eigentlich … glaube ich schon, dass es ein Mann war.«

Sie wirkte betrübt. Doch im nächsten Moment sprang sie auf.

»O Gesù, ich habe Ihnen ja noch gar keinen Kaffee angeboten vor lauter Aufregung. Es dauert auch nur einen Augenblick.«

Noch bevor Antonia und Lydia etwas erwidern konnten, war Signora Neri bereits auf dem Weg in die Küche. Kurz darauf kam sie mit drei Tässchen zurück und nahm den Faden nahtlos wieder auf.

»Also wie ich es sagte. Einer mit Hut und einer mit Regenmantel. Aber erkennen konnte ich sie nicht. Dio mio, was verlangen Sie da von einer alten Frau, und bei meinen Augen? Ach, wenn ich das geahnt hätte! Der arme Signore Meriani! Sehen Sie, er war Ingenieur. Ein feiner Mensch. Zwei Enkel hat er auch schon. Und seine Frau spielt mit meiner Nachbarin Karten. Mindestens einmal in der Woche spielen sie …«

»Ja gut, dann«, unterbrach Antonia den Redefluss der alten Dame mit einem besonders liebenswürdigen Lächeln. »Wir haben ja Ihre Telefonnummer. Wir werden sicher noch einmal auf Sie zurückkommen. Aber jetzt fürs Erste vielen Dank.«

Zwei Stunden später hatten die beiden Assistentinnen ihre Befragungen beendet und waren auf dem Weg zurück in die

Questura. Auch Marco und Leo würden bald nachkommen. Bei einem kurzen Austausch war herausgekommen, dass sie von dem Angestellten eines Lokals in der Via delle Due Colonne eine ähnliche Auskunft erhalten hatten. Zwei Personen waren dem jungen Mann aus demselben Grund aufgefallen wie Elena Neri: Sie hatten trotz strömenden Regens keinen Schirm dabei. Aber mehr hatte der Angestellte nicht sagen können, denn er hatte sie nur von hinten gesehen.

Abgesehen von diesen Aussagen war ihre Ausbeute eher mager, was nicht verwunderlich war. Bei dem Wetter und um die Uhrzeit, die die alte Dame ihnen genannt hatte, war kaum noch jemand unterwegs gewesen. Die umliegenden Lokale hatten entweder um Mitternacht geschlossen oder waren dabei zu schließen. Überwachungskameras hatte keines von ihnen. Man würde sehen, ob der Aufruf in der Presse mögliche Zufallspassanten als Zeugen hervorzaubern konnte.

*

Patrizia und Cristina verließen das Rathaus, die Casa comunale, gegen halb eins.

Ihr Besuch war nicht ohne Erfolg gewesen.

Sie hatten nämlich erfahren, dass es für die beiden Türen zum Palazzo Genovese insgesamt drei Schlüsselpaare gab. Zwei davon waren an das Ingenieurbüro von Riccardo Capobianco vergeben worden, da dieser die Restaurierungsarbeiten dort als leitender Ingenieur begleitet hatte. Im Augenblick ruhte die Arbeit allerdings, denn im Gemeinderat herrschte Uneinigkeit darüber, welchem Zweck das Gebäude nun eigentlich zugeführt werden sollte. Die Schlüssel waren jedoch vorerst bei Capobianco verblieben. Das dritte Schlüsselpaar befand sich im Rathaus. Es war Ende Oktober nur für einige Tage an die Firma Polara & Figli ausgeliehen worden, als diese die

Lichter in der Stadt montiert hatte. Den Ausführungen des Rathausangestellten mit der dunkelblauen Fliege zufolge vergab die Stadt schon seit Jahren den Auftrag der Lichtermontage an dieselbe Firma. Nur 1994, dem ersten Jahr, hatten die Gemeindearbeiter diese Arbeit noch selbst übernommen. Da für diese Mammutaufgabe jedoch nicht genügend Personal zur Verfügung stand, hatten die Montagearbeiten damals Wochen in Anspruch genommen. Wochen, in denen die bereits montierten Lichter der Witterung unnötig ausgesetzt gewesen waren. Außerdem waren drei Fälle von Vandalismus verzeichnet worden. Wahrscheinlich betrunkene Jugendliche, denen ja heutzutage nicht einmal mehr ihre eigene Stadt heilig zu sein schien, wie der Angestellte ihnen empört erklärt hatte. Jedenfalls hatte die Gemeinde im darauffolgenden Jahr den Auftrag an eine private Firma vergeben mit der Auflage, die Lichter Ende Oktober möglichst innerhalb eines Tages zu installieren. Zwar hatte sich das Unternehmen schon von Anfang an darüber beklagt, für diesen Großeinsatz nicht angemessen bezahlt zu werden, aber die Stadt musste eben sparen, und bisher waren die Lichter trotz allem immer ordentlich montiert worden.

Der Vortrag schloss damit, dass der Rathausangestellte ihnen auf Patrizias Wunsch das Schlüsselpaar aushändigte, das die Gemeinde bereits von der Firma zurückbekommen hatte. Darüber hinaus hatte er ihnen den Namen des Mannes genannt, der den Schlüssel am Tag vor der Montage abgeholt und zwei Tage danach wieder zurückgebracht hatte. Es war Peppino Polara, der Besitzer von Polara & Figli, Montage und Anlagenbau.

Als die beiden Kommissarinnen wieder draußen vor dem Rathaus standen, nahm ihnen ein feuchter kräftiger Wind vom Meer her fast den Atem.

Noch von der Rathaustreppe aus vereinbarte Cristina telefonisch einen Termin mit Ingenieur Capobianco, der im Besitz der beiden anderen Schlüsselpaare war. Da dieser jedoch gerade Mittagspause machte, hatten sie noch eine Stunde Zeit, bevor sie ihn in seinem Büro in der Via Carmine, einer der belebtesten Straßen der Innenstadt, treffen konnten.

»Wie wär's mit einem kleinen Imbiss?«, fragte Cristina. »Mir hängt der Magen bis auf die Füße.«

Patrizia verdrehte die Augen. »Immer diese aufwendige Mittagesserei. Es ist erst halb eins, und schon sitzt der werte Herr Ingenieur zu Tisch, und meine Kollegin kann es auch kaum mehr abwarten. Aber das ist ja auch kein Wunder. Ihr hier im Süden habt keine Ahnung, was ein ordentliches Frühstück ist. Immer nur Kekse und Hörnchen. Und ab zwölf fallt ihr dann über Berge von Pasta, Fleisch und Kartoffeln her!«

Doch Cristina lachte nur und stieß sie mit dem Ellbogen in die Rippen.

»Und du? Fass dich doch an die eigene Nase! Was ein richtiges Frühstück ist, weißt du vielleicht. Aber dass du dir je dafür Zeit nimmst, wage ich zu bezweifeln, so früh wie du immer im Büro bist! Es sei denn, du hättest da heimlich Eier und Tiroler Speck gehamstert.«

Jetzt lachte auch Patrizia. Cristina hatte recht. Auch ihr knurrte der Magen.

Sie entschieden sich für die Stuzzicheria, ein Fast-Food-Restaurant, in dem man sich die Gerichte am Büfett aussuchen konnte. Ein Tisch mit Blick auf die Via Carmine war soeben frei geworden.

Während Cristina sich am überfüllten Tresen um die Aufmerksamkeit der hin und her hastenden Bedienungen bemühte, betrachtete Patrizia von ihrem Fensterplatz aus die nicht enden wollende Kette von Autos und die vorbeieilenden Menschen. Die Via Carmine war eine der Hauptschlagadern der Stadt, die ziemlich steil von den höher gelegenen Stadtteilen Salernos zum Meer hinunterführte. Ein Geschäft reihte sich ans nächste, und auch der täglich stattfindende Markt, auf dem die Marktschreier unter freiem Himmel Kleider, Gemüse, Fisch und Blumen feilboten, war ganz in der Nähe. Alle zehn Minuten kämpfte sich ein grünweißer SITA-Bus auf dem Weg von oder nach Neapel durch den dichten Verkehr. An diesem grauen Donnerstagmittag trugen die meisten Menschen Regenjacken, ihre Gesichter missmutig und gestresst. Viele waren auf dem Weg nach Hause oder in die Mittagspause. Die Wolken hingen noch immer tief, obwohl es seit einigen Stunden nicht mehr regnete.

Patrizia sah zum Büfett hinüber. Cristina balancierte zwei Pizzen zwischen den Holztischen hindurch.

Erst nach einer Weile unterbrach Patrizia das gefräßige Schweigen.

»Ich weiß nicht, wir haben noch kaum richtig begonnen, und schon habe ich das Gefühl, wir treten mal wieder auf der Stelle. Wir wissen zwar jetzt, dass Meriani kein Valium nahm, aber wir wissen nicht, wer das Zeug gekauft haben könnte und wo. Die einzigen Anrufe auf seinem Festnetz am 31. Oktober kamen von seiner Frau, und auf dem Handy dasselbe, seine Frau und ein Mitarbeiter. Und dann das fehlende Motiv ...«

»Wer weiß, vielleicht erfahren wir ja nachher von Davide mehr. Immerhin steht die Auswertung der früheren Anrufe noch aus. Vielleicht wurde er erpresst, oder er ist in einen Korruptionsfall verwickelt. Er hatte ja anscheinend viel mit Prestige-Bauprojekten zu tun, und da wird so viel gemauschelt. Bei der Vergabe von Aufträgen sind oft Millionen im Spiel. Dazu würde auch der demonstrativ präsentierte Kopf passen. Wenn das nicht der Abschreckung dienen sollte ...«

Patrizia seufzte.

»Herrgott hilf, bloß kein organisiertes Verbrechen! Aber der Gedanke ist mir auch schon gekommen. Wir müssen rauskriegen, woran er zuletzt gearbeitet hat, und dann ist da ja auch noch diese andere seltsame Sache …«

Sie unterbrach sich und dachte an den Vorabend in Merianis Wohnung. An den Augenblick, in dem ihr klar geworden war, was sie die ganze Zeit über gestört hatte. Es war der Blumenstrauß in der Küche. Sie hatte ihn sich etwas näher angesehen. In der Vase war kein Wasser gewesen, und man hatte die Stiele der Blumen unter der dicken Schicht schwarzer Läuse kaum erkennen können, so wie Signora Meriani es gesagt hatte.

Patrizia wurde durch die Hand aus ihren Gedanken gerissen, die ungeduldig vor ihrem Gesicht herumwedelte.

»Erde an Patrizia. Hallo? Noch jemand anwesend da oben?«, fragte Cristina amüsiert.

»Scusa, ich musste nur an gestern Abend denken. Ich meine die Sache mit den Blumen.«

»Ja, etwas seltsam ist das schon. So ein penibler Typ wie Ugo Meriani, der nicht merkt, dass die Blumen, die er kauft, völlig verlaust sind, und dann auch noch vergisst, Wasser in die Vase zu füllen. Aber vielleicht war er einfach nur abgelenkt oder gestresst. Außerdem sagte seine Frau, dass er ihr sonst nie Blumen geschenkt hat. Vielleicht hatte er eine Vorahnung, dass etwas passieren würde. Oder er musste ihr etwas beichten.«

»Vielleicht. Vielleicht aber auch nicht.«

Patrizia rollte eine Haarsträhne auf ihrem rechten Zeigefinger auf, wie sie es schon in der Schule bei Klassenarbeiten getan hatte, wenn sie sehr nervös oder sehr konzentriert war.

»Ich werde einfach das Gefühl nicht los, dass die Blumen gar nicht von ihm stammen. Selbst wenn wir davon ausgehen, dass er die Lieblingsblumen seiner Frau nicht kannte und deshalb welche gekauft hat, die sie nicht wirklich mochte. Aber die Läuse übersehen *und* das Wasser vergessen? Das passt nicht zu ihm. Zumal alles andere in der Wohnung auf einen eher friedlichen Abend hinweist. Das Bier auf dem Wohnzimmertisch, der leere Teller, die Fernsehzeitung. Auf mich wirkt das nicht so, als ob er aufgebracht gewesen wäre.«

»Vielleicht hast du recht. Aber lass uns doch erst mal abwarten, was Leo bei der Überprüfung der Blumenläden herausfindet. Laut Kellnerin hatte er im Gran Café Canasta noch keinen Strauß bei sich. Also kann er sie nur hinterher auf dem Nachhauseweg gekauft haben.«

»Ich weiß. Ich bin einfach zu ungeduldig. Konzentrieren wir uns besser auf unser Gespräch mit diesem Capobianco. Abgesehen von den Schlüsseln sollten wir ihn auch diskret über Ugo Meriani ausfragen. Die kennen sich hier doch alle untereinander.«

Cristina musste lachen.

»Diskret? Na, dann überlass das Reden mal lieber mir!«

Patrizia streckte ihr die Zunge heraus, auf der noch Reste von Pizza zu sehen waren.

Cristina verzog das Gesicht: »Definitiv lieber mir …«

Kurze Zeit später klingelten sie an der gediegenen Holztür des mehrstöckigen Gebäudes in der Via Carmine. Eine goldene Messingtafel verriet, dass das Büro von »Ingegnere Riccardo Capobianco« im dritten Stock lag.

*

Davide und die beiden Uniformierten, Leo und Marco, saßen über ihre Schreibtische gebeugt. Vor ihnen stapelten sich Dokumente, die noch zu sichten waren.

Davide seufzte. Wenigstens hatten sie dem ganzen Kram nicht erst groß nachlaufen müssen, was das einzig Positive an Anrufen von höchster Stelle war. Man hatte hinterher kein Problem mit Bank- und Telefonauskünften. Vor ihm türmten sich die Ausdrucke mit Kreditkarten- und Kontenbewegungen. Auch eine Auflistung aller in der letzten Zeit geführten Telefonate hatten sie schon von der Telecom Italia und dem Mobilfunknetzbetreiber Wind erhalten.

Am Nebentisch saß Leo über Merianis PC gebeugt und machte sich Notizen zu den Projekten, an denen der Ingenieur beteiligt gewesen war. Alle Achtung! Der Mann hatte seine Finger wirklich überall drin gehabt, wo es um Prestige und lukrative Aufträge ging, allen voran die Altstadtsanierung, das neue Büro- und Einkaufszentrum und die Restaurierung des Teatro Giuseppe Verdi, die allerdings schon eine Weile zurücklag. Feinde hatte er sich da sicher genug gemacht. Aber reichte eine gewöhnliche Feindschaft aus, um zu tun, was der Täter getan hatte?

Leo dachte an die Altstadtsanierung. Seine Großmutter hatte früher im alten Zentrum gewohnt. Er erinnerte sich noch an den Geruch ihrer Wohnung, diese Mischung aus Knoblauch, Feuchtigkeit und frisch gewaschener Wäsche. Abgewetzte graue Fliesen, weiß getünchte Wände, Holzfenster mit Wäscheleinen davor. So hatten die Wohnungen in der Altstadt alle ausgesehen. Runtergekommen, verlebt. Alte Bausubstanz eben. Privat zu sanieren wäre für die Bewohner unbezahlbar gewesen. Also war irgendwann die Stadt eingesprungen. Doch natürlich hatte die Sache einen großen Haken gehabt. Der Wert der Wohnungen war nach den Sanierungsarbeiten in astronomische Höhen geschossen, und kaum einer der früheren Mieter konnte es sich danach noch leisten, in seine Wohnung oder wenigstens in die Nähe des Zentrums zurückzuziehen. Die meisten lebten heute in den abgelegenen, gerade noch erschwinglichen Wohnungen der Vororte, während die Stadt und alle an der Sanierung Beteiligten sich mit ihren alten Wohnungen goldene Nasen verdient hatten. Natürlich hatte es da viel böses Blut gegeben. Nur seiner Großmutter hatte es nicht so viel ausgemacht, denn sie war gern in die Nähe ihrer Tochter gezogen.

Leo öffnete eine neue Datei und überflog ihren Inhalt. Ein riesiger Gebäudekomplex mit Einkaufszentrum in Hafennähe. Ja, der hatte die Wellen des Hasses ebenfalls hochschlagen lassen. Die Kosten-Nutzen-Rechnung ging nicht auf, und dazu kam, dass der Bau die Aussicht vom Lungomare auf die Amalfiküste versperrte, die nun nur noch eine Handvoll Privilegierter aus ihren Luxusapartments genießen konnte.

Leo seufzte. Wie er bei so vielen Projekten jemals Land sehen sollte, war ihm schleierhaft.

*

Bob Kingfisher schüttelte nachdenklich den Kopf. Keiner der in Merianis Wohnung gefundenen Fingerabdrücke stimmte mit einem jener überein, die sie im Palazzo am Largo Campo sichergestellt hatten.

Er war nicht wirklich überrascht. Genau genommen hatte er nichts anderes erwartet. Denn letztlich war es doch nur wahrscheinlich, dass der Täter zumindest an einem der beiden Orte, wenn nicht an beiden, Handschuhe getragen hatte. Ihn beschäftigten vielmehr die Fußabdrücke, die sie überall in Merianis Wohnung gefunden hatten. Es waren ganz gewöhnliche Rückstände von Regenwasser vermischt mit Straßenschmutz. Natürlich war bei solchen Flecken kein Profil zu erkennen. Aber er hatte die ungefähre Länge des Schuhs und damit die ungefähre Schuhgröße herausbekommen. 43, höchstens 44. Ugo Meriani jedoch hatte Schuhgröße 45. Bob Kingfisher seufzte. Leider waren 43 und 44 Allerweltsschuhgrößen. Sogar Merianis Schwiegersohn, der aber ein wasserdichtes Alibi hatte, trug Größe 43.

Nein, Bob Kingfisher war sich sicher, dass die Spuren vom Täter stammten.

Und noch etwas beschäftigte ihn. Er hatte die Abdrücke überall gefunden. Überall, nur nicht im Wohnzimmer, in dem Meriani vermutlich vor dem Fernseher gesessen und gegessen hatte. Hier hatte es nur im Türrahmen Fußspuren gegeben, als hätte der Täter dort gestanden und in den Raum geblickt, ohne tatsächlich einzutreten.

Bob trommelte sich mit den Fingern auf seine Glatze. Was hatte das zu bedeuten? Hatte der Täter sich in aller Seelenruhe Merianis Wohnung angesehen, während sein Opfer nichtsahnend vor dem Fernseher saß? Und wenn es so war, was sagte das aus über diesen Mann, über seinen Charakter und seine Motivation? Nur eines schien klar: Er hatte sich Zeit gelassen. Hatte gewartet, bis Meriani irgendwann von selbst aus dem Wohnzimmer gekommen war, vielleicht, um schlafen zu gehen.

»Ein ziemlich abgebrühter Hund. Der hatte keine Angst, es sich noch mal anders zu überlegen. Der wollte den Augenblick vor der Tat so richtig auskosten und sein Opfer als Mensch kennenlernen. Die Farbe seiner Bettdecke, den Pyjama, die Bücher im Arbeitszimmer. Erst danach hat er ihn irgendwohin verschleppt, um ihn zu töten …«

Bob Kingfisher war dafür bekannt, dass er ab und zu mit sich selber redete. Trotzdem spürte er die fragenden Blicke der Kollegen auf sich.

»Was gibt's da zu glotzen?«, polterte er sie an. »An die Arbeit! Oder wollt ihr heute gleich wieder Überstunden machen?«

*

Das Ingenieurbüro von Riccardo Capobianco nahm die komplette dritte Etage des Hauses ein. Seine Sekretärin hatte die beiden Kommissarinnen in einen Raum geführt, den Patrizia auf die Größe ihres Wohnzimmers schätzte. Die Wände waren holzvertäfelt, und auf dem massiven Schreibtisch herrschte peinliche Ordnung. Offenbar war Ingenieur Capobianco noch nicht aus seiner Mittagspause zurück. Dafür trat Minuten später ein junger Mann mit Kaffee und Gebäck ein, stellte unter einigen Höflichkeitsfloskeln das Tablett vor ihnen ab und verließ den Raum so schnell, wie er gekommen war. Niemand hatte sie gefragt, ob sie Erfrischungen wünschten. Wahrscheinlich gehörte das hier zum Standard. Das Ingenieurbüro schien es sich leisten zu können. An das Büro des Chefs grenzten mehrere andere an, alle mit Mitarbeitern besetzt.

»Dieser Capobianco ist mir sympathisch«, witzelte Cristina. »Endlich mal ein Büro, in dem ein Mann den Kaffeeträger spielt.«

Sie hatte ihren Satz kaum zu Ende gesagt, als die Tür schwungvoll aufgerissen wurde und ein athletisch gebauter und jugendlich wirkender Mann eintrat. Nur sein grau meliertes Haar und ein paar Fältchen um die Augen verrieten, dass er schon auf die sechzig zuging. Zu Patrizias Erstaunen trug er seine Haare länger. Er sah eher so aus, wie Patrizia sich einen Orchestermusiker vorstellte. Oder sprachen hier nur mal wieder die Vorurteile, von denen man immer hoffte, dass man sie nicht hatte?

Capobiancos Lächeln war strahlend.

»Eigentlich hatte ich Besuch von der Polizei erwartet, nicht von zwei so reizenden jungen Damen. Aber wenn das neuerdings ein und dasselbe ist, dürfen Sie mich ruhig öfter beehren.«

Patrizia räusperte sich. Sie hasste es, wenn man sie wie eine Signorina behandelte, und erst recht, wenn es im beruflichen Umfeld geschah.

»Hauptkommissarin Patrizia Vespa und Hauptkommissarin Cristina D'Avossa. Wir sind hier, um mit Ihnen über Ihren Kollegen Ugo Meriani zu sprechen.«

Capobianco ließ sich seufzend in seinen schweren Lederstuhl sinken. »Meriani … mein armer alter Freund. Ich kann es noch gar nicht fassen. Wer sollte ihm so etwas Schreckliches antun?«

»Sie kannten sich gut?«

»Aber ja! Salerno ist eine kleine Stadt. Und unsere Büros … Nun, wie soll ich sagen? Sie haben im noblen Wettstreit um die besten Aufträge immer ganz oben mitgespielt. Da kommt man sich natürlich näher. Ich würde sogar sagen, dass unser Verhältnis freundschaftlich war. Herzlich, so kann man es auch nennen.«

»Hatten Sie in letzter Zeit persönlichen Kontakt?«

Capobianco schien nachzudenken.

»Vor etwa zwei Wochen haben wir uns bei einer Weinprobe der Enoteca Provinciale gesehen.«

»Wo war das?«

»Oh, die Enoteca Provinciale ist im Arco Catalano, im Erdgeschoss des Palazzo Pinto in der Via Mercanti. Ein wunderschöner Hof aus dem 15. Jahrhundert und berühmt für seinen katalanischen Bogen aus grauem Tuffstein. Ein architektonisches Juwel, und alles hervorragend restauriert. Wie schön, dass sie diese mittelalterlichen Räume jetzt für solche Veranstaltungen nutzen. Sehr stilvoll. Und nur die besten Weine aus der Region. Sie sollten da mal vorbeischauen.«

»Worüber haben Sie gesprochen? Hat Ugo Meriani irgendetwas Besonderes erwähnt? Wissen Sie von Problemen oder Konflikten im Zusammenhang mit seiner Tätigkeit oder seinen Projekten?«

»Nein, da weiß ich nichts. Woran er im Augenblick gearbeitet hat, kann ich Ihnen auch nicht sagen, da sich unsere Projekte in letzter Zeit nicht mehr überschnitten haben. Wissen Sie, er wäre bald in Rente gegangen und hat deshalb seit einiger Zeit nur noch kleine Brötchen gebacken, was der Konkurrenz natürlich nicht ungelegen kommt.« Er lächelte wieder sein strahlendes Lächeln. »Was immer jetzt aus seinem Ingenieurbüro wird, ohne den großen Ugo Meriani am Ruder wird es seinen Glanz eher früher als später verlieren.«

»Hatten Sie auch privat Kontakt?«, fragte Patrizia. »Hatten Sie Gelegenheit, Veränderungen an ihm festzustellen? Oder gab es Gerüchte um ihn oder seine Projekte?«

Riccardo Capobianco schien wieder nachzudenken.

»Nein, ich … Also da fällt mir wirklich nichts ein. Wir haben uns auch nie privat getroffen. Immer nur, wenn es um die Arbeit ging, was aber schon seit einiger Zeit nicht mehr vorkam. Und wenn, dann nur zufällig, wie bei der Weinprobe, aber da haben wir nicht über die Arbeit gesprochen. Wie gesagt, in den letzten Jahren ist es etwas stiller um ihn geworden. Die Großprojekte, die holen sich jetzt andere.«

»Unter anderem Sie?«

Capobianco lächelte geschmeichelt. »Man tut, was man kann.«

»Eigentlich sind wir auch einer anderen Sache wegen hier«, mischte Cristina sich nun ein. »Es geht um die Schlüssel zum Palazzo Genovese am Largo Campo, wo sein Kopf gefunden wurde. Im Rathaus sagte man uns, dass Sie den ersten Restaurierungsarbeiten vorstanden und noch immer im Besitz zweier Schlüsselpaare sind. Wir müssten diese Schlüssel mitnehmen und kriminaltechnisch untersuchen lassen. Außerdem wüssten wir gerne, ob Sie oder jemand anders in Ihrem Auftrag in letzter Zeit die Schlüssel benutzt hat und in dem Gebäude war.«

Capobiancos Lächeln wurde noch jovialer.

»Sieh mal einer an. Da bin ich doch tatsächlich Teil einer Mordermittlung? Meine Damen, Sie bringen Farbe in meinen grauen Alltag! Mein Alibi lautet Arbeit und Überstunden, hier im Büro und mutterseelenallein.« Er hob theatralisch die Arme. Doch dann wurde er plötzlich ernst. »Natürlich bekommen Sie die Schlüssel. Ich habe sie hier zusammen mit sämtlichen anderen Schlüsseln in einem speziellen Safe. Mein Büro ist an vielen Projekten beteiligt, da kommen eine Menge Schlüssel zusammen. Und der Safeschlüssel ist gut versteckt, das kann ich Ihnen versichern.«

Er erhob sich, ging in einen Nebenraum und kam kurz darauf mit zwei Schlüsselpaaren zurück.

»Bitte sehr, hier sind die Prachtstücke. Zweimal Vorder- und zweimal Hintereingang. Und was Ihre andere Frage betrifft, nein, ich war schon seit Monaten nicht mehr in dem Gebäude. Die letzten Restaurierungsarbeiten wurden vor knapp einem Jahr beendet. Seitdem stehen die Mühlen still. Im Rathaus kann man sich nicht entscheiden, wie es weitergehen soll.« Er rollte mit den Augen. »Typisch! Und in der Zwischenzeit geht die bisher geleistete Arbeit wieder vor die Hunde.« Er machte eine verächtliche Geste. »Ich habe das eine Schlüsselpaar damals von dem Unternehmen, das sich zuletzt um die Sanierung der Wände kümmerte, ordnungsgemäß zurückerhalten. Das andere war für meinen persönlichen Gebrauch. Man muss ja als Chef ab und zu nach dem Rechten sehen.«

Eine Viertelstunde später standen Patrizia und Cristina wieder auf der Straße. Sie hatten die Namen des Sanierungsunternehmens und der Mitarbeiter Capobiancos, die alle noch einzeln zu befragen waren.

Trotzdem war Patrizia mutlos. Wieder stellte sich das Gefühl ein, dass sie auf der Stelle traten.

»Wenn wir uns auf die Socken machen, schaffen wir es noch zu der Firma, die die Lichter montiert hat«, sagte Cristina. »Komm, mach nicht so ein Gesicht, beeil dich lieber.«

Patrizia nickte. »Hast ja recht. Wir brauchen unbedingt heute noch die Liste der Arbeiter, die während der Montage Zutritt zum Palazzo Genovese hatten.«

Riccardo Capobianco sah den beiden Kommissarinnen nach, die schnellen Schrittes die Via Carmine Richtung Fußgängerzone hinuntergingen. Zwei interessante Frauen, und zweifelsohne eine neue Generation. Nicht das, was man von der Polizei früher gewohnt war: Korruption, Verschleppung, Untätigkeit. Mit diesen beiden hier war zu rechnen. Er traute ihnen zu, dass sie der Sache gewachsen waren.

Es klopfte an seiner Bürotür. Der junge Montesano wollte das Tablett mit den Kaffeetassen und dem unangetasteten Gebäck abräumen.

Michele Montesano, den er seinerzeit eingestellt hatte, um Ugo Meriani einen Gefallen zu tun. Er fragte sich, ob er ihn jetzt, unter den neu eingetretenen Umständen, weiter beschäftigen musste. Als Mädchen für alles hatte sich der junge Mann zwar nicht schlecht gemacht, aber wirklich brauchen? Das wäre zu viel gesagt. Er beschloss kurzerhand, ihm zu kündigen, am besten eher gestern als heute. In solchen Angelegenheiten konnte Zögerlichkeit nur schaden.

Riccardo Capobianco wandte sich vom Fenster ab und ließ sich auf seine teure Couch aus schwarzem Rindsleder fallen, auf der er für gewöhnlich mit seinen Klienten Platz nahm. Er fragte sich, warum er sich plötzlich so angegriffen fühlte. Und das, obwohl er in letzter Zeit so energisch und effizient gewesen war wie schon lange nicht mehr. Alles war ihm so leicht von der Hand gegangen. Und nun mit einem Mal schien diese Stimmung zu kippen. War es der Gedanke an Ugo Merianis Kopf am Palazzo Genovese? Er ärgerte sich, dass er sich das Glas Wein zum Mittagessen versagt hatte. Vielleicht hätte er dann jetzt ein Nickerchen machen können. Er schloss die Augen. Nein, es war sinnlos. Der Schlaf würde nicht kommen.

Mit einem Ruck stand er auf und setzte sich an den Schreibtisch.

6

Freitag, 11. November 2011

Es war bereits Nachmittag, als Patrizia bei ihrem Lieblingsaussichtspunkt in den Bergen über Ogliara ankam.

Sie hatte zwar ein schlechtes Gewissen, weil sie einfach nach Hause gefahren war, doch in ihrem Büro war sie nicht weitergekommen. Ihre Gedanken schienen an den Wänden abzuprallen und sich im Kreis zu drehen. Ohne Abmeldung hatte sie schließlich fluchtartig die Questura verlassen und war nach Ogliara zurückgefahren. Es gab nur einen Ort, an dem sie jetzt sein wollte, an dem sie freier atmen und hoffentlich auch freier denken konnte. Zwar war es schon recht spät für einen Spaziergang in den Bergen, jetzt im November, doch das konnte sie nicht davon abhalten. Sie war schon zu ganz anderen Tageszeiten hier oben herumspaziert.

Und dafür war es jetzt umso ruhiger.

Patrizia war zunächst bis zu einem Kastanienwald hinaufgestiegen, dann aber noch ein Stück weitergegangen. Schließlich ließ sie sich auf einem Felsvorsprung unter einer alten Pinie nieder, von wo aus sie die Aussicht auf den gesamten Golf von Salerno genießen konnte. Luft und Weite. Hellgrauer zerklüfteter Fels, schwarzgrüne Pinien, und tief unter ihr die Stadt und das Meer. Aus nicht allzu großer Entfernung hörte sie das Glockengeläut der Ziegen und halbwilden Kühe, höhere Töne und kleinere Glocken für die Ziegen, dunkler und gemächlicher klingende für die Kühe.

Patrizia atmete auf. Es tat gut, allein zu sein. Menschen begegnete sie hier oben nie. Nur im Frühling kamen ab und zu ein paar ältere Männer auf der Suche nach wildem Spargel hinauf, und im Herbst sammelten sie Pilze und Kastanien. Ansonsten waren die Berge über Ogliara verwaist. Die mit Pinien, Eichen und Kastanien bewaldeten Hänge gehörten ihr.

Patrizia betrachtete den Horizont. An einem grauen Tag wie heute war die Grenze zwischen dem bleifarbenen Meer und dem ebenso bleiernen Himmel nur schwer auszumachen. Sie zog die Beine an, stützte ihr Kinn auf die Knie und ließ in Gedanken die letzten Tage Revue passieren. Es war über eine Woche her, seit sie Merianis Kopf am Palazzo Genovese gefunden hatten, und Untätigkeit konnte man ihnen wahrlich nicht vorwerfen. Sie hatten Merianis Konten, Telefonverbindungen und Computer durchforstet. Darüber hinaus hatten Leo und Marco sowohl Merianis als auch Capobiancos Mitarbeiter befragt.

Dennoch hatten sie bisher keine nennenswerte Spur.

Patrizias Gedanken wanderten zurück zum Besuch bei der Montagefirma, die Ende Oktober die Lichterdekorationen auf dem Largo Campo montiert hatte. Man hatte ihnen die Namen und Adressen der Arbeiter gegeben, die auf dem Platz im Einsatz gewesen waren. Zu ihrem Erstaunen handelte es sich nur um zwei Männer. Konnte es sein, dass einer von ihnen sich einen Schlüssel hatte nachmachen lassen? Gab es eine Verbindung zu Ugo Meriani? Ein Motiv? Sie waren noch dabei, das zu überprüfen.

Schließlich kam sie wieder bei der einen zentralen Frage an: Was wollte der Mörder? Warum tat er, was er tat, wie er es tat? War der Ingenieur ein Zufallsopfer? Nein, das war völlig undenkbar. Der Täter war ein erhebliches Risiko eingegangen, als er mit Meriani zusammen dessen Wohnung verlassen hatte. Ein Zufallsopfer war leichter zu haben. Kein Zweifel, der

Täter wollte diesen Mann und keinen anderen. Dafür sprach auch die Inszenierung am Largo Campo. Wieder ein großes Risiko. Warum? Was war der Grund für diese Brutalität und diesen demonstrativen Horror? Es schien so absurd. Aber sie wusste, dass es für den Täter anders war, anders sein musste. Für ihn ergab das alles Sinn. Nicht nur der Tötungsakt, sondern auch die Inszenierung, da war sie sich sicher. Und eben diesen Sinn mussten sie finden.

Patrizia ging noch einmal die ihnen bekannten Fakten durch. Die kriminaltechnische Untersuchung in Merianis Wohnung war abgeschlossen. Kein Blut, kein Projektil. Sie war nicht der Tatort. Der Ingenieur war, wenn sie der Aussage Elena Neris Glauben schenken konnten, wahrscheinlich von einem Mann aus seiner Wohnung und dem Haus hinausgeführt worden. Damit waren Merianis Ehefrau und ihre Tochter aus dem Kreis der Verdächtigen ausgeschlossen. Oder etwa nicht? Hatten sie etwas übersehen? Nein, bislang hatten sie akkurat gearbeitet. Vom Abend der Tat wussten sie, dass Meriani allein im Gran Café Canasta gewesen war, wie seine Frau es schon vermutet hatte. Und soweit der Kellner das sagen konnte, hatte Meriani mit niemandem dort gesprochen. Die Blumen für seine Frau hatte er offenbar auf dem Nachhauseweg gekauft, wenn sie überhaupt von ihm waren. Die Befragung der Blumengeschäfte der Umgebung hatte jedenfalls nichts ergeben, oder vielleicht sollte sie sagen, weniger als nichts. Die Blumenhändler hatten nämlich nicht nur ausgesagt, den besagten Strauß nicht verkauft zu haben, sondern auch, dass sie Akanthus generell nicht anboten.

Das allein war natürlich noch kein Beweis. Es konnte durchaus sein, dass sie nur das richtige Geschäft noch nicht gefunden hatten. Dennoch hatte sie das unbestimmte Gefühl, dass die Blumen nicht von Ugo Meriani waren, sondern vom

Täter. Sie waren Teil der Inszenierung, die schon in Merianis Wohnung begonnen hatte.

Das Szenario erinnerte Patrizia an die surrealistischen Filme, die sie früher gerne gesehen hatte und in denen ständig Dinge passierten, die weder einen Kontext hatten noch einen Sinn ergaben. Doch dies war kein surrealistischer Film. Wenn die Blumen vom Täter waren, gab es einen Grund, warum er sich die Mühe gemacht hatte, sie in Merianis Wohnung zu platzieren. Es war, als würde der Mörder in Symbolen und Piktogrammen sprechen, die sie nicht deuten konnten, weil ihnen der Schlüssel dazu fehlte. Dennoch wurde sie das Gefühl nicht los, dass es diesen Schlüssel gab und sie etwas Wesentliches übersehen hatten. Etwas, das direkt vor ihrer Nase lag, ohne dass sie es wahrnahmen.

In dem Moment durchbrach die Nachmittagssonne ganz plötzlich und in vollem Glanz die Wolkendecke und tauchte die kahlen Wälder um sie herum in golden leuchtendes Nachmittagslicht. Die nassen Blätter und die Tropfen, die überall an den Ästen hingen, blitzten schlagartig auf.

Einen Augenblick lang bewunderte Patrizia das Naturschauspiel, doch so schnell, wie es gekommen war, war es auch schon wieder vorbei, und ein kühler Wind ließ sie frösteln. Sie zog ihren Reißverschluss bis ans Kinn und verschränkte die Arme. Sie hasste den November. Gab es einen unangenehmeren Monat? Er war wirklich …

Patrizia stutzte. Konnte das sein? Ein paar Sekunden verharrte sie reglos. Dann sprang sie auf.

»Verdammt! Wie können wir nur so blind gewesen sein?«

Ihr Kältegefühl wich binnen Sekunden einem diffusen Hitzeempfinden, und sie griff zum Handy, während sie den steilen, steinigen Pfad hinuntereilte.

Kein Empfang!

Die Steine spritzten unter ihren klobigen Wanderschuhen in alle Richtungen, und sie spürte, wie ihr der Schweiß in Rinnsalen den Rücken hinunterlief. Die Dämmerung hatte längst eingesetzt, und der graue Fels verschwamm mit den Schatten um sie herum, doch in ihrem Kopf gab es nur einen Gedanken.

Zum Teufel, es musste einfach stimmen! Das sagte ihr ihre Intuition. Was auch immer die anderen davon halten würden, es musste …

*

Questore Pietro Di Leva saß in seinem Stammlokal Il Duca in der Via Giovanni da Procida und versuchte zerstreut, die von unzähligen Händen geknickten Ecken der Menükarte wieder zu glätten. Eigentlich war es noch zu früh zum Essen. Das Restaurant hatte eben erst aufgemacht, und er kam sich lächerlich vor. Wer aß schon um sieben Uhr zu Abend? Vielleicht hätte er nicht herkommen sollen. Doch ein anderes Lokal war ihm nicht eingefallen. Er ging immer ins Il Duca, und normalerweise war er gerne hier. Gerne und oft. Dieser Ort war seine Zuflucht vor der Arbeit, dem Stress, manchmal auch vor zu Hause. Er hatte ihn schon vor langer Zeit entdeckt und sich in die Galerie verliebt, die den Innenraum in einer gewissen Höhe auf drei Seiten umrundete und auf der ebenfalls noch ein paar Tische standen. Dort oben hatte er seinen Stammplatz, denn hier war er dem lauten Treiben unten im Lokal entrückt und wurde weder von draußen noch vom Parterre aus gesehen. Da die Galerie nur über eine schmale steile Holztreppe zu erreichen war, hatte er sie meistens für sich allein. Allerdings war er heute nicht nur der einzige Gast auf der Galerie. Er war der einzige Gast im Lokal. Und das gab seiner schlechten Stimmung den Rest.

Er hatte sich mit seiner Frau gestritten. Es war Freitagabend, und die Stadt erstrahlte im Lichterglanz. Eigentlich hätte er jetzt mit ihr und den gemeinsamen Freunden, den Matteras, durch die beleuchtete Innenstadt bummeln sollen, so wie jedes Jahr am ersten oder zweiten Lichterwochenende. Es war zu einer Art Ritual geworden. Heute war ihm allerdings nicht danach gewesen. Der Mord an dem Ingenieur, diese Gräueltat, die es auf die Titelseiten nicht nur der nationalen, sondern auch der internationalen Presse geschafft hatte, hatte ihm die Feststimmung gründlich verdorben. Zumal es danach aussah, als würden sie auch in diesem Fall nicht richtig weiterkommen. Sollten sie die Falsche eingestellt haben? War Vespa nicht die richtige Frau für den Job? Nein, das war es nicht. Sie und ihr Team arbeiteten auf Hochtouren und machten ihre Arbeit hervorragend. Immerhin war er über jeden ihrer Schritte genauestens informiert und wusste, dass alles getan wurde, was in ihrer Macht stand.

Aber einen zweiten ungelösten Mordfall konnten sie sich nicht leisten. Und schon gar nicht diesen, der den Bürgermeister dazu brachte, ihn fast täglich anzurufen, um sich nach dem neuesten Stand der Dinge zu erkundigen. Pietro Di Leva wusste nicht, warum, aber er konnte den Mann nicht ausstehen und hatte das unbestimmte Gefühl, dass diese Abneigung auf Gegenseitigkeit beruhte.

Federico, der Ober, trat an seinen Tisch, doch Pietro Di Leva musste zugeben, dass er der Karte, abgesehen von der Glättung ihrer Knicke und Falten, noch keine Aufmerksamkeit geschenkt hatte. Er bestellte eine Flasche Hauswein, einen Aglianico, und vertröstete den Ober auf später.

Und jetzt auch noch der Ärger mit seiner Frau Rosa. Er hatte den gemeinsamen Spaziergang nicht ganz absagen, sondern nur verschieben wollen. Aber so verständnisvoll sie sonst auch war, wenn es um den alljährlichen Lichterspaziergang ging, biss man bei ihr auf Granit. Am Ende war sie allein zu der Verabredung aufgebrochen, natürlich nicht, ohne ihn zum Teufel gewünscht zu haben. Er wusste, dass es jetzt vorerst vorbei war mit »Mimmo«. Es würde Wochen dauern, bis sie ihn wieder so nannte, geschweige denn, dass sie ihn fragen würde, was er zu Abend essen wollte, oder bei der Wahl des Fernsehprogramms auf seine Wünsche einginge. Aber solange dieser Fall nicht gelöst war, war an gemütliche Fernsehabende ohnehin nicht mehr zu denken.

Pietro Di Leva seufzte und winkte Federico zu, der geschäftig auf ihn zueilte. Er bestellte frittierten Fisch und einen Salat. Auf mehr hatte er heute keinen Appetit. Nur einen Augenblick lang spielte er mit dem Gedanken, alles rückgängig zu machen, seine Frau auf dem Handy anzurufen und sie und die Matteras doch noch irgendwo in der Stadt zu treffen. Aber er konnte sich nicht dazu durchringen. Diese Genugtuung gönnte er ihr dann doch nicht.

Der Fisch kam. Missmutig betrachtete er die frittierten Sardinen und Calamari-Ringe, die Federico vor ihn hingestellt hatte.

»Ich gehe in Frühpension. Wenn das hier vorbei ist, mache ich Schluss. Falls der Fall nicht gelöst wird, ist das sowieso das Beste.«

Insgeheim wusste er, dass er nichts dergleichen tun würde, doch die bloße Möglichkeit einer Flucht hellte seine Stimmung etwas auf, und er begann zu essen.

*

Zu Patrizias Verwunderung hatte Cristina keinen Versuch unternommen, sie schon am Telefon auszufragen. Da es auf den Abend zuging und sie beide Hunger hatten, hatte Patrizia vorgeschlagen, gemeinsam essen zu gehen.

Es war halb sechs, als sie vor der Questura hielt und Cristina zu ihr ins Auto stieg. Längst war es dunkel geworden, und da keine von ihnen Lust auf ein lautes Innenstadtlokal hatte, waren sie am Meer entlang Richtung Stadtrand gefahren.

Jetzt saßen sie in einem der wenigen Strandlokale, das ganzjährig geöffnet hatte, und blickten auf die unregelmäßig verteilten weißen und orangen Lichtpunkte, die ihnen übers Meer von der ansonsten in tiefes Schwarz getauchten Amalfiküste entgegenleuchteten. Das Meer vor den Panoramafenstern war ebenfalls schwarz. Nur dort, wo die Wellen an den Strand schlugen und auf den Kieseln ausrollten, glitzerte das Wasser im Schein des Lichtes, das aus dem Lokal nach draußen drang.

»Danke, dass du dir die Zeit nimmst. Ich hatte befürchtet, dass du nach Hause zu deiner Familie musst.«

Cristina schnaubte. »Du weißt ja gar nicht, was für einen Gefallen du mir getan hast! Bei uns ist mal wieder Großfamilie angesagt.«

Patrizia nickte verständnisvoll.

Sie wusste, dass Cristinas Schwiegermutter sich oft wochenlang bei der Familie ihrer Kollegin einnistete. Es lief jedes Mal gleich ab: Sie kam mit dem Zug aus Rom, angeblich nur für ein paar Tage, um die Enkelkinder zu besuchen, und blieb mehrere Wochen. Nicht enden wollende Wochen, in denen sie das Kommando übernahm, die Küche besetzt hielt, Cristina darüber belehrte, wie sie ihre Topfpflanzen zu gießen hatte, wann und wie lange die einzelnen Zimmer zu lüften waren und ausführlich auf Fragen der Mutterpflichten und Kindererziehung einging. In solchen Wochen gab es für Cristina kein Entrinnen. Die Kinder flüchteten vor den Fernseher, ihr Mann Maurizio täuschte Arbeit vor und verzog sich an seinen Computer, und Cristina durfte die rüstige Dame beschäftigen.

»Wenn Maurizio nur mal was sagen würde«, schimpfte Cristina. »Immerhin ist es *seine* bucklige Verwandtschaft! Aber lass uns von was anderem reden. Hast du nicht gesagt, dir sei eine Idee gekommen?«

Patrizia dachte einen Augenblick nach, während sie das schwarz glitzernde Meer vor dem Fenster betrachtete und dem leichten Anschlag der Wellen auf dem Strand lauschte.

Was auch immer die anderen davon halten würden ... Das war ihr erster Gedanke gewesen. Und dass sie einfach recht haben musste, um jeden Preis. Aber so einfach war es natürlich nicht. Das war es nie. Cristinas Meinung war ihr wichtig, wichtiger als die aller anderen. Sie war nervös. Was, wenn Cristina ihre Idee absurd fand?

Patrizia begann, ihr von dem Spaziergang in den Bergen und von ihrem Geistesblitz zu erzählen.

Cristina ließ sie ausreden. Sie war nicht der Typ, der einen unterbrach, es sei denn, um einen kurzen Scherz zu machen. Aber jetzt war ihr Gesichtsausdruck ernst. Sie war ganz Ohr, ganz Aufmerksamkeit. Schließlich kam Patrizia zum Ende.

Einen Augenblick lang sahen sich die beiden Frauen schweigend an. Sekunden, die Patrizia endlos vorkamen. Sie war unfähig, sich zu rühren.

Dann kam Cristinas Kommentar, leise, aber heftig, fast zwischen den Zähnen hervorgestoßen.

»Verdammter Mist! Da könnte was dran sein. Wie konnten wir das bloß übersehen?«

Patrizia spürte eine Woge der Erleichterung, aber zugleich auch den Adrenalinstoß der Jägerin, die endlich eine Fährte aufgenommen hat.

7

Montag, 14. November 2011

Am frühen Morgen saß Patrizias Team vollzählig versammelt im großen Sitzungszimmer. Nach ihrem Geistesblitz am Freitagabend war es ihr erster Impuls gewesen, das Team gleich am Samstagmorgen zu einer außerordentlichen Sitzung in die Questura einzubestellen. Doch dann hatte sie es sich plötzlich anders überlegt. War es Unsicherheit? Misstrauen gegen sich selbst? Jedenfalls hatten Cristina und sie nach dem Essen beschlossen, bis zu ihrer nächsten Sitzung am Montagmorgen zu warten. Patrizia hatte das Wochenende dazu genutzt, wieder und wieder über ihre Idee nachzudenken. Auch mit Cristina hatte sie mehrmals länger telefoniert. Doch selbst bei näherer Betrachtung hatte sie ihre Meinung nicht geändert. Im Gegenteil. Sie war überzeugter denn je, auf etwas gestoßen zu sein, das dem Fall eine vollkommen neue Richtung geben würde.

Warum also war sie so nervös?

Patrizia sah in die Gesichter ihrer Kollegen. Konnte es sein, dass sie ihre Anspannung bemerkt hatten? Im Raum war es mucksmäuschenstill. Kein Gähnen oder Füßescharren, keiner der üblichen Witze oder Bemerkungen über das Wochenende, die frühe Stunde oder den schlechten Kaffee.

Patrizia lächelte, als sie sah, dass Pietro Di Leva wie immer unter dem gerahmten Foto des Staatspräsidenten Napolitano Platz genommen hatte. Obwohl sie sich nicht ähnlich sahen, glich sich ihr Gesichtsausdruck in dem gezielten Versuch, eine gewisse Amtswürde auszustrahlen. Neben ihm saß zu Patrizias Erstaunen Vincenzo Mattera, der Staatsanwalt, mit dem Di Leva auch privat befreundet war. Im Gegensatz zu seinem Freund lächelte er aufmunternd in die Runde. Patrizia lächelte zurück. Die wenigen Male, die sie Mattera schlecht gelaunt gesehen hatte, konnte man an fünf Fingern abzählen. Der Mann war zu beneiden!

Ein kurzes Kopfnicken in die Runde, dann blätterte Patrizia in ihrem Notizbuch, in dem sie einige Stichpunkte vermerkt hatte, und räusperte sich, um anzudeuten, dass es losging. Nicht dass das nötig gewesen wäre. Die Stille war noch immer mit Händen zu greifen.

»Also, lasst mich gleich zur Sache kommen. Ich glaube nämlich, wir haben bislang etwas Wesentliches übersehen. Etwas, das so grundlegend ist, dass wir es nicht für nötig gehalten haben, uns damit zu beschäftigen.«

Sie warf Cristina einen kurzen Seitenblick zu und sah, dass sie zustimmend nickte.

»Gut. Wenn ihr euch mal die Fakten anschaut, was haben wir da? Einen Mord in der Nacht zum 1. November mit einem vom Körper abgetrennten Kopf.«

Alle sahen sie erwartungsvoll an. Es war offensichtlich, dass niemand ahnte, worauf sie hinauswollte.

»Und jetzt stellt dieselbe Überlegung mal für den toten Polizisten Gigi Spinosa an.«

Davide kam als Erster auf die Sprünge: »Also wenn ich mich richtig erinnere, wurde Spinosa am 7. November vermisst gemeldet. Ein Barkeeper, der ihn sonst täglich sah, gab allerdings an, er hätte Spinosa schon seit einer knappen Woche nicht mehr gesehen. Das würde heißen, dass er am 31. Oktober oder 1. November verschwand. Gefunden wurde er aber erst im darauffolgenden Sommer, im Wasser und ohne Lunge.«

Die letzten Worte hatte Davide immer langsamer gesprochen, als ihm klar wurde, was er da gerade gesagt hatte.

Einen Augenblick lang herrschte Stille, dann fiel der Groschen auch bei Leo.

»Beide Morde haben etwas von einem Ritual, auch wenn Spinosas Leiche nicht öffentlich zur Schau gestellt, sondern im Meer versenkt wurde.«

»Seht ihr auch, was wir sehen?«, fragte Cristina, während sie ihren Blick über den Rest des Teams schweifen ließ. »Eine Lunge, ein Kopf. Körperteile, die vom Rest des Körpers getrennt wurden. Und das möglicherweise am selben Tag, mit einem Jahr Abstand dazwischen. Als ob der Zeitpunkt des Mordes, also das exakte Datum, ein wesentlicher Bestandteil des Rituals wäre.«

Antonia nickte. »Es könnte sich also um ein und denselben Täter handeln. Wie viele Verrückte kann es in einer mittelgroßen Stadt wie Salerno schon geben, die im Abstand von einem Jahr zwei Menschen töten und ihnen Organe entnehmen oder Körperteile abtrennen?«

Stummes Nicken. Sie bewegten sich auf sehr dünnem Eis, das war ihnen allen klar. Aber sie hatten etwas, und wer weiß, vielleicht war dies die Schneeflocke, die dem Ast ein erstes zartes Knacken entlocken würde. Es war an ihnen, das herauszufinden.

Da erklang Pietro Di Levas Stimme: »Irgendwelche weiteren Gemeinsamkeiten?«

Patrizia schüttelte den Kopf und wollte etwas antworten, als Vincenzo Mattera sich einmischte. Da er nur selten an ihren Sitzungen teilnahm, schossen sofort alle Blicke in seine Richtung, was ihn aber nicht zu stören schien.

»Immer mit der Ruhe, Pietro. Die Hypothese ist ja noch taufrisch. Aber was wir hier haben, hört sich doch eigentlich gut an. Falls man in einer solchen Situation überhaupt von gut sprechen kann. Habe ich das richtig verstanden? Also bislang haben wir zwei rituelle Morde, möglicherweise beide im selben Monat und vielleicht sogar am selben Tag begangen, nur mit einem Jahr Abstand dazwischen. Einen pensionierten Polizisten und einen Ingenieur. Und die Annahme eines Zusammenhangs zwischen den beiden Taten aufgrund des Datums und der Vorgehensweise. Wir müssen also herausfinden, ob sich die Wege der Opfer irgendwann gekreuzt haben, ob es zusätzliche Gemeinsamkeiten gibt. Etwas, das sie miteinander verband oder verbindet. Sehe ich das richtig?«

»Genau«, antwortete Patrizia erleichtert.

Auch einige der anderen nickten.

»Also, die Zusammenfassung haben wir ja gerade gehört.« Sie lächelte dem Staatsanwalt kurz zu. »Und natürlich weiß ich nicht, ob ihr alle meine Meinung teilt. Aber wir werden in diese Richtung weiterermitteln. Ich bin sicher, dass der Schlüssel zum Tod des Ingenieurs in seinem Zusammenhang mit dem ersten Fall liegt.«

Sie lehnte sich zurück und versuchte, selbstsicherer zu wirken, als sie sich fühlte.

Pietro Di Leva schüttelte den Kopf. »Wenn mir gestern jemand gesagt hätte, dass wir die Blockade des zweiten Falls durchbrechen, indem wir ihm den ersten, ungelösten noch mit aufbürden, hätte ich ihn für verrückt erklärt«, sagte er. »Aber warum eigentlich nicht? Die rein rationale Vorgehensweise hat uns schon bei dem toten Kollegen nicht weitergeholfen. Warum also nicht mal was Verrücktes ausprobieren? Also, meine Damen«, er wandte sich an die beiden Kommissarinnen, »was schlagen Sie konkret vor?«

»Wir fahren zweigleisig«, antwortete Cristina. »Zum einen müssen wir herausfinden, ob die beiden Opfer sich privat kannten oder beruflich mal miteinander zu tun hatten. Das zweite Gleis ist der Zeitpunkt der Morde, also Anfang November. Wir müssen überprüfen, ob es in den letzten Jahren noch andere Morde gab, die in denselben Zeitraum und dasselbe Raster fallen. Wo es zwei Tote gibt, könnte es auch noch mehr geben. Schließlich wissen wir nicht, ob Gigi Spinosa tatsächlich der Erste in dieser Serie war.«

Serie. Das war das Zauberwort.

Di Leva zuckte zusammen. Sogar Matteras Lächeln verzog sich für einen Augenblick zu einer schmerzlichen Grimasse.

»Ja«, sagte Patrizia nur. »Eins plus eins macht zwei. Und das ist eine Serie. Wir müssen jedenfalls ausschließen, dass sie noch weiter zurückreicht …« Sie machte eine Kunstpause. »Oder weiter fortgeführt wird.«

*

Am späten Nachmittag verließen Davide, Leo und Marco die Questura, um sich einen Imbiss und einen Kaffee zu gönnen.

Da sie sich in den vergangenen Tagen mit Merianis finanziellen Transaktionen sowie seinen beruflichen und privaten Projekten beschäftigt hatten, war ihnen die Aufgabe zugefallen, all diese Informationen mit jenen zu vergleichen, die sie über den toten Kollegen hatten. Von damals lag eine Menge Material vor – Kontoauszüge, Ermittlungsberichte über das Umfeld des Opfers und etliche Listen mit Telefonaten, die der Polizist vor seinem Tod geführt hatte. War Merianis Nummer darunter? Hatten sich ihre Wege je beruflich oder privat gekreuzt? Hatte es irgendwelche Geschäfte zwischen ihnen gegeben?

Es war eine Sisyphusarbeit, und sie hatten oft das Gefühl, in den Lebensgeschichten der beiden brutal ermordeten Männer zu ersticken. Sie wälzten Akten und Aufzeichnungen, führten Telefonate, sichteten, notierten, hakten ab.

»Wie sieht's bei euch aus? Irgendwelche Anhaltspunkte?«, fragte Marco.

Leo schüttelte den Kopf. »Bisher nicht, aber wenn es welche gibt, gehen sie bestimmt in Richtung Korruption.«

Marco sah ihn fragend an, während Davide sich über sein Lachssandwich hermachte. In der Questura stand das unangetastete Lunchpaket seiner Mutter. Aber er war nicht zum Essen gekommen, und wenn er es jetzt zu dieser späten Stunde noch nachholte, hätte er heute Abend keinen Appetit mehr. Seine Mutter würde missbilligend die Stirn runzeln, wenn sie das Paket am Abend wiedersah, aber noch enttäuschter wäre sie, wenn er das frisch zubereitete Abendessen nicht essen würde. Broccoli mit groben Würsten, Peperoncino und extra viel Knoblauch, das hatte sie ihm am Morgen schon angekündigt. Die Frage war nur, wann er heute Abend nach Hause gehen konnte. Die Arbeit wurde und wurde nicht weniger. Aber bei einem Fall wie diesem spielte die Uhrzeit keine Rolle mehr, das wusste er aus Erfahrung.

Er wischte sich mit einer Serviette über den Mund und wandte sich an Leo: »Wie kannst du so sicher sein, dass es was mit Korruption zu tun hat?«

»Es sieht bis jetzt nicht so aus, als hätten die zwei privat miteinander zu tun gehabt«, meinte Leo. »Insofern ist es am wahrscheinlichsten, dass Gigi Spinosa beruflich mal wegen irgendeiner fischigen Sache oder sogar einem Korruptionsfall mit Meriani in Berührung gekommen ist.«

Davide kaute nachdenklich an seinem Sandwich. »Schon. Aber beide sind tot. Selbst wenn einer den anderen irgendwann mal am Wickel hatte oder Erpressung im Spiel war, muss es noch einen Dritten geben, der ebenfalls in die Sache verstrickt ist und dem der Tod von allen beiden nützt.«

»Auf ihren Konten gibt es jedenfalls keine dubiosen Geldschiebereien oder so«, sagte Marco, »aber vielleicht existieren ja noch Konten, von denen wir nichts wissen?«

Davide schob sich den Rest seines Paninos in den Mund. »Patrizia und Cristina müssen sowieso noch mal mit diesem Ingenieur sprechen, diesem Capobianco. Kollegen wissen immer mehr über solche Geschichten als Ehefrauen.«

»Ach ja?«, stichelte Marco. »Ich weiß von dir nur, was deine Mutter zum Abendessen kocht.«

»Und das soll auch so bleiben«, erwiderte Davide grinsend. »Mein Privatleben ist nämlich alles andere als jugendfrei!«

Alle drei lachten.

Dann warf Davide einen Blick auf die Uhr und seufzte. »Auf geht's, Kinder, Räuber und Gendarm spielen!«

*

Patrizia schloss die Haustür hinter sich ab und machte Licht. Sie war zwar zum Umfallen müde, stand jedoch noch immer unter Strom. Deshalb wollte sie jetzt nur noch eins. Ein Glas Nero d'Avola und ein bisschen Ruhe.

Sie zog Jeans und Wollpullover aus und schlüpfte in den dunkelroten Overall, den die Mutter einer Schulfreundin ihr genäht hatte, als sie siebzehn oder achtzehn Jahre alt war. Ihre Winter-Wohlfühl-Hauskluft, auch wenn sie darin aussah wie ein dicker roter Bär.

Kurz darauf ließ sie sich mit der Weinflasche und einem Glas aufs Sofa fallen und stellte den Fernseher an.

Es lief die übliche Mischung: eine Menge Shows mit viel Tamtam und halbnackten Schönheiten und ein paar amerikanische Filme, die sie schon mehrfach gesehen hatte.

Ihre Gedanken drifteten sofort wieder ab. Sie hatte Bob Kingfisher nicht gefragt, ob die Spurensicherung etwas Neues für sie hatte.

Das hatte sie über der erneuten Befragung von Merianis Ehefrau und Tochter völlig vergessen. Dabei war ihr Gespräch mit den Damen gar nicht besonders aufschlussreich gewesen. Beide Frauen konnten sich vage an den Namen des ermordeten Polizisten erinnern. Immerhin war der Fall wochenlang durch die Presse gegangen. Aber ob Ugo Meriani Gigi Spinosa persönlich gekannt hatte? Nein, soweit sie wussten, nicht. Sonst hätte er doch etwas gesagt, als man den Toten gefunden hatte.

Signora Meriani hatte wiederholt beteuert, alles sei wie immer gewesen, abgesehen davon vielleicht, dass ihr Mann ihr in letzter Zeit noch pedantischer vorgekommen war als sonst. Einmal hatte er ihr eine Szene gemacht, weil sie angeblich beim Staubwischen die alphabetische Reihenfolge seiner Bücher im Regal durcheinandergebracht hatte. Er hatte sogar behauptet, ein Buch fehle. Wie von Sinnen war er gewesen wegen dieser Lappalie. Aber letztlich waren das doch nur alltägliche Streitereien, die in jeder Ehe vorkamen.

Auch der erneute Besuch in Merianis Ingenieurbüro war nicht aufschlussreicher verlaufen. Niemand wusste etwas von einer Verbindung des Chefs zu Gigi Spinosa, und auch Merianis Konkurrent Riccardo Capobianco hatte ihnen nicht weiterhelfen können. Allerdings hatte Capobianco diesmal nervöser gewirkt. Irgendwie angespannt.

In der Questura waren die Recherchen den ganzen Tag auf Hochtouren gelaufen. Konkrete Hinweise auf weitere ungeklärte Todesfälle im fraglichen Zeitraum gab es jedoch bislang nicht. Deshalb hatte Patrizia die beiden Kriminalassistentinnen gebeten, ihre Recherchen auf Vermisstenfälle auszuweiten. Schließlich hatte man auch Spinosa ein halbes Jahr lang nur vermisst, bevor der durchgefaulte Strick die Leiche an die Wasseroberfläche hatte treiben lassen. Außerdem sollten sie nicht nur die letzten zehn, sondern die letzten fünfzehn Jahre recherchieren. Mehr war allerdings nicht drin …

Patrizia schmunzelte, als sie an Antonias und Lydias eifrige Gesichter dachte. Zum Glück waren die beiden noch in einer Phase, in der ihnen praktisch alles Spaß machte.

Davide, Leo und Marco dagegen hatten gereizt reagiert, als sie von der Ausdehnung der Recherche erfuhren. Antonia und Lydia würden ihnen nach Sichtung der Vermisstenanzeigen auf jeden Fall zur Hand gehen müssen.

Patrizia stellte ihr Glas ab und wechselte das Fernsehprogramm. Plötzlich kam es ihr unwahrscheinlich vor, dass die beiden Fälle überhaupt etwas miteinander zu tun hatten. Ein Augenblick der Mutlosigkeit überkam sie. Was war die Idee schon anderes als eine Hypothese? Sollten sie das Ganze nicht lieber gleich zu den Akten legen?

Nein, so schnell gab sie sich nicht geschlagen. Aus Stolz, aus Sturheit, aus Intuition. Irgendetwas war an der Sache dran, das sagte ihr ihr Instinkt. Sie mussten einfach weitergraben.

Missmutig wechselte sie erneut das Programm. Wie sollte sie auch bei dem, was das italienische Kabelfernsehen an einem Montagabend bot, ihre Gedanken von der Arbeit loseisen? Sobald sie wieder ein bisschen Luft hatte, musste sie endlich eine Satellitenschüssel kaufen.

Sie zappte sich durch die Sender bis zu einer Tierdokumentation. Ein Sprecher erklärte, dass das Clownfischmännchen bei Verlust seiner Partnerin das Geschlecht wechselte, also selber zum Weibchen wurde und sich dann wieder ein Männchen suchte. Wie umständlich, dachte Patrizia, warum sucht er sich nicht einfach ein neues Weibchen?

Sie trank aus und ging ins Bett.

*

Riccardo Capobianco saß im White Rabbit bei seinem dritten Nastro Azzurro. Die Birreria war nur mäßig besucht.

Birreria, was für ein schöner und klangvoller Name, dachte Capobianco. Doch die jungen Leute hierzulande sahen das offenbar anders. Sie gingen nicht mehr in die Birreria, sie gingen in den Pub.

Capobianco rekapitulierte die Ereignisse der letzten Stunden. Am Nachmittag waren ganz unerwartet noch einmal die beiden Kommissarinnen bei ihm aufgetaucht und hatten gefragt, ob er etwas über eine Verbindung zwischen Ugo Meriani und dem toten Polizisten wüsste, den sie im Sommer aus dem Meer gefischt hatten. Er hatte die Frage verneint.

Gigi Spinosa. Wer kannte den Namen nicht? Und offenbar hatte die Polizei die beiden Fälle mittlerweile miteinander in Verbindung gebracht. Aber das musste ihn nicht interessieren.

Ihn beschäftigten ganz andere Dinge. Zum wiederholten Male an diesem Tag musste er an Michele Montesano denken. Er wunderte sich, dass seine Entlassung ihm solche Gewissensbisse bereitete. Immerhin hatte er ihn seinerzeit nur auf Drängen Ugo Merianis eingestellt. Es war ein Gefallen gewesen. Und jetzt war der Pakt nun mal hinfällig. Der Lauf der Dinge. Bestimmt würde der junge Mann bald etwas Neues finden. Jung? Er lächelte. Wohl eher ein Mann, der auf seine besten Jahre zuging, obwohl er offenbar nicht vorhatte, viel aus ihnen zu machen. Aber jeder machte Fehler. Selbst er hatte vieles falsch gemacht und viel versäumt im Leben. Er dachte an seinen Sohn, um den er sich nie gekümmert hatte. Irgendwann war es dann zu spät gewesen. Sein Sohn war an einer Krankheit gestorben, deren Bekämpfung er sich seit einigen Jahren mit jeder Faser seines Herzens verschrieben hatte. Doch diese Hingabe kam zu spät, das war ihm schmerzlich bewusst. Aber es war alles, was er noch tun konnte.

Capobianco winkte dem Kellner. Er wollte bezahlen.

Ja, Michele Montesano war so alt wie sein Sohn heute wäre. Doch das hatte ihn nicht davon abgehalten, ihn zu entlassen. Er konnte schließlich nicht jedem helfen, der im Alter seines Sohnes war. Man durfte die Dinge nicht vermischen, das war immer gefährlich. Es galt, einen kühlen Kopf zu bewahren. Außerdem war er davon überzeugt, dass sowieso alles kam, wie es kommen musste. Wobei er keineswegs an Vorbestimmung glaubte, sondern an die feine Balance zwischen Handeln und Akzeptanz. Er jedenfalls hatte einen Weg gefunden, seinem Leben einen Sinn zu geben, zu handeln, wo es ihm möglich war, aber auch zu akzeptieren, was er nicht mehr ändern konnte. Er hatte seinen Platz im Leben gefunden, und Michele Montesano würde das früher oder später auch tun müssen.

Riccardo Capobianco leerte sein Glas und beschloss, sich eine kleine Auszeit zu gönnen. Wie hatte sein Vater immer gesagt? Für das, was notwendig ist, muss man immer Zeit haben. Natürlich hatte er viel zu tun, aber ein Augenblick der inneren Einkehr würde ihm guttun. Danach konnte er sich mit neuer Kraft und Konzentration seinen Projekten widmen. Er dachte nach. Capri zum Beispiel … oder doch lieber Ischia? Das Wetter war zwar nicht ideal, aber dafür waren die kleinen, im Sommer völlig überlaufenen Inseln um diese Jahreszeit menschenleer. Auf Ischia gab es ein kleines Bed & Breakfast, das *Villa Lieta*, in dem er früher Stammgast gewesen war. Und es war sicher kein Problem, kurzfristig das *Blaue Zimmer* mit dem herrlichen Blick aufs Meer und auf das aragonische Kastell der Stadt Ischia zu bekommen. Er würde durch die ruhigen Gassen der Altstadt schlendern, Kaninchen all'Ischitana essen und alles hinter sich lassen, Ugo Meriani und Michele Montesano eingeschlossen.

8

Dienstag, 15. November 2011

Patrizia und Cristina saßen bei Cappuccino und Hörnchen an einem der Tische vor der Bar Umberto gegenüber der Questura.

Das Wetter war in den letzten Tagen besser geworden, und am späten Montagnachmittag hatten sich die ersten zaghaften Sonnenstrahlen durch die Wolkendecke gewagt. Dass es jedoch innerhalb eines Tages noch einmal so schön werden würde, hatte niemand vorhersehen können, nicht einmal die Meteorologen. Der Himmel war von einem kräftigen Blau, die Luft rein und klar, und es war ungewöhnlich warm.

Patrizia und Cristina saßen mit dem Gesicht der Sonne zugewandt und genossen die wärmenden Strahlen. Sie waren bester Laune. Antonia und Lydia hatten etwas Interessantes herausgefunden und in der Frühbesprechung dem Team präsentiert.

»Wusste ich's doch, dass es sich lohnt, die beiden Mädels ins Boot zu holen!«, meinte Patrizia.

»Ja, etwas seltsam ist das schon. Noch ein Vermisster vor zwei Jahren und tatsächlich um dieselbe Zeit.«

»Nur seltsam? Was redest du da? Gaetano Gallo, 52, einer der renommiertesten Architekten Salernos! Ein Ingenieur und ein Architekt. Cristina, das ist doch kein Zufall!«

»Ja, ja, ja … Aber warum hat seine Sekretärin ihn erst so spät vermisst gemeldet?«

»Aber dafür haben wir doch schon eine Erklärung! Gallo

sollte am 31. Oktober 2009, das war ein Samstag, nachmittags noch einen Klienten treffen. Stattdessen meldet er sich bei seiner Sekretärin krank und sagt, dass er ein paar Tage nicht zur Arbeit kommen wird. Und weil er Witwer war, war seine Sekretärin eine Woche später die Erste, die ihn wirklich vermisst hat. Bei der Untersuchung damals kam raus, dass er am 31. Oktober vermutlich zum letzten Mal gesehen wurde.«

Cristina wiegte nachdenklich den Kopf. »Und da man keine Leiche hatte, hat man die Suche irgendwann eingestellt. Offiziell gilt der Mann also noch immer als vermisst, und nicht als tot.«

Patrizia beugte sich zu ihrer Kollegin hinüber. »Komm schon, Cristina, gib zu, ein verschwundener Architekt, ein ermordeter Ingenieur und ein toter Polizist. Alle um den 31. Oktober oder 1. November herum verschwunden oder getötet. Das passt doch perfekt zusammen.«

Cristina nickte. »Zumindest bei dem Architekten und dem Ingenieur soll mich ein Pferd treten, wenn das Zufall ist. Es sei denn, dieser Gallo macht sich nur irgendwo ein schönes Leben.«

»Quatsch! Ohne Geldbeutel und Kreditkarten? Ohne Kleidung? Ohne seine Katze bei irgendwem unterzubringen? Antonia sagte doch, dass das arme Tier laut Protokoll halbverhungert war, als der Hausmeister den Beamten die Tür aufschloss.«

»Stimmt auch wieder.«

Cristina hatte mit vollem Mund gesprochen, und ein paar Krümel des Hörnchens fielen auf ihren grünen Pullover. Sie schnippte sie unwillig auf die Hosenbeine und von dort aus auf den Boden.

Patrizia kam in Fahrt. »Irgendwas sagt mir, dass Spinosa da mit drinhängt. Es ist nur eine Frage der Zeit, bis wir rausfinden, wie. Davide, Leo und Marco sind ja noch nicht ganz fertig mit ihrer Recherche. Ich hoffe, sie haben gleich ein paar Ergebnisse für uns.«

Patrizia sah auf die Uhr. »Auf, auf, cara mia, wir müssen los.«

Cristina seufzte, schob sich hastig den Rest ihres Hörnchens in den Mund und stand auf.

Sie verließen die Bar und waren im Begriff, die Straße zu überqueren, als ein kleiner weißer Fiat Panda auf sie zuschoss. Cristina riss Patrizia am Arm zurück.

»Verdammt! Und das vor der Questura! Diese dreisten Ar…«

Weiter kam sie nicht. Der Mann auf dem Beifahrersitz des Fiats hatte seinen Oberkörper weit aus dem kleinen Seitenfenster gelehnt, beide Arme theatralisch ausgestreckt und strahlte Patrizia an wie ein Honigkuchenpferd. Und während der Wagen an den beiden verdutzten Polizistinnen vorbeiraste, schrie er: »Signora Commissaria! Erkennen Sie mich nicht? Ich bin's, Ihr Straßenfeger aus Ogliara!«

Er warf ihr noch eine Kusshand zu, dann sauste das Auto die Via Roma Richtung Teatro Verdi hinauf.

Einen Augenblick lang sahen sich die beiden perplex an, dann prustete Cristina los.

»Dein Straßenfeger? Im Ernst?«

Patrizia schüttelte völlig entgeistert den Kopf.

»Er muss es ja wissen. Ich selbst hatte eigentlich nicht den Eindruck, dass in meiner Straße schon mal gefegt wurde, seit ich dort wohne. Aber woher weiß der, wer ich bin und was ich arbeite?«

Cristina lachte noch immer. »Ich glaube, ich sollte auch in so ein gottverlassenes Kaff ziehen, wo die Leute dich noch persönlich kennen und dir Respekt zollen.«

Als die beiden das Sitzungszimmer betraten, war der Rest der Truppe fast vollzählig versammelt, nur Lydia und Antonia fehlten noch.

»Unsere beiden Prinzessinnen lassen uns warten.«

Davide gähnte und legte die letzte Falte eines Origami-Hummers zurecht, an dem er die letzte Viertelstunde gebastelt hatte.

Patrizia lächelte. Davides Papierzoo war berühmt in der Questura. Es gab fast niemanden im Haus, der nicht das eine oder andere Tier auf dem Schreibtisch oder im Regal stehen hatte. Der Hummer war aus rotem Glanzpapier und sehr hübsch. Sie fragte sich, ob er bereits vergeben war, besann sich dann aber auf die Sitzung.

Es war schon sieben nach zehn. Wo blieben Antonia und Lydia? Auch Pietro Di Leva hatte sich schon mehrfach geräuspert, während er scheinbar hochkonzentriert seine Fingernägel betrachtete.

Jetzt sah er auf und wandte sich an die Anwesenden.

»Soweit ich weiß, haben die Herren Davide, Leo und Marco nach möglichen Verbindungen zwischen unseren beiden Toten innerhalb der letzten fünfzehn Jahre gesucht. Wie wär's also, wenn wir schon mal anfangen?«

Davide sah in die Runde. »Okay, das ist eigentlich schnell geschehen. Wir haben bis 1998 alles gecheckt. Also dreizehn Jahre. Die restlichen beiden Jahre haben sich Lydia und Antonia vorgenommen. Wenn es in dieser Zeit irgendwelche Kontakte zwischen Meriani und Spinosa gab, dann ist es ihnen jedenfalls gut gelungen, sie geheim zu halten. Wir haben keinen einzigen Berührungspunkt gefunden.«

Di Levas Miene verdüsterte sich. Er sah Patrizia an und seine Stimme klang gereizt: »Wunderbar! Wir haben also drei Opfer, alle Anfang November ermordet oder vermisst gemeldet. Natürlich ist es verlockend, da einen Zusammenhang zu vermuten. Aber was erwarten wir eigentlich genau? Es ist doch höchst unwahrscheinlich, dass unsere derzeit durch Abwesenheit glänzenden Assistentinnen noch etwas ausgraben.«

In diesem Augenblick wurde die Tür aufgerissen, und Pietro Di Leva fuhr herum. Warum klopfte in dieser Questura nie jemand an, nicht einmal diese beiden Jungspunde, von denen man doch eigentlich noch den nötigen Respekt erwarten durfte. Höchste Zeit, dass er hier mal Ordnung reinbrachte. Aber der Anblick der beiden atemlosen jungen Frauen besänftigte ihn, und sein Gesichtsausdruck entspannte sich wieder.

Lydia wedelte mit einem roten Pappordner herum, der mehrere Papiere zu enthalten schien. Ihre triumphierenden Blicke sprachen Bände.

»Jetzt macht's nicht so spannend«, meinte Leo ungeduldig. Dass die Mädels aber auch immer so große Auftritte brauchten. Fehlte gerade noch, dass die tatsächlich etwas gefunden hatten, das ihnen entgangen war. Er ärgerte sich darüber, dass sie ihre Hilfe geradezu angefordert hatten. Er sah Marco an, der offensichtlich etwas Ähnliches dachte.

Doch Lydia und Antonia bemerkten die gereizten Gesichter ihrer Kollegen gar nicht. Sie sahen ganz ernst in die Runde, setzten sich, und Lydia ergriff das Wort.

»Ich glaube, wir haben was! Die zwei Jahre zwischen 1998 und 1996, die wir recherchieren sollten, haben nichts ergeben. Aber wir hatten noch Zeit, also haben wir einfach weitergemacht. Und da haben wir das hier gefunden.« Sie hielt die Kopie eines Zeitungsartikels hoch. »Dieser Artikel berichtet von einem Unfall vor siebzehn Jahren, also 1994.«

Lydia sah Antonia an, und diese fuhr fort: »1994 gab es einen schweren Unfall bei der Premiere des *Rigoletto* im Teatro Verdi. An jenem Abend sollte das Theater nach langwierigen

Restaurierungsarbeiten wiedereröffnet werden, nachdem es 1980 bei dem Erdbeben schwer beschädigt worden war. Bei diesem Unfall gab es zwei Tote und einen Schwerverletzten.«

Lydia nahm den Faden wieder auf. »Ja, ausgerechnet während der Premiere krachten zwei der über dem Saal hängenden Scheinwerfer auf die Zuschauer runter. Eine Verkettung unglücklicher Umstände, darunter wohl auch ein Fall von Schlamperei, weil ein paar der Sicherungsseile für die Größe und das Gewicht der Scheinwerfer völlig unzureichend waren. Die richtigen Seile sollten erst eine Woche später geliefert werden, trotzdem wurden Eröffnung und Premiere nicht verschoben, sondern der Bau wurde von der Kontrollkommission freigegeben. Der leitende Ingenieur damals war Ugo Meriani. Und jetzt kommt's. Unser pensionierter Polizist, Gigi Spinosa … Ihr könnt es euch wahrscheinlich schon denken. Er war derjenige, der die Ermittlungen leitete, die nach dem Unfall aufgenommen wurden …«

»… und im Sand verliefen?«, mutmaßte Di Leva.

»So sieht's aus.«

»Wusste ich's doch!«, rief Patrizia aus und schlug mit der Hand auf den Tisch. »Und erzählt mir nicht, dass euch in diesem Zusammenhang nicht auch der Name Gaetano Gallo untergekommen ist!«

Antonia gab sich betroffen: »Oh, hätten wir auch darauf achten sollen? Ich dachte …«

Doch Lydia unterbrach sie: »Gaetano Gallo stand mit im Kreuzfeuer!« Sie hielt die Fotokopie eines weiteren Zeitungsartikels in die Höhe. »Er war nämlich ein Mitglied der dreiköpfigen Kontrollkommission, die das Theater freigab, obwohl es noch gewisse Sicherheitsmängel gab.«

»Wie die fehlende Sicherung der Scheinwerfer zum Beispiel«, seufzte Davide kopfschüttelnd. »Eigentlich hätte ich da gleich draufkommen können. Ich war damals zwar auf der Polizeischule in Spoleto, aber die Sache ging ja groß durch die Presse, und meine Eltern sprachen viel davon. Irgendwann war das Thema dann durch, und niemand redete mehr darüber.«

Einen Augenblick lang herrschte Schweigen. Alle versuchten, die Information zu verdauen und die neue Situation mit all ihren möglichen Auswirkungen auf die Ermittlungen einzuschätzen.

Schließlich unterbrach Pietro Di Leva die Stille.

»Ich war damals noch nicht in Salerno«, sagte er, »aber ich gehe oft in die Oper, also ins Teatro Verdi.«

Nach einer Pause fuhr er fort, doch seine Worte kamen unendlich langsam, fast wie in Zeitlupe.

»Im Foyer hängt eine Gedenktafel. Wenn ich mich richtig erinnere, fand die besagte Premiere am 1. November statt. Am 1. November 1994.«

»Knacks!« Das war der Ast. Ein lautes, bedrohliches Knacken.

Und Patrizia wusste, dass alle es gehört hatten. Im Raum herrschte eine beinahe unwirkliche Stille. Sie wussten, dass sie auf etwas gestoßen waren. Etwas Großes. Den Dreh- und Angelpunkt für zwei oder möglicherweise drei Verbrechen. Sie hatten den Wendepunkt erreicht. Jetzt erst konnten ihre Ermittlungen wirklich beginnen.

Patrizia war die Erste, die in die Realität zurückkehrte.

»Also Leute, die Puzzlestücke setzen sich zu einem Bild zusammen. Antonia, Lydia, was ist mit den beiden anderen Mitgliedern der Kontrollkommission? Habt ihr das schon überprüft?«

»Ja klar! Die sind auch tot, aber keine Sorge, sie sind eines sogenannten natürlichen Todes gestorben.«

Antonia suchte in ihren Unterlagen.

»Hier. Carlo Gianuzzi starb vier Jahre nach dem Unfall im Theater bei einem Crash auf der A1. Ein simpler Auffahrunfall bei überhöhter Geschwindigkeit und zu wenig Abstand zum Vordermann. Er war schuld. Der zweite, ein gewisser Vico Varese, starb fünf Jahre später an Krebs.«

»Da haben die ja noch mal Glück gehabt«, meinte Cristina. »Aber mal ganz im Ernst. Ich denke, wir sollten bei den Opfern von damals und ihren Familien ansetzen.«

»Rache?«, fragte Davide. »Nicht, dass das kein Motiv wäre, aber warum erst jetzt? Warum erst nach so langer Zeit?«

»Vielleicht ist unser Täter ein Verwandter, der damals noch zu jung war«, wandte Patrizia ein. »Oder es war ein langwieriger psychologischer Prozess, ein Trauma, das sich über Jahre hinweg entwickelt hat, bis irgendwann der Entschluss feststand, der Verzweiflung durch Rache Luft zu machen.«

»Wenigstens haben wir jetzt eine Erklärung für den demonstrativen Charakter der Taten«, meinte Cristina. »Der Täter klagt die Opfer oder besser gesagt die Täter von damals öffentlich an. Er bestraft sie vor aller Augen. Zumindest sein letztes Opfer, den Ingenieur.«

»Trotzdem.«

Alle sahen Pietro Di Leva an, der sich sonst nur selten an ihrem Brainstorming beteiligte.

»Trotzdem sind da noch die fehlende Lunge und der abgetrennte Kopf. Hätte es für einen Racheakt nicht gereicht, die Männer umzubringen und dann irgendwo abzulegen oder von mir aus auch aufzuhängen? Warum diese komplizierten Eingriffe?«

»Das ist eine gute Frage.« Patrizia massierte ihr Kinn. »Es ist, als wollte der Täter uns noch zusätzlich etwas mitteilen.«

»Oder vielleicht hat er ein Ziel, das über den Tötungsakt hinausgeht?«, schlug Lydia vor.

»Und dafür ist es notwendig, Lungen rauszureißen und Köpfe abzuschneiden?«, fragte Marco, noch immer gereizt.

Patrizia warf ihm einen warnenden Blick zu.

»Vielleicht nicht notwendig im praktischen Sinne, im symbolischen aber schon. Unser Chef hat jedenfalls recht. Wir müssen diese Vorgehensweise als Hinweis betrachten. Nicht dass wir schon sagen könnten, auf was. Aber wir müssen sie im Hinterkopf behalten, falls wir ein weiteres Puzzlestück finden, das dazu passt. Der Täter spricht womöglich in Bildern, die wir nur noch nicht verstehen. Dazu gehören vielleicht auch die Blumen in Merianis Wohnung, auch wenn wir noch nicht beweisen können, dass sie wirklich vom Täter stammen. So, und jetzt zur Arbeitseinteilung. Antonia und Lydia, ihr übernehmt die Sichtung des Presse-, Bild- und Videomaterials, das sich mit jenem Abend vor siebzehn Jahren beschäftigt. Alles, was ihr auftreiben könnt. Ruft die Zeitungs- und Fernsehredaktionen an und lasst euch das Archivmaterial geben. Alle Zeitungsartikel interessieren uns, alles, was es gab, von A bis Z.«

Antonia und Lydia nickten zufrieden.

»Außerdem sollten wir unsere Polizeipsychologin hinzuziehen.« Patrizia sah ihren Chef fragend an.

Der nickte. »Ich werde mit Simona Sessa sprechen und sie über den Ermittlungsstand informieren. Ihr könnt euch dann jederzeit bei ihr melden.«

Patrizia unterdrückte ein Grinsen. Hatte sie es doch gewusst, dass ihm diese Aufgabe gefallen würde! Dass Pietro Di Leva eine kleine Schwäche für die blonde Polizeipsychologin mit den schönen blauen Augen hatte, war ihr vom ersten Tag an aufgefallen. Doch zur Sache.

»Davide, Marco, Leo. Ihr drei geht die polizeilichen Ermittlungsakten von damals durch. Jedes Detail, wer, was, wo, wann. Aber vor allem, zu welchem Ergebnis sie gekommen sind und warum sie eingestellt wurden. Eure persönliche Einschätzung ist mir wichtig. War was dran an den Vorwürfen, ja, nein, jein? Was auch immer.«

»Schon wieder Innendienst!«, stöhnte Davide. »Während ihr Mädels euch da draußen bei dem schönen Wetter mal wieder einen netten Tag macht.«

Doch Patrizia schien ihn gar nicht zu hören und wandte sich an Cristina.

»Wir beide arbeiten uns in die Verhältnisse der Opfer und ihrer Familien ein. Wir müssen so viel wie möglich über sie und ihr Leben vor und nach dem Unfall herausfinden, bevor wir ihnen einen Besuch abstatten.«

9

Mittwoch, 16. November 2011

Um kurz nach acht fuhren die beiden Kommissarinnen in Patrizias roter Klara Richtung Vietri sul Mare, im Gepäck eine Liste der Unfallopfer und ihrer Angehörigen.

Am liebsten hätte Patrizia schon am Dienstagnachmittag mit den Gesprächen begonnen. Doch dann hatte sie sich zur Geduld ermahnt. Sie wollte auf die Treffen vorbereitet sein. Als sie die Questura am Vorabend verlassen hatten, war es weit nach zehn Uhr gewesen.

Unterwegs resümierte Cristina, was sie über die Opfer wussten. Zwei Menschen waren durch den Unfall im Theater ums Leben gekommen. Da war zum einen die damals erst 41-jährige Lucia Ranieri, die einen Ehemann, Giacomo, und einen 19-jährigen Sohn, Raoul, hinterlassen hatte. Giacomo Ranieri war seit ein paar Jahren in Frührente, sein Sohn Raoul arbeitete als Krankenpfleger in einem städtischen Pflegeheim.

Das zweite Opfer war ein junger Mann, Giulio Fabbri, damals 22 Jahre alt und Medizinstudent an der Universität Federico II. in Neapel. Ein weiterer Mann war schwer verletzt worden. Er hieß Giuseppe Montesano, damals 51 Jahre alt und Automechaniker. Er hatte bleibende Schäden an der Wirbelsäule davongetragen. Heute arbeitete er als Kassierer und Mädchen für alles im Giardino della Minerva, obwohl er mit seinen 68 Jahren eigentlich längst in Rente hätte gehen können. Er hatte einen Sohn, Michele Montesano, der im Büro des Ingenieurs Capobianco angestellt war.

Patrizia hatte beschlossen, die Mutter des Medizinstudenten zuerst aufzusuchen. Sie wohnte in Vietri sul Mare, einem kleinen pittoresken Ort unmittelbar vor den Toren Salernos. Dahinter begann die Amalfiküste. Die Fahrt würde keine zehn Minuten dauern.

Als sie die letzten Häuser Salernos hinter sich ließen, eröffnete sich ihnen eine grandiose Aussicht. Links unter ihnen lag der Hafen im Sonnenlicht. Das Meer war eine einzige spiegelnde Fläche. Vier Containerschiffe warteten weiter draußen auf die Genehmigung, sich in den Hafen lotsen zu lassen. Die von unten gewaltig scheinenden Berge aufeinandergestapelter roter und blauer Container wirkten von hier oben wie Türme aus Bauklötzen.

»Was hältst du von der ganzen Sache?«, fragte Patrizia, die versuchte, den Blick von der Aussicht loszueisen und sich auf die Straße zu konzentrieren.

»Ich glaube auch, dass wir einen Schritt weiter sind«, antwortete Cristina. »Was mich nur stutzig macht, ist die zeitliche Verschiebung. Wenn wir davon ausgehen, dass die drei Fälle miteinander zusammenhängen, dann hat die Serie vor zwei Jahren begonnen. Fünfzehn Jahre nach dem Unfall, eine ziemlich lange Zeit. Dafür muss es eine Erklärung geben.«

»Ja, und ich bin sicher, dass es sie gibt. Vielleicht in den Fakten, die wir schon kennen, oder aber in dem, was wir noch aufdecken werden. Wir haben noch nicht genügend Material, um die Zusammenhänge zu erkennen. Aber eines wissen wir, der Schlüssel liegt in dem Unfall von damals, der vielleicht hätte vermieden werden können, wenn alles mit rechten Dingen zugegangen wäre. Zumindest gibt es eine Person, die das glaubt.«

»Wenn es so war, sind die Verantwortlichen wieder mal davongekommen. Zwei Tote, ein Schwerverletzter, und keine

Verurteilung. Manchmal kommt es mir echt so vor, als wären wir hier in Timbuktu.«

»Was meinst du, ist unser Architekt und Kommissionsmitglied auch tot?«, fragte Patrizia.

»Mausetot, da wette ich das Leben meiner Schwiegermutter drauf.«

Patrizia musste lachen. »Na, dann hat er ja vielleicht noch eine Chance!«

Wenige Minuten später parkten sie den Wagen auf einem kleinen Platz mit Aussichtsplattform. Vor ihnen lag die Amalfiküste, hinter ihnen Vietris Hauptstraße mit den vielen kleinen Keramikgeschäften, in denen man den Töpfern beim Bemalen ihrer Ware zusehen konnte.

Das Haus, in dem die Mutter des Medizinstudenten lebte, lag direkt neben Vietris Wahrzeichen, dem Dom, dessen mächtige Kuppel mit unzähligen gelben, blauen und grünen Keramikfliesen verkleidet war.

Vom Parkplatz bis zur Kirche in der Via S. Giovanni waren es nur ein paar Meter zu Fuß. Bei der Hausnummer 12 handelte es sich um ein zweistöckiges, weiß getünchtes Haus mit schönen Bogenfenstern im ersten Stock, das eindeutig noch aus einer anderen Zeit stammte. Und wenn man sein Alter in Betracht zog, war es sogar in recht gutem Zustand. Dass im Erdgeschoss der Putz von der Hauswand bröckelte, fiel in Vietri nicht weiter auf. Im Gegenteil, es war eher eine Tugend, die es sich mit den meisten anderen Gebäuden des kleinen Städtchens teilte. Das Leben in den verschachtelten, mehr oder weniger angegriffenen Häusern ging trotzdem weiter. Das bezeugten die farbenfrohen Handtücher und Bettbezüge, die sich vor den Fenstern und Balkonen im Wind wölbten, als würden sie auf diese Weise miteinander plaudern.

Der Türöffner summte, kaum dass die beiden Kommissarinnen geklingelt hatten. Eine magere, schwarz gekleidete Frau öffnete ihnen. Um Himmels willen, dachte Patrizia, ist da gerade wieder jemand aus der Familie gestorben, oder trägt die Frau etwa siebzehn Jahre nach dem Tod ihres Sohnes immer noch Schwarz?

Sie wurden in ein bescheidenes Wohnzimmer geführt. Der Boden bestand aus einfachen roten Tonfliesen, die Einrichtung aus einem Sofa mit leicht zerschlissenem, aber sauberem grünem Bezug, einem grünen Sessel, einem kleinen Tisch und zwei Holzstühlen, die an der Wand standen und wohl nur benutzt wurden, wenn mehrere Besucher auf einmal kamen. An den Wänden hingen Keramikteller, die mit bunten Ziegen und Vögeln in der Tradition Vietris bemalt waren. Sie waren der einzige Farbfleck in dem ansonsten eher kahl wirkenden Raum. Draußen auf der kleinen Terrasse mit Blick auf den Kirchplatz hing ein Vogelkäfig, in dem zwei Kanarienvögel aufgeregt von Stange zu Stange hüpften.

Patrizia wandte sich ab. Vögel im Käfig konnte sie nicht sehen.

Signora Fabbri bat die beiden Frauen, sich zu setzen, und ging wortlos in die Küche. Kurz darauf kam sie mit einem Tablett zurück, auf dem drei Kaffeetassen und eine Schale mit Gebäck standen.

Typisch für den Süden, dachte Patrizia. Der Gedanke, dass man vielleicht gar keinen Kaffee wollte, kam hier niemandem. Ein Gastgeber musste Kaffee kochen, ein Gast musste ihn trinken wollen. Selbst wenn tatsächlich einmal pro forma nachgefragt wurde, handelte es sich um eine rein rhetorische Frage, auf die man unter keinen Umständen mit »Nein« antworten durfte. Signora Fabbri dagegen hatte ihnen diese Pflichtübung kurzerhand erspart.

Jetzt saßen sie einander gegenüber, jede mit einer Tasse in der Hand. Signora Fabbri lächelte zaghaft.

»Sie sagten, es geht um Giulio? Um den Unfall damals? Wie oft habe ich gebetet, dass der Fall noch einmal aufgerollt wird! Irgendwer muss doch dafür geradestehen, dass mein Sohn sterben musste. Sie meinen, es gibt da einen Zusammenhang mit dem toten Ingenieur? Ja, der war sicher mit schuld. Diese ganze verlogene Bande! Alle haben sie sich aus der Verantwortung gestohlen. Mein Giulio … Er wäre jetzt 39.«

Patrizia suchte nach einer Einleitung, aber wie immer kam Cristina ihr in solchen Situationen zuvor.

»Ihr Sohn studierte Medizin?«

»Ja. Und gut war er, strebsam. Wissen Sie, Giulio war ein uneheliches Kind. Heute kann man so etwas ja sagen, aber damals war das noch anders. Abtreibungen waren bei seiner Geburt noch nicht mal legal, und selbst wenn, na ja … Von seinem Vater habe ich nie irgendwelche Unterstützung erhalten. Ich weiß nicht einmal, wo er heute lebt. Er nahm kurz nach Giulios Geburt eine Stelle in Turin an. Es war nicht leicht mit einem unehelichen Kind in so einem kleinen Dorf. Nicht mal meine Eltern standen wirklich hinter mir. Ich wurde von allen Seiten angefeindet.«

Sie nahm einen Schluck Kaffee.

»Bitte bedienen Sie sich doch!«

Wieder eine kleine Pause. Doch Patrizia und Cristina spürten, dass es gar nicht notwendig war, ihr Fragen zu stellen. Signora Fabbri wollte sprechen. Über ihren Sohn, und was geschehen war.

»Irgendwie habe ich es trotzdem geschafft.«

Sie lächelte wieder ihr schüchternes Lächeln.

»Als Giulio dann größer war, wurde es auch besser. Irgendwann gewöhnen sich die Leute daran. Plötzlich gibt es andere Dinge, über die man reden kann. Trotzdem, ich glaube, dass sich Giulio unserer besonderen Situation immer bewusst war.

Immer ehrgeizig, immer nur die besten Noten, große Pläne für die Zukunft. Als müsste er es allen beweisen. Er wollte, dass ich stolz auf ihn bin, das hat er mir immer wieder gesagt. Aber das war ich doch sowieso schon …«

Sie machte wieder eine Pause.

»In Neapel bekam er ein Stipendium für das Medizinstudium. Sogar seine Großeltern waren stolz auf ihn. Keiner in unserer Familie hat je studiert. Ich selber war nur in der Grundschule. Damals ging das ja noch. Obwohl ich gerne weitergelernt hätte … Aber deswegen sind Sie ja nicht gekommen. Giulio, also das Stipendium, ja. Trotzdem hat er weiterhin hier zu Hause gelebt. Wir hatten ein gutes Verhältnis. Er war ein guter Junge.«

Der letzte Satz kam wie ein Schlusspunkt, und Patrizia wusste, dass sie jetzt ihre Fragen stellen konnten.

»Hatte Giulio eine Freundin? Was für einen Freundeskreis hatte er? Hatte er Hobbys? War er in einem Verein?«

»Nein, keine Freundin, aber Freunde. Aus Schulzeiten eben. Ab und zu haben sie sich abends in Salerno getroffen oder waren im Kino. Hobbys hatte er natürlich. Lesen, lesen, lesen. Und schwimmen. Im Sommer war er immer unten am Strand oder mit Freunden unterwegs an der Amalfiküste. Es gab sicher keinen Strand hier weit und breit, den er nicht kannte. Aber in Vereinen war er nicht.«

»Und seine Studienfreunde in Neapel?«

»Da weiß ich nichts. Sicher, er hatte auch dort Freunde. Aber er hat ja hier gewohnt. Ist mit dem Bus nach Neapel gefahren und abends wieder nach Hause. Meistens war das so. Jedenfalls am Anfang. Später hat er dann auch oft bei Studienkollegen übernachtet, die dort wohnten, vor allem, wenn er am nächsten Tag schon früh wieder dort sein musste. Aber kennengelernt habe ich nie jemanden, und er hat auch nicht viel erzählt. Er war vor allem auf sein Studium konzentriert. Immer nur die besten Noten.«

»Wussten Sie, dass er am 1. November zur Opernpremiere ins Teatro Verdi wollte?«, fragte Cristina.

»Ja natürlich.«

»Können Sie uns sagen, ob er alleine dort war?«

»Ja, alleine. Wie ich schon sagte, seine Freunde hier waren alte Schulfreunde aus dem Dorf. Die waren nicht unbedingt an solchen Dingen interessiert. An Konzerten und Opern, meine ich.«

»Und Sie? Warum haben Sie ihn nicht begleitet?«, fragte Patrizia.

Signora Fabbri wirkte überrascht. »Ich? Nein, also … Giulio hat mich nicht gefragt. Aber solche Sachen sind auch nichts für mich. Wenn er ins Kino oder ins Theater ging, dann immer mit Freunden oder alleine. Giulio war, wie sagt man gleich, ein Intellektueller, der erste und einzige in der Familie.«

Patrizia und Cristina spürten, dass ihr Gespräch einem vorläufigen Ende zustrebte. Sie baten Signora Fabbri, ihnen die Namen von Giulios früheren Freunden zu geben, was diese auch bereitwillig tat. Es waren vier, mit denen ihr Sohn sich regelmäßig getroffen hatte. Sie lebten alle noch in Vietri und Umgebung.

Kurze Zeit später waren die beiden wieder auf dem Weg zu Patrizias Wagen. Obwohl es noch früh war, beschlossen sie, auf der Aussichtsplattform neben ihrem Parkplatz ein Panino zu essen. Anschließend wollten sie Giacomo und Raoul Ranieri und die Montesanos besuchen. Wenn dann noch Zeit blieb, konnten sie sich aufteilen und mit Giulios ehemaligen Schulfreunden reden. Auch wenn nicht klar war, ob das etwas bringen würde, so war es doch wichtig, die Opfer und ihr persönliches Umfeld so genau wie möglich kennenzulernen.

Neben der Aussichtsplattform verlief die für ihre Haarnadelkurven berühmte Straße, die an der Küste entlang bis Amalfi und Positano und von dort aus weiter nach Sorrento führte. Hier in Vietri wurde sie auf einem Abschnitt von etwa hundert Metern von uralten Platanen gesäumt. Die meisten von ihnen hatten ihre Blätter längst eingebüßt. Nur einige besonders standhafte grünbraune Exemplare raschelten in der leichten Brise, die vom Meer heraufwehte.

Patrizia riss ihren Blick von Vietris grüner Bucht los und sah auf die Uhr. Sie hatten nicht viel Zeit.

*

Davides Stimmung hatte sich seit der Besprechung am Vortag deutlich gebessert. Zunächst hatte es so ausgesehen, als wenn Leo, Marco und er mal wieder den undankbarsten Job bekommen hätten. Alte Ermittlungsakten zum Unfall vor siebzehn Jahren sichten. Lesen, lesen, und nochmals lesen. Sich ein Bild machen, wie Patrizia es immer so schön nannte. Stubendienst war wohl das bessere Wort. Sogar die Assistentinnen Lydia und Antonia waren draußen unterwegs, um Presse-, Bild- und Videomaterial zu beschaffen, während er, der Ranghöhere, langsam in der Questura verstaubte.

Die Ermittlungsakten zu besorgen, war einfach gewesen, und nach kurzer Zeit hatten sie sich einen ersten Überblick verschafft.

Die Scheinwerfer waren von einer namhaften Firma installiert worden. Natürlich hatte diese nach dem Unfall ihre Hände in Unschuld gewaschen. Trotzdem hatte sie die beiden Arbeiter, die mit der Installation im Zuschauerraum betraut gewesen waren, sozusagen prophylaktisch gefeuert. Die Männer hatten den Vorwurf unsauberer Arbeit natürlich vehement von sich gewiesen. Außerdem konnte man im Nachhinein nicht mehr feststellen, welcher der beiden die Scheinwerfer montiert hatte, deren Sicherungsseile untauglich gewesen waren.

Davide kam zu dem Schluss, dass es sich lohnen würde, die Arbeiter noch einmal aufzusuchen. Die Adresse des ersten hatte er schnell gefunden. Nicola Landi lebte noch immer in Salerno. Die des zweiten, Pasquale D'Arco, hatte er noch nicht ermitteln können.

Davide parkte vor dem Mehrfamilienhaus im Vorort Fratte. Nicht die beste Adresse, das Gebäude wirkte baufällig. Auch Landis Wohnung war ärmlich eingerichtet. Alte Möbel, alte Böden, altmodische Tapeten. Nur der große Flatscreen war eindeutig neu. Und vor diesem saß Nicola Landi, als seine Frau Davide ins Wohnzimmer führte.

Nicola Landi machte sich nicht die Mühe, seinen Besuch anzusehen oder gar aufzustehen, sondern schnaubte nur verächtlich, als seine Frau den Polizisten vorstellte. Den Akten hatte Davide entnommen, dass der Mann mittlerweile 48 Jahre alt war. Kein Alter. Trotzdem wirkte er verlebt und ungepflegt. Das lag wohl an den Bartstoppeln und dem zerschlissenen Trainingsanzug, aber auch an dem Bierdunst, der trotz der frühen Stunde im Zimmer hing.

Davide räusperte sich. Er ahnte, dass das Gespräch sich eher schwierig gestalten würde.

»Ispettore Superiore Davide Favetta, Squadra Mobile, Salerno. Wir untersuchen den Unfall im Teatro Verdi von 1994 im Zusammenhang mit einem aktuellen Mordfall. Sie waren doch damals an der Montage der Scheinwerfer beteiligt?«

Weiter kam er nicht.

»Dachte ich mir schon, dass früher oder später einer von euch hier aufkreuzt, nachdem dieser Meriani ins Gras gebissen hat. Und jetzt wollt ihr natürlich wissen, wo ich zur Tatzeit war. Ihr sucht doch immer einen Dummen, den ihr zur Rechenschaft ziehen könnt, wenn euch der Hut brennt ...«

»Signore Landi, es besteht bislang kein Verdacht gegen Sie. Aber da Sie mit dem Unfall im Theater in Verbindung stehen, muss ich Sie fragen, wo Sie in der Nacht vom 31. Oktober auf den 1. November waren. Das ist reine Routine. Vornehmlich bin ich aber hier, um Sie als Zeugen zu befragen.«

Landi lachte höhnisch.

»Vornehmlich? Das ist gut! Gefällt mir. Vornehmlich, sehr schön, wirklich sehr schön. Und was das Alibi angeht, das ist schnell erledigt. Ich war hier, mit meiner Frau, egal, wann der Mord stattgefunden hat. Ich bin immer hier. Und den Zeugen könnt ihr euch sonst wohin schieben. Wir haben uns damals nichts zuschulden kommen lassen. Die haben uns gehetzt wie die Tiere. Alles musste in einem Viertel der normalen Zeit fertig sein. Dabei fehlte Material, oder wir hatten das falsche. Dafür konnten wir nichts. Wir haben gearbeitet wie immer, sauber. Wussten doch alle, dass wir ein paar ungeeignete Sicherungsseile montieren mussten, weil die falsch geliefert worden waren. Und der Rest war nicht unser Bier. Die hätten den Bau halt nicht abnehmen dürfen. Aber von den feinen Säcken da hat natürlich niemand seinen Posten eingebüßt. Nur mich und den Pasquale, die beiden Deppen, die konnte man feuern. Scheiße! Wisst ihr eigentlich, dass ich seit dem Tag keinen festen Job mehr hatte? Die einen stellen dich nicht ein, weil sie abergläubisch sind und meinen, du würdest ihnen Unglück bringen.« Er lachte bitter. »Die anderen, weil sie glauben, du wärst ein verdammter Schlamper. Meine Familie ist jahrelang Spießruten gelaufen in dieser Stadt aus Heuchlern und Hurensöhnen. Meine Kinder haben sich in den Norden abgesetzt, kaum dass sie aus der Schule raus waren. Recht haben sie! Und was glauben Sie, wie oft sie seitdem zu Besuch gekommen sind? Zero, null, nix, nada. Die sind froh, dass sie das alles hinter sich haben. Gucken Sie sich doch hier um!«

Er machte eine ausladende Geste, die die ganze Schäbigkeit seines Wohnzimmers einschloss.

»Die sehen wir hier nie wieder. Und das hab ich alles diesen Ärschen zu verdanken! Sollen sie in der Hölle schmoren. Wenn es eine Gerechtigkeit gibt, dann die, die da am Largo Campo am Seil gebaumelt hat.«

Seine Tirade war so plötzlich zu Ende, wie sie begonnen hatte.

»Wissen Sie, was aus Pasquale D'Arco geworden ist? Wir müssten uns auch mit ihm unterhalten.«

Landi grinste.

»Unbekannt verzogen, wie ich gehört habe. Allerdings, und jetzt kommt die gute Nachricht, es gibt nur zwei Möglichkeiten, wo er sein könnte, Himmel oder Hölle. Also wenn euch der Weg nicht zu weit ist …«

Er sah Davide verächtlich an.

Dann fuhr er fort: »Der hat's damals richtig gemacht. Ist weg von hier, nach Neapel. Sein Sohn ist sogar richtig was geworden, hab ich gehört. Feiner Pinkel von Anwalt. Aber ich, ich kam ja hier nicht weg, weil meine Göttergattin«, die letzten Worte brüllte er in Richtung Küche, »ja keine fünfzig Kilometer von ihren Eltern entfernt leben konnte.«

Davide erwartete eine hitzige Antwort, doch Signora Landi hüllte sich in Schweigen, und er fragte sich, ob sie es nur seinetwegen tat oder ob sie es generell aufgegeben hatte, sich auf Diskussionen mit ihrem Mann einzulassen.

Eine halbe Stunde später stand Davide wieder auf der Straße. Er holte tief Luft und merkte, dass er schwitzte. Wenn

Landi immer so war – und das war anzunehmen –, konnte er dessen Kinder gut verstehen. Ein Wunder, dass seine Frau ihn aushielt. Aber letztlich war sie es ja gewesen, die sich einem Neuanfang in einer anderen Stadt verweigert hatte.

Wie du mir, so ich dir, dachte Davide resigniert. Der Mensch scheint überwiegend dafür zu leben, sich an den anderen für sein eigenes Unglück zu rächen. Er seufzte. Und sie hatten die undankbare Aufgabe, Licht ins Dunkel dieser endlosen Kette kleinerer und größerer Racheakte zu bringen.

Auf dem Weg zur Questura war er niedergeschlagen. Sein sonst unerschütterlicher Humor hatte ihn kurzfristig verlassen. Immerhin wusste er jetzt, dass der andere Monteur, Pasquale D'Arco, seit etwa drei Jahren tot war und einen Sohn hatte, der als Rechtsanwalt in Neapel lebte.

*

Es war schon Nachmittag, als Patrizia und Cristina nach ihrem Besuch bei den Ranieris in das Mehrfamilienhaus eintraten, in dem die Montesanos wohnten.

Doch sie standen vor der verschlossenen Wohnungstür. Niemand öffnete.

Patrizia war genervt. »Verdammt, wir hätten doch vorher anrufen sollen. Aber ein Besuch aus heiterem Himmel fördert einfach mehr zutage.«

Einen Augenblick lang sahen sie einander ratlos an.

»Suchen Sie Giuseppe Montesano?«, fragte auf einmal jemand.

Sie fuhren herum.

»Wissen Sie, ich bin sein Nachbar.«

Letzteres war schwer zu übersehen, da der alte Mann in Hausschuhen aus der Wohnungstür gegenüber getreten war. Ein Namensschild wies ihn als Carlo Carbone aus.

»Ja, den suchen wir«, antwortete Cristina. »Wissen Sie, wo wir ihn oder seinen Sohn finden können?«

»Aber natürlich, Signora. Im Giardino della Minerva. Er arbeitet ja dort. Eigentlich müsste er das gar nicht mehr. Er ist ja auch schon nicht mehr der Jüngste. Aber er sitzt nicht gerne zu Hause, wissen Sie. Signore Carbone, sagt er immer, rumsitzen schadet nur, und irgendetwas gibt es immer zu tun. Recht hat er. Wissen Sie, ich würde mich ja auch ganz gerne noch etwas nützlich machen, aber mit meinen schlimmen Knien komme ich fast gar nicht mehr aus dem Haus.«

Für einen Moment wirkte Carlo Carbone betrübt, doch seine Miene hellte sich sofort wieder auf.

»Heute Morgen hat er das Haus mit seinem Sohn zusammen verlassen, so gegen halb zehn. Das ist unüblich, wissen Sie. Sonst geht Michele immer pünktlich um acht zur Arbeit. Er arbeitet bei einem Ingenieur im Büro.«

Patrizia und Cristina hatten dem alten Herrn mit wachsendem Erstaunen zugehört. Er hatte zwar keine Vorstellung davon, wer sie waren, hätte ihnen aber gerne mehr erzählt.

»Ach ja. Wissen Sie zufällig, ob Signore Montesano und sein Sohn am Montagabend vor zweieinhalb Wochen zu Hause waren?«, fragte Patrizia spontan.

Carlo Carbone wirkte bestürzt.

»Oh, leider nein, Signora, montags bin ich immer beim Skat. Da komme ich erst gegen 23 Uhr nach Hause. Ich glaube aber, dass in ihrer Wohnung noch Licht brannte, aber gehört habe ich nichts. Die Montesanos sind sehr ruhige Menschen, wissen Sie, sehr angenehme Nachbarn. Sie wohnen auch schon sehr lange hier, so wie ich.«

Patrizia und Cristina verabschiedeten sich.

Von der Straße aus sahen sie den alten Herrn am Fenster stehen. Er winkte ihnen freundlich zu.

Cristina winkte zurück und sagte: »Eine Begegnung der anderen Art, was meinst du?«

»Aber sehr nützlich. Hätte Ugo Meriani so einen Nachbarn gehabt, dann wüssten wir jetzt Namen und Adresse des Täters, Alter, Beruf und Autokennzeichen.«

Cristina lachte. »Wer weiß, vielleicht gibt es ja noch mehr von denen in diesem Haus. Wir müssen sowieso die Alibis von allen Angehörigen überprüfen. Die Montesanos scheinen aber wohl zu Hause gewesen zu sein.«

*

Nicht mal eine Stunde später standen die Kommissarinnen am Geländer der kleinen Außenterrasse im Giardino della Minerva und blickten auf die Stadt hinunter, auf die verschachtelten Gassen, das tiefblaue Meer, den Hafen. Die Küste des Cilento hob sich in der kräftigen Nachmittagssonne scharf vor dem fast dunkelblauen Himmel ab, und die Luft war so klar, dass man in der Ferne die Halbinsel Punta Licosa sehen konnte.

Patrizia genoss den Ausblick. Gleichzeitig wurde ihr bewusst, wie wenig sie bisher von der Stadt gesehen hatte, in der sie seit fast einem Jahr lebte und arbeitete.

Plötzlich hörte sie Stimmen hinter sich und drehte sich um. Giuseppe Montesano war auf die Terrasse getreten und sprach mit dem Gärtner, der den Apfelbaum über der Außentreppe zurückschnitt. Als er bemerkte, dass Patrizia zu ihm herübersah, beendete er das Gespräch und kam auf sie zu.

»Meine verehrten Kommissarinnen. Sagen Sie selbst, gibt es etwas Schöneres als diese Aussicht?«

Patrizia nickte zustimmend, und Giuseppe Montesano wollte eben zu einer neuen Rede ansetzen, als Cristina ihm zuvorkam.

»Ja, wirklich wunderschön. Also, dann wollen wir mal.«

Sie ging zu einem der Terrassentische.

Patrizia folgte ihrem Beispiel.

In dem Moment kam Michele Montesano mit einem Tablett auf die Terrasse, auf dem vier bis zum Rand gefüllte Tassen mit Kräutertee standen.

Der alte Montesano stellte die Tassen auf den Tisch.

»Ich habe mir erlaubt, Ihnen zwei verschiedene Tees bringen zu lassen. Als Kostprobe sozusagen. Unser Speziata ist ein starker Gewürztee mit Ginseng, Kardamom, Zimt und noch ein paar anderen Kräutern. Er hat stimulierende Wirkung. Der andere heißt Somnus und wirkt beruhigend. Wissen Sie, die Tees, die wir anbieten, werden zwar nicht mit Kräutern aus diesem Garten gemacht, aber die meisten ihrer Essenzen wachsen auch hier bei uns.«

Patrizia nickte.

Cristina dagegen hatte nach der Tasse mit dem Speziata gegriffen und sich Michele Montesano zugewandt, bevor sein Vater dazu kam, mit dem Vortrag fortzufahren.

»Sie arbeiten doch im Ingenieurbüro Capobianco, oder? Wir sind uns neulich schon mal begegnet. Erinnern Sie sich? Sie waren so freundlich, uns Gebäck zu bringen, als wir Ihren Chef besucht haben.«

Ein schwaches Lächeln huschte über das Gesicht des jüngeren Montesano. Er nickte und schien etwas sagen zu wollen, entschied sich dann aber dagegen.

Stattdessen ergriff sein Vater wieder das Wort. Seine Stimme klang hart.

»Arbeitete, sollte man wohl eher sagen. Der feine Herr Capobianco hat Michele vor knapp zwei Wochen gekündigt, am Abend, per Telefon und völlig grundlos. Hat irgendwas von Personaleinsparungen geredet.«

»Das tut mir leid«, sagte Cristina an Michele Montesano gewandt, der noch immer nicht aufsah.

»Und wissen Sie, was das Beste daran ist? Er hatte nicht mal den Mumm, es meinem Sohn persönlich zu sagen. Nein. Mich hat er angerufen. Mich! Als ob mein Sohn unmündig wäre. Ein unmündiges Kind!«

»Papà, lass doch!«

»Aber vorläufig kann Michele uns hier ein wenig zur Hand gehen. Ich habe schon mit der Stadt gesprochen. Er kann dem Barista und dem Gärtner helfen. Führungen durch den Garten macht er ja jetzt schon regelmäßig. Wenn Sie Fragen zum Garten haben oder zu seiner Anlage nach der antiken Vier-Elemente-Lehre, fragen Sie Michele. Auf dem Gebiet ist er ein echter Experte.«

»Papà!«

»Jetzt lass mich doch mal sagen, wie es ist! Stell dein Licht nicht immer unter den Scheffel. Wieso kannst du nicht zugeben, dass du dich in diesen Dingen hervorragend auskennst?«

Aber Michele Montesano hatte beschlossen, die Worte seines Vaters zu ignorieren, und konzentrierte sich darauf, mit seinen langen, schlanken Fingern zwei Löffel Zucker in den Tee zu rühren.

Kein einfacher Mensch, dachte Patrizia, und keine einfache Vater-Sohn-Beziehung. Aus den Akten wusste sie, dass er 22 war, als der Unfall passierte, und dass er Pharmazie studiert hatte. Heute war er ungefähr in ihrem Alter. Hochgewachsen, blass, fast mager, die Nase ein wenig zu groß, wie die seines Vaters, aber mit schönen, ausdrucksstarken Augen und vollem dunklem Haar. Ein starkes Gesicht, zu dem die verschämte Schuljungenart gar nicht passte.

Patrizia versuchte, das Gespräch auf ihr eigentliches Thema zu lenken.

»Signore Montesano, wie wir schon sagten, geht es um den Mord an Ugo Meriani. In diesem Zusammenhang interessieren wir uns auch für den Unfall im Teatro Verdi vor siebzehn Jahren, bei dem Ihr Vater schwer verletzt wurde. Sie studierten damals Pharmazie, haben das Studium aber kurz nach dem Unfall abgebrochen. Warum?«

Michele Montesano sah überrascht auf. Sein Gesicht nahm einen wachen Ausdruck an, doch noch bevor er antworten konnte, sprang sein Vater erneut für ihn ein.

»Michele hat sein Studium unterbrochen, um mich in den ersten Jahren nach dem Unfall zu pflegen. Wie Sie ja schon wissen, wurde ich damals von einem der Scheinwerfer an der Wirbelsäule verletzt. Ich saß danach monatelang im Rollstuhl. Am Anfang wussten die Ärzte nicht einmal, ob ich jemals wieder würde gehen können. Und als es mir endlich wieder besser ging, hatte Michele den Anschluss verloren. Er hat mir sein Studium und seine Karriere geopfert.«

»Papà!«

»Warum soll ich nicht sagen, wie es ist? Du wärst heute Apotheker, wohlhabend und geachtet. Stattdessen bist du nur einer von Tausenden ungelernten und arbeitslosen Süditalienern.«

Er machte eine ausladende Geste, die sich vermutlich auf alle ungelernten Süditaliener oder zumindest auf die in und um Salerno beziehen sollte.

»Arbeit gibt es wenig. Ungelernte Kräfte, die sich um die Stellen reißen, viel zu viele.«

»Waren Sie damals mit Ihrem Vater im Teatro Verdi?«, fragte Patrizia.

Michele Montesano nickte.

»Und Ihre Mutter?«

»Meine Frau starb an Krebs, als Michele vier Jahre alt war.

Aber wir haben uns zusammengerauft. Wir sind ein Team geworden, eine eingeschweißte Männer-WG sozusagen. Zum Glück hatten wir ja noch einander. Wie man damals hörte, war einer der beiden Toten, ein ganz junger Mann, bei seiner Mutter aufgewachsen. Die arme Frau war danach mit einem Schlag ganz alleine.«

»Ja. Er hieß Giulio Fabbri. Können Sie sich vielleicht daran erinnern, mit wem dieser junge Mann im Theater war? Wer neben ihm saß?«

»Woher soll ich das wissen? Er saß ein paar Reihen hinter uns, aber selbst das weiß ich nur aus den Berichten danach. Wir kannten ihn ja nicht, warum also hätten wir darauf achten sollen, wer mit wem hinter uns sitzt? Und nachdem die Scheinwerfer runtergekracht waren, herrschte völliges Chaos. Ich selbst war bewusstlos.«

»Hatten Sie nach dem Unfall Kontakt zu Giulio Fabbris Mutter?«

Giuseppe Montesano schüttelte den Kopf.

»Zuerst hatten wir mit uns selbst genug zu tun, und dann …« Er zuckte mit den Schultern. »Jeder muss doch letztlich alleine mit seinem Schicksal fertigwerden, oder nicht?«

»Haben Sie jemals psychologischen Beistand in Anspruch genommen?«, wollte Cristina wissen.

Giuseppe Montesano sah sie misstrauisch an.

»Wir sind immer zurechtgekommen.« Er machte eine Pause, fuhr jedoch fort, als sein Sohn ihm einen Blick zuwarf. »Allerdings hatten mir meine Ärzte im Krankenhaus damals geraten, es mal mit einer Therapie zu versuchen, als mein körperlicher Zustand sich zwar gebessert hatte, ich aber immer noch nicht laufen konnte. Sie meinten, manchmal gäbe es auch psychische Blockaden.«

Es folgte wieder eine Pause.

»Der Psychologe, den sie mir empfohlen haben, war auch gar nicht schlecht. Trotzdem habe ich es sicher nicht ihm zu verdanken, dass ich heute wieder gehen kann.«

»Das kannst du doch gar nicht wissen!«

Patrizia drehte sich überrascht zu Michele Montesano um, der zum ersten Mal mit fester Stimme gesprochen hatte und seinen Vater verärgert ansah. Dann wandte er sich an die beiden Kommissarinnen. Plötzlich schien seine fast kindliche Scheu wie weggefegt, und der stille Junge war dem erwachsenen Mann gewichen.

»Ich war und bin selber auch bei diesem Psychologen. Er heißt Alessio Adinolfi, und er hat uns beiden viel geholfen. Psychologen werden ja hier in Süditalien noch immer mit Misstrauen beäugt, vor allem von der älteren Generation.« Er warf seinem Vater einen vielsagenden Blick zu. »Und die, die zu ihnen gehen, erst recht. Die müssen ja einen Totalschaden haben, sonst würden sie so was doch nicht tun, oder? Das ist es, was viele denken. Dabei ist dieses Land voll von klinisch Depressiven und Psychopathen, denen eine Therapie nur guttun würde! Meinem Vater hat sie jedenfalls geholfen.«

»Und Ihnen?«, fragte Patrizia schnell.

Michele zögerte kurz.

»Es geht mir jetzt besser, falls es das ist, was Sie meinen. Aber man muss sich darauf einlassen und darf keine zu schnellen Erfolge erwarten wie Raoul Ranieri.«

Patrizias und Cristinas Augenbrauen fuhren gleichzeitig nach oben.

Cristina setzte sich aufrecht und stellte ihre Teetasse ein wenig zu hart auf dem Tisch ab.

»Sind Sie sicher, dass Raoul Ranieri auch in Therapie war? Uns sagte er, er hätte sich nicht psychologisch betreuen lassen.«

»Hat er auch nicht. Zumindest, wenn man das Wort betreuen wörtlich nimmt und darunter Offenheit und Kooperation zwischen Psychologe und Patient über einen längeren Zeitraum versteht. Wir, also Raoul und ich, hatten vor allem am Anfang ziemlich viel Kontakt. Als ich dann mit der Therapie bei Dottore Adinolfi anfing, habe ich Raoul dazu überredet, dasselbe zu tun. Ich dachte, es könnte ihm nicht schaden. Es ging ihm damals nicht gut.«

»Wem ging es damals schon gut?«, brummte sein Vater.

»Ein paar Monate lang ist er auch tatsächlich hingegangen, zwei oder drei, das weiß ich nicht mehr so genau. Aber dann brach er die Behandlung plötzlich ab. Ich habe nie verstanden, warum. Er sagte nur, dass es ihm wieder besser ginge und dass er sie nicht mehr bräuchte. Wahrscheinlich wollte er sich aber nur nicht wirklich darauf einlassen, oder er dachte, es wäre ein Zeichen von Schwäche. Richtig überzeugt war er ja von Anfang an nicht.«

»Warum glauben Sie, dass es ihm nicht wirklich besser ging?«, fragte Patrizia.

»Schwer zu sagen. Vielleicht ging es ihm ja tatsächlich besser. Aber in der Zeit fing er außerdem an, sich immer mehr abzukapseln. Davor hatten wir uns regelmäßig getroffen, waren ein Bier trinken oder im Kino. Manchmal haben wir auch einfach nur zusammengesessen und geredet oder Fußball geschaut. Bis er auf einmal anfing, sich zurückzuziehen. Das kam ganz plötzlich. Ich glaube, er wollte das Kapitel Unfall einfach abschließen. Nach vorne blicken, alles hinter sich lassen, so was in der Art. Und da waren Leute wie ich, die ihn immer wieder daran erinnert haben, wohl eher hinderlich. Raoul hat dann ja auch seinen Weg gemacht, seine Ausbildung abgeschlossen und ist heute Krankenpfleger. Fest angestellt. Mehr als ich erreicht habe.«

»Der musste damals auch keinen behinderten Vater pflegen!«, sprang Giuseppe Montesano für ihn ein. »Seine Mutter war schließlich tot, einfach nur tot.«

»Ach, und du meinst, eine tote Mutter kann man leichter hinter sich lassen, ja?«, fuhr Michele seinen Vater mit unerwarteter Schärfe an.

»Nein«, erwiderte der alte Montesano trotzig, »aber sie macht weniger Arbeit.«

*

Das Abendessen war vorbei. Raoul Ranieri stellte den letzten Teller in den Geschirrständer, faltete das Handtuch zusammen und hängte es über den Griff am Ofen, der sein angestammter Platz war. Alles wie immer. Ordnung. Routine. Das waren die Dinge, die seit Jahren alles am Laufen hielten.

Sein Vater war im Sessel vor dem Fernseher eingeschlafen. Jetzt konnte er ins Wohnzimmer hinübergehen, das Programm wechseln und einen Film ansehen.

Trotzdem war heute Abend alles anders. Nicht äußerlich, aber in ihm. Er wusste, dass der Grund dafür der Besuch der beiden Kommissarinnen war. Er hatte damit gerechnet, dass sie kommen würden. Natürlich musste ihnen die Verbindung zwischen den beiden Toten irgendwann auffallen. Und da rückten die Opfer von damals natürlich sofort ins Visier.

Er lächelte bitter. Natürlich hatten sie wissen wollen, wie es ihm ging. Sein psychischer Zustand, das Trauma, der Schmerz, bla, bla, bla. Sie hatten es diplomatisch angefangen, vor allem die Kommissarin mit der langen Mähne. Die andere war nicht ganz so delikat gewesen.

Hätte er ihnen sagen sollen, dass er vor Jahren tatsächlich zu einem Psychologen gegangen war? Wahrscheinlich würden sie es ja sowieso erfahren. Von Michele Montesano, dem alten Waschlappen. Aber das alles war lange her. Nichts als ein Intermezzo. Man musste daran glauben, wenn einem so was helfen sollte, so wie Michele. Wer weiß? Am Ende ging er sogar heute noch hin? Der war ja geradezu versessen gewesen auf diesen Alessio Adinolfi. Kaum älter als sie, frisch von der Uni und ach so bemüht! Aber Leid bekämpfte man nicht durch Gelaber und Psychoquatsch. Nur Fakten halfen. Aktiv sein, seinen Job machen. Ordnung und Routine. Jeden Tag.

Wenn sein Vater das nur auch begriffen hätte! An ihm sah man ja bestens, wohin es führte, sich gehen zu lassen und nichts zu tun. Er war über die Jahre immer weiter abgerutscht. Wahrscheinlich war es mittlerweile nicht mal mehr echter Schmerz, der ihn so depressiv machte. Der war sicher längst abgeklungen. Nein, sein Vater hatte sich in seiner Depression häuslich eingenistet. Sie war ihm zu einer zweiten Natur geworden. Und je weniger er aus dem Haus ging und je weniger er zu Hause mit anpackte, desto schlimmer wurde es.

Und er, Raoul? Musste stark sein. Hätte es nicht umgekehrt sein sollen? Der Vater stark, der Sohn schwach? Hatte er damals etwa keine Hilfe gebraucht? Aber sein Vater hatte ihn im Stich gelassen. Und das von Anfang an, obwohl er, Raoul, noch so jung gewesen war. Damals hatte er nicht verstanden, warum das so war, aber heute wusste er es. Sein Vater war einfach ein schwacher Mensch. Schwach und feige. Ganz im Gegensatz zu ihm. Anders ging es ja auch gar nicht. Schwäche gepaart mit Schwäche unter einem Dach, wo hätte das hingeführt? Einer musste den Laden ja schmeißen. Nein, er wollte nicht so sein wie sein Vater, diese ewig jammernde, muffig riechende Couchkartoffel in ausgebeulten Cordhosen und abgewetzten blauen Hemden, die ihm aus dem Hosenbund hingen. Einer, der nur dann sprach, wenn es etwas zu meckern gab. An nichts ließ er je ein gutes Haar. Der ganze

Sinn seines Lebens bestand darin, am Essen herumzumäkeln und über das Fernsehprogramm zu schimpfen.

Raoul verachtete das. Mehr noch. Er verachtete seinen Vater.

Er ließ sich in einen Sessel fallen und drehte den Fernseher lauter, um das Schnarchen seines Vaters zu übertönen. Heute konnte er es noch weniger ertragen als sonst. Vielleicht sollte er ihn gleich ins Bett schaffen? Aber eine bleierne Schwere hielt ihn im Sessel fest.

Plötzlich kroch eine unbändige Wut in ihm hoch. Der Besuch dieser Kommissarinnen hatte alles wieder an die Oberfläche gezerrt. Den Unfall, seine Mutter, einfach alles. Die Ruhe, die er in den letzten Tagen so oft empfunden hatte, war weg. Stattdessen fühlte er sich erschöpft wie schon lange nicht mehr. Und sie waren schuld!

Das Schnarchen wurde noch lauter. Er drehte den Ton auf Maximum.

Sein Vater wachte auf.

»Raoul, was zum Teufel …«

»Geh ins Bett, wenn's dir zu laut ist. Auf, zisch ab! Dieses Zimmer nennt sich Wohnzimmer. Das Schlafzimmer ist da hinten!«

Er war selbst überrascht über seinen scharfen Ton.

Giacomo Ranieri starrte ihn sekundenlang mit offenem Mund an. Dann hievte er sich wortlos aus der Couch hoch und schlurfte hinaus.

Raoul fuhr in die Höhe.

»Verdammt! Kannst du nicht einmal reagieren? Ein einziges Mal? Wehr dich doch, schrei mich an, knall die Tür zu, mach irgendwas! Irgendwas, hörst du? Irgendwas!«

Mit einem Satz war er bei der Tür und knallte sie zu, so dass die Glasscheibe in der Mitte in tausend Scherben klirrend zu Boden fiel.

Raoul sank nieder auf die Kante des Fernsehsessels. Die Luft war raus, und er fühlte sich kraftlos. Nein, so ging das nicht. Er musste sich einfach zur Ruhe zwingen. Auch wenn es nur die oberflächliche Ersatzruhe war, die ihm in all den Jahren zur zweiten Haut geworden war.

Er stand auf, ging in die Küche und holte einen Besen. Hoffentlich übersah er nicht irgendwo eine Scherbe, sonst würde sein Vater sich schneiden, wenn er in der Nacht auf dem Weg zum Klo barfuß durch den Flur lief.

*

Patrizia stand auf dem überdachten Balkon ihres Hauses und spähte angestrengt in die Dunkelheit vor dem weißen Eingangstor. Sie war nach ihrer Rückkehr kaum dazu gekommen, sich ihren roten Hausanzug überzuziehen, da hatte es am Tor geklingelt. Einen Moment lang hatte sie erwogen, es einfach zu ignorieren. Für heute hatte sie ihre Schuldigkeit getan, und mit nettem Besuch war ohnehin kaum zu rechnen. Wahrscheinlich irgendein Nachbar, der sich darüber beschweren wollte, dass sie den Haselnussbaum immer noch nicht zurückgeschnitten hatte, oder dem die zermatschten Orangen auf der Straße auf die Nerven gingen. Selbst ihr war aufgefallen, dass die Orangenbäume in ihrem Garten sich unter der Last der Früchte beugten. Wenn sie nicht bald wenigstens einen Teil davon erntete, würden demnächst kiloweise Orangen über die Gartenmauer auf die Straße fallen, wo sie von den Autos plattgefahren wurden.

Dann hatte es zum zweiten Mal geklingelt.

Patrizia war auf Zehenspitzen auf den Balkon geschlichen und versuchte nun, im Dunkeln den Störenfried auszumachen, ohne selber gesehen zu werden.

»Nummer eins unter den billigen Tricks!«, hörte sie da eine

wohlbekannte Stimme. »Das funktioniert vielleicht beim Postboten, aber doch nicht bei der Polizei!«

»Du? Ich dachte, du sitzt zu Hause und lässt dich beschwiegermuttern?«

Sogar im Dunkeln konnte sie erkennen, dass Cristina mit den Schultern zuckte.

»Warte, ich mach dir auf.«

Kurz darauf stand Cristina mit einer riesigen Tüte voller Lebensmittel im Hausflur. Täuschte Patrizia sich, oder wirkte sie mit einem Mal doch etwas verlegen?

»Ich hoffe, du nimmst es mir nicht übel, dass ich hier einfach so reinplatze«, sagte sie entschuldigend. »Eigentlich sollte meine Schwiegermutter nämlich heute wieder abreisen, aber das hat sich wie immer verschoben. Angeblich, weil ich ja sooo viel arbeite und sie sich gezwungen fühlt, noch ein wenig zu bleiben, um ihren Sohn und ihre Enkel vor der völligen Verwahrlosung zu bewahren.«

Das für Cristina typische verschmitzte Grinsen kehrte zurück.

»Tja, und da dachte ich, wenn sie sich schon aufopfert, um mir zu Hause die Arbeit abzunehmen, sollte ich das vielleicht einfach mal zu meinen Gunsten nutzen, statt zu Hause mit Maurizio deswegen zu streiten und vor lauter Ärger zur Flasche zu greifen.«

Patrizia war sprachlos. Eines musste man Cristina lassen, sie hatte Schneid. Sie an ihrer Stelle hätte sich nie so elegant aus der Affäre gezogen, sondern sich höchstwahrscheinlich zu einem unnützen Streit mit Maurizio oder der Schwiegermutter hinreißen lassen, damit alles nur noch schlimmer gemacht und sich den Abend endgültig verdorben. Und den darauffolgenden noch gleich dazu.

Hocherfreut betrachtete sie die Lebensmittel, die ihre Kollegin in der Küche aus der Tüte zauberte. Sogar ans Einkaufen hatte sie gedacht! Patrizia musste beschämt zugeben, dass sie selbst natürlich wieder vergessen hatte, auf dem Heimweg noch am Supermarkt zu halten. Aber noch mehr schämte sie sich dafür, dass Cristina dies offenbar mühelos vorausgesehen hatte. War sie denn wirklich so berechenbar?

»Ta-taa! Lasagne, frisch und handgemacht! Eine halbe Stunde im Ofen, und das Dinner ist serviert. Bei uns um die Ecke gibt es einen Pastabäcker, der könnte für die Queen arbeiten. Und als Dessert gibt es Babbà, in Rum getränkt.« Cristina strahlte über das ganze Gesicht. »Du kannst es dir schließlich leisten. Ich dagegen werde demnächst im Trainingsraum dafür büßen müssen.«

Sie deckten den Tisch in Patrizias Wintergarten, verteilten die Lasagne auf Teller und ließen es sich gut gehen. Rotwein hatte Patrizia ja wenigstens zu Hause gehabt, obwohl Cristina wohlweislich auch noch eine Flasche mitgebracht hatte.

Draußen hatte sich unerwartet ein starker Wind erhoben, der jetzt um die Glasfassade des Wintergartens heulte. Nur vage waren die Umrisse der Orangen- und Zitronenbäume im Garten zu sehen, die von den starken Böen hin und hergezerrt wurden.

Ein leichter Luftzug spielte um Patrizias Füße. Früher oder später würde sie sich um die Isolierung des Wintergartens kümmern müssen.

Sie seufzte genüsslich.

»Danke für den Service, Cristina, du hast mich gerettet! Und ich weiß, dass wir den Abend genießen und einfach mal ausspannen sollten … Trotzdem, was hältst du von den Montesanos und den Ranieris?«

Cristina dachte eine Weile nach.

»Also dass die Väter als Täter in Frage kommen, glaube ich

nicht«, antwortete sie schließlich. »Zumindest der alte Ranieri nicht. Der scheint mir irgendwie mit allem abgeschlossen zu haben, inklusive mit sich selbst. Der alte Montesano dagegen … Ich weiß nicht. Auch wenn er noch ziemlich aktiv ist, glaube ich nicht, dass er mit seiner Rückenbehinderung diese Taten alleine hätte begehen können. Wenn dann nur als Mittäter.«

»Und die Söhne?«

»Schwer zu sagen. Dieser Michele scheint ja eigentlich ein netter Kerl zu sein, wenn auch ein bisschen verklemmt und passiv. Aber das muss nicht unbedingt was mit seinem Trauma zu tun haben. Manche Menschen sind einfach von Natur aus antriebslos. Vielleicht hätte er das Studium sowieso abgebrochen, und der Unfall war nur ein willkommener Anlass.«

»Schon möglich. Sein Vater dagegen ist das genaue Gegenteil. Der hätte ja nach dem Unfall von der Entschädigung leben können. Stattdessen arbeitet er immer noch, und das in seinem Alter! Dafür ist sein Sohn wiederum offener, zumindest was seine psychischen Probleme und die Therapie angeht.«

»Stimmt, ganz anders als dieser Raoul Ranieri. Wenn du mich fragst, tut der nur so, als hätte er alles im Griff. Hast du mal gesehen, wie er seinen Vater angesehen hat? Ich glaube, dass er ihn hasst.«

»Ist ja auch kein leichtes Leben. Er war damals noch ziemlich jung, als die Mutter starb. Mit den Jahren wurde der Vater immer depressiver. Ich glaube, dass er sich nach Normalität sehnt. Ist dir auch aufgefallen, wie ordentlich die Wohnung war?«

Cristina lachte.

»Der kann gerne mal zu mir putzen kommen, dann hätte meine Schwiegermutter keinen Grund mehr zu bleiben.

Aber du hast recht. Er ist derjenige, der sich um alles kümmert, wahrscheinlich schon seit vielen Jahren. Das muss echt belastend sein. Nach Normalität sieht es jedenfalls nicht aus.«

»Und wer kommt sonst noch in Frage? Die Mutter von Giulio Fabbri?«

»Nein, der traue ich das nicht zu, auch wenn wir ihr Alibi noch nicht überprüft haben.«

»Ich eigentlich auch nicht. Aber können wir eine Frau als Täterin wirklich ausschließen? Denk dran, dass die beiden Zeugen, die Meriani in der Nacht noch gesehen haben, zum Geschlecht der anderen Person mit Kapuze nichts Genaues sagen konnten. Elena Neri nahm nur an, dass es ein Mann war, beschwören konnte sie es aber nicht.«

Cristina nickte schwach und gähnte.

»Sag mal, hast du ein Gästebett oder so was? Ich habe viel zu viel getrunken, um noch zu fahren. Und zu Hause riskiere ich nur, zu guter Letzt doch noch eine Diskussion vom Zaun zu brechen.«

Patrizia gähnte auch. Sie spürte erst jetzt, wie müde sie war.

»Klar. Zu irgendwas muss doch der ganze Platz hier gut sein.«

»Super. Weißt du was? Das sollten wir öfter mal machen. So einen Mädelsabend, meine ich.«

»Ja. Vielleicht laden wir ja nächstes Mal noch deine Schwiegermutter mit ein.«

Cristina sah sie einen Augenblick lang ungläubig an, dann kicherte sie, hob drohend den Zeigefinger und stand auf.

10

Montag, 21. November 2011

Patrizia saß in ihrem Büro in der Questura und starrte auf ihr Notizbuch. Die Teamsitzung am Morgen war kurz ausgefallen, da niemand mit Neuigkeiten hatte aufwarten können. Alle steckten noch zu tief in ihren jeweiligen Ermittlungen. Am späten Nachmittag würden sie wieder zusammenkommen.

Patrizia betrachtete die feinen Staubpartikel, die im Sonnenlicht vor ihren Augen herumtanzten. Das Wetter war weiterhin schön, auch wenn der starke Wind sich noch immer nicht gelegt hatte und vereinzelte weiße Wolkenfetzen über den Himmel jagte. Vor ihr stand ein Becher Tee, den sie sich mit ihrem eigenen Wasserkocher zubereitet hatte. Auf guten Tee legte sie Wert wie sonst nur auf wenige Dinge. Der aus dem Automaten war ungenießbar, noch schlimmer als der Kaffee.

Cristina hatte sich auf den Weg gemacht, um zwei der früheren Freunde von Giulio Fabbri aufzusuchen, wozu sie Ende der vergangenen Woche nicht mehr gekommen waren.

Patrizia wollte noch einmal in Ruhe alle Fakten durchgehen und dann den beiden anderen Freunden einen Besuch abstatten, deren Adressen sie von Giulios Mutter bekommen hatten. Zu dumm, dass es ihnen noch nicht gelungen war, den Psychologen Alessio Adinolfi zu befragen, bei dem Michele Montesano und Raoul Ranieri in Therapie gewesen waren. Er war auf einem Kongress in London und würde erst heute am späten Abend zurückkommen. Für den morgigen Tag hatte das Gespräch mit ihm jedenfalls oberste Priorität.

Patrizia konzentrierte sich auf das, was als sicher gelten konnte. Viel war es nicht. Sie erstellte eine Liste.

Die Alibis der Ranieris und der Montesanos. Ihre Überprüfung erwies sich als schwierig, da Väter und Söhne den Abend angeblich zu Hause verbracht hatten und sich gegenseitig ein Alibi gaben.

Dasselbe galt für Signora Fabbri, auch sie war in der Mordnacht alleine gewesen.

Die Alibis der Monteure vom Largo Campo und des Montagefirmenchefs Peppino Polara waren dagegen wasserdicht, sie kamen als Täter nicht in Frage. Signore Polara hatte darüber hinaus versichert, dass niemand außer ihm und den Monteuren an besagten Tagen Zugang zu den Schlüsseln gehabt habe. Abgesehen vom Tag der Montage selbst waren sie ausschließlich in seinem Tresor aufbewahrt worden, zu dem nur er den Schlüssel besaß.

Dazu gab es noch sehr viel Pressematerial, deutlich mehr, als sie erwartet hatten. Antonia und Lydia waren vollauf damit beschäftigt, die Fotos und Videos sowie die unzähligen Presseartikel über den Unfall zu sichten.

Leo und Marco gingen stattdessen die Ermittlungsakten von damals durch, und von Davide wusste sie, dass er einen der 1994 entlassenen Arbeiter besucht hatte und heute versuchen wollte, den Sohn des zweiten Arbeiters in Neapel zu treffen.

Sie griff zu einem Bleistift und notierte »Unfall Teatro Verdi, 1. November 1994«. Dann kreiste sie die Notiz ein. Wie bei einer Mind-Map schrieb sie die Namen der Opfer darum herum. Lucia Ranieri, Giulio Fabbri, Giuseppe Montesano. Etwas weiter weg die der Angehörigen. Giacomo und Raoul

Ranieri, sowie Michele Montesano. Sie zögerte kurz, dann fügte sie noch einen weiteren Namen hinzu. Sofia Fabbri.

Doch im nächsten Augenblick strich sie ihn wieder durch. Es war unsinnig, Giulios Mutter zu verdächtigen. Nach Aussage der Zeugin Elena Neri war die zweite Person höchstwahrscheinlich ein Mann gewesen, und sie hatten keinen Grund, an ihrer Einschätzung zu zweifeln.

Patrizia seufzte und begann, hinter die Namen Zahlen zu schreiben: das jeweilige Alter der Einzelnen zum Zeitpunkt des Unfalls, und dahinter das aktuelle. Giacomo Ranieri und Giuseppe Montesano waren Männer in den sogenannten besten Jahren gewesen, mittlerweile hatten sie beide das Rentenalter erreicht. Ranieris Sohn war damals erst neunzehn, heute war er ein noch immer junger Mann von 36. Michele Montesano war 22, als der Unfall geschah, und mittlerweile 39.

Unwillkürlich nahm sie die Rechnung auch für Sofia Fabbri vor.

Sie hatte ihren Sohn bekommen, als sie noch ziemlich jung war. Als er starb, war sie selber erst 42, heute 59.

Doch Patrizia schrieb die Zahl nicht auf.

Stattdessen fügte sie drei weitere Kreise hinzu. In den ersten schrieb sie: »Wer hätte den Schlüssel zum Tresor der Montagefirma kurzfristig an sich nehmen können?«

Den zweiten und dritten Kreis versah sie mit Fragezeichen, die für andere, vielleicht noch völlig unbekannte Personen standen.

Schließlich verband sie alle Namen und die drei zusätzlichen Kreise mit dem Zentrum. An den unteren Rand der Seite schrieb sie: »Zeitlicher Abstand zwischen Unfall und Verschwinden des ersten Opfers: fünfzehn Jahre, 2009.«

Da klopfte es an die Tür, und fast gleichzeitig wurde sie auch schon geöffnet. Eine blonde Frau mit blauen Augen steckte ihren Kopf durch den Spalt. Ihre Haare waren mit einem dunkelblauen Samtbändchen zu einem Pferdeschwanz gebunden.

»Oh, hallo, Simona! Ach je, ich wollte mich schon längst bei dir gemeldet haben!«

»Ja, Mimmo hat mir Bescheid gegeben, und ich dachte mir schon, dass ich dich hier finde.«

Die bald fünfzigjährige, sehr gutaussehende Polizeipsychologin war die Einzige, die ihren Chef »Mimmo« nannte, wie seine Frau. Patrizia fragte sich, bei welcher Gelegenheit er es ihr wohl angeboten hatte und ob seine Frau davon wusste. Wohl kaum. Das alte Schlitzohr!

Patrizia klappte ihr Notizbuch zu.

»Leider fischen wir an vielen Stellen noch ziemlich im Trüben. Aber was die Art der beiden Morde angeht, hätten wir gerne deine Einschätzung. Immerhin sind sie ja eher ungewöhnlich.«

»Das kannst du wohl laut sagen. Ich habe mich ein bisschen in das eingelesen, was bisher schon bekannt ist, und außerdem mit Bob Kingfisher und Gabriella Molinari gesprochen. Es steht fest, dass der Ingenieur erschossen wurde, bevor man ihm den Kopf abgetrennt hat. Bei dem Polizisten, diesem Spinosa, lässt sich die Todesursache zwar nicht mehr feststellen, aber auch da ist anzunehmen, dass er schon tot war, als ihm die Lunge herausgeschnitten wurde. Und die Abtrennung von Körperteilen über den eigentlichen Tötungsakt hinaus legt nahe, dass es sich um Ritualmorde handelt.«

Simona Sessa ließ sich in Patrizias Besuchersessel nieder und fuhr fort: »Es gibt Theorien, die Rituale als eine Form der Kommunikation begreifen. Durch die besondere Art und Weise des Tötungsakts soll also etwas ganz Bestimmtes kommuniziert werden.«

»Das würde heißen, dass es eine besondere Bedeutung hat, wenn wie hier einer Leiche die Lunge oder der Kopf entfernt wird. Und dass der Täter damit etwas Bestimmtes sagen will. Verstehe ich das richtig?«

»Richtig. Was genau, kann ich dir aber nicht sagen. Die Bedeutung wird den entsprechenden Objekten und Handlungen vom Täter verliehen, ist also völlig individuell und leitet sich aus der Gedanken-, Gefühls- und Erfahrungswelt des jeweiligen Täters ab. Nur mal ein Beispiel. Nehmen wir an, wir hätten zwei Täter, die beide an verschiedenen Orten dieser Welt ihrem Opfer den Kopf abgetrennt hätten. Die symbolische Bedeutung, die dieser Akt für den einen Täter hat, kann für den zweiten eine komplett andere sein.«

»Also suchen wir nicht nur einen Täter, der möglicherweise aus Rache für erlittenes Leid oder aus einem extremen Rechts- beziehungsweise Unrechtsbewusstsein heraus tötet, sondern einen, der über das Motiv hinaus die Morde mit einem symbolischen, kommunikativen Akt verbindet. Mit anderen Worten, wir suchen einen intelligenten Mörder. Einen, der seine Taten in ein übergeordnetes Gedankengebäude einordnet, das einigermaßen komplex sein dürfte.«

»Genau. Wahrscheinlich wären wir alle in der Lage, im Affekt oder aus Rache einfach nur abzudrücken. Na ja, sagen wir mal, fast alle. Dazu gehört weder Intelligenz noch ein übergeordnetes Konzept, wie du es nennst, sondern nur ein großer Leidensdruck oder ein Augenblick des Kontrollverlustes. Anders dagegen bei unserem Täter. Er geht nach Plan vor. Wahrscheinlich folgt er einem ausgeklügelten Schema, in dem alles, also jeder Mord, jedes Ritual, einen ganz bestimmten Stellenwert hat, einschließlich des Zeitpunkts der Morde.«

Sie dachte einen Moment nach, bevor sie fortfuhr.

»Dazu kommt, dass der erste Mord erst fünfzehn Jahre

nach dem Unfall stattfand, vorausgesetzt, der Unfall ist das auslösende Moment, aber danach sieht es ja aus. Und auch das hat etwas zu sagen.«

Simona schwieg einen Moment.

»Im Grunde gibt es zwei Möglichkeiten«, sagte sie dann. »Entweder war der Täter lange Zeit noch zu jung und ist erst jetzt in einem Alter, in dem er seinem Wunsch nach Rache nachgeben kann. Oder er hat sehr lange gegen sein Trauma angekämpft, steht unter einem enormen Leidensdruck und möchte sich von diesem Albtraum befreien, weil er unerträglich geworden ist. Doch das gelingt ihm nicht. Stattdessen nimmt der Leidensdruck im Laufe der Jahre zu und wird irgendwann so stark, dass Leid und Wut einfach ein Ventil brauchen. Sein Bedürfnis nach Rache geht also Hand in Hand mit dem Versuch, sich selbst wieder Luft zu verschaffen, um nicht zu ersticken.«

Patrizia nickte.

»Vielleicht sollten wir aber noch eine dritte Möglichkeit in Erwägung ziehen.«

Simona Sessa sah sie fragend an.

»Ja. Nämlich die, dass es sich nicht um persönlichen Leidensdruck handelt, sondern um verletztes Rechtsempfinden, also den vehementen Wunsch, Gerechtigkeit walten zu lassen. Dann könnte zum Beispiel auch ein Polizist, der von dem Ablauf der Ermittlungen damals enttäuscht war, als Täter in Frage kommen. Allerdings müssten wir dann von einem aktuellen Auslöser ausgehen. Denn meiner Erfahrung nach nimmt moralische Empörung mit der Zeit ab. Warum also sollte ein solcher Täter Recht und Ordnung erst so viele Jahre später wiederherstellen wollen?«

»Stimmt, moralische Empörung ist meistens kurzlebig. Aber wenn sich etwas ereignet, das sie wiederaufflammen lässt, kann es gut sein, dass die Wut noch größer ist als beim ersten Mal und so das sprichwörtliche Fass zum Überlaufen bringt.«

Sie sah Patrizia an.

»Halten wir doch mal fest, was du vorhin gesagt hast. Unser Täter ist intelligent. Er hat ein Motiv, das ihm das Gefühl gibt, das Richtige zu tun. Er sieht sich im Recht. Vielleicht war das nicht von Anfang an so, vielleicht hat er lange gegen seinen Tötungswunsch angekämpft. Doch enormer Leidensdruck oder ein anderer Auslöser haben das Fass zum Überlaufen gebracht. Er ist überzeugt davon, das Recht auf seiner Seite zu haben. Der Unfall im Theater ist für ihn zu einem ruhenden Punkt geworden, um den sich sein ganzes Handeln dreht, sein Wahnsinn, die Gewalt, das Töten. Er ist seine Rechtfertigung, sein Gesetz, sein Anfang und sein Ende. Er ist Überzeugungstäter. Das macht ihn kalt und rational.«

»Und dabei fühlt er sich haushoch überlegen«, griff Patrizia den Faden auf, »nicht nur seinen Opfern, sondern auch der Polizei gegenüber. Wie sonst ließe sich diese grausige Demonstration seiner letzten Tat erklären?«

Die Polizeipsychologin seufzte. »Ich sage es ungern, aber ich fürchte, dass wir nicht nur einen sehr intelligenten, sondern auch einen psychisch sehr kranken Täter suchen.«

*

Marco lehnte sich in seinem Bürostuhl zurück, streckte sich und gähnte herzhaft. Er war unrasiert, und seine Augen schmerzten vom endlosen Lesen. Auch sein Rücken machte sich bemerkbar. Verdammt, konnten die nicht endlich mal in ordentliche Bürostühle investieren? Leo war da besser dran, der hatte einen neuen Auftrag, bei dem er wenigstens an die frische Luft kam.

Er dachte an den Herbst des Jahres 1994 zurück. Er selber

war damals dreizehn gewesen. Natürlich war in der Schule über den Unfall gesprochen worden, und auch seine Eltern hatten sich empört über den Skandal und die Schlamperei. Aber so genau hatte er das damals gar nicht verstanden.

Das war heute natürlich etwas anderes. Sich in den Unfallhergang einzuarbeiten war gar nicht so leicht gewesen. Es gab etliche technische Ausdrücke, die er hatte recherchieren müssen, um zu verstehen, was gemeint war. Beleuchterfachjargon sozusagen. Er brauchte auf jeden Fall einen Projektor, damit er den anderen bei der nächsten Teamsitzung die Informationen klar und verständlich präsentieren konnte.

Mit dem Bleistift in der Hand ging Marco noch einmal seine Aufzeichnungen durch. Die Unfallursache, ein technischer Defekt an einer Scheinwerferantriebssteuerung während der Aufführung, ließ sich bis heute nicht klären. Fakt war, dass der Unfall wahrscheinlich trotzdem nicht passiert wäre, wenn man die Scheinwerfer mit adäquaten Seilen gesichert hätte. Warum die Kontrollkommission das Theater trotz unzureichender Sicherheitsmaßnahmen freigegeben hatte, war ihm schleierhaft.

In den Zeitungsartikeln war von Akkordarbeit und dem Druck der Öffentlichkeit die Rede gewesen. Der Einweihungstermin sollte nicht schon wieder verschoben werden. Außerdem hatte man die Premiere auf Biegen und Brechen mit dem ersten Tag der Weihnachtsbeleuchtung zusammenlegen wollen.

Druck der Öffentlichkeit … Marco schüttelte den Kopf. Was sollte das denn heißen? Die sogenannte Öffentlichkeit war doch nicht zuständig für die Freigabe des Theaters. Wozu gab es schließlich Kontrollkommissionen? In Wirklichkeit hatte die Stadt nur die schlechte Presse gefürchtet und auf die Sicherheitsvorkehrungen gepfiffen.

Allerdings hatten der leitende Ingenieur Meriani sowie die Kontrollkommission offiziell zu Protokoll gegeben, nicht auf Anweisungen Dritter gehandelt zu haben. Doch gerade das schien Marco mehr als fraglich. Wie plausibel war es, dass die vier Männer ein solches Risiko eingegangen waren, ohne sich nach oben hin abzusichern?«

Marco hielt das für ausgeschlossen. Allein die Tatsache, dass keine Anklage erhoben worden war, sprach doch dafür, dass die Kommission das Theater in Absprache mit höheren Stellen freigegeben hatte. Denn rein juristisch waren Meriani und die Kommission allein verantwortlich gewesen. Eindeutiger konnte die Schuldfrage also gar nicht sein. Aber wie um Himmels willen ließ es sich dann erklären, dass keiner von ihnen angeklagt, geschweige denn verurteilt worden war?

Marco kritzelte kleine Häuser an den Rand seiner Notizen, die mit etwas Fantasie der klassizistischen Fassade des Teatro Verdi ähnelten. Nein, für ihn stand fest, dass jemand seine schützende Hand über die Männer gehalten haben musste. Nicht mal ein Berufsverbot hatte es gegeben, wo man doch für gewöhnlich bei solchen Katastrophen für jeden Sündenbock dankbar war.

Ein weiterer Knackpunkt waren die polizeilichen Ermittlungen unter der Leitung von Gigi Spinosa, die über lange Zeit hinweg geradezu verschleppt worden waren, bis man sie über ein Jahr später eingestellt hatte, angeblich aus Mangel an Beweisen!

Nein. Da hatten ein paar hohe Tiere unter einer Decke gesteckt, daran hatte Marco keinen Zweifel. Vermutlich hatte die Kontrollkommission auf Wunsch oder Drängen Dritter den Bau trotz der ihr bekannten Sicherheitsmängel abgenommen. Und nachdem das Kind in den Brunnen gefallen war, hatten Meriani und die Kommission die Hintermänner, wahrscheinlich irgendwelche hochrangigen Politiker, geschützt. Dafür hatten diese im Gegenzug bewirkt, dass die Ermittlungen nach einer gewissen Frist und ohne Ergebnis eingestellt wurden und niemand belangt werden konnte.

So lief es doch immer. Eine Hand wusch die andere.

Die Menschen in Salerno waren irgendwann wieder zur Tagesordnung übergegangen, und als die Nachricht von der Einstellung der Ermittlungen durch die Presse ging, interessierte sich niemand mehr dafür.

Bis auf wenige Ausnahmen. Und das waren die Angehörigen derer, die bei dem Unfall ums Leben gekommen waren. Für sie musste diese Meldung ein harter Schlag gewesen sein. Sie hatten das Kind, den Partner oder die Gesundheit verloren. Und jetzt sollte das alles nur Zufall gewesen sein? Eine Verkettung unglücklicher Umstände, für die niemand geradestehen musste, obwohl die Geschichte mit den Sicherungsseilen allgemein bekannt war?

Es war einfach eine bodenlose Frechheit!

Frustriert knüllte Marco ein paar überflüssige Papiere zusammen und zielte auf den Papierkorb, den er prompt verfehlte.

Lydia, die gerade hereingekommen war und nach einem bestimmten Aktenordner suchte, sah auf.

»Irgendwas Neues?«, fragte sie.

»Im Gegenteil. Immer dieselbe Leier. Mir hängt dieser ganze Klüngel von Politikern und sonstigen honorigen Typen so dermaßen zum Hals raus! Und die Polizei spielt da auch noch mit!«

»Meinst du, dieser Spinosa wurde bestochen?«

»Was weiß ich. Aber einen Grund wird er schon gehabt haben, die Ermittlungen einzustellen.«

»Tja, bezahlt hat er jedenfalls dafür!«

»Ja, und weißt du was? Irgendwie kann ich unseren Täter sogar verstehen. Die hätten doch damals schon alle zur Rechenschaft gezogen werden müssen!«

»Eine ziemlich harte Strafe, oder nicht? Da sind die beiden anderen aus der Kommission, dieser Varese und der Gianuzzi, sogar noch glimpflich davongekommen. Einfach von selber verstorben. Wie praktisch.«

Marco musste lachen, wurde aber sofort wieder ernst.

»Ich wünschte mir nur, die Polizei hätte den Fall damals korrekt zu Ende gebracht, dann müssten wir heute keinen Serienmörder jagen.«

»Und mehrere Menschen würden noch leben, wenn auch auf Staatskosten«, meinte Lydia.

*

Patrizia hatte den Rest des Vormittags wie geplant damit verbracht, zwei von Giulios Freunden zu befragen, und war danach in ihr Büro zurückgekehrt.

Während sie darüber nachdachte, was als Nächstes zu tun war, kam Cristina herein. Sie beschlossen, mit einem Imbiss an die frische Luft zu gehen und sich über die Gespräche auszutauschen, die sie mit Giulio Fabbris Bekannten geführt hatten. Kurz darauf saßen sie auf einer Bank am Lungomare.

Cristina berichtete zuerst.

»Der Tenor passt insgesamt zu dem, was wir schon von Giulios Mutter gehört haben. Mütter übertreiben ja ganz gerne mal, wenn es um das Genie ihrer Kinder geht. Aber dieser Giulio muss wirklich sehr intelligent und obendrein sympathisch gewesen sein. Einer seiner beiden Freunde arbeitet heute bei der Stadtverwaltung, der andere bei der Post. Solide, um nicht zu sagen langweilig.«

»So wie wir?«

»Schlimmer! Jedenfalls meinten die, Giulio wäre immer schon ein Überflieger gewesen, ein Streber eben, aber keiner der arroganten Sorte. Allerdings haben sie ihn in der Zeit vor dem Unfall nur noch sporadisch gesehen. Er hatte viel für sein Studium zu tun, dazu die Pendelei zwischen Salerno und Neapel. Und die beiden Freunde waren ja selber in Ausbildung.«

»Wie sieht's mit einer Freundin aus?«

»Negativ. Die hatte er nicht, das konnten sie mir bestätigen. Und wie war's bei dir?«

»Weitgehend dasselbe. Giulio, der Klassenbeste, Giulio, der gute Schwimmer, Giulio, der Naturliebhaber und so weiter. Er ging wohl gern wandern an der Amalfiküste. Wie sie das beschrieben haben, habe ich richtig Lust bekommen, auch auf Entdeckungstour zu gehen. Jedenfalls mochten ihn alle, er war ein guter Kumpel, nie aggressiv oder überheblich. Ansonsten dieselben Infos, die du auch bekommen hast. Vor allem, dass sie sich zuletzt aus den bekannten Gründen nur noch wenig gesehen haben.«

Patrizia trank einen Schluck Wasser und strich sich ein paar Haarsträhnen aus der Stirn, bevor sie fortfuhr:

»Aber ein Detail hat mich doch ein bisschen stutzig gemacht. Einer von ihnen erzählte nämlich, er hätte Giulio am Abend vor dem Unfall zufällig auf der Piazza della Concordia getroffen. Sie sind dann auf ein Bier ins Gran Café Canasta gegangen. Giulio hat ihm aber nichts davon gesagt, dass er am nächsten Tag zur Einweihung des Teatro Verdi wollte. Als der dann von dem Unfall und Giulios Tod hörte, ist er aus allen Wolken gefallen.«

»Tatsächlich ein bisschen seltsam. Aber vielleicht wusste Giulio einfach, dass sein Freund nichts für Opern übrighatte und wollte ihm nicht reinreiben, wie intellektuell und kulturbeflissen er selber war.«

»Möglich schon, aber wahrscheinlich? Immerhin kannten die anderen ihn doch so gut. Seine Mutter sagte ja, er wäre oft in Konzerte oder ins Theater gegangen, und das wird er seinen Freunden doch nicht jedes Mal verheimlicht haben.«

»Nein, für solche Spielchen scheint er nicht der Typ gewesen zu sein.«

»Warum dann also bei dieser Oper mit Eröffnungsfeier? Schließlich war das etwas Besonderes. Vielleicht hätte sein Freund ja sogar Lust gehabt mitzugehen.«

»Du meinst, er hat nichts gesagt, weil er keine Gesellschaft wollte? Aber warum nicht? Weil er verabredet war?«

»Wenn wir wüssten, ob er für den Abend eine oder zwei Karten gekauft hat. Aber das wird sich nicht mehr herausfinden lassen. Seine Mutter sagte, dass er keine Kreditkarte besaß und daher bar bezahlt haben muss. Tja. Heute hätten wir eine Unmenge von Handyvideos, auf denen man die Minuten nach dem Unfall genau nachvollziehen könnte. Wir sollten noch einen Aufruf um Mithilfe aus der Bevölkerung starten. Auch wenn's lange her ist, vielleicht können sich von den Gästen, die in der Nähe saßen, doch noch welche an ihn erinnern.«

»Also doch Verdacht auf eine heimliche Freundin?«

»Keine Ahnung.«

Patrizia seufzte und knüllte ihre Sandwichtüte zusammen. Der Blick vom Lungomare aufs Meer und die Amalfiküste war herrlich, aber sie konnte ihn nicht genießen. Sie war unruhig und angespannt und wollte ins Büro zurück. Wenn doch nur das Treffen der Gruppe am Nachmittag etwas Neues bringen würde.

*

»Ich weiß, dass Ihr Vater vor drei Jahren gestorben ist, und das tut mir sehr leid. Aber vielleicht können Sie uns ja auch weiterhelfen und die Dinge aus Ihrer Sicht erzählen …«

Davide gegenüber saß Valerio D'Arco, der junge Staranwalt und Sohn des verstorbenen Monteurs, der 1994 die Scheinwerfer im Teatro Verdi angebracht hatte. Mit nur 34 Jahren war er bereits Teilhaber des Topanwaltsbüros Bimonte & Figli in Neapel.

D'Arco hatte darauf bestanden, den Ermittler während der Mittagspause zu treffen, um das Angenehme mit dem Nützlichen zu verbinden, wie er sich ausdrückte. Auch das Restaurant hatte er vorgeschlagen. Das I Re di Napoli war elegant, ohne indes übertrieben oder pompös zu wirken. Es befand sich in der breiten Via Partenope in einem der elegantesten Viertel der Stadt. Auf der anderen Seite der Straße war das Meer, und man sah die kleine, dem Festland unmittelbar vorgelagerte Felseninsel mit dem schon im 12. Jahrhundert von den Normannen erbauten Castel dell'Ovo. Dahinter erstreckte sich der Golf von Neapel. Das Beeindruckendste jedoch war die Silhouette des Vesuvs auf der gegenüberliegenden Seite der Bucht, der sich wie aus dem Nichts aus der ihn umgebenden Ebene erhob und der Stadt seit Jahrtausenden als Wahrzeichen diente.

Selbst Davide, der wie fast alle Salernitaner der größeren Nachbarstadt mit unverhohlenem Misstrauen gegenüberstand, musste zugeben, dass das Panorama imposant war und dass er über Neapel eigentlich nur sehr wenig wusste, abgesehen von den unter Salernitanern beliebten Plattitüden.

Jetzt allerdings richtete sich Davides Blick auf Valerio D'Arco, der sich mit seiner Antwort Zeit ließ. Er wirkte nachdenklich.

»Ja, Ispettore, ich weiß, was Sie denken. Mein Vater und sein Kollege waren damals die einzigen wirklichen Sündenböcke. Das Schlimmste war, dass sie für ein Unglück herhalten mussten, an dem sie letztlich die geringste Schuld trugen. Für unsere Familie wurde das Leben in Salerno danach unerträglich. Alle gingen auf Distanz, Nachbarn, Freunde, sogar meine Lehrer und Klassenkameraden. Wir wurden von niemandem mehr eingeladen.«

»Daher der Umzug …«

»Genau, daher der Umzug. Es war meinem Vater gelungen, eine Stelle als Hausmeister in einer Mittelschule hier in Neapel zu bekommen. Danach ging es wieder bergauf, zumindest für meine Mutter und mich.«

»Für Ihren Vater nicht?«

»Vielleicht am Anfang, ich weiß nicht. Eine Weile schien es so. Aber vielleicht war das auch nur die erste Erleichterung. Keine Feindseligkeiten mehr. Hier brachte uns niemand mit dem Unfall in Verbindung, zumal der ja auch schon zwei Jahre her war, als wir nach Neapel kamen. Trotzdem ist mein Vater über all das nie wirklich hinweggekommen. Mit der Zeit wurde er immer schwermütiger. Man hat ihn nie angeklagt, und trotzdem war er gefeuert worden. Es war, als hätte er das Schuldgefühl irgendwie verinnerlicht. Es hat ihn zerfressen.«

»Hat er es nie mit Therapie versucht?«

D'Arco schien die Frage zu amüsieren. »Mein Vater und Therapie? Natürlich haben wir es mehrfach vorgeschlagen, aber da war nichts zu machen. Er musste immer stark sein. Daran ist er kaputtgegangen.«

Davide wollte gerade zu seiner nächsten Frage ansetzen, als D'Arco weitersprach.

»Wie Sie wahrscheinlich wissen, habe ich vor gut zwei Jahren die Wiederaufnahme der Untersuchung beantragt. Aber dieser Antrag wurde abgeschmettert.«

Davide brach der Schweiß aus. Verdammt, wie konnte ihm das nur entgangen sein?

»Äh, ja … Wir sind darüber informiert. Ich erinnere mich nicht mehr recht, wo hatten Sie den Antrag damals noch mal gestellt?«

»In Salerno natürlich. Der Unfall war ja Sache der Justiz der Provinz Salerno. Ich wollte selber als Kläger auftreten.« Seine Lippen umspielte ein bitterer Zug. »Aber wo man schon damals kein Interesse an der Wahrheit hatte, war nach so vielen Jahren wohl erst recht keines mehr zu erwarten.«

Er wandte sich ab und sah aufs Meer hinaus.

Plötzlich wirkte er gereizt. Davide beschloss abzuwarten, und tatsächlich verflog D'Arcos Anspannung so schnell, wie sie gekommen war. Als er weitersprach, klang seine Stimme beinahe heiter.

»Aber wie es aussieht, ist heute mein Glückstag, denn nun wird ja wohl doch alles noch einmal aufgerollt, auch wenn die wahren Schuldigen, wie soll ich sagen, mittlerweile schon gar nicht mehr unter uns weilen. Trotzdem wird das wenigstens im Nachhinein vieles klarstellen, und das kann den Opfern, zu denen mein Vater ja auch gehört, doch nur von Nutzen sein, glauben Sie nicht?«

Davide räusperte sich.

»Ja natürlich. Trotzdem … Nun, Sie kennen ja die Routine. Ich muss Sie noch fragen, wo Sie am Abend und in der Nacht vom 31. Oktober auf den 1. November waren. Und weil wir, wie ich Ihnen vorhin schon sagte, von einem Zusammenhang mit dem Mord an Gigi Spinosa und dem Vermisstenfall Gaetano Gallo ausgehen, muss ich Sie das auch für denselben Zeitraum der letzten beiden Jahre fragen.«

D'Arco lachte kurz und unangenehm. Dann schaltete er unversehens wieder auf sein charmantes Lächeln um und sah Davide voll ins Gesicht.

»Natürlich wusste ich, dass Sie mich das fragen würden. Also zur Sache. Ich habe kein Alibi. Ich lebe allein. Am 31. war ich ungefähr bis halb neun in der Kanzlei, was meine Sekretärin Ihnen bestätigen wird. Danach war ich hier bis …«, er dachte nach, »… bis zehn, schätze ich. Fragen Sie die Angestellten. Anschließend bin ich dann nach Hause gegangen.« Er hob entschuldigend die Arme. »Und was die letzten beiden Jahre betrifft, da fürchte ich, dass ich mich an die fraglichen Abende kaum mehr erinnern werde.« Er lächelte wieder. »Der Job eines Juristen kann oft sehr eintönig sein. Berge von Gerichtsakten, Plädoyers vorbereiten. Ich werde aber auf jeden Fall meine alten Terminkalender befragen und es Ihnen mitteilen, falls ich an den betreffenden Abenden etwas vermerkt haben sollte.« Er drohte Davide spielerisch mit dem ausgestreckten Zeigefinger. »Aber nicht, dass ich am Ende noch selber einen Verteidiger brauche!«

Davide nickte knapp. Es ärgerte ihn, dass der Mann ihm immer einen Schritt voraus zu sein schien. Abgesehen davon, dass er sich diesem erfolgreichen Junganwalt gegenüber wie ein Dorfpolizist vorkam.

Sie winkten einem der Kellner und zahlten. Doch beim Verabschieden fiel Davide noch etwas ein.

»Ach ja, eine letzte Frage hätte ich, eine etwas persönlichere. Haben Sie deshalb Jura studiert? Aufgrund Ihrer persönlichen Erfahrungen?«

D'Arco schien die Frage nicht zu überraschen, sondern eher zu freuen.

»Ich hatte mich schon gewundert, dass Sie mich nicht danach gefragt haben. Die Antwort lautet ja, natürlich hat es etwas damit zu tun. Wissen Sie, der Gerechtigkeitssinn wird geschärft, wenn einem Unrecht widerfährt. Meine Familie hat jahrelang unter dem gelitten, was meinem Vater angetan wurde. Da kommt es einem irgendwann wie eine persönliche Bestimmung vor, selber einen Beitrag zur Gerechtigkeit zu leisten. Einen Beitrag zu einer gerechteren Gesellschaft, sozusagen.«

Eine Stunde später stand Valerio D'Arco am Fenster seines Büros in der Via Francesco Caracciolo und sah auf den Jachthafen hinunter. Er dachte an den Polizisten, mit dem er zu Mittag gegessen hatte. Eigentlich kein schlechter Mann und ganz offenbar zufrieden mit seinem Leben und seinen Perspektiven. Er fragte sich, ob er wohl genauso geworden wäre, ohne den Unfall damals. Wenn er die Chance gehabt hätte, behütet und sorglos in Salerno aufzuwachsen statt in der Großstadt Neapel mit einem gebrochenen Vater. Es wunderte ihn, dass der Mann gar nicht gefragt hatte, wie sein Vater gestorben war. Aber darauf würden sie sicher auch noch kommen.

*

Das Spätnachmittagslicht fiel schräg ins Zimmer, als Patrizia und Cristina den Konferenzsaal im dritten Stock der Questura betraten. Sie waren nicht die Letzten. Pietro Di Leva kam kurz nach ihnen und setzte sich wortlos an seinen angestammten Platz am oberen Ende des Tisches. Er machte einen aufgeräumten Eindruck, was zeigte, dass er mit dem Fortgang der Ermittlungen zufrieden war. Sein Lächeln wirkte weitaus optimistischer als das von Staatspräsident Napolitano, der dem Geschehen wie immer von oben herab aus seinem protzigen Goldrahmen beiwohnte.

Trotzdem war Patrizia alles andere als entspannt. Was will

ich eigentlich?, dachte sie verärgert. Macht er Druck, geht's mir schlecht, ist er zufrieden, geht's mir noch schlechter.

Nein, wenn sie ehrlich war, hatte Pietro Di Leva gar nichts damit zu tun. Solange sie denken konnte, hatte sie sich immer nur selbst unter Druck gesetzt. Von frühester Kindheit an. Und dieser Ehrgeiz würde sie auch dieses Mal wieder gnadenlos vorantreiben. So lange, bis der Fall gelöst war, oder aber … Nein! Es gab kein Oder. Diesmal nicht!

Sie konzentrierte sich auf ihre einleitenden Worte, als ihr das Whiteboard an der Wand auffiel, das man unter der großen Menge von Fotos kaum mehr erkennen konnte. Es musste Lydia und Antonia ein Menge Zeit gekostet haben, die vielen Bilder anzupinnen.

Trotzdem beschloss Patrizia, zuerst auf Marcos und Leos Recherchen zu sprechen zu kommen.

»Also gut, in medias res. Marco und Leo, ihr wart mit der offiziellen Untersuchung des Unfalls befasst. Ich hätte gerne eine Zusammenfassung der wichtigsten Fakten und, was noch wichtiger ist, eure persönliche Einschätzung.«

Marco räusperte sich, während Leo versuchte, betont unbeteiligt dreinzublicken. Anscheinend hatten die beiden schon vorher abgesprochen, wer über was Bericht erstatten sollte.

»Okay. Zunächst mal ein paar Informationen zum Unfall selbst.« Er warf noch einen kurzen Blick in seine Unterlagen und hob dann erneut an. »Ich beginne mit der Beleuchtung. Also, in großen Theatern werden die Scheinwerfer sowohl über der Bühne als auch über dem Zuschauerraum aufgehängt, unter anderem an sogenannten Punktzügen, die mithilfe von Seilwinden nach oben und nach unten gefahren werden können. Natürlich nicht manuell, sondern mit elektrischem Antrieb. Ich habe hier ein paar Bilder, damit ihr euch vorstellen könnt, wie so etwas aussieht.« Er drückte zwei, drei

Tasten auf seinem Laptop, und der Projektor warf das erste Foto an die Wand.

»Gut. Also, an diesen Punktzügen hängen sogenannte Gitterträger, und an diesen wiederum sind die Scheinwerfer angebracht. In unserem Fall, oder besser gesagt bei unserem Unfall, ging es um zwei dieser Punktzüge. An beiden waren HMI-Scheinwerfer befestigt.« Ein neues Bild erschien an der Wand: Die HMI-Scheinwerfer.

Ein Raunen ging durch den Raum.

»Eine ganz schöne Wuchtbrumme!« Davide pfiff durch die Zähne.

Laut Bildunterschrift wogen diese imposant großen Leuchten um die sechzig Kilo.

Marco fuhr fort: »Jeder Punktzug hat eine Traglast von 250 Kilo und …«

»… dieses Gewicht wurde natürlich überschritten!«

»Nein, Davide, zumindest nicht den Berichten nach. Was die Art der Scheinwerfer und ihr Gewicht angeht, scheint alles regulär gewesen zu sein. Wie ich schon sagte, sie sind an den Gitterträgern angeschraubt. Zusätzlich wird jeder Scheinwerfer mit einem Sicherungsseil am Gitterträger befestigt.«

Pietro Di Leva wurde ungeduldig.

»Das ist ja alles gut und schön«, sagte er. »Aber wenn alles so super befestigt war, wie konnte dann der Unfall passieren? Hieß es nicht, da wäre was mit den Sicherungsseilen gewesen?«

»Darauf wollten wir gerade kommen.« Leo übernahm das Wort.

»Unsere beiden Scheinwerfer hingen etwa fünf Meter auseinander und konnten beide mit zwei Punktzügen hoch- und runtergefahren werden. Das macht ein Techniker mithilfe eines Fahrhebels. Wird dieser Hebel losgelassen, werden sofort automatisch die Bremsen gezogen.«

Er sah in die Runde.

»Soweit es nun rekonstruiert werden konnte, war der Auslöser für den Unfall eine elektronische Störung am Geschwindigkeitsmesser, die dazu führte, dass die Punktzüge immer mehr Fahrt aufnahmen und schließlich eine überkritische Geschwindigkeit erreichten. Der Techniker ließ daraufhin den Fahrhebel los, und die Bremsen blockierten. Doch da hatte die Geschwindigkeit bereits einen kritischen Punkt überschritten, und die Leuchten waren nicht mehr zu stoppen.«

»Dann hat der Techniker also eine Mitschuld?«, fragte Cristina.

»Nein, das Problem war rein technisch. An sich regelt die Elektronik das nämlich automatisch. Werden die Punktzüge zu schnell, wird das an die Bremsen weitergegeben, die die Geschwindigkeit sofort regulieren. Aber genau hier lag der Defekt. Und den Rest könnt ihr euch wahrscheinlich denken.«

»Können wir das?«, brummte Bob vom anderen Ende des Tisches.

»Also, stellt euch einfach vor, welche großen dynamischen Kräfte entstehen, wenn sich so schweres Material über mehrere Meter in fast freiem Fall befindet. Wenn da plötzlich die Bremse reinhaut, gibt es einen Mordsschlag. Die Schrauben haben das nicht mitgemacht und sich gelöst, und daraufhin sind die Scheinwerfer dann in die Sicherungsseile hineingekracht …«

»Und hier kommen die ungeeigneten Seile ins Spiel«, seufzte Cristina.

»Genau. Wie wir ja schon wissen, waren mehrere Scheinwerfer im Zuschauerraum mit zu dünnen Seilen gesichert, darunter auch diese beiden. Die, die eigentlich hätten verwendet werden müssen, standen nicht ausreichend zur Verfügung. Waren angeblich falsch geliefert worden. Die richtigen sollten in der Woche drauf nachgeliefert werden.«

»Und da hat man einfach die anderen genommen, die im Ernstfall zu rein gar nichts taugen?«, entfuhr es Patrizia.

»Richtig. Allerdings konnte ja auch niemand mit einem Steuerungsdefekt rechnen.«

»Na dann, Leo, da werden die Toten aber erleichtert sein, dass sie einer so höchst unwahrscheinlichen Verkettung unglücklicher Umstände zum Opfer gefallen sind«, meinte Davide zynisch.

Leo zog den Kopf ein und war im Begriff, etwas zu erwidern, als Patrizia ihm zuvorkam.

»Wenn ich das jetzt richtig sehe, lag dem unfallauslösenden Faktor, nämlich dem Defekt am Steuerungssystem, keine eindeutige Ursache, also auch kein menschliches Versagen zugrunde?«

»Ja genau«, antwortete Marco. »Allerdings ist davon auszugehen, dass an jenem Abend trotz allem nichts passiert wäre, wenn man die Scheinwerfer mit den passenden Sicherungsseilen befestigt hätte. Und jetzt kommt's, worum sich alles dreht.« Er machte eine bedeutungsschwere Pause. »Wie Leo schon sagte, waren ein paar Sicherungsseile falsch geliefert worden, und diese Tatsache war allgemein bekannt. Trotzdem wurde der Bau abgenommen und freigegeben.«

»Wurde das mit den falschen Seilen von der Kontrollkommission dokumentiert?«, fragte Cristina.

»Nein, im Abnahmebericht steht davon nichts. Überhaupt fällt er auffällig unspezifisch aus. Aber laut Aussage der beiden Monteure wussten alle über die Fehllieferung Bescheid.«

Ein paar der Anwesenden verdrehten die Augen, doch Marco fuhr unbeirrt fort: »Wie im Übrigen auch darüber, dass die theaterinternen Überwachungskameras noch nicht funktionierten. Da musste noch etwas an der Elektronik nachgearbeitet werden.«

»Gut«, sagte Leo. »Unser Fazit ist folgendes. Wir müssen davon ausgehen, dass diese Sicherheitsmängel ein offenes Geheimnis waren. Allerdings wurden sie nirgendwo schriftlich dokumentiert, sondern kamen erst nach dem Unfall allmählich heraus. Deshalb konnte man den einzelnen Verantwortlichen auch nicht konkret nachweisen, von ihnen gewusst zu haben.«

»Aber wenn diese Mängel doch Fakten waren, wie konnte die Kontrollkommission dann die Freigabe des Theaters rechtfertigen?«, fragte Patrizia ungläubig. »Sie werden ja wohl kaum behauptet haben, so offensichtliche Probleme bei der Abnahme übersehen zu haben.«

»Und genau das ist der Punkt, an dem die damalige Untersuchung unseriös wird«, schloss Marco. »In den Berichten dreht sich alles nur um das unlösbare Problem der initialen Fehlschaltung. Da war die Schuldfrage natürlich offiziell nicht zu klären. Die viel zu dünnen Sicherungsseile werden dagegen mehr oder weniger unter den Tisch gekehrt.«

Er holte tief Luft und legte die Mappe mit den Papieren, die er die ganze Zeit in der Hand gehalten hatte, mit beinahe übertriebener Sorgfalt vor sich auf den Tisch.

»Wenn ihr mich fragt, kamen die Anweisungen, den Bau freizugeben, von ganz oben. Die Stadt wollte die Premiere ganz einfach nicht noch mal verschieben. Wahrscheinlich haben irgendwelche Politiker Druck gekriegt oder Druck gemacht. Aber das steht natürlich nirgends. Und was tut man, wenn die Verantwortlichen, also leitender Ingenieur, Kontrollkommission, Kommunalverwaltung, Politiker und so weiter alle unter einer Decke stecken?«

»Wo alle ein bisschen schuldig sind, ist es letztlich keiner mehr so richtig«, murmelte Bob Kingfisher – jedoch laut genug, um gehört zu werden.

»So ist es«, meinte Leo. »Man sieht zu, dass die Untersuchungen sich um technische Details drehen, die ins Leere führen, und stellt sie dann nach angemessener Zeit wegen Mangel an Beweisen ein. Schließlich konnten die hohen Tiere, die höchstwahrscheinlich auf die Freigabe gedrängt haben, den Ingenieur oder die Kontrollkommission nicht ans Messer liefern, ohne dass ihre eigene Rolle in der Angelegenheit bekannt geworden wäre. Also haben sie die unmittelbar Verantwortlichen gedeckt, und die haben es im Gegenzug tunlichst vermieden, irgendwen an höherer Stelle zu belasten.«

»Und die Polizei ist bei all dem wieder mal mittenmang«, brummte Pietro Di Leva.

»Ja, ein tolles Licht, das da auf die Polizei und ihre angebliche Unabhängigkeit von der Politik geworfen wird«, seufzte Cristina.

Betretenes Schweigen folgte, bis Patrizia das Wort ergriff.

»Jetzt ist jedenfalls alles klar. Hier übt einer Selbstjustiz und eliminiert die Verantwortlichen von damals einen nach dem anderen. Den leitenden Ingenieur, das einzig übrig gebliebene Mitglied der Kontrollkommission und den leitenden Polizeibeamten, der die Ermittlungen damals eingestellt hat.«

Cristina nickte. »Nicht dagegen die, die man zu inoffiziellen Sündenböcken gemacht hat, nämlich die Monteure. Die wurden gefeuert, um Handlungsfähigkeit zu demonstrieren. Aber selbst der Mörder scheint zu wissen, dass sie im Grunde die geringste Schuld traf.«

Wieder folgte bedrücktes Schweigen.

Dann wandte Patrizia sich Davide zu.

»Wolltest du nicht dem Sohn von einem der beiden Monteure einen Besuch abstatten? Wie hieß er noch gleich?«

»Valerio D'Arco. Er ist Rechtsanwalt bei Bimonte & Figli in Neapel, wo er auch wohnt. Das Anwaltsbüro soll eines der renommiertesten in ganz Kampanien sein. Ein ziemlicher Erfolg also, dort schon mit etwas über dreißig Juniorpartner zu werden, erst recht, wenn man bedenkt, dass sein Vater ein einfacher Arbeiter war. Die D'Arcos sind ein paar Jahre nach dem Unfall nach Neapel gezogen, um noch mal neu anzufangen. Allerdings scheint der alte D'Arco trotzdem nie über die Sache hinweggekommen zu sein. Er litt wohl an Depressionen. Vor etwa drei Jahren ist er gestorben.«

»Welchen Eindruck hattest du denn von Valerio D'Arco? Wie ist er mit der Situation zurechtgekommen?«

»Nun ja, er war eigentlich recht offen, aber zugleich auch distanziert. Außerdem ein bisschen zu selbstsicher und geleckt für meinen Geschmack. Ich weiß, so was sollte man nicht sagen, aber er kam mir wirklich vor wie ein typischer Anwalt.«

»Typischer Anwalt?«, fragte Pietro Di Leva spitz.

Patrizia grinste in sich hinein. Sie wusste, dass Di Leva eng mit Staatsanwalt Vincenzo Mattera befreundet war.

Davide hob entschuldigend die Arme. »Na, so eine professionelle Fassade eben. Charmant und jovial. Eine, die Vertrauen erwecken soll, ohne dass aber viel Persönliches durchdringt. Aber etwas war interessant, nämlich dass er vor zwei Jahren die Wiederaufnahme der Ermittlungen beantragt hat. Der Antrag wurde aber abgelehnt.«

Davide blätterte in seinen Notizen.

»Und noch etwas. Als ich ihn darauf ansprach, gab er zu, dass er vor allem aufgrund seiner persönlichen Erfahrungen Anwalt geworden ist. Er meinte, wer mit Unrecht aufwächst, hat automatisch ein natürliches Bedürfnis nach Gerechtigkeit.«

Patrizia nickte.

»Ich wüsste gerne, wo der Antrag auf Wiederaufnahme des Verfahrens eingereicht wurde und durch welche Hände er ging«, sagte sie. »Kurz, wer dafür verantwortlich ist, dass er abgelehnt wurde, auch wenn das nach so langer Zeit wahrscheinlich eine rein formale Entscheidung war. Womit wir übrigens wieder bei unserer Kardinalfrage wären. Warum schlägt der Täter erst jetzt zu? Angestauter Leidensdruck oder ein anderer Auslöser? Vielleicht eine neue moralische Empörung, die alte Wunden aufreißt oder Zorn wieder auflodern lässt? Wir dürfen den Beginn der Mordserie nicht als etwas Zufälliges betrachten.«

»Das ist richtig«, meldete sich da die Polizeipsychologin Simona Sessa mit ihrer ruhigen Stimme. Sie war bislang nur stille Zuhörerin gewesen. »Wir müssen davon ausgehen, dass für den Täter nicht nur die Taten alles andere als absurd sind. Auch der Zeitpunkt, an dem er sich zum Töten entschließt, ergibt aller Wahrscheinlichkeit nach perfekten Sinn für ihn, genau wie das Datum, der 1. November.«

»Könnte es denn nicht so sein, wie Patrizia sagt?«, fragte Cristina. »Also dass sich Trauer und Frust über die Jahre aufgestaut haben, bis das Maß irgendwann voll war und die Schleusen sich öffneten?«

»Natürlich, das ist eine Möglichkeit. Doch auch andere Auslöser sind denkbar. Sicher ist nur, dass die Morde für ihn irgendwann, sagen wir im Herbst vor zwei Jahren, zu einer Notwendigkeit wurden. Sie sind die logische Schlussfolgerung aus irgendetwas. Die Frage ist nur, aus was? Was hat ihn vor zwei Jahren dazu bewogen, sein erstes Opfer zu töten? Wenn wir diese Frage beantworten können, dürften wir der Lösung des Falls um einiges näher sein.«

*

Die Sitzung hatte lange gedauert. Draußen war es längst dunkel, und das grelle, unfreundliche Licht der Deckenlampe bewirkte, dass Patrizia sich nach ihrem Haus sehnte, nach seiner Stille und dem warmen Licht seiner Lampen. Sie spürte, wie erschöpft sie war, wie hungrig und wie überdrüssig. Trotzdem konnte sie sich noch nicht von der Bilderwand losreißen, die Lydia und Antonia zum Unfall hergestellt hatten.

Hinter ihr lehnte Gabriella Molinari am Tisch. Auch sie hatte an der Sitzung teilgenommen, obwohl sie als Rechtsmedizinerin eigentlich nicht dazu verpflichtet war. Aber Patrizia war ihr dankbar. Mit ihrer ruhigen und überlegten Art kam es immer wieder vor, dass sie ihnen, den Ermittlern, Wege aufzeigte, die sie selber gar nicht gesehen oder in Betracht gezogen hatten. Vielleicht gerade deshalb, weil sie als Rechtsmedizinerin nicht so intensiv ins Ermittlungsgeschehen involviert war wie der Rest. Jetzt betrachtete auch sie schweigend die makabre Fotowand.

Patrizia kniff die Augen zusammen. Das Deckenlicht blendete sie, als sie versuchte, die Bilder am oberen Rand des Whiteboards in Augenschein zu nehmen. Die beiden Kriminalassistentinnen hatten sie in »vor dem Unfall« und »nach dem Unfall« eingeteilt, ferner in »draußen« und »drinnen«. Dass sie kein Material von Überwachungskameras aus dem Theater hatten, weil diese am Tag der Eröffnung noch nicht vollständig installiert gewesen waren, war ein schwerer Schlag ins Kontor. Einige Fotos von Besuchern, die der Presse zugespielt worden waren, sowie die offiziellen Polizeifotos vom Unfallort waren alles, was sie hatten. Viele Bilder waren von schlechter Qualität und außerdem aus einiger Entfernung vom Rand des Zuschauerraums aufgenommen worden. Man konnte nicht wirklich viel darauf erkennen. Heute wäre das ganz anders, dachte Patrizia. Es gab ja mittlerweile kaum mehr Leute, die nicht mit einem pixelstarken Smartphone ausgerüstet waren, allzeit bereit, ihr Leben und das der anderen für ein mehr oder minder unbestimmtes Publikum im Bild festzuhalten. Heute würden sie wahrscheinlich in Fotos ersticken, die die Toten und Verletzten aus jedem Winkel und mit optimaler Tiefenschärfe zeigten, noch bevor Polizei oder Rettungsdienst benachrichtigt worden waren. Erst der Schnappschuss, dann der Notruf.

Patrizia seufzte. Ob das wirklich so eine positive Entwicklung war?

Sie wandte sich einer anderen Bildergruppe zu. Auch die Fotos der Polizei halfen nicht wirklich weiter. Zuerst hatten Sanitäter die Toten und Verletzten abtransportiert, danach hatte die Polizei die Untersuchung des Unfallhergangs eingeleitet.

»Kaum zu glauben, dass das erst siebzehn Jahre her ist«, meinte Gabriella Molinari. »Ich war jetzt schon so oft in diesem Theater. Wie seltsam, dass man das kann. Man genießt die Musik, und an diese schreckliche Tragödie am Tag der Einweihung denkt heute niemand mehr. Na ja, ich hab damals ja auch noch in Rom gelebt. Vielleicht fällt es mir deshalb leichter.«

Sie näherte sich der Bildergruppe, die Patrizia gerade ansah. Ein Wirrwarr aus Menschen und Rettungsfahrzeugen vor dem Theater. Mehrere Fotos zeigten die beiden Leichenwagen und die schlichten grauen Kästen aus Hartplastik, in denen man die Todesopfer abtransportiert hatte. Von den Toten selber gab es keine Fotos. Polizei und Feuerwehr drängten Schaulustige weg von den Rettungs- und Leichenwagen. Anfänglich schien ein völliges Chaos geherrscht zu haben. Auch ein Foto von Giuseppe Montesano und seinem Sohn Michele gab es. Der Vater lag auf der Bahre, die in einen Rettungswagen gehoben wurde, sein Gesicht mit einer Atemmaske bedeckt. Michele war im Begriff, den Sanitätern in den Wagen zu folgen.

Patrizia ließ ihren Blick wieder und wieder über die Bilder schweifen. Auch diejenigen, die die festliche Atmosphäre in den Stunden vor dem Unglück festhielten. Paare und Menschengruppen vor der schönen Fassade des Theaters, aber auch drinnen im Foyer. Proseccogläser und typisch italienische Tapas, wie sie in den Bars zu Drinks gereicht wurden. Lachende Gesichter. Prominente und Politiker, Damen in eleganten Abendkleidern. Die Presse hatte es sich nicht nehmen lassen, das Ereignis ausführlich zu dokumentieren. Aber während der Vorstellung hatte Fotoverbot geherrscht, und das galt auch für die Pressefotografen. Nur ein staatlicher Fernsehsender hatte die Rechte erworben, die Oper mitzuschneiden. Leider waren die Fernsehkameras so im Raum positioniert gewesen, dass sie den Sturz der beiden Scheinwerfer in den Zuschauerraum nicht aufgezeichnet hatten.

Patrizia dachte nach. Die Sitzplätze der Montesanos waren vor denen der Familie Ranieri gewesen. Lucia Ranieri und Giuseppe Montesano hatten praktisch hintereinandergesessen. Der heruntergestürzte Scheinwerfer hatte Lucia Ranieri förmlich unter sich begraben. Giuseppe Montesano hingegen war nur von ihm gestreift und dabei am Rückgrat schwer verletzt worden.

Das zweite Opfer, der Student Giulio Fabbri, hatte mehrere Reihen hinter den Ranieris und Montesanos gesessen. Auch auf ihn war die Leuchte mit vollem Gewicht heruntergekracht und hatte seinen Körper völlig zerquetscht. Wie durch ein Wunder war niemand neben oder vor ihm verletzt worden.

Patrizia versuchte sich freizumachen von allem, was sie wusste. Sie wollte die Atmosphäre eines jeden Fotos, jede Einzelheit auf sich wirken lassen, ohne sie dabei in bekannte Faktengerüste oder Gedankenkonstrukte einzuordnen. Irgendwo in diesen Bildern lag der Schlüssel zu den Morden, da war sie sich sicher. Vielleicht nicht in Form des Mörders. Bestimmt aber in der Tragik und Unfassbarkeit dessen, was an jenem Abend passiert war. Und in der Art, wie die Verantwortlichen sich danach aus der Affäre gezogen hatten. Als ob zwei Tote und ein Schwerverletzter nichts weiter als eine unerfreuliche Schlagzeile gewesen wären, ein ärgerlicher Zwischenfall ohne Bedeutung.

»Was denkst du?«, fragte Gabriella Molinari.

»Ich weiß nicht. Ich versuche, nicht zu denken. Trotzdem. Es fällt mir schwer, die Menschen auf den Fotos anzusehen, ohne mich zu fragen, ob uns auf einem von ihnen der Täter entgegensieht. Vielleicht der Angehörige eines Opfers, vielleicht aber auch ein nicht direkt betroffener Theaterbesucher, den das Ereignis traumatisiert hat. Der Fahrer eines Leichenwagens oder der Ambulanz. Ein Feuerwehrmann. Jemand, dem die Bilder nicht mehr aus dem Kopf gegangen sind, der die Machtlosigkeit der Bürger gegenüber der Seilschaft aus Politik und Polizei nicht verkraftet hat.«

»Oder ein Angestellter der Büros für Öffentliche Arbeiten, der mit dem Vorgehen nicht einverstanden war. Oder …« Gabriella Molinari unterbrach sich.

»Ich weiß, was du meinst«, sagte Patrizia. »Ja, es könnte auch ein Polizist sein, der an den Ermittlungen damals teilgenommen hat. Einer, dessen Rechtsempfinden weniger elastisch war als das seines Vorgesetzten.«

*

Zehn Minuten später sammelte Patrizia in ihrem Büro die Akten ein, die sie mit nach Hause nehmen wollte. Als sie gerade nach ihrer Jacke griff, wurde die Tür hinter ihr aufgerissen.

»Ciao, Patrizia!«

Sie fuhr herum und sah in das strahlende Gesicht des Kriminaltechnikers.

»Ciao, Bob! Gibt's noch was Neues? Komm, setz dich.«

Bob ließ sich mit einem Seufzer auf den Besuchersessel fallen, der mit einem unwilligen Ächzen antwortete. Er wirkte nicht, als hätte er vor, demnächst wieder aufzustehen.

»Hast du nicht was zu trinken für einen alten Mann, bevor wir zur Sache kommen?«

»Natürlich, ich habe Tee. Das heißt Schwarztee, Früchtetee, Chai, Ingwertee, Sencha …«

Bob winkte angewidert ab. »Ingwertee? Willst du mich vergiften? Ich meine was Richtiges. Whiskey oder Cognac. Etwas, das man sich am Ende eines harten Tages gönnen sollte. Ist doch eigentlich üblich, dass Kommissare irgendwo in ihrem Büro ein Fläschchen bunkern, oder nicht?«

»Üblich? Wo?«, grinste Patrizia. »In Hollywood?«

»Da sicher, aber nicht nur. Liest du keine Krimis?«

»Du und Krimis lesen? Im Bett etwa? Das hätte ich dir gar nicht zugetraut.«

Bob zwinkerte ihr zu.

»Ja, ja, stille Wasser gründen tief. Aber da es aussieht, als würdest du mich auf dem Trockenen sitzen lassen, lass es uns kurz machen. Ich habe Neuigkeiten, und zwar zu den Schlüsseln vom Palazzo Genovese.«

»Identifizierbare Fingerabdrücke?«

»Das leider nicht. Zumindest nicht auf denen, die ihr von Capobianco habt. Die haben diese geriffelten Griffe, da waren die Abdrücke ziemlich verwischt und gaben nicht viel her. Aber gerade deshalb fiel mir auf, dass der Schlüssel aus dem Rathaus, der bei den Montagearbeiten im Einsatz war, anders aussah. Als wäre er zu einem anderen Zeitpunkt und von jemand anderem hergestellt worden, in jedem Fall mit einem anderen Rohling. Er hatte nämlich einen glatten Griff. Eigentlich ja nichts Ungewöhnliches. Aber ich habe ihn mir trotzdem genauer angesehen.«

Wieder machte er eine Kunstpause.

»Booob!«

»Der Schlüssel ist brandneu. Er wurde erst vor Kurzem gefräst und ist danach höchstens ein paar Mal benutzt worden, das lässt sich eindeutig erkennen. Leider überlagern sich auch hier verschiedene Fingerabdrücke und verwischen sich gegenseitig. Wahrscheinlich wurde er auch mit Handschuhen angefasst. Außerdem muss er nass oder feucht geworden sein, dementsprechend schlecht ist der Zustand der noch vorhandenen Abdrücke. Meiner Meinung nach sind es mindestens drei oder vier. Ob ich sie noch brauchbar rekonstruieren kann, weiß ich nicht, aber ich werde es natürlich versuchen. Hey, was guckst du denn so kritisch? Habe ich was Falsches gesagt?«

»Nein. Ich frage mich nur, was das alles zu bedeuten hat. Ich meine, ein nachgemachter Schlüssel, das ist doch seltsam. Es sei denn, die Stadt hätte diesen Schlüssel erst vor Kurzem anfertigen lassen, was wir sofort nachprüfen werden. Aber wenn nicht …«

Sie dachte nach.

»Wenn nicht, dann wurde der Schlüssel vermutlich vom Täter kopiert. Möglicherweise in der Zeit, als er bei den Montagearbeiten im Einsatz war. Die Frage ist auch nicht, warum. Der Mörder brauchte ja ein eigenes Exemplar, weil die Montagefirma der Stadt den Schlüssel zurückgeben musste. Sonst wäre das aufgefallen.«

Sie machte wieder eine Pause und fuhr dann fort.

»Gehen wir also mal davon aus, dass sich der Täter während der Montagearbeiten Zugang zu dem Schlüssel verschafft und eine Kopie anfertigen lässt. Aber warum behält er dann nicht diese Kopie, sondern das Original? War das kein Risiko? Jemand bei der Montagefirma oder im Rathaus hätte es bemerken können, denn offenbar sah der neue Schlüssel ja anders aus als das Original.«

»Diese Frage kann ich dir leider auch nicht beantworten. Aber wenn du mich fragst, es haben nicht alle die Augen eines Kriminaltechnikers. Vielleicht hat der Täter den Unterschied gar nicht bemerkt, oder er hat ihn beim Zurücklegen in der Eile einfach verwechselt. Allerdings glaube ich nicht, dass uns diese Frage wirklich weiterführt.«

Er schenkte ihr erneut sein strahlendes Lächeln.

»Zum Glück habe ich noch ein Ass für dich im Ärmel. Eines, wofür ich den Cognac wirklich verdient hätte!«

Diesmal zwang Patrizia sich zur Geduld und sah Bob lediglich erwartungsvoll an.

»Ich habe vorhin noch jemanden losgeschickt, um die Schlüsseldienste in der Nähe des Largo Campo abzuklappern«, sagte er endlich. »Es gibt nur einen, der diesen Typ Rohling verwendet. Er befindet sich in der Via Duomo, und der Servicemensch dort meint, der Schlüssel könne durchaus von ihm sein. Alle seine Rohlinge sehen so aus. Natürlich verraten ihm die wenigsten Kunden, in welche Türen die Schlüssel passen sollen, die sie sich nachmachen lassen. Aber er sagt, wenn wir ihm ein Foto brächten, würde er sich eventuell an den Kunden erinnern. Natürlich nur, wenn der Schlüssel wirklich von ihm ist.«

»Bob, das ist ja fantastisch!«, rief Patrizia aus. »Ich könnte dich küssen!«

Sie tat, als wolle sie ihn über den Schreibtisch hinweg in die Arme schließen. Bob wehrte mit wedelnden Händen ab, doch er strahlte dabei über das ganze Gesicht.

»Wie gesagt, ein Cognac wäre mir …«

»Den kriegst du bei Gelegenheit«, versprach Patrizia. »Und was meine Getränkeausstattung im Büro angeht, ich werde sehen, was sich machen lässt. Ach ja, und beeilt euch bitte mit dem Abgleich der Fingerabdrücke der Angehörigen. Wir müssen dringend wissen, ob es Übereinstimmungen gibt mit nicht identifizierten Abdrücken aus Merianis Wohnung oder dem Palazzo am Largo Campo.«

»Alles klar, Chef!«, grinste Bob und erhob sich.

Auch Patrizia stand auf. Sie wollte veranlassen, dass gleich am nächsten Morgen ein Beamter mit Fotos der Opferangehörigen beim Schlüsseldienst vorbeiging. Danach konnte sie endlich Feierabend machen.

*

Patrizia parkte die rote Klara in ihrem Garten und schloss das schwere weiße Eisentor hinter sich.

Sie war müde und hungrig, und zum Einkaufen hatte ihr mal wieder die Energie gefehlt. Aber es mussten noch Eier, Brot und Ziegenkäse da sein. Sie würde sich einfach ein Omelett machen.

In der Küche wusch sie sich in dem schweren alten Marmorwaschbecken die Hände und ließ sich kaltes Wasser übers Gesicht laufen. Es tat gut.

Doch dann sah sie in die Eierschachtel. Nur noch ein Ei. Das würde nicht reichen. Sie spürte, wie die Wut in ihr hochkochte, vermischt mit Müdigkeit und Resignation. Allerdings waren ein paar fehlende Eier ja kein Drama. Schließlich gehörten sie zu den Nahrungsmitteln, die am häufigsten unter Nachbarn ausgetauscht wurden. Sie beschloss, sich die Eier bei jemandem zu borgen. Die Frage war nur, bei wem.

Auf keinen Fall bei dem großtuerischen Macho an der Ecke. Der fuhr den ganzen Tag mit seinem Motorino hin und her und sah sie immer so unverschämt provozierend an, grußlos natürlich. Als wäre er hier der Platzhirsch. Blieben noch zwei Möglichkeiten. Das alte Schreinerehepaar, mit dem sie häufig ein paar Worte wechselte, sowie der Tierarzt von nebenan. Sie schätzte ihn ungefähr auf ihr Alter. Patrizia sah auf die Uhr. Um diese Zeit wollte sie die beiden alten Leute nicht mehr stören. Sie überlegte, ob ihre Bekanntschaft mit dem Tierarzt für zwei, drei Eier ausreichte. Gesprochen hatten sie sich zwar noch nie, aber sie grüßten einander freundlich, wann immer sie sich über den Weg liefen. Keine Frage, das reichte für drei Eier.

Kurz darauf stand sie vor der Tür des Tierarztes. »Dottore Gianni Petta, Veterinario« stand auf dem Messingschild. Sie klingelte, und lautes Gebell ertönte. Schritte im Flur. Dann öffnete sich die Tür, und Gianni Petta stand vor ihr. Mittelgroß, schlank, schwarzes Haar, kluge braune Augen. Seine Hände steckten in dicken Kochhandschuhen. Er lächelte erstaunt, aber nicht unfreundlich.

»Buonasera …« Plötzlich war Patrizia verlegen. »Also, das ist mir jetzt etwas peinlich, aber ich bin Ihre Nachbarin und …«

»Ich weiß, aber peinlich muss Ihnen das doch nicht sein.« Petta grinste. Patrizia lächelte erleichtert. Sein Humor hatte das Eis gebrochen.

»Ja. Nein. Es tut mir nur leid, dass ich so spät noch störe, aber ich hatte gehofft, dass Sie mir mit ein paar Eiern aushelfen können. Sie bekommen sie morgen natürlich zurück.«

»Sie stecken wohl mitten in diesem schwierigen Fall? Ich habe davon in der Zeitung gelesen.«

Es traf Patrizia immer wieder unvorbereitet, dass ganz Ogliara sie zu kennen schien und wusste, was sie machte, obwohl sie nie mit jemandem darüber sprach. Selbst der Bäcker betonte immer wieder, dass er sich jetzt mit einer Kommissarin in der Nachbarschaft völlig sicher fühlte. Er war geradezu vernarrt in diese Bemerkung, über die er jedes Mal herzlich lachte.

»Ich habe einen besseren Vorschlag. Das Essen ist gerade fertig geworden. Pasta mit Thunfischpesto. Sie könnten mitessen …?«

»Ich möchte wirklich nicht stören …«

»Wenn Sie stören würden, hätte ich es nicht angeboten«, meinte Petta. Seine Stimme klang aufrichtig. Hinter ihm lugten die neugierigen Augen einer Schäferhündin hervor.

»Also gut. Einladung angenommen. Vielen Dank!« Dann wandte sie sich an die Schäferhündin. »Darf ich?«, fragte sie halb im Scherz.

»Das ist Leona«, lachte Petta. »Keine Sorge, sie liebt Gäste.«

Kurz darauf saßen sie in Pettas Küche, deren antike Möbel jeden Liebhaber des neuerdings so beliebten Landhausstils hätten erblassen lassen. Der Boden war mit alten Steinfliesen gekachelt und das Geschirr ein buntes Sammelsurium aus Großmutters Zeiten. Leona saß zwischen ihnen und wartete darauf, dass hin und wieder ein Stückchen Brot wie von selbst unter den Tisch fiel.

Patrizia entspannte sich. Die Pasta schmeckte köstlich, und ihr Nachbar schien, anders als die meisten, nicht an ihrem Beruf oder dem aktuellen Fall interessiert. Trotz ihrer Müdigkeit wurde sie gesprächig.

»Sind Sie denn ursprünglich aus Salerno?«

»Ja und nein. Ich wurde hier geboren, aber meine Mutter hat meinen Vater und mich verlassen, als ich noch sehr klein war. Kurze Zeit später hat sie wieder geheiratet und noch ein Kind bekommen. Mein Vater nahm eine Stelle in Bologna an und zog mit mir dorthin. Erst vor drei Jahren bin ich wieder hierher gezogen und habe die Praxis eröffnet, nachdem meine Großmutter mir das Haus vererbt hatte.«

»Haben Sie noch Kontakt zu Ihrer Mutter?«

»Nein, ich war ja bei der Trennung erst ein Jahr alt. Es war ein völliger Bruch. Mein Vater wollte auch nie über sie sprechen. Lange Zeit wusste ich von ihr nicht mehr als ihren Vornamen. Erst vor ein paar Jahren, kurz vor seinem Tod, erzählte mir mein Vater, dass sie vor Jahren gestorben ist.«

»Das tut mir leid!«, sagte Patrizia mitfühlend. »Aber dann sind Sie ja eigentlich auch ein Zugezogener. Kennen Sie denn den Giardino della Minerva? Ich war letzte Woche zum ersten Mal dort. Er ist wirklich sehr hübsch, auch wenn ich gestehen muss, dass mir das Konzept, nach dem der Garten ausgerichtet ist, das Konzept der …?«

»Der vier Temperamente?«

»Ja genau. Also dieses Konzept habe ich nicht richtig verstanden. Feuer, Wasser, Luft und Erde. Im Garten selbst gab es so ein rundes Diagramm. Leider hatten wir keine Zeit, die Ausstellung zu besuchen, sonst wäre mir vielleicht einiges klarer geworden. Aber ich wusste ja nicht einmal, dass die sogenannte Scuola Medica Salernitana, die medizinische Schule von Salerno, im Mittelalter in ganz Europa bekannt war.«

»Ja, in der Tat. Zur Zeit Friedrichs II. gab es hier die einzige medizinische Hochschule des Deutsch-Römischen Reiches. Deshalb finde ich es schön, dass die Stadt diesen Garten eingerichtet hat, um damit an einen wichtigen Teil ihrer Geschichte zu erinnern. Sie haben ihn dem ersten Kräutergarten der Medizinschule nachempfunden, einem Garten für Heilpflanzen, angelegt von einem Lehrer im frühen 14. Jahrhundert. Er hieß Matteo Silvatico, wenn ich mich nicht täusche. Damals arbeitete die Medizin ja fast ausschließlich mit Heilkräutern. Selbst Pflanzen, die wir heute nur noch ihrer

Schönheit wegen im Garten haben, wurde heilende Wirkung zugesprochen. Die Ärzte der Salernitaner Schule waren für ihr Wissen um die pflanzlichen Heilkräfte in der ganzen westlichen Welt berühmt.«

»Oha, da bin ich wohl an einen Experten geraten!« Patrizia war ehrlich erstaunt.

Doch Petta wehrte ab.

»Experte wohl kaum, aber ich gehe tatsächlich öfter in den Giardino della Minerva und habe auch hier und da etwas darüber gelesen.«

»Und wie ist das jetzt genau mit den vier Temperamenten?«, fragte Patrizia, die immer neugieriger geworden war.

»Also, die Temperamentenlehre geht auf die Vier-Elemente-Lehre und die Vier-Säfte-Lehre zurück. Nach der Vier-Elemente-Lehre besteht alles in der Welt aus den vier Essenzen Erde, Feuer, Luft und Wasser in ihren unterschiedlichen Mischungsverhältnissen. Diesen Elementen wurden später grundlegende Eigenschaften zugeschrieben.«

Er trank einen Schluck Wein.

»Mal sehen, ob ich das noch zusammenkriege. Das Feuer galt natürlich als warm und trocken, die Luft als warm und feucht, das Wasser als kalt und feucht und die Erde als kalt und trocken. Im Mittelalter ging man davon aus, dass alles, und somit auch der Mensch, aus diesen vier Elementen besteht. Denen ordnete man dann auch die vier Körpersäfte zu. Diese sind, warten Sie, ich hab's gleich. Ich glaube Blut, Schleim, gelbe und schwarze Galle. Im Idealfall, also bei gesunden Menschen, stehen diese Säfte in einem natürlichen und harmonischen Mischungsverhältnis. Hat man dagegen von einem dieser Körpersäfte zu viel, treten bestimmte auffällige Charaktermerkmale stärker hervor. Je mehr die entsprechende Flüssigkeit vorherrscht, desto mehr gerät das Verhältnis aus dem Gleichgewicht und das Charaktermerkmal wird zur Unart, also krankhaft. Einen Augenblick …«

Petta sprang auf, verließ die Küche und kam kurz darauf mit einer Publikation über den Garten der Minerva zurück.

»Bei den ganzen Zuordnungen muss ich nämlich passen«, meinte er, »die kann ich mir nie merken. Zumal es außerdem noch verschiedene Varianten gibt.«

Er begann zu blättern.

Patrizia lehnte sich zurück und nippte an ihrem Weinglas. Sie fühlte sich wunderbar entspannt und hatte nicht die geringste Eile. Wer hätte gedacht, dass der Abend noch so nett enden würde?

»Hier!«

Petta hatte die Stelle gefunden.

»Wenn das Blut vorherrscht, ist der Mensch Sanguiniker und deshalb besonders heiter und aktiv. Das Element dazu ist Luft, das zugeordnete Organ entweder die Leber, das Herz oder in selteneren Fällen auch das Gehirn bzw. der Kopf. Wer dagegen viel Schleim hat, ist phlegmatisch. Das Element ist Wasser, der Körperteil die Lunge. Die schwarze Galle macht den Mensch zum Melancholiker. Das Element ist Erde, der Körperteil die Nebenmilz. Und dann noch die gelbe Galle. Sie zeichnet den Choleriker aus. Sein Element ist Feuer, der entsprechende Körperteil die Gallenblase. Ziemlich kurios, oder?«

Er sah sie erwartungsvoll an.

»Hm-hm, ich frage mich, welcher Typ ich wohl bin«, scherzte Patrizia. »Ich fürchte fast, dass ich je nach Situation möglicherweise abwechselnd an einem Übermaß an allen vieren leide. Trotzdem, was hat das alles mit den Heilpflanzen und der Medizin zu tun?«

»Ganz einfach. Geraten die Körpersäfte aus dem Gleichgewicht, ist nicht nur die Wesensharmonie des Menschen gestört, sondern es treten auch Krankheiten auf. Die Ärzte versuchten daher, das Gleichgewicht durch spezielle Diäten oder Heilpflanzen oder durch Aderlass wiederherzustellen.«

»Ach, deshalb sind im Giardino della Minerva alle Pflanzen nach bestimmten Bereichen getrennt? Feucht-warm, kalt-trocken und so weiter. Und ich dachte, dass hätte etwas mit dem Wasserbedarf der Pflanzen zu tun. Kam mir doch gleich komisch vor.« Sie grinste.

»Nun ja, das Ganze ist ja auch eher speziell und nichts, was man heute noch im Biologieunterricht lernt. Aber so war das. Den Pflanzen wurden gewisse Eigenschaften zugesprochen, und dementsprechend fielen sie in eine der vier Kategorien. Ein Choleriker durfte zum Beispiel keinen Chili essen, der als heiß-trocken galt, genau wie das Temperament des Cholerikers. Chili hätte seinen Zustand nur noch verschärft. Der Arzt musste einen Choleriker also mit Kräutern behandeln, die in die Kategorie feucht-kalt fallen, um das Heiß-Trockene seines Temperaments wieder auszugleichen.«

»Das leuchtet ein. Immerhin gehen die Ärzte bis heute davon aus, dass innere Ausgeglichenheit gut für die Gesundheit ist … Apropos Gesundheit.«

Sie warf einen Blick auf die Uhr.

»Fast Mitternacht. Ich sollte langsam schlafen gehen, denn ich muss morgen wieder ziemlich früh raus.«

»Verbrecher jagen?«

»So ähnlich.«

»Ich sollte auch ins Bett, denn morgen warten wieder Patienten auf mich, die den behandelnden Arzt auch gerne mal beißen, wenn sie mit dem Verlauf der Untersuchung unzufrieden sind.«

Patrizia lachte. »Danke für die wunderbare Pasta«, sagte sie und stand auf.

Im Bett blätterte sie in dem Büchlein über den Garten der Minerva, das Gianni Petta ihr geliehen hatte. Ob die Pflanzen tatsächlich all die Heilkräfte hatten, die ihnen zugeschrieben wurden? Sie hob die Augenbrauen. Geröstete Flachssamen mit Honig sollten gut sein gegen Husten und Schleim. Aus dem Duftveilchen konnte man einen Sirup herstellen, der gegen Fieber und andere Hitzezustände half.

Patrizia gähnte.

Im nächsten Kapitel ging es um Pflanzen, die ursprünglich aus tropischen und subtropischen Gegenden kamen und innerhalb der Vier-Elemente-Lehre in den Bereich feucht-warm fielen.

Sie schlug das Buch zu. Für heute hatte sie sich genug gebildet. Außerdem fielen ihr schon fast die Augen zu. Sie knipste das Licht aus, und im nächsten Augenblick war sie eingeschlafen, ohne auch nur einen einzigen Gedanken an den Fall verschwendet zu haben.

*

Es ist immer etwas Besonderes, einem geliebten Menschen beim Schlafen zuzusehen. Im Schlaf sind sie am schönsten. Trotzdem habe ich es nicht oft getan in all den Jahren, und selbst wenn, war es nie mehr so wie damals. Es ließ sich einfach nicht wiederholen. Man kann nicht zweimal in denselben Fluss steigen.

Doch diesmal ist es anders. Vielleicht nicht ganz so intensiv, aber trotzdem schön. Wunderschön sogar. Das entspannte Gesicht, die klaren Züge, die schönen, geschwungenen Augenbrauen.

Sollte die Liebe tatsächlich noch einmal möglich sein?

Jetzt noch nicht, nein, es ist noch zu früh. Der richtige Zeitpunkt ist noch nicht gekommen. Aber vielleicht, wenn alles zu Ende ist. Jetzt wird es nicht mehr lange dauern. Der Augenblick ist nah. Wir müssen nicht mehr bis zum nächsten Jahr warten.

Meine Entscheidung, den Plan zu ändern, hat nichts mit Ungeduld zu tun, und auch nichts mit Verlangen. Dazu ist meine Aufgabe zu groß. Sie steht über diesen Dingen. Aber als ich in der Zeitung den Bericht über das geplante Ereignis gelesen habe, war es mir sofort klar. Es muss einfach an diesem Tag sein. Die Abweichung vom Datum ist unschön und ärgerlich, aber dafür wird die Dramaturgie alle Erwartungen übertreffen. Und wenn einer der Nebeneffekte der ist, dass ich schon früher …

Doch jetzt ist nur die Ruhe wichtig. An ein »Wir« ist im Augenblick noch nicht zu denken. Zuerst muss das Gleichgewicht wiederhergestellt werden. Erst dann wird der Gedanke an ein »Danach« noch einmal möglich sein, an Freiheit, an Leben.

Vorsichtig sein. Einen kühlen Kopf bewahren. Nur das zählt. Ich habe nur wenig Zeit. Anders als bisher. Und dennoch muss jedes noch so kleine Detail bedacht werden.

Aber dann wird es perfekt sein.

Nicht nur richtig.

Nicht nur notwendig.

Sondern auch schön und stilvoll.

So wie bei dem Ingenieur.

11

Dienstag, 22. November 2011

Als Patrizia aufwachte, war es erst halb fünf. Sie hatte zwar tief und fest, aber viel zu kurz geschlafen. Resigniert setzte sie sich im Bett auf. Liegen zu bleiben war sinnlos, sie würde doch nicht wieder einschlafen. Sie angelte mit den Füßen nach ihren Hausschuhen. Die gebrannten Tonfliesen, mit denen alle Zimmer im Obergeschoss gekachelt waren, waren im Winter eiskalt, da konnte es draußen noch so schön sein. Die dicken alten Mauern des Hauses bewirkten, dass es sich ab Ende Oktober drinnen nicht mehr aufwärmte.

Patrizia versuchte, sich an den Traum zu erinnern, der sie geweckt hatte. Es war um den Fall gegangen. Dabei war der vergangene Abend so nett gewesen, so unbeschwert. Und trotzdem hatte die Arbeit sie wieder eingeholt.

Sie fühlte sich seltsam deprimiert. Jetzt war es schon drei Wochen her, dass sie den Kopf des Ingenieurs am Largo Campo gefunden hatten. Natürlich konnte niemand bestreiten, dass sie ein ganzes Stück weitergekommen waren. Sie hatten den Mord an Meriani mit dem an Gigi Spinosa und dem seit Jahren vermissten Architekten Gaetano Gallo in Verbindung gebracht, der höchstwahrscheinlich auch tot war. Und sie waren ziemlich sicher, das Motiv des Täters zu kennen: Rache.

Doch wer rächte sich, und wofür genau?

Michele Montesano für die Behinderung seines Vaters und seine eigene Ziellosigkeit, die mit dem Unfall begonnen hatte? Raoul Ranieri für den Tod seiner Mutter und die Depression des Vaters? Für sein nur noch durch Routine zusammengehaltenes Leben, das aufgefressen wurde von der Pflege des Vaters, immer am Rande des Strudels, der in den Abgrund führte?

Oder war da noch jemand? Jemand, der im Hintergrund blieb, der nicht auffiel, vielleicht damals schon nicht aufgefallen war, den der Unfall jedoch ebenso betroffen und traumatisiert hatte?

Rache. Persönliches Trauma. Verletztes Rechtsgefühl. Das waren die Stichworte. Oder irrte sie sich? Hatten sie doch etwas übersehen oder falsch gedeutet? Waren ihre Ermittlungen nicht breit genug gefächert?

Nein, im Zentrum stand der Unfall im Teatro Verdi. Er war der Dreh- und Angelpunkt.

Während sie sich in der Küche Tee aufbrühte und ein Brot bestrich, überlegte sie, was sie sonst noch hatten.

Eine Menge Informationen, keine Frage. Trotzdem gab es bisher keine konkreten Hinweise auf den Täter. Wie würde Bob Kingfisher es ausdrücken? Wo viele gleich verdächtig sind, ist es keiner wirklich.

Patrizia seufzte und fuhr sich durch das wirre Haar. Was sie jetzt brauchte, war eine kalte Dusche. Ihr schauderte beim Gedanken an das kalte Wasser, doch es war erfahrungsgemäß das Einzige, das half.

Sie setzte sich und trank einen Schluck heißen Tee.

Das erste Morgenlicht war noch schwach und gräulich. Aber als Patrizia wenig später auf die Straße Richtung Sordina fuhr, zeichnete sich im Osten die Bergkette der Alburni scharf und erhaben gegen einen herrlichen Sonnenaufgang ab. Intensive Rot- und Orangetöne wie flüssige Lava am Horizont. Nur um diese Uhrzeit war die Luft noch so klar, dass man meinte, die gezackten Bergrücken mit Händen greifen zu können.

Kurz darauf parkte Patrizia auf dem Polizeiparkplatz vor der Questura.

Der wachhabende Polizist am Eingang nickte ihr müde zu. Zu ihrer großen Überraschung traf sie auf dem Flur vor ihrem Büro Gabriella Molinari, die Rechtsmedizinerin.

»Oh, ciao! Auch schon hier? Wolltest du zu mir?«

»Ja, ich dachte, ich bringe dir schnell meinen Abschlussbericht vorbei. Er ist fertig.«

»Wunderbar. Komm rein, ich koche uns einen Tee.«

»Kaffee wäre mir lieber, aber es geht das Gerücht um, dass du mit so was nicht dienen kannst.«

Patrizia lächelte schief, und die Rechtsmedizinerin zwinkerte ihr zu.

»Das Gerücht stimmt. Es gibt natürlich den aus dem Automaten, aber der …«

»Dann schon lieber Tee«, sagte Gabriella Molinari rasch. »Und nun zur Sache. Ich fürchte, dass mein Bericht nichts bahnbrechend Neues enthält. Die Nacht vom 31. Oktober auf den 1. November kann ich als Todeszeitpunkt bestätigen.«

»Sehr gut.«

»Außerdem haben wir anhand der Einschusswunde jetzt Gewissheit darüber, dass Meriani mit einer Kugel Kaliber neun Millimeter erschossen wurde.«

Patrizia setzte sich an ihren Schreibtisch.

»Ein ziemlich gewöhnliches Kaliber. Da gibt es einige Waffen, die in Frage kommen. Eine Smith & Wesson zum Beispiel.«

»Ja, eine 3914 oder 5904. Oder auch eine Bernadelli Practical.«

»Wir bräuchten den Beschluss für eine Hausdurchsuchung bei den Ranieris und den Montesanos, aber aufgrund der momentanen Beweislage können wir das vergessen. Wir haben nichts Konkretes gegen sie in der Hand, auch wenn ihre Alibis nicht viel wert sind. Allerdings bezweifle ich ohnehin, dass wir dort die Waffe finden würden, selbst wenn einer von ihnen der Täter sein sollte. Wer einen Mann wie Meriani ohne großes Aufhebens aus seiner eigenen Wohnung lotst, ihn erschießt, danach seinen Kopf abtrennt und so geschickt aufhängt, dass er von niemandem dabei beobachtet wird ... Also so einer wird nicht so dumm sein, die Tatwaffe hinterher unter seinem Kopfkissen zu verstecken.«

»Gehst du weiterhin davon aus, dass der Täter unter den Angehörigen zu finden ist?«

Patrizia stand auf, holte die Tasse mit der dampfenden Flüssigkeit und stellte sie vor Gabriella auf den Tisch. Danach ließ sie sich wieder in den überdimensionalen schwarzledernen Bürostuhl fallen, den sie von ihrem Vorgänger geerbt hatte. Er war nicht ihr Stil, aber ungeheuer bequem, und sie würde einen Teufel tun, ihn rauszuschmeißen.

»Das ist ja genau das Problem. Es ergibt einfach Sinn. Die Angehörigen haben das stärkste Motiv. Und trotzdem, ich weiß es nicht. Der alte Montesano ist durch seine Rückgratverletzung sicher nicht in der Lage, so ein Ding durchzuziehen. Und der alte Ranieri ist zu desinteressiert. Desinteressiert an sich selbst, an seinem Sohn, am Leben insgesamt. Da fehlt mir die Leidenschaft, der Hass, ohne den du keine drei Morde begehst, und schon gar nicht solche.«

»Bleiben die Söhne, oder eine Zusammenarbeit von Vater und Sohn. Würdest du denen die Morde denn zutrauen?«

»Irgendwie ja, dann aber auch wieder nein. Sicher ist, dass keiner von ihnen die Sache unbeschadet überstanden hat. Aber ich kann sie noch nicht richtig einschätzen. Weißt du, wenn man ermittelt, spricht man mit so vielen Menschen. Jeder von ihnen hat seine Geschichten, die mit denen der anderen mehr oder minder verwoben sind. Und irgendwo in ihnen versteckt sich ein harter Kern aus Fakten. Das Problem ist, dass dieser Kern überlagert wird von allen möglichen Halbwahrheiten, wie wir sie uns alle im Laufe unseres Lebens zurechtlegen, warum auch immer.«

»Vielleicht, weil sie uns besser gefallen als die banale Wirklichkeit«, meinte die Rechtsmedizinerin, »oder weil wir damit unser Handeln leichter rechtfertigen können. Manchmal vergessen wir auch ein paar Fakten oder erfinden etwas, das uns spannender und passender erscheint.«

Patrizia nickte nachdenklich. »Von manchen dieser neuen Geschichten sind wir beinahe selber überzeugt, von anderen wissen wir, dass sie erfunden sind. Nur ein Beispiel. Der alte Montesano ist überzeugt davon, dass sein Sohn seine Karriere als Apotheker aufgegeben hat, um ihn, den Vater, zu pflegen, und danach den Anschluss verpasst hat. Aber ist es nicht so, dass er das einfach glauben will? Denn zum einen freut es ihn, dass der Sohn sich kümmert, und zum anderen muss er ihn dann nicht als Versager sehen.«

»Schon, aber eigentlich hast du es als Ermittlerin doch immer mit diesen Schichten aus Wahrheit und Lüge zu tun, mit denen die Menschen einschließlich der Täter sich zu schützen versuchen. Weißt du was? Ich glaube, ihr solltet einfach so oft wie möglich den Blickwinkel wechseln.«

»Wie meinst du das?«

»Nimm doch mal dieses Foto.«

Gabriella Molinari fischte ein beliebiges Bild aus dem Stapel auf Patrizias Schreibtisch. Es zeigte einen Feuerwehrmann im Handgemenge mit einem gut gekleideten Theaterbesucher. Der Hintergrund war nur verschwommen zu erkennen.

»Wenn du es neutral betrachtest, ohne all das Hintergrundwissen, was siehst du dann?«

»Der Mann schiebt den Theaterbesucher aus dem Saal.«

»Das ist eine Möglichkeit. Trotzdem hast du bereits dein Hintergrundwissen eingebracht. Aus dem Foto geht weder hervor, dass sich die beiden in einem Theater befinden, noch dass der eine Mann ein Besucher ist. Probier's einfach noch mal.«

»Okay. Der eine versucht, den anderen davon zu überzeugen, dass er mit ihm mitkommen soll, statt das zu tun, was er eigentlich vorhatte.«

»Sehr gut. Oder?«

Patrizia schnitt eine Grimasse.

»Oder der eine ist nur als Feuerwehrmann verkleidet und will den anderen, der ein reicher Banker ist, entführen. Oder es handelt sich um einen Maskenball, und der als Feuerwehrmann verkleidete Typ hat einen Streit mit einem anderen Gast …«

Patrizia lachte.

»Warum lachst du? Alle diese Perspektiven auf ein simples Faktengerüst sind möglich, und es gibt sicherlich noch einige mehr.«

»Ja, das schon. Aber letztlich gibt es doch eine Wahrheit, ich meine das, was wirklich geschehen ist. Die Fakten können unbekannt sein, aber das macht sie noch lange nicht austauschbar.«

»Das stimmt. Ich will damit eigentlich auch nichts anderes sagen als das, was du ja selber weißt. Es ist nicht immer alles, wie es auf den ersten Blick scheint. Weil die Menschen uns ein verzerrtes Abbild der Wirklichkeit präsentieren oder weil du selbst die vorliegenden Fakten falsch interpretierst. Deshalb ist es wichtig, ab und zu die Perspektive zu wechseln. Die Dinge aus einem anderen Blickwinkel zu betrachten. Wenn nicht sogar aus mehreren gleichzeitig, wie die Künstler in der Steinzeit.«

»In der Steinzeit?«, wiederholte Patrizia verständnislos.

»Na ja, du kennst doch diese wunderschönen Höhlenmalereien. Die Künstler malten ihre Pferde und Bisons im Profil, weil sie auf diese Weise den Körper mit allen vier Beinen am vollständigsten wiedergeben konnten. Die Hörner aber malten sie von vorne gesehen, denn im Profil sieht man nur ein Horn. Ein Bison hat aber nun mal zwei Hörner. Die Maler betrachteten also ihr Objekt aus verschiedenen Blickwinkeln gleichzeitig, um so zu einem vollständigeren Bild zu gelangen.«

»Was du alles weißt!«

Patrizia seufzte.

»Ich wünschte nur, es wäre so einfach, wie es klingt. Vor allem, weil die Maler damals ja wussten, wie ein Bison aussieht. Wir haben aber nur ein paar versprengte Anhaltspunkte. Wie sollen wir uns ein vollständiges Bild von unserem Fall, sprich von unserem Bison machen, wenn wir gar nicht wissen, wie viele Beine und Hörner es eigentlich hat?«

Sie lachten beide über Patrizias skurrilen Vergleich.

In dem Moment ging die Tür auf, und Cristina steckte ihren Kopf durch den Spalt.

»Oh, Gabriella, ich hoffe, ich störe nicht. Ich wollte Patrizia abholen. Wir haben jetzt gleich einen Termin bei diesem Psychologen, du weißt schon, der, der nach dem Unfall ein paar von den Opferangehörigen betreut hat.«

»Kein Problem.« Gabriella erhob sich. »Wir haben nur ein wenig über Kunstgeschichte geplaudert, oder besser gesagt, über die Lehren, die ihr Kriminologen daraus ziehen könnt.«

Sie lachte über Cristinas verdutztes Gesicht.

*

Der Psychologe Alessio Adinolfi war wie geplant am Abend zuvor von einem Kongress aus London zurückgekommen. Er wohnte im höher gelegenen Zentrum Salernos in der Via Spinosa, knapp unterhalb des Gartens der Minerva. Das wunderschöne zweistöckige Haus war offensichtlich erst vor wenigen Jahren saniert worden. Seine Dach- und Außenterrassen hatte Patrizia schon vom Giardino della Minerva aus bewundert.

Als der Summton ertönte und die Kommissarinnen eintraten, hielten sie überwältigt die Luft an. Das Treppenhaus war nach oben hin überdacht, hatte aber im ersten Obergeschoss keine Wände, sondern öffnete sich gegen die Südterrasse, von wo aus man denselben Ausblick haben musste wie im Garten der Minerva.

Der offene Raum wurde von einem warmen Licht durchflutet, und spielerische Lichteffekte tanzten auf den Wänden. Man hatte den Eindruck, in einer anderen Sphäre zu sein.

Rechts war die Tür zu Adinolfis Praxis, die offensichtlich seiner Privatwohnung angegliedert war. Vermutlich handelte es sich um zwei ursprünglich separate Wohnungen, die Adinolfi zusammengelegt hatte. Da es keine anderen Parteien in dem Haus zu geben schien, konnte man, zumal bei dieser Wohnlage, davon ausgehen, dass Alessio Adinolfi entweder überdurchschnittlich gut verdiente, was ein zweifelhaftes Licht auf die psychische Befindlichkeit der Salernitaner warf, oder dass er aus einem reichen Elternhaus kam.

Als er nach einmaligem Klingeln die Tür öffnete, entschied Patrizia sich für Letzteres.

Sie fragte sich, wen sie erwartet hatte. Einen älteren Herrn mit grau melierten Schläfen? Dieser Mann hier war keine fünf Jahre älter als sie und machte einen äußerst jugendlichen Eindruck. Er hatte ein markantes Gesicht, dichte Augenbrauen und dunkles Haar, vereinzelt von silbernen Fäden durchzogen. Schnell rechnete sie sich aus, dass er im Jahr des Unfalls noch unter dreißig gewesen sein musste.

Adinolfi führte sie in einen lichtdurchfluteten Raum mit glänzendem Holzparkett, der sehr sparsam möbliert war. Neben der Tür war eine Sitzgruppe, bestehend aus einem Sofa und Sesseln aus schwarzem Leder. Gegenüber standen eine modern geschwungene Stahlrohrliege und daneben ein ebensolcher Stuhl. Vor drei großen Panoramafenstern befanden sich ein langer gläserner Schreibtisch, auf dem ein Laptop lag, ein bequem aussehender Besucherstuhl und ein hoher schwarzer Schreibtischsessel.

Früher dienten solche Räume als Ballsaal, dachte Patrizia halb beeindruckt, halb neidisch.

Alessio Adinolfi winkte sie zum Fenster, um ihnen die Aussicht zu zeigen. Wie Patrizia richtig vermutet hatte, genoss er dieselbe atemberaubende Aussicht auf Stadt und Meer wie die Besucher des Giardino della Minerva.

Dann geleitete er sie zu der Sitzgruppe, und sie nahmen Platz.

Erleichtert stellte Patrizia fest, dass Alessio Adinolfi offenbar nicht vorhatte, ihnen Kaffee aufzudrängen.

»Womit kann ich Ihnen behilflich sein? Es klang ja recht dringend am Telefon.«

»Es geht um den Mord an dem Ingenieur Ugo Meriani vor etwa drei Wochen«, antwortete Cristina. Sie wollte eben weitersprechen, als Adinolfi ihr zuvorkam.

»Das hatte ich gehofft.«

»Ach ja?« entfuhr es Patrizia. Sofort ärgerte sie sich, dass es ihr nicht gelungen war, ihr Erstaunen besser zu verbergen.

»Und ich nehme an, es geht nicht nur um ihn, sondern auch

um den ermordeten Polizisten und den verschwundenen Architekten?«

Er lächelte amüsiert.

Patrizia zwang sich zur Ruhe, dann antwortete sie betont sachlich: »Sie werden uns sicher gleich verraten, woher Sie das wissen. Ich halte nämlich nicht viel von Frage-und-Antwort-Spielchen.«

»Es sei denn, Sie spielen sie selbst, nehme ich an. Oder ist es nicht eben das, was die Polizei für gewöhnlich tut? Aber um Himmels willen, ich wollte nicht unhöflich sein. Der Scherz ist mir wohl etwas entgleist, ich bitte das zu entschuldigen. Nein, von den Toten wusste ich natürlich aus der Zeitung, und heute Morgen hat einer meiner Patienten mir erzählt, dass Sie ihn zu allen drei Fällen befragt haben.«

»Michele Montesano.«

»Richtig, Michele Montesano.«

»Wir wissen, dass Sie eine Zeitlang auch zwei andere Angehörige der Unfallopfer betreut haben, nämlich Giuseppe Montesano und Raoul Ranieri. Aber fangen wir doch einmal mit Michele Montesano an. Wir wüssten gerne, wie er den Unfall und seine schwerwiegenden Folgen bewältigt hat.«

»Ach, das enttäuscht mich jetzt aber doch, dass Sie nicht über den potenziellen Täter, sondern über meine Patienten sprechen wollen. Sie müssten doch eigentlich darüber im Bilde sein, dass ich Ihnen in dieser Hinsicht nicht weiterhelfen kann. Das widerspräche meiner Verschwiegenheitspflicht.«

»Sie würden also lieber über den Täter sprechen?«, mischte sich Cristina ein. »Was, wenn das nun ein und dasselbe wäre?«

»Meine Damen, ich bitte Sie. Machen Sie es sich da nicht ein wenig zu leicht? Ich verstehe zwar Ihre Gründe für diese Annahme, aber ist es tatsächlich immer so einfach? So … eindimensional?«

»Ja. Manchmal schon.«

»Wenn Sie mich fragen, und das tun Sie ja gerade, dann muss ich Ihnen leider sagen, dass auf dem Gebiet der menschlichen Psyche selten etwas eindimensional ist. Dafür spricht übrigens schon die Art, wie der Täter uns, das heißt, seinem Publikum, seine Trophäe präsentiert hat. Ein schneeweißer runder Kopf zwischen großen rieselnden Schneeflocken aus reinem Licht. Sie können dieser Szene eine gewisse Ästhetik nicht absprechen.«

»Klingt als hätte unser Täter einen Bewunderer gefunden.«

»Das hört sich jetzt allerdings unschön an. Und auch etwas zu platt, wenn ich das so sagen darf. Eine Inszenierung zu bewundern bedeutet schließlich nicht, dass man auch den Inhalt des Stücks bewundert, also in diesem Fall den Mord. Was ich damit aber sagen will, ist, dass wir es hier doch offensichtlich mit einem Täter zu tun haben, der Stil hat.«

»Wollen Sie damit sagen, dass Sie Ihren derzeitigen oder ehemaligen Patienten einen solchen Stil, eine solche Ästhetik, wie Sie es nennen, nicht zutrauen?«

»Geschickt gefragt, Commissaria. Aber wie ich schon sagte, mit Auskünften über meine Patienten kann ich Ihnen nicht dienen. Als Psychologe meine ich aber, dass es bei einer solch geradezu eleganten Inszenierung einer ausgesprochenen Distanziertheit zu Tat und Opfer bedarf, die ein persönlich involvierter und unter starkem Leidensdruck stehender Täter wohl nur schwerlich aufbrächte. Ein persönlich involvierter Täter handelt für gewöhnlich aus übergroßer Trauer, aus Rache, Wut oder aus allem zusammen. Nicht umsonst spricht man ja auch von blinder Rache oder blinder Wut. Dieser Täter war aber alles andere als blind. Hier wurde nicht aus Affekt zugeschlagen oder geschossen, sondern mit einem Auge fürs Detail minutiös geplant und gehandelt.«

»Sie meinen doch nicht ernsthaft, dass ein vollkommen unbeteiligter Mensch drei Morde begeht, denen ein so eindeutiges Motiv zugrunde liegt?«, fragte Patrizia.

»Warum nicht? Die Grauzone ist da sehr groß. Auf der einen Seite gibt es die Angehörigen der Opfer. Nennen wir das mal die schwarze Zone. Dann gibt es diejenigen, die dem Unfall teilnahmslos gegenüberstehen, die weiße Zone. Und dann ist da noch eine beträchtliche Grauzone, in der sich diejenigen tummeln, die niemanden verloren haben, aber zu den moralisch Empörten gehören. Vielleicht sind sie an Staat und Rechtsprechung verzweifelt, saßen in der Nähe oder werden die Bilder von den zermalmten Körpern nicht mehr los. Es gibt so viele Möglichkeiten. Aber nein, ich wiederhole, es könnte auch jemand aus der weißen Zone sein. Vielleicht geht es lediglich um die Lust am Töten, und die drei Opfer wurden nur deshalb ausgewählt, weil die Polizei natürlich sofort die betroffenen Angehörigen verdächtigt. Vielleicht wurde Ihnen das Motiv vor die Füße geworfen wie ein Köder, und Sie sollen anbeißen, während der Angler oben am Ufer steht und unsichtbar bleibt. Wäre das kein intelligenter Schachzug? Einer, der der intrikaten Ästhetik dieses Verbrechens würdig wäre?«

Patrizia suchte nach einer Antwort. Ihr war die Art, wie der Psychologe sich ausdrückte, zutiefst unsympathisch. Aber waren seine Überlegungen wirklich nur ein absurdes Gedankenspiel? War es nicht eigentlich genau das, was Gabriella Molinari am Morgen vorgeschlagen hatte? Sie hatte es Perspektivwechsel genannt. Patrizia konnte nicht leugnen, dass Adinolfis Argument letztlich gar nicht so absurd war. Trotzdem sträubte sich alles in ihr gegen eine solche Theorie, abgesehen davon, dass sie ihr Leben unlebbar machen würde.

Cristina schien ihre Gedanken zu lesen.

»Alles schön und gut«, sagte sie trocken. »Aber bevor wir

uns der sogenannten weißen Zone widmen, was heißen würde, dass wir uns zunächst ganz Salerno, dann ganz Italien und schließlich dem unbeteiligten Rest der Welt zuwenden müssten, fangen wir der Einfachheit halber mit der schwarzen Zone an und arbeiten uns dann zur grauen vor.«

Adinolfi lächelte, wobei er nicht Cristina ansah, sondern Patrizia.

»Das ist natürlich rein praktisch gesehen der einzig gangbare Weg.«

»Da sind wir aber froh, dass Sie das auch so sehen.«

Es hatte spitz klingen sollen, stattdessen klang es müde. So müde wie Patrizia sich plötzlich fühlte. Sie stand auf, kramte in der Jackentasche nach ihrer Karte und gab sie Adinolfi.

»Falls Ihnen doch noch etwas einfällt, womit Sie uns weiterhelfen können oder wollen …«

Adinolfi nahm die Karte.

»Sie werden sehen. Es wird sich sicher noch etwas ergeben, womit ich mich nützlich machen kann.«

Er zwinkerte ihr verschwörerisch zu. Patrizia unterdrückte einen Kommentar, nickte ihm kurz zu und ging zur Tür.

Kurz darauf gingen sie in Richtung des städtischen Fahrstuhls, der sie in den weiter unten gelegenen Teil der Altstadt zurückbringen würde.

Cristina schüttelte ungläubig den Kopf.

»Weiße Zone, schwarze Zone, graue Zone. Ästhetik des Verbrechens, pure Lust am Töten, Köder und Angler … Mir ist jetzt noch ganz schwindelig. Aber so sind sie wohl, die Psychoheinis. Warum einfach, wenn's auch kompliziert geht.«

»Ich fand seine Theorie auch überzogen. Aber rein theoretisch wäre es doch sogar möglich. Ich meine, dass uns das Motiv nur vorgegaukelt werden soll.«

»Theoretisch ist alles möglich. Und weil wir schon mal bei der Theorie sind. Wie fandst du ihn eigentlich? Ich meine, so als Mann?«

»Als Mann? Ich glaube, du bist nicht mehr ganz bei Trost!« Patrizia sah Cristina entgeistert an.

»Ich meine ja nur so. Immerhin war sein Interesse an dir ja nicht zu übersehen. Der war ja richtig angetan. Ich glaube, mich hat er während des gesamten Gesprächs nicht einmal angesehen. Nicht mal, als er auf meine Fragen geantwortet hat.«

»Eifersüchtig?«, stichelte Patrizia.

»Natürlich! Immer!« Cristina schüttelte lachend ihre Löwenmähne.

Zehn Minuten später überquerten sie die Piazza Amendola und betraten die Questura.

*

Patrizia steckte den Kopf durch Bob Kingfishers Tür. Der Kriminaltechniker saß hinter seinem völlig überfüllten Schreibtisch, vor ihm stand eine offene Blechdose, in der der Rest eines Salami-Käse-Sandwiches lag.

Bob war dafür bekannt, immer dieselbe Art Sandwich zu essen. Immer dieselbe Salami, derselbe Käse, derselbe Senf. Auch sein diesbezügliches Statement war immer dasselbe, die Standardantwort, die jeder bekam, der ihn danach fragte: »Once you've found the perfect sandwich, there's no reason to change!«

Er kaute und deutete auf einen Besucherstuhl, von dem Patrizia erst einmal einen Aktenstapel entfernen musste. Da weder auf dem Schreibtisch noch auf den Ablagen Platz war und Bob nur unbestimmt mit der Hand in den Raum wedelte, setzte sie ihn auf dem Boden ab.

»Ein Bier?«, fragte er und zeigte auf einen unter Büchern

und Gerätschaften begrabenen Minikühlschrank an der Wand.

»Bist du verrückt? Ich bin im Dienst!«

»Ich auch. Aber was kann ein Bier zu Mittag schon schaden?« Er grinste. »Da du also nicht gekommen bist, um gemütlich mit mir zusammenzusitzen, nehme ich an, du bist verzweifelt auf der Suche nach neuen Anhaltspunkten.«

Patrizia nickte. »So könnte man's auch nennen. Gibt's denn was Neues? Wie sieht es mit den Fingerabdrücken aus?«

Bob verzog sein Gesicht zu einer gequälten Grimasse.

»Wie soll es schon aussehen? Schlecht. Sehr schlecht. Nicht dass ich das nicht erwartet hätte. Ein totaler Schlamassel. Hunderte von Abdrücken von Dutzenden von Personen. Allerdings keine von alten oder neuen Bekannten, keine von Opferangehörigen. Jedenfalls ist die Lage völlig unübersichtlich. Kein Wunder, allein wenn man bedenkt, wie viele Arbeiter in dem Gebäude ein und aus gegangen sind.«

»Ich habe veranlasst, dass die Stadt uns mitteilt, welche Firmen zuletzt dort gearbeitet haben. In Kürze bekommst du Vergleichsabdrücke.«

»Klingt nach Sisyphusarbeit.«

Patrizia zuckte mit den Schultern. »Ich glaube ja selber nicht, dass es was bringt. Aber unser Fortschritt ist nicht so rasant, als dass wir es uns leisten könnten, es nicht zu tun.«

»Habt ihr dem Mann vom Schlüsseldienst denn schon die Fotos von euren Verdächtigen gezeigt?«

»Ja, Leo war heute Morgen bei ihm. Aber er konnte sich an keinen von ihnen konkret erinnern. Allerdings wollte er sich auch nicht hundertprozentig festlegen, verständlich bei den vielen Leuten, die täglich in sein Geschäft kommen.«

»Schade. Aber lass den Kopf nicht hängen. Eine Sache gibt es ja immerhin, mit der ich dir eine Freude machen kann.«

Bob sah sie an und wiegte sacht seinen Kopf hin und her, bevor er weitersprach. »Wie du weißt, waren auf der Blumenvase in Merianis Wohnung nur seine eigenen Fingerabdrücke. Aber nachdem ich das ganze Gemüse schon mal hier hatte, habe ich mir auch die Blumen noch mal angesehen.«

»Und?«

»Und dabei habe ich ein weißes Haar samt Haarwurzel entdeckt.«

»Ach so.« Patrizia war enttäuscht. »Das ist doch bestimmt auch von Meriani. Er hatte ja weißgraue Haare.«

»Das dachte ich natürlich auch zuerst«, antwortete Bob. »Aber ich habe es trotzdem untersucht und mit Haarproben aus seiner Familie abgeglichen. Und wem immer es ausgefallen ist, seins ist es jedenfalls nicht. Auch nicht das seiner Frau, seiner Tochter oder seines Schwiegersohns.«

Patrizia setzte sich im Stuhl auf. Plötzlich war sie wieder hellwach.

»Nicht? Dann ist der Strauß also doch von jemand anderem, wusste ich's doch. Der Meriani hat die Blumen nicht selbst gekauft!«

»Na ja«, meinte Bob. »Ich möchte deine Freude ja nicht bremsen, und natürlich kann es sein, dass du recht hast. Verführerisch ist diese Theorie jedenfalls. Trotzdem kann das Haar ebenso gut von einem Blumenhändler stammen.«

»Den es aber seltsamerweise nicht zu geben scheint! Zumindest nicht in der Gegend zwischen Merianis Büro, dem Café Canasta und seiner Wohnung. Am Morgen waren die Blumen laut Signora Meriani aber noch nicht da. Nein, Bob, mein Gefühl sagt mir, sie stammen vom Täter! Sie sind nur ein weiteres Bildsymbol der Sprache, mit der er zu uns spricht.«

»Zu dir vielleicht. Ich selber kann gut darauf verzichten.«

»Was weißt du über das Haar, also über seinen Besitzer?«

»Männlich. Mehr kann ich dir nicht sagen. Wie du weißt, taugt ein genetischer Code nicht zur Bestimmung des Alters, weil er sich nicht ändert.«

»Klar. Und von einem männlichen Täter gehen wir ja sowieso schon aus. Immerhin ist dieses Haar ein weiterer Hinweis auf eine zweite Person in der Wohnung, und glaub mir, wir suchen keinen Blumenhändler! Ach ja, und was ist mit den Läusen? Hast du die Art rausbekommen?«

»Ganz normale Blattlaus, eine von 3000 verschiedenen Arten. Den Namen habe ich schon wieder vergessen, wird aber in meinem Bericht stehen. Die Blumen waren ja wirklich komplett überzogen von den Viechern.«

»Was ebenfalls dagegen spricht, dass sie von einem Blumenhändler stammen. Denn welcher seriöse Blumenladen würde schon so verlauste Blumen verkaufen?«

»Vielleicht kommen sie aus einem Gewächshaus oder einem privaten Garten? Der sogenannte Acanthus mollis ist ursprünglich eine tropische und subtropische Pflanze, die aber schon vor Ewigkeiten nach Europa kam. Ich kenne mehrere Leute, die sie als Zierpflanze im Garten haben. Mal sehen, vielleicht finde ich doch noch raus, wie und wo sie hier in der Gegend gezüchtet oder im Großhandel verkauft wird.«

»Mach das. Je schneller, desto besser.«

Patrizia ging zurück in ihr Büro. Zum Glück hatte sie Cristina dazu überreden können, stellvertretend für sie an der für halb zwei anberaumten Pressekonferenz teilzunehmen. Sie selber wollte noch einmal bei Signora Meriani vorbeischauen. Später würden sie und Cristina dann die Polizisten befragen, die an den Unfallermittlungen im Jahr 1994 beteiligt gewesen waren. Vielleicht konnte der eine oder andere ja doch Licht auf die Frage werfen, warum man einen so eindeutigen Fall von Schlamperei nicht weiterverfolgt hatte. Auf wessen Anweisung wurden die Untersuchungen damals eingestellt? Das war es, was sie herausfinden mussten.

Sie spürte, wie eine neue Welle der Müdigkeit über ihr zusammenschlug. Eine bleierne Müdigkeit, mit der sie schon seit dem frühen Morgen kämpfte. Was war heute nur los mit ihr?

*

Signora Meriani wirkte ruhig und gefasst, als Patrizia gegen Mittag vor ihrer Wohnungstür in der Via Portacatena stand.

»Buongiorno, Signora. Ich hoffe, ich komme nicht ungelegen.«

»Aber nein, gar nicht, kommen Sie doch herein, Commissaria.«

Während Signora Meriani in die Küche ging, um Kaffee zu kochen, nahm Patrizia auf dem Sofa im Wohnzimmer Platz.

Kurz darauf kam Signora Meriani mit einem Tablett wieder. Patrizia dankte und leerte ihr Tässchen binnen Sekunden. Sie hasste den bitteren Geschmack des Kaffees. Je schneller sie es hinter sich brachte, desto besser.

»Signora Meriani, es tut mir sehr leid, dass ich schon wieder in alten Wunden bohren muss. Aber Sie sagten doch neulich, Ihr Mann hätte keine Feinde gehabt. Nun, wie Sie ja bereits von meinen Kollegen wissen, ermitteln wir mittlerweile in mehr als einem Mordfall. Haben Sie noch einmal über den Unfall im Teatro Verdi vor siebzehn Jahren nachgedacht? Oder besser, an die darauffolgenden Ereignisse? Hat Ihr Mann vielleicht mal über die damaligen Ermittlungen gesprochen? Er wurde ja mehrmals vernommen.«

Signora Meriani war das Thema sichtlich unangenehm. Sie hielt sich an ihrem Kaffeetässchen fest, und als sie antwortete, klang ihre Stimme trotzig.

»Meinen Mann traf keine Schuld. Natürlich war er der leitende Ingenieur. Aber es war doch die Kontrollkommission, die das Theater freigegeben hat. Trotzdem hat man ihn immer wieder verhört. Es war schrecklich. Ugo war am Boden zerstört. Aber darüber sprechen wollte er nicht. Mit niemandem. Nachts hatte er Albträume. Es war eine schlimme Zeit, auch für unsere Ehe. Er sprach so gut wie gar nicht mehr mit mir, ging grußlos ins Büro und kam grußlos wieder. Manchmal ging er nach der Arbeit in irgendein Lokal und kam erst um Mitternacht nach Hause, ohne eine Entschuldigung, während ich mit dem Essen auf ihn gewartet hatte. Ich gebe zu, dass ich mehr als einmal an Scheidung gedacht habe. Aber dann wurde es plötzlich wieder besser.«

»War das, als die Ermittlungen eingestellt wurden?«

»Ich glaube ja. Nicht sofort, aber kurz darauf.«

»Hat Ihr Mann denn auch später nie darüber gesprochen? Hat er Ihnen nie erzählt, warum die Ermittlungen eingestellt wurden? Oder hat er in diesem Zusammenhang vielleicht irgendwann mal Namen erwähnt?«

»No, per l'amor di Dio! Das Thema war absolut tabu. Er hat es mir ja nicht einmal selber gesagt, dass die Ermittlungen eingestellt worden waren. Ich erfuhr es von einer Nachbarin, die es aus der Zeitung hatte. Und ich, seine Ehefrau, hatte keine Ahnung. Es war mir sehr peinlich. Wir haben an dem Abend deswegen gestritten. Er meinte nur, dass die Schuldfrage nicht geklärt werden konnte. Und wie ich schon sagte, Ugo war ja nur der Ingenieur. Wenn jemand Schuld hatte, dann die Kontrollkommission.«

»Wissen Sie, ob er jemals Drohbriefe erhalten hat? Damals, oder auch in der letzten Zeit? Oder haben Sie vielleicht mal zufällig solche Briefe in Ihrer Wohnung gefunden?«

»Nein, bestimmt nicht. Da bin ich mir ganz sicher.«

»Va bene. Also dann.«

Patrizia war enttäuscht. Doch so schnell wollte sie sich nicht geschlagen geben.

»Signora Meriani, ich würde mich gerne noch einmal im Arbeitszimmer Ihres Mannes umsehen. Wäre das möglich?«

»Ja, ja, wenn es sein muss. Aber bringen Sie bitte nichts durcheinander! Ich möchte, dass alles so bleibt, wie Ugo es hinterlassen hat. Er liebte seine Ordnung, und ich möchte sie in seinem Andenken bewahren.«

Patrizia ging in das Arbeitszimmer des Ingenieurs und zog sich ihre Gummihandschuhe über. Der Schreibtisch. Den würde sie sich zuerst vornehmen. Sie begann mit der obersten Schublade und arbeitete sich Schritt für Schritt nach unten vor. Schreibutensilien, Druckerpapier, ein paar Briefe, die aber nicht weiter interessant waren. Keine Geheimfächer. Nichts.

Dann stellte sie sich vor das Bücherregal. Wie schon beim ersten Mal bewunderte sie die Anordnung nach Themen und die alphabetische Reihenfolge. Sie beugte sich vor, um die Buchrücken genauer anzusehen. Die Geschichte Salernos und der Region Kampanien. Der Erste und Zweite Weltkrieg. Europäische Architektur mit einer Extrarubrik für Salerno und die Amalfiküste. Mehrere Reihen wurden von Fachliteratur eingenommen. Außerdem gab es eine Sparte über Gesetze und Regulierungen im Bauwesen. Ganz unten stand Reiseliteratur. Patrizia fragte sich, ob Meriani tatsächlich all diese Länder besucht hatte. Thailand, die USA, Südafrika, Spanien, Frankreich, Marokko … Einige der Bücher waren zerfleddert, andere fast unbenutzt.

Doch auf einmal stutzte sie. Zwischen einem Reiseführer über Schweden und einem uralten Wanderführer für die Region Südtirol stand ein dünner Bildband über die Geschichte und Architektur des Teatro Verdi. Hätte das nicht eher zur

Architektur Salernos gehört? War es aus Versehen hier hingestellt worden? Vielleicht sogar von den Kriminaltechnikern?

Plötzlich fiel ihr wieder ein, was Signora Meriani erzählt hatte. Wie außer sich Ugo Meriani gewesen war, weil seine Frau angeblich die heilige Ordnung im Regal durcheinandergebracht hatte und obendrein ein Buch fehlte.

Weder Signora Meriani noch sie hatten dieser Lappalie Bedeutung beigemessen. Doch jetzt beschlichen sie Zweifel. Ausgerechnet ein Buch über das Teatro Verdi? Nur ein Zufall, oder war dies das Buch, das Meriani gesucht hatte und über dessen angebliches Verschwinden er sich so schrecklich aufgeregt hatte? Patrizia zog es heraus. Es war dünn, ohne festen Einband, eher wie ein Heft. Falls es sich tatsächlich um das vermisste Buch handelte, war es kein Wunder, dass Meriani es zwischen den unzähligen anderen Büchern nicht mehr hatte finden können.

Sie blätterte durch die Seiten, da fiel ein Brief heraus. Auf dem Umschlag stand Merianis Büroadresse. Er war sehr sorgfältig mit einem Brieföffner geöffnet worden und enthielt nur einen Briefbogen.

Patrizia las die wenigen, mit dem Computer geschriebenen Zeilen und spürte, wie ein Adrenalinstoß durch ihren Körper schoss. Es begann im Kopf und endete mit einem Kribbeln in den Füßen. Ihre Hände schwitzten.

Sie wissen, wer ich bin. Sagen Sie aus. Helfen Sie mir. Nur so können Sie sich noch selber helfen. Ich werde nicht lockerlassen. Das wissen Sie jetzt. Der Stein wird in jedem Fall ins Rollen kommen. Es liegt ganz bei Ihnen, auf welcher Seite Sie sich dann befinden: auf der Seite der Gerechtigkeit oder auf der Seite derer, die er überrollen wird.

Der Brief war nicht unterschrieben, und auch auf dem Umschlag stand kein Absender. Patrizia versuchte, den Poststempel zu entziffern. Er war so blass, dass sie nur die Jahreszahl ausmachen konnte. 2008. Oder war es 2009? Sie nahm eine Plastiktüte aus ihrer Tasche und legte den Brief hinein.

Gerade jetzt hätte sie gerne noch weitergesucht. Doch sie musste in die Questura. Die Pressekonferenz war längst vorbei, und sie und Cristina hatten einen Termin mit den Polizisten, die an den Unfallermittlungen beteiligt gewesen waren. Vorher würde sie Bob Kingfisher noch den Brief vorbeibringen.

*

Am frühen Abend verabschiedeten sie den letzten Polizisten, und ihre Laune war auf dem Tiefpunkt. Die Befragung hatte viel Zeit in Anspruch genommen und sie trotzdem keinen Schritt weitergebracht. Wenn sie ehrlich waren, war es die reinste Zeitverschwendung gewesen.

Mit fünf Polizisten hatten sie gesprochen. Ein sechster war im Urlaub und würde erst in ein paar Tagen zurückkommen, dann konnten sie ihn sich vornehmen. Aber Patrizia bezweifelte, dass das etwas bringen würde. Keiner der Befragten hatte etwas Neues zu berichten gehabt. Es war, als hätten sie die offizielle Version des abschließenden Ermittlungsberichtes so verinnerlicht, dass sie selber an die Unlösbarkeit der Schuldfrage glaubten.

Mehrmals war Patrizia wütend geworden und hatte sich nur mit Mühe zurückhalten können.

»Ich fasse es nicht«, sagte sie jetzt zu Cristina. »Das Ganze war den Herren nur ein müdes Schulterzucken wert!«

»Ja, unglaublich. Die wollen uns allen Ernstes für dumm verkaufen.« Sie äffte einen der Kollegen nach. »Anweisungen von oben, den Fall zu den Akten zu legen? Natürlich nicht!

Wie können Sie uns so etwas unterstellen? Sind wir nicht alle Kollegen? Und überhaupt lag die Entscheidung ja bei unserem Vorgesetzten Spinosa ... Mal ganz im Ernst, Patrizia, ich war ein paar Mal drauf und dran, aus dem Raum zu stürmen.«

»Wir hätten damit rechnen müssen, dass sie mauern«, meinte Patrizia resigniert, während sie eine Dose Fanta öffnete.

»Und ob die mauern.« Cristina knallte den Aktenordner auf den Tisch. »Die wussten genau, warum wir sie sprechen wollten, und waren vorbereitet. Die haben uns dieselbe schwammige Version aufgetischt, die sie damals schön brav auswendig gelernt haben. Und zwar ohne auch nur ein Komma daran zu verändern! Für wie blöd halten die uns eigentlich? Ich für meinen Teil schäme mich wirklich, zur selben Truppe zu gehören, es ist ...«

»Trotzdem«, unterbrach Patrizia sie. »Irgendetwas stimmt an der Sache nicht. Schließlich ist der Unfall siebzehn Jahre her, also ist das für die Beteiligten doch längst verjährt. Warum kippt keiner von denen um? Meiner Erfahrung nach reichen oft schon ein paar Jahre, um Menschen zum Reden zu bringen. Irgendeiner ist doch immer dabei, der sich Erleichterung verschaffen will oder einfach redet, weil der ursprüngliche Zwang und Druck weg sind.«

Cristina nickte nachdenklich.

»Und was ist, wenn die nach wie vor unter Druck stehen? Wenn sie immer noch genauso viel zu verlieren haben wie damals?« Sie machte eine kurze Pause und fuhr dann fort: »Aber das würde bedeuten, dass wer immer im Hintergrund die Fäden zog, sie heute immer noch in der Hand hält.«

»Genau!« Patrizia schlug mit der flachen Hand auf den Tisch. »Aber wer? Von der Kontrollkommission kann es niemand mehr sein. Gaetano Gallo ist verschwunden, wahrscheinlich ermordet, und die beiden anderen Kommissionsmitglieder sind auch tot, genau wie Ugo Meriani. Wir müssen rauskriegen, wer bei der Einstellung des Verfahrens sonst noch seine Finger im Spiel hatte.«

»Und wenn schon«, antwortete Cristina. »Zu dem Mörder würde uns das trotzdem nicht führen. Schließlich spielen der ominöse Hintermann und der Mörder in gegnerischen Mannschaften.«

»Stimmt«, seufzte Patrizia. »Ach, übrigens, ich hab dich noch gar nicht gefragt, wie die Pressekonferenz war.«

Cristina verdrehte die Augen.

»Eigentlich müsste ich ja böse auf dich sein. Ich weiß gar nicht, was schlimmer war, die Journalisten oder der Chef. Der war fuchsteufelswild, als ich an deiner Stelle da ankam. Warum, weiß ich eigentlich gar nicht. Aber du hättest ihm wenigstens vorher Bescheid sagen können.«

»Scusa«, sagte Patrizia. »Ich werde morgen mit ihm reden.«

»Am besten heute noch.«

»Hm-hm. Warum muss er auch immer so schwierig werden, wenn die Presse Druck macht? Wir tun schließlich, was wir können!«

»Leider sieht die Presse das anders. Du hättest die mal hören sollen. Die Polizei ist untätig. Die Polizei ist unfähig. Nein, sie ist beides. Haben Sie den Mörder etwa noch nicht? Nicht mal eine Spur? Wie ist das möglich?«

Sie schleuderte Patrizias leere Fantadose so schwungvoll gegen den kleinen Papierkorb aus Bast, dass dieser umfiel und sein Inhalt sich auf den Fußboden entleerte.

»Oops …«

Doch Patrizia winkte nur müde ab.

Schweigend machten sie sich daran, den Krimskrams wieder einzusammeln. Eine Frisörquittung, ein zerfledderter Stadtplan von Salerno, eine Eintrittskarte für den Parco

Nazionale del Vesuvio, Dutzende Kassenzettel umliegender Bars und Imbisslokale, Hustenbonbonpapiere und zuletzt die Kinokarte für einen Film, den sie im Frühjahr gesehen hatte. Patrizia schüttelte ungläubig den Kopf. Hatte sie die Karte nicht schon vor Monaten weggeworfen? Wurden die Papierkörbe hier überhaupt je geleert?

Cristina strich einen zerknüllten Flyer glatt, die Programmankündigung für das Stadtfest am 3. Dezember. Der Abend, an dem der Weihnachtsbaum auf der Piazza Sedile di Porta Nova zum ersten Mal in feierlichem Glanz erstrahlen würde. Sogar ein Feuerwerk war geplant.

»Hey«, rief sie, »warum schmeißt du den weg? Das Fest ist doch erst in eineinhalb Wochen, und das Brillantfeuerwerk wird sicher klasse. Oder hast du etwa jetzt schon entschieden, dass du nicht hingehst?«

»Na ja, bei dem, was hier gerade los ist … Und außerdem hängt das Programm ja sowieso an jeder Straßenecke.«

»Da hast du auch wieder recht.«

Cristina warf den Flyer in den Papierkorb zurück und machte sich daran, mit den Fingernägeln die unzähligen Holzschnipsel vom Anspitzen der Bleistifte aufzuklauben.

»Das kommt davon, wenn man keine Kugelschreiber benutzt wie der Rest der zivilisierten Welt. Was findest du eigentlich so toll an Bleistiften?«

»Ganz einfach. Man kann sie ausradieren, und ich radiere gern. Ich nehme den Radiergummi, und im nächsten Moment ist das, was ich geschrieben habe, wieder weg. Außerdem hilft mir das Schrumpfen der Bleistifte, das Gefühl für die Zeit nicht zu verlieren.«

»Bleistifte als Sinnbild für Vergänglichkeit? Lernt man so was im Philosophieunterricht in Norditalien?«

Patrizia grinste. Die Erklärung war ihr auch gerade eben

erst gekommen, aber schlecht war sie nicht. Und wenn sie genauer darüber nachdachte, war es eigentlich tatsächlich so.

»Kannst du noch kurz bei Bob vorbeigehen und ihn fragen, ob er schon was über den Brief sagen kann, den ich bei Meriani gefunden habe?«, fragte sie.

»Klar. Aber wolltest du da nicht selber hin?«

»Ich möchte einfach noch mal über unsere Gesprächsergebnisse nachdenken.«

Draußen war es bereits dunkel. Patrizia überlegte, wohin sie gehen sollte. Ein ruhiger Ort. Einer, an dem sich gut nachdenken ließ, der einen Perspektivwechsel erlaubte. Sie überquerte die Piazza Amendola und ging durch die schmale Traversa Ave Grazia Plena zur Via Portacatena und von dort aus durch einen namenlosen tunnelartigen Durchgang zur kleinen Piazza d'Aiello, von wo aus sie den Aufzug in die höher gelegene Altstadt nahm.

Oben angekommen, staunte Patrizia wie immer über die vielen tunnelartigen Durchgänge und steinernen Galerien, die den oberen Teil der Altstadt zu einer Art Labyrinth machten. Cristina hatte ihr erst kürzlich erklärt, dass die steinernen Bögen, die die Gassen überspannten und die Häuser zum Teil auf mehreren Ebenen miteinander verbanden, in früheren Zeiten das Wasser von Salernos Aquädukt transportiert hatten. Die Tunnel dagegen dienten dem Zweck, auch Flächen oberhalb der Straße zu bebauen und so zusätzlichen Wohnraum zu schaffen.

Der Weg vom Aufzug zum Garten dauerte keine fünf Minuten, doch auf halber Strecke klingelte plötzlich ihr Handy. Patrizia blieb stehen. Das Display zeigte eine unbekannte Rufnummer. Patrizia widerstand dem Impuls, nicht dranzugehen. Schließlich war sie im Dienst.

»Pronto!«

»Pronto, Commissaria Vespa? Hier spricht Francesco Palmieri.« Er räusperte sich. »Ich komme gleich zur Sache, und die ist, wie Sie sich denken können, mehr als heikel.«

Patrizia war so überrascht, dass es ihr kurzfristig die Sprache verschlug, aber Francesco Palmieri war offenbar ohnehin nicht auf einen Dialog aus.

»Sie müssen verstehen, dass uns jetzt«, er machte eine kleine Pause, die dem Folgenden mehr Gewicht verleihen sollte, »dass uns jetzt, drei Wochen nach diesem grauenhaften Mord an einem unserer geschätztesten Mitbürger, die Zeit davonläuft. Die ganze Nation schaut auf Salerno, und es werden erste Stimmen laut, die sich fragen, warum die hiesige Polizei bisher noch keine nennenswerten Erfolge vorzuweisen hat. Ich darf sicher davon ausgehen, dass Sie alle verfügbaren Kräfte mobilisieren, um den Fall schnellstmöglich zu lösen?«

Die Frage war offenbar rhetorisch gemeint, denn noch ehe Patrizia antworten konnte, fuhr der Bürgermeister fort: »Es muss Ihnen doch klar sein, dass Salerno als Lichterstadt derzeit im Zentrum des öffentlichen Interesses steht. Millionen von Menschen besuchen uns in diesen Wochen, und wir sind es uns schuldig, einen guten, nein, einen hervorragenden Eindruck zu hinterlassen – nicht nur durch Weihnachtsdekorationen, sondern auch durch eine Demonstration von Professionalität und Effizienz auf allen Ebenen, die Polizeiarbeit eingeschlossen. Wir können es uns nicht leisten, in verwaltungs- und ordnungstechnischer Hinsicht als unfähig dazustehen, und ich erwarte, dass die Polizei hierzu ihren Beitrag leistet. Ihr Chef Pietro Di Leva, mit dem ich in regelmäßigem Kontakt stehe, ist da übrigens ganz meiner Meinung.«

So? Ist er das?, dachte Patrizia bitter.

Francesco Palmieri schien zum Endspurt anzusetzen.

»Was ich damit sagen will, ist, dass Sie und Ihre Kollegen keineswegs in Ihrer eigenen kleinen Welt arbeiten, in einem abgeschlossenen Vakuum sozusagen, sondern unter den Augen einer wachsamen Öffentlichkeit. Ich erwarte also, dass wir unsere Angelegenheiten schnellstmöglich wieder in Ordnung bringen. Darf ich davon ausgehen, dass wir uns in jeder Hinsicht verstehen?«

»Natürlich. Wir arbeiten auf Hochtouren und …«

»Wunderbar, genau das wollte ich hören. Über den Fortschritt wird mich selbstredend Ihr Chef auf dem Laufenden halten. Und jetzt bleibt mir nichts, als Ihnen einen baldigen Erfolg zu wünschen. Buonasera, Commissaria Vespa.«

Patrizia murmelte einen Gruß und legte auf. Sie fühlte sich völlig vor den Kopf gestoßen. Dass der Bürgermeister mit ihrem Chef in Kontakt stand, wunderte sie nicht, er selbst hatte es ja sogar einmal erwähnt. Aber warum rief er sie an? Er musste doch schon von Di Leva wissen, dass sie alles nur Erdenkliche taten, um den Mörder zu fassen. Was sollte dieser dämliche und unverschämte Anruf bei ihr?

Erst als sie einigen gut gelaunten Teenagern auf ihrem Weg in die untere Altstadt Platz machen musste, wurde ihr bewusst, dass sie noch immer mitten in der Gasse stand. Für einen Moment war sie vor lauter Zorn nicht in der Lage weiterzugehen. Es war eine bodenlose Frechheit. Wen glaubte der Kerl eigentlich vor sich zu haben? Er meinte also, sie würden »in ihrer eigenen kleinen Welt« vor sich hin ermitteln? Würden ihren Beitrag nicht leisten? Hätten keine nennenswerten Erfolge aufzuweisen und trügen damit zu einem schlechten Ruf der Stadt bei?

Patrizia spürte das Blut in ihren Ohren pulsieren, das ihr schon während des Telefonats in den Kopf geschossen war. Es war einfach unerhört. Er hatte sie gar nicht zu Wort kommen lassen. Wie ein Schulmädchen hatte er sie abgekanzelt! Am liebsten hätte sie ihrer Wut durch einen Tritt gegen die Hauswand Luft gemacht. Doch sie riss sich zusammen. So sehr würde sie sich nicht reizen lassen, dass sie wie ein Kleinkind um sich trat, nur weil dieser Mann andere Menschen offenbar wie Untertanen zu behandeln gewohnt war. Sie erinnerte sich noch gut an sein herablassendes Lächeln bei diesem grauenvollen Neujahrsball. Und genau deswegen würde sie sich jetzt beruhigen, ihrer Arbeit nachgehen und dieses Telefonat mit sofortiger Wirkung vergessen.

Sie holte tief Luft und versuchte, gleichmäßig zu atmen. Tatsächlich spürte sie, wie sich ihre körperliche Anspannung langsam löste. Sie setzte sich in Bewegung.

Es war längst dunkel, als Patrizia kurz danach vor dem Giardino della Minerva stand. Einen Augenblick befürchtete sie, dass der Garten bereits geschlossen sein könnte, und sah auf das Schild mit den Öffnungszeiten. Da wurde das schwere Holztor plötzlich von innen geöffnet, und ein junger Mann kam heraus. Patrizia erschrak, doch dann erkannte sie den Gärtner, der ebenfalls erschrocken stehen geblieben war. Sekundenlang sahen sie sich schweigend an, dann nickte der junge Mann ihr zu.

»Sie sind die Kommissarin, oder nicht? Ich habe Sie und Ihre Kollegin schon einmal hier gesehen.«

Er hielt ihr die Tür auf, und Patrizia betrat den Garten. Sie wollte sich gerade noch einmal umdrehen, da hörte sie das Holztor schwer hinter sich ins Schloss fallen. Jenseits der Mauer entfernten sich eilige Schritte.

Giuseppe Montesano war dabei, die Tageseinnahmen zu zählen. An seiner Miene war nicht abzulesen, ob er sich über ihren Besuch freute oder lieber darauf verzichtet hätte.

»Commissaria, so spät noch! Wir haben zwar offiziell bis sieben geöffnet, aber nach Einbruch der Dunkelheit verirrt sich sonst selten jemand hier herauf. Außer mir ist auch schon keiner mehr da, selbst der Barista ist früher gegangen.«

»Ich habe am Tor noch Ihren Gärtner getroffen.«

»Matteo Muti? Ah ja, der ist noch mal kurz vorbeigekommen, weil er heute Morgen irgendetwas hier vergessen hat.« Er räusperte sich. »Aber was führt Sie hierher? Wollten Sie mit mir sprechen?«

Patrizia schüttelte den Kopf. »Gibt es vielleicht noch Tee?«

Der alte Montesano wirkte erleichtert und verzichtete auf weitere Fragen.

Während er in die Bar schlurfte, nahm Patrizia auf der Terrasse Platz. Es war kühl, aber windstill. Ihre dunkelblaue Jacke mit dem hohen Stehkragen bot ausreichend Schutz. Einen Augenblick lang schloss sie die Augen und genoss die dunkle Stille des Gartens. Als sie sie wieder öffnete, leuchtete die Lichtglocke über den Dächern der Altstadt noch intensiver. Wie eine Hand aus Licht, dachte Patrizia. Eine schützende Hand aus Licht, die sich über die Stadt wölbt. Sie stellte sich vor, Salerno vom Meer aus zu sehen, von einem der weiter draußen ankernden Schiffe, die wie dunkle Flecken mit winzigen Lichtpunkten auf einem nur wenig helleren Meer gerade noch zu erahnen waren. Von dort draußen aus gesehen musste die Lichterhand fast die gesamte Stadt überwölben, bis weit in die Vororte Torrione und Pastena hinein.

Doch mit einem Mal wurde die Stille von Schritten und Stimmen durchbrochen. Noch ein später Besucher? Der Tonfall, in dem der alte Montesano mit ihm sprach, klang vertraulich. Patrizia meinte, ihren Namen zu hören. War sein Sohn Michele gekommen? Sie wandte sich um, als die Schritte die Terrasse erreichten, und zog erstaunt die Augenbrauen hoch.

»Buonasera, Commissaria. Wie schön, Sie so unverhofft wiederzutreffen!«

Patrizia suchte nach einer neutralen Antwort, fand aber keine. Sie war irritiert und fühlte sich verraten. Sie hatte nicht damit gerechnet, um diese Uhrzeit hier noch einen Bekannten zu treffen. Sie wollte allein sein, um in Ruhe nachzudenken. Deshalb war sie hier.

Da schoss ihr ein Gedanke durch den Kopf.

»Sie sind doch nicht etwa meinetwegen hier? Gehen Sie mir nach?«

Alessio Adinolfi lachte amüsiert.

»Dass Sie gerne mit der Tür ins Haus fallen, ist mir heute Morgen schon aufgefallen, aber dass Sie so eingebildet sind, hätte ich nicht gedacht.« Er zwinkerte ihr zu. »Ich hoffe, der Scherz wird nicht gleich wieder missverstanden. Aber nein, Spaß beiseite, ich komme oft her. Vor allem abends, wenn ich ein wenig Abstand brauche. Wissen Sie, viele meinen ja, mein Beruf sei gar kein richtiger Beruf. Den ganzen Tag nur in einem bequemen Sessel sitzen und zuhören, vielleicht den einen oder anderen hilfreichen Kommentar abgeben … Ich kenne genügend Leute, die glauben, wir Psychologen würden unser Geld mit Nichtstun verdienen. Die machen sich keine Vorstellung davon, wie belastend und nervenaufreibend unsere Arbeit sein kann. Aber dieser Garten gibt mir wieder Kraft.«

Er hatte sich zu ihr an den Tisch gesetzt und zog jetzt eine Karte aus seiner Tasche, die er ihr hinhielt.

»Hier, mein Abonnement, Commissaria Vespa, da ich ja weiß, dass die Polizei ein misstrauisches Völkchen ist.«

Patrizia brummte etwas Unverständliches. Schon wieder hatte sie zu impulsiv reagiert und sich zu einer Dummheit hinreißen lassen. Sie wusste nicht, warum dieser Mann sie so reizte.

Ohne dass sie ihn gefragt hätte, begann Alessio Adinolfi

von seinen Eltern zu erzählen, von seiner Kindheit in Salerno und wie die Dinge sich in den letzten Jahren entwickelt hatten. Sie ertappte sich dabei, dass sie interessiert zuhörte. Er war kein schlechter Erzähler. Was und wie er berichtete, war unterhaltsam und zeugte von Selbstreflexion. Außerdem wirkte er mit einem Mal viel ruhiger. Vielleicht war er bei näherer Betrachtung gar nicht der oberflächliche, arrogante Schnösel, für den sie ihn gehalten hatte?

Dann fragte Adinolfi sie, wo sie herkam. Aus dem Norden, ihrer Aussprache nach, oder etwa nicht? Patrizia sah keinen Grund, sich der Frage zu verweigern. Sie erzählte von Meran und der Polizeischule in Rom. Adinolfi hatte eben gefragt, wie es ihr in Salerno gefiel, als erneut Schritte und Stimmen zu hören waren. Mein Gott, das ging ja hier zu wie im Taubenschlag!

Ein Mann erschien in der Tür, Patrizia schätzte ihn auf Ende dreißig oder Anfang vierzig. Er war feingliedrig und schlank, aber nicht sehr groß. Er stutzte, als er sie sah. Ihre Blicke trafen sich und blieben sekundenlang aneinander hängen. Dann wandte er sich dem Therapeuten zu.

»Ciao, ich dachte mir schon, dass ich dich hier finde.«

Sein Blick fiel wieder auf Patrizia. »Aber wie ich sehe, bist du in Begleitung, da will ich nicht stören.«

Täuschte sie sich, oder klang ein ironischer Unterton in seiner Stimme mit?

»Uffa! Jetzt red keinen Unsinn und setz dich zu uns. Darf ich vorstellen? Patrizia Vespa, Hauptkommissarin der Squadra Mobile Salerno. Und das ist …«, er unterbrach sich für den Bruchteil einer Sekunde, »… Raffaele Russo, ein guter Freund und Kollege von mir. Und zwar einer, den ich Ihnen wärmstens als Experten empfehlen kann. Er ist nämlich auf Traumapatienten spezialisiert.«

Patrizia lächelte schwach. »Ja, warum nicht. Natürlich haben wir unsere eigene Polizeipsychologin …«

»Simona Sessa«, sagte Adinolfis Freund und nickte wissend.

»Sie kennen sie?«

»Leider nicht persönlich. Aber als Kollegen verfolgen wir natürlich ihre Publikationen.«

Er kam zu ihnen an den Tisch und setzte sich. Patrizia musterte ihn verstohlen. Im Vergleich zu Adinolfis markanten Zügen war Russos Gesicht eher weich. Außerdem fehlten ihm die haarfeinen Lachfältchen seines Kollegen. Kein Wunder … Auch jetzt lachte Adinolfi wieder, während er sich an Russo wandte.

»Ich war gerade dabei, mir von der Kommissarin erzählen zu lassen, wie es einer Norditalienerin aus Meran so gefällt bei uns im Süden.«

Jetzt lachte auch Russo. »Aus Meran? Mein herzlichstes Beileid! Oh, nicht was Sie denken! Mein herzlichstes Beileid dafür, dass es Sie hierher verschlagen hat. Aus Meran nach Salerno, ein echter Schicksalsschlag.«

»Wenn man es genau nimmt, bin ich freiwillig hier, und eigentlich …«

Patrizia wollte sagen, dass es ihr in Salerno wirklich sehr gut gefiel, aber Adinolfi unterbrach sie.

»Ja«, lachte er, »der freie Wille hat schon so manchen ins Unglück geführt! Aber wie dem auch sei, jetzt widmet sich die Kommissarin also hier bei uns der Sache von Recht und Gerechtigkeit.«

Patrizia sah ihn prüfend an. Warum musste er nur immer so aufdrehen? Vorhin, während ihres persönlichen Gesprächs, hatte er doch ganz entspannt gewirkt, fast normal. Aber kaum kam ein Dritter hinzu, verfiel er wieder in diesen affektierten, pseudowitzigen Ton, der sie so auf die Palme brachte.

Raffaele Russo hatte sich einen Tee bestellt. Er schien ein stillerer Typ zu sein und beschränkte sich überwiegend darauf, seinem Freund und der Kommissarin zuzuhören. Patrizia registrierte mit einer gewissen Genugtuung, dass auch er mehrfach an Adinolfis flapsigen Sprüchen Anstoß zu nehmen schien und ihn dann ganz gelassen in seine Schranken verwies. Wie eine Mutter, dachte Patrizia. Eine Mutter, die streng, aber mit viel Wohlwollen ihr vorlautes Kind zur Raison bringt. Und zu ihrem Erstaunen ließ Adinolfi es sich anstandslos gefallen. Nach einer Weile schien er sich sogar wieder zu entspannen, und Patrizia begann, die Gesellschaft der beiden Männer zu genießen.

Es war fast neun, als Giuseppe Montesano im Türrahmen erschien und zu ihnen herübersah, ein geblümtes Geschirrspülhandtuch in der Hand. Patrizia erschrak. Der Garten war natürlich längst geschlossen, aber Montesano hatte es vorgezogen, seine Gäste nicht zu stören. Jetzt brachte er sich ihnen wortlos in Erinnerung. Sie erhob sich, und die beiden Männer folgten ihrem Beispiel. Im selben Moment stellte sich der Ärger darüber ein, dass sie so viel Zeit mit Plaudereien verschwendet hatte, statt sich in Ruhe ihrem Fall zu widmen. Dabei war das doch der Grund für ihr Kommen gewesen. Dann dachte sie an die arroganten Ermahnungen des Bürgermeisters, alle nur erdenklichen Anstrengungen zu unternehmen, und musste unwillkürlich schmunzeln. Auf der Terrasse des Giardino della Minerva mit Fremden Tee zu schlürfen, gehörte sicher nicht dazu. Da habe ich wohl verdient, was ich mir anhören musste, dachte sie. Oder hat er es verdient, dass ich in den letzten Stunden nichts, aber auch gar nichts für den Fall getan habe?

Eine gute Stunde später stieg Patrizia aus ihrem Wagen, um das Eisentor an der Rückseite ihres Hauses zu öffnen. Sie hatte sich angewöhnt, die rote Klara im Garten zu parken. Groß genug war er ja, und seit ihr vor einigen Monaten jemand die gesamte Längsseite zerkratzt hatte – sie tippte auf den Platzhirsch mit seinem Motorino –, war sie vorsichtig geworden. Ihr altes Auto war ihr heilig.

Doch plötzlich stutzte sie. Am Tor hing ein Zettel im A4-Format, so weiß wie das Tor selbst und deshalb im grellen Licht der Autoscheinwerfer kaum zu erkennen. Sie riss ihn ab und ärgerte sich, als sie sah, dass an mehreren Stellen die alte Farbe des Tores an den Klebestreifen hängen geblieben war.

»Verdammt, welcher Idiot …«

Sie hielt das Blatt ins Scheinwerferlicht und las:

Es gibt Radicchio-Risotto – nur für den Fall, dass es fürs Kochen oder Einkaufen schon zu spät sein sollte.
G. Petta.
Sie erinnern sich? Ihr Nachbar mit Hund?!

Patrizia wusste nicht, was sie empfinden sollte. Freude? Irritation? Dankbarkeit? Sie konnte kaum glauben, dass ihr Abendessen mit Gianni Petta erst einen Tag her war. So schön der gestrige Abend auch gewesen war, so rasant war er im Strudel der letzten Stunden untergegangen. Aber warum lud er sie zum Essen ein? Was wollte er von ihr?

Im selben Augenblick schalt sie sich eine Idiotin. Was sollte er schon wollen? Er bot ihr nachbarschaftliche Hilfe an, wollte nett sein. Vielleicht fand er sie sympathisch und wollte sie kennenlernen. Musste sie wirklich hinter allem und jedem unlautere Absichten wittern? War jetzt schon die Einladung zu einem Radicchio-Risotto verdächtig? Na ja, von ihrem Gedächtnis hielt er jedenfalls nicht allzu viel, wenn er fürchtete, sie könnte seinen Namen schon wieder vergessen haben. Hatte sie einen so zerstreuten Eindruck auf ihn gemacht?

Ach was, wahrscheinlich nur einen ziemlich gestressten, dachte sie, während sie das Auto in den Garten fuhr. Sie beschloss, sich noch kurz für die Einladung zu bedanken. Zum Essen war es natürlich zu spät, und außerdem hatte sie sich unterwegs einen Kebab gekauft, auf den sie schon den ganzen Tag Appetit gehabt hatte.

Sie trat aus dem Gartentor, da klingelte ihr Handy. Es war Christinas Privatnummer. Patrizia nahm das Gespräch an.

»Ciao, Patrizia. Entschuldige die späte Störung, aber Bob hat mich gerade mit den ersten Ergebnissen zu diesem Brief angerufen, den du in Merianis Büro gefunden hast. Er hat extra Überstunden gemacht.«

»Hoffentlich nicht umsonst. Irgendetwas Interessantes?«

»Na ja, wie man's nimmt. Es gibt drei verschiedene Sets von Fingerabdrücken. Das eine ist von Meriani, wie zu erwarten war. Ein zweites wohl das vom Absender, aber bei uns nicht registriert. Und das dritte ebenfalls von unbekannt, aber von jemandem, der den Brief wahrscheinlich nur einmal in der Hand hatte, da es wesentlich weniger Abdrücke sind.«

Patrizia seufzte, aber Cristina fuhr fort.

»Über den Drucker kann Bob noch nichts sagen, das macht er erst morgen. Allerdings ist da noch was, nämlich das Papier. Es ist anscheinend besonders edel, mit einem sehr schönen und filigranen Wasserzeichen. Bob will morgen versuchen, die Marke zu ermitteln. Jedenfalls meint er, dass wohl nur eine betuchte Privatperson so ein Briefpapier verwendet. Und dann natürlich Firmen, sofern sie Wert auf den schönen Schein legen. Oder aber«, Cristina lachte, »und jetzt kommt das große

Oder-aber unseres geliebten Bob: Oder aber jemand hat das Papier benutzt, um ebendiesen Anschein zu erwecken und uns auf eine falsche Fährte zu locken.«

Patrizia lachte ebenfalls. Bob Kingfisher war dafür bekannt, jede logische Schlussfolgerung ins Gegenteil zu verkehren und selbst aus beinharten Fakten vergeudete Druckerschwärze zu machen. Er nannte das seine ganz persönliche Relativitätstheorie. Doch mittlerweile hatten sie sich daran gewöhnt.

»Na also, das ist doch schon mal was. Vielleicht ergibt ja die Suche nach dem Hersteller und die Druckeranalyse noch mehr.«

»Ja, vielleicht.« Patrizia vernahm die Stimmen von Cristinas Töchtern Chiara und Francesca im Hintergrund, konnte jedoch nicht heraushören, ob sie einfach nur ihre wilden fünf Minuten hatten oder sich stritten. Wahrscheinlich Letzteres, denn Cristina hatte es plötzlich eilig.

Sie verabschiedeten sich voneinander.

Patrizia sah auf die Uhr. Es war fast halb elf. Auch wenn die Fensterläden des Tierarztes noch geöffnet waren und in der Küche Licht brannte, war es jetzt wohl zu spät, sich für die Einladung zu bedanken. Außerdem wurde ihr Kebab kalt.

Sie ging ins Haus.

Kurz darauf sah sie von ihrem Wintergartenfenster aus, dass Gianni Petta seine Fensterläden geschlossen hatte.

12

Mittwoch, 23. November 2011

Die Ermittlergruppe fand sich zu früher Stunde im Sitzungszimmer der Questura ein.

Lauter müde, frustrierte Gesichter.

Vor gut drei Wochen war Merianis ausgebluteter Kopf am Largo Campo gefunden worden. Sie waren sich sicher, das Tatmotiv zu kennen, konnten den Mord mit mindestens einem, wahrscheinlich sogar mit zwei anderen Fällen in Verbindung bringen, und es gab einen engeren Kreis an Verdächtigen. Trotzdem war es ihnen bislang nicht gelungen, gegen einen von ihnen einen konkreten Tatverdacht zu erheben.

Zum Glück war Di Leva verhindert. Natürlich hatte Patrizia ihn am Vortag nicht mehr aufgesucht, um sich für ihre Abwesenheit bei der Pressekonferenz zu entschuldigen, was seine Stimmung sicher nicht gehoben hatte. Aber sie hatte jetzt keine Lust, sich damit auseinanderzusetzen. Es gab Wichtigeres zu tun.

Fast zwei Stunden lang gingen sie nacheinander alle bekannten Fakten durch und sammelten Theorien, Ideen, Fragen und Einwände. Sie sahen sich noch einmal die Fotos an. Dennoch kamen sie keinen Deut weiter.

»Davide, was ist mit dem richterlichen Beschluss? Wir brauchen diese verdammten Patientenakten von Raoul Ranieri und den Montesanos!« Patrizia erschrak selbst über ihren scharfen Ton. Der war nun wirklich nicht angebracht.

Doch Davide schüttelte nur den Kopf.

»Ich habe natürlich gesagt, dass es dringend ist, aber du kennst ja den zuständigen Richter, der windet sich bei so delikaten Angelegenheiten wie Patientenakten immer ganz gern.«

»Delikat?«, platzte Cristina heraus. »Das Einzige, was an dem Fall delikat ist, sind zwei, höchstwahrscheinlich drei Tote!«

Patrizia warf ihr einen dankbaren Blick zu. Gut, dass zur Abwechslung mal jemand anders explodierte. Sie kannte Richter Sansone gut, und er machte sich seine Entscheidungen nicht leicht. Das konnte einem manchmal auf die Nerven gehen, wenn schnelles Handeln gefragt war. Aber es bedeutete auch, dass man selbst vor vorschnellen Urteilen geschützt war.

»Ich gehe nachher bei Vincenzo Mattera vorbei«, sagte sie. »Wenn ich ihm von dem gestrigen Anruf des Bürgermeisters erzähle, wird er sich sicher persönlich bei Sansone für den richterlichen Beschluss starkmachen und …«

Sie unterbrach sich, als sie Bob in der Tür stehen sah. Sein runder glattrasierter Kopf war leicht gerötet, und er schien sehr zufrieden mit sich zu sein. In der Hand hielt er einen Plastikumschlag.

»Dich schickt der Himmel«, rief Cristina aus. »Wir können ein paar Neuigkeiten gut gebrauchen.«

»Die bekommt ihr in der Tat«, antwortete Bob, an Cristina gewandt. »Es geht um dieses edle Briefpapier, du weißt schon.«

»Natürlich. Hast du den Hersteller gefunden? Ich hoffe, es wird nicht in jedem Supermarkt verkauft!«

»Wohl kaum. Es wird nämlich nur an einen einzigen Kunden verkauft!«

Bob blickte triumphierend in die Runde und fuhr fort: »Zuerst dachte ich natürlich, dass es sich bei dem Wasserzeichen um ein ganz normales Herstelleremblem handelt, was ja auch schon nicht schlecht gewesen wäre. Aber als ich es mir heute in aller Herrgottsfrühe noch mal vorgenommen habe, stellte sich heraus, dass es sich um ein individuelles Wasserzeichen handelt. Es gibt einige wenige Druckereien, die so was anbieten. Kostet natürlich eine Stange Geld.«

»Bob! Zur Sache!«, drängte Patrizia.

»Also, es handelt sich um ein Firmenlogo, und zwar von einer Kanzlei in Neapel, sie heißt ...«

Er hielt das Blatt ins Licht, um noch einmal nachzulesen, als Davide den Satz vollendete: »Bimonte & Figli. Und wir wissen alle, wer dort arbeitet: Valerio D'Arco. Sein Vater hat damals die Scheinwerfer im Teatro Verdi montiert.«

Patrizia zog erstaunt die Augenbrauen hoch, und Cristina pfiff durch die Zähne.

»Sieh an, der Rechtsanwalt! Hat der nicht vor ein paar Jahren versucht, den Fall wiederaufnehmen zu lassen, um seinen Vater zu rehabilitieren?«

»Vor zwei Jahren, ja«, antwortete Davide.

»Das würde auch zu dem Datum des Poststempels passen«, schaltete sich Bob wieder ein. »Ich konnte ihn fast vollständig rekonstruieren. Der Brief wurde am 21. Januar 2009 verschickt.«

»Der Antrag auf Wiederaufnahme wurde im Frühjahr 2009 gestellt, aber abgelehnt«, sagte Davide.

Jetzt pfiff auch Patrizia durch die Zähne. »Das passt doch perfekt! Er schreibt Meriani den Brief, um ihn auf seine Seite zu ziehen und zu einer Aussage zu bewegen.«

Sie blätterte in ihrem Notizbuch, in dem sie den Text des Briefes notiert hatte, und las vor: »Sie wissen, wer ich bin. Sagen Sie aus. Helfen Sie mir. Nur so können Sie sich noch selber helfen. Ich werde nicht lockerlassen. Das wissen Sie jetzt. Der Stein wird in jedem Fall ins Rollen kommen. Es liegt ganz bei Ihnen, auf welcher Seite Sie sich dann befinden: auf der Seite der Gerechtigkeit oder auf der Seite derer, die er überrollen wird.«

Für einen Moment war es mucksmäuschenstill im Raum.

Dann meldete sich Leo zu Wort.

»Gut und schön. D'Arco will also das Verfahren wieder aufnehmen. Aber er braucht jemanden, der ihm neues Material liefert, am besten eine Zeugenaussage. Ansonsten hat er schlechte Karten. Und da wir wissen, dass der Antrag abgelehnt wurde, können wir davon ausgehen, dass Meriani nicht zu einer Aussage bereit war. Für mich stellen sich jetzt zwei Fragen. Erstens, woher weiß D'Arco, dass Meriani etwas Relevantes aussagen kann, und zweitens, was meint er mit dem Stein, der in jedem Fall ins Rollen kommen wird?«

»Beide Fragen sind wichtig, Leo«, antwortete Patrizia. »Vielleicht ist D'Arco im Besitz von Beweismaterial, mit dem er belegen kann, dass Meriani die wahren Verantwortlichen aus den oberen Etagen kannte. Bislang können wir das ja nur vermuten.«

»Was, wenn D'Arco so wie wir nur zwei und zwei zusammengezählt hat?«, warf Marco ein. »Denn dass es bei der Einstellung des Verfahrens nicht mit rechten Dingen zuging, fällt ja einem Blinden auf. Wahrscheinlich ging D'Arco einfach davon aus, dass Meriani als leitender Ingenieur zu den Eingeweihten gehörte, und zwar sowohl bei der Abnahme des Gebäudes als auch bei der Einstellung der Ermittlungen.«

»Aber was ist mit dem Stein?«, meldete sich Lydia zu Wort. »Ist damit die Mordserie gemeint?«

»Zeitlich käme das hin«, sagte Antonia. »Der Antrag auf Wiederaufnahme wurde im Frühjahr 2009 gestellt und noch im selben Sommer abgelehnt. Der Letzte aus der Kontrollkommission, Gaetano Gallo, verschwand nach dem 31. Oktober desselben Jahres.«

»Ja, der Antrag wurde im August abgelehnt«, sagte Davide. »Aber so ganz schlüssig finde ich das nicht. Schließlich wollte D'Arco den Ingenieur dazu bringen, für ihn auszusagen. Er wollte den Fall wieder aufrollen und auf diese Weise Gerechtigkeit für seinen Vater erlangen. Da ist es doch nicht plausibel, den rollenden Stein mit den Morden gleichzusetzen. Ich meine, warum sollte D'Arco Meriani in dem Brief, mit dem er ihn zur Aussage bewegen will, mit Mord drohen, wenn er doch vorhatte, die Sache ganz regulär erneut vor Gericht zu bringen?«

»Vielleicht war das mit dem rollenden Stein nur so eine Redensart«, schlug Cristina vor. »Um Meriani ein bisschen unter Druck zu setzen und ihm das Gefühl zu geben, dass er ihm auf den Fersen bleibt, auch wenn er nicht aussagt. Was sagst du dazu, Simona?«

Die Polizeipsychologin nickte.

»Ich stimme euch zu, dass die Metapher mit dem rollenden Stein in dem Brief keine konkrete Morddrohung sein muss. Aber was, wenn ihn nach der Antragsablehnung Wut und Verzweiflung gepackt haben? Schließlich war damit alles aus. Er hatte keine Chance mehr, seinen Vater auf legalem Wege zu rehabilitieren und die Schuldigen ihrer gerechten Strafe zuzuführen. Gut möglich, dass er daraufhin beschlossen hat, die Sache selbst in die Hand zu nehmen.«

Im Raum herrschte angespannte Stille.

Schließlich unterbrach Davide das Schweigen.

»Ich weiß einfach nicht, ob das als Motiv ausreicht. Würdet ihr über Jahre hinweg mit der Präzision eines Uhrwerks immer am 1. November einen Menschen töten, nur weil euer

Vater fünfzehn Jahre nach dem Unfall nicht öffentlich rehabilitiert werden konnte? Schließlich wurde er ja nie angeklagt und saß nie im Gefängnis. Die Familie ist nach Neapel gezogen, und das war's. Er mag depressiv gewesen sein, das schon. Aber reicht das aus, um drei Menschen so planvoll und eiskalt zu töten?«

Sie sahen einander ratlos an. Davide hatte einen wunden Punkt getroffen.

»Wie ist sein Vater eigentlich gestorben?«, fragte Simona Sessa plötzlich und sah in die Runde.

Niemand antwortete.

»Sagtest du nicht neulich, der Vater sei vor ein paar Jahren gestorben?«, fragte sie Davide.

»Ja. Vor etwa drei Jahren«, antwortete Davide. »Aber ich weiß ehrlich gesagt nicht wie.«

Er wurde rot. Wie konnte er es nur versäumt haben, das zu recherchieren? Er wartete auf Patrizias Wutanfall. Irgendetwas musste ja kommen. Verdammt. Auch in diesem Punkt hatte er ziemlichen Mist gebaut.

Doch die Standpauke blieb aus.

Patrizia wandte sich an die beiden Kriminalassistentinnen.

»Antonia, Lydia, ruft bei der Stadt Neapel an, die sollen uns umgehend den Totenschein faxen. Wir müssen wissen, wie oder woran der Mann gestorben ist. Außerdem will ich den Namen und die Telefonnummer des Arztes, der den Schein ausgestellt hat. Und ich will wissen, ob irgendetwas über D'Arcos Tod in der Zeitung stand. Wir brauchen Antworten, und zwar sofort.«

Sie mussten nicht lange warten, bis Antonia und Lydia ins Sitzungszimmer zurückkamen, auch wenn es Patrizia so vorkam, als wäre die Zeit stehen geblieben.

Die Stadtverwaltung in Neapel war erstaunlich effektiv gewesen und hatte den Totenschein umgehend gefaxt.

Es war so, wie sie alle befürchtet hatten, ohne dass einer von ihnen den Gedanken laut ausgesprochen hätte. Sie hatten sich schweigend gegenübergesessen, ihre Notizen durchgeblättert, die Wand angestarrt, aus dem Fenster gesehen. Und doch hatten sie alle denselben Gedanken geteilt.

Jetzt gab es Gewissheit. Pasquale D'Arco hatte sich am 25. September 2008 das Leben genommen. Er hatte sich an der Wohnzimmerdecke seiner Dreizimmerwohnung erhängt. Es war sein Geburtstag gewesen. Er war 56 Jahre alt geworden.

*

Vincenzo Mattera war groß und schlank, hatte grau meliertes Haar und einen kurzen, gepflegten Kinnbart. Wie fast immer trug er eine helle Hose und ein Polohemd.

Patrizia erinnerte sich nicht, ihn je in etwas anderem gesehen zu haben. Nur im Winter hatte er über dem Polohemd noch einen Pullover an. Hemden oder Jacketts, wie sie sonst auf der Führungsebene üblich waren, schien er nicht zu besitzen.

Staatsanwalt Mattera war ein ruhiger, ausgeglichener Mensch, und als sie Platz nahm, lächelte er sie strahlend an. Auch das kannte sie schon, und es tat ihr gut.

»Commissaria Vespa, wie schön, dass Sie persönlich vorbeischauen!«

Patrizia lächelte unwillkürlich zurück, wurde dann aber sofort wieder ernst.

»Ja, eigentlich dachte ich bis vor ein paar Minuten noch, Sie nur in einer Angelegenheit sprechen zu müssen, aber jetzt sind es plötzlich zwei geworden, und die eine dringender als die andere.«

»Bei der einen Sache handelt es sich um die Patientenakten

dieses Psychologen, richtig? Ich habe schon von Richter Sansone davon gehört.«

Patrizia nickte.

»Ja, richtig. Dazu kommt, dass wir dringend einen Durchsuchungsbefehl für Privat- und Büroräume eines Verdächtigen brauchen. Es handelt sich um Valerio D'Arco, Teilhaber der Kanzlei Bimonte & Figli in Neapel.«

Matteras Miene verdüsterte sich. Er pfiff durch die Zähne.

»Die Kanzlei Bimonte & Figli in Neapel? Einen kleineren Fisch konnten Sie wohl nicht fangen? Und dann gleich einen Durchsuchungsbeschluss? Darf ich fragen, warum und auf welcher Basis?«

Patrizia legte ausführlich ihre neuesten Erkenntnisse dar.

Mattera hörte aufmerksam zu und massierte sich nachdenklich das Kinn mit Daumen und Zeigefinger.

»Ich werde mit dem zuständigen Staatsanwalt in Neapel reden«, antwortete er schließlich, »und dafür sorgen, dass Sie zunächst einen Durchsuchungsbeschluss für D'Arcos Privatwohnung bekommen. Sie sagten ja, dass Sie ihn zur Vernehmung hierher bringen lassen. Das ist gut. Danach werden wir entscheiden, ob Sie sich auch die Kanzlei vornehmen können.«

Patrizia überlegte, ob sie protestieren sollte. Matteras Zögerlichkeit und seine ständige Angst, irgendjemandem auf die Füße zu treten, passten im Grunde nicht zu der Position eines Staatsanwaltes. Doch sie hielt sich zurück. Schließlich hatte sie noch ein anderes Anliegen …

»Gut«, sagte sie nur. »Einverstanden. Und jetzt zu den Patientenakten. Denn natürlich dürfen wir in der Zwischenzeit andere Spuren nicht völlig vernachlässigen. Wir versprechen uns wirklich enorm viel von der Einsichtnahme. Mehrere der Hauptverdächtigen waren im Laufe der Jahre bei Dottore Adinolfi in Therapie, zum Teil sogar über längere Zeit hinweg.

Und dieses Verbrechen, das heißt, diese Serie von Verbrechen trägt die Handschrift eines Mannes, der mit seinem Trauma nicht mehr zurechtgekommen ist.«

Sie machte eine kleine Pause, doch Mattera saß weit zurückgelehnt in seinem Bürosessel, sah sie aufmerksam an und schwieg. Er schien seelenruhig auf eine Fortsetzung zu warten. Verdammt, fuhr es Patrizia durch den Kopf, was braucht der denn noch, um zu einer Entscheidung zu kommen? Na schön, er hat es nicht anders gewollt!

»Wie Sie wissen, stehen wir alle in diesem Fall ziemlich unter Druck.«

Sie lächelte in sich hinein. Jetzt hörte sie sich selber schon fast so an wie der Bürgermeister gestern am Telefon.

»Unter ziemlich großem Druck sogar, und zwar von ganz oben. Der Polizeichef steht in ständigem Kontakt mit dem Bürgermeister, der persönlich auf dem Laufenden gehalten werden will und fordert, dass alles Erdenkliche getan wird.«

Sie machte wieder eine kurze Pause. Dann fuhr sie fort: »Das hat er übrigens auch mir gegenüber klargestellt, als er mich gestern Abend anrief.«

Irrte sie sich, oder hatten sich die Augenbrauen des Staatsanwalts kaum merklich gehoben? An seinem Blick war nicht abzulesen, was er dachte. Dann kehrte sein Lächeln zurück, und er beugte sich vor.

»Sie haben mich überzeugt, Commissaria. Ich werde umgehend mit Richter Sansone reden. Keiner soll uns nachsagen können, Sie hätten nicht unsere vollste Unterstützung.«

Er sah auf die Uhr.

»Es ist ohnehin Zeit für einen kleinen Lunch. Und wie ich Richter Sansone kenne, verdaut er schwere Entscheidungen leichter, wenn er sie mit einer ordentlichen Portion Pasta und einem Glas Weißwein hinunterspülen kann.«

Er zwinkerte ihr zu. »Also dann …«

Vincenzo Mattera schien es plötzlich sehr eilig zu haben.

»Alles Gute für Sie, Commissaria! Ach so, und falls sich der Bürgermeister noch einmal melden sollte, versichern Sie ihm doch bitte, dass ich, nein, dass wir alle unser Möglichstes tun!«

*

»Raoul Ranieri? Commissaria D'Avossa hier. Machen Sie mir bitte auf?«

Es summte, und Cristina betrat das Treppenhaus. Ihr war die Aufgabe zugefallen, Raoul Ranieri zu fragen, warum er ihnen in ihrem ersten Gespräch verschwiegen hatte, dass er bei Adinolfi in Therapie gewesen war.

Eigentlich hätte sie das schon längst tun müssen, doch dann war immer etwas dazwischengekommen.

Der junge Ranieri empfing sie im vierten Stock an der Wohnungstür. Zu Cristinas Erstaunen war er unrasiert und noch im Bademantel.

»Ich hatte Nachtschicht im Pflegeheim«, sagte er statt einer Begrüßung, als hätte er ihre Gedanken gelesen.

Aus dem Wohnzimmer hörte man die aufgedrehte Stimme eines Quizmoderators. Raoul Ranieri führte Cristina in die Küche und wies auf zwei Stühle. Er schien nicht in Plauderstimmung zu sein.

»Wie geht es Ihrem Vater«, fragte Cristina.

»Sie sehen's ja selbst. Ich muss ihm abends seine Quizsendungen aufnehmen, weil er meistens davor einschläft. Und dann sieht er sie sich am nächsten Tag gleich mehrmals an.«

Cristina nickte.

»Aber Sie sind sicher nicht gekommen, um sich nach meinem Vater zu erkundigen, oder?«

»Das stimmt. Signore Ranieri, wir haben erfahren, dass

auch Sie vor Jahren, kurz nach dem Unfall im Teatro Verdi, für einige Zeit bei Alessio Adinolfi in Therapie waren. Als wir Sie letztes Mal darauf ansprachen, sagten Sie allerdings, nie eine Therapie gemacht zu haben. Können Sie uns das erklären?«

»Sie meinen, ob ich *Ihnen* das erklären kann.«

Raoul Ranieri klang gereizt, beinahe aggressiv, doch Cristina schwieg und sah ihn nur unverwandt an. Und zu ihrer Erleichterung schien er sich langsam wieder zu entspannen.

»Ich hatte damals einen Schock«, meinte er. »Ist alles begründet und haarklein schriftlich dokumentiert. Das werden Sie ja sehen, wenn Sie sich unsere Patientenakten aushändigen lassen. Falls Sie sie nicht schon haben. Traumatisiert heißt das im Fachjargon. Michele Montesano und ich hatten nach dem Unfall eine Weile Kontakt. Er war es auch, der mich zu dieser Therapie überredet hat. Aber ich sagte Ihnen ja schon, was ich von Therapien halte, erst recht, wenn sie zur Dauereinrichtung werden.«

Er schwieg einen Augenblick.

»Klar hätte ich das erzählen sollen«, fuhr er dann fort. »Sie haben mich ja direkt danach gefragt. Ehrlich gesagt weiß ich auch nicht, warum ich es nicht erzählt habe. Genauso wenig wie ich Ihnen sagen kann, warum ich die Therapie damals so schnell wieder abgebrochen habe.«

Er lächelte vage.

»Oder vielleicht doch. Wissen Sie, Therapie, das hörte sich so heilsam an. Als ob damit bald alles wieder gut werden würde. Aber meine Mutter war tot. Was konnte angesichts dessen schon wieder gut werden?«

»Therapie soll ja auch den Lebenden helfen«, sagte Cristina vorsichtig.

Für einen Moment sah Raoul Ranieri so aus, als würde er über ihren Einwand nachdenken. Doch dann sagte er: »Ich habe mein Leben auch alleine wieder in den Griff gekriegt. Klar gibt es Höhen und Tiefen«, er nickte in Richtung Wohnzimmer, »aber ich arbeite daran. Man kann seine Situation nur verbessern, wenn man etwas tut, und nicht durch endloses Gerede. Das ist meine Meinung. Sehen Sie sich doch Michele Montesano an! Hat ihm das Psychogewäsch etwa geholfen? Er behauptet, ja. Aber wenn es stimmt, warum geht er dann immer noch hin?«

Er sah Cristina an.

»Machen Sie mit meiner Meinung, was Sie wollen. Und wenn Sie meine Akte lesen, denken Sie bitte daran, dass es den traumatisierten, handlungsunfähigen Jungen, den Sie dort finden werden, schon sehr lange nicht mehr gibt.«

Unvermittelt stand er auf.

»Signora Commissaria, ist das alles? Ich habe noch viel zu tun bis zu meiner nächsten Schicht.«

Keine fünf Minuten später ging Cristina auf ihren Wagen zu. Doch als sie noch einmal zu den Fenstern im vierten Stock hinaufsah, blieb sie stehen. War es Einbildung, oder hatte sich eine der Gardinen tatsächlich kurz, aber heftig bewegt?

»Papà? Das war … Ach, ich dachte, du hättest gar nicht mitbekommen, dass Besuch da war.«

Raouls Vater antwortete nicht. Ohne seinen Sohn anzusehen, schlurfte er zu seinem Fernsehsessel zurück, ließ sich hineinfallen und stellte den Ton lauter.

Abrupt drehte Raoul Ranieri sich um und griff zur Klinke, um die Tür hinter sich zuzuschlagen. Doch dann besann er sich und drückte sie nur langsam und bedächtig ins Schloss.

*

Es war kurz vor drei. Alessio Adinolfi stand am Panoramafenster seines Sprechzimmers und sah auf die Stadt und das Meer hinaus.

Die beiden Polizisten waren unangemeldet gekommen. Dennoch war er nicht überrascht gewesen. Er hatte mit ihnen gerechnet. Ein Uniformierter und eine Frau, die der Mann Lydia genannt hatte. Beide noch ziemlich jung.

Er lächelte. Schade, dass die Kommissarin nicht persönlich gekommen war.

Sein Blick fiel auf die Uhr. Einen Termin hatte er wegen der Beamten kurzfristig absagen müssen, aber am späteren Nachmittag erwartete er noch eine Patientin.

Er betrachtete den Himmel über dem Meer und dachte an die Kommissarin. Eigentlich war sie doch gar nicht ... Wie sollte er sagen? Er lachte ... sein Typ? Trotzdem fand er sie interessant, um nicht zu sagen, faszinierend. Oder ging das doch etwas zu weit?

Glücklicherweise war er so vorausschauend gewesen, am Vorabend nach seiner Rückkehr aus dem Garten noch Kopien sämtlicher relevanter Patientenakten zu machen, obwohl er zunächst gar nicht genau gewusst hatte warum. Inzwischen war es ihm klar geworden. Er war nämlich eifersüchtig. Lächelnd fuhr er sich mit der Hand durchs Haar. Eifersucht, ein interessanter Gedanke. Aber warum auch nicht? Im Grunde genommen war es doch sein Fall. Und es waren seine Akten. Genau wie dieser Unfall. Er war der Beginn seiner Karriere. Michele Montesano und Raoul Ranieri waren in einer jämmerlichen Verfassung gewesen, bevor er begonnen hatte, mit ihnen zu arbeiten. Und er hatte sich richtig reingekniet. Nur schade, dass Raoul Ranieri dann doch so schnell abgebrochen hatte.

Plötzlich fühlte Alessio Adinolfi sich unruhig. Hatte er Zeit, die kopierten Patientenberichte noch einmal durchzusehen, bevor um fünf die magersüchtige Gymnasiastin kam? Wahrscheinlich nicht genug. Und später am Abend war er mit Giulia zum Essen verabredet. Japanisch im MeGeisha. Da konnte man draußen sitzen, mit Blick auf die Strandpromenade.

Er dachte an Giulia. Ja, sie liebten beide gutes Essen und schicke Lokale. Und in dieser Beziehung ließ Salerno nichts zu wünschen übrig. In der Innenstadt reihte sich ein Lokal an das andere. Bars, Kneipen, Restaurants, von gediegen bis rustikal. Ursprünglich hatte Giu ihn ja zu sich nach Hause eingeladen. Aber wie schon so oft in letzter Zeit war ihm auch heute nicht danach gewesen. Er fühlte sich rastlos, wollte raus in die quirlige Stadt, unter die Leute. Ob er Giulia beichten sollte, dass er sich von der Kommissarin angezogen fühlte? Unsinn! Schließlich war sie nicht die erste attraktive Frau, die ihm über den Weg lief, seit er mit Giu zusammen war. Trotzdem hatte er nie ernsthaft über Trennung nachgedacht. Sie waren einfach … Ja, was waren sie nur? Es war ihm von Anfang an schwergefallen zu erklären, was ihn mit Giulia verband.

Er schüttelte den Kopf und dachte wieder an die Patientenakten. Dann traf er eine Entscheidung. Nein, er würde heute Abend nirgendwo mehr hingehen. Jetzt, wo die Polizei über seinen Akten saß, wollte er den Abend lieber dazu nutzen, sich seine Kopien ebenfalls noch einmal gründlich und ungestört anzusehen. Sie und das Pressematerial. Er wollte alles mit den Augen der Polizei lesen. Sehen, was sie sahen. Psychologenspielchen? Vielleicht. Aber warum auch nicht?

Er beschloss, Giu anzurufen und ihr Treffen auf den nächsten Abend zu verschieben.

Adinolfi wollte sich eben vom Fenster abwenden, da fiel sein Blick auf den Himmel. Seltsam. Wie lange stand er jetzt schon hier? So sehr war er in Gedanken versunken gewesen, dass er die Veränderungen gar nicht wahrgenommen hatte. Plötzliches Grau, stellenweise beinahe schwarz, wo der Himmel vor Kurzem noch makellos blau gewesen war. Nach mehreren herrlichen Spätherbsttagen braute sich draußen über dem Meer ein Unwetter zusammen. Hier über der höher gelegenen Altstadt war es noch immer sonnig, doch der Lungomare und das untere Zentrum lagen bereits unter schweren dunklen Wolken.

Wind war aufgekommen. Die Palmwedel der Bäume in den umliegenden Gärten bewegten sich heftig. Plötzlich zuckte über dem Meer der erste lautlose Blitz. Dann noch einer. Es war ein fantastisches Schauspiel!

Alessio Adinolfi griff zum Fotoapparat und zählte die Sekunden. Absolute Stille. Dann kam es. Das Krachen des Donners, schwer und gemächlich. Im nächsten Moment verschwand die Sonne auch über der oberen Altstadt. Jetzt würde es nicht mehr lange dauern. Er würde kommen, der Regen. Harte, erlösende Tropfen.

Er fröstelte.

*

Patrizia saß dem Rechtsanwalt Valerio D'Arco in einem der kleinen muffigen Verhörzimmer der Questura gegenüber. Sie hatte das Mikrofon noch nicht eingeschaltet und würdigte ihn auch sonst keines Blickes. Stattdessen vertiefte sie sich in die Lektüre einiger Papiere vor ihr auf dem Schreibtisch.

Valerio D'Arco wusste, warum er hier war, und sie wollte ihn zappeln lassen. Es konnte nur von Vorteil sein, wenn dieser junge, erfolgsverwöhnte Staranwalt ausnahmsweise mal schweigen musste, bis jemand anders ihm das Wort erteilte. In seiner Überheblichkeit hatte er nicht mal einen eigenen Anwalt mitgebracht. Offenbar war er sich selbst Anwalt genug.

Aber er würde schon sehen … Die Vorwürfe gegen ihn waren schwerwiegend, und wenn er der Mörder war, würden sie das herausfinden – und wenn sie alle kriminaltechnischen Götter und Heiligen dafür anrufen mussten.

Eben jetzt, während sie hier mit D'Arco saß, verglich Bob Kingfisher dessen Fingerabdrücke mit denen aus Merianis Wohnung und dem Palazzo Genovese. Außerdem würde er D'Arcos Genprobe mit der des Haars auf dem Blumenstrauß abgleichen. Viele weiße Haare hatte der Anwalt zwar noch nicht, aber wie bei den meisten Menschen über dreißig fanden sich doch hier und da ein paar weiße Fäden.

Dass er auch die Schmutzspuren in Merianis Wohnung hinterlassen hatte, war allerdings schon ausgeschlossen worden, da D'Arco auf wesentlich größerem Fuß lebte. Um sein Alibi stand es dagegen schlecht. Er hatte zwar um 22 Uhr in Neapel mit Kreditkarte sein Abendessen bezahlt, doch für die Zeit danach gab es keine Zeugen, und die Autofahrt von Neapel nach Salerno dauerte nur eine knappe Stunde.

Und dann war da noch die Hausdurchsuchung. Patrizia hoffte inständig, dass die Kollegen in D'Arcos Wohnung in Neapel noch etwas fanden, was sie voranbringen würde. Aus den Augenwinkeln sah sie, dass Valerio D'Arco nach wie vor Haltung wahrte. Er wirkte vollkommen ruhig und geradezu entspannt.

Kurz zuvor hatte er höflich um einen Kaffee gebeten, der ihm nicht verweigert worden war. Daran nippte er jetzt. An der gegenüberliegenden Wand des Raumes lehnte Christina. Wie immer würde sie sich anfangs im Hintergrund halten, dann aber umso energischer auf den Plan treten, sobald die Dynamik des Gesprächs das Zusammenspiel zweier Kommissare erforderte. Patrizia wusste, dass sie sich auf Cristina verlassen konnte. Sie waren ein eingespieltes Team.

»Guter Kaffee«, brach Valerio D'Arco plötzlich das Schweigen.

Patrizia sah auf. Seine Bemerkung war nicht ironisch gemeint. Sollte sich etwa tatsächlich jemand die Mühe gemacht haben, ihm einen Kaffee aus einer der benachbarten Bars zu holen, statt ein Tässchen braune Brühe aus dem Automaten zu lassen?

Sie zog es vor, nicht weiter darauf einzugehen, stellte aber stattdessen das Aufnahmegerät an und sprach hinein.

»Vernehmung von Valerio D'Arco im Fall Gaetano Gallo, Gigi Spinosa und Ugo Meriani. Datum: 23. November 2011. Uhrzeit: 15.12 Uhr. Anwesend sind Valerio D'Arco, Erste Hauptkommissarin Patrizia Vespa und Zweite Hauptkommissarin Cristina D'Avossa. Der Befragte hat freiwillig auf einen Rechtsbeistand verzichtet.«

Sie wandte sich D'Arco zu.

»Signore D'Arco, wir ermitteln in der Mordsache Gigi Spinosa und Ugo Meriani, darüber hinaus im Vermisstenfall Gaetano Gallo. Der Architekt Gaetano Gallo verschwand um den 31. Oktober 2009. Er war Mitglied der Kontrollkommission, die das renovierte Teatro Verdi 1994 für die Einweihungs- und Premierenfeier freigab. Was während der Aufführung geschah und wie es passieren konnte, ist Ihnen hinlänglich bekannt.«

Sie hatte den letzten Satz nicht als Frage formuliert, dennoch nickte D'Arco.

Patrizia fuhr fort: »Von Gaetano Gallo fehlt bis heute jede Spur. Das zweite Opfer, Gigi Spinosa, verschwand genau ein Jahr nach Gallo. Allerdings wurde seine Leiche im August dieses Jahres im Hafenbecken der Molo Manfredi geborgen. Spinosa leitete die auf den Unfall folgenden polizeilichen Untersuchungen, die vierzehn Monate später ohne Ergebnis eingestellt wurden.« D'Arco machte eine Handbewegung und schien etwas sagen zu wollen, aber Patrizia beachtete ihn nicht.

»Nun zum dritten Fall. In der Nacht vom 31. Oktober auf den 1. November dieses Jahres wurde der Ingenieur Ugo Meriani ermordet. Er leitete damals die Bauarbeiten am Theater.«

Sie machte eine kleine Pause. D'Arco rührte sich nicht. Er wirkte jetzt unbeteiligt, wenn nicht gar gelangweilt.

Patrizia beugte sich vor und stützte die Ellbogen auf den Tisch.

»Signore D'Arco, es gibt ausreichende Hinweise, die diese Morde mit dem Unfall im Theater im Jahr 1994 in Verbindung bringen. Wir wissen, dass sich Ihr Vater, einer der beiden Monteure, nie mehr von jenen Ereignissen erholt hat und am 25. September 2008 Selbstmord beging. Wir wissen außerdem, dass Sie als Reaktion auf seinen Suizid beschlossen, alles zu tun, um den Fall noch einmal verhandeln zu lassen, die Verantwortlichen zur Rechenschaft zu ziehen und Ihren Vater auf diese Weise zu rehabilitieren. Aber um Aussicht auf Erfolg zu haben, brauchten Sie neues Material, wenn möglich neue Indizien und vor allem relevante Zeugenaussagen. Wir wissen darüber hinaus, dass Sie in der Hoffnung, eine solche Zeugenaussage zu erpressen, mindestens einen Drohbrief geschrieben haben, und zwar an den Ingenieur Ugo Meriani. Doch Meriani war entweder nicht willens oder nicht in der Lage, Ihnen zu helfen. Der Antrag auf Wiederaufnahme des Verfahrens wurde im August 2009 abgelehnt. Wenige Monate später, am Jahrestag des Unfalls, verschwand Gaetano Gallo spurlos.«

Sie lehnte sich wieder zurück und betrachtete einen Augenblick schweigend den Mann, der noch immer scheinbar unbeeindruckt vor ihr saß. Als sie weitersprach, klang ihre Stimme noch kühler.

»Signore D'Arco, Sie stehen unter Verdacht, nach Ablehnung des Wiederaufnahmeantrags die Morde an Gaetano Gallo, Gigi Spinosa und Ugo Meriani geplant und ausgeführt zu haben. Hinweise darauf enthält auch Ihr Drohbrief an Ugo Meriani, in dem Sie unter anderem schreiben, ich zitiere: ›Ich werde nicht lockerlassen. Das wissen Sie jetzt. Der Stein wird in jedem Fall ins Rollen kommen. Es liegt ganz bei Ihnen, auf welcher Seite Sie sich dann befinden: auf der Seite der Gerechtigkeit oder auf der Seite derer, die er überrollen wird ...‹«

Patrizia sah ihm offen ins Gesicht.

»Lassen Sie es mich mal mit anderen Worten sagen. Was Sie Ugo Meriani hier androhen ist, dass er entweder freiwillig die Verantwortung für seine Mitschuld am Unfall übernehmen kann oder von Ihnen dafür zur Rechenschaft gezogen werden wird. Wir gehen übrigens davon aus, dass Sie nicht nur Ugo Meriani, sondern auch den anderen Opfern solche Briefe geschickt haben.«

D'Arco lächelte unergründlich, und Patrizia fixierte ihn erneut, bevor sie fortfuhr.

»Es ist jedoch anzunehmen, dass nicht nur Meriani, sondern auch die beiden anderen beschlossen, das Risiko einzugehen und Ihnen nicht zu helfen, sonst wäre Ihr Antrag vermutlich nicht abgelehnt worden. Für Sie muss das ein herber Schlag gewesen sein, der Sie vor eine schwere Wahl stellte. Sollten Sie sich nun endgültig aus der Sache zurückziehen, sich Ihre Niederlage eingestehen und mit dem Suizid Ihres Vaters abfinden? Oder sollten Sie Ihre Drohung wahrmachen? Aber eine Niederlage zu akzeptieren kam für einen erfolgsgewohnten Mann wie Sie nicht in Frage. Daher beschlossen Sie, diejenigen, gegen die damals ermittelt wurde, selbst zu richten. Sie selbst sind der Stein, der ins Rollen kam. Sie haben Gaetano Gallo, Gigi Spinosa und Ugo Meriani aus Wut und

Enttäuschung über das Versagen des Rechtssystems getötet und damit den Tod Ihres Vaters gerächt.«

Patrizia hatte die letzten Sätze mit Nachdruck gesprochen, doch D'Arco schüttelte nur leicht mit dem Kopf.

»Ich gebe natürlich zu, den Brief geschrieben zu haben«, sagte er schließlich. »Es sind ja meine Fingerabdrücke drauf. Und dann das Briefpapier!« Er winkte lässig ab und lachte. »Da war ich wohl ein ziemlicher Idiot. Meine einzige Entschuldigung für diese Dummheit ist, dass ich kriminalistisch ein völlig unbeschriebenes Blatt bin. Da unterlaufen einem eben Fehler. Ach ja, und Sie haben übrigens recht. Ich habe auch den beiden anderen, dem Gallo und dem Spinosa, diesen Brief geschickt. Aber ich konnte ja damals noch nicht ahnen, dass die ganze Bagage umgebracht und ich dadurch selber unter Verdacht geraten würde. Bevor ich die Briefe schrieb, habe ich sie alle drei persönlich aufgesucht. Aber die haben mir geradezu ins Gesicht gelacht. Daher die Idee, ihnen zu drohen. Ich wollte ihnen nur ein bisschen Druck machen, gefährlicher klingen, als ich war und …«

Patrizia unterbrach ihn: »Wie viele Briefe haben Sie geschrieben? Blieb es bei dem einen, oder haben Sie, als sich nichts tat, noch mal nachgelegt?«

»Nein. Ich wusste nicht, was das hätte bringen sollen. Ich habe versucht, meinen Antrag auch ohne ihre Unterstützung so gut wie möglich vorzubereiten und aufs Beste gehofft.«

»Warum sind Sie sich eigentlich so sicher, dass Gallo, Spinosa oder Meriani etwas wussten, das bei einem neuen Verfahren von Relevanz gewesen wäre? Haben Sie Beweise für ihre Schuld oder dafür, dass sie andere Schuldige hätten nennen können?«

»Nein«, antwortete D'Arco, »die habe ich nicht.«

Plötzlich war sein Ausdruck wie versteinert, und Patrizia

konnte die unterdrückte Wut in seiner Stimme hören, als er weitersprach.

»Hören Sie, Commissaria, ich bin doch nicht blöd! Wir wissen doch alle, dass der leitende Ingenieur genauso wie die Herren von der Kontrollkommission oder der Untersuchungsleiter darüber im Bilde waren, wie die Sache 1994 wirklich abgelaufen ist. Wenn die es nicht wussten, wer dann? Ich habe gepokert und verloren. Was soll's.«

Nun schaltete Cristina sich in das Gespräch ein.

»Wussten Sie, dass Gaetano Gallo verschwunden war?«, fragte sie ihn. »Und wann haben Sie von Spinosas Verschwinden und seinem Tod erfahren?«

Valerio D'Arco hatte sich abgewandt und sah aus dem Fenster, als hätte er die Frage gar nicht gehört. Patrizia war drauf und dran, sie noch einmal in aller Schärfe zu wiederholen, als der Anwalt sich wieder umdrehte und schulterzuckend antwortete.

»Natürlich wusste ich davon. Es kam ja in den Nachrichten. Als ich hörte, dass Gallo vermisst wurde, dachte ich zuerst, der hätte sich abgesetzt. Ich war sogar so vermessen zu glauben, mein Brief hätte ihm Angst gemacht und ihn dazu bewogen, sich aus dem Staub zu machen. Allerdings war das Wiederaufnahmeverfahren ja schon Monate vorher abgeschmettert worden. Was hatte er also zu befürchten?«

»Aber als ein Jahr später auch Spinosa vermisst wurde, kam Ihnen das Ganze doch sicher seltsam vor, oder nicht?«, fragte Cristina. »Und spätestens als man ihn tot aus dem Hafenbecken fischte, müssen Sie den Zusammenhang gesehen haben, ein intelligenter Mann wie Sie, der genau diesen beiden Männern ein Jahr zuvor noch einen handfesten Drohbrief geschrieben hatte.«

Es klang spöttisch. Jetzt kam Cristina zum Tisch und stützte sich mit beiden Händen ab.

D'Arco sah kurz zu ihr hin, konnte aber ihrem Blick nicht standhalten, und wandte sich wieder dem Fenster zu. In seinem Gesicht spiegelten sich die unterschiedlichsten Emotionen wider.

Doch Cristina, die nicht vorhatte, ihm eine Auszeit zu gönnen, nahm den Faden erneut auf.

»Sie sind Anwalt. Sie wissen, dass zwei Menschen verschwunden sind. Zwei Menschen, die Sie selber bedroht und vor Gericht zu stellen versucht haben. Einer von ihnen wird tot aufgefunden. Und es kommt Ihnen nicht in den Sinn, Ihren Verdacht der Polizei mitzuteilen? Aber natürlich nicht. Weil Sie es nämlich selbst getan haben.«

D'Arco schüttelte mit gespielter Belustigung den Kopf.

Patrizia warf ihrer Kollegin einen schnellen Blick zu und übernahm das Ruder.

»Natürlich gibt es noch eine andere Möglichkeit. Sagen wir mal, Sie hatten mit Gallos Verschwinden und Spinosas Tod nichts zu tun. Aber Sie hatten Angst, der Polizei Ihren Verdacht mitzuteilen, weil Sie ja nicht sicher sein konnten, dass nicht einer Ihrer Drohbriefe auftauchen würde. Sie fürchteten um Ihre saubere Blitzkarriere. In diesem Fall wären Sie also kein Mörder, sondern nur ein Anwalt mit etwas zweifelhafter Moral. Aber das soll ja öfter mal vorkommen.«

D'Arco schoss ruckartig herum und funkelte Patrizia hasserfüllt an. Seine Stimme jedoch war zuckersüß, als er antwortete.

»Sie haben noch eine Erklärung vergessen, Commissaria, und zwar die beste von allen ... Na, kommen Sie drauf? Nein? Jetzt enttäuschen Sie mich aber!«

Er lächelte zynisch. Dann wanderte sein Blick zu der Glasscheibe hinter Patrizia, und als er fortfuhr, sprach er zu einem imaginären Publikum hinter der Scheibe. Patrizia wusste, dass mehrere ihrer Kollegen einschließlich des Polizeichefs Pietro Di Leva ihr Gespräch von dort aus mitverfolgten.

»Warum glauben Sie eigentlich, dass ausgerechnet ich Ihre Arbeit machen sollte? Als es vor Jahren darum ging, die wahren Verantwortlichen dieser Tragödie zur Rechenschaft zu ziehen, wo war denn da die Polizei? Und jetzt, wo jemand anders diese Männer zur Verantwortung zog, jetzt sollte ich Sie mit der Nase auf einen möglichen Zusammenhang stoßen und Ihnen damit vielleicht helfen, den Mörder dingfest zu machen? Einen Mörder, der nur das tut, was die Polizei versäumt hat, nämlich Unrecht zu bestrafen. Denn bei Gott, Sie schliefen ja schon wieder!«

Er wandte sich wieder Patrizia und Cristina zu und sah ihnen kopfschüttelnd in die Augen.

»Nein, Sie hatten keine Ahnung von dem Zusammenhang zwischen den beiden Vermisstenfällen! Nicht mal als der eine tot aufgefunden wurde, sind Sie auf den Trichter gekommen, und mir war sofort klar, dass Sie es von mir auch nicht erfahren würden. Ich selber hätte es nie tun können. Nennen Sie es Moral oder was immer Sie wollen. Aber die Polizei bei der Suche nach dem Mörder zu unterstützen …« Er lachte bitter. »Sie müssen zugeben, dass das niemand von mir verlangen konnte.«

»Verstehe«, meinte Patrizia trocken. »Sie ziehen die Rolle des unbescholtenen Bürgers vor, der nie einen Mord begehen würde, aber nur zu gerne als Zuschauer in der ersten Reihe sitzt und das Geschehen mitverfolgt. Was haben Sie empfunden? Befriedigung Ihrer Rachsucht? Haben Sie sich eigentlich je gefragt, ob Sie selbst den Suizid Ihres Vaters hätten verhindern können? Er war jahrelang depressiv. Wie intensiv haben Sie sich um ihn gekümmert? Oder passte so ein Vater nicht mehr zu Ihrem neuen, erfolgreichen Image?«

Patrizia klappte den Deckel ihrer Akte zu.

»Glauben Sie bloß nicht, dass die Sache hier endet. Wir werden herausfinden, ob Sie wirklich nur Zuschauer waren. Wenn nicht, werden wir Ihnen das beweisen, verlassen Sie sich drauf.«

D'Arco lächelte herablassend.

»Tun Sie, was Sie nicht lassen können, aber Sie verschwenden Ihre Zeit. Mehr als den Drohbrief haben Sie nicht gegen mich in der Hand. Oder was macht Sie sonst so wütend, dass Sie den Tod meines alten Vaters bemühen müssen? Was wissen Sie schon, ob ich mich um ihn gekümmert habe oder nicht.«

Er lachte abermals bitter.

»Und was meine sogenannte fehlende Kooperationsbereitschaft angeht, so wissen Sie genauso gut wie ich, dass ich mich nur dann strafbar gemacht hätte, wenn Sie mich damals zum Fall Gallo oder Spinosa befragt hätten. Sie fragen und ich schweige, dann habe ich ein Problem. Sie fragen mich nicht und ich sage nichts, es liegt kein strafrechtlich zu verfolgender Tatbestand vor. Glauben Sie mir, ich kenne die Paragraphen.«

Patrizia schwieg. Es war zum Aus-der-Haut-Fahren, aber sie musste zugeben, dass er recht hatte. Sie sah zu Cristina hinüber, aber die schüttelte nur den Kopf. Patrizia wusste nicht, was sie D'Arco noch fragen, geschweige denn, was sie denken sollte. Einerseits war sie weit davon entfernt, den jungen Anwalt aufgrund eines Bauchgefühls einfach so abzuschreiben. Nur harte Fakten würden letztendlich beweisen, ob seine Version der Wahrheit entsprach oder nicht. Und doch sagte ihr eine innere Stimme, dass sie eine Niete gezogen hatten. Schon wieder.

*

Nach der wenig aufschlussreichen Einvernahme Valerio D'Arcos hatten Patrizia und ihr Team fieberhaft auf die ersten Ergebnisse der Kriminaltechnik gewartet. Als diese schließlich eintrudelten, bestätigte sich, was Patrizia befürchtet hatte: keine Übereinstimmungen bei den Fingerabdrücken. Für die Genprobe brauchte Bob Kingfisher noch mehr Zeit.

Doch Patrizia machte sich keine Illusionen. Auch die Durchsuchung von D'Arcos Wohnung war ergebnislos verlaufen. Außer den Drohbriefen hatten sie nichts gegen den Anwalt in der Hand.

Allgemeiner Frust hatte sich wie Blei auf die Schultern ihres Teams gelegt, und Patrizia hatte ihre Kollegen für heute nach Hause geschickt. Morgen früh würden sie versuchen, sich neu zu orientieren.

Als sie selbst die Questura verlassen wollte, kam Cristina zu ihr und schlug vor, noch ein Bier auf die Misere zu trinken.

Patrizia war ihr dankbar. Meistens hatte sie nichts gegen das Alleinsein, aber heute fiel ihr der Gedanke an einen langen einsamen Abend in ihrem großen Haus schwer. Sie fühlte sich ausgelaugt und gehetzt, und das Gedankenkarussell in ihrem Kopf wollte einfach nicht stillstehen. Der Druck, dem Mörder endlich näher zu kommen, wuchs ständig, während sie sich in einem Netz endloser Einbahnstraßen zu verheddern drohten.

Cristina schlug einen Pub in der Nähe der Questura vor, gab aber nach, als Patrizia auf dem Giardino della Minerva bestand.

Keine gute Idee, wie sich kurz danach herausstellte. Der Innenraum des Gartencafés war eher einfach und lud nicht unbedingt zum Sitzen ein. Es war die Terrasse, die den Garten ausmachte. Doch hier hatte Giuseppe Montesano erst einmal kopfschüttelnd und verständnislos das Regenwasser von den Stühlen und Tischen wischen müssen. Und auch Cristinas skeptischer Blick ließ keinen Zweifel daran, dass sie ihr für diesen Reinfall etwas schuldete.

»Ja, ja, du hast ja recht«, seufzte Patrizia. »Wahrscheinlich würdest du nicht nur dir, sondern auch mir einen Gefallen tun, wenn du mir einfach den Vogel zeigen und mich hier wieder rausschleifen würdest. Wo der Tee bloß bleibt? Wahrscheinlich lassen die sich da drinnen extra viel Zeit, damit wir hier draußen so richtig schön auskühlen.«

Sie spähte ins Innere des Cafés, um zu sehen, ob der alte Montesano schon auf dem Weg zu ihnen war, da hörte sie vertraute Stimmen. Die eine gehörte Montesano, die andere, jüngere, glaubte sie ebenfalls zu kennen, aber sie konnte sie nicht zuordnen. Sie hatte das Gefühl, ein Déjà-vu zu erleben. War das etwa schon wieder Alessio Adinolfi? Sie lauschte konzentriert. Der Jüngere redete schnell und eindringlich, er schien eine Menge Fragen zu stellen. Montesano dagegen klang ruhig und gelassen. Sprach er mit seinem Sohn Michele?

Plötzlich herrschte wieder Stille. Patrizia erwartete, jeden Augenblick Schritte zu hören, doch nichts geschah. Dann kam Montesano mit zwei dampfenden Tassen heraus. Patrizia hätte ihn gerne nach dem unbekannten Besucher gefragt, doch sie riss sich zusammen, und Giuseppe Montesano schien es eilig zu haben, ins Café zurückzukommen.

Erst jetzt registrierte Patrizia, dass Cristina sie irritiert ansah.

»Patrizia, was ist los mit dir? Verdammt, der Druck lastet nicht nur auf dir, er lastet auf uns allen! Du musst versuchen, locker zu bleiben. Hör mal zu, wie wär's, wenn wir jetzt austrinken und zu mir fahren? Man kann meiner Schwiegermutter so ziemlich alles nachsagen, aber nicht, dass sie nicht kochen kann. Und Francesca und Chiara werden dich garantiert auf andere Gedanken bringen.«

Patrizia sah in ihre Tasse. »Vielleicht hast du recht. Lass

uns gehen. Und ich verspreche, dass ich morgen wieder die Alte bin. Einige Untersuchungen stehen ja auch noch aus. Das Blatt könnte sich also durchaus noch einmal wenden.«

Cristina klopfte ihr auf die Schulter. Dann tranken sie aus, standen auf und verließen den Garten.

Doch nach ein paar Metern durch die menschenleere Gasse stadtabwärts blieb Patrizia plötzlich stehen.

»Cristina, ich weiß, du willst nach Hause. Aber was meinst du, sollten wir nicht vielleicht noch mal diesen Adinolfi zu Michele Montesano und Raoul Ranieri befragen? Wie es aussieht, müssen wir ja jetzt wohl oder übel wieder alles und jeden in Betracht ziehen, und der wohnt doch gleich hier um die Ecke.«

Cristina hob spöttisch die Augenbrauen.

»Du glaubst doch nicht wirklich, dass Adinolfi plötzlich beschließt, dir mit intimen Details über seine Patienten auszuhelfen? Schon gar nicht jetzt, wo er mit den Akten rausrücken musste! Oder hast du etwa vor, ihn mit deinem weiblichen Charme gesprächig zu stimmen?«

Patrizia verdrehte die Augen. »Ja klar! Vor allem, weil ich dich dann gebeten hätte mitzukommen.«

Cristina lachte.

»Also wenn du dir das heute Abend noch antun willst, mach ruhig, wir haben nichts zu verlieren und wer weiß, ein Versuch kann sicher nicht schaden. Ich fürchte nur, dass du das ohne mich hinkriegen musst. Ich will jetzt wirklich nur noch nach Hause.«

Patrizia begleitete ihre Kollegin bis zu dem Altstadtfahrstuhl. Die Kabinentür öffnete sich und Cristina trat ein. Erst als die Tür sich langsam wieder schloss, ging sie noch einmal zum Angriff über.

»Also dann viel Spaß!« Sie hob warnend den Zeigefinger. »Und wehe, du kommst ohne Ergebnisse nach Hause …«

Patrizias Grimasse kam zu spät, der Aufzug hatte sich längst in Bewegung gesetzt und beförderte Cristina und ihr verschmitztes Grinsen abwärts.

Kurz danach stand Patrizia vor Adinolfis Haus und klingelte. Einmal. Zweimal. Verdammt, der Vogel war ausgeflogen. Sie fragte sich, warum sie das überhaupt nicht in Betracht gezogen hatte. Sollte sie noch ein drittes Mal klingeln? Aber dass er zu Hause war und ihr nicht öffnete, war doch eher unwahrscheinlich.

Sie trat einen Schritt zurück und sah an der Hauswand empor. Adinolfis Praxis und Privatwohnung wirkten dunkel.

Also doch ein langer Abend allein. Plötzlich wünschte Patrizia sich nichts sehnlicher, als mit Cristina und ihrer Familie am Tisch zu sitzen, zu essen und über dieses und jenes zu plaudern. Was bin ich nur für eine Idiotin, dachte sie, wie viele Fehlentscheidungen will ich eigentlich heute noch treffen? Ob sie einfach doch noch nach Torrione fahren sollte? Nein, sie hatte sich die Suppe eingebrockt, also würde sie sie auch auslöffeln. Zu Hause und allein.

Schulterzuckend setzte sie sich in Richtung Fahrstuhl in Bewegung, da hörte sie ein unbestimmbares Geräusch. Instinktiv blieb sie stehen und spähte in die Dunkelheit. Nichts. Absolute Stille. Sie wollte weitergehen, doch etwas hielt sie davon ab. Unmittelbar vor ihr war einer der unzähligen tunnelartigen Durchgänge, in denen es kein Licht gab. Daher musste das Geräusch gekommen sein.

Patrizia wollte gerade weitergehen, als es sich wiederholte. Waren es Schritte? Zwei oder drei. Leise, kaum hörbar. Dann wieder tiefe Stille.

Panik schoss in ihr hoch, bodenlos und unbegründet, doch sie zwang sich zur Ruhe. Was sollte das jetzt? Sie war doch sonst nicht grundlos ängstlich? Wahrscheinlich war es nur eine Katze oder jemand, der seinen Müll vor die Tür gestellt hatte. Der Aufzug war keine fünfzig Meter entfernt. Sie musste nur noch durch den Tunnel, durch den sie ja kurz zuvor auch gekommen war.

Sie atmete tief durch und zwang sich zu einem normalen Schritttempo. Es gibt keine Gefahr, dachte sie, es liegt alles nur an dem Stress …

Als sie die Galerie betrat, wurde die durchsichtige, laternengetränkte Nacht abgelöst von flüssiger Dunkelheit, so kompakt, dass sie glaubte, sie mit Händen greifen zu können. Sie zwang ihren Schritt zur Gleichmäßigkeit. Die Luft war feucht und modrig. Ihre Schritte hallten auf dem Steinpflaster. Plötzlich spürte sie einen Luftzug und zuckte zusammen. Eine Bewegung, so als würde sich etwas von der Wand lösen. Dann war es an ihr vorbei. Schritte. Waren es ihre eigenen?

Patrizia rannte los, von irrationaler Angst gepackt, immer auf den fahlen Laternenschimmer am Ende des Tunnels zu.

Im Vorhof des Aufzugs kam sie wieder zum Stehen. Doch erst als sie im hellen Licht der Kabine stand und die Tür sich hinter ihr schloss, gelang es ihr, die Panik langsam hinunterzuzwingen. Dahin, woher sie gekommen war.

Ratternd setzte sich der Aufzug in Bewegung.

*

Alessio Adinolfi trat einen Schritt vom Fenster zurück. Ihm war schwindelig. Instinktiv griff er nach einer Stuhllehne.

Ob sie ihn hinter der Gardine bemerkt hatte? Es hatte nicht so ausgesehen. Seltsam. Ein paar Stunden früher, und er hätte sich über ihren unverhofften Besuch gefreut. Doch jetzt empfand er nichts. Er versuchte zu denken. Wahrscheinlich hätte er ihr öffnen sollen. War sie nicht wie gerufen gekommen? Was hatte ihn davon abgehalten? Er wusste es nicht, und es fiel ihm schwer, einen klaren Gedanken zu fassen.

Mit unsicheren Schritten ging er in sein Arbeitszimmer mit Blick auf die untere Altstadt. Er setzte sich an den Schreibtisch und schenkte sich ein neues Glas Gin ein. Es war sein drittes, und er spürte, wie sein Kopf zu zerfließen begann. Er hatte den ganzen Tag noch nichts gegessen, sich aber vor etwa einer Stunde eine Pizza bestellt. Vor einer Stunde … Es kam ihm vor wie in einem komplett anderen Leben. Wenn er jetzt anrief, konnte er die Bestellung vielleicht noch rückgängig machen. Aber er war nicht in der Lage, den Telefonhörer abzuheben, geschweige denn, die Nummer herauszusuchen, eine Entschuldigung abzugeben, normal zu klingen.

Vor ihm lag ein wildes Durcheinander von Zeitungsartikeln über den Unfall im Theater, die meisten mit großformatigen Fotos zum Text. Der Unfallort, der Abtransport der Leichen, die Leichenwagen.

Er nahm einen der Ausschnitte in die Hand. Dieser zierliche Rücken, der schmale Hinterkopf. Er legte den Artikel auf den Tisch zurück. Nein, er wollte es nicht wissen, wünschte sich, alles ungeschehen machen zu können, den Ordner zurück an seinen Platz zu stellen oder am besten ganz wegzuwerfen und zu vergessen. Aber dafür war es jetzt zu spät. Wut kochte in ihm hoch. Er zerknüllte den Zeitungsausschnitt und schleuderte ihn weg.

Dunkle gewellte Haare bis auf die Schultern, so fremd und doch so vertraut.

Warum erst jetzt? Natürlich. Weil sie sich noch gar nicht gekannt hatten, als der Artikel mit dem Foto in der Zeitung erschienen war. Ein Schauer lief ihm über den Rücken. All die

Jahre, und er war völlig ahnungslos gewesen … Ein schöner Psychologe, dem man so leicht etwas vormachen konnte! Er versuchte zu lachen und verschluckte sich an seinem eigenen Speichel. Psychologe! Er war nichts als ein eingebildeter Idiot mit ein paar teuren Spielzeugen – einer Stahlrohrliege, einem edlen Schreibtisch, dem Diplom einer renommierten Universität. Aber Menschenkenntnis?

Er schlug die Hände vors Gesicht und versuchte zu weinen, aber es kam nur ein Stöhnen. So also würde es zu Ende gehen. Unerwartet und überraschend brutal.

Er richtete sich auf und atmete tief durch. Ruhig bleiben. Nachdenken.

Er stand auf und ging ein paar Schritte, massierte sich die Schläfen. Er musste einen klaren Kopf bekommen. Hoffentlich brachten sie bald die Pizza, die würde ihm helfen, wieder nüchtern zu werden.

Danach würde er die Kommissarin anrufen.

Er horchte auf. Hatte es geklingelt? Er lauschte. Ob die Kommissarin zurückgekommen war? Es klingelte noch einmal, jetzt länger.

Natürlich, die Pizza! Pünktlicher als erwartet. Er ging in den Flur und drückte auf den Türöffner. Erst als es summte, wurde ihm klar, dass er einen Fehler gemacht hatte. Er schloss die Augen, ließ die Erkenntnis auf sich wirken – und plötzlich wusste er, wie alles enden würde. Es war so simpel.

Er hörte Schritte draußen auf dem Treppenabsatz. Dann wurde es ganz still. Wie selbstverständlich legte er die Stirn und beide Hände an die Tür. Verharrte regungslos. So hatten sie es immer gemacht. Ein Ritual der Vorfreude. Heute war es ein Abschied. Nur dieses eine Mal noch. Und dann nicht mehr.

Langsam glitt seine Hand auf der Tür nach unten und umfasste die Türklinke.

13

Donnerstag, 24. November 2011

Gegen Mittag saßen Patrizia und Cristina in der Nähe der Questura im Zeroottonove, einem Café am Lungomare, das sich Salernos Telefonvorwahl als Name gewählt hatte. Sie tranken Tee mit Zitrone. Die ungewöhnliche Wärme der letzten Tage war vorüber, und ein kalter, feuchter Wind trieb schwere Wolken über den Himmel. Die ganze Nacht hatte es stark geregnet, und vor den Fenstern des Cafés glänzte der nasse Asphalt. Der Maestrale, wie der Nordwestwind hier genannt wurde, riss heftig an den Palmwedeln auf der beinahe verlassenen Strandpromenade.

Am Vormittag hatte sich das Team versammelt und die Lage besprochen, aber der Optimismus des Vortags war verflogen. Bob Kingfisher hatte berichtet, dass auch die DNA-Probe des jungen Anwalts nicht mit dem Vergleichsmaterial übereinstimmte, das ihnen Merianis Wohnung sowie das Haar auf den Blumen geliefert hatte. Und allein aufgrund des Drohbriefs hatten sie ihn nicht länger festhalten können.

Patrizia bohrte mit einem Zahnstocher Löcher in ihre Zitrone, um die größtmögliche Menge Saft herauszupressen.

Cristina beobachtete sie interessiert. »Willst du meine auch noch? Ich hab's nicht so gerne sauer.«

»Warum nicht? Vielleicht bringt eine Überdosis Vitamin C ja meine Gehirnwindungen wieder in Schwung.«

»Ich verstehe immer noch nicht, wie du dir so sicher sein kannst, dass es D'Arco nicht doch war«, antwortete Cristina mit plötzlicher Heftigkeit und ließ ihr Zitronenstück in Patrizias Tasse plumpsen. »Der Mann hat ein genauso starkes Motiv wie unsere anderen Hauptverdächtigen. Darüber hinaus halte ich ihn für wesentlich intelligenter, um nicht zu sagen, gerissener als die anderen.«

»Du meinst, nur weil er Anwalt ist und nicht Krankenpfleger oder verhinderter Apotheker?«, fragte Patrizia. »Ich weiß nicht. Außerdem scheint er keine psychischen Probleme gehabt zu haben, nicht mal in der Zeit nach dem Selbstmord seines Vaters. Nichts, was auf ein ernsthaftes Trauma hinweisen würde. Simona Sessa hat sich ja gestern eingehend mit ihm unterhalten, und …«

»… und kam zu dem Ergebnis, dass er irgendwie schwammig war, wie sagte sie?«

»Kompliziert und schwer lesbar, glaube ich. Aber das ist noch kein Verbrechen. Anzeichen für eine psychische Störung hat sie jedenfalls nicht festgestellt.«

»Na und? Was heißt das schon? Die Gefängnisse sind voll von Mördern und Mehrfachmördern, denen man von außen nichts, aber auch gar nichts anmerkt. Außerdem glaube ich auch nicht, dass sich so etwas nach einem einzigen Gespräch feststellen lässt. Ich sag's dir, der Mann ist clever, ein ganz schlauer Hund. Der hat seinen Auftritt gestern bei uns minutiös vorbereitet, genauso wie seine Morde. Elegant und stilvoll inszeniert. Der wusste genau, was wir gegen ihn in der Hand haben, nämlich nichts, bis auf den Drohbrief. Ich frage mich wirklich, wieso du ihn einfach so abschreibst! Ich tue das jedenfalls nicht. Der Mann steht auf meiner Verdächtigenliste ganz oben. Und wenn wir lange genug am Ball bleiben, werden wir seine Schwachstelle schon finden.«

»Ach komm. Fakt ist, dass wir uns wenn überhaupt nur millimeterweise vorantasten. Und was D'Arco betrifft …«

Mitten im Satz wurde sie vom Klingeln ihres Handys unterbrochen und nestelte entnervt das immer lauter werdende Mobiltelefon aus der Innentasche ihrer Jacke.

»Pronto! Commissaria …«

Weiter kam sie nicht. Am anderen Ende der Leitung war eine aufgeregte Stimme zu hören.

Cristina sah Patrizia fragend an, und ihre Lippen formten ein stummes »Was«? Doch Patrizia reagierte nicht. Schließlich ließ sie, ohne ein weiteres Wort gesagt zu haben, das Handy sinken, wandte sich zum Fenster und starrte auf den nassen Lungomare und das schwarzgraue aufgewühlte Meer.

Cristina brannte darauf zu erfahren, was passiert war, doch der Gesichtsausdruck ihrer Kollegin hielt sie zurück.

Plötzlich stand Patrizia auf und steckte das Handy in die Tasche, ohne Cristina anzusehen.

»Kannst du bitte bezahlen?«, fragte sie knapp. »Ich geh schon mal vor zum Altstadtfahrstuhl. Wir treffen uns bei Alessio Adinolfi.«

*

Trauer. Tiefe Trauer. Was Hoffnung auf Zukunft war, ist nur noch Leere. Hatte ich eine Wahl? Ich weiß es nicht. Statt mich auf meine nächste Aufgabe zu konzentrieren, stelle ich mir vor, was hätte sein können. Aber er wollte mich täuschen, er war wie die anderen – zum Schluss. Wie konnte mir das passieren? Seit damals gab es so viele und doch niemanden. Es sollte auch niemanden mehr geben. Dann er … Nur er durfte mich noch einmal bei meinem wahren Namen nennen. Dem Namen, den er mir gegeben hat, damals, vor einem halben Leben, kurz bevor er starb. Nie hätte ich gedacht, dass ich ihn noch einmal hören würde, von einem anderen. Doch es ist geschehen. Ich erinnere mich noch an den Tag. Ja, ich wollte es. Ich selbst habe ihm den Namen zum Geschenk gemacht und ihn dann aus seinem Mund entgegengenommen, in mich eindringen lassen. Noch einmal.

Es wird nie wieder geschehen. Der Name ist tot. Er hätte damals mit ihm sterben sollen. Endgültig. Ich hätte nicht versuchen dürfen, ihn neu zu erschaffen. Es war nicht recht. Ich hätte es mir nicht wünschen dürfen. Jetzt hat er dafür bezahlt. So wie ich. Aber es gibt noch etwas. Etwas, das ich zu Ende bringen muss. Dann werde ich frei sein. Nicht mehr für ihn. Für mich? Mich gibt es nicht mehr. Aber auch Leere ist ein Geschenk. Wo Leere ist, gibt es keinen Schmerz.

*

Als die Kommissarinnen den Empfangsraum betraten, saß Alessio Adinolfi auf seinem Bürosessel mit dem Rücken zum Schreibtisch und schien aus dem Panoramafenster zu schauen. Nur der schräg nach links geneigte Kopf und seine schlaff herunterhängenden Arme deuteten an, was Davide Patrizia kurz zuvor am Telefon mitgeteilt hatte.

Alessio Adinolfi war um kurz vor zwölf von seiner Putzfrau tot aufgefunden worden. Alles deutete auf Selbstmord hin. Kopfschuss.

Signora Carlone, die Reinigungskraft, kam dienstags und donnerstags mittags, wenn keine Patienten da waren, um Praxis und Privaträume zu reinigen. Sie hatte einen eigenen Schlüssel, da Alessio Adinolfi zu dieser Zeit in der Regel in einem der umliegenden Lokale zu Mittag aß.

Davide hatte Patrizia umgehend angerufen, nachdem die Zentrale Signora Carlones Anruf an die Squadra Mobile weitergeleitet hatte. Auch Bob Kingfisher und sein Team sowie die Rechtsmedizinerin Gabriella Molinari waren bereits vor Ort.

Patrizia betrachtete den Toten schweigend. Sein Gesicht war weiß, die Schusswunde nicht mehr als ein schwarzer runder Knopf und die Augen so weit aufgerissen, dass man sie als das erkannte, was sie waren, nämlich Kugeln. Als hätten sie im Moment des Todes versucht, aus ihren Höhlen zu springen, dachte Patrizia.

Bob Kingfisher fotografierte den Leichnam und die am Boden liegende Pistole von allen Seiten.

»Eine Smith & Wesson 3914«, meinte er nur. »Der Fallwinkel könnte zu Selbstmord passen.«

Cristina hob erstaunt die Augenbrauen, doch bevor sie etwas sagen konnte, fragte Patrizia: »Einbruchsspuren?«

»Nicht auf den ersten Blick«, antwortete Bob, »aber wir sind ja auch gerade erst gekommen. Und frag jetzt nicht gleich wieder nach dem Todeszeitpunkt. Solange ich nicht alles fotografiert habe, lasse ich Gabriella hier nicht ran.«

Eine Stunde später wurde Adinolfis Leiche abtransportiert. Gabriella hatte als ungefähren Todeszeitpunkt den vergangenen Abend angegeben. Genaueres würde erst die eingehende Untersuchung des Leichnams ergeben.

Cristina war mit Gabriella in die Questura zurückgegangen.

Patrizia dagegen hatte sich von Bobs Mitarbeitern Einweghandschuhe geben lassen und beteiligte sich an der Inspektion von Adinolfis Räumlichkeiten.

Sie war verwirrt. Selbstmord? Sie konnte das einfach nicht glauben. Wenn sie einen Abschiedsbrief fände, irgendetwas, das einen Suizid bestätigte oder zumindest erklärte. Aber so? Das ergab keinen Sinn. Dennoch schien alles dafür zu sprechen.

Später am Nachmittag stand Patrizia allein in der Wohnung des Psychologen. Bob und seine Leute waren gegangen, und sie wusste eigentlich, dass es sinnlos war weiterzusuchen. Es gab keine Einbruchsspuren, und es gab keinen Abschiedsbrief.

Sie stand vor Adinolfis Panoramafenster und sah hinaus

auf die untere Altstadt und das fast schwarze Meer. Die Wolken hingen tief und dunkel über der Stadt, und in den letzten Stunden hatte es wiederholt heftig geregnet. Der bleierne Himmel ließ die Novemberdämmerung früher einsetzen. Die Straßenlaternen leuchteten bereits, nur die Weihnachtslichter würden erst später angehen.

Patrizia machte das Licht im Zimmer aus und ließ die Dunkelheit auf sich wirken.

Selbstmord.

Sie dachte das Wort, wieder und wieder, während sie aus dem Panoramafenster sah. Hier hatte er gesessen und dasselbe Bild vor Augen gehabt wie sie jetzt – und dann hatte er sich erschossen. Nur einen Tag nach ihrem netten Abend im Giardino della Minerva. Sie dachte an seinen Bekannten Raffaele Russo. Sie würden mit ihm sprechen müssen. Aber das konnte noch warten. Jetzt waren Davide und Cristina erst einmal bei Adinolfis Eltern. Sie lebten in Cava, wo auch Davide wohnte.

Das Klingeln ihres Handys riss sie aus ihren Gedanken. Wieder hatte sie Schwierigkeiten, es aus der viel zu kleinen Innentasche ihrer Jacke herauszubekommen, und als sie es schließlich doch mit zwei Fingern hervorziehen konnte, fiel es ihr herunter und schlitterte unter ein Regal. Sie kniete sich hin und tastete im Dunkeln nach dem noch immer klingelnden Gerät, bekam jedoch zunächst nur ein zusammengeknülltes Blatt Papier zu fassen. Dann endlich ihr Handy.

»Pronto? Ach du! Gibt's was Neues, Cristina?«

»Ciao. Ja, durchaus. Gabriella hat mich gerade angerufen. Adinolfi hat Schmauchspuren an seiner Hand. Der Einschusswinkel passt auch. Die Waffe ist allerdings nicht registriert. Seine Eltern sind vollkommen fassungslos. Sie hatten keine Ahnung, dass er überhaupt eine Waffe besaß. Aber wie dem auch sei, es sieht alles nach Selbstmord aus.«

»Ich verstehe das einfach nicht! Du hast ihn doch neulich selber erlebt. Wirkte er auf dich wie jemand, der kurz davor steht, Selbstmord zu begehen? Welche Gründe sollte er denn dafür gehabt haben?«

»Scusa, dass ich dich unterbreche, aber hast du schon mal an den Waffentyp gedacht?«

»Waffentyp? Was meinst du?«

»Na ja, ist es nicht seltsam, dass der Mann, den wir im Zusammenhang mit einer Mordserie vernommen haben, wenn auch nicht als Verdächtigen, sich plötzlich erschießt? Ausgerechnet jetzt? Und zwar mit demselben Waffentyp, mit dem Ugo Meriani erschossen wurde?«

»Was willst du damit sagen?«

»Santa Maria, Patrizia, jetzt mach's mir doch nicht so schwer! Du weißt doch ganz genau, was ich damit sagen will. Ich habe die Ballistiker gebeten zu überprüfen, ob Meriani mit Adinolfis Waffe erschossen wurde. Das ist es, was ich damit sagen will.«

Patrizia wusste, dass da was dran war. Dennoch machte sie einen schwachen Versuch der Gegenwehr. »Aber mit welchem Motiv?«

»Keine Ahnung, aber jetzt, wo wir ihn genauer unter die Lupe nehmen, werden wir vielleicht eins finden. Und selbst wenn nicht. Hat er uns nicht selber von der weißen Zone erzählt? Der Zone der unmotivierten Täter? Auch wenn er als Therapeut der Unfallopfer kein gänzlich Unbeteiligter war. Wir werden schon sehen.«

Sie beendeten das Gespräch, und Patrizia steckte das Handy in ihre Tasche zurück.

Erst als sie im Begriff war, die Wohnung zu verlassen, fiel ihr auf, dass sie noch immer den zusammengeknüllten Zettel in der Hand hielt, den sie unter dem Regal hervorgezogen hatte. Wieso war der bei der Durchsuchung eigentlich übersehen worden?

Sie schaltete das Deckenlicht an. Dann strich sie das Papier glatt, sah genauer hin und erschrak: der schmale Rücken einer Person, die sich an einen grauen Plastiksarg klammerte und offenbar versuchte, in den hinteren Raum eines Leichenwagens einzudringen. Zwei Feuerwehrmänner, die sie zurückzogen. Dunkles, leicht gewelltes Haar bis auf die Schultern …

Patrizia kannte das Foto. Es hing in der Questura an der Wand, zusammen mit den anderen Unfallfotos aus dem Theater.

*

Die Sitzung in der Questura war kurzfristig für halb fünf einberufen worden, und die Teammitglieder kamen pünktlich.

Alle redeten über die neuesten Ereignisse, noch bevor sie saßen, und die Erregung war ihnen deutlich anzumerken.

Patrizia war die Einzige, die sich nicht an den Diskussionen beteiligte. Sie sah aus dem Fenster in das schnell schwindende Licht und fühlte sich noch immer wie betäubt. In der Welt da draußen überschlugen sich die Ereignisse. Dominosteine fielen nicht nur um, sondern purzelten wild durcheinander. Sie dagegen fühlte sich wie durch eine dicke, schalldämpfende Milchglasscheibe von ihnen getrennt. Eine weiße Wand, die es ihr nicht erlaubte, klar zu sehen, geschweige denn einzugreifen, und die sich überschlagenden Geschehnisse zu kontrollieren oder wenigstens in irgendeine Form von Ordnung zu bringen.

Schließlich nahm sie Platz und erteilte Gabriella Molinari das Wort.

Diese räusperte sich und begann: »Wir müssen zwar die Obduktion abwarten, aber klar ist, dass das Opfer Schmauchspuren an den Händen hat, und zwar genau da, wo sie bei einem Selbstmord hingehören. Einschuss- und Fallwinkel der Waffe weisen ebenfalls darauf hin, dass Adinolfi selber geschossen hat. Inwieweit er alkoholisiert war oder unter Drogen stand, kann ich euch erst nach der Obduktion sagen, weshalb ich mich jetzt auch verabschieden werde. Bitte lasst es mich wissen, wenn es etwas Neues gibt.«

Sie erhob sich.

»Na also«, meinte Davide, »dann ist das ja so gut wie geklärt. Die Frage lautet demnach nicht, wer den Mann auf dem Gewissen hat, sondern was der Mann auf dem Gewissen hatte.«

»Meine Rede«, sagte Cristina. »Wäre ja auch ein merkwürdiger Zufall. Kurz nach unserer Befragung begeht der Therapeut mehrerer Unfallopfer Selbstmord, und das Ganze soll rein gar nichts mit unseren Morden zu tun haben?« Sie sah Patrizia an. »Übrigens, der Waffentyp ist derselbe, mit dem Meriani erschossen wurde, und aus der Ballistik kommen bald Details.«

Pietro Di Leva runzelte die Stirn.

»Alessio Adinolfi als Mörder? Ist das jetzt nicht doch etwas weit hergeholt? Welches Motiv soll er denn gehabt haben? Er war damals nicht bei der Premiere und hat auch keine Angehörigen oder Freunde verloren.«

Patrizia sah ihren Chef überrascht an. Seine Verteidigung Adinolfis kam für sie unerwartet, doch er sprach ihr aus der Seele.

Cristina aber ließ nicht locker.

»Dass er damals nicht dabei war, wissen wir nur von ihm. Außerdem sprach er selber davon, dass der Mörder nicht einer der unmittelbar Betroffenen sein muss. Wer weiß, vielleicht hat er ja sogar indirekt versucht, uns einen Tipp zu geben?«

Der Polizeichef runzelte die Stirn. »Nun«, meinte er dann. »Ich habe früher oft mit Alessios Vater Enrico Tennis gespielt und kannte natürlich auch den Junior. Ein netter junger Mann, aber sicher kein Weltverbesserer, und schon gar keiner, der aus Empörung über das erlittene Unrecht anderer zum Mörder wird. Dazu war er viel zu zufrieden mit sich und seinem Leben. Kein Wunder. Das Auto, das er damals schon fuhr, kann ich mir heute noch nicht leisten.«

Patrizia bezweifelte, dass das mit dem Wagen stimmte, aber sie war Pietro Di Leva trotzdem dankbar. Ob er ihr noch immer wegen der Pressekonferenz gram war? Sie beschloss, nach der Sitzung kurz unter vier Augen mit ihm zu sprechen.

Plötzlich klingelte Bob Kingfishers Handy. Es war der Ballistiker. Alle Anwesenden versuchten, dem Kriminaltechniker die Ergebnisse von der Nase abzulesen. Doch dessen sonst so bewegliches Gesicht blieb erstaunlich neutral, und alles, was er in regelmäßigen Abständen von sich gab, war ein »Hm-hm«. Doch kaum hatte er mit einem »Hm-hm« das Gespräch beendet, erschien das gewohnte Grinsen auf seinem Gesicht.

»Sieh an«, meinte er und wiegte befriedigt seinen Kopf. »Es scheint, als würde wieder mal die Technik entscheiden und uns das Leben ein ganzes Stück leichter machen. Die Waffe, mit der sich Adinolfi das Leben genommen hat, ist dieselbe, mit der Meriani erschossen wurde.«

Ein Raunen ging durch die Runde. Für einen Moment sagte niemand ein Wort. Lydia war die Erste, die aussprach, was fast alle dachten:

»Und was heißt das jetzt? Ist der Fall etwa gelöst? Einfach so? So plötzlich?«

Cristina musste lachen.

»Nicht ganz so schnell«, antwortete sie. »Wir werden das natürlich noch genau untersuchen. Aber wenn man erst mal auf einem Beweis aufbauen kann, findet sich das Motiv meist auch über kurz oder lang.«

»Seid ihr jetzt alle wahnsinnig geworden?«

Der Ausruf war einfach so aus Patrizia herausgeplatzt. »Es gibt doch keinen einzigen Anhaltspunkt dafür, dass es wirklich Adinolfi war, der Ugo Meriani mit dieser Waffe erschossen hat! Wir wissen ja noch nicht mal, ob es tatsächlich Selbstmord war. Es könnte genauso gut ein erzwungener oder geschickt inszenierter Selbstmord sein.«

»Jetzt mach aber mal halblang!«

Cristina hatte Mühe, ihren Ärger zu verbergen.

»Ich gebe ja zu, dass noch Fragen offen sind, und natürlich gehören das Könnte, Müsste und Sollte zu unserer normalen Polizeiarbeit. Trotzdem sind Indizien immer noch dazu da, um auf ihnen aufzubauen, und nicht, um sie im Vorfeld mit Spitzfindigkeiten wegzudiskutieren.«

»Was heißt denn hier Spitzfindigkeiten?«, schoss Patrizia zurück. Auch ihr war der Ärger nun deutlich anzumerken. »Bisher gibt es keinerlei Anhaltspunkte dafür, dass Adinolfi eine Waffe besaß. Solange nicht bewiesen ist, dass die Waffe ihm gehörte, kann sein Mörder sie mitgebracht haben!«

»Was für ein Mörder denn? Es ist doch so gut wie sicher, dass Adinolfi sich selbst das Leben genommen hat!«

Beide Kommissarinnen waren hochrot im Gesicht. Die anderen verfolgten den Schlagabtausch mit betretenen Gesichtern. Cristina und Patrizia galten als Dreamteam. Ein solcher Streit war bislang noch nie vorgekommen.

»Per favore«, griff jetzt Pietro Di Leva in das Wortgefecht ein. »Lasst uns doch bitte sachlich bleiben.«

Patrizia wollte schon erwidern, dass sie genau das beabsichtigte, als die Polizeipsychologin Simona Sessa das Wort ergriff.

»Ich glaube, ich sollte auch mal was dazu sagen. Also, ich

gebe zu, dass die Indizien alle für einen Selbstmord und gegen Adinolfi sprechen. Und ich weiß natürlich, dass die Psychologie alleine keinen Fall entscheidet. Dennoch bin ich der Meinung, dass Patrizias Zweifel nicht ganz unberechtigt sind.«

Alle sahen sie gespannt an. Pietro Di Leva wirkte erleichtert. Simona Sessas Eingreifen hatte die Spannung zwischen den Kommissarinnen entschärft.

»Ich sage es rundheraus. Für mich passt der Selbstmord nicht ins Täterprofil. Wir waren uns doch alle darüber einig, dass es sich bei den Morden an Ugo Meriani und Gigi Spinosa um regelrechte Hinrichtungen handelt. In beiden Fällen wurden die Morde geradezu zelebriert. Das spricht für Freude am Tötungsakt, für Genugtuung. Dafür, dass der Mörder sich im Recht fühlt. Er tut, was er für richtig hält. Ich würde sogar behaupten, dass er stolz auf seine Taten ist.«

Sie sah in die Runde, doch alle warteten auf ihre Fortsetzung, die auch nicht lange auf sich warten ließ.

»Ein Täter, der sich nach begangener Tat selbst richtet, tut das normalerweise aus einem natürlichen Unrechtsbewusstsein heraus. Er kann oder will mit seiner Schuld nicht mehr leben, vielleicht empfindet er bisweilen sogar Reue. Was übrigens oft gekoppelt ist an den Wunsch, einer Festnahme und Gefängnisstrafe zu entgehen. Der, den wir suchen, hat aber schon mindestens zwei Menschen auf dem Gewissen. Beide hat er auf dieselbe ritualhafte Art und Weise getötet. Eine Art Fest der Gewalt. Für mich spricht das nicht für Unrechtsempfinden oder Reue. Außerdem musste Adinolfi sich nicht vor einer Festnahme fürchten, denn er stand nicht unter Verdacht. Aber ohne all das macht ein Selbstmord tatsächlich wenig Sinn.«

Sie sah Patrizia und Cristina aufmunternd an.

»Wollt ihr meine Meinung hören? Fahrt zweigleisig. Natürlich müssen die Indizien, die gegen Adinolfi sprechen, geprüft werden. Aber ermittelt gleichzeitig auch in andere Richtungen. Gibt es Hinweise darauf, dass Adinolfis Selbstmord erzwungen oder dass hier ein Mord nur geschickt als Selbstmord getarnt wurde? Gehörte die Waffe wirklich Adinolfi?«

Simona Sessa sah wieder in die Runde.

»Ich weiß, das ist alles leichter gesagt als getan, und ich bin ganz froh, dass ich mich mit diesen weisen Worten zurückziehen und die eigentliche Ermittlungsarbeit den Spezialisten überlassen kann.«

Sie hob mit gespieltem Bedauern die Arme.

Ein paar Kollegen mussten lachen, und auch Patrizia und Cristina wirkten wieder entspannter, obwohl sie es noch immer vermieden, einander anzusehen.

Patrizia verteilte die Aufgaben für den nächsten Tag. Man würde mit Alessio Adinolfis Eltern und seinem Freundeskreis sprechen und seinen Terminkalender, seinen PC und seine Telefonverbindungen überprüfen. Es gab viel zu tun.

Doch obwohl der ungeklärte Tod des Psychologen die ohnehin schon verfahrene Situation noch unübersichtlicher machte, hatten alle im Raum das unbestimmte Gefühl, dass sich darin auch eine Chance verbarg.

*

Gegen halb acht kehrte Patrizia nach Ogliara zurück. Zeit genug für einen kleinen Einkauf. Nicht weit von ihrem Haus lag ein winziges Lebensmittelgeschäft, das von zwei älteren Schwestern geführt wurde. Sie hießen »Salerno«, wie die Stadt, in der sie seit ihrer Geburt lebten. Die beiden Damen waren von frühmorgens bis spätabends in ihrem Laden, mit Ausnahme einer kurzen Mittagspause. Während dieser liefen sie, da sie keinen Führerschein hatten, zu Fuß in den zwei Kilometer entfernten Nachbarort Sant'Angelo, um dort zu essen. Patrizia kaufte gerne bei ihnen ein, da die beiden sie jedes Mal wie eine gute Bekannte empfingen, und das tat gut am Ende eines langen Arbeitstages.

Sie legte Mozzarella, Pasta, Thunfisch, Eier, Milch, Brot und eine Salami auf den Ladentisch, ohne so recht zu wissen, worauf sie Appetit hatte. Wie immer hielt die eine Dame die Tüte auf, während die andere die Einkäufe sorgfältig darin platzierte. Noch ein kurzer Austausch über das Wetter, dann verabschiedete Patrizia sich und fuhr die letzten paar Meter nach Hause.

Vor ihrem Gartentor stieg sie aus und blieb erstaunt stehen. Es war dunkler als sonst, und die Straße schien seltsam verwaist. Sie sah sich um. Zwei der nächstgelegenen Laternen waren ausgefallen. Der matte Schein der übrigen ließ die Umgebung zu einer diffusen Schattenwelt werden, in der ein böiger Wind Regie führte. Wie still es hier oben war. Ganz anders als im Zentrum. Schwer, dunkel und nass duckten sich die niedrigen Häuser vor der Nacht, und das einzige Geräusch war der Wind in den Bäumen der in tiefe Dunkelheit getauchten umliegenden Gärten.

Eine Geisterstadt, dachte Patrizia. Der Automechaniker an der Ecke hatte längst geschlossen. Die beiden Häuser daneben waren leer und standen zum Verkauf.

Patrizia lauschte in die Stille, und mit einem Mal kam ihr ein absurder Gedanke. Was, wenn hinter den Fassaden tatsächlich niemand mehr lebte? Wenn es nur noch sie und die beiden alten Damen in ihrem hell erleuchteten Geschäft gab? Die einzigen verbliebenen Menschen in einer Stadt, die man ohne ihr Wissen evakuiert hatte. Oder waren die Bewohner einfach alle gegangen – vielleicht schon seit Längerem, ohne dass ihr das aufgefallen war?

Eine der noch funktionierenden Laternen schwankte im

Wind und ließ Patrizias Schatten auf dem weißen Gartentor tanzen. Einen Augenblick lang betrachtete sie ihn fasziniert. Ob es das war, was die Menschen nach ihrem Tod wurden? Flackernde Schatten in einer verlassenen Welt? Und wenn ja, war das vielleicht gar nicht ihr Schatten, der sich mit flüchtigen Zuckungen auf der milchig weißen Fläche vor ihr bewegte? Aber wer war es dann? Ugo Meriani? Alessio Adinolfi? Sprachen sie zu ihr? Wollten sie ihr etwas mitteilen?

Ein feuchter Windstoß fuhr ihr durchs Haar und riss sie zurück ins Hier und Jetzt.

Sie fröstelte. Was machte sie eigentlich noch hier draußen? Rasch zog sie den Schlüssel aus der Tasche und ging auf das Tor zu, doch nach ein paar Metern blieb sie erneut erschrocken stehen. Da war noch ein Schatten gewesen! Wie aus dem Nichts war er auf der schwach erleuchteten Fläche erschienen, hatte den ihren lautlos gestreift und war auf der anderen Seite wieder im Nichts verschwunden. Träumte sie?

Langsam drehte sie sich um, starrte in die Dunkelheit und lauschte. Stille. Doch da war noch etwas. Ein leises Geräusch. Wie schnelles Atmen. Aber die Straße schien völlig verwaist.

Wieder kroch die Panik in ihr hoch, wie schon am Abend zuvor. Ihre Gedanken gehorchten ihr nicht mehr, und sie wollte schreien. Da schlich sich ein Bild vor ihr inneres Auge. Das hell erleuchtete kleine Lebensmittelgeschäft. Die beiden Schwestern, die in der Geborgenheit ihrer täglichen Routine auf einen letzten Kunden warteten. Der Duft nach Parmesan, Schinken und Mozzarella. Einen Augenblick lang schien es ihr, als könnte dieses Bild allein sie vor allem Bösen schützen. Was war es? Ein Talisman?

Sie holte tief Luft und zwang sich zur Ruhe. Alles ist gut, dachte sie. Ich bin sicher hier oben. Was immer da unten im

Zentrum passiert – es ist nicht hier. Hier sind mein Haus, mein Berg, die Schwestern Salerno und ihr Laden. Sie lauschte erneut. Das Geräusch war verstummt. Sie ging ein paar Schritte bis zum Straßenrand und sah sich um. Eine leere Straße im schwachen Licht der Laternen. Parkende Autos. Sie schüttelte den Kopf und wandte sich wieder ihrem Wagen zu. In dem Moment wurde etwas Warmes, Feuchtes in ihre rechte Handfläche gestoßen. Sie fuhr herum, hörte noch das Klirren des Schlüsselbundes, der auf den Asphalt fiel, und schrie auf vor Erleichterung.

Ja, da war es wieder, das schnelle Atmen. Es gehörte zu Leona, der Schäferhündin ihres Nachbarn Gianni Petta. Noch einmal stupste die Hündin sie an und wedelte dabei freudig mit dem Schwanz. Patrizia hob den Schlüssel auf. Ihre Knie zitterten, ihr Herz schien irgendwo in Bodennähe zu klopfen. Was war nur los mit ihr in letzter Zeit? War sie tatsächlich so mit den Nerven runter?

Dankbar für die entwaffnende Freundlichkeit der Hündin ging sie in die Hocke und begann, Leona hinter den Ohren zu kraulen. Der Körperkontakt tat ihr gut.

»Na? Bist du etwa ganz allein unterwegs?«, murmelte sie.

Seltsam, Gianni Petta ließ die Hündin sonst nie einfach so auf der Straße herumlaufen.

»Komm, ich bring dich nach Hause, sonst wirst du noch überfahren hier im Dunkeln.«

Sie fasste Leona am Halsband und ging auf Pettas Haus zu, da sah sie eine dunkle Gestalt aus dem benachbarten Hauseingang treten. Instinktiv blieb sie stehen. Im Gegenlicht der Straßenlaterne konnte sie zunächst keine individuellen Züge erkennen, doch als die Gestalt näher kam, sah sie, dass es der Tierarzt war.

Täuschte sie sich, oder wirkte sein Lächeln aufgesetzt?

»Da bist du ja!« Er trat auf die Hündin zu. »Ich habe vorhin den Müll rausgebracht und plötzlich fiel mir auf, dass Leona nicht mehr da war.«

Er griff nach dem Halsband, bevor Patrizia es loslassen konnte, und ihre Hände berührten sich für den Bruchteil einer Sekunde. Dann kehrte er ihr den Rücken zu und ging mit der noch immer schwanzwedelnden Leona im Schlepptau auf sein Haus zu.

Patrizia war verdutzt. Da erinnerte sie sich an die Einladung zum Risotto.

»Es tut mir leid!«, rief sie hinter ihm her. »Ich habe mich noch gar nicht für die Einladung zum Pilz-Risotto bedankt. Es ist vorgestern sehr spät …«

»Es war Radicchio-Risotto«, rief Petta zurück, ohne sich noch einmal umzudrehen. »Keine Sorge, ich verstehe schon. Ich weiß sehr gut, wie viel Sie im Augenblick zu tun haben.«

Er war vor seiner Haustür angekommen, winkte kurz über die Schulter zurück und verschwand im Haus.

Patrizia ging auf ihr Gartentor zu. Sie war verwirrt. Warum war er auf einmal so abweisend? Hatte sie ihn verärgert? Und was sollte diese kryptische Bemerkung am Ende?

Doch sie war zu erschöpft, um der Begegnung größere Bedeutung beizumessen. Der Psychologe Alessio Adinolfi war tot, ihre Partnerin Cristina noch immer verstimmt, und sie fühlte sich, als trenne sie nur noch ein winziger Schritt von ihrem ganz persönlichen Abgrund.

*

Während Patrizia ihre Einkäufe ins Haus trug und Gianni Petta von seinem Küchenfenster aus das Licht in ihrem Wintergarten angehen sah, füllten sich die Straßen der Altstadt zu Füßen Ogliaras mit den gewohnten Besucherschwärmen. Seit drei Wochen strömten allabendlich Hunderte, wenn nicht Tausende durch die farbige Lichterpracht. Das hoch in den tiefschwarzen Nachthimmel leuchtende Zentrum hob sich deutlich von den düsteren, am Rande gelegenen Stadtteilen ab, zu denen auch Ogliara gehörte. Wer vom Lichterglanz der Altstadt umgeben gen Himmel sah, konnte die Sterne nicht sehen. Über Ogliara dagegen leuchteten sie zwischen den schnell vorbeiziehenden Wolken hervor, und Patrizia war dankbar dafür.

Sie stand auf ihrem dunklen Balkon und versuchte, sich von den Ereignissen des Tages freizumachen. Über ihr die Sterne, unter ihr die Hand aus Licht. Noch vor wenigen Tagen hatte sie geglaubt, dass es eine schützende Hand war. Doch der Schutz war trügerisch. Er hatte Alessio Adinolfi nicht retten können.

Sie dachte an die unzähligen Menschen, die sich dort unten tummelten. Zu zweit oder in Gruppen. Liebespaare, Ehepaare, Freunde, Familien. Sie konnte sie nicht sehen, dennoch hatte sie das Gefühl, von hier oben aus ihre Präsenz zu spüren, ihre Freude und Leichtigkeit, wie aus einer anderen Welt. Ob auch Alessio Adinolfi so empfunden hatte, als er in den Minuten vor seinem Tod aus seinem Panoramafenster sah?

Sie nippte an dem Glas Rotwein, das sie auf den Balkon mitgenommen hatte, und fragte sich, wer von ihren Kollegen und Bekannten wohl jetzt dort unten herumflanierte. Doch letztlich wusste sie, dass keiner von ihnen in der richtigen Stimmung war. Sie saßen zu Hause oder in einem Lokal und dachten an den Fall. An Ugo Meriani und Alessio Adinolfi. An Gigi Spinosa. An Gaetano Gallo.

Was Patrizia nicht wissen konnte: Es gab an diesem Abend tatsächlich einen Besucher der Altstadt, den sie kannte. Es war der Gärtner Matteo Muti mit seiner Frau Anna und ihrem achtjährigen Sohn Felice.

Ohne jede Eile schlenderten die drei unter den Lichtern der Fußgängerzone auf die Piazza Sedile di Porta Nova zu. Sie gingen langsam, Hand in Hand. Ab und zu zogen seine Frau oder sein Sohn ihn zur Seite, um die Auslagen in einem der Geschäfte näher in Augenschein zu nehmen. Dann betrachtete Matteo sein Spiegelbild im Fenster. Das war es also, was die Passanten sahen. Einen dünnen Mann, knapp über dreißig, nicht übermäßig groß, in verschlissener Winterjacke beim vorweihnachtlichen Lichterspaziergang mit seiner Familie. Es war nichts Besonderes an diesem kleinen Grüppchen, und trotzdem erfüllte es ihn mit Stolz. Wie hübsch seine Frau war! Wie entspannt, wie glücklich sie aussah. Ihr Sohn kam ganz nach ihr. Dunkle Haare und große, beinahe schwarze Augen. Heute hatte er zum ersten Mal seinen brandneuen Anorak mit dem Spiderman-Aufdruck anziehen dürfen.

Matteo Muti überkam ein Gefühl der Rührung, der Dankbarkeit, und er musste schlucken. Er wusste, warum er an diesem Abend so nah am Wasser gebaut war. Seit ein paar Wochen hatte er endlich wieder eine Anstellung. Nicht als Barista, nein, als Gärtner! Ein Bekannter hatte ein gutes Wort für ihn eingelegt, sonst hätte er den Job wohl nie bekommen. Aber was machte das schon? Das Beste an der Arbeit war, dass er in den Wintermonaten, in denen es im Garten nicht viel zu tun gab, nur an drei Vormittagen in der Woche dort sein musste, obwohl er dasselbe Gehalt bekam wie im Sommer. Üppig war es zwar nicht, und in den heißen Sommermonaten würde er jeden Tag und umso härter für sein Geld arbeiten müssen. Aber das war ihm egal. Die Arbeit machte ihm Spaß. Außerdem war es eine Festanstellung, und das war schon etwas Besonderes für jemanden wie ihn, der über ein Jahr lang arbeitslos gewesen war. Eine schlimme Zeit und eine echte Bürde für die ganze Familie. Dazu kamen seine eigenen Minderwertigkeitsgefühle, seine Gereiztheit, die Streitereien mit Anna, die anklagenden Blicke seiner Eltern, das mitleidige Schweigen der Nachbarn. Hier und da war er in der Bar eines Bekannten eingesprungen, schwarz natürlich, und im Oktober hatte er, wie schon seit Jahren, als zusätzlich angeheuerter Hilfsarbeiter bei der Lichtermontage mitgeholfen. Aber dieser Gig dauerte ja immer nur einen Tag und war außerdem noch schlecht bezahlt. Was er dieses Jahr dafür bekommen hatte, war vollständig für Felices neue Winterjacke draufgegangen. Aber das spielte ja jetzt keine Rolle mehr. Über ein Jahr hatten sie vom Arbeitslosengeld gelebt. Jetzt war das endlich alles vorbei.

»Papà, hast du die Sterne und Planeten da oben aufgehängt?« Felice zeigte auf die blassblau und weiß leuchtenden Gestirne über ihnen.

Matteo Muti lachte. »Nein, ich hab dir doch gesagt, dass ich die weißen Tannenbäumchen auf dem Largo Campo montiert habe. Und die Lichtanlage für die herunterrieselnden Schneeflocken.«

Seine Frau warf ihm einen vielsagenden Blick zu, und er verstummte. Sie hatten sich darauf geeinigt, über nichts zu sprechen, was Felices Aufmerksamkeit wieder auf den baumelnden Kopf richten würde, der seit Wochen auch unter den Schülern Gesprächsthema Nummer eins war. Es war einfach zu grausig, was da passiert war. Zum Glück hatte Felice die Verbindung zwischen dem Kopf und der Arbeit seines Vaters auf ebendiesem Platz noch nicht hergestellt. Largo Campo, das war zu abstrakt für einen Drittklässler, damit verband er nichts. Und so sollte es auch bleiben. Ansonsten wäre es nur eine Frage der Zeit, bis seine Schulkameraden davon erführen. Für sie würde Felice sofort eine Art Sensation werden. Felice, der Sohn des Helden, der dem grausamen Fund die passende Beleuchtung, das passende Ambiente bereitet hatte. Matteo Muti zweifelte keinen Augenblick daran, dass sein Sohn die Aufmerksamkeit in vollen Zügen genießen würde. Er selbst konnte auf den Rummel gut verzichten.

Rechts kam gerade die bekannte *Bar Moca* in Sicht, und Matteo steuerte mit seiner Familie darauf zu und sah sich nach einem Platz um. Doch alle Außentische waren besetzt. Elegante Licht- und Heizelemente sorgten dafür, dass die Gäste auch an diesem regenfreien, aber kühlen Abend Muße zum Verweilen und Lust zum Konsumieren verspürten. Auch drinnen an der Theke herrschte Hochbetrieb. Die beiden Barkeeper flitzten nur so zwischen den auf Hochglanz polierten Luxuskaffeemaschinen aus Edelstahl und den Bierzapfhähnen hin und her, füllten Gläser mit Spritz und anderen grellbunten Aperitifs, holten im Vorbeigehen ein Sandwich oder eine Pizzaschnitte aus der Vitrine, füllten gesalzene Erdnüsse und Chips in Schälchen und riefen den Kellern für draußen Anweisungen zu. Matteo Muti und seine Frau tauschten Blicke aus. Nein, hier war viel zu viel Betrieb. Und auf einmal wusste Matteo, was er wirklich wollte. Er wollte feiern! Heute Abend sollte es nicht nur ein Espresso oder ein Bier in einer überfüllten Bar sein. Nein, er wollte sich irgendwo hinsetzen, sich die Speisekarte bringen lassen und eine Bestellung aufgeben wie einer, der das ständig machte. Und dann in aller Ruhe dasitzen, essen und mit seiner Familie das bunte Treiben genießen.

Er nahm seinen Sohn bei der Hand, und sie bahnten sich einen Weg nach draußen. Von der runden und weitläufigen Piazza Sedile di Porta Nova aus führte die enge Via Mercanti in die Altstadt hinein wie ein Nadelöhr. Die Gasse wurde von filigranen Blumen in den verschiedensten Größen und

Formen überspannt, die in warmen Orange- und Gelbtönen leuchteten. Dort, wo sie vom Platz abbog, prangte eine ebenfalls orange Leuchtschrift: *Il Giardino Incantato*, der verwunschene Garten, das Thema der Lichterdekorationen im Gassengewirr der Altstadt. Felice lief wie ein Schlafwandler mit großen Augen und offenem Mund neben seinen Eltern her, den Blick gebannt nach oben gerichtet. In dieser engen Gasse gingen die Leute dicht an dicht, alle bestens gelaunt in ihren guten Winterjacken und eleganten Schuhen. Einige hatten trotz des zu erwartenden Gedränges ihre Hunde dabei, die ebenfalls in schicken Mäntelchen steckten, obwohl die Temperaturen das keinesfalls erforderlich machten. Man unterhielt sich, lachte und überlegte, wo man einkehren könnte. In der Luft hingen die verführerischen Düfte von frittiertem Fisch, Pizza und Kebab, aber auch andere, vielfältigere, die den feineren Esslokalen entströmten.

Matteo Muti und seine Familie gingen in der Menge auf. Sie ließen sich treiben. Zwischen all den Menschen war es warm, und im Schutz der eng nebeneinanderliegenden Häuser spürten sie nicht, dass ganz plötzlich ein frischer Wind aufgekommen war …

14

FREITAG, 25. NOVEMBER 2011

Patrizia hatte tief und traumlos geschlafen, doch im Augenblick des Erwachens hatte sie die Realität mit einem Schlag wieder eingeholt.

Alessio Adinolfi war tot. Und sie war sicher, dass er sich nicht freiwillig das Leben genommen hatte. Für sie war er ein Opfer wie die anderen auch. Vielleicht das unschuldigste von allen. Das Bewusstsein der neuesten Ereignisse lastete wie Blei auf ihr, und für einen Augenblick erwog sie, sich einfach krankzumelden und im Bett zu bleiben. Doch natürlich wusste sie, dass das keine Option war.

Gegen halb sieben stand sie auf, duschte, trank Tee und fuhr in die Questura. Sie hatte vor, einige von Adinolfis Sachen in ihrem Büro durchzusehen, die die Kriminaltechniker am Vortag mitgebracht hatten. Doch als sie die Questura betrat, entschied sie sich spontan dagegen. Stattdessen ließ sie sich Adinolfis Laptop geben und schnappte sich ein paar Ordner mit seinen persönlichen Unterlagen. Dann machte sie sich auf den Weg in seine Wohnung. Ihrer Erfahrung nach ergaben viele Dinge erst dann Sinn, wenn es gelang, sie in Bezug zu anderen Gegenständen in ihrer ursprünglichen Umgebung zu bringen.

Patrizia hatte noch nie die Wohnung eines Toten betreten, ohne den Eindruck zu haben, dass die Zimmer sich ihres verwaisten Zustandes bewusst waren. Manchmal hatte sie sogar das Gefühl, sie trauerten um ihre Besitzer.

Einem Impuls folgend setzte sie sich in Adinolfis Empfangszimmer vor das Panoramafenster. Die Stadt lag grau und leblos unter ihr. Links unten, in unmittelbarer Nähe des Lungomare, war die hellgelbe Questura mit ihrem charakteristischen Uhrenturm zu sehen, gleich daneben das imposante Rathaus. Auch den Balkon mit dem Banner der Stadt konnte man von hier aus erkennen. Zur Rechten streckte sich der Hafenkai wie ein langer angewinkelter Arm weit ins Meer hinaus.

Sie schloss den Laptop an die Steckdose an und fuhr ihn hoch. Verdammt, daran hatte sie nicht gedacht! Der PC war durch ein Passwort geschützt, und sie kannte Adinolfi nicht annährend gut genug, um auch nur die geringste Chance zu haben, auf das richtige zu tippen. Sollte sie den Computer sofort zu Tommaso, ihrem IT-Spezialisten zurückbringen? Sie entschied sich, es erst mal selbst zu versuchen. Wenn sie es nicht rausbekam, konnte sie zumindest noch die persönlichen Unterlagen von Adinolfi durchgehen, die sie mitgenommen hatte.

Sie versuchte ihr Glück. Geburtsdatum, verschiedene Namenskombinationen … kein Treffer dabei. Da kam ihr die Idee, Adinolfis Eltern anzurufen. Vielleicht hatten die ja irgendeinen Tipp.

Adinolfis Mutter nahm schon nach dem ersten Klingeln ab. Patrizia fragte sie nach Namen von Freunden oder Haustieren, sofern es welche gegeben hatte.

Leider konnte Signora Adinolfi ihr nicht weiterhelfen. Haustiere hatten sie nie besessen, und auch die Namen von Bekannten, an die sie sich erinnern konnte, stellten sich als Nieten heraus.

Patrizia dachte scharf nach. Was war mit dem Namen des Kollegen, den Adinolfi ihr im Garten der Minerva als Raffaele Russo vorgestellt hatte? Sie machte sich an die Arbeit: Raffaele, Lello, RR, RaRu. Nichts. Plötzlich hatte sie einen verwegenen Einfall. Langsam tippte sie: P-a-t-r-i-z-i-a. Nichts. P-a-t. Wieder nichts.

Entmutigt schob sie den Laptop von sich weg. Reine Zeitverschwendung!

Sie öffnete einen der vor ihr liegenden Ordner mit Schul- und Uniabschlüssen und blätterte in den Zeugnissen und Diplomen. In Mathe war Adinolfi keine Leuchte gewesen. So wie sie. Sie musste lächeln. Es folgten Verträge, Rechnungen von Sanierungsarbeiten und Reparaturen. Das Haus hatten ihm seine Eltern überschrieben. Er musste hier aufgewachsen sein. Später waren die Eltern dann in das benachbarte Städtchen Cava gezogen, und der junge Psychologe hatte sich hier seine Praxis eingerichtet. Ob Adinolfis Eltern die nicht unbeträchtliche Summe lockergemacht hatten, die für die Restaurierungsarbeiten ausgegeben worden war?

Sie besah sich die Aufschriften der anderen Ordner. Bingo! Einer trug den Titel »Unfall im Theater 1.11.1994«. Seltsam. Den hatte sie am Vortag gar nicht gesehen. Die Kriminaltechniker hatten ihn vermutlich sofort eingepackt.

Sie öffnete ihn und stutzte. Nichts. In dem Ordner gab es lediglich leere Klarsichtfolien, das war alles.

Sie warf einen Blick in die anderen Ordner. Nichts, was den Unfall betraf.

Ein kurzer Anruf bei Antonia und Lydia in der Questura genügte ihr, um sich zu vergewissern, dass auch unter den dort verbliebenen Dokumenten keine Aufzeichnungen zum Unfall waren.

Seufzend nahm sie sich die Ordner aus den Regalen vor: jede Menge Patientenakten, aber nichts über den Unfall. Sie stellte alle wieder an ihren Platz und wiederholte die Aktion in

Adinolfis Privatwohnung. Nichts. Hatte der Psychologe vielleicht nur vorgehabt, eine Materialsammlung zum Unfall anzulegen, diesen Plan dann aber nicht ausgeführt?

Da fiel ihr der zusammengeknüllte Presseartikel wieder ein, den sie selbst in Adinolfis Wohnung gefunden hatte. War er ursprünglich in diesem Ordner aufbewahrt worden? Aber dann lag es doch nahe, dass es auch noch andere gegeben hatte. Verdammt, wo waren sie?

Fast eine Stunde lang durchforstete Patrizia ergebnislos sämtliche Zimmer in Adinolfis Haus. Schließlich gab sie auf.

Sie setzte sich wieder an seinen Schreibtisch. Draußen zogen dunkle Wolken vom Meer herauf.

Einer Eingebung folgend zog sie den Laptop zu sich heran und gab das Datum des Unfallstages ein.

Nichts.

Dann probierte sie es der Reihe nach mit »Unfall«, »Teatro« und »Verdi«.

Wieder nichts.

Aber wieso sollte Adinolfi auch einen dieser Begriffe als Passwort verwenden? Das war doch eher einem auf den Unfall fixierten, potenziellen Mörder zuzutrauen. Und der war er für Patrizia einfach nicht.

Sie sah sich auf dem Schreibtisch um. Da lag noch eine Schachtel mit kleineren Gegenständen, die ebenfalls in der Tüte gewesen war. Sie öffnete sie. Immerhin musste es doch noch irgendwo ein privates Notizbuch oder einen Kalender geben. Schließlich entdeckte sie ein unscheinbares Heft aus rauem Umweltpapier. Ohne große Hoffnung schlug sie es auf und begann zu blättern. Namen, Daten, Uhrzeiten und Telefonnummern. Alles kunterbunt durcheinandergewürfelt. Doch bei näherem Hinsehen konnte sie hinter dem Chaos eine Ordnung erkennen. Es handelte sich um einen unsystematisch geführten Terminkalender ohne chronologische Anordnung. Seltsam, dachte Patrizia, all diese Daten und Namen, wie hat er sich da nur zurechtgefunden? Sie blätterte das Heft aufmerksam von vorne bis hinten durch und konzentrierte sich dabei auf die Daten der Einträge.

Und da war es plötzlich. Das Datum von Adinolfis Todestag:

23.11.2011

Für den frühen Nachmittag war ein Name eingetragen. Valdo Vercelli. Er war durchgestrichen. Vielleicht ein abgesagter Termin.

Darunter gab es zwei weitere Einträge:

17.00 Uhr – Laura Sacco

20 Uhr – Giulia.

20 Uhr. Das klang nach Privatleben. Er war also am Abend seines Todes mit einer Frau namens Giulia verabredet gewesen. Giulia? Der Name sagte Patrizia nichts. Schon am Abend zuvor hatte Giovanna Napoli, die Sekretärin ihrer Abteilung, Kopien von Adinolfis Adressbuch für alle Mitglieder des Teams besorgt. Diese nahm sie jetzt nochmals zur Hand. Sie hatte sie zwar schon mehrmals durchgesehen, doch sie erinnerte sich nicht an den Namen Giulia. Hatte sie ihn übersehen? Sie ging alle Namen durch. Fehlanzeige. Nichts unter G. Vielleicht war sie unter ihrem Nachnamen aufgeführt? Doch auch eine zweite Durchsicht ergab keinen Treffer. Zwar gab es einen G. Mela, doch der entpuppte sich nach einem kurzen Anruf als Adinolfis Patient Gerardo Mela.

Patrizia rief in der Questura an und vergewisserte sich, dass ihr keine Adressbuchseiten fehlten. Danach ließ sie sich mit Lydia verbinden.

»Pronto! Habt ihr schon Adinolfis Handy gecheckt?«

»Mehr oder weniger. Was brauchst du denn?«

»Hör zu, Lydia. Wie es scheint, war er am Abend seines Todes mit einer Giulia verabredet, die aber in seinem Adressbuch nicht aufgelistet ist. Wahrscheinlich hatte er sie nur im Handy abgespeichert. Überprüfst du das schnell mal für mich?«

»Klar. Augenblick.«

Es dauerte keine Minute, bis Lydia wieder am Apparat war.

»Scusa, aber im Adressbuch des Handys gibt es keine Giulia, auch kein G. Gib mir ein bisschen Zeit, ich werde den gesamten Handyinhalt danach durchforsten.«

Patrizia runzelte die Stirn. »Gut, mach das. Ruf mich sofort an, wenn du was findest. Sag bitte auch den anderen Bescheid, dass sie auf diesen Namen achten sollen. Wenn irgendeiner von euch darauf stößt, soll er mich sofort anrufen.«

Sie legte auf und wählte Cristinas Nummer.

»Pronto, Cristina? Du, ich bin da in einem privaten Heft von Adinolfi auf einen Eintrag für vorgestern Abend gestoßen. 20 Uhr Giulia. Wolltest du nicht heute noch mal mit Adinolfis Eltern, Michele Montesano und Raoul Ranieri sprechen? Sprich sie bitte alle auf diese Giulia an. In seinem Adressbuch oder im Handy ist sie nämlich nicht auffindbar. Es wird doch wohl irgendjemand wissen, wer das sein könnte. Sag bitte auch Davide Bescheid. Der wollte heute mit Freunden und Bekannten von Adinolfi reden. Es ist wichtig.«

»Okay, wird gemacht.«

Täuschte sie sich, oder klang Cristina immer noch kurz angebunden? Ohne nach weiteren Neuigkeiten zu fragen, verabschiedete sie sich und legte auf.

Patrizia machte sich wieder an die Arbeit. Die Durchsicht der restlichen mitgebrachten Unterlagen förderte nichts Neues zutage. Es wurde langsam Zeit, die Zelte abzubrechen und in die Questura zurückzukehren. Der IT-Techniker musste ihr dringend helfen, das Passwort von Adinolfis Laptop zu knacken. Vielleicht hatten der Psychologe und diese Giulia vor allem per E-Mail miteinander kommuniziert. Wer weiß, vielleicht war sie ja eine brandneue Internetbekanntschaft?

Sie zog den Laptop zu sich heran, um ihn auszuschalten. Das Passworteingabefeld blinkte sie an. Ohne lange darüber nachzudenken gab sie ein:

G-i-u-l-i-a

Nichts.

Dann tippte sie noch einmal:

g-i-u-l-i-a

Nichts.

G-i-u-

Nichts.

Oder?

Patrizia stockte der Atem. Der Bildschirm wurde schwarz, dann erschien ein Foto. Patrizia erkannte das Motiv sofort. Es war der Blick aus Adinolfis Panaromafenster auf die untere Altstadt und den Golf von Salerno, aufgenommen während eines Gewitters. Der Himmel war dunkel, und über dem Meer zuckte ein Blitz – ein Schnappschuss, wie er nur selten gelang. Fast ungläubig starrte sie auf das Foto, während sich auf dem Bildschirm Buchstabe für Buchstabe ein Schriftzug ausbildete:

Benvenuto Alessio!

Sie war im PC.

*

Nichts, absolut nichts. Wie konnte das sein?

Patrizia lehnte sich in Adinolfis Schreibtischstuhl zurück. Seit über einer Stunde durchforstete sie jetzt schon seinen Laptop auf der Suche nach dieser mysteriösen Giulia, ohne den geringsten Erfolg.

Sie schloss die Augen und massierte sich die Schläfen. Einmal wieder einen ganzen Abend für mich haben, dachte sie. Etwas Gutes kochen, einen schönen Film ansehen und dann acht Stunden am Stück schlafen. Sie seufzte. Wann würde das das nächste Mal möglich sein? Aber sie war ja nicht die Einzige, die im Augenblick alles hintanstellen musste. Ihr ganzes Team arbeitete rund um die Uhr auf Hochtouren. Cristina war sogar so weit, ihrer Schwiegermutter für ihren wieder und wieder verlängerten Aufenthalt dankbar zu sein.

Wenn sie doch nur diese Giulia auftreiben könnten!

Sie beugte sich wieder über den Tisch. Zunächst hatte der Name nur die Hoffnung geweckt, sich mithilfe dieser Frau ein genaueres Bild von Adinolfis letzten Stunden machen zu können. Immerhin war sie am Abend seines Todes mit ihm verabredet gewesen, und zwar kurz bevor der Psychologe gestorben war. Gabriella Molinari schätzte den Todeszeitpunkt auf etwa 21 Uhr.

Dass sie etwas mit dem Mord zu tun hatte, war Patrizia zunächst wenig wahrscheinlich erschienen. Sie konnte eine Kollegin sein, eine Bekannte, eine alte Freundin, oder eine neue. Beunruhigend war, dass man solche Bekanntschaften üblicherweise innerhalb kürzester Zeit ausfindig machen konnte, weil sie in Handy- und E-Mail-Kontaktlisten auftauchten oder im Adressbuch standen. Dass es bisher von dieser Frau keine Spur gab, machte sie stutzig.

Ein Geräusch von draußen riss Patrizia aus ihren Gedanken. Vielleicht waren die Leute von der KTU noch mal zurückgekehrt und fragten sich jetzt, wer das Siegel an der Haustür aufgebrochen hatte.

Sie erhob sich und ging zur Tür. Im selben Augenblick klingelte es, und sie öffnete. Vor ihr stand Adinolfis Freund Raffaele Russo. In seinem Gesicht stand Überraschung geschrieben.

»Commissaria? Sie hier?«

Er errötete und überspielte das mit einem Lächeln. »Oh, ich wusste nicht, dass …«

Doch Patrizia unterbrach ihn schnell.

»Buongiorno, Dottore, kommen Sie doch bitte einen Augenblick herein.«

Sie führte ihn in Adinolfis Empfangszimmer und bat ihn, Platz zu nehmen. Raffaele Russo sah sich um, offenbar hielt er Ausschau nach Alessio Adinolfi.

»Es tut mir leid, aber meine Anwesenheit hier hat einen traurigen Grund. Ihr Freund Alessio Adinolfi hat sich vorgestern das Leben genommen.«

Raffaele Russo fuhr herum. Sein Mund öffnete sich, doch es kam kein Ton heraus. Dann kippte sein Oberkörper nach vorne, und er verbarg sein Gesicht in beiden Händen. All das geschah vollkommen lautlos.

Patrizia wartete geduldig, bis der erste Schock vorüber war.

Als Raffaele Russo sich wieder aufrichtete und sie ansah, war sein Gesicht zu einer Maske erstarrt und seine Augen gerötet.

»Ja, ich weiß, wie schockierend diese Nachricht für Sie sein muss«, sagte Patrizia vorsichtig, »aber ich bin froh, dass Sie hier sind. Es gibt da nämlich einige offene Fragen, bei deren Klärung Sie mir vielleicht behilflich sein können.«

Raffaele Russo nickte nur.

Patrizia fuhr fort: »Bislang sieht alles nach Selbstmord aus. Dennoch gibt es da einige Ungereimtheiten. Wussten Sie zum Beispiel, dass Ihr Bekannter eine Pistole besaß?«

»Alessio? Nein! Ich meine … Keine Ahnung, davon hat er nie was gesagt. Andererseits sind das ja auch nicht unbedingt die Dinge, über die man spricht.«

Seine Stimme klang jetzt wieder etwas fester.

»Signore Russo, als wir uns vor ein paar Tagen im Giardino della Minerva getroffen haben, sagte Alessio Adinolfi, Sie seien gute Freunde. Seit wann und wie gut kannten Sie sich denn?«

»Wir kennen uns vom Studium. Ich bin ja auch Psychologe. Nachdem wir dann beide unsere Praxen hier in Salerno eröffnet hatten, blieben wir in Kontakt. Und daraus wurde eine immer engere Freundschaft. Wenn man viel Gesprächsstoff hat, verbindet das. In den letzten zwei, drei Jahren haben wir uns regelmäßig getroffen.«

»Wissen Sie, ob Ihr Freund selber unter psychischen Problemen litt? Stand er wegen irgendetwas unter Druck? Oder war er vielleicht depressiv?«

»Alessio? Nein, depressiv würde ich nicht sagen. Obwohl, na ja, sagen wir mal so, auf Außenstehende wirkt er zwar meistens wie ein Draufgänger, aber in Wirklichkeit nimmt … nahm er sich alles sehr zu Herzen.« Er lächelte schief. »Im Grunde war er ziemlich dünnhäutig. Vielleicht nicht die allerbeste Voraussetzung für unseren Beruf, oder im Gegenteil, genau die richtige. Denn Alessio hatte eine große Empathie für seine Patienten und nahm seine Arbeit sehr ernst.«

»Und in letzter Zeit? War er anders? Gab es etwas, das ihn bedrückte?«

»Ich weiß nicht, dieser Mord an dem Ingenieur hat ihn ziemlich beschäftigt, glaube ich. Ist ja auch verständlich. Immerhin hatte er noch einen Patienten, der schon seit damals zu ihm kam. Und kurz nach dem Unfall waren auch noch andere Opferangehörige bei ihm in Behandlung. Jetzt, wo Sie es sagen … Er hat in den letzten Tagen ständig davon geredet.«

»Und worüber genau hat er da gesprochen?«

Raffaele Russo dachte nach. »Ich weiß nicht mehr so genau.

Doch, an eines erinnere ich mich noch, weil es mich ein bisschen erstaunt hat. Er sagte nämlich … einen Augenblick, wie nannte er das noch? Er sagte, dass man dem Mörder einen gewissen Sinn für Ästhetik nicht absprechen könne.« Er lächelte wieder. »Ich selber glaube ja eher, dass das Ganze nichts mit Ästhetik zu tun hat.«

»Warum nicht? Wie meinen Sie das?«

»Ganz einfach. Wenn Sie ein kompliziertes Gericht zubereiten, das Sie stundenlange Vorbereitung kostet und bei dem Sie sich nicht mal sicher sein können, ob es am Ende auch gelingt, dann tun Sie das doch nicht in erster Linie, damit das Essen auf dem Teller schön aussieht.«

Er hielt einen Moment inne und meinte dann: »Na ja, vielleicht auch. Ein bisschen jedenfalls. Aber vor allem soll es doch gut schmecken und satt machen, oder nicht?«

»Ich bin mir nicht ganz sicher, ob ich verstehe, was Sie meinen.«

Patrizia wurde ungeduldig, aber Raffaele Russo zuckte nur mit den Schultern. Er schien an einer weitergehenden Erklärung nicht interessiert zu sein.

Trotzdem sagte er: »Ich denke nur, dass der Mörder irgendeinen Grund hat für das, was er macht. Und dieser Grund liegt doch wahrscheinlich nicht in der Ästhetik.« Er lächelte. »Wie Sie sehen, sind wir Psychologen selten einer Meinung.«

Patrizia nickte nur. Sie wollte endlich zu der Frage kommen, die ihr schon seit Minuten unter den Nägeln brannte.

»Im Terminkalender Ihres Freundes war für den vorgestrigen Abend eine Verabredung eingetragen. Mit einer gewissen Giulia. Wissen Sie, um wen es sich da handeln könnte? Eine Kollegin oder Freundin? Hatte Alessio Adinolfi eine Beziehung? Eine Geliebte?«

Raffaele Russo stutzte einen Augenblick.

»Nein, nicht dass ich wüsste«, antwortete er. »Und wenn es etwas Ernstes gewesen wäre, hätte er mir das sicher erzählt. Giulia, sagen Sie? Der Name sagt mir nichts. Ich wüsste auch keine Kollegin, die so heißt.«

Er schien nachzudenken.

»Wenn es sich allerdings um eine flüchtige Damenbekanntschaft handelt«, er hob entschuldigend die Arme und lächelte, »also da muss ich passen. Solange es nichts Ernstes war, gab es schließlich keinen Grund, mir davon zu erzählen. Sie wissen ja, wie das unter Männern so ist.«

Patrizia wusste es nicht, aber sie lächelte zurück und versuchte, sich ihre Enttäuschung nicht anmerken zu lassen. Giulia. Sechs Buchstaben in einem Terminkalender. Ein Name, der keinen Schatten warf.

»Danke, Dottore, Sie haben mir sehr geholfen. Haben Sie vielleicht ein Kärtchen? Wo kann ich Sie erreichen, falls ich Sie noch mal sprechen müsste?«

Raffaele Russo fischte eine Visitenkarte aus seinem Geldbeutel und gab sie ihr. »Ich wohne in der Via Roma gegenüber der Questura.« Er lächelte. »Wir sind praktisch Nachbarn.«

Patrizia las die Hausnummer auf der Karte und zog überrascht die Augenbrauen hoch: »Ist Ihre Wohnung etwa die mit der schönen kleinen Terrasse direkt über dem Restaurant Galleon? Die muss ja sündhaft teuer gewesen sein!«

Sie unterbrach sich und wurde rot. Die typische Bemerkung einer schlecht bezahlten Staatsdienerin. Wirklich peinlich.

Doch Raffaele Russo lachte nur. »Ja, das war sie allerdings, aber manchmal heiligt der Zweck halt die Mittel. Und ist nicht letztlich alles nur eine Kosten-Nutzen-Rechnung?«

Er erhob sich, und mit einem Mal war das Lächeln, das

während des Gesprächs seine Miene bestimmt hatte, aus seinem Gesicht verschwunden. Er war blass und wirkte müde.

»Sie entschuldigen mich? Wenn ich Ihnen nicht mehr helfen kann ... Ich muss zu Hause erst mal den Schock überwinden.«

Patrizia reichte ihm ihre Karte. »Falls Ihnen noch etwas einfällt.«

»Ja, natürlich.«

Nachdem er die Wohnung verlassen hatte, sah Patrizia noch einmal zum Panoramafenster hinaus und ließ ihr Gespräch mit Adinolfis Kollegen Revue passieren. Wieder beschlich sie das Gefühl, dass etwas Wichtiges gesagt worden war, sie es aber nicht greifen konnte. Es war wie mit den verlausten Blumen. Schließlich gab sie auf und packte zusammen. Sie musste zurück in die Questura.

*

Cristina war auf dem Weg zu Bob Kingfisher.

Sie hatte am Vormittag intensive Gespräche mit Alessio Adinolfis Eltern und seinem langjährigen Patienten Michele Montesano geführt, doch was die Frage des Selbstmords anging, war bei ihnen nichts Erhellendes herausgekommen. Weder die Eltern noch Michele Montesano hatten in letzter Zeit irgendeine Veränderung an Adinolfi wahrgenommen. Eine feste Beziehung hatte er offensichtlich nicht gehabt, ebenso wenig wie Depressionen oder Probleme finanzieller Art. Von einer Geliebten namens Giulia wusste niemand etwas, obwohl die Eltern bei dem Gedanken an eine Freundin zum ersten Mal wehmütig gelächelt hatten. Erstaunlich war Cristina nur die völlige Gefasstheit vorgekommen, mit der Michele Montesano die Nachricht vom Tod seines langjährigen Therapeuten aufgenommen hatte.

Sie klopfte an die Bürotür des Kriminaltechnikers.

»Komm rein, wenn's gar nicht anders geht!«

Bobs Stimme klang so grantig, wie es dem sonst immer nur gut gelaunten Kriminaltechniker eben möglich war. Als sie eintrat, saß er vor einer ungeöffneten Brotdose.

»Buon appetito!«, lachte Cristina, »wenigstens einer, der noch pünktliche Essenszeiten einhält.«

»Gerne einhalten würde! Aber du und Patrizia, ihr scheint zu glauben, dass man mit mir nur während der Mittagspause sprechen kann. Ich stehe morgens um sechs auf und bin um sieben im Büro. Jeden Tag und bei jedem Wetter. Da werde ich ja wohl um zwölf Uhr mittags Hunger haben dürfen! Aber ungestört ein Panino zu essen ist mir in letzter Zeit anscheinend nicht mehr vergönnt, geschweige denn ein kühles …«

Er schielte zum Kühlschrank, ließ den Satz aber unvollendet.

Cristina hob ein paar Akten vom Besucherstuhl und setzte sich.

Bob grummelte weiter, doch sosehr er sich auch bemühte, es gelang ihm nicht, seiner Stimme einen ernsthaft verärgerten Tonfall zu geben.

»Keine Sorge«, meinte Cristina. »Ich mach's kurz. Nur ein paar Fragen zu unserem Selbstmord.«

Bob hob die Augenbrauen. »Welcher Selbstmord?«

»Boob! Alessio Adinolfi? Hast du dir etwa die Waffe und den ganzen anderen Kram noch gar nicht angesehen?«

Zum ersten Mal seit sie eingetreten war, erschien ein breites Grinsen auf Bob Kingfishers Gesicht.

»Ich habe seit gestern nichts anderes getan, als mir Kram anzusehen«, erwiderte er. »Wenn man's genau nimmt, verschwende ich einen Großteil meines Lebens damit, in dem Kram von Toten herumzuwühlen. Aber ich bin nicht sicher, ob das, was seit gestern durch meine Hände gegangen ist, tatsächlich einem Selbstmörder gehört.«

Cristina sah ihn fragend an.

»Da wäre zunächst einmal die Pistole dieses Psychologen. Seine Fingerabdrücke sind am Griff, okay, und auch da, wo sie hingehören. Aber …«

Cristina entspannte sich. Sie kannte das berühmte »Aber« ihres kriminaltechnischen Urgesteins, und meistens wies es nur darauf hin, dass alles mit einprozentiger Wahrscheinlichkeit auch ganz anders verlaufen sein konnte. Auf das, was nun folgte, war sie daher nicht wirklich gefasst.

»… aber ansonsten gibt es keine!«

»Was meinst du mit ansonsten gibt es keine?«

»Was soll ich schon damit meinen?«, rief Bob mit hochrotem Gesicht und wedelte mit beiden Händen in der Luft herum. »Glaubst du etwa, so eine Pistole lädt sich von selbst? Wenn die Waffe diesem Psychologen gehörte und er sie selbst geladen hat, müssten auch an anderen Stellen Fingerabdrücke sein, nicht nur am Griff, oder? Es sei denn, er hat die Waffe vor dem Selbstmord geladen, sie danach sorgfältig poliert und sich dann erschossen. Wobei er sehr darauf geachtet hat, in den letzten Sekunden seines Lebens nur den Griff anzufassen. Entschuldige mal, aber meinem Hang zum Wenn und Aber zum Trotz … Warum sollte sich ein Selbstmörder darum scheren, ob seine Pistole auch genügend glänzt?«

Er nutzte Cristinas Schweigen für eine wirkungsvolle Pause und fuhr dann fort: »Und das ist noch nicht alles. Auf der Patronenschachtel, die wir in seiner Schreibtischschublade gefunden haben, sind nämlich ebenfalls keine Fingerabdrücke. Gar keine, wenn du verstehst, was ich meine. Eine saubere Schachtel, in der genau zwei Patronen fehlen. Eine wurde abgefeuert, die andere, auch ohne Fingerabrücke, steckte noch in der Waffe.«

Er sah Cristina triumphierend an.

»Aber falls es einen Mörder gibt, der Adinolfis Hand geführt oder ihn zum Selbstmord gezwungen hat, dann konnte der sich doch denken, dass wir die Fingerabdrücke untersuchen und das herausfinden. Wozu dann also die ganze Inszenierung?«, fragte Cristina.

»Was weiß ich? Aber kaum ein Verbrechen ist perfekt. Jede Inszenierung, wie du sie nennst, hat kleine Schwächen. Sonst wären Leute wie ich längst arbeitslos. Außerdem ist es sicher auch so schon schwer genug, einen jungen, gesunden und quietschfidelen Mann zum Selbstmord zu zwingen. Wenn du dann auch noch von ihm verlangst, dass er selber die Waffe lädt … Also ich weiß nicht. Irgendwo gibt es Grenzen, meine Liebe!«

»Merda«, rutschte es Cristina heraus. »Wenn Adinolfi keinen Selbstmord begangen hat, haben wir höchstwahrscheinlich einen weiteren Toten in unserer Serie.«

»Messerscharf gefolgert. Aber keinen besonders typischen, oder?«

»Was meinst du?«

Die nächsten Worte schrie Bob ihr geradezu entgegen, aber sein hochrotes Gesicht leuchtete vor Freude am Spiel.

»Bin ich hier der Kommissar oder du? Ich meine damit, dass die anderen Opfer Teile ihrer Körper eingebüßt haben und dass der Tötungsakt einer Inszenierung glich.«

»Ist denn ein vorgetäuschter Selbstmord nicht auch eine Inszenierung?«, fragte Cristina.

»Woher willst du wissen, dass der Täter einen Selbstmord vortäuschen wollte? Das ist doch nur unsere Interpretation. Vielleicht fand er ja eine gewisse Genugtuung darin, den

Mann vor seinen Augen zum Selbstmord zu zwingen. Wenn du mich fragst, ging es dabei nur um Macht. Nur ihr Polizisten meint immer gleich, der Täter wolle euch etwas mitteilen …«

Cristina nickte nachdenklich.

»Vielleicht hast du recht«, sagte sie dann. »Und selbst wenn er doch einen Selbstmord vortäuschen wollte, wäre es dieses Mal eine Inszenierung anderer Art, nämlich eine, die den Tötungsakt nicht unterstreicht oder zelebriert, sondern ihn im Gegenteil zu vertuschen versucht.«

»Smart!«

»Außerdem gehört Adinolfi nicht zum Kreis der potenziell Schuldigen am Theaterunfall, und er wurde nicht am 1. November getötet!«

»Very smart!«

»Das kann eigentlich nur bedeuten, dass Adinolfi etwas wusste, was den Mörder belasten konnte. Vielleicht hat er etwas herausgefunden, und der Täter hat davon Wind bekommen.«

»Well done. Aber jetzt, wo du zu dieser bahnbrechenden Erkenntnis gelangt bist, mit meiner Hilfe wohlgemerkt, ist die Zeit gekommen, einem alten Mann seine kindische Freude an seinem Lunch-Sandwich zu gönnen und die Neuigkeiten mit deiner Kollegin zu besprechen.«

Cristinas Blick verdüsterte sich. Es ließ sich nicht vermeiden. Sie musste Patrizia gegenüber zugeben, dass sie auf das falsche Pferd gesetzt hatte. Sie erhob sich seufzend und ging zur Tür.

Bevor sie hinausging, drehte sie sich noch einmal um.

»Danke, Bob. Du bist ein Schatz!«

»Das Vergnügen war ganz auf meiner Seite. Immer wieder gerne.«

Als sie die Tür hinter sich schloss, hörte sie noch das Klicken der Brotdose, die geöffnet wurde.

»Buon appetito, Bob«, sagte sie in den Flur hinein.

*

Wenn nur diese Bilder nicht wären.

Nicht die alten. Nicht die, die ich am Anfang so sehr hasste und jetzt so sehr liebe. Sie sind meine Freunde. Sie sind ich. Ich teile mein Leben mit ihnen, lebe in ihnen.

Aber diese neuen Bilder! Sie drängen sich dazwischen, zwischen die anderen und mich. Sie überlagern sie, lassen sie nicht mehr zu mir kommen. Ich hasse sie. Ich will sie nicht sehen.

Seine Augen. Diese Anschuldigung darin. Panik, Angst. Ja, feige Angst. Angst vor mir. Er wollte mich verraten, wollte uns verraten. Das hat ihm keine Angst gemacht. Aber ich, ich und der Tod.

Alle haben sie so schreckliche Angst vor dem Tod. Ist das der eigentliche Unterschied zwischen mir und ihnen? Ich habe keine Angst davor.

Du, mein Liebster, hattest sie auch nicht. Eine Sekunde nur, die das Leben vom Tod trennte. Dein Leben. Dein Tod. Ein Augenblick, der nie vorbeigeht. Nicht, solange ich lebe.

Aber jetzt drängen sich neue Bilder zwischen dich und mich. Seine zitternde Hand. Sie zitterte so, dass ich sie ihm halten musste. Ich musste ihn in den Tod führen wie einen Hund an der Leine.

Nur das wünsche ich mir noch. Dass wir noch einmal zusammen sein werden am Ende. Nichts soll zwischen uns stehen. Auch nicht seine Augen, seine zitternden Hände.

Ja, diese Bilder sind meine Strafe. Alles gleicht sich aus. Das natürliche Gleichgewicht der Dinge. Mein Betrug an dir, sein Verrat an mir. Alles hält sich die Waage mit innerer Notwendigkeit.

Alles hängt mit allem zusammen.

15

Montag, 28. November 2011

Auf dem Weg in die Questura war an diesem Morgen besonders viel Verkehr gewesen. Erst hatte Patrizia sich darüber gewundert. Aber dann war ihr eingefallen, dass Montag war.

Sie seufzte. Die einzelnen Wochentage begannen an Bedeutung zu verlieren. Das Wochenende war diesmal komplett ausgefallen. Sie und andere aus ihrem Team hatten den Samstag und Sonntag damit verbracht, die Leute aus Adinolfis Umfeld zu befragen und Berichte darüber zu verfassen. Sie seufzte bei dem Gedanken an den Stapel Papier, den sie auf ihrem Schreibtisch vorfinden würde.

Sie parkte die rote Klara auf der Piazza Amendola. Wenigstens hatten die regelmäßigen Strafzettel und Abschleppaktionen der letzten Wochen dazu geführt, dass die Polizeiparkplätze immer seltener von Anwohnern besetzt wurden.

Am Eingang zur Questura traf sie Cristina, die kurz vor ihr angekommen war und dort auf sie gewartet hatte. Sie waren sich seit ihrem Zusammenstoß diskret aus dem Weg gegangen. Zwar hatten Bobs neue Erkenntnisse Cristina mittlerweile davon überzeugt, dass Alessio Adinolfis Tod tatsächlich kein Selbstmord gewesen war, gesehen hatten sie sich seither aber noch nicht.

Als Patrizia ihre Kokommissarin jetzt am Eingang stehen sah, freute sie sich. Sie hatte den stetigen Austausch mit ihr vermisst.

»Hast du schon gefrühstückt?«, fragte Cristina mit unsicherem Lächeln, das wohl so viel heißen mochte wie: »Wenn du es nicht mehr erwähnst, werde ich es auch nicht tun.«

»Nicht wirklich. Wie wär's damit? Ich sehe nach, ob heute Morgen schon ein paar neue Berichte auf meinem Schreibtisch gelandet sind, und dann setzen wir uns ins Zeroottonove?«

Zehn Minuten später machten sie es sich an einem Fensterplatz bequem. Der Himmel war wolkenlos, nur ein leichter Wind streifte die Palmwedel auf dem Lungomare, und die Luft war nach der Nacht noch recht kühl.

Der Kellner brachte Tee, Cappuccino und belegte Hörnchen. Er wirkte schlecht gelaunt. Wahrscheinlich war es am Vorabend spät geworden. Willkommen im Klub, dachte Patrizia schadenfroh. Warum soll es nur uns so gehen?

Sie teilten sich die Berichte, die sie noch nicht kannten, und spülten die trockenen Informationen mit ihren Getränken hinunter. Nach einer Weile legte Cristina das letzte Blatt vor sich auf den Tisch.

»Bei dir irgendwas Interessantes?«

»Fehlanzeige. Erstaunlich, wie sich die Aussagen gleichen. Fazit jedenfalls ist, dass Alessio Adinolfi ein rundum zufriedener Mensch war. Wie auch nicht? Er hatte betuchte Eltern, eine gut gehende Praxis, was seine Bankdaten belegen, keine Feinde, keine Wesensveränderungen … Wenn man dazu noch die Ergebnisse aus der KTU nimmt, lässt sich ein Selbstmord tatsächlich so gut wie ausschließen.«

Sie sah Cristina einen Augenblick unsicher an, als erwarte sie eine negative Reaktion. Doch die blieb aus.

»Du hast recht. Da war ich wohl auf dem Holzweg.«

»Schon in Ordnung. Eigentlich sind unterschiedliche Meinungen doch etwas Konstruktives, oder?«, lachte Patrizia und prostete Cristina mit ihrer fast leeren Teetasse zu.

Cristina prostete zurück: »Auf unser wiedergefundenes Einvernehmen.«

Die Tassen klirrten gefährlich laut, und der Kellner schüttelte verständnislos mit dem Kopf, aber Patrizia und Cristina waren mit einem Mal von einer unerwarteten Heiterkeit erfasst worden. Vielleicht kam es daher, dass die Missstimmung, die sie beide gleichermaßen belastet hatte, endlich beigelegt war. Vielleicht aber auch, dass alles so absurd schien.

Es war absurd, dass sie an einem Montagmorgen im Café saßen, Berichte lasen und sich zuprosteten, während ein Serienmörder höchstwahrscheinlich gerade noch einen Menschen getötet hatte. Und nicht nur irgendeinen, sondern ebenjenen Psychologen, der seinem Mörder vor wenigen Tagen noch einen »Sinn für Ästhetik« attestiert hatte.

In dem Moment wurde ihre morbide Heiterkeit von Patrizias Handy unterbrochen. Sie hatte einen neuen Klingelton: Lautes Hundegebell drang aus ihrer Tasche.

Cristina lachte erneut, doch Patrizia bedeutete ihr, leise zu sein und zeigte mit dem Daumen Richtung Questura.

»Was? Ach so, ja klar, Emilio Volpe, ich erinnere mich. Frag ihn doch bitte, ob er jetzt gleich in die Questura kommen kann. Ich bleibe so lange dran.«

Patrizia schwieg und gab Cristina wieder Zeichen, die diese jedoch nicht deuten konnte. Dann sagte sie: »Super, wir kommen auch sofort rüber. Bis gleich!«

Cristina sah sie fragend an.

»Der Polizist, der 1994 bei den Ermittlungen dabei war, den wir aber bislang noch nicht vernehmen konnten, hat sich gemeldet. Er kommt in die Questura. In etwa einer halben Stunde ist er da.«

Sie tranken aus und packten zusammen. Einer plötzlichen

Eingebung folgend blieb Patrizia noch einmal an der Theke stehen und zog ein Foto von Alessio Adinolfi aus einem der Aktenordner.

»Entschuldigen Sie«, sie wandte sich an den Kellner. »Wir haben gehört, dass dieser Mann bei Ihnen Stammkunde war. Er heißt Alessio Adinolfi.«

Sie zeigte ihm das Foto.

»Können Sie mir sagen, ob er in letzter Zeit ab und zu mit einer Frau hier war?«

»Wer will das wissen?«, fragte der Kellner gereizt zurück.

Fast gleichzeitig zückten die beiden Kommissarinnen ihre Ausweise.

»Ach so«, murmelte er kleinlaut und betrachtete pflichtbewusst das Foto.

»Alessio Adinolfi? Ja, den Mann kenne ich, auch wenn ich nicht wusste, wie er heißt.«

Er dachte nach.

»Mit einer Frau? Nein, ich glaube nicht. Natürlich bin ich nicht immer hier, aber oft, genau wie er.« Er zeigte auf das Foto. »Der ist Stammkunde, aber das scheinen Sie ja schon zu wissen. Er kommt immer entweder allein oder mit Freunden, vor allem mit einem, aber wie der heißt, weiß ich auch nicht. Sie sitzen meistens da drüben in der Ecke.« Er zeigte auf einen Tisch in einer von Fenstern eingefassten Nische. »Sie fachsimpeln meistens, wenn ich an den Tisch komme. Deshalb nehme ich an, dass sie Kollegen sind.«

»Verstehe. Trotzdem noch mal zu dieser Frau. Sagt Ihnen der Name Giulia etwas?«, hakte Cristina nach.

Der Kellner zuckte mit den Schultern. »Giulia … Ist ja ein ziemlich häufiger Name. Glaube nicht, dass ich Ihnen da weiterhelfen kann, aber ich kann bei meinen Kollegen nachfragen.«

»Das machen wir dann schon selbst«, sagte Patrizia, »danke auch.«

Sie verließen das Lokal und liefen hinüber zur Questura.

*

Emilio Volpe, der einzige Polizist von damals, den sie noch nicht vernommen hatten, ließ sie nicht lange warten. Als er von einem Uniformierten in Patrizias Büro geführt wurde, fiel den beiden Kommissarinnen sofort seine Sonnenbräune auf. Emilio Volpe musste den erstaunten Blick gesehen haben, denn er gab sofort eine Erklärung ab. »Ich war mit meiner Frau in der Dominikanischen Republik, vier Wochen lang.« Er lächelte stolz. »Wir hatten vor Kurzem unseren 40. Hochzeitstag!«

»Gratuliere«, sagten Patrizia und Cristina wie aus einem Munde.

»Als wir gestern wieder zu Hause ankamen, habe ich Ihre Vorladung im Briefkasten gefunden. Es geht um den Unfall von damals, oder? Aber wieso denn? Jetzt, nach so vielen Jahren?«

Cristina klärte den pensionierten Kollegen darüber auf, was in seiner Abwesenheit geschehen war. Er wirkte betreten, und sein Gesicht wurde eine Spur blasser unter der Bräune.

Dennoch glich das, was er ihnen zu sagen hatte, in allen Punkten den Aussagen seiner Kollegen.

Patrizia sah sich in ihrem Gefühl bestätigt, dass das Ermittlerteam von damals seine Lektion nicht nur gut gelernt, sondern geradezu verinnerlicht hatte. Trotzdem war sie nicht bereit, sich so schnell geschlagen zu geben. Sie setzte ihr kühles, neutrales Ermittlerinnengesicht auf. Wenn er pokern wollte, konnte er das haben. Man würde ja sehen, wer die besseren Nerven hatte.

»Das überrascht mich jetzt aber, Signore Volpe, dass Sie uns nur so wenig sagen können. Laut Unterlagen«, sie warf einen Blick in die vor ihr auf dem Schreibtisch liegende Akte, »waren Sie damals der Assistent des Untersuchungsleiters Gigi Spinosa, und es wurde uns angedeutet, dass Sie in alle relevanten Details eingeweiht waren. Und zwar einschließlich der wahren Gründe für die Einstellung der Untersuchung, die wohl schwerlich aus Mangel an Beweisen im Sand verlief.«

Volpes Reaktion kam prompt – für die Kommissarinnen ein Zeichen, dass er die ganze Zeit mit so etwas gerechnet hatte.

»Was soll das heißen? Was fällt Ihnen ein? Werde ich etwa einer Straftat bezichtigt? Wer soll da etwas angedeutet haben? Und was für wahre Gründe? Ich habe keine Ahnung, wovon Sie reden! Wenn es zusätzliche oder inoffizielle Gründe für das Ende der Untersuchung gab, wurde ich jedenfalls nicht darüber informiert. Fragen Sie doch Paolo Santopietro, der wird Ihnen schon bestätigen, dass Assistenten nicht mehr sind als Sekretärinnen …«

Er unterbrach sich abrupt, sammelte sich kurz und fuhr dann mit betont ruhiger und langsamer Stimme fort: »Ich weiß nur, was in den Protokollen steht. Die Untersuchung wurde eingestellt, weil die Beweislage und die Verantwortlichkeiten unklar waren, so war das nun mal. Sie als Kollegin müssten doch wissen, dass sich Schuldfragen nicht immer klären lassen. Vor dem Gesetz gibt's nun mal kein Schwarz oder Weiß.«

Er sah die beiden Kommissarinnen um Zustimmung heischend an.

Patrizia und Cristina warfen einander einen vielsagenden Blick zu.

Dann wandte sich Cristina an Volpe. »Schwarz oder Weiß. Das haben wir im Zusammenhang mit dieser Ermittlung seltsamerweise schon mehr als einmal gehört. Nicht aber den Namen Paolo Santopietro. Helfen Sie uns auf die Sprünge?«

Auf Emilio Volpes gebräunter Stirn standen trotz der kühlen Zimmertemperatur Schweißtropfen, und auf seinem Hemd bildeten sich dunkle Flecken unter den Achseln.

»Paolo Santopietro war der erste Untersuchungsleiter«, brummte er schließlich. »Wussten Sie das etwa nicht? Steht doch sicher in Ihren Akten.«

Er warf einen abschätzigen Blick auf die Dokumente, in denen Patrizia vorher geblättert hatte.

»Aus denen geht nur hervor, dass Gigi Spinosa die Untersuchung leitete. Ein Paolo Santopietro wird nirgendwo erwähnt. Aber wie Sie sich denken können, können wir es kaum erwarten, unsere Wissenslücken zu schließen«, erwiderte Patrizia lächelnd.

Emilio Volpe machte eine unbestimmte Handbewegung. »Na ja«, sagte er. »Dann war das wohl, weil der schon ein paar Monate nach Beginn der Untersuchung versetzt wurde.«

Er wartete auf eine Reaktion, doch als keine kam, fuhr er fort: »Santopietro hatte schon länger einen Versetzungsantrag laufen, glaube ich. Er wohnte in Amalfi, und das tägliche Pendeln auf der kurvigen Küstenstraße geht einem natürlich irgendwann auf den Geist. Vor allem, wenn man Überstunden macht oder Sondereinsätze anfallen. Wenn man da nicht wenigstens in der Nähe wohnt …«

Er zuckte mit den Schultern.

»Jedenfalls kam während der Ermittlungen der Bescheid, dass sein Antrag durch war. Er konnte sofort dort anfangen. Ich war bis dahin sein Assistent, danach wurde Gigi Spinosa Untersuchungsleiter, und ich, tja, ich blieb eben Assistent.«

»Wie lange war Paolo Santopietro denn Untersuchungsleiter?«, fragte Cristina.

»Wie soll ich das jetzt noch so genau wissen?«, brummte Volpe. »Er ging irgendwann im Frühjahr. Vielleicht ein halbes Jahr?«

»Kein Problem, das lässt sich überprüfen«, meinte Patrizia gelassen. »Sie wissen nicht zufällig, wann er den Antrag auf Versetzung gestellt hat?«

»Sie stellen Fragen! Wir hatten vor der Untersuchung nicht viel miteinander zu tun. Man hörte ihn aber oft darüber klagen, dass er morgens so früh aufstehen musste, um den Stau bei Vietri wieder wettzumachen. Ich hatte den Eindruck, der Antrag lief schon eine ganze Weile. Aber Sie wissen ja, Amalfi ist klein. Da kann man lange warten, bis mal eine entsprechende Stelle frei wird.«

Patrizia fand es beeindruckend, was sie angeblich alles wissen sollte, meinte aber nur leichthin: »So, so, aber am Ende hat es dann ja doch geklappt.«

Emilio Volpe war sichtlich erleichtert, die Kommissarin so aufgeräumt über Santopietro plaudern zu hören.

»Ja, der Glückspilz. Hat es sich sicher gut gehen lassen im beschaulichen Amalfi, während wir hier in Salerno weiterschwitzen durften. Schließlich ist die Amalfiküste ein Paradies für Polizisten. Nichts außer Strafzetteln ...« Er wollte noch weiter auf das Thema eingehen, doch Cristina fiel ihm ins Wort.

»Sie halten sich bitte weiterhin zu unserer Verfügung, falls wir noch Fragen haben. Aber fürs Erste können Sie gehen.« Sie lächelte ihn an.

Emilio Volpe sah unsicher von einer Kommissarin zur anderen, doch dann erhob er sich, nahm seine Jacke, nickte ihnen kurz zu und verschwand eilig aus dem Raum.

*

Ein paar Stunden später saßen Patrizia und Cristina in der roten Klara auf dem Weg nach Amalfi. Sie hatten Paolo Santopietro telefonisch erreicht und einen Termin ausgemacht. Gleichzeitig hatte Antonia versucht, so viel wie möglich über ihn und seine Versetzung herauszufinden.

Wie sich herausstellte, hatte der Polizist seinen Antrag zwei Jahre vor dem Unfall gestellt. Interessanterweise war zur Zeit seiner Versetzung nach Amalfi kein Posten im eigentlichen Sinne frei geworden. Man hatte es einfach damit begründet, dass eine Verstärkung des Personals in Amalfi »wünschenswert« erschien. Auch hatte sich Santopietro durch den Wechsel seines Arbeitsplatzes eher verschlechtert. Seine Position in Amalfi hatte in keiner Weise der entsprochen, die er vorher in Salerno bekleidet hatte.

Während Patrizia über die Einheimischen fluchte, die die enge und kurvige Küstenstraße wie ihre Westentasche kannten und daher mit halsbrecherischer Geschwindigkeit fuhren, bewunderte Cristina vom Beifahrersitz aus das tiefblaue Meer mit seinen silbrig glänzenden Strömungsrippeln steil unter ihnen. Die regelmäßigen herbstlichen Regenfälle hatten die schroffen Berge in sattes Grün getaucht, und die überwiegend milden Temperaturen führten dazu, dass Steilhänge, Gärten und Häuserwände noch immer von blühendem Jasmin und Bougainvillea überwuchert wurden. Selbst die Oleanderbäume am Straßenrand standen noch in voller Blüte.

Sie passierten terrassenartig angelegte Zitronenhaine, die Bäume schwer behangen mit gelben und noch grünen Früchten – ein immerwährender Kreislauf des Wachsens und Reifens, der keine Saison oder Ruhepausen kannte.

Kurz vor Cetara musste Patrizia plötzlich scharf abbremsen, denn hinter einer Kurve versperrte ihnen eine Gruppe von Männern mit Eseln den Weg. Nicht nur die Tiere waren mit Kisten voller Zitronen beladen, auch die Männer selbst trugen schwere Kästen auf Schultern und Rücken. Die Zitronenhaine zu bearbeiten war aufgrund ihrer halsbrecherisch steilen Lagen noch immer eine Aufgabe, die nur Menschen selbst mit ihren Lasttieren bewerkstelligen konnten. Zum Glück bog die Gruppe kurz vor dem Ortseingang in einen parallel zur Straße verlaufenden Trampelpfad ein, und sie hatten wieder freie Fahrt.

Eine halbe Stunde später erreichten sie Amalfi.

Patrizia fluchte erneut, als sie die Preistafel vor dem winzigen Parkplatz am Hafen sah. Drei Euro für eine Stunde, die hatten sie wohl nicht mehr alle? Doch Parkplätze waren in den kleinen, in winzige Buchten geschmiegten und sich an den Steilhängen hochwindenden Dörfern der Amalfiküste nun mal Luxus, und kostenloses Parken war ausschließlich den Anwohnern vorbehalten.

»Reg dich nicht auf«, meinte Cristina lapidar. »Sieh es mal von dieser Warte: wenig Steuereinnahmen, keine Industrie, von irgendwas müssen die ja hier auch ihre Straßen teeren.«

Patrizia schnaubte und legte widerwillig den Parkschein auf ihr Armaturenbrett.

Der Weg zu Paolo Santopietros Haus führte sie an Amalfis zentralem Platz vorbei. Im Sommer saßen die Menschen hier draußen an Tischen bei Bier und Snacks und genossen den Blick auf den imposanten Dom im maurischen Stil, den sich die durch Seehandel reich gewordenen Amalfitaner im 10. Jahrhundert geleistet hatten.

Patrizia fragte sich wieder einmal, warum sie so selten Zeit fand, diese malerischen kleinen Orte besser kennenzulernen. Doch Cristina tröstete sie. Sie und ihr Mann waren am Wochenende auch meistens zu müde für solche Unternehmungen.

Die Wohnung des pensionierten Polizisten lag im alten Zentrum Amalfis, oberhalb des Doms am Hang. Der Aufstieg war unerwartet steil, und Cristina zählte die Treppenstufen mit, die es bis zur Via Casa Landi zu erklimmen galt. Es waren einhundertsechsundsiebzig.

»Wie machen die Leute das bloß mit dem Einkaufen?« fragte Patrizia.

»Keine Ahnung. Vielleicht kaufen sie jeden Tag ein, aber immer nur Kleinigkeiten. Die Alternative wäre eine Dauerdiät.«

Patrizia verzog das Gesicht. »Jeden Tag einkaufen? Ich hab ja kaum ein Mal die Woche Zeit dafür. Und als Alternative eine Dauerdiät? Bevor es so weit kommt, würde ich lieber jeden Tag essen gehen.«

Paolo Santopietro empfing sie vor seiner Haustür. Er war klein und untersetzt, mit einem freundlichen Gesicht, kurz geschorenen silbrigen Haaren und einem ebensolchen Bart.

»Buongiorno! Ich habe Sie schon erwartet. Kommen Sie rein, wir haben auf der Dachterrasse einen kleinen Snack und Zitronenlimonade vorbereitet. Von unseren eigenen Zitronen natürlich.«

Patrizia und Cristina ließen sich auf den Holzstühlen der erstaunlich großen Terrasse nieder und betrachteten das Dächer- und Gassenlabyrinth ringsum. Unter ihnen lag der Dom mit dem tiefblauen Meer dahinter und auf der anderen Seite des Ortes die grüne Schlucht des Valle dei Molini, des Mühlentals.

Doch auch Santopietros Terrasse war eine Oase, auf der alle Arten von Kräutern, Geranien, Bougainvillea und Oleander in Tontöpfen verschiedenster Größen wuchsen.

»Ich habe ein bisschen Land, auf dem ich Zitronen anbaue«,

erklärte Santopietro mit einer vagen Handbewegung in Richtung des Berghangs, der sich steil hinter ihnen erhob. »Noch kann ich es selbst bearbeiten, und meine Söhne und Schwiegersöhne helfen mit. Wir machen auch Limoncello selber. Wenn Sie möchten, kann ich Ihnen ein Gläschen anbieten.«

»Vielleicht später, danke«, sagte Patrizia. »Zuerst würden wir uns gerne ein wenig mit Ihnen unterhalten.«

»Natürlich! Es geht um den Unfall im Theater vor siebzehn Jahren, richtig? Wie kann ich Ihnen behilflich sein?«

»Ispettore Santopietro, wir haben erst heute von Ihrem früheren Assistenten Emilio Volpe erfahren, dass Sie in der ersten Zeit nach dem Unfall die Ermittlungen leiteten. In den Untersuchungsakten taucht Ihr Name aber komischerweise gar nicht auf. Wie erklären Sie sich das?«

»Ach, ist das so?«, fragte Santopietro, und ein zynischer Zug umspielte seinen Mund, bevor er fortfuhr.

»Ich hatte davon keine Kenntnis. Nachdem meine Versetzung durch war, hatte ich keinen Einblick mehr in die Unterlagen der laufenden Ermittlungen. Wirklich interessant, dass sie mich einfach unterschlagen haben. Aber letztlich passt es zu der Art, wie die Dinge damals abgelaufen sind.«

»Was meinen Sie?«, fragte Patrizia.

»Commissaria, lassen Sie mich ehrlich sein. Ich bin ein alter Mann, ein Polizist im wohlverdienten Ruhestand, der seine Zitronen und seine Enkel liebt. Und natürlich ein gutes Essen und einen guten Espresso danach. Und es gibt nichts und niemanden, der mir das nehmen könnte. Also auch keinen Grund, warum ich nicht frei heraus sprechen sollte. Wenn ich einen Fehler gemacht habe, kann ich ihn auch zugeben. Na ja«, er grinste, »solange ich nicht das verliere, was ich liebe.«

Er lachte kurz über seinen Scherz, wurde dann aber schnell wieder ernst.

»Also, diese Untersuchung damals«, er machte eine verächtliche Geste mit der Hand, »das war die reinste Farce. Von allen Seiten wurden uns Steine in den Weg gelegt. Aussagen wurden gemacht und zwei Tage später zurückgezogen. Wichtige Dokumente, die Fakten hätten schaffen können, fehlten oder waren angeblich unauffindbar. Ein einziger Urwald!« Er nahm einen Schluck von seiner Zitronenlimonade. »Hmm, nicht zu überbieten, sagen Sie selbst …«

Patrizia und Cristina stimmten ihm zu.

»Ich habe viele schlaflose Nächte verbracht damals, fragen Sie meine Frau. Es war zum Auswachsen. Aber ich war entschlossen, Licht in das Dunkel zu bringen. Wir wissen doch alle, Sie und ich und alle Beteiligten, jeder Zeitungsleser, alle wissen wir, dass im Falle eines solchen Unfalls irgendwas schiefgegangen ist in der hierarchischen Struktur von Verantwortlichkeiten. Irgendwer oder auch mehrere haben da ihren Job nicht richtig gemacht. Rauszufinden wer das war, sollte normalerweise nicht schwer sein, wenn alle an einem Strang ziehen, meine ich.«

»Zogen denn damals nicht alle an einem Strang?« Cristinas Frage war eher rhetorisch gemeint.

Paolo Santopietro prustete amüsiert.

»Man könnte sagen, dass so viele so lange an dem Strang gezogen haben, bis er völlig aufgeribbelt war. Aber da war ich schon nicht mehr dabei. Bevor es dazu kam, wurde meinem Antrag auf Versetzung stattgegeben.«

»Den Sie zwei Jahre zuvor gestellt hatten«, fügte Patrizia hinzu.

Ispettore Santopietro sah sie überrascht an.

»Ich sehe, Sie haben Ihre Hausaufgaben gemacht, Commissaria«, sagte er. »Genauso ist es.«

Er machte mit dem Arm eine ausladende Geste über die

Terrasse und die Berge, die das enge Tal Amalfis von beiden Seiten einschlossen.

»Können Sie sich nicht denken, warum wir hier nicht wegwollten? Am Anfang habe ich einen Umzug sogar noch in Erwägung gezogen, aber irgendwann wurde mir klar, dass das Unsinn war. Ich bin hier aufgewachsen, und hier will ich alt werden. Wir hätten das Haus sicher teuer verkaufen können, aber wozu? Um in Salerno in einer Stadtwohnung zu leben? Das tägliche Pendeln allerdings war eine echte Belastung. Also stellte ich den Antrag.« Er lächelte traurig. »Wie Sie sicher schon herausgefunden haben, habe ich mich durch die Versetzung dienstlich eher verschlechtert. Aber das war's mir wert. Es wurde mir damals angedeutet, dass die Chance einmalig sei, und ich hatte keinen Zweifel daran.«

»Hat es Ihnen nichts ausgemacht, den Fall einfach abzugeben?«, fragte Patrizia. »Es war doch Ihr Fall, in den Sie sich eingearbeitet hatten, den Sie lösen wollten, für den Sie verantwortlich waren.«

Paolo Santopietro sah an ihnen vorbei und nickte bedächtig.

»Ich weiß, ich weiß, ich habe mich damals aus der Verantwortung gestohlen. Wenn ich mich einer Sache schuldig gemacht habe, dann dieser.« Er holte tief Luft. »Aber was hätte ich tun sollen? Es war eine Kosten-Nutzen-Rechnung. Auf der einen Seite eine beschauliche Stelle in Amalfi, kein Pendeln mehr, etwas weniger Geld vielleicht, dafür viel Zeit für die Familie. Auf der anderen Seite eine höhere Position in Salerno, aber verbunden mit der lästigen Anfahrt und wenig Freizeit. Dazu die Endlosschleife der Rückschläge in dem Fall, in dem ich mich schon mehr als verheddert hatte. Ständig einen Schritt vorwärts und zwei zurück. Natürlich habe ich mich später oft gefragt, ob es einen Unterschied gemacht hätte, wenn ich geblieben wäre oder ob unter meiner Regie alles genauso im Sand verlaufen wäre. Aber ich will mir nichts vormachen. Wahrscheinlich hätte ich es ebenso wenig geschafft, den Urwald zu lichten.«

»Haben Sie sich nie gefragt, ob die Versetzung etwas mit Ihrer guten Arbeit zu tun hatte?«, fragte Cristina. »Vielleicht gab es Menschen, die Ihnen zutrauten, Licht ins Dunkel zu bringen, und die sich deshalb für Ihre Versetzung starkgemacht haben? Ich meine, fanden Sie es nicht seltsam, dass dem Antrag ausgerechnet in dem Moment stattgegeben wurde, als Sie an einem so brisanten Fall arbeiteten?«

Der Ispettore sah sie eine Weile stumm an.

»Natürlich ist mir dieser Gedanke gekommen«, antwortete er schließlich. »Aber wenn es so war, hatte da jemand mehr Vertrauen in meine Fähigkeiten als ich selber. Ich kann mir nicht vorstellen, dass ich es geschafft hätte.«

»Aber wenn Sie in Salerno geblieben wären, hätten Sie es zumindest versucht.«

»Natürlich, wo denken Sie hin!«

»Und Ihr Nachfolger Gigi Spinosa? Wie schätzen Sie ihn ein? War er ebenso interessiert an einer Aufklärung?«

»Ich weiß schon, was Sie meinen. Glauben Sie mir, ich habe viel darüber nachgedacht, nachdem der Fall zu den Akten gelegt worden war. Aber ich habe keinen Grund, Gigi zu misstrauen. Es sei denn …«

Er unterbrach sich und meinte dann: »Gigi war ehrgeizig, viel ehrgeiziger als ich. Der hätte sich nie mit so einer Stelle in Amalfi zufriedengegeben. Und wer Karriere machen will, nimmt schon mal Kompromisse in Kauf. Aber eigentlich sollte ich mich schämen, so verleumderisch zu spekulieren, denn mit Fakten kann ich Ihnen leider nicht dienen.« Patrizia nickte.

»Sie haben vorhin angedeutet, dass man damals aufgrund

der Manipulation von Zeugenaussagen und Beweismitteln nicht weiterkam.«

»Davon gehe ich aus. Zumindest sah alles danach aus. Aber fragen Sie mich jetzt bitte nicht, wer da dahintersteckte. Irgendjemand hat wohl eine ganze Menge Beziehungen spielen lassen, um mir, um uns Steine in den Weg zu legen. Wie es dann unter Gigi war, weiß ich nicht. Ich hatte die Nase gestrichen voll und war froh, dass ich wegkam.«

»Haben Sie keinen Verdacht, wer damals im Hintergrund die Fäden gezogen haben könnte? Sie hatten doch Einblick in die hierarchischen Strukturen«, hakte Cristina nach.

»Nein, gar nicht. Das hätten viele sein können. Das neue Theater war ja damals die Nummer eins auf der Liste der regionalpolitischen Prioritäten. Und die unmittelbar Verantwortlichen wie den Ingenieur und die Kontrollkommission haben wir ja alle unter die Lupe genommen. Aber der Irrgarten aus Widersprüchen machte es mir unmöglich, jemanden individuell festzunageln. Und wenn Ihnen das nicht gelingt, tritt der feine Satz in Kraft: im Zweifel für den Angeklagten.«

Er strich sich mehrfach mit der Hand über den Bart.

»Allerdings war da noch der zuständige Staatsanwalt. Wie hieß er gleich? Ottieri, glaube ich, Orazio Ottieri. Der war sehr an einer Aufnahme des Verfahrens interessiert. Als er erfuhr, dass ich nach Amalfi gehen würde, rief er an und wollte mich überreden, wenigstens bis zum Abschluss der Untersuchung zu bleiben. Aber das ging nicht. Entweder sofort oder gar nicht, hatte es geheißen. Das habe ich auch Orazio Ottieri zu erklären versucht. Vielleicht sollten Sie sich an ihn wenden. Ich hatte den Eindruck, dass er damals auf eigene Faust gewisse Nachforschungen angestellt hat, rein privat natürlich. Er kam aus einer angesehenen Anwaltsfamilie und hatte gute Kontakte. Aber wenn er was Handfestes herausgefunden hätte, wäre das Verfahren bestimmt nicht eingestellt worden.«

Patrizia notierte sich den Namen. Das Gespräch näherte sich dem Ende. Sie war nicht sicher, ob sie enttäuscht oder zufrieden sein sollte. Kamen sie weiter, oder befanden auch sie sich in einer Endlosschleife aus Namen, denen sich keine Fakten zuordnen ließen?

Cristina trank den letzten Schluck ihrer Limonade.

»Ein Schlückchen Limoncello?«, fragte Santopietro. »Warten Sie, ich gebe Ihnen einfach beiden ein Fläschchen mit, dann kann mir niemand nachsagen, ich würde zwei Kommissarinnen im Dienst verführen.« Er lachte. »Zum Alkoholkonsum natürlich!«

Patrizia lächelte gequält. Sie würde sich nie daran gewöhnen, dass nicht einmal weibliche Vorgesetzte vor derartig zweideutigen Scherzen gefeit waren.

Kurz darauf kehrte Paolo Santopietro mit zwei hübschen Fläschchen Limoncello zurück.

»Ich wünsche Ihnen viel Erfolg bei Ihren Ermittlungen«, sagte er mit herzlichem Lächeln. »Vielleicht beehren Sie mich ja mal wieder, wenn Sie hier in der Gegend sind.«

Als die beiden wenig später am Hafen ankamen, zog unvermittelt eine Wolke vor die Sonne. Schlagartig wurde die ganze Umgebung in Schatten getaucht. Patrizia fröstelte und zog ihre dunkelblaue Jacke enger um sich. Ohne es begründen zu können, hatte sie plötzlich das unbestimmte Gefühl, dass etwas Schreckliches passiert war. Oder noch passieren würde … Ihr wurde schwindlig, und sie griff instinktiv nach Cristinas Arm.

»Was ist los mit dir, stimmt was nicht?«, fragte Cristina beunruhigt.

Doch Patrizia schwieg. Stumm setzte sie sich auf die Kaimauer und legte das Gesicht in die Hände. Sie wusste nicht warum, aber sie hatte das Gefühl, den Boden unter den Füßen zu verlieren.

Cristina legte den Arm um sie und strich ihr leicht übers Haar. Es tat gut.

Im nächsten Moment war die Wolke vorbeigezogen, so plötzlich, wie sie gekommen war, und das Meer glitzerte wieder vor ihnen im Sonnenlicht.

Patrizia fühlte die Wärme auf ihrem Rücken und kam sich mit einem Mal sehr kindisch vor. Sie nahm die Hände vom Gesicht und massierte sich die Wangen.

»Ich weiß nicht, manchmal bin ich einfach etwas ...«

Doch sie beendete den Satz nicht.

»Willkommen im Klub!«, meinte Cristina und lächelte, aber in ihrer Stimme schwang noch immer Sorge mit. Keine von beiden verspürte den Wunsch aufzustehen. Arm in Arm sahen sie noch eine Weile schweigend auf das silberblaue Meer hinaus.

*

Matteo Muti lief gereizt auf dem blitzblanken Flur des San Leonardo Krankenhauses auf und ab und fluchte innerlich. In der Ambulanz waren sein Sohn Felice und er sofort drangekommen, als die diensthabenden Ärzte die Platzwunde gesehen hatten, die Felice sich auf ihrem Spaziergang in den Bergen über Baronissi zugezogen hatte. Aber nach der Erstversorgung hatten sie ihm angeraten, die Wunde in der chirurgischen Abteilung nähen zu lassen. Und da hatten sie dann gesessen, eineinhalb Stunden lang. Es war zum Auswachsen. Schließlich war ein Arzt gekommen und hatte die Wunde genäht. Jetzt war Felice auf der Toilette, und auch das würde dauern.

Er dachte an seine Frau Anna. Was würde sie sagen? Und

würde Felice eine Narbe zurückbehalten? Warum hatte er sich nach dem Mittagessen bei den Schwiegereltern bloß dazu breitschlagen lassen, Annas Vater zum Pilzesammeln in die Berge zu begleiten? Weder Felice noch er hatten passende Schuhe angehabt, und Anna würde ihm zurecht Vorwürfe machen. Im Augenblick arbeitete sie noch. Sie war Kassiererin im Supermarkt, draußen im großen Einkaufszentrum von Pontecagnano. Ihre Schicht ging täglich von eins bis neun Uhr abends.

Matteo klopfte energisch an die Toilettentür, doch drinnen rührte sich nichts. Herrgott, warum musste seine Frau auch immer Doppelschichten übernehmen? Wäre sie mittags zu Hause, hätten ihre Eltern weniger Grund, Felice und ihn ständig zum Mittagessen einzuladen. Jetzt, wo er selber wieder Geld verdiente, musste das anders werden.

Er klopfte erneut an die Toilettentür. »Auf geht's, Felice! Avanti, presto!«

»Noch nicht!«, kam Felices kleinlaute Stimme.

Matteo Muti sah auf die Uhr. Es war halb sechs. Er beschloss, sich einen Espresso vom Getränkeautomaten weiter hinten im Flur zu gönnen. Den hatte er jetzt mehr als verdient auf den Schreck. Der Nachmittag war jedenfalls im Eimer.

Vor ihm am Automaten standen zwei Männer in weißen Kitteln und plauderten. Der eine hatte sich dem Automaten zugewandt und schien noch unschlüssig zu sein, der andere nippte bereits an seinem Becher. Matteo wartete mit wachsender Ungeduld darauf, dass der Mann vor ihm sich entschied. Endlich drückte er die Taste für Cappuccino und drehte sich um.

Matteo Muti stutzte. War das nicht Carmine? Oder täuschte er sich? Er sah schon etwas anders aus, hatte keine Brille und auch keinen Bart mehr. Vor allem war er gepflegter. Und dann der Kittel … Aber kein Zweifel, er war es!

Auch sein Gegenüber starrte ihn überrascht, fast ungläubig an, während hinter ihm der Automat zu rumpeln begann und der Becher sich mit cremefarbener Flüssigkeit füllte.

»Hallo, Carmine, also …« Unwillkürlich suchten seine Augen das Namensschild am Kittel. »Also … Was für eine Überraschung!«

Die Lippen des Mannes bewegten sich wie in Zeitlupe, doch sie formten keine Worte, und einen Augenblick lang schien es Matteo, als nähme er selbst die Geräusche um sich herum wie durch eine Watteschicht wahr. Konnte es sein, dass sein Gegenüber sprach und er es nur nicht hörte? Wie hypnotisiert starrte er auf die Lippen, die sich noch immer bewegten, langsam und gleichmäßig wie die eines Fisches. Und dann war es mit einem Mal da, das herzliche Lächeln, als hätte es den Fischmund nie gegeben.

»Matteo, ja, was für eine Überraschung! Ich hoffe, es bringt dich nichts Ernstes hierher?«

Sorge im Blick. Matteo Muti brauchte einen Moment, um die Frage zu verarbeiten.

»Nein, nein! Mein Sohn Felice hatte nur eine kleine Platzwunde …« Er unterbrach sich, als er von hinten Schritte hörte. Eine kleine Hand schob sich in die seine. »Fertig, Papà. Können wir gehen?« Er sah zu dem Mann im weißen Kittel.

»Ja, natürlich.«

Plötzlich hatte Matteo Muti es eilig. Er wollte weg, weg von hier, sofort. Seine Hand schloss sich so hart um die seines Sohnes, dass dieser aufheulte, doch sein Vater schien es gar nicht zu bemerken und zog ihn an dem Mann vorbei auf den Ausgang zu.

»Felice!«

Der Junge blieb ruckartig stehen und drehte sich um, als der fremde Mann im Kittel ihn beim Namen rief. In seiner ausgestreckten Hand hielt er einen Lutscher, und auf seinem Gesicht lag noch immer dasselbe Lächeln. Bevor sein Vater es verhindern konnte, hatte Felice sich schon losgerissen und war zurückgelaufen.

»Grazie, Dottore!« Felice strahlte.

Dann wirbelte er herum und rannte mit dem Lutscher in der Hand an seinem Vater vorbei auf den Ausgang zu.

Matteo Muti hastete wortlos hinter ihm her. Als er sich am Ende des Ganges noch einmal umblickte, rührte der Mann, der Carmine gewesen war, in seiner Tasse, als hätte ihr Treffen nie stattgefunden. Doch plötzlich drehte auch er sich noch einmal zu Matteo Muti um und hob die Hand zum Gruß. Das Lächeln auf seinem Gesicht war verschwunden.

Dann fiel die Flügeltür hinter ihnen zu.

Vor dem Krankenhaus griff Matteo Muti wieder nach der Hand seines Sohnes und zog ihn hinter sich her zum Auto. In seinem Kopf arbeitete es. Wie im Fieber spielte er alle Möglichkeiten durch, doch es gab keine befriedigende Lösung.

»Papà! Nicht so schnell! Ich komm nicht mit!«

»Halt den Mund, Felice, und lauf!«

»Halt an, ich will den Lutscher aufmachen!«

Matteo Muti drehte sich um, griff nach dem Lutscher und warf ihn in hohem Bogen weg.

»Papà!!!«

Der Schlag kam unerwartet. Er war nicht fest, doch es war das erste Mal, dass sein Vater ihn geohrfeigt hatte. Der Junge erstarrte, und in seinen Augen sammelten sich Tränen. Matteo Muti erschrak über sich selbst, doch er hatte jetzt keine Zeit für Entschuldigungen.

»Komm jetzt!« Er zerrte das heulende Kind zum Auto. »Ich bringe dich zu Oma und Opa.«

»Ich will nicht zu Oma und Opa, ich will heim. Heim, heim, heim, zu Mama!«

»Das geht jetzt nicht. Mama arbeitet, und ich habe was zu erledigen.«

*

Eine knappe Stunde später stand Matteo Muti vor seiner Haustür in der Via Giuseppe Paesano unterhalb der hohen geschwungenen Bögen der Autobahnbrücke. Er hatte den noch immer schmollenden Felice bei den Großeltern in Baronissi abgegeben mit der knappen Begründung, er habe noch eine Besorgung zu machen und würde ihn später zusammen mit seiner Frau wieder abholen.

Unterwegs hatte er fieberhaft nachgedacht und mehrfach versucht, seine Frau zu erreichen, doch die ging nicht ran. Verdammt noch mal! Er konnte ja verstehen, dass es nicht gern gesehen war, wenn die Angestellten im Supermarkt private Anrufe entgegennahmen, aber wenn er x-mal hintereinander anrief, konnte sie sich doch wohl denken, dass es dringend war!

Egal. Sein Plan stand auch so fest. Er würde ein paar Sachen packen, alles im Auto verstauen und dann bei der Polizei vorbeifahren. Er würde Meldung machen. Er musste Meldung machen! Danach würde er seine Frau von der Arbeit abholen und Felice bei den Großeltern einsammeln. Anschließend … Anschließend konnte man weitersehen. Auf jeden Fall mussten sie weg, wenigstens für ein paar Tage. Wie lange, das hing davon ab, was die Polizei herausfinden und unternehmen würde. Vielleicht war ja doch alles ganz harmlos, vielleicht ging einfach nur seine Fantasie mit ihm durch. Am Ende gab es womöglich eine ganz banale Erklärung für all das. Eine Erklärung, auf die er im Augenblick nicht kam.

Doch die Faust in seinem Magen sagte etwas anderes. Wahllos warf er Kleidungsstücke, Pässe und Felices Lieblingsspielzeuge in einen Koffer und zwei Reisetaschen. Als er sich zum Schluss noch einmal in ihrer kleinen Wohnung umsah, hatte er plötzlich das Gefühl, in einem bösen Traum gefangen zu sein. Er sah die Möbel, ihre Gegenstände, alles, womit sie täglich lebten, was sie mit den Jahren zusammengetragen hatten, aber es kam ihm vor, als gehöre es nicht mehr ihm. Als würde eine unsichtbare Glasscheibe ihn von seinem bisherigen Leben trennen.

Dann brach der Damm. Tränen schossen ihm in die Augen. Er sank aufs Sofa, stützte den Kopf in die Hände und weinte bitterlich. Warum musste ausgerechnet ihm das alles passieren? Gerade jetzt, wo es wieder bergauf ging. Und was sollte er seinen Kollegen im Garten sagen, falls er tatsächlich für mehrere Tage wegbleiben musste? Es dauerte eine ganze Weile, bis er sich wieder gefangen hatte.

Ich muss positiv denken, ermahnte er sich. Seine Frau und er würden sich einfach ein paar Tage freinehmen. Ob sie sich auch ohne ärztliches Attest krankschreiben lassen konnten?

Er schloss die Wohnungstür hinter sich ab und sah auf die Uhr. Er musste sich beeilen, wenn er noch bei der Polizei vorsprechen wollte. Um Punkt neun musste er beim Einkaufszentrum in Pontecagnano sein.

Sein Auto stand weiter oben am Hang unter den mächtigen Bögen der Autobahnbrücke. Hier lief die Stadt langsam am Berghang aus, und die Via Giuseppe Paesano, in der er wohnte, wurde nur an ihrem unteren Ende von ein paar unscheinbaren, teils schäbigen Häusern gesäumt, vor denen die Parkplätze meistens belegt waren.

Der Weg zum Auto war beschwerlich, denn es ging steil bergan. Matteo Muti schwitzte trotz der kühlen Abendluft unter der Last der zwei vollgepackten Reisetaschen. Außerdem war ein Rädchen seines Koffers kaputt und schleifte auf der rechten Seite über den Boden. Er versuchte, den Reißverschluss seiner alten, hellgrünen Daunenjacke aufzumachen, aber dazu hätte er den Koffer abstellen müssen. Er gab auf und ging weiter.

Die Straße führte noch immer steil bergan, und sein Atem kam in Stößen. Hinter ihm dröhnte das Horn eines Sattelschleppers. Die Straße unterhalb der Via Giuseppe Paesano verband den Frachthafen mit der Autobahn, und der Verkehr der Lastwagen, die Container und Neuwagen vom und zum Hafen transportierten, riss nie ab. Wie oft kam es vor, dass Felice nachts von einem Schiffshorn geweckt wurde. Früher war er dann ängstlich zu seinen Eltern ins Bett gekrochen, aber mittlerweile hatte er sich daran gewöhnt.

Matteo Muti blieb stehen. Es waren höchstens noch zwanzig Meter bis zu seinem Wagen. Vor ihm blinkte eine defekte Straßenlaterne rätselhafte orange Morsezeichen in den pechschwarzen Abendhimmel. Sekundenlang wurde das Auto in oranges Licht getaucht, dann verschwand es wieder im Dunkeln.

Orange …

Schwarz …

Orange …

Schwarz …

Endlich erreichte er den Wagen. Hinter ihm parkten nur noch zwei weitere, einer davon hatte keine Räder mehr. Wer weiß, seit wann der da schon stand. Als Matteo mit seiner Familie vor fünf Jahren hierher gezogen war, war das Wrack jedenfalls schon an seinem Posten gewesen.

Er hievte den Koffer und die Reisetaschen in den Kofferraum.

Orange …

Schwarz …

Erschöpft ließ Matteo sich auf den Fahrersitz fallen und zog am Reißverschluss. Endlich Luft. Er wählte wieder die Nummer seiner Frau. Das Display des Handys tauchte den Innenraum des Wagens in ein beruhigendes Blau, das kurz darauf wieder vom Orange der Laterne abgelöst wurde.

Blau …

Orange …

Blau …

Orange …

Diesmal war das Handy seiner Frau aus. Er beschloss, ihr eine Nachricht zu hinterlassen. Wer weiß, wie lange das auf der Questura dauern würde? Sie sollte auf jeden Fall wissen, dass es später werden konnte. Hoffentlich stellte sie das Ding rechtzeitig wieder an. Der Piepton erklang, und die Mailbox schaltete sich ein. Matteo hatte nicht vorgehabt, viel zu sagen, doch auf einmal sprudelte es geradezu aus ihm heraus.

»Ciao, Anna, hör zu. Ich hole dich ab, warte bitte auf mich, falls es später wird, ich muss vorher noch zur Polizei … Nein, keine Sorge, ich hab da nur heute jemanden wiedergetroffen. Den, mit dem ich bei der Lichtermontage zusammengearbeitet habe, weißt du noch? Carmine. Langzeitarbeitslos ohne Schulabschluss, hat er gesagt. Ich dachte sogar, der ist noch ärmer dran als ich. Also, den hab ich heute im Krankenhaus getroffen, im Arztkittel. Ach so, ja, Felice hatte nämlich eine Platzwunde, nichts Schlimmes, reg dich nicht auf, alles in Ordnung. Jedenfalls war da dieser Carmine, aber auf seinem Namensschild stand etwas anderes. Und da dachte ich, weil die Polizei doch die ganzen regulären Kollegen verhört hat, wegen dem Palazzo am Largo Campo, du weißt schon, weil doch der Täter wahrscheinlich einen Schlüssel zum Gebäude hatte. Ich dachte, was, wenn der das jetzt ist, wegen dem falschen Namen und allem …«

Piiieps.

Matteo Muti legte den Kopf an die Nackenlehne und schloss einen Augenblick die Augen. Jetzt, wo er es laut ausgesprochen hatte, klang es längst nicht mehr so wahrscheinlich wie vorher, eher wie ein Hirngespinst. Er ließ die Augen zu. Es tat gut auszuruhen, runterzukommen. Hinter seinen Augenlidern flackerte diffuses Licht.

Orange …

Schwarz …

Orange …

Schwarz …

Orange …

Trotzdem. Es war Zeit loszufahren.

In dem Moment hörte er direkt hinter sich ein Geräusch. Eine Autotür, die sich öffnete und wieder schloss.

Aber es konnte ja wohl nicht …

Ein Schauer fuhr ihm über den Rücken.

»Ciao, Matteo.«

Es war nur ein Flüstern, kaum hörbar, fast zärtlich.

Er wollte herumfahren, doch da spürte er schon den rauen Stoff des Sackes über seinem Kopf, dann den Rand, der in seine Kehle schnitt und ihn gegen die Nackenlehne presste. Instinktiv fuhren seine Hände zum Hals, gruben sich in den Stoff, zerrten an ihm. Ein Fingernagel verhakte sich und riss mit einem hässlichen Geräusch. Er spürte keinen Schmerz. Laute kamen aus seiner Kehle, wie er sie noch nie gehört hatte. Das orange Licht drang diffus in den Jutesack ein. Er versuchte, nach den Armen zu greifen, die den Sack nach hinten rissen, tiefer und tiefer in seine Kehle.

Dunkelheit. Dann wieder das orange Licht. Seine Hände und sein Körper kämpften scheinbar ohne Verbindung zu seinem Gehirn, das nur eines dachte: Luft!

Er würde sterben. Nein, er musste … Er durfte nicht …

Er kämpfte, riss, stemmte sich mit den Füßen gegen den Boden. Sein Oberkörper bäumte sich auf, dem Licht entgegen.

Orange …

Schwarz …

Orange …

Schwarz …

Orange …

Schwarz …

Orange …

Schwarz …

Schwarz.

16

Dienstag, 29. November 2011

Aus kriminaltechnischer Sicht deutet also nichts auf einen Einbruch hin?«, hakte Patrizia bei ihrer Morgenbesprechung in der Questura nach.

Bob schüttelte den Kopf. »Nein. Aber das ändert nichts an der Tatsache, dass die Beweislage der Fingerabdrücke eindeutig ist. Es ist praktisch auszuschließen, dass Alessio Adinolfi sich freiwillig getötet hat. Das Türschloss ist im Übrigen von der Sorte, die sich leicht manipulieren lässt, ohne dass man es deswegen gleich knacken müsste. Wie schon bei Ugo Meriani. Andererseits könnte Adinolfi den Täter natürlich auch selbst in die Wohnung gelassen haben.«

»Hm, und wie sieht es mit den Verbindungsnachweisen seines Telefons aus?«, fragte Cristina.

»Nichts Ungewöhnliches«, meinte Leo. Wir haben noch nicht alle Anrufer und Angerufenen sprechen können, aber aus der letzten Woche sind wir alle durch. Da waren seine Eltern … einmal, glaube ich. Dann sein Kollege Raffaele Russo, täglich. Außerdem Patienten, darunter Michele Montesano, und mehrmals drei weitere Freunde, mit denen wir gesprochen haben. Nichts Auffälliges. Einer ist Arzt im Krankenhaus San Leonardo, einer Lehrer am humanistischen Gymnasium De Santis, und der dritte ist Fahrlehrer an der Autoscuola Beretta. Der Arzt und der Lehrer sind Freunde aus der Studienzeit, und den Fahrlehrer kannte er noch aus der Schulzeit. Keine Konflikte, keine Motive. Ach ja, außerdem hat er seinen

Zahnarzt angerufen und einen Termin für Anfang Dezember ausgemacht. Vorsorge. Und … einige Male hat er mit seiner Putzfrau telefoniert. Das war's.«

»Also keine Giulia? Oder wenigstens ein ähnlicher Name?«, fragte Cristina.

Leo zuckte entschuldigend mit den Achseln.

»Was ist mit dem Handy?«

Antonia und Lydia schüttelten synchron den Kopf.

»Nichts. Keine Giulia oder irgendetwas in der Art, weder in den Nachrichten noch in den Kontakten noch in den Gesprächsnachweisen. Irgendein Twitter- oder Facebook-Konto hatte er nicht, das haben wir nachgeprüft.«

»Davide, wie sieht es mit diesem Staatsanwalt aus, Orazio Ottieri? Der, der damals an der Aufnahme des Verfahrens interessiert war. Hast du ihn ausfindig gemacht?«, fragte Patrizia.

»Ja und nein. Er wurde zwei Jahre nach dem Unfall als Staatsanwalt nach Rom berufen. Sieben Jahre später, also 2003, hat er sich aus Italien verabschiedet und ging für die UNO nach Südafrika. Er arbeitet jetzt für eine ihrer Unterorganisationen, die International Organization for Migration mit Sitz in Pretoria. Ich habe seine Privat- und Handynummer, aber er hat zurzeit frei und ist für ein paar Tage auf Katamaran-Tour. Das weiß ich von seiner Frau. Freitag oder spätestens Samstag kommt er wieder zurück und wird sich dann bei uns melden.«

»Ist gut«, sagte Patrizia. »Jetzt noch was ganz anderes. Hat einer von euch bei der Durchsicht von Adinolfis Ordnern und Akten Artikel oder Dokumente zum Unfall gefunden, die den leeren Ordner mit der entsprechenden Aufschrift erklären könnten?«

Sie sah in die Runde. Allgemeines Kopfschütteln.

»Wir haben also gar nichts!«

Pietro Di Leva klang ebenso müde wie gereizt.

»Zwei Tote in knapp vier Wochen und keinen Hauptverdächtigen. Sehr schön! Und wie praktisch, dass es jemanden gibt, der den Kopf beim Bürgermeister stellvertretend für alle anderen hinhalten …«

In diesem Moment klopfte es, und ein Beamter aus der Vermisstenstelle trat ein.

»Wir sind in einer Besprechung«, fauchte Di Leva. »Was wollen Sie?«

Der Mann errötete.

»Also … ich dachte nur, es … es ist vielleicht wichtig«, sagte er unsicher. »Ich habe gerade eine Vermisstenanzeige aufgenommen. Die Dame sagt, sie hätte gestern Nacht schon angerufen, aber der wachhabende …«

Er brach ab, als er Pietro Di Levas entgeistertes Gesicht sah und sah betreten zu Boden.

»Sind denn jetzt alle verrückt geworden?«, polterte der Polizeichef los. »Ist Ihnen klar, welche Tür Sie gerade aufgemacht haben? Wir sind hier bei der Mordkommission!«

Patrizia war klar, dass Pietro Di Levas persönliche Gewitterwolke kurz davor war, sich über dem Haupt des Beamten zu entladen.

»Geht es denn um etwas, das uns interessieren könnte?«, warf sie schnell ein.

Der Mann nickte erleichtert.

»Ja, die Dame hat gestern Abend eine Nachricht von ihrem Mann auf ihrem Handy erhalten. Er sagte, er hätte einen Kollegen wiedergetroffen, mit dem er vor ein paar Wochen am Largo Campo die Lichter montiert hat. Dieser Kollege war angeblich arbeitslos, ist es jetzt aber doch nicht, das habe ich noch nicht so genau verstanden. Sie ist ziemlich aufgeregt. In der Nachricht hat ihr Mann noch gesagt, dass er sie von der

Arbeit abholen würde, was er dann aber nicht getan hat. Jedenfalls ist er seitdem verschwunden.«

Patrizia war baff. In den Gesichtern der anderen spiegelte sich dasselbe Erstaunen.

»Wo ist die Frau jetzt?«, fragte Cristina.

»Sie sitzt unten bei uns in der Vermisstenstelle.«

Patrizia und Cristina fuhren beinahe gleichzeitig von ihren Stühlen hoch.

*

Kurz darauf saßen die beiden Kommissarinnen einer zierlichen Frau mit langen schwarzen Haaren gegenüber, die blass und übernächtigt wirkte und nervös ihre große Handtasche an sich drückte. Sie stellte sich als Anna Muti vor.

Patrizia horchte auf. Muti? Der Name kam ihr bekannt vor, doch sie wusste nicht, woher. Dann konzentrierte sie sich auf die Frau, die vor ihr saß.

»Also, Signora Muti, man sagte uns, Sie vermissen Ihren Mann, und Sie hätten eine Nachricht von ihm erhalten, in der er über die Lichtermontage am Largo Campo spricht. Bitte erzählen Sie uns doch noch einmal alles von Anfang an.«

»Mein Mann würde nie die ganze Nacht wegbleiben. Wo sollte er denn auch hin? Es ist sicher etwas passiert! Er hat mich gestern am Spätnachmittag und Abend immer wieder angerufen. Aber ich hatte Dienst in der Maximall in Pontecagnano.« Sie schien zum ersten Mal Luft zu holen. »Ich sitze dort im Carrefour an der Kasse und kann natürlich nicht telefonieren. Deshalb lasse ich das Handy immer im Personalraum. Als ich dann um kurz vor neun fertig war, wollte ich Matteo und meine Eltern anrufen, aber der Akku war leer.«

»Wollte Ihr Mann Sie abholen?«

»Ja. Also nein, eigentlich nicht. Ich fahre immer mit dem

Bus nach Hause. Und das habe ich auch gestern getan. Wir haben ja nur ein Auto, einen alten Clio, den lasse ich immer Matteo, wenn ich arbeite, damit er Besorgungen machen kann. Gestern sollten Matteo und Felice mittags bei meinen Eltern essen. Felice, das ist unser Sohn. Er ist acht und …«

»Sie sind also mit dem Bus nach Hause gefahren, wie immer.«

»Ja, ich dachte natürlich, Matteo und Felice wären längst von den Großeltern zurück. Aber das waren sie nicht.«

»Wo leben Ihre Eltern?«

»In Baronissi. Wenn ich mittags arbeite, ist Matteo mit Felice nach der Schule oft bei ihnen. Ich hab sie sofort angerufen. Felice war auch dort, aber Matteo nicht. Meine Mutter sagte, er hätte mich eigentlich von der Arbeit abholen wollen. Mein Vater kam dann und hat mich nach Baronissi gebracht. Wir haben gegessen und Matteo immer wieder angerufen, aber sein Handy war aus. Und meins hatte ich in der Aufregung zu Hause vergessen. Erst als Felice und ich dann wieder in unserer Wohnung waren, habe ich es ans Netz gehängt und Matteos Nachricht abgehört, und da wusste ich sofort, dass was passiert ist.«

»Was genau hat er denn gesagt?«, fragte Cristina.

»Dass er mich abholen würde, aber dass er vorher noch zur Polizei müsse. Und er hätte den Mann wiedergetroffen, mit dem er am Largo Campo vor ein paar Wochen die Lichter montiert hat. Der hatte ihm bei der Montage erzählt, dass er Langzeitarbeitsloser ist, aber jetzt hat Matteo ihn im Krankenhaus wiedergesehen. In einem weißen Kittel, stellen Sie sich mal vor, ein Arzt!«

»Wissen Sie, wie der Mann heißt?«

»Carmine. Das hat Matteo auch noch mal gesagt. Aber den Nachnamen weiß ich nicht. Matteo kannte ihn ja auch nur von der Montage. Außerdem meinte er, dass auf dem Namensschild am Kittel was anderes stand, aber er hat nicht gesagt, was.«

»Signora Muti, wissen Sie, ob Ihr Mann diesen Carmine nur von Weitem gesehen hat, oder haben sie miteinander gesprochen?«

»Davon hat Matteo nichts erzählt. Nur dass auf dem Namensschild ein anderer Name stand. Und das heißt doch sicher, dass sie sich getroffen haben, oder nicht?«

Patrizia biss sich auf die Lippen. Signora Muti hatte recht. Wenn ihr Mann diesem Arzt nahe genug gekommen war, um sein Namensschild zu lesen, dann hatte dieser ihn sicher auch gesehen. Vermutlich hatten sie sogar miteinander geredet. Verdammt! Wenn an dieser Geschichte etwas dran war, dann hatte Matteo Muti gestern womöglich den Mörder vom Largo Campo getroffen und enttarnt. Er war in Gefahr.

»Wann wurde Ihnen die Nachricht auf der Mailbox hinterlassen?«

»Gegen halb acht. Danach habe ich nichts mehr von ihm gehört. Um Mitternacht habe ich dann auf der Questura angerufen. Aber der Polizist dort sagte, ich müsste für die Anzeige persönlich kommen, am besten am nächsten Morgen, weil sie bei einem Erwachsenen, der erst seit wenigen Stunden vermisst wird, in der Nacht ohnehin nichts mehr unternehmen würden.«

»Haben Sie dem diensthabenden Beamten gestern Nacht von der Nachricht erzählt?«, fragte Cristina.

»Natürlich! Deswegen habe ich mir ja solche Sorgen gemacht. Es weiß doch jedes Kind, dass der Mörder von diesem Ingenieur noch frei herumläuft!«

Patrizia und Cristina sahen sich fassungslos an. Ja, jedes Kind wusste das. Dennoch hatte der zuständige Polizist letzte Nacht nichts begriffen. Er hatte diese Frau wie einen x-beliebigen Fall behandelt und sie einfach auf den nächsten Tag vertröstet. Dadurch hatten sie über neun Stunden verloren. Wertvolle Stunden, die dem Täter einen gewaltigen Vorsprung verschafft hatten.

Ein Arzt, dachte Patrizia, das passt zu der herausgetrennten Lunge und dem abgetrennten Kopf mit der kauterisierten Wunde. Doch wer war dieser Mann? Mit Sicherheit keiner ihrer Hauptverdächtigen. Sie kramte zwischen den Ordnern auf ihrem Schreibtisch. Endlich fand sie, was sie suchte: die Aufstellung der Monteure, die an der Lichtermontage beteiligt gewesen waren. Rasch überflog sie die Namen.

»Signora Muti, Ihr Mann hat bei der Lichtermontage mitgearbeitet …«

»Ja, jetzt schon zum vierten Mal.«

»Aber auf der Liste von der Montagefirma finde ich ihn nicht.«

Signora Muti rutschte nervös auf ihrem Stuhl herum. Ein Hauch von Rot überzog ihr blasses Gesicht.

»Es war … also … Es war nichts Reguläres, Sie wissen schon, Schwarzarbeit, nur für einen Tag, ohne Versicherung, trotz der gefährlichen Arbeit auf den Hebekränen. Und der Lohn ist so gering. Dieses Jahr hat es gerade mal für Felices neue Winterjacke gereicht. Aber mein Mann war bis vor Kurzem arbeitslos, und wir sind immer noch knapp bei Kasse. Deshalb wollte Matteo dieses Jahr noch einmal mitmachen. Immerhin zahlen sie bar. Gleich am nächsten Tag kann man hingehen und sich das Geld abholen. Aber zum Glück ist das ja jetzt alles vorbei, denn seit Kurzem hat Matteo eine Festanstellung als Gärtner.«

Patrizia erstarrte. Natürlich, das war es! Muti. Matteo Muti. Der junge Mann, den sie ein paar Mal im Giardino della Minerva gesehen hatte. Bei ihrer letzten Begegnung am Tor hatte er sie sogar kurz angesprochen. Warum hatte sie den Namen nicht gleich einordnen können?

Signora Muti riss sie aus ihren Gedanken.

»Commissaria, was glauben Sie? Wenn ihm jetzt was passiert ist? Bitte, Sie müssen ihn finden!«

»Wir werden sofort mit der Suche beginnen«, sagte Cristina mit mehr Ruhe in der Stimme, als sie innerlich empfand. »Machen Sie sich keine Sorgen und gehen Sie jetzt erst einmal …«

Es klopfte. Marco stand mit gequältem Gesichtsausdruck vor der Tür und bedeutete Patrizia, einen Augenblick herauszukommen. Er sprach leise, und seine Stimme war rau.

»Patrizia, wir haben eine männliche Leiche. Oben in der Gegend bei der Autobahn. Ein alter Herr mit Hund hat sie gefunden. In einem Auto. Zuerst dachte er, der Mann würde schlafen, aber als er näher ranging, fielen ihm die komische Kopfhaltung und die offenen Augen auf. Bei dem Wagen handelt es sich um einen grünen Clio, ein älteres Modell.«

*

Tagträume. Ich trauere um dich, Matteo. Du hättest nicht kommen dürfen, gestern, ins Krankenhaus. Felice heißt dein Sohn. Ich trauere auch um ihn, mit ihm. Nur ein paar Tage später, und ich hätte dich nicht opfern müssen. Nur noch ein paar Tage, und ich hätte mich selbst geopfert. Glaub mir, es wäre mir nicht schwergefallen. Aber du hast mich zu früh gefunden und mir keine Wahl gelassen. Denn noch muss ich weiter, Matteo, das musst du verstehen.

Hätte ich jetzt aufgehört, wäre alles umsonst gewesen. Meriani, der Polizist, der Architekt. Sie hätten umsonst gelitten, und ich wäre nicht besser als sie. Aber so ist es nicht. Ihr Tod war nicht sinnlos. Er wird zurechtrücken, was vor siebzehn Jahren durch ihre Schuld aus dem Lot geraten ist.

Wo warst du, Matteo, an jenem wunderschönen sonnigen Tag? Hast du den Riss gefühlt, der damals durch uns alle ging? Den Riss, der nie geschlossen wurde? Weißt du, mit was die griechischen Philosophen unsere Gesellschaft vergleichen? Sie sagen, jedes Gemeinwesen sei ein Körper. Ist das nicht passend? Und so wie in einem Körper jedes Glied eine Funktion hat, haben auch wir jeder eine Funktion. Meriani hatte sie. Gallo und Spinosa. Aber sie haben versagt. Kranke Körperteile – und ansteckend. Sie haben den Körper langsam vergiftet, sein Gleichgewicht zerstört. Was macht man mit einem kranken Körperteil, Matteo, einem Körperteil, der nicht mehr funktioniert? Der eitert und den Körper zerfrisst? Sag du es mir …

Siehst du, genau das ist es, was ich tue.

Verzeih mir, Matteo, verzeih mir. Du warst nicht wie sie. Deshalb trauere ich um dich. Trotzdem musste ich dich opfern, denn es gibt noch ein krankes Glied.

Eines noch, dann kann die Heilung beginnen.

*

Es war gegen Mittag, als Patrizia und Cristina in Mercato San Severino ankamen. Die Fahrt in den nordwestlich von Salerno gelegenen Ort war zwar nicht sehr weit, aber nach der Autobahnausfahrt hatten sie sich verfahren. Zweimal waren sie auf dem Weg durch das Einbahnstraßengewirr schon auf demselben Platz unterhalb der mächtigen Burgruine gelandet, ohne der Montagefirma auch nur einen Deut näher gekommen zu sein.

Erstaunlicherweise empfand Patrizia keinerlei Ungeduld. Sie brauchte die Zeit zur Reflexion, und Cristina schien es ähnlich zu gehen.

Es war nun ihre dritte Leiche innerhalb von vier Wochen. Signora Muti hatte ihren Mann bereits identifiziert. Der vorläufige Todeszeitpunkt lag zwischen 19 und 22 Uhr des Vorabends. Alles deutete darauf hin, dass Matteo Muti sterben musste, weil er aus reinem Zufall Ugo Merianis Mörder enttarnt hatte. Und der hatte prompt und ohne viel Federlesens gehandelt. Matteo Muti hatte keine Chance gehabt. Er war in seinem eigenen Wagen erdrosselt worden. Ganz in der Nähe seiner Wohnung und Stunden bevor seine Frau ihn vermisst melden konnte.

Ein schwacher Trost für die Kommissarinnen war, dass selbst ein beherztes Eingreifen des diensthabenden Kollegen in der vergangenen Nacht den Familienvater nicht hätte retten können. Und so zynisch es auch klang, aber letztlich konnten sie nicht leugnen, dass Mutis Tod wieder Bewegung in die sich dahinschleppenden Ermittlungen gebracht hatte. Sie wussten jetzt, dass der Mörder wahrscheinlich Arzt im San Leonardo Krankenhaus war. Sie hatten keinen Namen und kein Motiv, und sie machten sich keine Illusionen. Die Liste der Ärzte und Angestellten des Krankenhauses war sicher lang. Doch sie würden ihn fassen. Sie würden ihn einkreisen wie Jäger ihre Beute.

Davide war bereits ins Krankenhaus gefahren, um sich die Personalliste und soweit vorhanden auch Fotos geben zu lassen.

Patrizia fiel der Name Giulia wieder ein. Ein Name wie eine Maske, hinter der sich kein Gesicht verbarg. Aber letztlich war es wohl doch nur eine kalte, wenn auch mysteriöse Spur gewesen. Immerhin hatte Matteo Muti eindeutig von einem Mann gesprochen. Oder gab es doch zwei Täter? Hatte Adinolfis Tod doch nichts mit ihrer Mordserie zu tun?

»Rechts!«, rief Cristina und riss Patrizia aus ihren Gedanken, »Santa Madonna, Patrizia! Da, das Schild! Polara! Wir müssen rechts ab!«

Patrizia riss das Steuer herum, ohne darauf zu achten, dass

ein Motorino im Begriff war, sie von rechts zu überholen. Die Reifen des Motorinos quietschten, und das ohrenbetäubende Hupen wurde vom Fluchen des Fahrers begleitet, der ihr und ihrer Mutter sämtliche menschlichen Qualitäten absprach.

Noch während des Abbiegens ließ Cristina das Fenster herunter und rief dem verdutzten Mann zu: »Polizei im Einsatz! Und das nächste Mal gibt's einen Strafzettel für rechts überholen!«

Befriedigt ließ sie das Fenster wieder hoch.

»Da vorne, schau«, sagte sie. »Ich glaube, wir sind da!«

Zehn Minuten später saßen die beiden Kommissarinnen im Büro der Firma Polara & Figli demselben beleibten glatzköpfigen Mann gegenüber, dessen rötliches Gesicht schon bei ihrem ersten Besuch mit seiner breiten rotgelben Krawatte gewetteifert hatte. Er sah aus, als ginge er von innen heraus in Flammen auf.

»Meine verehrten Kommissarinnen, was führt Sie denn heute zu mir?« Er lächelte breit. »Gibt es außer den Personallisten, die Sie schon bekommen haben, noch etwas, womit ich der Polizei behilflich sein kann?«

»Signore Polara, Ihre Bereitschaft zur Kooperation ist außerordentlich erfreulich«, sagte Cristina kalt. »Nur hätten wir uns gewünscht, sie wäre beim letzten Mal nicht so halbherzig gewesen. Aber dieses Mal können wir sicher auf Ihre hundertprozentige Mitarbeit zählen.«

»Ich verstehe nicht! Was …?«

»Sie verstehen sehr gut«, fuhr Patrizia ihn an. »Sie haben uns vor knapp drei Wochen eine unvollständige Personalliste der an der Lichterinstallation beteiligten Monteure gegeben, wohlwissend, dass es sich hier nicht um ein Kinderspiel handelt, sondern um eine Mordermittlung. Neben den offiziell

Angestellten auf der Liste arbeiteten an jenem Tag Dutzende weiterer Männer in den verschiedenen Montageteams mit, schwarz, unterbezahlt und ohne Versicherung.«

»Das ist …! Woher …? Wie kommen Sie dazu?«

»Aber was noch viel schlimmer ist, zwei weitere Morde hätten wahrscheinlich verhindert werden können, wenn Sie uns diese wichtigen Informationen nicht vorenthalten hätten!«

»Sie haben versucht«, fuhr Cristina fort, »Ihr illegales Geschäftsgebaren zu vertuschen, und sich dadurch indirekt am Tod zweier Menschen schuldig gemacht, darunter eines Mannes, der zu Ihren inoffiziellen Mitarbeitern gehörte und gestern Abend umgebracht wurde.«

»Das nennt man Behinderung der polizeilichen Ermittlungen, und Sie werden sich dafür verantworten müssen. So. Und jetzt hätten wir gerne die«, Patrizia sprach betont langsam weiter, »vollständige Liste aller, die an dem Tag an der Montage beteiligt waren. Und zwar zuerst die Namen derjenigen, die auf dem Largo Campo gearbeitet haben. Wie viele Teams gab es? Wer hat mit wem zusammengearbeitet und an welchem Gebäude? Wir brauchen alles, jedes einzelne Detail. Namen, Daten, Anschriften.«

Signore Polara senior saß steif und mit geradem Rücken vor ihnen. Er schien wie vom Donner gerührt. Seine Finger waren ineinander verkrampft, so dass die Knöchel weiß hervortraten, und auf seiner Stirn standen kleine unbewegliche Schweißperlen. Nur sein Blick flackerte nervös von einer zur anderen. Sie konnten nicht erkennen, ob er fieberhaft nachdachte oder seine Denkfähigkeit vor Schreck eingebüßt hatte.

»Es gibt keine Adressen«, sagte er schließlich schwach. »Es gibt keine Adressen. Nur Namen. Was glauben Sie denn, wie man eine Lichtermontage solchen Ausmaßes an einem einzigen Tag mit nur fünfzig offiziellen Arbeitern bewerkstelligen soll? Eine dermaßen große Fläche, Hunderte hochzerbrechliche Lichtelemente, Dutzende Straßen und Plätze, und das alles unter Hochdruck. Die Stadt will, dass alles an einem Tag über die Bühne geht, und es soll so wenig wie möglich kosten. Die Konkurrenz der Firmen, die sich jedes Jahr mit ihren Kostenvoranschlägen bewerben, ist riesig. Glauben Sie bloß nicht, dass die es anders machen würden!«

»Schuld an allem ist also die Stadt Salerno, ich verstehe«, meinte Patrizia ironisch. »Dann wäre das ja schon mal geklärt.«

»An einem einzigen Tag lässt sich die Montage mit regulären Mitarbeitern nun mal nicht bewerkstelligen. Ja, meine Damen, ganz einfache Mathematik! Und Sie glauben doch nicht, dass ich wegen dieses einen Tages so viele zusätzliche Kräfte fest anstelle? Was soll ich an den übrigen 364 Tagen mit so vielen Arbeitern?« Er lachte bitter. »Nein, da wäre ich längst pleitegegangen.«

Polara schien sich endgültig von seinem ersten Schock erholt zu haben und redete sich weiter in Fahrt.

»Ja klar, alle Welt will die Lichter sehen. Salerno ist jeden Winter ein Hit. Millionen Besucher aus ganz Italien. Und der Bürgermeister sonnt sich im buchstäblichen Lichte dieses Ruhms. Aber kosten darf es natürlich nichts, Gott bewahre!«

Peppino Polaras Stimme überschlug sich beinahe.

»Natürlich muss ich auf Schwarzarbeiter zurückgreifen, damit das alles hinhaut. Was glauben Sie? Aber sehen Sie es doch mal so. An diesem einen Tag finden viele Männer Arbeit, die sonst gar nichts hätten. Natürlich ist das nicht viel, aber besser den Spatz in der Hand als …«

»Und das Risiko? Was passiert, wenn einer der nicht versicherten Monteure vom Hebekran fällt?«

Peppino Polara winkte ab.

»So gefährlich ist es nun auch wieder nicht. Außerdem tragen sie Helme und Arbeitskleidung. Da achten wir sehr drauf. Jeder, der zum ersten Mal mitmacht, wird einem Kollegen mit Erfahrung zugeteilt, egal, ob offiziell angestellt oder nicht. Viele der Nichtangestellten sind schon seit Jahren mit dabei, ganz alte Hasen!«

»Und wie heuern Sie Ihre Leute an? Inserieren Sie in der Zeitung? Unterbezahlter Knochenjob, überlebbar, Barzahlung?«, fragte Patrizia zynisch.

»Wenn es so wäre, wie Sie es darstellen, würden mir die Männer nicht seit Jahren Ende Oktober die Bude einrennen!«, antwortete Polara nun ehrlich entrüstet. »Wie ich schon sagte, alles ganz unbürokratisch. Wer am Stichtag frühmorgens hier ist und sich einschreibt, ist dabei. Wer zuerst kommt, mahlt zuerst. Männer mit Erfahrung haben natürlich Vorrang. Dieses Jahr mussten wir über dreißig wieder wegschicken.«

»Wie schön für Sie! Verstehe ich das richtig? Es kann jeder kommen, seinen Namen in eine Liste eintragen, und dann geht's los?«, fragte Cristina ungläubig.

»Genau. Wie gesagt, alles ganz unbürokratisch. Personalien oder Ausweise brauchen wir nicht. Wir zahlen ja in bar. Man macht einen Tag mit, und man wird dafür bezahlt. So einfach ist das. Und am nächsten Tag kann man sich seinen Lohn abholen. Wissen Sie, wie lange …«

»Wir hätten jetzt gerne die Liste der Arbeiter inklusive Arbeitsaufteilung«, sagte Patrizia scharf. Sie war kurz davor, die Geduld zu verlieren.

Polara sah sie einen Augenblick herausfordernd an, als überlege er, ob es nicht doch noch einen Ausweg gäbe. Doch dann griff er zum Telefon.

»Rico? Hör zu, ich brauche unsere interne Liste. Die mit den Namen von allen, die an der Montage beteiligt waren. Ja, ja, die vollständige, wenn ich's doch sage! Und dann die Aufstellung der Teams und wer mit wem wo war ... Ja, zum Teufel, natürlich sofort!«

Nach ihrem Gespräch mit Polara senior befragten Patrizia und Cristina den Vorarbeiter, der als Festangestellter am Tag der Lichtermontage die Verantwortung für die Arbeiten am Largo Campo getragen hatte.

Seine Informationen bestätigten Signora Mutis Aussage. Matteo Muti, der Mann, den sie unlängst als frisch angestellten Gärtner im Giardino della Minerva kennengelernt hatte, war jahrelang als Schwarzarbeiter bei der Lichtermontage dabei gewesen, und zwar immer auf dem Largo Campo. Der Kollege, der ihm dieses Mal zugeteilt worden war, war ein »Neuer«. Er hatte den Namen Carmine Capasso angegeben. Seinen Lohn hatte er sich nicht abgeholt. Der Umschlag mit dem Geld lag als einziger noch im Tresor der zuständigen Sekretärin. Eine Adresse gab es nicht.

*

Am Nachmittag saß Patrizia in ihrem Büro in der Questura. Die vergangenen Stunden waren turbulent gewesen. Ihre Kollegen hatten die anderen Schwarzarbeiter vom Largo Campo ausfindig gemacht und befragt. Fazit: Keiner der bisher Verdächtigen war an jenem Tag bei den Montagearbeiten dabei gewesen. Damit waren sie aus der Sache raus. Enttäuschend allerdings war die vage Beschreibung, die die Männer von dem ominösen unbekannten Monteur abgegeben hatten. Sie entschuldigten sich damit, dass er mit Matteo Muti ein zweiköpfiges Team gebildet hatte. Sie selbst waren an anderen Stellen des Platzes im Einsatz gewesen.

Unterm Strich war ihr Verdächtiger zwischen 35 und 50, dunkelhaarig, mit Brille und Bart. Was Details anging, widersprachen sich die Meinungen so drastisch, dass das Phantombild auf halb Salerno hätte zutreffen können.

Ein zweiter Hoffnungsschimmer war aufgeflackert, als Anna Muti der Befragung ihres Sohnes Felice durch die Polizeipsychologin Simona Sessa zugestimmt hatte. Schließlich war anzunehmen, dass auch das Kind den Mann im Krankenhaus gesehen hatte. Doch auch diese Hoffnung wurde zunichtegemacht, denn Felice konnte nur sagen, dass sein Vater mit »sehr vielen« Ärzten gesprochen hatte. Zwei oder drei hatten ihn behandelt, mit ein paar anderen hatte sein Papa nur beiläufig geredet. Alle waren sehr nett gewesen. Sogar einen Lutscher hatte er geschenkt bekommen. Aber er konnte keinen einzigen Namen nennen, und bei dem Versuch einer Beschreibung der jeweiligen Ärzte schienen ihre Gesichter zu einem einzigen zu verschwimmen, was im Übrigen auch auf seine Altersangaben zutraf. Sie waren ihm alle »ziemlich alt« vorgekommen. Allerdings hatte er darauf bestanden, dass keiner von ihnen einen Bart hatte oder eine Brille trug.

Patrizia legte ihren Bleistift beiseite. Das Resümee der aktuellen Fakten war abgeschlossen. Sie stand auf, um sich eine Tasse Tee zu kochen, als das Telefon klingelte. Es war Giuseppe Montesano. Er wirkte verlegen, und es gelang Patrizia nicht, den Grund für seinen Anruf zu erfahren. Nur so viel, dass er mit ihr sprechen wolle.

Sie beschloss, ihn sofort im Garten der Minerva aufzusuchen.

Wenig später saß Patrizia auf der Terrasse des Gartens. Es wurde schon dunkel und war dementsprechend kühl. Sie überschlug in Gedanken, wie oft sie seit Beginn der Ermittlungen vor knapp einem Monat nun schon in diesem Garten gewesen war. Jedenfalls öfter als in ihrem eigenen.

Giuseppe Montesano kam mit einem Tablett heraus und stellte zwei dampfende Tassen Kräutertee auf den Tisch. Außerdem hatte er zwei Sitzkissen mitgebracht, von denen er Patrizia eines reichte. Er wirkte noch immer nervös und knetete unruhig seine Hände. Sein Blick schien auf das Containerschiff gerichtet zu sein, das tief unter ihnen von Schleppern aus dem Hafen gelotst wurde.

»Signore Montesano«, begann Patrizia. »Sie wollten mich sprechen. Möchten Sie mir nicht sagen, worum es geht?«

»Hm …«

»Geht es vielleicht um Ihren Sohn Michele?«

»Nein, nein, nicht Michele. Wieso meinen Sie? Nein, er hat damit nichts zu tun. Aber wenn er wüsste, dass ich mit Ihnen spreche, dann … er wäre sehr böse.« Er sah auf seine Knie. »Aber das lässt sich wohl nicht vermeiden.«

»Geht es um den Tod von Alessio Adinolfi, bei dem Ihr Sohn seit Jahren in Therapie war?«

Giuseppe Montesano nickte.

»Ich dachte, ich sollte Ihnen lieber sagen, was ich weiß. Ich meine, was ich gesehen habe, vor ein paar Monaten. Vielleicht hilft es Ihnen ja weiter.«

Er machte erneut eine Pause, doch Patrizia drängte ihn nicht.

»Es ist so. Ende Juli kam ich abends auf dem Weg zum Altstadtaufzug wie immer an Adinolfis Haus vorbei. Also … Ich meine, ich habe wie oft nach der Arbeit auf dem Weg zum Aufzug noch eine … eine Runde gedreht. Um mir die Beine zu vertreten, Sie wissen schon. Ich kam also dabei ganz zufällig am Haus von Dottore Adinolfi vorbei und habe im Vorbeigehen zu seinen Fenstern raufgesehen. Nicht, was Sie denken. Es war nur … man schaut ja ganz automatisch zu den Fenstern, wenn man den kennt, der dahinter wohnt.«

»Ja, natürlich. Und dann?«

»Draußen war es schon dämmrig, aber drinnen brannte Licht. Und da habe ich ihn eben gesehen ... mit diesem Mann.«

»Mit welchem Mann?«

»Das weiß ich doch nicht, die Vorhänge waren ja zugezogen. Aber sie ... Sie haben eben ... Also sie haben sich eben, Sie wissen schon ...«

Patrizia wurde ungeduldig.

»Was haben sie? Sich geküsst? Umarmt?«

Der alte Montesano nickte erleichtert.

»Können Sie denn mit Sicherheit sagen, dass es sich um Alessio Adinolfi gehandelt hat, und dass auch die zweite Person ein Mann war?«

Giuseppe Montesano sah sie verwirrt an.

»Nein, aber wer soll es denn sonst gewesen sein? Es ist doch seine Wohnung! Und zwei Männer waren das bestimmt. Die kurzen Haare, ihre Körper, Sie wissen schon ...«

»Sie standen also lange genug dort, um das mit Sicherheit sagen zu können?«, fragte Patrizia noch einmal und mit leiser Genugtuung.

Montesano errötete leicht. »Ich wäre nie stehen geblieben, wenn da nicht ... Ich bin doch nicht indiskret! Es war nur ... aus Überraschung.«

»Signore Montesano, haben Sie Alessio Adinolfi vorher schon mal mit einem Mann in einer ähnlichen Situation gesehen?«

Er schüttelte vehement den Kopf.

»Haben Sie mit Ihrem Sohn darüber gesprochen?«

»Ja natürlich. Ich wollte ja, dass er da nicht mehr hingeht. Es sind doch jetzt schon so viele Jahre vergangen. Warum geht er überhaupt noch hin? Was ist, wenn dieser Adinolfi ihn ...

Oder wenn Michele … Warum hat mein Sohn keine Freundin? Was ist, wenn dieser Psychologe ihm da irgendeinen Floh ins Ohr gesetzt hat?«

»Ich glaube nicht, dass Flöhe etwas damit zu tun haben«, meinte Patrizia trocken. »Was hat Michele denn dazu gesagt?«

»Der ist wütend geworden. Mehr noch. Völlig ausgerastet ist er, hat rumgeschrien, ich soll mich nicht in seine Angelegenheiten einmischen. So zornig war er noch nie, so kenne ich ihn gar nicht. Er ist sonst immer sehr ruhig und ernst.«

»Hm-hm. Haben Sie eine Ahnung, warum Michele nicht wollte, dass Sie der Polizei von Ihrer Beobachtung erzählen?«

»Er sagte, es wäre Verleumdung und Rufschädigung, wenn meine Beobachtung durch die Polizei publik wird. Da sehen Sie mal! Sogar nach seinem Tod macht mein Sohn sich noch solche Sorgen. Nicht dass ich dem Dottore je etwas Schlechtes gewünscht hätte, geschweige denn den Tod! Aber ich bin auch nicht traurig darüber, dass es mit diesen sogenannten Sitzungen jetzt endlich vorbei ist. Michele braucht keinen Psychologen. Was er braucht, ist eine neue Arbeit und eine Freundin. Und dann eine Familie! Zum Glück hat er sich mit unserem neuen Gärtner angefreundet. Ein ganz netter Kerl, und er hat Frau und Kind!«

Patrizia überkam ein schlechtes Gewissen. Sie war so begierig darauf gewesen zu erfahren, was der alte Montesano ihr zu sagen hatte, dass sie ihm die Nachricht vom Tod seines Gärtners bislang vorenthalten hatte. Doch jetzt ließ es sich nicht mehr vermeiden.

»Signore Montesano, was Ihren neuen Gärtner betrifft. Es tut mir sehr leid Ihnen mitteilen zu müssen, dass Matteo Muti heute Morgen tot aufgefunden wurde. Mehr kann ich Ihnen zu diesem Zeitpunkt leider noch nicht sagen.«

Der alte Montesano starrte sie einen Augenblick lang ungläubig an. Dann öffnete er den Mund, langsam, als müsse ihm seine Frage erst noch einfallen. Doch in diesem Augenblick klirrte es im Café. Sie fuhren erschrocken herum, und Giuseppe Montesano machte Anstalten, sich von seinem Stuhl zu erheben. Da erschien Raffaele Russo mit betretenem Gesicht und einem Häufchen Scherben in der Hand in der Terrassentür.

»Buongiorno! Ich bitte, das Missgeschick zu entschuldigen, Signore Montesano. Ich sah, dass Sie im Gespräch waren, und wollte nicht stören. Der Barista war nicht da, und ich dachte, ich mache mir selber einen Tee. Aber Sie sehen ja, was ich angerichtet habe.«

Giuseppe Montesano winkte ab.

»Das macht doch nichts, mio caro! Was glauben Sie, wie oft mir hier was runterfällt!«

Er schlurfte ins Café hinein, um einen neuen Tee aufzugießen.

Raffaele Russo setzte sich neben Patrizia.

»Ich sehe, Commissaria, dass Sie diesen Garten genauso zu lieben scheinen wie Alessio. Wir haben uns sehr oft hier oben getroffen. Vor allem abends, wenn uns nach Ruhe war. Es gibt in der ganzen Stadt keinen Ort, an dem man besser entspannen kann.«

»Ja, dieser Garten ist etwas Besonderes, auch wenn es einem an kühlen Abenden wie heute hier oben ganz schön eisig um die Nase wird.«

Raffaele Russo lachte.

»Alessio war wie Sie! Er zog es vor, selbst im Dezember mit einer Decke hier draußen zu sitzen, statt eine fast identische Aussicht von seinem eigenen warmen Wohnzimmer aus zu genießen.«

»Und Sie? Lieben Sie Gärten?«, fragte Patrizia.

»Ja. Das heißt, solange ich nicht in ihnen arbeiten muss!«

Er lachte wieder.

»Einen grünen Daumen habe ich nun wirklich nicht.«

Giuseppe Montesano kam mit einer Teetasse an den Tisch. Er schien Russos letzte Worte gehört zu haben, denn er ging sofort darauf ein.

»Ja, ja, einen grünen Daumen muss man schon haben. Unser Matteo hat so einen. Hatte. Dio mio! Ich kann es noch gar nicht fassen, dass er nicht mehr bei uns ist.« Er wandte sich an Raffaele Russo. »Aber Sie kannten ihn ja noch gar nicht. Matteo, unseren neuen Gärtner. Der hatte einen grünen Daumen, auch wenn er ja eigentlich Barista von Beruf war.«

Raffaele Russo zog erstaunt die Augenbrauen hoch. »Barista?«

»Ja, Barista. Aber er hat sich schnell eingearbeitet, und mein Sohn hat ihm dabei geholfen. Hat ihm alles gezeigt und erklärt. Auch alles, was man über die historische Bedeutung des Gartens wissen muss. Auf diesem Gebiet ist Michele ja ein echter Experte.« Er wandte sich an die Kommissarin. »Commissaria, Sie wissen gar nicht, wie viele Menschen glauben, dass diese antiken Heilmethoden Humbug sind, dabei stimmt das gar nicht. Viele Naturheilverfahren orientieren sich bis heute daran. Michele sagt, dass auch die Psychologie auf dem Konzept der Temperamentenlehre aufbaut, das stimmt doch, oder?«

Er sah Raffaele Russo an, von dem er sich offenbar eine Bestätigung erhoffte. Dieser lächelte. Etwas gequält, wie Patrizia fand. Sie fragte sich, wie oft er sich Montesanos Lobgesang auf den Garten schon hatte anhören müssen.

Dennoch antwortete Russo freundlich: »Ja, das stimmt schon. Auch wenn sich die moderne Psychologie natürlich weiterentwickelt und ihre Methoden und Kriterien verfeinert hat. Aber wenn man so will, ist die Einteilung des Menschen in Wesenstypen in gewisser Weise noch immer aktuell.«

»Sag ich's doch!«

Der alte Montesano lächelte befriedigt. Er wollte gerade fortfahren, da drangen erneut Geräusche aus dem Café. Der Barista musste wiedergekommen sein. Giuseppe Montesano setzte sich in Bewegung und ging hinein.

Patrizia sah Russo an und lächelte schief. »Zum Glück bin ich jetzt nicht mehr die Einzige in Salerno, die noch nie etwas von der Scuola Medica Salernitana und der Temperamentenlehre gehört hat. Mein Nachbar hat mich nämlich neulich beim Abendessen darüber aufgeklärt. Deshalb bin ich jetzt im Bilde. Er ist übrigens Arzt, das heißt Tierarzt. In Ogliara.«

»Sprechen Sie von Gianni Petta?«

»Ja. Woher wissen Sie das?«, fragte Patrizia überrascht.

»Es gibt nur einen Tierarzt in Ogliara, und ich kenne Gianni aus der Studienzeit. Sie wissen schon, da lernt man in wenigen Jahren mehr Leute kennen als in allen späteren Lebensjahren zusammen.«

Patrizia nickte. »Kannte Alessio Adinolfi ihn auch?«

»Das glaube ich nicht. Aber wer weiß? Wir haben jedenfalls nie über Gianni gesprochen. Es ist ja nicht so, dass ich viel Kontakt mit ihm hätte. Eigentlich gar keinen mehr.«

»Da gibt es übrigens noch etwas, wobei Sie mir vielleicht helfen können«, sagte Patrizia. »Wir haben Hinweise darauf, dass Ihr Freund homosexuell war. Sie beide kannten einander doch sehr gut. Und Sie sagten mir auch, dass Sie von Beziehungen mit Frauen nichts wüssten. Wissen Sie denn, ob Alessio Adinolfi eine Beziehung mit einem Mann hatte oder vielleicht sogar mit mehreren?«

Raffaele Russo wandte sich ab, ließ seinen Blick über das dunkle Meer schweifen und schwieg. Patrizia ließ ihm Zeit.

Schließlich drehte sich Raffaele Russo wieder zu ihr um.

»Nun, ich wusste es nicht, aber ich habe es geahnt. Er schien sich nicht für Frauen zu interessieren, das ist alles.«

»Haben Sie ihn nie darauf angesprochen?«

»Warum sollte ich? Das ist doch kein Thema, zu dem man jemanden befragt. Entweder sagt er es von sich aus oder eben nicht.«

Er zuckte mit den Schultern.

»Am Abend seines Todes war er allerdings mit einer Frau verabredet, die Giulia hieß. Sind Sie sich nach wie vor sicher, dass dieser Name nie gefallen ist?«

»Das habe ich Ihnen doch schon gesagt!«

Raffaele Russo klang plötzlich gereizt.

»Alessio war ein Freund. Ich glaubte, ihn zu kennen. Vielleicht war das ein Trugschluss. Aber ist es das nicht meistens?«

Er winkte ab und sah auf die Uhr.

»Ich habe in einer knappen Stunde noch einen späten Patiententermin, ich muss jetzt los.«

Er erhob sich.

Auch Patrizia stand auf. In der Questura wartete Arbeit auf sie.

17

Mittwoch, 30. November 2011

Die Morgensitzung war für halb acht anberaumt, doch als Patrizia um zwanzig nach sieben das Sitzungszimmer betrat, war das komplette Team schon um den Tisch versammelt. Auch Pietro Di Leva, der Polizeichef, saß an seinem Platz unter dem Bild des Präsidenten Napolitano, neben ihm Staatsanwalt Vincenzo Mattera. Beide schienen aufgeräumter Stimmung zu sein und lächelten Patrizia entgegen. Sie lächelte zurück, setzte sich und sah in die Runde. Spannung, erwartungsvolle Stille, ein Gefühl des Aufbruchs lagen in der Luft wie schon seit Tagen nicht mehr.

Dann mal los! Sie warf einen letzten Blick in ihre Notizen.

»Wie ihr euch alle denken könnt, gibt es heute vor allem zwei zentrale Punkte auf der Tagesordnung. Erstens die Personalliste des San Leonardo Krankenhauses, die Davide besorgt hat. Und zweitens Alessio Adinolfis mögliche Homosexualität. Fangen wir mit dem ersten an. Davide, hast du die Liste?«

»Ja, sie wurde mir gestern Abend noch zugefaxt. Leider keine Fotos, nur schriftliche Angaben. Insgesamt sind es 63 männliche Angestellte. Ein Name ist uns übrigens bekannt, ein Anästhesist namens Luigi Rescigno, ein guter Freund von Alessio Adinolfi. Wir haben ihn nach Adinolfis Tod schon einmal befragt, und gestern Abend bin ich ein zweites Mal zu ihm gefahren. Er war sehr verärgert, als ihm klar wurde, dass er plötzlich unter Verdacht steht, nur weil er mit Adinolfi befreundet war und im Krankenhaus arbeitet. In der Nacht, in der Meriani ermordet wurde, hatte er Dienst, auch wenn ich das noch überprüfen muss. Als Adinolfi und Muti starben, war er zu Hause. Seine Frau bestätigt das. Aber wir wollen auch noch mit den Nachbarn sprechen.«

Patrizia nickte nachdenklich.

»Gut, kümmere dich also weiterhin um die Alibis. Wir müssen sicher sein, dass sie wasserdicht sind. Und nun zu den restlichen 62 Angestellten.« Sie seufzte. »Das sind in der Tat sehr viele. Die Frage ist, nach welchen Kriterien wir die Liste auswerten sollen.«

»Genau!«, meinte Cristina. »Das ist das eine Problem. Das andere ist, dass wir unbedingt diskret vorgehen müssen. Wenn der Täter auf dieser Liste steht, dürfen wir ihn auf keinen Fall durch groß angelegte Aktionen vorwarnen, noch bevor wir selbst schlauer sind. Wenn wir ihn aufschrecken, bevor wir den Täterkreis eingrenzen können, geht er uns womöglich durch die Lappen.«

»Wer sagt, dass er sich nicht schon abgesetzt hat?«, fragte Leo skeptisch.

»Niemand«, antwortete Davide, »aber ich habe kurz vor der Sitzung noch mal im Krankenhaus angerufen. Keine Krankmeldungen oder sonstige Unregelmäßigkeiten. Alle, die Dienst haben, sind auch angetreten.«

»Wichtig ist, dass wir systematisch vorgehen«, meinte Patrizia. »Ich schlage vor, wir fangen mit der chirurgischen Abteilung an. Dort hat Matteo Muti den Mann am Tag seines Todes gesehen. Wir sollten auf jeden Fall alle überprüfen, die am Montagnachmittag dort Dienst hatten. Falls wir in der Chirurgie nichts Interessantes finden, müssen wir auch die anderen Stationen unter die Lupe nehmen.«

»Das ist ja alles gut und schön«, ließ sich Pietro Di Leva

vom Ende des Tisches her vernehmen. »Aber nach welchen Kriterien gehen wir vor? Wir haben keinen Namen, nur eine Beschreibung, die jeder Beschreibung spottet. Zumal der Täter möglicherweise keinen Bart mehr trägt, und auch die Brille am Tag der Lichtermontage nur der Tarnung gedient haben könnte. Das heißt, wenn man einem achtjährigen Jungen glauben darf …«

»Das stimmt schon«, sagte Patrizia. »Außer einem falschen Namen haben wir praktisch nichts. Wenn ihr mich fragt, brauchen wir zuallererst Informationen zu den folgenden zwei Punkten. Erstens Dienstpläne und Alibis. Das heißt, wer der in Frage kommenden Angestellten der Chirurgie hatte am 31. Oktober und 1. November dieses Jahres abends Dienst? Und wurde dieser Dienst auch angetreten? Wie lange dauern die Schichten? Gibt es die Möglichkeit, zwischendurch unbemerkt zu verschwinden? Wer an beiden Abenden freihatte, vergangenen Montag jedoch im Dienst war, gehört schon mal in den Topf der Verdächtigen. Zweitens das Motiv. Wer der besagten Angestellten könnte in irgendeiner Weise persönlich von dem Unfall betroffen gewesen sein, sei es durch Freundschaft oder Verwandtschaft mit einem Opfer, sei es, dass die Person bei der Premiere im Theater war.«

»Das Problem ist, dass wir nicht alle diese Fragen beantworten können, ohne die Leute selbst zu fragen«, gab Cristina zu bedenken. »Ein paar schon, aber eben nicht alle.«

Patrizia nickte. »Wir fangen mit den Punkten an, die wir durch Befragen der Verwaltungsangestellten, via Internet oder sonst irgendwie klären können. Denkt daran, dass der Mann auf der Station laut Matteo Muti einen Kittel mit Namensschild trug. Er muss also zum Ärzte- oder Pflegepersonal gehören, nicht zur Verwaltung.«

Sie arbeiteten einen detaillierten Plan aus.

Davide sollte mit Antonia ins Krankenhaus fahren und diskret vor Ort arbeiten. Leo, Marco und Lydia würden versuchen, so viele Informationen wie möglich vom Büro aus zusammenzutragen.

Dann kam Patrizia zum zweiten Punkt.

»Gut. Leo und Antonia, Lydia und Marco, ihr habt gestern Abend noch einmal mit Adinolfis Familie und Bekannten gesprochen. Wusste jemand von denen, dass Alessio Adinolfi homosexuell war?«

Alle vier schüttelten den Kopf.

»Ich war noch mal in seiner Wohnung«, sagte Bob, »und habe sie mir unter diesem Aspekt neu angesehen.«

»Und?«, fragte Cristina.

»Wenn es überhaupt einen Hinweis gibt, dann den, dass er fast keine Fotos von Mädchen oder Frauen hat. Wenn, dann sind sie auf Gruppenbildern, aber keine mit ihm zusammen und keine Porträts. Immer nur Männer. Aber nichts Intimes, keine eindeutigen Situationen, keine Sexfotos.«

»Keine Dildos im Haus?«, witzelte Leo.

»Dildos sind doch nicht nur für Homosexuelle!«, platzte Antonia heraus, bevor ihr klar wurde, was sie da gerade gesagt hatte. »Nicht dass ich …« Sie wurde knallrot. Patrizia schmunzelte, als sie bemerkte, dass auch Marco und Pietro Di Leva die Farbe gewechselt hatten.

Bob wirkte verärgert. Offenbar hatten Leo und Antonia ihm die Pointe verdorben. »Wenn sich die Kinder hier am Tisch wieder beruhigt haben, darf ich vielleicht weitermachen?« Er sah streng in die Runde. »Es gibt da nämlich noch etwas, das ganz interessant sein könnte. Auf Adinolfis PC gibt es keine aktuellen Fotos. Die letzten sind von 2008. Also entweder ist unserem Psychologen plötzlich die Lust am Fotografieren vergangen, oder irgendjemand, vielleicht auch er selbst, hat aus einem bestimmten Grund alle Fotos neueren Datums gelöscht.«

»Kannst du eventuell gelöschte Dateien wiederherstellen?«, fragte Patrizia schnell.

»Weiß ich nicht«, brummte Bob. »Ich werde mir Hilfe von unserem IT-Techniker holen. Aber versprechen kann ich nichts.«

»Sehr gut, mach das.« Sie wandte sich wieder den anderen zu. »Also, nehmen wir mal als Arbeitshypothese an, dass Adinolfi homosexuell war …«, sie machte eine kleine Pause, »… oder vielleicht auch bisexuell. Dann stellt sich als nächste Frage, inwieweit das überhaupt wichtig ist. Könnte es mit seinem unfreiwilligen Selbstmord zusammenhängen? Wir müssen rausfinden, ob er einen festen Partner hatte oder wechselnde Bekanntschaften. Giuseppe Montesano will ihn Ende Juli in seiner Wohnung mit einem Mann gesehen haben. Wir müssen wissen, ob er auch in Bars oder Restaurants in eindeutigen Situationen gesehen wurde oder einschlägige Lokale besucht hat.«

Lydia meldete sich, indem sie wie in der Schule ihren Arm hob.

»Aber wenn seine Homosexualität etwas mit dem Mord zu tun haben sollte, also wenn es sich zum Beispiel um eine Beziehungstat handelt, spricht das dann nicht eher dagegen, dass sein Tod auch etwas mit der Mordserie zu tun hat? Ich meine mit Ugo Meriani, Matteo Muti und den anderen? Vielleicht war es doch nur Zufall, dass er in derselben Zeit ums Leben kam.«

Sie diskutierten noch eine ganze Weile hin und her und beleuchteten alle möglichen Aspekte, ohne jedoch zu einem eindeutigen Ergebnis zu kommen.

»Solange wir weder das eine noch das andere sicher sagen

können, müssen wir für alles offenbleiben«, schloss Patrizia schließlich die Diskussion. »Wie immer gilt, jedes Detail ist wichtig! Aber jetzt sollten wir uns unseren jeweiligen Aufgaben widmen.«

Die Gruppe begann sich aufzulösen.

18

Freitag, 2. Dezember 2011

Patrizia saß nachdenklich an ihrem Schreibtisch. Die Morgenbesprechung war gerade zu Ende. Hauptthema war zum wiederholten Mal die Personalliste aus dem San Leonardo gewesen. Leider hatten die in den letzten Tagen geführten Gespräche mit den Angestellten bislang nicht viel ergeben. Das Problem blieb, dass sie weder den Namen noch das Alter des Mannes kannten, den Matteo Muti am vergangenen Montag im Krankenhaus getroffen hatte. Dazu kamen die unbrauchbaren Täterbeschreibungen von Felice Muti und den Arbeitern vom Largo Campo. Wie sollten sie da je weiterkommen?

Plötzlich hatte Patrizia eine Idee. Sie hob den Telefonhörer ab und wählte eine interne Nummer.

»Gabriella, kannst du kurz ins Sitzungszimmer kommen? Ich brauche dich als Schatten des Zweifels.«

»Schatten des Zweifels?«

»Ja. Komm einfach. Wir sehen uns noch mal die Pressefotos vom Unfall auf dem Whiteboard an.«

Keine fünf Minuten später standen die beiden Frauen im Sitzungssaal vor der Fotowand.

»Also«, begann Patrizia. »Ich denke jetzt einfach mal laut nach. Und du, du sagst stopp, sobald du einen Einwand hast.«

»Oder eine andere Perspektive.«

Patrizia lachte. »Ja, das Bison, das die Höhlenmenschen von der Seite im Profil malten, aber mit einem Kopf in Frontalansicht. Siehst du? Ich lerne schnell!«

»Was wir jetzt brauchen, ist eher der Bulle mit den fünf Beinen.«

»O Dio, noch eine Bildungslücke? Na los, ich bin ganz Ohr.«

»Also, es gibt im Pariser Louvre, du weißt schon, das berühmte Museum …« Sie sah Patrizia schelmisch an.

»Na hör mal, klar weiß ich, was der Louvre ist! Jetzt übertreib's mal nicht, sonst bin ich am Ende wirklich noch beleidigt.«

»Nichts für ungut«, sagte Gabriella. »Also, es gibt da im Louvre zwei monumentale Skulpturen. Es sind geflügelte Bullen mit Menschenkopf, über vier Meter hoch. Sie standen früher zu beiden Seiten eines Stadttores von Khorsabad. Assyrisch, Ende des 8. Jahrhunderts vor Christus glaube ich.«

»Und die hatten fünf Beine?«

»Ja, aber nicht, weil es sich um Fabelwesen handelt. Ein Bulle ist ein Bulle und darf demnach eigentlich nur vier Beine haben. Der Künstler stand deshalb vor einem Dilemma. Jemand, der den Bullen von der Seite betrachtet, muss die vier Beine im Profil sehen, denn das entspricht unserer Erwartung. Steht der Betrachter jedoch vor dem Bullen, müssen zwei Beine zu sehen sein. Das macht zusammen fünf. Eines der beiden Vorderbeine siehst du nur von vorne. Das andere ist außerdem Teil der Vierergruppe, die du von der Seite siehst. Der Bulle hat demnach fünf Beine, damit er aus jeder Perspektive die ihn charakterisierende Anzahl von Beinen aufweist. Von welchem Blickwinkel du ihn also auch anschaust – er macht immer Sinn.«

»Du wirst mir sicher gleich sagen, was das mit Ugo Meriani, Alessio Adinolfi und den anderen zu tun hat, also versuche ich es besser gar nicht erst«, sagte Patrizia grinsend.

Gabriella zuckte mit den Schultern.

»Wir haben doch vorhin darüber diskutiert, ob Alessio Adinolfis Tod Teil der Mordserie ist oder nicht. Ich glaube, wir müssen nach einem Puzzleteil suchen, das scheinbar nicht zueinanderpassende Details miteinander verbindet. Das klingt jetzt banal. Was ich meine ist, dass dieses neue Puzzleteil nicht unbedingt aus derselben Perspektive heraus einen Sinn ergeben muss. Genau wie das fünfte Bein des Bullen. Im Gegenteil, die Perspektive kann wechseln. Es reicht, dass eine innere Logik existiert, die allen Elementen einen Platz im Gesamtbild zuweist.«

Patrizia sah die Rechtsmedizinerin skeptisch an.

»Gut. Fangen wir doch mal mit dem Spielchen an, das ich vorhin vorgeschlagen habe, und machen es genauso, wie du gesagt hast. Wir suchen nach neuen Perspektiven, die einzelnen Details einen neuen Sinn geben oder sie auf neue Art und Weise ins Ganze integrieren. Los geht's, denk dran, du bist der …«

»Schatten des Zweifels.«

»Genau. Also, die Homosexualität Adinolfis spielt keine Rolle …«

»Stopp.«

»Also gut. Sie spielt eine Rolle. Warte … Erst die schwierigen Theorien. Nummer eins. Der Mörder war eine flüchtige Affäre oder ein Blind Date. Dann wird es extrem schwer, ihn zu finden. Oder er war einer von Adinolfis Patienten. Aber bisher gibt es noch nichts Interessantes in dieser Richtung. Keiner von ihnen ist übrigens im San Leonardo angestellt.«

Sie machte eine Denkpause und fuhr dann fort.

»Behaupten wir trotzdem mal, Adinolfi hatte eine Beziehung mit seinem Mörder. Aber eine Beziehungstat würde den Mord wohl endgültig aus der Serie loseisen …«

»Stopp.«

»Wieso? Du glaubst doch nicht etwa, Adinolfi hätte ausgerechnet mit unserem Serienmörder ein intimes Verhältnis gehabt?«

»Ich glaube gar nichts. Du vergisst, dass ich nur der Schatten des Zweifels bin.«

Patrizia seufzte.

»Also gut. Nehmen wir mal an, dass da was dran ist. Was spricht außer dieser reinen Spekulation noch für eine Verbindung der beiden Fälle? Warte, da ist dieses zusammengeknüllte Zeitungsfoto, das ich unter seinem Regal gefunden habe. Da.«

Sie zeigte auf das geglättete Stück Papier, das neben der von Antonia und Lydia bereitgestellten Kopie am Whiteboard hing.

»Adinolfi hatte also mindestens einen Artikel über den Unfall aufgehoben, aber das ist nicht weiter ungewöhnlich, weil er früher drei und jetzt immerhin noch einen Patienten hatte, die zu den Betroffenen gehörten. Der Artikel muss also nichts mit seinen Männerbekanntschaften oder seinem Tod zu tun haben.«

»Stopp.«

Patrizia verdrehte die Augen.

»Deinen Job möchte ich haben. Immer wieder mal stopp rufen kann ja jeder!«

Einen Augenblick betrachteten sie schweigend und konzentriert das Zeitungsfoto: den Rücken und die schulterlangen Haare einer Person, die sich in einen Leichenwagen beugte und von einem Feuerwehrmann zurückgerissen wurde. Im Wagen ein grauer Plastiksarg.

Patrizia beugte sich so weit vor, bis ihr Gesicht das Papier fast berührte. Dann ging sie ein Stück zurück, kniff die Augen zusammen, sah kurz weg, dann wieder hin. Fiel ihr etwas Neues ein? Etwas, das sie bislang nicht in Erwägung gezogen hatte? Wie ließ sich das Bild noch lesen? Sie fühlte sich blockiert.

Plötzlich hörten sie hinter sich eine Stimme und fuhren herum. Cristina hatte unbemerkt den Raum betreten. Wie lange sie schon dort gestanden hatte, war unklar, und als sie sprach, verstand Patrizia zunächst nicht, was sie meinte.

»Was hast du gesagt?«

»Na ja, ich weiß nicht, aber ihr redet doch immer von Perspektivwechsel. Und da dachte ich, was, wenn der Mann gar kein Schaulustiger ist? Ich meine, haben wir uns nicht die ganze Zeit über vergeblich gefragt, ob Giulio Fabbri alleine oder in Begleitung im Theater war? Seine Mutter sagt, er sei allein hingegangen. Seine Freunde wissen von nichts. Keiner der Augenzeugen von damals, die wir auftreiben konnten, kann sich erinnern. Wenn überhaupt, sind wir im Falle einer Begleitung immer von einer Frau ausgegangen. Was, wenn das unser Fehler ist? Unsere falsche Perspektive? Was, wenn Giulio auch homosexuell war? Das würde unter anderem erklären, warum er seinem Schulfreund gegenüber den geplanten Premierenbesuch mit keinem Wort erwähnt hat.«

Sie trat näher an das Zeitungsfoto heran und tippte leicht mit dem Finger auf den schlanken Rücken.

»Und dieser junge Mann hier wäre demnach sein verzweifelter Freund, sein Geliebter, der versucht, ihm in den Leichenwagen zu folgen. Versteht ihr? Vielleicht ist das gar kein sensationsgeiler Irrer oder Journalist. Vielleicht liegt in dem Wagen, in dem Plastiksarg, der Mensch, den er einfach nicht verlieren darf? Er will hinter ihm her, mit ihm mit, unter allen Umständen bei ihm bleiben.«

Patrizia war wie vom Donner gerührt. Jedes Wort, das Cristina gesagt hatte, stand klar und deutlich vor ihr. Und ihr war klar, was diese These für die Verbindung zwischen den beiden Fällen bedeuten konnte. Hatte Alessio Adinolfi mit ebenjenem Mann eine Beziehung gehabt, der vor siebzehn Jahren Giulio Fabbris Geliebter gewesen war und seine Liebe seit Jahren grausam rächte? War das das fünfte Bein des Bullen, das die scheinbar gegensätzlichen Ermittlungsstränge miteinander verband?

Auch Gabriella sagte nichts. Sie legte nur die Hand auf Cristinas Schulter und drückte hart.

*

Die Fahrt nach Vietri sul Mare hatte nicht lange gedauert. An einem Wochentag im November waren fast nur Einheimische zwischen Salerno und dem kleinen Städtchen an der Amalfiküste unterwegs, und um die Mittagszeit gab es kaum Verkehr. Wie schon bei ihrem ersten Besuch zwei Wochen zuvor leuchtete ihnen die schöne bunte Keramikkuppel der Kirche schon von Weitem entgegen. Auch heute war es wieder sonnig und der Himmel wolkenlos, aber es war deutlich kälter.

Auf dem Weg zu dem weiß getünchten Haus, in dem Giulio Fabbris Mutter wohnte, dachte Patrizia an ihren ersten Besuch hier. Damals hatte es nicht so ausgesehen, als ob der Student eine große Rolle im Rahmen ihrer Ermittlung spielen würde. Eine Beziehung hatte er ihres Wissens nicht gehabt, die Mutter war seine einzige Angehörige. Instinktiv hatten sie sich auf die anderen Opfer und ihre Angehörigen konzentriert. Sollte sich dies im Nachhinein als schwerwiegender Fehler herausstellen? Sollte es nun ausgerechnet Giulio Fabbri sein, um den sich alles drehte, der im Mittelpunkt einer ganzen Serie grausamer Morde stand?

Patrizia drückte auf den Klingelknopf. Fast im selben Augenblick kam der Summton. Signora Fabbri erwartete sie bereits. Aus der Küche kam der Duft frisch zubereiteten Espressos, und auf dem Kaffeetischchen im Wohnzimmer stand eine Schale mit getrockneten Datteln und Feigen. Falls Giulios Mutter über ihren spontan angekündigten Besuch überrascht war, ließ sie es sich jedenfalls nicht anmerken. Mit geübter Hand füllte sie ihnen die schwarze Flüssigkeit in zwei bunte Tässchen aus Vietri-Keramik, setzte sich dann schweigend auf ihren Holzstuhl und sah sie ruhig und aufmerksam an.

Eine Frau, die das Leben zur Geduld erzogen hat, dachte Patrizia. Geduld, eine Eigenschaft, die ihr fehlte.

»Signora Fabbri«, begann sie, nachdem sie einen Schluck aus ihrer Tasse genommen hatte. »Wir sind gekommen, um Sie zu fragen, ob Sie sich vorstellen können, dass Ihr Sohn …«

Sie brach ab, als sie Cristinas Hand auf ihrem Arm spürte. Es war klar, dass ihre Kollegin das Ruder übernehmen wollte, und Patrizia ließ es geschehen.

»Signora Fabbri, wir haben noch ein paar Fragen zu Ihrem Sohn Giulio und dem Unfall damals im Theater.«

Signora Fabbri sah Cristina an und nickte.

»Ich erinnere mich, dass Sie uns sagten, Ihr Sohn sei am Abend des Unfalls allein bei der Premierenfeier im Teatro Verdi gewesen.«

Signora Fabbri nickte wieder.

»Nun, aufgrund neuer Erkenntnisse fragen wir uns, ob er die Oper nicht doch in Begleitung besucht haben könnte. Hatte Giulio eine Freundin?«

Sowohl Patrizia als auch Signora Fabbri sahen Cristina erstaunt an.

»Eine Freundin? Aber das habe ich Ihnen doch letztes Mal schon gesagt! Nein, eine feste Freundin hatte Giulio nicht. Er musste so viel für sein Medizinstudium arbeiten. Wenn er eine feste Freundin gehabt hätte, hätte er mir das bestimmt erzählt.«

»Signora Fabbri«, fragte Cristina weiter, »hatte Ihr Sohn vielleicht einen ... einen besten Freund? Jemanden aus dem Studium vielleicht? Einen Freund, mit dem er sich häufiger getroffen hat als mit allen anderen?«

»Was meinen Sie mit bestem Freund?«, fragte Signora Fabbri misstrauisch. »Sie wollen doch nicht etwa sagen, dass Giulio ...? Dass Giulio mit einem Mann? Das verbitte ich mir! Was bringt Sie dazu, so etwas anzudeuten? Sie kommen in mein Haus, um meinen Sohn zu verleumden? Was fällt Ihnen ein? Nur weil er keine feste Freundin hatte? Außerdem ist er sehr wohl ab und zu mit Frauen ausgegangen. Zumindest mit einer. Ich habe ihn natürlich immer wieder gefragt, ob er nicht vielleicht jemanden kennengelernt hätte. Und einmal hat er von einem Mädchen gesprochen. Zusammen waren sie wohl noch nicht, er wollte sie mir jedenfalls nicht vorstellen. Er sagte, die Zeit wäre noch nicht reif. Aber wenn das Unglück nicht geschehen wäre, wer weiß, vielleicht wären sie ja ein Paar geworden.«

Signora Fabbri hatte Tränen in den Augen.

»Bitte beruhigen Sie sich.« Cristina legte der aufgewühlten Frau ihre Hand auf den Arm. »Niemand will hier etwas andeuten, und im Übrigen wäre Homosexualität doch auch nichts, wofür man sich schämen müsste.«

Giulios Mutter wollte etwas erwidern, aber Patrizia kam ihr zuvor.

»Sie müssen uns verstehen. Es geht mittlerweile nicht mehr nur um den Tod Ugo Merianis. Wir glauben, dass der Täter mehrere Menschen getötet hat. Die Polizei muss daher jeder noch so vagen Spur nachgehen, um jegliche Zweifel auszuräumen. Deshalb möchte ich Sie bitten, noch einmal nachzudenken. Hatte Giulio einen Freund, mit dem er besonders oft zusammen war? Hat er Ihnen je jemanden vorgestellt oder von einem bestimmten Freund besonders häufig gesprochen?«

Signora Fabbri wirkte noch immer brüskiert, doch Patrizias Rede hatte ihre Wirkung getan.

»Nein. Außer seinen ehemaligen Schulfreunden hat er nie einen erwähnt. Ich erinnere mich an keine anderen Namen.«

»Gut.« Patrizia dachte fieberhaft nach. »Sie sagten bei unserem letzten Gespräch, dass Ihr Sohn in den Monaten vor dem Unfall nicht mehr so oft aus Neapel nach Hause kam.«

»Na und?«, fragte Signora Fabbri spitz. »Glauben Sie, so ein Medizinstudium schafft sich von allein? Giulio war sehr ehrgeizig und gewissenhaft. Er hat viel gearbeitet. Daraus können Sie ihm doch keinen Strick drehen!«

»Niemand versucht, Ihrem Sohn einen Strick zu drehen, Signora Fabbri«, meinte Cristina beschwichtigend. »Aber wie meine Kollegin schon sagte, wir müssen einfach alle Möglichkeiten in Betracht ziehen.«

Patrizia trank den letzten Schluck ihres Kaffees aus. Sie war genervt. Was hatten sie sich eigentlich von dem Gespräch mit Signora Fabbri versprochen? Warum hätte Giulio seiner alleinstehenden, vermutlich tiefreligiösen Mutter anvertrauen sollen, dass er schwul war? Falls das überhaupt stimmte und sie sich nicht auf dem völligen Holzweg befanden. Sie seufzte innerlich. Sie hätten besser direkt zu seinen Freunden fahren sollen. Wenn, dann konnten die ihnen etwas darüber sagen.

Sie machte Anstalten aufzustehen.

»Vielen Dank, Signora Fabbri, das war's schon.«

Signora Fabbri sah Patrizia noch immer misstrauisch an.

»Sie werden doch Ihre Vermutungen nicht etwa an die große Glocke hängen oder gar darüber schreiben? Das dürfen Sie nicht! Es kann ja auch gar nicht stimmen. Wie gesagt, es gab da ja ein Mädchen …«

Ihre Augen füllten sich schon wieder mit Tränen.

Patrizia ließ sich noch einmal nieder. »Wissen Sie zufällig noch, wie das Mädchen hieß oder wo sie wohnte?«

»Er hat sie in Neapel kennengelernt, beim Studium. Von hier war sie jedenfalls nicht.«

»Und ihr Name?«

Giulios Mutter dachte einen Augenblick angestrengt nach.

»Ihren Nachnamen hat er nicht genannt. Aber ihr Vorname war so ähnlich wie seiner. Das weiß ich noch, weil es doch immer romantisch ist, wenn die Namen so schön zueinanderpassen. Giulia hieß sie, glaube ich. Giulia oder Giusy.«

Patrizia hielt die Luft an und wagte nicht, sich zu rühren. Um sie herum schien die Zeit stehenzubleiben. Selbst die feinen Staubpartikel, die im hellen Rechteck der Balkontür tanzten, bewegten sich wie in Zeitlupe. In der Stille des halbdunklen Wohnzimmers hörte sie nur ein Geräusch: das Ächzen des Astes unter der Last einer weiteren Schneeflocke.

Kurze Zeit später saßen Patrizia und Cristina auf der kleinen Aussichtsplattform am anderen Ende der Hauptstraße von Vietri, wo sie die rote Klara geparkt hatten. Cristina hatte trotz der Kälte darauf bestanden, sich ein Eis zu kaufen. Unter ihnen lag die enge, schluchtartige Meeresbucht, links klammerten sich die Häuser der Stadt an den Rand des Steilhangs.

»Giulia! Und wenn es jetzt doch ein Zufall ist? Immerhin ist der Name ja recht häufig«, begann Cristina schließlich.

»Ich glaube nicht an diese Art von Zufälle«, antwortete Patrizia knapp.

»Du meinst also, wir suchen doch eine Frau? Eine Giulia, die sowohl in Giulio Fabbris als auch in Alessio Adinolfis Leben eine Rolle gespielt hat? Aber was bedeutet das? Waren Adinolfi und Giulio doch nicht homosexuell? Und welche Rolle könnte diese Giulia denn gespielt haben? War sie ihre heimliche Geliebte? Hat sie Adinolfi umgebracht? Aber warum? Und was hat sie mit den anderen Morden zu tun? Außerdem ist da ja noch dieser Arzt, dieser falsche Carmine …«

Cristina hatte so lange laut gedacht, dass ihr das Eis trotz der kühlen Luft zwischen den Fingern zerlaufen war.

»Nicht mal für ein schnelles Eis hat man die nötige Ruhe«, fluchte sie, »dabei habe ich mich doch schon auf drei läppische Kugeln beschränkt.«

Sie lachte, aber Patrizia blieb ernst. Die Perspektive wechseln, dachte sie. Die Perspektive wechseln. Doch es wollte ihr nicht gelingen. Wieder und wieder musste sie an Signora Fabbris Worte zurückdenken. Wieder dieses Gefühl, dass etwas Wichtiges gesagt worden war. Etwas, das ihr bei dem Perspektivwechsel helfen konnte. Aber sie kam einfach nicht darauf.

»Cristina, wenn du aufs Meer schaust, was siehst du?«, fragte sie schließlich, ohne wirklich zu wissen, was sie damit bezweckte. Sie wollte ihre Gedanken loseisen von allem, was zu offensichtlich war. Sich ablenken, freimachen, weg von dem, was eindeutig erschien.

»Was ich sehe? Dasselbe wie du. Das Meer, dunkelblau. Den Himmel, himmelblau. Und eine Fähre nach Sizilien, weiß und dunkelblau.«

»Woher weißt du, dass sie nach Sizilien fährt?«

Cristina verdrehte die Augen. »Was soll das jetzt? Ich tippe auf Sizilien, weil die Richtung stimmt.«

»Aber es gibt doch auch Fähren nach Tunis, oder? Und die fahren doch in dieselbe Richtung?«, beharrte Patrizia, obwohl sie das eigentlich gar nicht interessierte.

»Klarer Fall, du bist reif für die Insel!«, lachte Cristina und biss in ihre Waffel. »Allerdings vergisst du, dass du es hier mit einer waschechten Salernitanerin zu tun hast. Also lass dich aufklären. Die Grimaldi Lines fahren nicht nach Tunis, sondern nach Sizilien. Nach Tunis fährt … verdammt, ich kann mir den Namen immer so schlecht merken, weil er aus zwei Namen besteht, die überhaupt nicht zusammenpassen …«

Zwei Namen, die überhaupt nicht zusammenpassen, dachte Patrizia. Oder eben zwei, die so schön zusammenpassen. Das war es doch, was Signora Fabbri vorhin gesagt hatte.

»Was ist los? Bist du plötzlich verstummt?«, fragte Cristina.

»Zwei Namen, die so schön romantisch sind wie eben Giulio und Giulia«, murmelte Patrizia.

»Ich glaube, ich stehe auf dem Schlauch.«

»Cristina! Das ist es!«

Patrizia schrie die Worte beinahe heraus.

»Zwei Namen, die so schön zusammenpassen wie eben Giulio und Giulia!«

»Ja und?«

»Halt mich für verrückt, aber hör mir zu. Also, wir haben zwei Tote, einer, der vermutlich homosexuell war …«

»Adinolfi.«

»Genau. Und einen anderen, nämlich Giulio, bei dem es zumindest nicht ausgeschlossen ist. Beide waren möglicherweise mit einer Giulia befreundet. Aber jetzt hör mir zu …«

»Tu ich doch schon die ganze Zeit …«

»Dann beantworte meine Frage. Wie ließe sich die Theorie der Homosexualität mit dem Namen Giulia verbinden?«

Cristina stutzte, dann sah sie Patrizia ungläubig an.

»Das meinst du nicht wirklich! Ist das nicht ein bisschen weit hergeholt? Du glaubst im Ernst, dass Giulio mit einem Mann zusammen war, der sich für ihn Giulia nannte, nur weil die beiden Namen so schön zusammenpassen?«

»Warum nicht? Die beiden waren jung. Vielleicht war es ein Insiderscherz, ein Kosename, ein Rollenspiel, die Anspielung auf Romeo und Giulia, was weiß ich … Oder sie fanden es einfach nur romantisch, dass die Namen so schön zueinanderpassten, genau wie Giulios Mutter das vorhin gesagt hat.«

Cristina wirkte wenig überzeugt.

»Bei Giulio Fabbri macht es ja von mir aus noch Sinn. Aber was ist mit Alessio Adinolfi? Nur mal angenommen, es handelt sich wirklich um denselben Liebhaber, dessen Spitzname damals Giulia war. Warum sollte er sich so viele Jahre später bei einem anderen Mann namens Alessio wieder Giulia nennen? Die Namen passen jedenfalls nicht zusammen, also auch keine Romantik.«

Patrizia sah aufs Meer hinaus.

Dann flüsterte sie: »Vielleicht, weil es sich eben gerade nicht um einen aus der Luft gegriffenen Spitz- oder Kosenamen handelt. Nicht nur jedenfalls. Vielleicht hat dieser Mann tatsächlich einen ähnlichen Namen, zum Beispiel Giuliano, oder er heißt selber auch Giulio. Dann wäre Giulia nur die weibliche Abwandlung bzw. Abkürzung seines Namens. Deshalb bleibt er gleich, obwohl er zu Alessio nicht mehr so schön passt wie früher zu Giulio. Das würde auch erklären, warum wir nirgends eine Giulia gefunden haben, weder im Handy noch im Computer. Giulia ist nur der Kosename einer Person, die wir wahrscheinlich längst unter anderem Namen kennen.«

Jetzt war Cristina an der Reihe, aufs Meer zu schauen, das wie eine glatte dunkle Scheibe vor ihnen lag. Die Fähre war am Horizont verschwunden.

»Du meinst, bei seiner Jugendliebe Giulio bot es sich an, aus seinem Namen, sagen wir mal Giuliano, Giulia zu machen. Giulio war seine große Liebe. Es war ein Scherz. Es war romantisch. Sie waren Giulio und Giuliano, Giulio und Giulia. Als er sich viele Jahre später in Alessio Adinolfi verliebt, versucht er, das verlorene Glück von damals noch einmal aufleben zu lassen, indem er sich auch von Adinolfi so nennen lässt. Der Name wird in der neuen Beziehung noch einmal zu seinem geliebten Kosenamen. Vielleicht hat er geglaubt, mit Alessio Adinolfi noch einmal so glücklich werden zu können wie damals mit Giulio Fabbri. Der Kosename ist wie ein Garant für die Chance auf ein neues Glück. Für Alessio Adinolfi wird er noch einmal Giulia.«

»Ich gebe zu, es ist ein Luftschloss. Nichts als Spekulation. Vielleicht bin ich bei meiner Suche nach einem Perspektivwechsel diesmal wirklich zu weit gegangen. Sag mal ehrlich, klingt das alles zu absurd für dich?«

Cristina schwieg lange, und Patrizia spürte, wie sie langsam der Mut verließ. Ihre Kollegin und Freundin war ihre heimliche Stimme der Wahrheit. Was Cristina für möglich hielt, hatte auch in der realen Welt noch eine Überlebenschance, was nicht dagegen …

»Eigentlich sollte ich ja sagen«, kam Cristinas Stimme plötzlich wie von weit her. »Ja, ja, ja. Völlig absurd … Aber irgendwie … ist mir nicht danach.«

*

Innerhalb kürzester Zeit waren Patrizia und Cristina in die Questura zurückgekehrt, wo das Team bereits im Konferenzraum auf sie wartete. Ihre Reaktion auf Patrizias Idee schwankte zwischen Belustigung, Skepsis und vorsichtigem Optimismus. Dann ging es an die erste Feuerprobe: die Personalliste des San Leonardo Krankenhauses. Würden sie Ärzte oder Angestellte mit dem Namen Giuliano oder Giulio finden?

Das Ergebnis war wie ein Eimer Eiswasser auf Patrizias Hoffnungen. Zwar gab es in der Tat drei Giulios, doch schien keiner in ihr Profil zu passen. Einer von ihnen arbeitete in der Cafeteria, ein weiterer in der Personalverwaltung, und ein dritter, der einzige Arzt, lag seit über einer Woche selber mit einem komplizierten Beinbruch im Krankenhaus. Offenbar hatte er ihn sich auf den Stufen des Treppenhauses an seinem Arbeitsplatz zugezogen. Er war, wie man ihnen am Telefon mitteilte, 65 Jahre alt und kurz davor, in Pension zu gehen. Er bevorzugte die Treppen, um in Form zu bleiben.

»Ironie des Schicksals«, kommentierte Davide. »Was ist? Sollen wir uns um die anderen kümmern?«

»Es ist doch eher unwahrscheinlich, dass ein Angestellter aus der Cafeteria oder der Verwaltung sich im Arztkittel auf der Chirurgie rumtreibt«, meinte Patrizia entmutigt.

»Es ist doch aber auch nicht auszuschließen, oder?«, kam Cristina ihr zu Hilfe.

»Genau«, mischte sich Lydia ein. »Was ist, wenn er gar kein Arzt war, sondern sich nur als einer ausgegeben hat? Einer, der in der Verwaltung oder Cafeteria arbeitet, hat bestimmt kein Problem damit, sich mal eben einen Kittel zu schnappen.«

»Hm. Aber warum sollte er das tun? Abgesehen davon, dass er dann ja eigentlich gar kein Angestellter des San Leonardo sein muss. Na super!«

Patrizia pfefferte die Mappe mit der Personalliste auf den Tisch.

»Dann müssen wir also nur noch alle Giulios und Giulianos in und um Salerno befragen, und das wegen einer abstrusen Idee, die wahrscheinlich nicht mehr als ein reines Hirngespinst ist. Aber gut, am besten fangen wir gleich an, dann sind wir vielleicht bis Weihnachten nächsten Jahres fertig.«

»Mio Dio, Patrizia, jetzt sei doch nicht gleich so negativ! Lass uns doch noch mal alle Möglichkeiten durchgehen«, stöhnte Cristina.

»Aber was für Möglichkeiten denn?«

»Na ja«, meinte Antonia zaghaft. »Wenn er gar kein Arzt war, was wollte er dann im Kittel auf der Station? Vielleicht sollten wir herausfinden, wer da am Montag alles lag?«

Patrizia zuckte nur müde mit den Schultern, dafür war Cristina umso energischer.

»Super Idee! Davide, kümmerst du dich bitte darum? Außerdem schicken wir Marco und Leo noch mal zu Giulios Freunden und Bekannten. Es wäre doch gelacht, wenn sich nicht irgendetwas ausgraben ließe, was die Hypothese der Homosexualität entweder erhärtet oder verwirft.«

Cristina verteilte auch die anderen Aufgaben, während Patrizia anscheinend hochkonzentriert eine Seite ihres Notizblocks mit Kritzeleien füllte.

Schließlich löste die Versammlung sich auf.

Davide war schon im Gang, als Cristina ihn einholte und sagte: »Hör zu, Davide, ich habe eine Bitte an dich.«

»Ganz Ohr, Cristina, was gibt's?«

»Wenn du schon im Krankenhaus nachfragst, wer am Montag auf der Chirurgie lag, könntest du dich bei der Gelegenheit vergewissern, dass die Personalliste, die man uns gegeben hat, auch wirklich vollständig ist?«

»Warum sollte sie das nicht sein?«

»Ich weiß nicht. Ich meine … Ach, was weiß ich. Vielleicht tue ich es ja nur für Patrizia, aber … Ich will einfach sichergehen, dass uns nicht wieder was entgeht. So seltsam es auch klingt, aber irgendwas sagt mir, dass an der Geschichte was dran sein könnte. Jedenfalls möchte ich noch etwas tiefer graben, bevor ich die Idee zu den Akten lege.«

Davide nickte nachdenklich.

»Klar, und jetzt sollte ich mich auf die Socken machen, bevor die Personalchefin dort Feierabend macht.«

Cristina klopfte ihm anerkennend auf die Schulter, dann ging sie in ihr Büro.

*

Patrizia hockte am Lungomare auf einer steinernen Banklehne und sah auf das dunkle Meer hinaus. Trotz der empfindlichen Kühle war die Strandpromenade voller Menschen. Die Lichterwochen, dachte sie. Natürlich.

Sie selbst wandte den leuchtenden Straßen der Altstadt den Rücken zu. Einen Augenblick lang hatte sie erwogen, ihrer schlechten Laune zum Trotz einen kleinen Spaziergang zu machen. Schließlich hatte sie die Lichter bis jetzt immer nur am Rande wahrgenommen, während sie von A nach B hetzte. Nur die Märchenwelt, den verwunschenen Garten und die chinesischen Drachen hatte sie schon gesehen. Dabei gab es noch so viel mehr, vor allem die blauweißen Planeten und fallenden Sternschnuppen in der Fußgängerzone.

Trotzdem blieb sie sitzen. In dieser Stimmung hatte sie keine Lust, und alleine schon gar nicht. Der Rest des Nachmittags war mit Nichtigkeiten vergangen, und sie war wütend auf sich selbst. Das kam davon, wenn man Hirngespinste zu glaubwürdigen Theorien krönte, nur weil es keine anderen brauchbaren Anhaltspunkte gab. Mehrere Tote, mehrere Verdächtige, aber keine ernstzunehmenden Hinweise. Dafür eine Giulia, Mann oder Frau war völlig egal, denn sie blieb durchsichtig wie Äther, verborgen unter der dunklen Wassermasse vor ihr, die sich an einem fast nicht auszumachenden Punkt mit dem ebenso dunklen Himmel vereinte.

Da kam wie aus dem Nichts ein schwanzwedelndes Etwas auf sie zugetrabt und riss sie aus ihren trüben Gedanken.

»Leona!«

Patrizia streckte ihre Hände aus und vergrub sie in dem

weichen Fell der Schäferhündin, die sie mit ihrem schönsten Hundelächeln glücklich ansah, als wollte sie sagen: Siehst du, da bin ich wieder …

»Ja, da bist du wieder«, lachte Patrizia zurück. »Und dein Herrchen ist sicher auch nicht weit, oder?«

Im selben Moment kam eine Gestalt aus dem Dunkeln auf sie zu. Gianni Petta. Er wirkte verlegen.

»Entschuldigen Sie, ich habe Leona nicht an der Leine, weil sie sich eigentlich nie von meiner Seite entfernt. Sie muss Sie gesehen haben, wie neulich abends auch. Und wie es scheint, ist gegen Liebe einfach kein Kraut gewachsen.«

Patrizia musste lachen. Sie war froh, dass er die Reserviertheit ihrer letzten Begegnung abgelegt hatte.

»Kein Problem, die Liebe beruht durchaus auf Gegenseitigkeit!«

Sie fuhr fort, Leona am Hals zu kraulen.

»Auch der Lichter wegen hier?«, wollte Petta wissen.

Patrizia schüttelte den Kopf. »Ich bin eher gestrandet und mit der Planung des restlichen Abends völlig überfordert.«

Petta lächelte. »Warten Sie einen Augenblick.«

Patrizia nickte und sah ihm nach. Er ging auf eine Gruppe von Männern zu, die um einen der kleinen runden Kioske herumstanden, wo man Bier, Eis und Getränke kaufen konnte. Sie sprachen kurz miteinander, dann kam ihr Nachbar zurück.

Leona hatte sich nicht von ihrer Seite bewegt.

»So, und jetzt zu Ihrem Abendprogramm. Es wäre ja gelacht, wenn es in dieser schönen vorweihnachtlichen Stadt nichts gäbe, was Sie aus Ihren trüben Gedanken reißen könnte.«

Patrizia stellte überrascht fest, dass seine Initiative ihr keineswegs unangenehm war.

»Also gut. Aber wehe, ich amüsiere mich nicht!«

Gianni Petta lachte.

Zwei Stunden später hatten sie nahezu alle Lichterstraßen durchwandert und waren schließlich etwas erschöpft auf der kreisförmigen Piazza Flavio Gioia gelandet. Die eleganten Heizpilze aus Edelstahl erlaubten es ihnen, sich draußen vor dem Lokal Cotto & Crudo an einem der wenigen freien Tische niederzulassen. Sie bestellten Bier und etwas zu essen. Dann erklärte Petta ihr, dass viele Einheimische den Platz nur als Piazza dei Pesci oder Piazza dei Delfini kannten, weil in seiner Mitte ein hübscher Brunnen stand, dessen Wasserschüssel von zwei grazilen Delfinen aus Bronze getragen wurde.

Das ist es, was ich gebraucht habe, dachte Patrizia. Unbeschwert in einem Lokal sitzen. Reden, lachen, das Leben spüren, sich treiben lassen. Das Leben. Nicht den Tod, das Verbrechen, den Druck, die Versagensängste. Das alles einmal hinter mir lassen.

Sie spürte, wie sie sich langsam entspannte.

Der Kellner brachte ihnen Nastro Azurro und gegrillten Fisch.

Erst viel später – sie waren mittlerweile zum Du übergegangen – fiel ihr wieder ein, dass Adinolfis Freund Raffaele Russo mit ihrem Nachbarn bekannt war, und sie sprach ihn darauf an.

»Raffaele Russo? Psychologe in Salerno? Ja, klar kenne ich den. Schon ewig nicht mehr gesehen. Wir waren Studienfreunde. Wobei Freunde vielleicht zu viel gesagt ist. Wir hatten in Bologna ein paar gemeinsame Vorlesungen. Wie man sich eben so kennt an der Uni, viele ein bisschen und wenige gut.«

Patrizia stutzte. »Gemeinsame Vorlesungen? Aber du bist doch Tierarzt, und ich dachte, du wärst erst seit ein paar Jahren hier in Salerno. Raffaele Russo hat aber irgendwo hier studiert, oder nicht?«

»Wird das jetzt ein Verhör?« Petta schmunzelte. »Das ist

alles nicht so kompliziert, wie es sich anhört. Du erinnerst dich richtig, ich habe in Bologna studiert, wo ich auch aufgewachsen bin. Und daher kenne ich auch Raffaele, der ursprünglich so wie ich Veterinärmedizin studiert hat. Aber dann ging ihm das viele Lernen auf die Nerven. Nach ein paar Semestern hat er das Handtuch geschmissen und sich in Neapel in Psychologie eingeschrieben. Aber warum interessiert dich das?«

»Ach, nur so. Kennst du auch einen Alessio Adinolfi? Ein Freund von Raffaele Russo hier in Salerno.«

Jetzt stutzte Gianni Petta. »Alessio Adinolfi? Der ermordete Psychologe? Nein, den kannte ich nicht, wieso?«

Er sah Patrizia mit seltsamem Gesichtsausdruck an.

Patrizia leerte ihr Glas. »Workaholic«, sagte sie. »Nach ein paar Stunden relaxen meint das Hirn, jetzt wäre es mal wieder genug mit der werten Entspannung.«

Petta grinste.

»So, meint es das? Es freut mich jedenfalls zu hören, dass du dich entspannt hast.« Er sah auf die Uhr. »Und das ganze drei Stunden lang. Wer weiß, vielleicht kann ich diesen Rekord ja das nächste Mal noch brechen. Was meinst du, morgen wird der Weihnachtsbaum auf der Piazza zum ersten Mal beleuchtet, mit Brillantfeuerwerk um zehn hier unten am Rathaus. Hättest du Lust, mit mir, oder besser gesagt, mit uns hinzugehen? Leona gehört zu den wenigen Hunden, die Feuerwerke völlig kaltlassen.«

Er sah Patrizia an, die schwieg.

»Ach so, natürlich. Du bist wahrscheinlich schon verabredet …«

»Nein, das ist es gar nicht. Ich meine, ich bin nicht verabredet. Es ist nur im Augenblick ziemlich schwer für mich, die Feierabende zu planen. Je nachdem, was anfällt …«

Petta nickte.

»Aber wie wär's damit? Wir treffen eine gewagte Verabredung, sagen wir mal um halb neun, hier im Cotto & Crudo. Ist das spät genug? Und wenn du es nicht schaffst, rufst du mich einfach an und sagst mir sang- und klanglos ab, und ich verspreche, mir nichts daraus zu machen. Klingt das gut?«

Patrizia musste lachen.

»Klingt gut. Abgemacht. Also um halb neun hier.«

Das Letzte, woran Patrizia vor dem Einschlafen dachte, war Leona, die hochaufgerichtet vor ihr saß und sie wissend anlächelte, als ihr Herrchen sagte: »Wunderbar, ich freue mich! Leona und ich können es kaum erwarten.«

Dann fiel sie in einen tiefen, traumlosen Schlaf.

19

Samstag, 3. Dezember 2011

Am Samstagmorgen war es nicht Patrizias Wecker, der sie aus dem Schlaf riss, sondern ihr Handy. Verschlafen warf sie einen Blick auf die Zeitanzeige. Schon kurz vor acht? War ihr Wecker stehengeblieben, oder hatte sie vergessen, ihn zu stellen?

Sofort war sie hellwach. Die Rufnummer war unbekannt. Während sie abnahm, schwang sie die Beine aus dem Bett und schlüpfte in ihre Hausschuhe.

Eine unbekannte männliche Stimme wünschte ihr einen guten Morgen. Sie schien unendlich weit weg zu sein, denn in der Leitung knisterte es geräuschvoll. Erst nach einigen Anläufen verstand sie den Namen des Anrufers. Orazio Ottieri.

Orazio Ottieri? Der ehemalige Staatsanwalt aus Salerno, der jetzt in Südafrika lebte? Sie hielt sich mit der anderen Hand das Ohr zu, um ihn besser zu verstehen.

»Pronto, Procuratore Ottieri, gut, dass Sie anrufen. Wir hatten gehofft, von Ihnen zu hören.«

Die Verbindung besserte sich, und Patrizia hörte ein sympathisches Lachen und eine volle, tiefe Stimme.

»Procuratore bin ich schon eine ganze Weile nicht mehr. Ich … Na gut, wie kann ich Ihnen denn helfen? Meine Frau sagte, es sei dringend, deshalb habe ich es heute in aller Frühe auf der Questura versucht, aber Sie waren noch nicht da. Na ja, es ist ja auch Samstag. Da darf auch eine Hauptkommissarin mal länger schlafen. Jedenfalls hat man mir Ihre private Handynummer gegeben.«

Bildete sie sich das nur ein, oder war da ein leicht ironischer Unterton gewesen? Wie peinlich, dass der ehemalige Staatsanwalt sie mitten in der heißen Phase einer Mordermittlung morgens um acht aus dem Bett klingeln musste.

»Oh, ich … sitze noch im Auto«, log sie schnell. »Der Berufsverkehr bringt mich noch um!«

»Ja, ja, der Berufsverkehr, das kenne ich.«

Orazio Ottieri lachte.

Patrizia räusperte sich und versuchte, so energisch wie möglich zu klingen.

»Also, Signore Ottieri, unser Anliegen. Das ist in der Tat eine längere Geschichte. Ich versuche, mich kurz zu fassen.«

Knapp und präzise umriss sie die Ereignisse der letzten Wochen und ihre Ermittlungsstränge.

»Wir glauben also«, kam sie zum Schluss, »dass damals wesentliche Fakten und Zuständigkeiten absichtlich unter den Tisch gekehrt wurden. Jetzt sieht es so aus, als ob einer der Betroffenen Rache an allen nimmt, die er für die Hauptverantwortlichen hält. Leider konnten wir nicht in Erfahrung bringen, wer für die Freigabe des Theaters und die Einstellung der Untersuchung zuständig war. Und hier kommen Sie ins Spiel. Ihr Name wurde uns von Paolo Santopietro genannt. Er war vor Gigi Spinosa der Ermittlungsleiter, und er glaubt, Sie hätten damals einen privaten Verdacht gehabt, so drückte er sich aus.«

Patrizia war ganz außer Atem und merkte erst jetzt, wie schnell und konzentriert sie gesprochen hatte. Am anderen Ende der Leitung herrschte Stille, und sie fürchtete schon, dass die Verbindung abgebrochen war. Doch dann hörte sie wieder Ottieris volle und diesmal sehr ernste Stimme.

»Eine böse Geschichte damals, eine ganz böse Geschichte. Ich erinnere mich sehr genau. Leider traut Ispettore Santopietro mir zu viel zu. Wo die Polizei nichts ausrichten konnte, musste ein Einzelner ebenso versagen. Aber eines ist richtig. Mir lag damals sehr an einer Aufnahme des Verfahrens. Die Einstellung der Untersuchung war für mich ein echter Schlag ins Kontor. Und natürlich kursierten viele Gerüchte. Das Ganze war ja ein einziger Skandal, einer unter vielen, leider. Aber Italien ist ja nicht das einzige Land, das unter dieser Krankheit leidet, glauben Sie mir.«

»Sie hatten also keinen konkreten Verdacht?«, fragte Patrizia entmutigt.

»Was heißt konkret? Wenn Sie damit konkrete Fakten meinen, muss ich Sie enttäuschen. Wenn ich etwas Konkretes gegen jemanden in der Hand gehabt hätte, wären die Ermittlungen nicht eingestellt worden. Einen privaten Verdacht hatte ich, aber mit solchen Sachen darf man nicht leichtfertig umgehen. Da kann man ganz schnell das Leben eines Unschuldigen zerstören, ohne dass es einem irgendetwas nützt.«

»Signore Ottieri, es sind auch so schon viele Menschen zu Tode gekommen. Nicht nur Mitverantwortliche, sondern auch Unbeteiligte.«

Orazio Ottieri schwieg einen Moment.

Dann sagte er: »Ich werde Ihnen meinen Verdacht verraten, aber glauben Sie nicht, dass Ihnen das viel bringen wird. Selbst wenn ich richtigliegen sollte, was in den Sternen steht, werden Sie es nie beweisen können. Und schon deshalb bitte ich Sie, das, was ich Ihnen jetzt sage, mit größter Diskretion zu behandeln. Ich will damit unter keinen Umständen haltlose Gerüchte in die Welt setzen. Verstehen Sie das?«

»Selbstverständlich verstehe ich das.«

»Also gut. Meine Vermutung war die, dass der Assessore für öffentliche Arbeiten das Theater freigegeben und insofern auch das größte Interesse an der Verfahrenseinstellung hatte.

Macht und Mittel, sie zu bewirken, hätte er gehabt. Anders als die Kontrollkommission oder der leitende Ingenieur. Die hätten eine solche Entscheidung nie getroffen, ohne sich nach oben hin abzusichern. Denn ihre Köpfe sind die ersten, die rollen, wenn etwas schiefgeht, und als Ingenieur oder Architekt hat man kaum die Möglichkeit, sich aus der Affäre zu ziehen. Dazu bedarf es Beziehungen ganz anderen Kalibers, aber das brauche ich Ihnen ja sicher nicht zu erklären.«

»Dieser Assessore, erinnern Sie sich noch an seinen Namen?«, fragte Patrizia.

»Natürlich. Ein junger, aufstrebender Karrieremensch, der es inzwischen sicher weit gebracht hat. Sein Name war Francesco Palmieri.«

»Francesco Palmieri? Der Bürgermeister?« Patrizia schrie fast in ihr Handy.

In der Leitung war es kurz ganz still. Dann brach Orazio Ottieri in schallendes Gelächter aus.

»Bürgermeister? Bürgermeister von Salerno? Hab ich doch gesagt, dass er ein Karrieremensch war, wobei es mich fast wundert, dass er es nicht noch weiter gebracht hat.«

Dann wurde er wieder ernst.

»Commissaria, was ist, wenn der Täter denselben Verdacht hegt wie ich? Nicht dass Palmieri damals von irgendeiner Seite öffentlich verdächtigt worden wäre. Dafür hat er, sofern er wirklich eine Mitverantwortung trug, natürlich gesorgt. Aber wer weiß? Ein Verdacht, der mir gekommen ist, könnte auch einem anderen kommen, insbesondere dann, wenn er sich jahrelang mit nichts anderem befasst.«

Sie schwiegen einen Augenblick. Die Tragweite seiner Worte war nicht einmal annährend absehbar.

Noch während der Fahrt in die Questura hörte Patrizia wieder und wieder Orazio Ottieris letzte Worte: »Wenn ich mit meiner Vermutung richtigliege, dann könnte Palmieri bald doch noch vor seinem Richter stehen. Und so wie die Dinge liegen, wird seine Strafe alles übertreffen, was Sie und ich bisher gesehen haben.«

*

Aufgrund Patrizias beachtlicher Verspätung hatte auch die Besprechung in der Questura später als sonst begonnen. Mit Ausnahme Davides waren alle anwesend. Er hatte sich entschuldigt, da er aufgehalten worden war.

Die Nachricht von Orazio Ottieris Verdacht hatte eingeschlagen wie eine Bombe. Allerdings zweifelten einige daran, dass auch der Täter den ehemaligen Assessore für öffentliche Arbeiten und jetzigen Bürgermeister zu den Schuldigen zählte, da er im Zusammenhang mit dem Unfall nie im Zentrum des öffentlichen Medieninteresses gestanden hatte. Anders als der Ingenieur Ugo Meriani oder die Mitglieder der Kontrollkommission.

Vor allem Pietro Di Leva und Vincenzo Mattera, der erneut an der Sitzung teilnahm, versuchten, Ottieris Verdacht mit aller Deutlichkeit zu entkräften.

»Commissaria Vespa!«

Vincenzo Mattera lehnte sich nach vorne und verschränkte die Hände auf dem Tisch in dem Versuch, eindringlich zu wirken.

»Wie Orazio Ottieri selber gesagt hat, handelt es sich hier um nichts weiter als einen privaten Verdacht, der außerdem schon siebzehn Jahre alt ist. Keine Beweise, nicht mal Indizien. Nichts. Und soweit ich weiß, ist dieser Verdacht auch noch nie von irgendjemandem sonst geäußert worden. Lassen wir es mal dahingestellt sein, ob an der Sache etwas dran ist oder nicht. Für uns geht es schließlich nur darum, ob auch der Täter ihn teilt. Und das ist doch eher unwahrscheinlich, oder nicht?«

Er sah Zustimmung heischend in die Runde.

Leo, Marco und Pietro Di Leva nickten.

»Jedenfalls können wir den Bürgermeister nicht unter Schutz stellen«, fuhr Mattera fort, »nur weil ein ehemaliger Staatsanwalt ihn vor siebzehn Jahren in der Unfallsache persönlich verdächtigt hat. Wäre da etwas dran, so wäre das unvermeidlich ans Licht gekommen.«

Jetzt war es an Patrizia, sich nach vorne zu lehnen und die Hände zu verschränken. Allerdings tat sie dies in Richtung Pietro Di Levas, der sich im Gegenzug in seinem Stuhl zurücklehnte, als wolle er dem, was da kommen musste, unbedingt entgehen.

Patrizia sprach mit ruhiger, fester Stimme.

»Questore. Niemand meint, dass wir den Bürgermeister aufgrund dieses Verdachtes unter Schutz stellen sollten. Was das sogenannte unvermeidliche Ans-Licht-Kommen von Verantwortlichkeiten angeht, bin ich allerdings anderer Meinung.« Sie lächelte ironisch. »Unser ganzer Fall basiert doch gerade darauf, dass nie ans Licht kam, wer für die Freigabe des Theaters verantwortlich war. Wäre das seinerzeit geklärt worden, müssten wir heute keinen Serientäter jagen.«

Sie machte eine kurze Pause und lehnte sich wieder zurück.

»Außerdem gibt es da noch einen Punkt. Wie Orazio Ottieri sehr richtig angemerkt hat, bedurfte es einer einflussreichen Position, um die Ermittlungen so in die Irre zu leiten und schließlich einschlafen zu lassen.«

»Ja«, sprang Cristina ein. »Außerdem haben wir uns gewundert, warum selbst heute noch alle an der Untersuchung Beteiligten nahezu wörtlich dieselbe Version erzählen. Keiner ist umgekippt. Warum? Nun, die Vermutung liegt nahe, dass derjenige, der damals die Verantwortung trug, auch heute noch eine gewisse Machtposition bekleidet. So gesehen wäre unser Bürgermeister ein durchaus passender Kandidat.«

»Ebenso wie eine ganze Menge anderer Leute«, bemerkte Vincenzo Mattera spitz.

»Questore«, wandte sich Patrizia wieder an Pietro Di Leva, als hätte sie Matteras Kommentar gar nicht gehört. »Sie sind doch auch der Meinung, dass wir auf jeden Fall mit Francesco Palmieri sprechen müssen?«

Pietro Di Leva rutschte nervös auf seinem Stuhl hin und her und sah unsicher in die Runde, doch niemand kam ihm zu Hilfe. Schließlich musste er sich alleine zu einer Antwort aufraffen.

»Commissaria Vespa, wie stellen Sie sich das vor? Wollen Sie zum Bürgermeister gehen und ihm den Verdacht an den Kopf werfen, damals beim Unfall im Theater den Tod zweier Menschen verschuldet zu haben?«

Patrizia spürte, wie sie ungeduldig wurde.

»Natürlich nicht! Ich sagte ja nicht, dass wir ihn verhören sollen. Aber wir könnten ihn auch ohne den Hauch einer Anschuldigung darüber informieren, dass unser Serientäter ihn seiner damaligen Position wegen möglicherweise für schuldig hält, und dass er sich deshalb in Gefahr befindet.«

»Richtig«, mischte sich nun Simona Sessa ein. »Ich finde auch, dass er sich dieser potenziellen Gefahr zumindest bewusst sein sollte. Wäre es nicht leichtfertig von uns, überhaupt nichts zu unternehmen? Natürlich handelt es sich nur um einen vagen Verdacht. Aber können wir es uns leisten, ihn nicht ernst zu nehmen, nach allem was passiert ist?«

Patrizia warf ihr einen dankbaren Blick zu und wollte gerade etwas sagen, als Lydia spontan fragte:

»Apropos, seit wann ist Palmieri eigentlich Bürgermeister?«

»So etwa seit zwei Jahren, oder?«, antwortete Cristina. »Ich habe ihn aber nicht gewählt!«

»Ich schon«, konterte Pietro Di Leva. »Und die Wahl war im Frühjahr vor zweieinhalb Jahren. Aber was tut das hier zur ...«

Er unterbrach sich, als ihm die Antwort selber aufging.

»Vor zweieinhalb Jahren.« Vincenzo Mattera pfiff durch die Zähne. »Wann verschwand noch mal dieser Architekt? Im Herbst vor zwei Jahren, richtig?«

Patrizia nickte stumm. Auch sonst war es plötzlich ganz still im Raum.

Schließlich sprach Cristina aus, was sie alle dachten.

»Und wir haben die ganze Zeit nach einem Grund dafür gesucht, warum der Täter so lange mit seiner Racheaktion gewartet hat. Wenn ihr mich fragt, haben wir die Antwort. Er hatte vielleicht schon die ganze Zeit denselben Verdacht wie Orazio Ottieri. Es brodelte in ihm, jahrein, jahraus. Keiner der damaligen Verantwortlichen war zur Rechenschaft gezogen worden, auch nicht der Assessore, der möglicherweise sogar der Hauptentscheidungsträger war. Und dann wird ausgerechnet dieser Mann fünfzehn Jahre später zum Bürgermeister Salernos gewählt. Zum Bürgermeister seiner Stadt ...«

»... und da sind ihm dann endgültig die Sicherungen durchgebrannt.« Leo schüttelte den Kopf. »Trotzdem, beweisbar wird es dadurch noch lange nicht, oder?«

»Nein, natürlich nicht«, sagte Patrizia leise. »Natürlich können wir nichts beweisen, und wir wissen nicht, was der Täter weiß oder ahnt. Geschweige denn, was er vorhat. Aber können wir wirklich ausschließen, dass er Palmieri im Blick hat? Wenn wir nichts tun und dem Mann etwas passiert, wird das gelinde gesagt kein gutes Licht auf uns werfen. Und erst recht nicht, wenn die Öffentlichkeit erfährt, dass wir einen Verdacht hatten. Wer weiß, vielleicht beantragt Palmieri ja von sich aus Schutz, wenn er von all dem hört.«

Zu Patrizias Genugtuung hatte sich Pietro Di Leva eben zu einem zaghaften Nicken verleiten lassen, als Bob Kingfisher plötzlich dazwischenpolterte.

»Also, ich bin hier zwar nur der Kriminaltechniker und sollte mich eigentlich gar nicht einmischen, aber ich finde, Patrizia, Cristina und Simona haben recht. Habt ihr euch schon mal gefragt, warum die Medien sich damals nicht auf den Assessore für öffentliche Arbeiten gestürzt haben? Ist das nicht eher ungewöhnlich? Alle hatten sie im Visier, nur ihn nicht. Also wenn ihr mich fragt, dann stinkt allein das schon ganz gewaltig. Und jetzt macht mit der Meinung eines alten Mannes, was ihr wollt.« Er lächelte zufrieden.

»Nun gut«, seufzte Di Leva, »in Gottes Namen, sprechen Sie mit dem Bürgermeister, aber gehen Sie diplomatisch vor. Ich will keine Beschwerde vom Ministerium hören, keine einzige!«

Er hob warnend den Zeigefinger, doch seine Stimme klang eher besorgt als bedrohlich.

»Es darf keine weiteren Toten geben«, brummte er zum Abschluss. »Und schon gar nicht den Bürgermeister. Sonst können Sie sich an einen neuen Chef gewöhnen, falls Sie dann selber noch hier sitzen.« Er versuchte ein Grinsen, was ihm jedoch kläglich misslang.

*

Gut zwei Stunden später saßen Patrizia und Cristina dem Bürgermeister in seinem Empfangszimmer gegenüber. Erst hatte es so ausgesehen, als würde Francesco Palmieri sie heute nicht mehr empfangen. Palmieris Sekretärin hatte sie nur verständnislos angestarrt.

Dann war ihre Stimme schrill geworden.

»Mit dem Bürgermeister sprechen? Jetzt? Heute? Am Tag, an dem der Weihnachtsbaum beleuchtet wird? Wie stellen Sie sich das vor? Wissen Sie, was für den Bürgermeister heute alles auf dem Programm steht? Dass er sich nicht in mehrere Teile teilen muss, ist alles.«

Sie sah die beiden Kommissarinnen kampflustig an. Offenbar fand sie ihre Rede sehr gelungen.

Schließlich hatten Patrizia und Cristina wenigstens bewirkt, dass dem Bürgermeister ihre Namen und ihr Anliegen mitgeteilt wurden. Herablassend und siegesgewiss war die Sekretärin mit dem Namenszettel in seinem Büro verschwunden, verstimmt und kurz angebunden hatte sie sie kurz danach in den Raum gewinkt.

Mit der einstudierten Herzlichkeit eines Politikers war Francesco Palmieri den Kommissarinnen entgegengekommen, hatte ihnen beide Hände hingestreckt und sie sofort an ihre Begegnung beim Neujahrsball im vergangenen Januar erinnert.

Dann hatte er sich angehört, was sie ihm zu sagen hatten. Patrizia hatte damit gerechnet, dass er entrüstet sein würde. Auch andere Gefühlsbezeugungen wie Wut, Bestürzung, Sorge oder Schreck standen auf der Liste möglicher Reaktionen. Aber nichts dergleichen geschah. Francesco Palmieris Miene blieb ausdruckslos.

»Also wirklich, meine Damen, was für ein kurioser Anlass für Ihren Besuch! Sie glauben also tatsächlich, dass dieser Irre meinen könnte, ich …«

»Es geht nicht darum, was wir glauben«, unterbrach Patrizia ihn, doch Palmieri ließ sich nicht beirren.

»Ich frage mich allerdings, warum Sie wirklich zu mir kommen. Um mich zu informieren, mich zu warnen, mir

Polizeischutz anzubieten? Mir einen Kommentar zu diesen Verdächtigungen abzuringen?« Er begann zu lachen. »Gesù, Gesù! Wie Sie sich denken können, habe ich heute wirklich keine Zeit für solchen Unsinn. Was immer dieser Mann glauben mag oder auch nicht. Sie und ich, wir wissen ja, dass er auf dem Holzweg ist. Und ich kann meine Obliegenheiten als Bürgermeister nicht wegen derartiger Fantastereien unterbrechen oder gar wie ein Häufchen Elend Polizeischutz anfordern. An einem solchen Tag!«

Er sah sie amüsiert an.

»Ich danke Ihnen sehr, dass Sie sich die Mühe gemacht haben, mich zu informieren. Betrachten Sie Ihre Aufgabe als erledigt. Wie Sie verstehen werden, muss ich mich jetzt wieder meinen Pflichten widmen. Sie wollen doch sicher auch heute Abend das Feuerwerk bewundern, oder? Ich werde es wie jedes Jahr um halb zehn mit einer Festrede vom Balkon des Rathauses aus eröffnen, und ich würde mich freuen, auch Ihre Gesichter in der Menge zu sehen.«

Er stand auf und reichte ihnen die Hand.

Auf dem Flur sahen Patrizia und Cristina einander perplex an.

»Was war das denn jetzt?«, fragte Cristina entgeistert.

Patrizia schüttelte fassungslos den Kopf.

»Ich würde mich freuen, auch Ihre Gesichter in der Menge zu sehen. Ich glaube, der hat sie nicht mehr alle! Aber wir haben unsere Aufgabe erfüllt. Da hat er ganz recht. Zumindest kann uns jetzt niemand etwas vorwerfen.«

»Seltsam, wie gleichmütig der war. Sollte er nicht wenigstens ein bisschen besorgt sein? Und auch empört über die Andeutung seiner möglichen Mitschuld?«

Patrizia zuckte mit den Schultern, während sie sich auf der Rathaustreppe hastig die Jacke zuknöpfte. Trotz des Sonnenscheins wurde die Luft immer frostiger, und ein böiger Wind kam auf.

»Eigentlich schon, zumal er mich ja vor ein paar Tagen noch persönlich angerufen hat, um Dampf zu machen. Da schien die Sache für ihn absolute Priorität zu haben.«

»Und wenn er nur so cool war, weil ihm das alles gar nicht neu ist? Wenn er schon längst weiß, dass er auf der Abschussliste steht oder zumindest stehen könnte? Dazu würde auch passen, dass er den Fall möglichst schnell gelöst sehen will, natürlich ohne selbst ins Blickfeld zu geraten. Genauso wie damals. Und wie Meriani. Der hat es auch vorgezogen, den Drohbrief nicht an die Polizei weiterzureichen, nur damit der Deckel auf der Geschichte schön fest verschlossen bleibt.«

In diesem Augenblick klingelte Cristinas Telefon. Es war Lydia. Als sie das Gespräch beendet hatte, zwinkerte sie Patrizia verschwörerisch zu.

»Wir sollen so schnell wie möglich in die Questura kommen. Davide hat angerufen. Die Personalchefin vom San Leonardo will eine neue Liste faxen, auf der auch Ehrenamtliche und Aushilfskräfte stehen, die auf Honorarbasis arbeiten.«

Patrizia zog die Augenbrauen hoch. »Hast du das in die Wege geleitet?«

Doch Cristina reagierte nicht auf die Frage. Stattdessen fuhr sie mit unsicherer Stimme fort: »Lydia hat noch etwas anderes gesagt. Etwas ziemlich Seltsames. Sie und Antonia haben noch mal Alessio Adinolfis Handy gecheckt. Diesmal ohne bestimmte Vorgaben. Dabei ist ihnen etwas aufgefallen.«

»Was denn?«

»Wie wir ja schon wissen, haben Adinolfi und sein Freund Raffaele Russo fast täglich miteinander telefoniert. Allerdings sagte mir Lydia eben, dass es auf dem Handy keine einzige

SMS von oder an Russo gibt, und damit auch keine inhaltlich nachvollziehbare Kommunikation. Nichts, woraus wir schließen könnten, in welcher Beziehung die beiden tatsächlich zueinander standen.«

»Vielleicht hatte er's nicht so mit dem Simsen?«

»Unwahrscheinlich. Mit allen anderen hat er unentwegt gesimst. Und jetzt halt dich fest. Die beiden haben daraufhin noch mal seine E-Mails durchgesehen: dasselbe Ergebnis! In seiner Mailbox ist nicht eine einzige E-Mail von oder an Raffaele Russo, obwohl Adinolfi sonst mit Gott und der Welt wegen allem und jedem in Kontakt stand. Lydia sagte, das wäre ihnen bei der Menge an Mails vorher nicht aufgefallen. Auch weil sie sich ja bei ihrer Suche auf den Namen Giulia konzentriert hätten und …«

Eine kalte Brise vom Meer her schlug ihnen ins Gesicht und riss Cristinas letzte Worte mit sich. Sie senkten die Köpfe. Die Temperatur musste sich dem Gefrierpunkt nähern. Es war eisig kalt.

*

Patrizia, Cristina, Davide, Lydia und Antonia hatten sich im zentralen Büroraum der Questura versammelt. Patrizia und Cristina lehnten an einem Schreibtisch. Davide stand neben dem Faxgerät. Antonia und Lydia saßen auf dem abgewetzten grünen Sofa, das schon Generationen von Wartenden gute, wenngleich auch nicht unbedingt bequeme Dienste geleistet hatte. Und Wartende waren auch sie. Sollte die erweiterte Personalliste tatsächlich etwas Neues bringen? Es war ein letzter Strohhalm, ein letzter Hoffnungsschimmer.

»Verdammt, warum dauert das nur so lange?«, fluchte Davide. »Gestern war die Personalchefin auf einer Konferenz, heute Morgen mit ihrem Mann einkaufen. Trotzdem hat sie mir am Telefon zugesichert, uns das Fax innerhalb einer Stunde zu schicken!«

Er blickte zu Patrizia hinüber, doch die sah aus dem Fenster, und als sie sprach, schien sie die Worte eher an sich selbst zu richten.

»Bob und unser IT-Techniker arbeiten noch immer daran, Adinolfis gelöschte Fotodateien wiederherzustellen. Aber ich fürchte, wir wissen auch so, wen wir auf den Fotos sehen würden. Verdammt, wir hätten sofort sämtliche Geräte auf gelöschte Daten untersuchen lassen müssen. Ich frage mich wirklich, wie wir nur so naiv sein konnten.«

Cristina nickte. »Stimmt. Aber nachdem beide so offen in seiner Wohnung rumlagen, sind wir gar nicht darauf gekommen, dass sie manipuliert worden sein könnten. Wir haben ganz einfach angenommen, dass der Täter die Geräte mitgenommen hätte, falls heikle Daten drauf gewesen wären. Wir sind ihm auf den Leim gegangen wie die Anfänger.«

»Was meint ihr damit?«, fragte Davide.

»Die fehlenden Mails und SMS«, kam Antonias gedämpfte Stimme vom Sofa.

»Ja, seltsam ist das schon«, sagte Davide. »Aber letztlich ist eine fehlende Korrespondenz doch noch kein Beweis! So oft, wie Adinolfi und Russo miteinander telefoniert haben, hatten sie es vielleicht einfach nicht nötig, einander auch noch zu simsen und zu mailen.«

»Nicht ein einziges Mal? Nie? Wie wahrscheinlich ist das?«

»Na ja, vielleicht haben sie nur recht wenig gemailt und gesimst, und die wenigen Nachrichten hat Adinolfi wieder gelöscht …«

»Ja, gelöscht wurden sie sicher, nur nicht von Adinolfi selbst, sondern von seinem Mörder«, entgegnete Patrizia mit unverhohlener Wut.

»Aber warum sollte der Täter Adinolfis und Russos Korrespondenz löschen? Wer außer Russo selbst könnte ein Interesse daran haben?« Davide brach ab, als ihm die Bedeutung seiner Worte dämmerte.

In diesem Augenblick begann das Faxgerät zu rattern. Ungeduldig riss er den Bogen aus der Maschine, während sich die anderen wie auf Befehl um ihn scharten. Keiner sprach ein Wort. Wie im Fieber überflogen alle gleichzeitig die Liste, die in verschiedene Rubriken unterteilt war: zuerst die ehrenamtlichen Mitarbeiter, überwiegend Seelsorger und Clowns für die schwerkranken Kinder, dann die Honorarkräfte wie Küchenhilfen, Gärtner und Psychologen, die den schwerkranken Erwachsenen auf Wunsch und bei Bedarf Beistand leisteten.

Und da stand er. Der Name. Ganz plötzlich und einfach so. Als wäre er immer da gewesen. Als hätte er die ganze Zeit neben ihnen im Raum gestanden, ihnen zugehört, sie belächelt.

Patrizia schluckte. Dann breitete sich eine große Ruhe in ihr aus. Der Name des Täters vor ihr auf dem Papier lautete:

Raffaele G. Russo – Psychologe.

Antonia brauchte weniger als fünf Minuten am Telefon, um sich bestätigen zu lassen, was längst alle wussten. G. stand für Giuliano. Raffaele Giuliano Russo.

Giulia.

Sie hatten Giulia gefunden.

*

Sie waren mit mehreren Beamten zu Raffaele Russos Wohnung schräg gegenüber der Questura gegangen, doch sie war leer. Ein Blick genügte, um sich zu vergewissern, dass der Psychologe sein altes Leben hinter sich gelassen hatte. Er würde nicht zurückkehren. Patrizia hatte die Beamten wieder fortgeschickt. Die Spurensicherung war unterwegs.

Getrennt inspizierten Cristina und sie die Zimmer. Nichts. Keine nachlässig über einen Stuhl geworfenen Jacken oder Pullover, keine Schuhe im Flur, überhaupt keine Kleider. Auch die Küche war peinlich sauber. Es fehlte die obligatorische schmutzige Tasse in der Spüle, und die Anrichte war leer. Patrizia öffnete die Spülmaschine. Auch hier nichts. In ein paar Hängeschränken stand Geschirr in militärisch anmutenden Reihen.

Patrizia ging aus der Küche in den Flur zurück. Er war düster. Dann das Wohnzimmer. Trotz der einsamen Möbelstücke hallte jeder ihrer Schritte auf dem Holzparkett wie in einer Höhle. Patrizia merkte, dass sie instinktiv vorsichtig auftrat, als könnte ein falscher Schritt die verlassene Wohnung aus ihrem unnatürlichen Schlaf wecken. Aber es ist kein Schlaf, dachte sie, es ist die Abwesenheit von Leben.

Zur Straßenseite hin hatte das Wohnzimmer hohe Fenster, die auf die Piazza Amendola hinausgingen. Gegenüber sah man die Questura und das Rathaus. Das späte Nachmittagslicht fiel auf die sorgfältig gewachsten Holzbohlen. In der Mitte der Fensterfront gab es eine Balkontür. Patrizia öffnete sie und trat hinaus in das intensive Novemberlicht. Der kalte Maestrale peitschte ihr so heftig ins Gesicht, dass sie den Kopf abwandte. Geistesgegenwärtig konnte sie die hohe Fenstertür gerade noch daran hindern, klirrend hinter ihr zuzufallen. Sie schlug die Arme um ihren Körper.

Auf der Piazza Amendola herrschte lebhaftes Treiben. Menschen mit vor Kälte geröteten Gesichtern, Mützen und dicken Jacken. Die Restaurants hatten durchgehend geöffnet, da viele der Besucher, die bei der Erstbeleuchtung des großen Weihnachtsbaums dabei sein wollten, schon am Nachmittag zu einem ausgiebigen Stadtbummel gekommen waren. Die meisten würden bis zum Feuerwerk am Abend bleiben.

Patrizias Blick fiel auf das Rathaus und die Questura. Die tiefgelbe Nachmittagssonne ließ die Farben der Gebäude in warmen Tönen leuchten, und ihre Fenster reflektierten das einfallende Licht wie unzählige, in der Sonne aufflammende Spiegel. Am Ende der Straße, die zwischen Questura und Rathaus Richtung Lungomare verlief, konnte sie das eiskalte Blau glitzern sehen.

Wo bist du jetzt?, flüsterte Patrizia. Doch die nächste scharfe Windböe unterbrach ihre Gedanken. Fröstelnd kehrte sie in die Wohnung zurück.

Cristina hatte sich inzwischen das Wohnzimmer vorgenommen. Es gab einen Fernsehtisch mit Flatscreen-TV, mehrere gut gefüllte Bücherregale und vor einem der hohen Fenster einen großen Schreibtisch.

Patrizia ging zu den Regalen und ließ ihren Blick über die langen Reihen von Büchern gleiten, bis ihr eine Serie von Buchrücken auffiel, die besonders abgegriffen aussahen. Sie zog die Bände aus dem Regal und begann zu blättern. Erst in einem, dann im zweiten, dritten.

»Hör mal, Cristina. Der Abnutzung zufolge waren das Russos meistgelesene Bücher, beides Abhandlungen zur Temperamentenlehre und ihrer Anwendung in der Medizin.«

Sie las ihrer Kollegin auch die anderen Titel vor und schüttelte den Kopf.

»Der alte Montesano glaubt, kein Mensch wisse so viel über den Garten der Minerva und die vier Temperamente wie sein Sohn. Aber ich fürchte, es gibt noch einen zweiten Experten, der sein Licht gern unter den Scheffel stellt.«

Cristina nickte. »Na ja, er war ja Stammgast im Garten. Und als Psychologe hatte er sicher auch ein berufliches Interesse an diesen Dingen.«

Patrizia stellte die Bände wieder ins Regal und ging zum Schreibtisch hinüber. Kein PC. Mit behandschuhten Fingern öffnete sie eine Schublade nach der anderen. Ein paar Stifte, ein Locher, Papier. An einem Ende des Tisches lag ein Stapel alter Fachzeitschriften, vermischt mit Werbeprospekten diverser Medien- und Supermärkte, außerdem ein Flyer, wie man sie zurzeit überall in der Stadt bekam: die Einladung zur feierlichen Erstbeleuchtung des Weihnachtsbaums mit anschließendem Festprogramm. Patrizia wählte ein paar der Blätter aus und schob sie vorsichtig in einen Plastikbeutel. Den Rest würde die Spurensicherung mitnehmen.

Erst jetzt fiel ihr auf, dass es in der Wohnung keinen Staub gab. Sie musste bis zuletzt sehr sorgfältig gepflegt worden sein. Selbst die Fensterscheiben waren spiegelblank. Sie fuhr mit der Hand über die Schreibtischplatte und betrachtete ihre weiße Handfläche.

»Keine Bilder an der Wand«, kam Cristinas Stimme vom anderen Ende des Raumes. »Wie kahl alles aussieht! Ich sehe mich jetzt mal im Schlafzimmer um, wenn ich das in diesem Labyrinth aus Zimmern überhaupt finde!«

Sie ließ Patrizia allein im Wohnzimmer zurück.

Erst jetzt fiel ihr auf, dass kein Laut von der belebten Straße nach innen drang. Die Fenster mussten optimal isoliert sein. Aber in dieser verlassenen Wohnung, die wie in einen Traumschlaf versunken schien, war ihr die Stille mit einem Mal unheimlich. Sie verspürte den Drang, die Balkontür zu öffnen, um den Lärm der Straße hereinzulassen, doch sie hielt sich zurück.

Ich muss die Atmosphäre auf mich wirken lassen, dachte sie, mich in ihn hineinversetzen. Wo ist er? Was hat er vor? Was ist sein nächster Schritt? Doch da war nichts. Keine Atmosphäre. Nichts, was ihr Auskunft geben konnte über die Person, die noch bis vor Kurzem durch diese Zimmer gegangen war. Die Möbel waren unscheinbar und schienen nicht recht zu den herrschaftlichen Räumen zu passen. Patrizia dachte an Adinolfis teure Stahlrohrliege und Gianni Pettas antike Küchenschränke im Landhausstil. In dieser Wohnung gab es nichts dergleichen. Keines der Stücke sprach eine eigene Sprache. Sie schwiegen.

Patrizia trat an einen Schrank heran und wollte gerade die Schubladen aufziehen, als sie Cristina vom Ende des Ganges her rufen hörte.

»Patrizia! Komm mal! Mach schnell … Hier ist was!«

Sie folgte der Stimme durch den Flur. Der Raum, in dem Cristina stand, war klein, fast wie eine Mönchszelle. Es musste früher einmal das Hauswirtschaftszimmer gewesen sein. Sogar das steinerne Waschbecken hing noch an der Wand.

Mio Dio, dachte Patrizia. Bei all den schönen, großen Räumen hatte Raffaele Russo ausgerechnet dieses winzige Zimmer mit kaltem Steinfußboden und weiß getünchten Wänden zu seinem Schlafzimmer erkoren. In der Ecke stand das einzige Möbelstück: ein abgezogenes Bett. Über dem Bett an der Wand hing ein gerahmtes Foto. Es zeigte Raffaele Russo und Alessio Adinolfi auf einem Boot an einem Sommertag, strahlender Sonnenschein, im Hintergrund das Meer, ihre Gesichter braungebrannt und nah beieinander. Raffaele Russos Kopf lag auf Adinolfis Schulter, sein linker Arm war um den Oberkörper des Freundes geschlungen, der rechte weit nach vorne ausgestreckt. Er hatte das Bild selber gemacht und schien etwas zu rufen. Was war es?, dachte Patrizia. Ti amo? Oder einfach nur Cheeese …?

Sie fragte sich, warum ihr das so wichtig erschien.

»Sie sehen glücklich aus«, meinte Cristina. »Von wann das Foto wohl ist?« Sie nahm das Bild von der Wand und löste es vorsichtig aus dem Rahmen. Plötzlich fiel ein zweites Foto heraus und auf den Boden. Cristina hob es auf und erstarrte.

»Was ist los?«, fragte Patrizia.

»Du hast die ganze Zeit recht gehabt.«

Jetzt sah auch Patrizia sich das Foto an. Es war schon älter und ein wenig unscharf mit verblichenen Farben. Trotzdem waren sie gut zu erkennen: Giulio Fabbri und Raffaele Russo am Tag der Premierenfeier. Jemand anders musste das Foto von ihnen gemacht haben, denn das Theater im Hintergrund war gut zu erkennen. Ein strahlender Tag. Ein Festtag. Und ein schönes Paar. Sie hatten die Arme umeinandergelegt, und Giulio sah in die Kamera. Er lachte, übermütig, glücklich. Raffaele hatte den Kopf seinem Freund zugewandt, als wolle er etwas sagen, doch auch auf seinem Gesicht war ein Lachen, frei, voller Erwartung.

Ein schönes Bild, dachte Patrizia. Ein Bild, in dem ein ganzer Tag liegt. Ein lange vergangener Tag, lang wie ein Leben. Patrizia schluckte. Wie viel Zeit war Giulio da noch geblieben? Zwei Stunden? Eine? Aber auch für Raffaele Russo war an diesem Tag etwas zu Ende gegangen. Vielleicht nicht sein Leben, aber *das* Leben. Patrizia drehte das Bild um und las die handgeschriebenen Buchstaben: Giulio und Giulia, 1. November 1994.

»Auf dem anderen Foto steht auch etwas«, sagte Cristina. Schweigend gab sie ihr das Foto.

Dieselbe Handschrift, vielleicht etwas erwachsener. Der Unterschied zwischen Junge und Mann, doch in den Worten lag derselbe Schmerz:

Cara Commissaria Vespa,
Sie können die Bilder haben.
Ich brauche sie jetzt nicht mehr.

*

Am frühen Abend saß Patrizia allein in ihrem Büro. Sie war erschöpft, wollte nach draußen, in ein Café, etwas essen, Menschen sehen, Normalität. Aber eine innere Stimme sagte ihr, dass das jetzt nicht ging. Sie musste nachdenken. In der Stille ihres Büros und in aller Ruhe.

Auf ihrem Schreibtisch lagen verstreut die Zeitschriften, die sie aus Raffaele Russos Wohnung mitgenommen hatte. Eine erste Durchsicht hatte nichts ergeben, was ihnen weiterhalf. Sie nahm den Flyer mit dem Festprogramm für den heutigen Abend in die Hand. Bald musste sie entscheiden, ob sie mit Gianni Petta zum Feuerwerk gehen würde oder nicht. Sie legte den Flyer wieder weg.

Bald, dachte sie. Bald, aber nicht gleich.

Ihre Sitzung am späten Nachmittag war kurz gewesen, nun, da der Name des Mörders bekannt war. Pietro Di Leva hatte keinen Hehl aus seiner Zufriedenheit gemacht und Patrizia und Cristina anschließend auf die Schulter geklopft. Die Fahndung nach Raffaele Russo lief. Für die meisten schien die Sache so gut wie abgeschlossen zu sein.

»Eine Frage der Zeit«, hatte Pietro Di Leva zum Schluss erklärt. »Nur eine Frage der Zeit, bis wir ihn haben.«

Fast alle waren davon überzeugt, dass der Psychologe das Weite gesucht hatte. Als ihm klar wurde, dass sie ihm auf den Fersen waren, hatte er sich gerade noch rechtzeitig abgesetzt, vielleicht ins Ausland. Die verlassene Wohnung sprach Bände, doch sie würden ihn finden. So hatte der Tenor ihrer Sitzung gelautet.

Patrizia war eine der wenigen, die nicht an eine Flucht glaubten. Jedenfalls nicht an eine, deren Ziel es war, die eigene Haut zu retten. Ein Mann, an dem seit siebzehn Jahren Wut und Hass fraßen, würde nicht haltmachen. Nicht jetzt. Nicht vor seinem letzten und wichtigsten Opfer: dem früheren Assessore für öffentliche Arbeiten und heutigen Bürgermeister. Francesco Palmieri.

Und genau an diesem Punkt hatten sich ihre Geister geschieden. Pietro Di Leva und die meisten anderen bezweifelten, dass Raffaele Russo den Bürgermeister einer Mitschuld verdächtigte, da dieser nie in der öffentlichen Kritik gestanden hatte. An Patrizias These glaubten Cristina, Davide, Bob Kingfisher und Simona Sessa.

Wie hatte die Polizeipsychologin es ausgedrückt?

»Einem intelligenten Mann, der sich jahrelang mit nichts anderem beschäftigt, wird es letztlich gelingen, den Finger auf den wunden Punkt zu legen. Und der könnte durchaus Palmieri heißen.«

Dennoch, Beweise gegen Francesco Palmieri in der Unfallfrage gab es nicht. Konkrete Hinweise auf einen weiteren Mord ebenfalls nicht.

Patrizia spitzte frustriert ihre Bleistifte.

Sollten sie jetzt einfach hier sitzen und Däumchen drehen, bis man Raffaele Russo eines Tages finden würde, oder auch nicht?

Es klopfte, und noch im selben Moment ging die Tür auf. Bevor Patrizia etwas sagen konnte, hatte sich Cristina schon in den bequemen Besuchersessel an der Wand fallen lassen.

»Ich bin um halb acht mit meinen Lieben verabredet, den Lichterbaum bestaunen und das Feuerwerk angucken.« Sie lachte. »Aber bis dahin bin ich ganz dein. Also, spuck's aus. Was plagt dich, was treibt dich um? Ich seh's dir doch an der Nasenspitze an!«

»Ach, ich dachte nur, was, wenn unser kleines Grüppchen von Schwarzsehern nun recht hat und Raffaele Russo sich tatsächlich an Francesco Palmieri rächen will? Was geschieht, wenn wir ihn nicht rechtzeitig finden? Was meinst du, wie könnten seine nächsten Schritte wohl aussehen?«

»Bis zum 1. November nächsten Jahres wird er jedenfalls nicht warten. Da ist das Risiko viel zu groß, dass wir ihn vorher aufgreifen.«

»Sehe ich auch so. Aber was heißt das? Wie viel Zeit wird er sich geben?«

Cristina griff nach der Mon-Chéri-Schachtel auf dem Beistelltischchen, nahm eine Praline heraus und schob sie sich in den Mund. Dann begann sie laut nachzudenken.

»Also. Nehmen wir mal an, er hatte ursprünglich vor, Palmieri am 1. November nächsten Jahres umzubringen. Nach dem Mord an Ugo Meriani tappten wir alle noch im Dunkeln. Es gab für ihn also keinen Grund zur Eile. Doch dann kommt ihm unverhofft sein eigener Geliebter in die Quere. Alessio Adinolfi beschließt nämlich, im Lichte der neuesten Ereignisse noch einmal sein gesammeltes Pressematerial von vor siebzehn Jahren durchzugehen. Eine Sammlung, von der wir nur das eine Foto kennen. Aber es ist anzunehmen, dass es noch mehr gab. Wahrscheinlich hat Russo das alles nach dem Mord verschwinden lassen, wie auch die Fotos auf dem PC und die E-Mails. Während seiner Durchsicht kommt Adinolfi auch das Foto von Raffaele Russo an Giulios Leichenwagen unter. Er erkennt seinen Freund, zählt zwei und zwei zusammen und konfrontiert ihn. Das ist sein Todesurteil. Aber Russos Pechsträhne geht weiter. Kurze Zeit später trifft er im Krankenhaus zufällig Matteo Muti. Noch ein fataler Zufall. Wieder ein Mord. Die Sache beginnt für ihn aus dem Ruder zu laufen. Die schöne Regelmäßigkeit ist dahin, Unschuldige sterben, die Indizien häufen sich. Er weiß, wenn die Polizei ihn festnimmt, ist es aus mit dem letzten Akt seines Plans. Deshalb beschließt er, sich der drohenden Festnahme zu entziehen. Nicht nur, um seine

Haut zu retten, sondern vor allem, so weit unsere Theorie, um das Herzstück seines Plans nicht aufgeben zu müssen. Und jetzt kommt die Preisfrage: Was würdest *du* tun?«

Patrizia musste nicht lange nachdenken.

»Ich würde so schnell wie möglich handeln. Hauptsache, ich kann meinen Plan noch zu Ende führen, und danach dann die sprichwörtliche Sintflut.«

»Genau! Was allerdings bedeuten würde, dass Russo noch nicht allzu weit weg ist. Er ist irgendwo hier in der Nähe seines letzten Opfers.«

»Aber das kann überall sein«, seufzte Patrizia. »In Salerno, in Kampanien, sogar in Latium. Wir kennen seinen Plan nicht. Wir wissen nicht mal, ob es überhaupt noch einen gibt. Russo kann heute oder morgen oder irgendwann in den nächsten Wochen einfach von irgendwoher wieder auftauchen und Palmieri auf offener Straße erschießen, was weiß ich!«

Cristina nickte nachdenklich.

»Wir müssen Di Leva und Palmieri davon überzeugen, dass Palmieri Polizeischutz braucht. Egal, wie unbesorgt er tut!« Sie schob sich das letzte Mon Chéri aus der Schachtel in den Mund und kaute befriedigt.

»Das war das Letzte«, meinte Patrizia vorwurfsvoll. »Die Schachtel war vorhin noch fast voll!«

»Du kriegst eine neue«, versprach Cristina. »Ich habe einfach so schrecklichen Hunger. Und jetzt sollte ich los, meine Lieben treffen und in irgendeinem Lokal zum Hauptgang schreiten, bevor das Feuerwerk losgeht. Hast du nicht auch eine Verabredung?« Sie grinste hintersinnig.

»Dir kann man auch gar nichts erzählen! Aber wenn es dich interessiert, alles ganz harmlos.«

»Ja klar, vor allem, wenn er, ich zitiere, eine so unglaublich schöne Hündin hat! Als ob du da nein sagen könntest.«

Sie zwinkerte Patrizia zu und stand auf. »Wer weiß, vielleicht laufen wir uns ja später irgendwo in die Arme.«

Eine Geste innigster Umarmung, ein Kussmund und noch ein süffisantes Lächeln, dann blieb Patrizia allein zurück.

War es schon an der Zeit, Gianni Petta abzusagen? Oder sollte sie die Sache für heute Abend wirklich auf sich beruhen lassen und das Fest genießen? Sie setzte sich auf den Sessel, den Cristina eben verlassen hatte, und tippte die winzigen Schokokrümel mit den Fingern auf. Keine Frage, sie hatte einen mindestens ebenso großen Hunger wie ihre Kollegin. Ein Blick auf die Uhr. Es war kurz nach sieben.

Das reicht gerade, um noch mal die Fakten durchzugehen, beschloss sie. Und danach mache ich Feierabend.

Sie holte ihr Notizbuch aus der Schreibtischschublade, setzte sich im Sessel zurück, zog die Füße hoch und winkelte die Beine an. Ihre Oberschenkel als Unterlage benutzend notierte sie:

1. Gaetano Gallo, Architekt, Alter 52,
verschwunden seit dem ~ 31. Oktober 2009.

Darunter:

2. Gigi Spinosa, Polizist, Alter 66,
verschwunden am ~ 31. Oktober 2010,
ermordet aufgefunden im August 2011.
3. Ugo Meriani, Ingenieur, Alter 64,
wahrscheinlich in der Nacht vom 31.10. auf den 1.11.2011
ermordet worden.

Sie kreiste die Jahreszahlen ein: 2009, 2010 und 2011.

So weit nichts Neues. Das System war ihnen seit Langem klar. Aber gab es noch mehr Parallelen? Irgendetwas, das die Morde miteinander verband, abgesehen von der symbolischen Bedeutung der Todesdaten?

Die Art des Todes jedenfalls nicht. Von Gaetano Gallo, dem Mitglied der Kontrollkommission, wussten sie gar nichts. Schlimmer, sie hatten nicht einmal eine Leiche, obwohl mittlerweile niemand mehr daran zweifelte, dass der Architekt Raffaele Russos erstes Opfer gewesen war.

Sie schrieb:

Gaetano Gallo: –

Darunter:

Gigi Spinosa: Todesursache: unklar.
Gefunden: Wasser.
Lunge entnommen. Warum???

Ein Blick auf die Uhr, es war fast halb acht. Patrizia seufzte. Blieb noch Ugo Meriani. Alessio Adinolfi und Matteo Muti waren Zufallsopfer, sie hatten nichts mit dem Unfall zu tun. Es war anzunehmen, dass Russo diese Morde improvisiert hatte.

Also Meriani.

Sie schrieb:

Ugo Meriani: Todesursache: Kopfschuss.
Gefunden: Kopf in der Luft hängend, Largo Campo.
Kein Körper. Abtrennung und Präsentation des Kopfes in der Luft: Warum???

Sie stand auf und ging zu ihrer Schreibtischschublade, um nach etwas Essbarem zu suchen. Wie sollte sie nachdenken, wenn ihr der Magen auf den Füßen hing? Aber da war nichts. Dafür hatte Cristina jetzt das Dessert einer ganzen Woche schon als Antipasto intus. Bei dem Gedanken musste sie lächeln. Kurz nach halb acht. Höchste Zeit, mit der Grübelei aufzuhören. Noch eine halbe Stunde, dann würde sie auf sich hören und sich einen schönen Abend gönnen, sogar schon den zweiten in Folge. Wie gewagt!

Sie ließ sich wieder in den Sessel fallen und überflog ihre Notizen, als ihr Blick an dem Wort »Warum« hängen blieb. Dahinter drei Fragezeichen. Und noch einmal: »Warum???«

Da liegt der Hund begraben, dachte Patrizia. In dieser simplen und zugleich unendlich komplizierten Frage: Warum hatte der Polizist im Wasser keine Lunge mehr? Und warum wurde Meriani der Kopf abgetrennt und baumelte in der Luft? Warum diese ganze Mühe?

Sie kreiste die Worte »Lunge« und »Kopf« ein.

Wie oft hatten sie in den letzten Wochen schon darüber nachgedacht, was der Täter ihnen damit sagen wollte. Simona Sessa hatte es »Tätersprache« genannt und erklärt, dass das, was ihnen so sinnlos vorkam, für den Mörder einen perfekten Sinn ergab.

Patrizia nahm den Bleistift und schrieb zwei weitere Worte dahinter:

Wasser – Luft …

Sie stutzte. Irgendetwas kam ihr bekannt vor. Lunge, Kopf, Wasser, Luft. Wo hatte sie diese Begriffe unlängst schon einmal zusammen gehört? Oder bildete sie sich das nur ein? Nein, natürlich nicht! Der Garten der Minerva, die Lehre der vier Temperamente! Was hatte Gianni Petta gesagt? Es ging um Gleichgewicht. Feuer, Wasser, Luft und Erde. Verschiedene Körperteile und Körpersäfte, verschiedene Pflanzen und Kräuter, die den Ärzten früher geholfen hatten, das innere Gleichgewicht der im Menschen waltenden Kräfte wiederherzustellen.

Plötzlich fühlte Patrizia eine unbezwingbare Heiterkeit in sich aufsteigen. Das war es! Und so einfach! Die Lösung hatte sie die ganze Zeit begleitet. Bei ihrem Gespräch mit Gianni Petta, bei den Besuchen im Garten der Minerva, den Alessio Adinolfi und Raffaele Russo so geliebt hatten. Natürlich, Raffaele Russo mordete, um sein eigenes inneres Gleichgewicht wiederherzustellen. Aber das war es nicht allein. Es ging ihm auch um das soziale Gleichgewicht, das damals durch Korruption und durch das Versagen der zuständigen Instanzen durcheinandergeraten war. Mithilfe der Temperamentenlehre gab er seinem Rachefeldzug einen höheren Sinn. Er verstand sich als Erlöser, als Arzt, der die Gesellschaft von einem Übel befreite.

Russos zerlesene Bände über die Temperamentenlehre und ihre Anwendung in modernen Heilverfahren fielen ihr wieder ein. Wie hatte sie nur so blind sein können? Sie hatte angenommen, dass Russo sich für dieses Thema interessierte, weil er Stammgast im Garten war und ihm die Bücher auch für seine therapeutische Arbeit von Nutzen sein konnten. Therapeutische Arbeit … Ja, dachte sie, vielleicht hast du tatsächlich versucht, deinen Patienten zu helfen. Aber letztlich warst du selbst dein schwierigster Fall. *Du* warst der Patient, den du nie heilen konntest!

Sie versuchte sich wieder auf Russos Symbolsprache zu konzentrieren. Da kam ihr eine Idee und sie griff zum Handy.

Gianni Petta musste ihre Nummer auf dem Display erkannt haben.

»Pronto, Patrizia. Wäre ja auch zu schön gewesen ... Ich wollte gerade los, und da rufst du an, um abzusagen. Aber sei unbesorgt, keine Vorwürfe, haben wir gesagt. Das war der Pakt ...«

»Gianni, hör mal!«, unterbrach sie ihn. »Ich weiß tatsächlich noch nicht, ob wir uns heute Abend sehen können. Tut mir leid. Aber jetzt brauche ich dringend deine Hilfe. Wie war das noch mal mit den vier Temperamenten? Irgendwas mit Lunge und Wasser?«

»O Gesù!«, rief Petta aus. »Ich wusste gar nicht, dass die Polizei jetzt schon mit den Methoden der antiken Naturphilosophie arbeitet. Jedenfalls scheinen es dir die vier Temperamente mächtig angetan zu haben. Na schön, mittlerweile weiß ich es sogar auswendig. Also Lunge und Wasser gehören zusammen. Dann Erde und Milz, Feuer und Gallenblase. Und als Letztes Luft und Leber, es können aber auch Herz oder Kopf sein.«

Patrizia schrieb in Windeseile mit. Dann hatte sie eine spontane Eingebung. »Weißt du auch, welche Heilpflanzen dem Luft-Element zugeordnet werden?«

»Luft? Warte mal. Das wäre warm-feucht. Augenblick ...«

Sie hörte, wie Petta das Telefon ablegte und sich entfernte. Dann war er plötzlich wieder am Apparat. Offenbar blätterte er in einem Buch.

»Ah hier, ich hab's. Warm-feucht. Hm-hm, da wäre die kretische Zistrose, wilder Rucola, Borretsch, Wahrer Bärenklau, der Olivenbaum, die Lampionblume, die ...«

»Kein Akanthus?«, unterbrach Patrizia ihn ungeduldig.

»Akanthus? Warum sagst du nicht gleich, dass dich der besonders interessiert? Den habe ich schon genannt, er ist auch bekannt unter dem Namen Wahrer Bärenklau.«

Patrizia beendete hastig das Gespräch.

Das letzte Puzzlestück hatte seinen Platz eingenommen. Die mysteriösen Blumen. Ob Russos Symbolsprache ihr dabei helfen konnte, sein weiteres Vorgehen zu erahnen?

Lunge und Wasser, Kopf und Luft, die Elemente, die sie zuordnen konnten. Welche blieben ihnen noch übrig? Sie sah auf ihre Notizen. Es waren Erde und Feuer mit den entsprechenden Organen.

Allerdings wussten sie nicht, wie und wo Gaetano Gallo zu Tode gekommen war. War er verbrannt worden? Lag er irgendwo in der Erde verscharrt? Verdammt! Solange sie das nicht wussten, waren die Möglichkeiten endlos. Falls Raffaele Russo überhaupt vorhatte, Francesco Palmieri nach seinem alten Schema umzubringen. Vielleicht war ihm das mittlerweile viel zu riskant. Vielleicht würde er es auf viel simplere Weise über die Bühne bringen, ihn nachts mit einem Kopfkissen ersticken zum Beispiel.

Verdrossen warf Patrizia den Bleistift auf den Beistelltisch.

Die Tätersprache war entziffert, sie lag ganz offen vor ihr. Und sie selbst hatte sie entschlüsselt. Sie konnte stolz auf sich sein. Doch was hatten sie jetzt davon? Letztlich nützte das alles nichts. Es gab einfach zu viele Variablen. Es blieb ihnen nichts anderes übrig, als Raffaele Russo schnellstmöglich zu finden und Francesco Palmieri in der Zwischenzeit so gut wie möglich zu schützen.

Sie legte ihr Notizbuch zur Seite. Der Enthusiasmus, der mit der Entdeckung des letzten Puzzlestücks einhergegangen war, war einer plötzlichen Ernüchterung gewichen, und sie bereute es, Petta am Ende ihres Telefonates abgesagt zu haben. Was konnte sie heute Abend denn noch tun? Gar nichts. Sie sah auf die Uhr. Nein. Für ein Abendessen war es noch nicht zu spät. Und danach das Feuerwerk. Sie warf einen Blick auf die Programmankündigung: Noch zwei Stunden. Eine halbe Ewigkeit.

Patrizia griff nach ihrem Handy. Wer weiß, vielleicht hatte sich Gianni ja mittlerweile schon mit der nächsten Kandidatin zum Feuerwerk verabredet. Sie wählte seine Nummer. Das Freizeichen erklang an ihrem Ohr, aber der Tierarzt schien sein Telefon nicht griffbereit zu haben. Es läutete fünf, sechs, sieben Mal. Dann hob er ab.

»Pronto?«

Doch Patrizia hörte ihn nicht mehr. Sie hatte ihr Handy in den Schoß sinken lassen.

Das Feuerwerk. Feuer. Die Festrede auf dem Balkon. Hatte der Bürgermeister ihnen nicht erzählt, dass er kurz vor dem Spektakel eine Festrede auf dem Balkon des Rathauses halten und anschließend von dort aus dem Brillantfeuerwerk beiwohnen würde?

Petta musste die Verbindung unterbrochen haben. Ein langgezogener Ton kam aus dem Handy. Patrizia suchte eine andere Nummer heraus. Cristina hob schon nach dem dritten Klingeln ab. Seltsamerweise war sie nicht besonders erstaunt, als Patrizia sie bat, das Team so schnell wie möglich zusammenzutrommeln. In spätestens einer halben Stunde sollten sie sich in ihrem Büro treffen.

Sie dachte fieberhaft nach. Was würden die anderen sagen? War sie mal wieder dabei, sich in etwas zu verrennen, nur um etwas zu tun zu haben, während die Fahndungsleute ihre Arbeit taten? Oder plante Raffaele Russo tatsächlich, Francesco Palmieri in aller Öffentlichkeit während des Feuerwerks zu töten? Würde er versuchen, auch seinem letzten Mord dieselbe symbolische Feierlichkeit zu verleihen, auf die er bei den letzten beiden Opfern so großen Wert gelegt hatte? Trotz allem und ungeachtet jeden Risikos? Sie überschlug die Optionen.

Keine Frage, es wäre riskant. Doch Raffaele Russo war intelligent, er war besessen und – wie hatte Alessio Adinolfi es ausgedrückt? – er hatte Stil, einen Sinn für Ästhetik. Das Brillantfeuerwerk wäre zweifellos ein eindrucksvoller Rahmen für ein grandioses Finale. Ein fulminanter letzter Akt.

Patrizia lehnte sich an den Schreibtisch. All diese Argumente waren richtig. Aber sie waren nicht das Wesentliche. Das Wesentliche war, dass der Psychologe nichts mehr zu verlieren hatte. Vor siebzehn Jahren hatte er auf tragische Weise Giulio Fabbri verloren, seine große Liebe. Und nun war auch sein zweiter Geliebter tot. Doch diesmal war es nicht die Schuld eines anderen gewesen. Er selbst hatte seinen Partner Alessio Adinolfi getötet, als dieser ihn zu verraten drohte. Als die Chance auf ein neues Glück unerreichbar geworden war. Sie dachte an das, was er auf die Rückseite des Fotos geschrieben hatte. Das Vermächtnis eines Mörders, aber auch das einer verlorenen Seele:

»Sie können die Bilder haben. Ich brauche sie jetzt nicht mehr.«

Nein, er brauchte sie jetzt nicht mehr. Er hatte es fast geschafft …

*

Eine knappe halbe Stunde später lehnte Patrizia noch immer an ihrem Schreibtisch. Doch sie war nicht mehr allein im Büro. Cristina saß wieder in dem großen Ohrensessel, und auch Simona Sessa, Davide und Lydia hatten sich eingefunden. Die anderen würden so bald wie möglich hinzustoßen.

Sie beratschlagten, was sie tun sollten. Cristina machte den Anfang.

»Wir sollten sofort die Sicherheitskräfte rund um das Rathaus verstärken, und wir müssen Palmieri erreichen. Ihm muss klar werden, dass er auf Polizeischutz nicht verzichten kann. Am besten, er sagt die Rede ganz ab. Soll er sich halt vertreten lassen!«

»Das tut der eingebildete Pfau doch nie!«, rief Patrizia aus. »Sein großer Auftritt vor dem Volke, kurz vor dem Feuerwerk ... Für jeden selbstverliebten Politiker ist das der Höhepunkt des Jahres! Ich bezweifle auch, dass er sich Polizeischutz aufdrängen lässt. Es handelt sich ja nur um einen Verdacht. Wichtiger ist, dass wir uns in Russo hineinversetzen. Was könnte er vorhaben? Wie wird er es tun?«

»Erschießen«, sagte Simona Sessa, ohne zu zögern. »Und wenn deine Theorie hält, dann während des Feuerwerks.«

Cristina und Patrizia sahen sie erstaunt an.

»Wie kannst du dir da so sicher sein?«, fragte Patrizia.

»So sicher bin ich mir gar nicht. Aber würde sich das nicht anbieten? Du hast selbst gesagt, dass Feuer für ihn Symbolkraft hat. Dazu kommt, dass während eines Feuerwerks alle gebannt in den Himmel schauen, ganz zu schweigen von dem Krachen und Knallen. Wahrscheinlich würde außer den unmittelbar neben Palmieri Stehenden anfangs nicht mal einer merken, dass der Bürgermeister erschossen wurde.«

»Du hast recht«, stimmte Davide zu. »Ein gezielter Schuss, und die Sache ist erledigt. Aber von wo aus wird er schießen? Aus der Menschenmenge?«

»Nein«, meinte Patrizia. »Das glaube ich nicht. Damit würde er riskieren, anschließend im Gedränge stecken zu bleiben oder womöglich von Umstehenden überwältigt zu werden!«

»Schon«, sagte Simona Sessa. »Allerdings glaube ich nicht, dass er bei der Wahl seines Standortes an die Flucht denkt. Wenn unsere Annahme stimmt, haben wir es mit einem Täter zu tun, dem die erfolgreiche Ausführung seines Plans über alles geht. Er *will* Palmieri nicht nur töten, er *muss* es tun. Davon hängt für ihn alles ab. Dieses letzte Opfer ist das Herzstück seines Plans. Wenn er sich unter die Menschenmenge mischt, riskiert er, dass Leute sehen, wie er zielt. Das könnte leicht einen Tumult verursachen, der ihn an seiner Tat hindern würde.«

»Und das wird er nicht riskieren«, meinte Patrizia.

»Nein«, sagte Simona Sessa. »Er lebt seit Jahren für das, was er heute Abend vorhat. Alles andere ist diesem Augenblick untergeordnet. Selbst seinen Geliebten Alessio Adinolfi hat er ihm geopfert und das Leben eines weiteren Unschuldigen. Diese Morde lassen sich nur dann rechtfertigen, wenn es ihm heute Abend gelingt, Palmieri zu töten. Dann ist das Spiel aus, und er ist aus seiner selbstauferlegten Pflicht entlassen. Geht jedoch etwas schief und er wird festgenommen, bevor er die Tat erfolgreich ausführen kann, war alles umsonst.«

»Er könnte es von einem umliegenden Gebäude aus versuchen«, meinte Lydia.

»Und ich glaube, ich weiß auch, von welchem!«, platzte Patrizia heraus. »Er wird es von zu Hause aus tun! Von seinem Balkon bis zum Rathaus sind es keine fünfzig Meter, und er selbst hat mir erzählt, dass er die Wohnung erst vor einem Jahr gekauft hat. Er sagte, wartet mal … Er sagte, sie wäre sündhaft teuer gewesen, aber manchmal würde der Zweck eben die Mittel heiligen. Eine Kosten-Nutzen-Rechnung nannte er das. Ich dachte natürlich, er meint mit Nutzen die schöne Wohnung und die tolle Lage. Dabei wollte er Palmieri im Blick haben! Er hat sich sozusagen zu seinem Nachbarn gemacht. Wer weiß, vielleicht sollte seine Wohnung auch im ursprünglichen Showdown eine besondere Rolle spielen.«

»Ich glaube nicht, dass er von seiner Wohnung aus schießen wird«, unterbrach Cristina Patrizias Eifer. »Überlegt mal. Bis vor Kurzem war doch die Spurensicherung noch dort. Und er muss davon ausgehen, dass wir sie auch danach keine Sekunde aus den Augen lassen. Wenn ihm der Erfolg über alles geht, wird er das Risiko nicht eingehen, dorthin zurückzukehren.«

Simona Sessa, Davide und Lydia äußerten auch ein paar Einwände, doch Patrizia kam immer wieder auf Russos Wohnung zurück. Keine Frage, Cristina hatte recht. Trotzdem wurde sie das Gefühl nicht los, dass Raffaele Russo genau das vorhatte, was den anderen so abwegig erschien.

»Ich hab noch einen Vorschlag«, sagte Cristina da. »Patrizia, wir kennen Adinolfis Haus. Täusche ich mich, oder sah man von der Fensterfront aus auch das Rathaus? Außerdem steht es jetzt leer, und Russo hat bestimmt einen Schlüssel.«

»Stimmt«, pflichtete ihr Simona bei. »Dazu kommt, dass wir das Haus nicht bewachen lassen, oder ist mir da was entgangen?«

»Nein, tun wir nicht«, gab Davide zu. »Aber aus einer so großen Entfernung? Das sind doch Luftlinie sicher 300 oder 400 Meter! Dazu braucht man eine spezielle Waffe, und man muss ein formidabler Schütze sein!«

Doch so schnell gab Cristina sich nicht geschlagen.

»Russo war bei der Infanterie, Gebirgsjäger, oder nicht? Antonia hat uns doch heute Mittag seinen Lebenslauf vorgelesen. Bevor er in Bologna Veterinärmedizin studierte, war er beim Militär. Da könnte er das also gelernt haben.«

»Könnte, würde, sollte …«, fauchte Patrizia plötzlich. »Es ist schon fast neun, und wir hängen hier rum und diskutieren Theorien. Davide, Lydia, ihr geht zum Rathaus und rennt Palmieri falls nötig die Tür ein. Ich rufe Leo und Marco an, die sollen euch dort treffen. Simona, du kümmerst dich bitte um Di Leva, auf dich hört er noch am ehesten. Sag ihm, er soll Palmieri den Personenschutz aufzwingen. Außerdem muss das Polizeiaufgebot auf der Piazza Amendola erhöht werden, und wir brauchen ein Team, das zu Adinolfis Wohnung geht.«

Sie holte tief Luft. »Und wir, Cristina, machen uns auf den Weg zu Russos Wohnung.«

Damit war die Diskussion beendet. Cristina sah ihre Kollegin einen Augenblick lang perplex an. Doch wenn sie über Patrizias Entscheidung enttäuscht war, ließ sie es sich jedenfalls nicht anmerken.

*

Minuten später bahnten Cristina, Patrizia und drei weitere Beamte sich einen Weg durch die Menschenmenge zu Raffaele Russos Wohnung. Unzählige Menschen waren jetzt um kurz nach neun in Richtung Rathaus unterwegs, und Patrizias Team lief gegen den Strom.

Die Bars und Cafés am Straßenrand vor Russos Haus konnten sich über fehlende Besucher ebenfalls nicht beklagen. Trotz der Kälte waren selbst die Außentische bis auf den letzten Platz belegt. Überall duftete es nach gutem Essen. Salerno war in Feierstimmung. Doch Patrizia war jenseits des Hungers angelangt. Die Gerüche, das warme Licht der Lokale, die flackernden Gasfackeln, die fröhlichen Menschen. Sie nahm alles wie in einer Art Trance wahr.

Endlich hatten sie das Haus erreicht und standen vor dem Aufzug. Im Treppenhaus war es so kalt, dass sie ihren Atem vor dem Mund sehen konnten. Cristinas Gesicht war vor Kälte und Anstrengung gerötet. Von oben hörten sie das Rattern des alten gusseisernen Aufzugs. Als er sich öffnete, war Cristina die Erste, die einstig.

»Was ist?«, fragte sie, als Patrizia vor der Tür stehen blieb. Patrizia blickte nach rechts und nach links, ohne zu antworten. Sie war unentschlossen. Einer der Polizisten stellte seinen Fuß auf die Schwelle, um die Tür am Zufallen zu hindern. Trotzdem machte sie ständig neue Anläufe, sich zu schließen.

»Patrizia, was ist denn jetzt?«, fragte Cristina ungeduldig.

»Er ist nicht hier«, sagte Patrizia leise. »Du hattest recht, und ich war nur eine besserwisserische Idiotin.«

Sie wandte sich an die Polizisten.

»Warten Sie hier unten. Wir schicken Ihnen Verstärkung. Sobald die eintrifft, gehen Sie rein.«

Dann wandte sie sich um.

»Jetzt, wo wir schon mal hier sind?«, protestierte Cristina.

Doch Patrizia schüttelte nur den Kopf.

Cristina trat aus dem Aufzug, nickte den beiden verblüfften Uniformierten knapp zu und holte Patrizia ein, die schon wieder auf der Straße stand.

»Manchmal bist du einfach unerträglich«, murmelte sie genau so laut, dass ihre Kollegin es hören musste. Doch ihre Lippen umspielte ein zufriedenes Lächeln.

Eine Viertelstunde später kamen sie vor Alessio Adinolfis Haus an. Die drei Beamten, die schon dorthin beordert worden waren, hatten diskret an einer Ecke zwei Straßen weiter vorne auf sie gewartet. Kurz darauf betraten sie gemeinsam das Haus. Patrizia sah auf die Uhr. Es war halb zehn. In diesem Moment begann der Bürgermeister unten auf dem Platz mit seiner Rede. Davide hatte ihnen mitgeteilt, dass es ihnen wie erwartet nicht gelungen war, ihn davon abzubringen. Allerdings hatte Di Leva bewirkt, dass sich ein paar Polizisten diskret im Hintergrund hielten, um so von oben ein Auge auf die Menge zu haben. Auch das Polizeiaufgebot rund um die Piazza Amendola war massiv verstärkt worden.

Sie erreichten Adinolfis Wohnungstür. Von drinnen war kein Laut zu hören, und auch in der Straße war es ganz still. Die meisten Bewohner der oberen Altstadt waren ebenfalls beim großen Event.

Patrizia und ihr Team brachten sich in Position. Die Tür krachte ohrenbetäubend, als einer der Beamten ihr einen gezielten Tritt versetzte. Patrizia hatte sich bewusst für diese Wildwestmethode entschieden, obwohl sie den Schlüssel in der Tasche hatte. Ihrer Erfahrung nach führte der Lärm einer eingetretenen Tür bei den Menschen drinnen zu einem Moment der Starre und der Desorientierung, den es auszunutzen galt. Als die Tür mit einem weiteren lauten Knall gegen die Wand schlug, war alles nur noch eine Frage von Sekunden: Der Flur, das Gästebad. Sie teilten sich auf. Ein Licht nach dem anderen ging an, bis sämtliche Privat- und Praxisräume hell erleuchtet waren. Schließlich standen sie alle wieder in Adinolfis Sprechzimmer vor der großen Fensterfront. Niemand sprach, doch ihre Blicke sagten alles.

Der erste Beamte schüttelte den Kopf, dann der zweite, dann der dritte. Cristina zuckte nur mit den Schultern. Sie hatten sämtliche Räume überprüft. Die Wohnung war leer, und es gab keine Hinweise darauf, dass Raffaele Russo vor Kurzem hier gewesen war.

Patrizia lehnte sich an die Wand und legte ihren Kopf zurück. Am liebsten hätte sie die Waffe aus der Hand fallen lassen.

»Was bedeutet das?«, hörte sie Cristinas Stimme nach einer Zeit, die ihr wie eine halbe Ewigkeit vorkam. »Wo liegt unser Fehler? Ist es der falsche Ort? Wo kann er sonst noch sein?«

Patrizia antwortete nicht. Stattdessen stieß sie ein paar Mal mit ihrem Hinterkopf gegen die Wand, den Blick starr nach vorn gerichtet. Schließlich sagte sie:

»Nenn die Dinge lieber beim Namen. Wahrscheinlich hast du einfach eine Kollegin mit zu viel Fantasie. Wer weiß, vielleicht sitzt Russo längst auf irgendeinem Kahn nach Südamerika.«

Schweigen.

Erst als ihre Kollegin auch nach einer Weile noch nicht geantwortet hatte, sah Patrizia zu ihr hinüber.

Cristina fixierte eine alte Schwarz-Weiß-Fotografie, die ein Stück von Patrizia entfernt an der Wand hing.

»Hey, Patrizia ...« Cristina ging noch näher an das Bild heran. »Das gibt's doch gar nicht! Patrizia, verdammt, komm her, jetzt mach schon!«

Patrizia eilte zu ihrer Kollegin und sah ihr über die Schulter.

»Was zum Teufel ...?«

»Jetzt guck doch mal richtig hin! Ein altes Foto, okay, schwarz-weiß. Damals sah die Terrasse noch etwas anders aus. Aber erkennst du die Fliesen an der Mauer nicht wieder? Die aus Vietri-Keramik?«

Patrizia kniff die Augen zusammen.

»Die Fliesen? Doch, natürlich. Das ist die Balustrade vom Giardino della Minerva. Na und?«

»Mensch, Patrizia, stehst du denn jetzt völlig auf dem Schlauch?«

Cristina zeigte auf das Bild, das der unbekannte Fotograf vor Jahrzehnten von der Terrasse des Gartens aus aufgenommen hatte. Patrizia folgte ihrem Finger über die Dächer der unteren Altstadt, bis er auf einem Gebäude liegen blieb, das er halb verdeckte. Sichtbar blieben nur das Dach und genau über ihrer Fingerkuppe der charakteristische, breitgeschwungene Balkon.

Es war das Rathaus.

*

Mit dir, Giulio, war ich nie hier. Damals kannte ich diesen Garten noch gar nicht. Erst Alessio hat ihn mir gezeigt ...

Alessio. Wie fremd mir der Name jetzt ist. Und Giulia? Ja, es gab diesen Namen, damals, als es mich noch gab, und uns. Giulio und Giulia. Aber der, der ich damals war, ist mir entglitten. Genau wie der Name, genau wie du. Nur das, das wird mir nicht entgleiten.

Er wird mir nicht entkommen, der da unten auf dem Balkon. Wie dunkel der Garten ist. Ich war oft im Dunkeln hier, aber so dunkel wie heute war es selten. Das liegt an den Fenstern der Häuser. Auch sie sind dunkel.

Sie sind alle dort unten. Nur ich bin hier. Allein. Am Ende ist man immer allein. Ist es nicht so? Auch du warst allein am Ende, Giulio. Ich stand neben dir, und doch war ich nicht bei dir. Ich habe nichts begriffen. Du warst allein im Tod, ganz allein. Der Tag war so schön heute, so sonnig. Wie damals vor siebzehn Jahren. Nur etwas kälter. Aber mir ist nicht kalt, denn du bist wieder da. Du bist bei mir, jetzt, so wie ich bei dir hätte sein sollen. Du hast mir verziehen.

»Komm schon, lass uns ein Gläschen trinken, bevor die Oper losgeht. Ein Gläschen Sekt.«

»Ach, Giulio, der ist doch viel zu teuer hier. Lass uns in eine Bar gehen.«

»Giulia, sei kein Spielverderber. Im Café verpassen wir doch die ganze schöne Atmosphäre. Lass uns einfach mal Snobs sein.«

»Das sagst gerade du, du Sparstrumpf!«

Ein Schluck aus meiner Wasserflasche. So … Warum dieser trockene Mund? Nur ein bisschen Wasser, dann wird es gleich besser. Jetzt das Gewehr auflegen. Die Halterung auf der Mauer sitzt noch nicht richtig. Ruhig, ganz ruhig. Ich habe Zeit.

»Ich habe den Fotoapparat dabei. Komm, Giulia, lass uns jemanden bitten, ein Foto von uns zu machen. Was ist, fragst du, oder soll ich?«

»Hierher, Giulio, da drüben stehen wir im Gegenlicht. Okay. Hier ist es gut.«

»Mensch, guck doch in die Kamera, du Yogi.«

»Ti amo.«

»Mensch, Giu, kannst du nicht einmal ernst sein? Jetzt hast du gar nicht in die Kamera geguckt.«

»Ich wollte dich ansehen.«

»Ja klar! Könnten Sie vielleicht noch eins machen?«

Der Rathausbalkon ist hell erleuchtet. Angestrahlt von allen Seiten, so wie Merianis Kopf am Palazzo Genovese. Halt, da ist Staub auf der Nachtsichtlinse! Einen Augenblick. So, jetzt kann ich ihn besser sehen, den großen Palmieri. So viele Leute. Und er über allen, ganz wie er es liebt. Alle warten auf das Feuerwerk. Genau wie ich.

»Wenn das Bild was wird, hänge ich es in meinem Zimmer übers Bett, und darunter schreibe ich unsere Namen. Giulio und Giulia.«

»Deine Mutter wird der Schlag treffen!«

»Sie wird's überleben. Irgendwann muss sie es ja mal erfahren. Weißt du eigentlich, wie glücklich ich bin?«

Ich muss die Entfernung einstellen. Eine reine Konzentrationsfrage. Ich war immer ein guter Schütze, der beste damals. Knapp 350 Meter Luftlinie. Ich schieße von oben nach unten, da muss man die Schwerkraft berücksichtigen. Das war für viele zu hoch. Stümper ohne Ehrgeiz.

»Was für ein Andrang! Guck mal, Giu, da drüben fotografiert die Presse gerade den Palmieri. Wie der sich in der Aufmerksamkeit sonnt!«

»Palmieri? Ach so, der Assessore! Na jetzt hat er es ja geschafft. Der war in den letzten Wochen ganz schön unter Druck, als es so aussah, als müsste der Eröffnungstermin wieder verschoben werden.«

Ich sehe zwei Polizisten. Sie stehen hinter dem Bürgermeister, ganz diskret. Brava, Commissaria! Aber ich kenne sie. Ich habe sie schon oft aus der Questura kommen sehen. Und dir, Palmieri, wird es nichts nützen. Wie lange du redest … Ich muss die Einstellung ändern. Warte. Gut so. Jetzt sehe ich jede deiner Mundbewegungen. Ein Stummfilm. Ich bin hier oben, du da unten. Zwei Wirklichkeiten, aber nicht mehr lange. Bald wird etwas von hier oben dich dort unten erreichen, und dann werden unsere Wirklichkeiten miteinander verschmelzen. Ahnst du, dass ich dir in die Augen schaue, eben jetzt?

»Wir sollten in den Saal gehen, Giulio, was meinst du?«

»Lass mich noch den letzten Schluck in Ruhe austrinken.«

»Ich hole uns schon mal ein Libretto. Bin gleich wieder da.«

Jetzt ist es bald so weit. Schon fünf vor zehn, und er redet noch immer. Politiker. Sie reden und reden und reden. Aber sie tun nicht viel. Trotzdem machen sie Fehler. Und für Fehler muss man bezahlen. Nur so kann alles wieder gut werden. Du wirst sehen, Giulio. Alles wird wieder gut. Ich werde es wiedergutmachen.

»Du hattest recht, wir hätten früher reingehen sollen. Die meisten sitzen schon.«

»Was für ein Raum! Die neue Akustik soll ein Traum sein.«

Mein Finger am Abzug. Er redet langsamer, endlich. Er kommt zum Schluss. Es ist kalt. Mein Nacken schmerzt. Aber es ist alles, wie es sein soll. Jedes Detail habe ich schon hundert Mal geträumt. Selbst die Nackenschmerzen. Wie lange es wohl noch dauern wird, bis sie das Feuerwerk zünden? Die Waffe ist entsichert. Ich bin bereit. Nein, keine Ungeduld. Nicht jetzt. Es soll schön werden. Das Feuerwerk wird um die zehn Minuten dauern. Schade, dass es keine musika-

lische Untermalung gibt. Das wäre wunderbar gewesen. So wie damals. Im Theater.

»Eigentlich finde ich das Stimmen der Instrumente genauso schön wie das Konzert.«

»Im Ernst?«

»Ja, ehrlich. Ich finde, jemand sollte mal eine Symphonie schreiben aus Instrumenten, die gestimmt werden. Oh, jetzt wird es dunkel. Gib mir deine Hand. Weißt du, dass deine Hand mein Zuhause ist?«

Jeder Abzug hat seinen eigenen Charakter. Manche drücken sich leichter, manche schwerer. Aber für jeden kommt irgendwann der Augenblick, dieser ganz spezielle Moment, der das Noch vom Nichtmehr trennt. Ich liebe diesen Augenblick. Das Wissen, dass man den Abzug bis zu einem bestimmten Punkt durchdrücken kann, ohne dass etwas geschieht. Aber nur einen Millimeterbruchteil weiter … Ich hatte immer ein Gefühl für diesen Punkt, nach dem es kein Zurück mehr gibt. Er wird keine Schmerzen haben. Das ist bedauerlich, aber es lässt sich nicht ändern. Trotzdem habe ich Glück. Das Feuerwerk ist ein Geschenk. Ein Geschenk an dich, Giulio. An dich und mich. Ich werde warten, bis es besonders schön ist. Es geht langsam los, dann kommt die Steigerung. Ganz zum Schluss die weißen Blumen. Die sind mir die liebsten. Und wenn sie kommen, wird mein Finger den Punkt überschreiten.

»Giulio, es geht los.«

»Hey, du drückst mir fast die Hand ab! Wer hätte gedacht, dass du so sentimental sein kannst?«

So sentimental, jetzt, vor dem Moment, auf den ich so lange gewartet habe. Palmieri hat die Hände gefaltet. Jetzt kommen die ersten Kracher. Rot, grün, blau. Ganz nett, aber noch nichts Besonderes.

Das Geschrei … Was ist los? Giulio? Wo bist du? Was ist das? Blut? Nein, ich weine nur. Ich muss mir die Tränen abwischen. Sie sind rot. Warum? Und warum stehen wir alle? Wir sind doch in der Oper. Hatte die Vorstellung nicht schon angefangen? Aber wo ist die Musik? Ich höre keine Musik! Nur Menschen, die schreien. Ihre verzerrten Gesichter. Was wollen sie?

Es kracht immer lauter. Da, die ersten weißen! So schön! Mein Finger am Abzug, langsam, nichts übereilen. Noch habe ich Zeit.

Giulio, jemand zerrt an mir. Reißt mich weg! Was soll das? Ich will nicht weg. Gleich geht die Vorstellung weiter … Giulio?

Kann das sein? Eine Stimme, die ich kenne. Woher? Ich habe sie vor Kurzem erst gehört. Sie schreit auch. Was sagt sie? Ich will mich konzentrieren. Der Finger, ganz ruhig. Ich darf mich nicht ablenken lassen. Aber die Stimme schreit weiter. Wieder und wieder. Warum lässt sie mich nicht in Ruhe? Was will sie? Sie gehört nicht hierher. Ich will sie nicht hören!

Giulio, wo bist du bloß? Komm, lass uns gehen. Die Vorstellung findet nicht mehr statt. Alle anderen verlassen schon den Saal. Sie wollen, dass ich nach draußen gehe. Sie zerren an mir, aber ich will nicht. Nicht ohne dich. Niemals, Giulio, hörst du mich? Warum hörst du mich nicht?

»Hände weg vom Gewehr, oder ich schieße!«

Patrizia brüllte es noch ein viertes Mal.

Raffaele Russo kauerte ein paar Meter von ihnen entfernt vor der Mauer der Gartenterrasse. Vor ihm die Zielfeuerwaffe. Eine gekrümmte, reglose Gestalt im Profil, die sie nicht wahrzunehmen schien. Konnte es sein, dass er sie gar nicht hörte?

Patrizia richtete die Pistole auf seine linke Schulter und legte den Finger an den Abzug, als sie eine Bewegung wahrnahm. Erst nur vage, dann deutlicher. Sein Kopf drehte sich in ihre Richtung, unendlich langsam.

»Hände hoch! Stehen Sie auf und entfernen Sie sich langsam von der Waffe!«, hörte sie Cristina brüllen.

Jetzt hatte Raffaele Russo ihnen sein Gesicht voll zugewandt. Doch er schien durch sie hindurchzusehen auf etwas, das hinter ihnen lag. Weit, sehr weit hinter ihnen. Sekunden verstrichen, am Himmel explodierten weiße Sterne, formten Blumen, wundersame Ornamente, und lösten sich dann langsam auf. Wieder und immer wieder.

Und dann mit einem Mal nichts mehr. Unwirklich und unerwartet. Eine leere, beunruhigende Stille. Eine noch dichtere Dunkelheit, unterbrochen nur von den scharfen Strahlen der Taschenlampen. Mehrere Sekunden vergingen, bis Patrizia begriff, was passiert war. Das Feuerwerk war zu Ende. Raffaele Russo kauerte noch immer am Boden, den Blick auf einen fernen Punkt hinter ihnen gerichtet.

Cristina und Patrizia näherten sich ihm, die Waffen im Anschlag.

Später wusste Patrizia nicht mehr, was sie eigentlich erwartet hatte. Dass er Widerstand leisten würde? Flucht? Einen Selbstmordversuch? Es war erstaunlich leicht gewesen. Einer der Beamten hatte ihn am Arm hochgezogen und ihm Handschellen angelegt. Er hatte sich nicht gewehrt. Auch auf Ansprache hatte er nicht reagiert. Ein glasiger Blick, der nicht sie, sondern etwas anderes vor sich zu sehen schien. Eine andere Wirklichkeit.

Erst als sie sich zum Gehen anschickten, war ein Wort über seine Lippen gekommen.

»Scusa.«

Patrizia hatte erst geglaubt, nicht richtig gehört zu haben. Doch dann hatte Russo wieder gesprochen.

»Scusa. Aber wir müssen jetzt wirklich gehen. Siehst du denn nicht? Die Vorstellung findet heute nicht mehr statt …«

20

Der Tag, der auf die Festnahme folgte, war ein Sonntag, und obwohl Patrizias Gedanken immer wieder zu Raffaele Russo zurückgekehrt waren, hatte sie doch zum ersten Mal seit Wochen wieder Ruhe gefunden. Sie hatte ausgeschlafen, spät und lange gefrühstückt, Wäsche gewaschen, gelesen und ferngesehen.

Am Montag danach war das Team gut gelaunt und erholt wieder zusammengekommen. Nicht, wie in den vergangenen Wochen, zu nachtschlafender Zeit, sondern erst um neun Uhr.

Leider gab es sowohl an diesem wie an den folgenden Tagen keine positiven Neuigkeiten aus der forensischen Psychiatrie, in die Raffaele Russo nach seiner Festnahme eingeliefert worden war. Er war noch immer nicht aus seiner Parallelwelt aufgetaucht. Er wirkte apathisch, reagierte nicht auf Ansprache, beantwortete keine Fragen, und wann immer er sprach, schien er sich an eine imaginäre Person zu wenden.

Alle im Team wussten, wer das war.

Dass die Aufarbeitung des Falls dennoch mit Siebenmeilenstiefeln voranschritt, verdankten sie einer höchst originellen Quelle: Cristinas kleiner Tochter Francesca.

Da Cristinas Schwiegermutter wieder abgereist war, Francesca aber wegen einer Erkältung nicht in die Schule konnte, hatte Cristina sie am Dienstagmorgen kurzerhand mit in die Questura gebracht. Nun saß sie am Schreibtisch ihrer Mutter, aß Kekse und beklagte sich.

»Mama, das Malbuch ist langweilig …«

»Tut mir leid, Chicca, aber was anderes haben wir nicht.«

»Kann ich am Computer spielen?«

»Hier nicht. Die sind nur für uns da. Und krümle mir bitte nicht den ganzen Tisch voll.«

»Und dein Handy?«

»Chiccaaa!«

»Du bist gemein …!« Chicca gab auf.

Eine halbe Stunde später mussten Cristina und Patrizia kurz weg.

Pietro Di Leva, der Kinder liebte und große Stücke auf seine erzieherischen Fähigkeiten hielt, nahm sich der Sache an. Er versuchte es zunächst mit Konversation, doch Chicca war noch immer in ungnädiger Stimmung und wollte nicht über die Schule reden. Um wenigstens einen kleinen Erfolg vorweisen zu können, versprach er ihr, dass sie nur noch ein Stündchen malen müsste, danach würde er sie mit seinem Smartphone spielen lassen.

Chicca machte sich hocherfreut an die Arbeit, während Pietro Di Leva sich befriedigt an Patrizias Computer niederließ. Die Verbindungstür zwischen den Büros ließ er offen.

Eine halbe Stunde verging, dann eine ganze. Chicca malte noch immer hingebungsvoll. Dass ihr mittlerweile das Smartphone zustand, schien sie völlig vergessen zu haben. Pietro Di Leva war sehr zufrieden mit sich. Man musste die Kinder nur richtig zu nehmen wissen, aber das schien den jungen Eltern von heute offensichtlich schwerzufallen.

Als Patrizia und Cristina zurückkamen, wurden sie von beiden freudestrahlend begrüßt. Di Leva lobte Chiccas Arbeitseifer und wollte eben berichten, wie diplomatisch er das Problem gelöst hatte, als Chicca ihrer Mutter einen ganzen Stapel selbstbemalter Blätter hinhielt.

»Guck mal, Mama! Aus deinen Büchern. Und du hast gesagt, es ist nichts anderes da …!«

Cristina nahm die Bilder in die Hand, sah die aufgeschlagenen Bücher auf ihrem Schreibtisch und warf Pietro Di Leva einen bedeutungsschwangeren Blick zu.

Francesca hatte mindestens zehn Seiten mit den bunten Diagrammen und kreisförmigen Schaubildern der Temperamentenlehre gefüllt, die sie aus Raffaele Russos Büchern abgemalt hatte. Beweismaterial, das bislang noch ungesichtet auf Cristinas Schreibtisch lag.

Pietro Di Levas Gesicht verfärbte sich. Vielleicht hätte er doch ab und zu mal nachsehen sollen, mit was genau Chicca sich über eine Stunde so still beschäftigt hatte.

»Das ist ja ganz wunderbar«, brummte er. »Aber was lasst ihr das Zeug auch so offen herumliegen? Da könnte ja jeder hier reinspazieren und sich was mitnehmen. Zustände sind das in diesem Haus …«

Weiter kam er nicht, weil Patrizia ihrer Kollegin plötzlich eine der Zeichnungen unter die Nase hielt.

»Cristina, sieh mal … Selbst die Beschriftung der Abbildungen hat Chicca auf den Punkt genau wiedergegeben und dabei sogar die alten Schriftarten der mittelalterlichen Diagramme nachgeahmt. Aber hier«, sie deutete auf eines der Schaubilder, »hier ist etwas Seltsames.«

Cristina beugte sich über die Seite, aber es fiel ihr nichts auf. Das kreisförmige, in vier Sektionen unterteilte und bunt bemalte Schaubild schien sich auf den ersten Blick in nichts von den anderen zu unterscheiden.

Und doch war da eine Kleinigkeit. Pietro Di Leva, der Cristina das Blatt aus der Hand genommen hatte, begriff es zuerst.

»Hm-hm, da sind zwei verschiedene Schriftarten. Die eine scheint eher eine moderne Erwachsenenschrift zu sein. Als wäre dem Originaldiagramm etwas hinzugefügt worden. Kann das sein? Ich glaube da steht Meriani.«

Patrizia griff nach den Büchern. Wenige Minuten später hatten sie mit Francescas Hilfe das Buch gefunden, aus dem sie das Diagramm abgemalt hatte. Tatsächlich. Hier hatte Russo einige Wörter und Zahlen hinzugefügt. In der mit »Aria / Luft« gekennzeichneten Sektion stand der Name »Ugo Meriani«, das Datum seines Todes und zwei Ziffern. Waren das Längen- und Breitengrad? Die gleichen Informationen fanden sich in den Sektionen »Aqua / Wasser«, »Terra / Erde« und »Ignis / Feuer«. Die Namen Spinosa, Gallo und Palmieri waren deutlich lesbar. Da die Eintragungen mit verschiedenen Stiften geschrieben worden waren, konnten sie annehmen, dass Russo jede Tat einzeln geplant und die relevanten Daten nach und nach in das Diagramm eingetragen hatte.

Kurz darauf bestätigte sich ihr Verdacht. Die Ziffern unter den Namen waren tatsächlich Positionsangaben. Sie stimmten mit der Molo Manfredi, dem Palazzo Genovese und dem Balkon des Rathauses überein.

Atemlos verfolgte das inzwischen vollständig versammelte Team die Eingabe der letzten Ziffernfolge am Computerbildschirm mit. Sie wussten alle, was sie dort finden würden: die Gewissheit, dass auch der Architekt Gaetano Gallo tot war.

Terra. Erde.

Die Positionsangabe bezeichnete sein Grab.

Ungeduldig warteten sie darauf, dass die eingegebenen Koordinaten auf dem Bildschirm erscheinen würden. Dann leuchtete er plötzlich auf. Ein kleiner, rot blinkender Punkt auf einer grünen Fläche – nicht besonders groß und umgeben von Stadtgebiet. Keinen halben Kilometer Luftlinie von der Questura entfernt.

Die Erkenntnis traf Patrizia wie ein Schlag. Ein grüner

Fleck. Rechteckig und langgezogen. Sie sah den Ort vor ihrem inneren Auge. Die steilen, terrassenförmig angelegten Beete. Das Café mit Blick über den Golf von Salerno.

Es war der Giardino della Minerva.

Patrizia hatte so ziemlich mit allem gerechnet.

Mit der Amalfiküste, dem Waldgebiet um die Arecchi-Burg, den Kastanienwäldern über Ogliara … alles, was fern und verlassen war. Doch nicht damit. Nicht mit dem Garten, in dem sie so oft gesessen und Tee getrunken hatte. In dem eben jetzt, in diesem Moment, andere Menschen saßen, Touristen vielleicht, und es sich gut gehen ließen.

Die Aufregung war groß.

Cristina sprach wieder einmal als Erste aus, was die meisten dachten: Wie war das möglich? Wie konnte Russo in einem öffentlichen Garten ein Grab geschaufelt haben, ohne dass es jemandem aufgefallen war?

»Antonia«, meinte Davide schließlich. »Ruf im Giardino della Minerva an und sprich mit Montesano. Lass dir die Nummer des Gärtners geben, der vor zwei Jahren dort angestellt war. Irgendetwas müssen die doch gemerkt haben!«

Das Telefonat dauerte nur Minuten. Die Nummer des Gärtners einzuholen war nicht nötig gewesen. Was Antonia herausgefunden hatte, erklärte alles. Der Garten der Minerva war vor zwei Jahren neu angelegt worden. Man hatte ihn ab Mitte Oktober für die Öffentlichkeit geschlossen. Dann hatten die Arbeiten begonnen. Fast alle Beete waren umgegraben worden, man hatte das Bewässerungssystem erneuert und alles neu bepflanzt. Erst Anfang Januar des darauffolgenden Jahres war der Garten wiedereröffnet worden. Auf Antonias Nachforschungen hin hatte Montesano außerdem zerknirscht zugegeben, dass ihm in den ersten Wochen der Arbeiten der Zweitschlüssel zum Garten abhandengekommen war. Dass er nicht mehr am Haken neben der Kasse hing, hatte er schon kurz vor der offiziellen Schließung des Gartens bemerkt. Ein paar Wochen später war er dann aber in einer Schublade wiederaufgetaucht. Montesano hatte angenommen, ihn selbst verlegt zu haben, und sich nichts weiter dabei gedacht.

Patrizia ließ sich schwer auf einen Schreibtischstuhl fallen.

»Ich fasse es nicht!«, sagte sie. »Russo wusste von den Arbeiten und hat das Chaos und die ohnehin schon umgegrabenen Gartenterrassen eiskalt für seine Zwecke genutzt.«

»Ich weiß gar nicht, was dich daran so erstaunt«, meinte Cristina. »Wenn ihr mich fragt, passt der Ort doch perfekt zu dem Bild, das wir von ihm haben. Risikobereit bis zum Leichtsinn, dabei in höchstem Maße organisiert und alles bis ins kleinste Detail durchdacht und präzise geplant. Und zwar nicht nur was die Ausführung anbelangt, sondern auch das Konzept, das hinter den Morden steht. Wasser, Luft, Erde, Feuer. Und jedes Mal ein ganz besonderer Ort, an dem die Leiche abgelegt wurde. Um Merianis Kopf rieselten Schneeflocken aus Licht. Gallo wurde im Giardino della Minerva vergraben, einem Ort, der unmittelbar mit der Temperamentenlehre verbunden ist. Kein Zweifel, die Bedeutung und Ästhetik der Orte waren ihm immer wichtiger als das mit ihnen verbundene Risiko.«

»So ist es«, mischte sich jetzt Simona Sessa ein. »Und wenn ich nicht ganz falschliege, hatte er bei seiner Wahl auch noch etwas anderes im Blick. Schaut mal.«

Sie zeigte auf die drei roten Punkte für den Palazzo Genovese, die Molo Manfredi und den Giardino della Minerva.

»Na, fällt euch nichts auf?«

Alle näherten sich dem Bildschirm. Dann lachte Gabriella Molinari plötzlich laut auf. Als sie in die verdutzen Gesichter der anderen sah, zeigte sie mit dem Finger auf einen weiteren, nicht markierten Punkt auf der Karte. Es war das Teatro Verdi. Simona Sessa nickte ihr zu. Jetzt hatten auch die anderen es begriffen. Die ersten drei Leichenfunde waren strahlenförmig um den Punkt angeordnet, an dem alles seinen Ausgang genommen hatte, der zum Dreh- und Angelpunkt der Morde geworden war: das Teatro Verdi.

»Und warum der Rathausbalkon nicht ins Bild passt, das wissen wir ja«, meinte Patrizia. »Der Mord wäre wahrscheinlich ganz anders durchgeführt worden, wenn Russo nicht spontan seinen Plan geändert hätte. Erst durch die kurzfristige Improvisation wurde der Balkon zum potenziellen Tatort. Das Element Feuer wäre ihm zwar erhalten geblieben, nicht aber der angemessene Ort auf der Landkarte.«

Einen Augenblick herrschte Stille. Es war ein fast ehrfürchtiges Schweigen.

Dann kehrten alle in die Realität zurück. Sie mussten die Bergung der Leiche im Garten organisieren.

Weder die Stadt noch Giuseppe Montesano waren besonders erfreut über die Neuigkeiten. Sie befürchteten, dass die Bergung der Leiche, falls es denn wirklich eine Leiche im Garten gab, sämtliche Beete zerstören würde.

Doch auch sie hatten die Rechnung ohne Raffaele Russo gemacht. Aufgrund seiner exakten geografischen Angaben war nur ein einziger Versuch nötig, um Gaetano Gallos Überreste zu finden. Das Beet, das sie umgraben mussten, befand sich auf der höchsten Terrassenstufe. Ein Grab mit Aussicht, wie Davide trocken kommentierte. Es war ausgesprochen tief. Russo hatte zurecht befürchtet, dass die Arbeiten im Garten sowie die Neubepflanzung der Terrassen die Leiche wieder zutage befördern würden. Dennoch hatte er der Versuchung nicht widerstehen können.

Der alte Montesano und zwei weitere städtische Angestellte waren bei der Bergung der Leiche anwesend. Fassungslos verfolgten sie jeden Spatenstich. Erst am Abend war alles vorbei. Gallos Körper hatte sich in den zwei Jahren unter der Erde fast vollständig zersetzt, bis auf das Skelett. Gabriella Molinari erklärte allen, die es hören wollten, dass die sandige, lockere Erde des Gartens und die Tatsache, dass die Leiche auf der obersten Terrassenstufe vergraben worden war, den Verwesungsprozess begünstigt hatten, da der Boden viel Sauerstoff enthielt und das Wasser gut absickern konnte.

»Ein idealer Ort also, um eine Leiche loszuwerden«, unkte Bob Kingfisher. »Nur für den Fall, dass mein Keller mal voll sein sollte …«

Und zum ersten Mal seit ihrer Ankunft im Garten mussten sie alle lachen. Sogar der alte Montesano und die beiden städtischen Angestellten fielen mit ein.

Am Ende waren sie müde, aber aufgekratzt in einen Pub in der Nähe der Questura eingefallen. Niemand fehlte. Alle wollten dabei sein, wenn man auf die fast vollständige Aufklärung des Falls anstieß. Natürlich, Raffaele Russo war schon seit Tagen gefasst, doch erst jetzt, wo sie auch über Gaetano Gallos Schicksal Gewissheit hatten, konnten sie den Fall als gelöst betrachten. Die Stimmung war entsprechend heiter, trotz des unschönen Leichenfundes.

Der Rest der Woche war damit vergangen, die neuen Puzzlestücke ins Gesamtbild zu integrieren.

Nur eines fehlte ihnen jetzt noch: die Tatorte, an denen Raffaele Russo seine Opfer getötet hatte, und der Rest von Merianis Körper. Was diese offenen Fragen anging, hofften sie auf Russos Kooperation, sobald er wieder ansprechbar sein würde.

Sehr zu Patrizias und Cristinas Ärger war ihnen auch der persönliche Dank des Bürgermeisters nicht erspart geblieben. Sie hatten sich zurückgehalten und gute Miene zum bösen Spiel gemacht. Doch insgeheim ärgerten sie sich, dass dem Fall Palmieri, wie sie es nannten, wohl nichts mehr hinzuzufügen war. Dass tatsächlich noch irgendwann ein Belastungszeuge auftauchen und gegen ihn aussagen würde, war unwahrscheinlich. So hatten sie Palmieris Lobrede über sich ergehen lassen, obwohl sie weiterhin davon überzeugt waren, dass er es war, der siebzehn Jahre zuvor die Freigabe des Theaters veranlasst und damit indirekt den Tod mehrerer Menschen verschuldet hatte.

Aber die Kommissarinnen wussten auch, dass nur wenige Menschen ihre Überzeugung diesbezüglich teilten.

*

Gegen Ende der Woche hatte Patrizias Müdigkeit stetig zugenommen. War es, weil sie langsam begriff, dass sie sich einem vorläufigen Ende des Falls näherten? Sie wusste es nicht genau.

Jedenfalls hatte sie vorgehabt, das Wochenende im Bett zu verbringen. Doch da hatte sie die Rechnung ohne ihre Kollegin gemacht. Cristina hatte beschlossen, endlich einmal Nägel mit Köpfen zu machen und mit ihrem Mann Maurizio und den beiden Mädchen an der Amalfiküste zu wandern. Und hatte Patrizia sich nicht selbst darüber beklagt, dass sie so selten etwas unternahm? Am Ende hatte das Argument seine Wirkung nicht verfehlt. Nach endlosem Hadern und Zögern hatte Patrizia sich schließlich sogar dazu durchgerungen, auch ihren Nachbarn Gianni Petta mit seiner Schäferhündin Leona zu dem Spaziergang einzuladen. Der Tierarzt hatte überrascht und hocherfreut zugesagt.

Dann kam der Samstag. Das Wetter war herrlich und die kühlen Temperaturen geradezu ideal für eine Wanderung in der eher bergigen Landschaft. Hinter Amalfi wand sich der Weg durch eine grüne Schlucht, das Mühlental. Moosbewachsene Ruinen alter Papiermühlen säumten ihre Route. Mit ihrer Hilfe hatten die umtriebigen Amalfitaner über Hunderte von Jahren Papier hergestellt.

An einem kleinen Wasserfall nahm Leona ein ausgiebiges Bad und jagte dann, aufgekratzt durch das eiskalte Wasser und außer sich vor Freude über das Abenteuer insgesamt, unzählige Male im Kreis herum, bis alle Anwesenden sich vor Lachen kaum mehr halten konnten. Danach wurde der Weg steiler, und die Landschaft veränderte sich. Terrassenartig angelegte Zitronenhaine lösten den urwüchsigen Wald ab. Immer wieder blieben sie stehen und bewunderten die Aussicht auf die dunkelgrünen Steilhänge. Da, wo sich das Tal zum Meer hin öffnete, lag Amalfi. Hier traten die Felswände zurück, und weithin sichtbar reckte sich der Dom im maurischen Stil gen Himmel, Wahrzeichen und Zeuge einer längst vergangenen Zeit, Symbol des Reichtums und der kulturellen Vielfalt einer mittelalterlichen Seehandelsrepublik. Und weit draußen am Horizont das Meer, das weiß in der Sonne glitzerte.

Nach gut einer Stunde Fußmarsch gelangte die kleine Gruppe in das hochgelegene Dorf Pontone mit seinen wenigen Steinhäusern, dem malerischen Platz und einer kleinen mittelalterlichen Kirche. Die einzige Bar auf der Piazza hatte geöffnet, und sie ließen sich an den Tischen draußen nieder. Cristinas Töchter entschieden sich trotz der kühlen Temperaturen für Eis und bekamen ihren Willen. Alle anderen gönnten sich ein Bier. Patrizia spürte wieder die Müdigkeit. Doch diesmal war es nicht die bleierne Erschöpfung der letzten Tage. Ja, sie war müde, aber sie fühlte sich auch erleichtert. Fast war ihr, als wäre einer der großen Mühlsteine auf ihrem Weg von ihren Schultern gefallen.

In den letzten Tagen hatte sie noch ständig an Raffaele Russo und seine Opfer gedacht, vor allem an Alessio Adinolfi und Matteo Muti, die nur sterben mussten, weil sie ihm auf die Schliche gekommen waren. Sie hatte Traurigkeit und Schmerz empfunden. Für die Opfer, aber auch für den Mörder. Doch hier oben auf dem steinernen Platz von Pontone unter den riesigen Platanen, die in der leichten Brise schwach mit ihren schrumpeligen braunen Blättern raschelten, spürte sie, dass die Anspannung langsam nachließ. Die Toten zogen sich zurück, dorthin, wo nur sie hingingen. Zurück blieben die anderen. Sie, die Lebenden.

Sie sah zu Cristina und ihrem Mann Maurizio hinüber und konnte sich ein Lachen nicht verkneifen. Chiara hatte es geschafft, sich sogar auf dem Rücken mit Schokoladeneis zu bekleckern. Dann wanderte ihr Blick zu Gianni Petta. Leona hatte sich neben ihm aufgebaut und sah ihn vorwurfsvoll an, weil er sich weigerte, die Chips, die in kleinen Schälchen vor ihnen standen, mit ihr zu teilen. Petta fing ihren Blick auf, und sie lächelte verlegen.

»Arme Leona, aber man kann im Leben eben nicht alles haben!«, meinte sie.

Gianni Petta lächelte zurück. Dann machte er eine Geste, die die ganze leuchtende Intensität dieses Herbsttages einzufangen schien, und zwinkerte ihr zu.

»Vielleicht nicht. Aber man kann es doch wenigstens versuchen!«

Ja, dachte Patrizia. Das werde ich. Ich werde es wenigstens versuchen.

NACHWORT

Lichtertod ist ein Roman, und in der Welt der Fiktion darf man sich manchmal ein paar Freiheiten erlauben. Die Weihnachtslichter von Salerno gibt es wirklich, und sie sind noch schöner, als ich es in diesem Buch beschreiben konnte. Die Lichterzeit beginnt jedes Jahr Anfang November und endet im Januar. Auch die feierliche Erstbeleuchtung des großen Weihnachtsbaums Anfang Dezember entspricht den Tatsachen. Allerdings gibt es die Künstlerlichter – die Luci d'Artista – nicht, wie im Roman angegeben, schon seit dem Jahr 1994, sondern erst seit 2006. Das Teatro Verdi wurde dagegen tatsächlich nach vierzehnjähriger Schließung im Jahr 1994 neu eingeweiht, wenngleich auch nicht am 1. November, sondern am 6. Juli. Der Unfall im Theater an jenem Tag hat in Wirklichkeit nie stattgefunden.

Auch mit Blick auf die Lichtermontage habe ich mir künstlerische Freiheiten gestattet. Die Stadt Salerno lässt die Lichter nicht innerhalb eines einzigen Tages montieren, und die Installation erfolgt auch nicht durch Schwarzarbeiter. Keine der im Buch vorkommenden Personen oder Firmen existiert in Wirklichkeit.

Hinsichtlich der Temperamentenlehre möchte ich hinzufügen, dass die Zuordnung der Organe zu den entsprechenden Elementen je nach antiker oder mittelalterlicher Quelle variiert. So ist zum Beispiel die Zuordnung des Gehirns (Kopf) zum Sanguiniker nur eine Nebenvariante. In anderen, häufigeren Varianten werden der Luft die Leber oder auch das Herz zugeordnet

Dass dieses Buch zustande kam, ist keine Selbstverständlichkeit. Mein allererster Dank gilt meinem Lebensgefährten Giancarlo Abbamonte, der mich ermutigt hat, diesen Roman zu schreiben. Außerdem möchte ich mich von ganzem Herzen bei Uta Rupprecht, Manuela Thurner, Simone Wagner sowie meiner Mutter, Gabriele Kurasch-Macharzina bedanken, die sich die Zeit genommen haben, den Roman zu lesen, als von einer Veröffentlichung noch keine Rede sein konnte. In die Reihe jener, die früh an das Manuskript geglaubt haben, gehört auch Uwe Neumahr von der Agence Hoffman, der aus dem Abenteuer Realität und damit ein noch größeres Abenteuer gemacht hat. Danke!

Aber auch in fachlichen Fragen hatte ich Hilfe. Ich bedanke mich herzlich bei Christof Schaaf, dem technischen Leiter am Theater Heilbronn, der mir geholfen hat, den Unfall im Theater realistisch zu schildern, sowie bei dem Juristen Orazio Abbamonte für seine Hilfe in Fragen des italienischen Rechts.

Allerdings ist ein Buch, vor allem in seiner Endphase, immer auch eine Teamarbeit. Ich bedanke mich bei Karin Ballauff für das Endlektorat und die intensive Arbeit am Text.

Mein ganz besonderer Dank gilt außerdem meiner Lektorin im Goldmann Verlag, Almuth Andreae, für die konstruktive und harmonische Zusammenarbeit, die das Buch zu dem gemacht hat, was es jetzt ist.